범우비평판 한국문학 33-❶

김정진 편

기적 불 때(외)

책임편집 윤진현

Bw 종합출판 범우

국립중앙도서관 출판시도서목록(CIP)

기적 불 때(외) / 김정진 지음 ; 윤진현 책임편집. -- 파주
 : 범우, 2006
 p. ;   cm. -- (범우비평판 한국문학 ; 33-1 - 김정진 편)

ISBN 89-91167-23-3 04810 : ₩18000
ISBN 89-954861-0-4(세트)

810.81-KDC4
895.708-DDC21   CIP2006000314

한민족 정신사의 복원
—범우비평판 한국문학을 펴내며

한국 근현대 문학은 100여 년에 걸쳐 시간의 지층을 두껍게 쌓아왔다. 이 퇴적층은 '역사'라는 이름으로 과거화 되면서도, '현재'라는 이름으로 끊임없이 재해석되고 있다. 세기가 바뀌면서 우리는 이제 과거에 대한 성찰을 통해 현재를 보다 냉철하게 평가하며 미래의 전망을 수립해야 될 전환기를 맞고 있다. 20세기 한국 근현대 문학을 총체적으로 정리하는 작업은 바로 21세기의 문학적 진로 모색을 위한 텃밭 고르기일 뿐 결코 과거로의 문학적 회귀를 위함은 아니다.

20세기 한국 근현대 문학은 '근대성의 충격'에 대응했던 '민족정신의 힘'을 증언하고 있다. 한민족 반만 년의 역사에서 20세기는 광학적인 속도감으로 전통사회가 해체되었던 시기였다. 이러한 문화적 격변과 전통적 가치체계의 변동양상을 20세기 한국 근현대 문학은 고스란히 증언하고 있다.

'범우비평판 한국문학'은 '민족 정신사의 복원'이라는 측면에서 망각된 것들을 애써 소환하는 힘겨운 작업을 자청하면서 출발했다. 따라서 '범우비평판 한국문학'은 그간 서구적 가치의 잣대로 외면 당한 채 매몰된 문인들과 작품들을 광범위하게 다시 복원시켰다. 이를 통해 언어 예술로서 문학이 민족 정신의 응결체이며, '정신의 위기'로 일컬어지는 민족사의 왜곡상을 성찰할 수 있는 전망대임을 확인하고자 한다.

'범우비평판 한국문학'은 이러한 취지를 잘 살릴 수 있도록 다음과 같은 편집 방향으로 기획되었다.

첫째, 문학의 개념을 민족 정신사의 총체적 반영으로 확대하였다. 지난 1세기 동안 한국 근현대 문학은 서구 기교주의와 출판상업주의의 영향으로 그 개념이 점점 왜소화되어 왔다. '범우비평판 한국문학'은 기존의 협의의 문학 개념에 따른 접근법을 과감히 탈피하여 정치·경제·사상까지 포괄함으로써 '20세기 문학·사상선집'의 형태로 기획되었다. 이를 위해 시·소설·희곡·평론뿐만 아니라, 수필·사상·기행문·실록 수기, 역사·담론·정치평론·아동문학·시나리오·가요·유행가까지 포함시켰다.

둘째, 소설·시 등 특정 장르 중심으로 편찬해 왔던 기존의 '문학전집' 편찬 관성을 과감히 탈피하여 작가 중심의 편집형내를 취했다. 작가별 고유 번호를 부여하여 해당 작가가 쓴 모든 장르의 글을 게재하며, 한 권 분량의 출판에 그치는 것이 아니라 작가별 시리즈 출판이 가능케 하였다. 특히 자료적 가치를 살려 그간 문학사에서 누락된 작품 및 최신 발굴작 등을 대폭 포함시킬 수 있도록 고려했다. 기획 과정에서 그간 한번도 다뤄지지 않은 문인들을 다수 포함시켰으며, 지금까지 배제되어 왔던 문인들에 대해서는 전집 발간을 계속 추진할 것이다. 이를 통해 20세기 모든 문학을 포괄하는 총자료집이 될 수 있도록 기획했다.

셋째, 학계의 대표적인 문학 연구자들을 책임편집자로 위촉하여 이들 책임편집자가 작가·작품론을 집필함으로써 비평판 문학선집의 신뢰성을 확보했다. 전문 문학연구자의 작가·작품론에는 개별 작가의 정

4

신세계를 더욱 구체적으로 살펴볼 수 있는 한국 문학연구의 성과가 집약돼 있다. 세심하게 집필된 비평문은 작가의 생애·작품세계·문학사적 의의를 포함하고 있으며, 부록으로 검증된 작가연보·작품연구·기존 연구 목록까지 포함하고 있다.

넷째, 한국 문학연구에 혼선을 초래했던 판본 미확정 문제를 해결하기 위해 최선의 노력을 기울였다. 특히 일제 강점기 작품의 경우 현대어로 출판되는 과정에서 작품의 원형이 훼손된 경우가 너무나 많았다. 이번 기획은 작품의 원본에 입각한 판본 확정에 특별한 노력을 기울여 근현대 문학 정본으로서의 역할을 다했다.

신뢰성 있는 전집 출간을 위해 작품 선정 및 판본 확정은 해당 작가에 대한 연구 실적이 풍부한 권위있는 책임편집자가 맡고, 원본 입력 및 교열은 박사 과정급 이상의 전문연구자가 맡아 전문성과 책임성을 강화하였다. 또한 원문의 맛을 최대한 살리기 위해 엄밀한 대조 교열작업에서 맞춤법 이외에는 고치지 않는 것을 원칙으로 했다. 이번 한국문학 출판으로 일반 독자들과 연구자들은 정확한 판본에 입각한 텍스트를 읽을 수 있게 되리라고 확신한다.

'범우비평판 한국문학'은 근대 개화기부터 현대까지 전체를 망라하는 명실상부한 한국의 대표문학 전집 출간을 목표로 한다. 따라서 권수의 제한 없이 장기적이면서도 지속적으로 출간될 것이며, 이러한 출판 취지에 걸맞는 문인들이 새롭게 발굴되면 계속적으로 출판에 반영할 것이다. 작고 문인들의 유족과 문학 연구자들의 도움과 제보가 지속되기를 희망한다.

2004년 4월
범우비평판 한국문학 편집위원회 임헌영·오창은

알려두기

1. 이 책에 실은 모든 작품은 발표 당시의 잡지나 신문에 난 원전을 저본으로 삼았다.

2. 본 전집의 편집원칙에 따라 한글표기를 원칙으로 삼고 필요에 따라 한자를 병기하였다. 맞춤법은 원문의 의미를 훼손하지 않는 범위에서 현대어 표기로 전환하였으나 인물의 성격을 드러내는 대사 등은 되도록 원문의 형태를 보존하였다.

3. 난해한 단어나 표현 등은 편집자의 간단한 주석으로 독자의 이해를 도왔다. 그러나 여전히 미해결된 부분과 단어들이 있으며 이는 특히 원문을 따랐다.

김정진 편 | 차례

희곡

사인의 심리

(파리강화회의의 일막)

1

장소와 시대

시일 1919년 1월

장소 프랑스 파리, 프랑스 외무부 외무대신실

등장인물

프랑스 수상 : 클레만소

영국 수상 : 로이드 조지

이태리 수상 : 올란드

미국 대통령 : 윌슨

(막이 열리매 프랑스 수상 '클레만소', 영국수상 '로이드 조지', 이태리 수상 '올란드'의 삼수상이 테이블을 중앙으로 하고 정좌하여 상의하고 있다)

올란드 (시계를 쳐다보며) 우리 미군 동관同官은 늦기도 하군.

클레만소 (냉정한 어조로) 그들의 느럭느럭하는 것은 버릇이니까. 그러나 그 정략에 대하여는 암만 그지마는 변개치 아니하겠지?

로이드 조지 그가 늦게 오는 것이 다행이야. 없는 이 사이에 우리들은 미국 대통령이 구주강화회의의 참가하는 신국면을 이야기하여 우리들의 태도를 미리 정하여 두는 것이 어떠하오? 미국의 참가 때문에 구주 정계政界의 균세均勢는 탄파綻破될는지도 모르겠으니 그의 구세주적 신외교의 태도와 굉장하게 다수한 군함에 들이어 천여 명의 수행원과 각 전문가, 신문기자, 사진사 심지어 활동사진사까지 데리고 오는 것은 참 굉장하군. 마키아벨리가 있었더라면 간담이 서늘하여졌을 걸.

클레만소 아니, 우리들은 그의 신외교술의 수단을 묻느니보다 속히 실적을 얻을 것이오. 여하간 속한 것이 제일이오. 내가 걱정하고 있는 것은 신이냐 구이냐 하며 그 외교관들은 의논으로 시일을 보낼 사이 모처럼 얻은 전장의 공적이 없어지지나 아니할까 하여 나는 시시로 생각하고 있소. '후쓰', '헤―그'의 두 사람을 미리 위원으로 하여 전권을 맡기고 강화의 일까지 위임하였으면 차라리 현명한 정책이었을 걸. 그리하였으면 우리들은 정치철학이나 세계의 신헌장新憲章이나 마음대로 한가히 연구하였을 걸. 지금 우리의 제일 희망하는 것은 구체적 결과요 결단코 환상적 추상론은 아닐 것이오.

올란드 이태리는 일각이라도 속히 평화가 되지 아니하면 나라가 위태할 지경이오. 미국 진객이 이태리에 와서 개선적 순회를 하였으나 정부에서는 조금도 감사하게 생각지 아니하오. 그는 우리들을 빼어 놓고 직접으로 민중에게만 향하여 선동시키는 연설만 하고, 민중은 지금 흥분과 질고疾苦로 열광이 되어 있는데 저러한 연설을 하고 다니니 참 견뎌내기 어렵소. 나는 지금 이렇게 말하고 있는 동안에도 걱정이 되어 폭풍우가 몰아오는 소리가 저기서 들리는 듯하오. 나의 심중을 자백하면 이러한 위험이 목전에 있는 때에 연설장이 미국 대통령은 실로 와 달라고 싶지 않소.

클레만소 아니오, 그렇지 않소. 그 사람이 와 서주는 까닭에 우리들에게는 이보다 더 좋은 다행은 없을 듯하오.

올란드 나는 그 말씀을 조금도 알 수 없는 걸이오. (1920. 6. 7).

2

클레만소 왜 그러냐 하면, 보시오. 윌슨 군이 거만하게 화성돈에 앉았으면 그거야말로 그 사람은 정신적 패왕이 될 것이지요. 그러나 그가 만일 파리에 오고 보면 그 사람 역시 일개의 속된 정치가가 되어버릴 것이오. 그렇지 않겠소? 윌슨 군이 만일 화성돈에 앉아서 있을 지경이면 그거야말로 참 성이 가실 것이오. 우리들은 그의 비서관 하우스 대좌를 상대자로 하야 교섭하지 아니하면 아니 되었을 터이나, 아니, 그의 뒤둥그러진 심리에는 2에 2를 가한 것이 4라고 들어주어도 결락은 아니하는 사람이니까. 이 텍사스에 출생한 타레―란은 최소의 양보로 최대의 이익을 얻는다 하여도 만족히 여기지 아니하고, 최후에는 '그러면 나는 화성돈에 훈령하겠다'고 주장할 것은 정한 이치인즉 만일 그렇게 되면 담판은 공연히 시일만 끌게 될 터이 아니오. 향자向自 대통령 윌슨 군이 파리 강화를 비예睥睨하면서 오연히 앉아서 그 수중에 쥐고 있는 신문지와 교통기관을 부려가며 그의 예투例套인 득의양양한 아는 듯 모르는 듯한 고금에 드문 일류의 궤계詭計를 써서 선전하면 세계의 민중은 물끓듯이 그의 주의가 선입주견이 되어 민중의 여론은 대개 그 주의대로 정하여지고 우리들은 다시 어찌할 수 없게 될지니, 이러할 때에, 그는 시기를 타 가지고 엄연한 태도로 '시나이산' 상봉에서 내려와서 우리의 강화회의장에 계명은 내릴 터이지요. 예수는 십계명을 내리고 만족하였으나 이 '모세'는 그것만으로는 만족하게 여기지 아니할 터이오. 그는 이미 십사개조를 가지고 인민의 눈을 가리어 우리들과 담판을 마치기까지에는 또 얼마나 훈계를 내릴는지도 모르겠지요. 그러면 이번 강화회의는 어찌 될는지 소문에는 그가 우리들과 지혜를 비교하려 여기까지 왔다고 하는데. 그렇지만 클레만소, 내가 나이는 많이 먹었어도 팔뚝에는 아직까지 패기가 있고 또 구주외계가 노쇠하였다 할지라도 아직은 미국류의 눈 앞에 수단에는 구주 운명이 왔다갔다는 아니하지요.

로이드 조지 윌슨 군이 파리에 온 것은 자기의 성공의 기회를 잃는다는 지금 말씀에는 나 역시 동감이오. 그의 약점은 곧 이런 데에 있지요. 그는 실패하면 아니 되겠다는 생각이 있는 까닭에 꼭 양보하고 곧 문제를 해결하겠지요. 그가 뉴욕을 출발하기 전에 말하기는 와서 해양의 자유와 국제 연맹을 위하여 전쟁한다고 굉장하게 떠들더니 그만 파리에 와서는 각하의 국제 연맹에 대한 태도에는 여간 낙담한 바 아닙니다. 영국에 와서도 자기의 원조를 간청했었지요. 나는 우습게 여기어 대통령의 결의의 내용을 알려고 먼저 시험 삼아 '해양자유의 문제를 강화회의에 제출치 아니함을 승낙하면 영국에서도 한 몫 힘을 빌리어 국제 연맹에 동의하겠다고' 말한즉 윌슨 군도 어지간한 군이지만은 이 말에는 잠시동안 묵묵히 있다가 별안간에 큰소리를 내어 '껄껄껄' 웃습디다. 그래 나는 잠깐 놀래었지요. 그는 그 때에 말하기를 '참, 말씀과 같이 국제 연맹이 성립되기만 하면 자연히 전쟁이 없어져 교전국이 되든지 중립국이 되든지 도무지 없게 되고 따라서 해양자유라는 문제는 필경 학자끼리 궤상의 문제로일 뿐이지요. 미련스러우나 나는 지금까지 한 의견을 가지고도 거기까지는 생각을 미처 못하였소' 하고 대답합디다. 국민간의 적은 전쟁도 자동적으로 세계전쟁이 된다는 윌슨 군의 의견에는 나도 찬성할 수 없으나 영국의 운명의 관계가 있음으로 나도 어지간히 뇌를 괴롭게 하던 문제가 이렇게 쉽게 해결된 때문에 저으기 안심하였지요. '바울' 은 '다메섹' 에 가는 길에 급히 깨달아 예수교로 개종하였다고 전하더니 지금 윌슨 군이야말로 순간에 그 주장을 버리고 해양자유문제를 포기한 것이 급격하고 돌차突嗟함은 이상한 일입디다. (1920. 6. 8).

3

클레만소 그런 일보다 지금 목전에 있는 걱정은 프랑스요. 우리들은 국제 연맹보다도 균세주의를 취하여 공수 동맹제도를 채택할 것이지요. 이 전쟁의 승리를 얻는 것도 전혀 동맹제도의 덕이라고 할 수밖에 없소. 국제연맹으로 프랑스의 방어가 완전히 된다하면 아무 근심도 없을 터이오. 나는 한 손으로 파리를 방어하여 보일 터이오. 나의 가장 우려되는 것은 윌슨 군이 이렇게 느럭느럭하며 시일을 보낼 사이에 형세는 변하여 실제의 승리는 '트로츠키—'나 '레—닌'의 것이 되지 아니할까 하는 염려이외다.

로이드 조지 윌슨 군에게는 아직 구체적 제안은 없었지요. 보듯이 그는 구체적이라는 실제를 생각하기는 아마 천성으로 싫어하는 것 같소. 그는 다만 환상을 만족하게 하여주면 좋지요. 우리들은 그 사이에 상의한 대로 규정한 것을 조약에만 집어넣으면 될 것이고 또 국제 연맹도 명의의 것으로만 만들어 놓으면 그만이지요. 그리하고 우리들은 표면으로 공고하게 연맹을 서결*하면 우리들은 마음대로 구주의 지도를 개정할 수도 있을 것이오. 그리하여 표면으로는 미국을 숭배하여 올리며 그 신지도에다가 이서인의 인장만 찍으면 그만이지요.

올란드 윌슨 군이 그렇게 허영과 실질을 분별치 못할까요!

클레만소 윌슨 군의 희망은 실력보다도 형식이지요. 그는 무슨 일이

---

* 緖結 : 실마리와 맺음. 즉 시작과 끝.

든지 형식만 좋아하고 실질 여하는 묻지도 아니하오. 그렇지만은 다만 염려되는 것은 원로원이지요. 그 원로원에는 매우 경험 있는 사람이 있으니까. 우리들은 제일 문제되는 것은 그 원로원뿐이라 하오. 나는 미국 헌법을 대강 알고 한때는 미국 시민이 되려고 생각한 일까지 있지마는 미국 대통령에게는 외교상 전권이 없으니까 그러한 결과 아무리 조약을 하였다 할지라도 원로원 의원의 삼분의 이 이상의 동의를 얻지 못하면 법률상이나 덕의상으로 이것을 인민에게 준수시키는 힘은 없지요. 미국인에게는 독재권이란 것이 큰 금물이 되어 그 나라 국부國父에게도 독재권을 아니 주는 터이니까……. 그런데 우리들은 장차 어찌 대통령 윌슨을 기다릴까 하는 것이 문제이지요. 휴전한 지가 벌써 두 달이나 경과하여 일반형세가 점점 험악하게 되어 다수파주의가 슬슬 전구주에 퍼지려고 하니 이때에 일분일각이라도 지연하면 백년의 근심이 될 터인즉 우리들이 여기서 미국 대통령과 상의하여 조약을 체결할지라도 반년이 되든 일년이 된 후* 원로원이 부인한다 하면 어떻게 할까요. 우리들이 먼저 대통령에게 비준케 할 의향이 있느냐고 묻는 것이 우리들의 보통하고 조심이지, 만일 그러한 다짐도 아니 받고 막연히 그와 조약을 체결하고 일년쯤 지난 후에 그가 그것을 또 변경한다 하면 구주의 천지는 언제든지 혁명에 빠져 전승한 보람은 하나도 없어질 것이오.

　로이드 조지 그에게 대하여 강화회의의 참열할 자격을 묻는 것은 좀 몰염치하게 들리겠지마는 아시는 바와 같이 그는 무슨 까닭으로 온 것인지 알 수 없고 그는 대통령의 자격만 가졌을 뿐 아니라 염료품과 신용의 용직군이라 하는 자격도 가졌으니까 악평으로 말하면 교사용달 보는 상인, 자선가쯤 되는 격이지요. 그리고 또 한편으로 은행가라는

---

* 원문에는 后, 이는 '後'의 중국어 간체이다. 김정진은 만선지실업사滿鮮之實業社의 기자로 근무했던 바, 그의 문제 및 사용 어휘에는 중국식 표현이 많다.

책임도 하니까 그는 어떠한 자격을 가지고 이번에 우리들과 담판하려느냐고 묻는 것도 잘못될 것은 없지요. (1920. 6. 9).

4

클레만소 무엇을요. 걱정할 일은 없지요. 대통령 윌슨 군이 미국의 전체는 아니니까 그에게 전제의 세력이 있다고 생각하는 것은 틀리지요. 미국 사람이 전쟁 중에는 전제를 용인하였지만 전쟁이 끝나면 결단코 그리는 아니할 터이지, 이미 그 증거가 보이는 걸이요. 윌슨 군은 작년 시월에 소위 '무피구속의 대변자' 되기를 인민에게 요구하여 '만일 나에게 이 지위*를 용인하여 주지 아니하면 국민은 나의 지도에 반대하는 것이라고 볼 터이라' 고 대담한 성명을 하였지만은 저간 선거에는 미국인은 백여 만 다수로 보기 좋게 이 요구를 거절하였지…….

올란드 우리 주미대사로부터 나에게 허가를 얻으러 온 보고에도 그가 구주에 오는 때 대하여는 그 나라에서도 거진 전국이 반대하였던 모양입디다.

로이드 조지 이밖에도 또 한 가지 주의할 것은 미국 원로원에서 반대하는 것이지요. 다수당의 수상 원로의원 '롯지' 는 근래 의원 연설에 신성神聖 십사개조 중에 5개조를 비난하며 우리들에게 향하여 원로원의 자격을 무시하지 말라는 의미로 풍자적 연설을 하였소. 지금 우리들의 문제는 곧 여기에 있소. 윌슨 군의 환심을 얻기 위하여 원로원의 이러한 명백한 의향을 무시하는 것이 좋을는지 혹은 원로원의 의향을 존중히 하고 윌슨 군을 무시할는지? 그러나 윌슨 군을 무시한다는 것은 지금 미국과 협정하려는 유일의 전도前道를 끊게 될 것이외다.

---

* 원문에는 他位, 地位의 오기로 본다.

올란드 참, 곤란하게 되었소. 이태리에는 지금 석탄, 석유, 면화, 구리銅가 없어서 절대로 어찌할 수 없고 이것을 얻어올 데는 미국밖에 없는데 대통령 윌슨 군의 의향을 덧들여서는 그거나마 얻지 못하게 될 터인데……

클레만소 아니오, 아니오. 결코 걱정할 것은 없소. 윌슨 군의 비위를 맞추는 것은 쓸데없는 일이오. 우리들이 윌슨 군의 말을 듣고 지금 무엇 하나나 소득된 것이 있나요? 우리들이 그의 명령 같은 말에 무서워서 봉쇄의 조건을 늦추어 주게 되면 독일이 '스칸디나비아' 제국을 경유하여 미국에서 물질을 매입하면 그 결과가 일천구백십육년의 끝날 전쟁도 오래 끌게 되지 않소?

로이드 조지 나도 지금 와서 후회라고 생각하는 것은 '도로—기'를 '하리핫쿠스' 감옥에 구류하였었는데 화성돈 정부에서 간섭하는 고로 비위에 거슬릴까 하여 그 사람을 방석放釋하였더니 그 사람을 방석한 것이 마침내 금일의 화근이 되었소.

클레만소 이 다음에는 우리들이 이러한 실책을 하여서는 아니되오. 우리들은 윌슨 군이 공동의 목적을 가지고 세력한 금일까지의 노력은 이것을 인정하는 동시에 전사자의 공로 자손에 대한 우리들의 의무를 아주 잊을 수는 없소. 옛날 로마의 '시피아'가 로마와 벗이 되고 로마인 개인의 벗은 되지 말라한 것은 지금의 감복感服할 만한 일이오. 우리들은 이 정신을 본받아 우선 미국 전체를 중히 하고 윌슨 군을 경히 하기로 결정하여 둡시다.

미국 대통령 윌슨 등장.

'도어'가 열리며 서기관이 들어와서 '미국 대통령 각하가 오십니다' 통지하자 윌슨이 들어온다. 지금까지 이야기하고 있는 삼수상은 일시에 일어서서 윌슨과 번갈아가며 악수한다. '클레만소'는 윌슨이 구주

도처에서 열정적 환영을 받은 치하를 술述하고, '올란드'는 국인이 오늘 같이 영접함은 참 전대에 못 듣던 일이라고 언言하고 '로이드 조지'는 영국인은 천성이 외물에 부동하는 냉정한 국민이지만은 윌슨 각하의 내방에는 진실한 환의歡意를 표한다 운云하여 아무도 윌슨의 비위 맞는 말만 한다. 윌슨은 여사如斯한 찬사를 듣고 득의한 기색이 만면하여 '천만의 말씀이오. 이런 환영은 다 나의 진력하는 일의 목적이 위대한 까닭이오. 나의 일신에 능能이 있는 것은 아니오. 거기에 대하여는 우리들의 책임이 일층 위대한 것을 각覺한다'고 답사하며 국제연맹 문제에 점차 언급한다. (1920. 6. 10).

5

윌슨 우리들이 이번에 이곳에 모인 것은 당면의 문제를 해解하고 또 그 밖의 더 큰 임무를 다 알 것은 물론 다시 말할 것도 없거니와 세계의 국민은 다 무슨 형식을 갖춘 국제연맹의 성립을 희망하고 있소. 우리들은 이 세계 민족의 희망을 어겨서는 아니되오. 이 희망은 명백히 인정된 민의요. 경세가는 이 민의를 중히 함이 제일책일 것이오.

클레만소 잠깐 묻습니다. 명백히 인정된 민의라고 말씀하시는 것은 어떠한 것인지요?

윌슨 그것은 글쎄, 그것은…… 세계 선인의 소리, 평민의 소리라고 하는 말씀이오.

클레만소 명백히 인정하였다는 것은 어떠한 뜻으로 하시는 말씀인지요?

윌슨 큰 이상을 본 사람이 인정한 것을 말한 것이지요.

클레만소 이것을 인정하는 방법은 어떠한지요? 민주국의 교통기관 즉 투표함이라는 말씀이신지요?

올란드 이태리의 가까운 전례에 비치어 보더라도 이상하다고 생각하는 것은 귀국에서 명백히 인정하였다고 말씀하는 민의 즉 국제연맹에 대하여 그처럼 열성이 있게는 보이지 아니하는 것은 어찌된 결과인지요?

월슨 신앙심이 없는 사람에는 참 괴롭소. 천상의 이중異衆과 소리를 보지 못하고 듣지 못하는 삶은 참 불쌍한 일이지요.

클레만소 각하의 주장과 투표 위에 나타난 인민의 의사와는 틀리는 점은 깊이 묻지도 아니하겠지마는……, 거기에 대하여 지금 한 가지 바라는 것은 각하가 구주에서 현정부는 빼놓고 직접 민중에게 연설하는 것은 좀 정지하시기를 바라오. 이것은 당국이 그 임무를 행하여 가는데 비상히 곤란하니까. 원래 인민이 그 의사를 행하는 것도 그 선정한 정부에 따라서 하는 것인데 각하가 영국, 이태리, 우리 프랑스에서 연설하시는 것을 보면 현 정부와 민중 사이에는 서로 의사가 틀려 있는 것 같은 취지와 같이 보이니, 이러한 연설은 인민을 지도하여 정부의 기초를 확실케 하는 것도 아니오, 또 우리들을 중심으로 삼아 큰 계획을 행하는 데에도 방해가 되지요. 또 그 외에 문제가 많이 있지요. 휴전한 지 이개월을 지나왔으나 조금도 평화에 향하여 진보는 아니 되니……. 만일 나파륜*이었다면 일개월 동안 평화극복을 하였을 걸.

월슨 각하는 이렇게 부진하여 가는 것을 나의 책임이라고 하시는 말씀이오?

클레만소 아니오 각하. 결단코 그렇다는 말씀은 아니오. (잠시간 침묵) 이 대회의를 행함에는 당국 한 위원은 다 각기 자기 나라의 이름에 의하여 약속한 것은 후일에 변경치 아니하고 한번 결단한 일은 어디까지든지 구속력이 있는 것으로 정하는 것이 가장 긴요하다고 생각하오. 이

---

* 拿破倫 : 나폴레옹.

런 등^等사를 강화회의 석상에서 왈가왈부하는 것은 부적당할 줄로 생각하니 지금 이 사이에 서로 격의 없이 널리 의견을 교환하여 그런 것을 작정하여 두고 싶은데요.

윌슨 제군은 내가 미국 대통령이라는 것을 잊어버리었소?

클레만소 각하, 우리들이 결코 각하가 대통령으로 이곳에 오신 일은 역사상 공전의 큰일이요, 우리들의 특별히 명예로 생각하는 바이올시다. 그러나 모든 일은 서로 진의를 펼쳐놓지 아니하면 모처럼 큰 사업을 행하는 데에 방해가 될 것이니, 귀국 헌법에는 대통령이 체결한 조약도 원로원 의원의 삼분의 이 이상의 협정을 경용치 아니하면 법률상에나 도덕상에나 조약의 효력은 없다고 생각하는데요?

윌슨 (얼굴을 찡그리며) 제군. 그러한 일은 잠깐 나에게 일임하시오. 내가 이곳에서 체결한 조약은 꼭 원로원에서 승인하도록 할 터이오.

(1920. 6. 11).

6

로이드 조지 대통령 각하, 보통의 경우면은 각하의 이 말씀 한 마디에 만족하겠지마는, 지금 우리들이 기우로 여기는 것은 각하와 같이 조약 체결의 책임이 있는 귀국 인사 중에는 이미 우리들에게 대하여 각하의 강화조약 급^及 국제연맹의 의견에는 찬성치 아니하는 사람도 있다고들 합디다.

윌슨 뭐? 나의 권위를 누가 의심한단 말이요?

올란드 우리나라에 있는 귀국 주재대사의 보고에도 원로원 다수당의 관령 중에는 각하의 십사개조를 모두 찬성하기 어렵다고 더구나 국제연맹에 대하여는 매우 이론이 있는 듯하다고 말합디다.

윌슨 아니오, 아니오, 이러한 구구한 염려는 하지 마시오. 어디까지나 안심하시오. 내가 옳게 여기고 체결한 조약은, 꼭 그들에게 승낙시켜

보리이다. 그들이 무엇이라고 말할는지는 모르겠으나 그들이 조약을 보기까지는 나에게 어떠한 계획이 있는지 또 조약이 어떠한 것인지 알 까닭은 없을 터이오. 나는 금번에 여하간 신외교법을 취할 터이니까. 내가 본국을 출발하기 전에 모든 해전전선을 정부에서 직할하게 하였고 또 공개의 회의석에서 공공公共히 결정한 모든 조약을 한 부씩 꼭 본국에 전보하게 하여 두었은즉, 그렇게 하는 동안에 자연 조약의 취의도 알게 되지요. 겸하여 반대도 종식하리라고 생각하오.

클레만소 그러한 말씀을 듣사오니 참 우리들은 안심이 됩니다. 보통 경우를 말씀하면 각하의 이 말씀 한 마디에 만족이지요, 또다시 묻지도 아니하겠지마는 금일의 형편은 보통의 경우가 아니오. 이 자리에 만일 사소한 착오라도 있으면 수백만의 인민의 생활문제에 관계되는 큰일이니까는 각하께도 말씀한 바와 같이 나의 일개인의 생각에는 국제연맹의 효력을 믿지 못하겠소. 나는 기왕부터 동맹제도를 옳게 여기어 달리 적당한 국방책이 없을 것 같으면 결코 그것을 포기하지 않으려 하오. 오십년래로 프랑스를 보호하고 또 가깝게 말하면 천구백십사년에 프랑스를 구하여 낸 것도 전혀 이 동맹제도의 덕이지요. 지금 이것을 버리고 국제연맹으로 변개한다 하면 먼저 제일로 귀국 국민이 국제연맹을 승인할 것을 확실히 알아야 하겠소. 귀국이 근시近時에 행하는 선거*와 원로원에서 하는 모든 연설을 들으면 우리들은 자연히 염려가 됩니다.

윌슨 (좀 어이가 없는 모양으로) 각하는 미국 근래의 선거를 해석할 자격이 있는 줄로 아시오?

클레만소 각하, 귀국 인민이 각하를 어느 정도까지 신뢰하는 것을 아는 사람은 나밖에 없지요. 각하도 물론 짐작하시겠지. 작년 시월에 귀국 선거인에게 내린 권고서*는 우리들이 매우 깊은 의미로 읽었지마는

---

* 원문에는 撰擧, 選擧의 오기로 보아 수정하였다.

'기중에 공화당 의원이 양의원에 다수를 점할 지경이면 대서양의 피안까지는 이것으로써 나의 지도를 부인하는 자로 해석한다' 고 하였습니다. 그런데 귀국 인민은 각하의 권고를 어기고 반대당을 다대수로 선출한 것을 보면 우리들이 이것을 어떻게 해석해야 옳을는지? 독재주의의 나라라 하면 물론이지마는 민주주의의 나라로서는 각하의 유리有理한 해석도 있겠지요!

윌슨 그런 말씀 같으면 의논할 것도 없소이다. 내가 여러분의 질문을 받으려고 일부러 파리에 온 것은 아니오. (1920. 6. 12).

7

로이드 조지 각하, 우리들이 결코 힐문하는 것이 아니오. 만일 우리들이 각하의 제안에 좇아서 각하의 제안에 찬동한다 하면 귀국에서 과연 각하의 국제연맹의 결행을 승낙할까요? 이러한 점을 확정하여 두는 것이 우리들에게 대하여 생사의 문제이니까. 각하가 향자 귀국 국민에게 대하여 연설한 데에도 '금일과 같은 경우에는 사람사람이 서로 흉금을 열고 협의하여야 된다' 고 권고하셨지요. 지금 우리들도 서로서로 흉금을 열고 협의하는 것이 좋을 줄로 생각합니다.

윌슨 (조금 노기를 내리어) 제군, 아무 일도 염려하실 것 없소. 원로원의 소적小敵은 이길 묘안이 나에게 있으니까. 나의 제안에는 강화조약 중에 국제연맹 규약을 편입하여 만일 원로원에서 연맹 규약을 폐기하면 동시에 강화규약도 폐기치 아니치 못하게, 꼭 어찌할 수 없게 만들어 놓았으니. 제군, 이것이 참 묘안이 아니오니까? 무엇, 무엇, 무엇을 염려하실 일이 있소.

---

* 勸告書 : 원문에는 歡告書, 권고서로 보아 수정한다.

로이드 조지 나의 일안一案을 말씀하면, 원로원 다수당의 대표자를 파리에 소환하여 우리들과 각하와 협의 결정한 사건을 그 대표자에게 보이어 그 의견을 묻도록, 그리하면 후일에 원로원에서 반대를 만날 염려는 없을 듯하나 이것이 어떠할까요?

윌슨 나는 금일까지 반대당 수령에게 상의하고 국정을 행하여 오지는 아니하였소. 그러한데 더구나 이러한 강화회의에 말석에라도 그들을 참석케 하는 것은 나의 희망하는 바가 아니오. 이 제안에는 좇을 수 없소.

클레만소 어찌하여 못된다고 말씀하시오? 우리들의 프랑스, 이태리, 영국에서는 각 파의 대표자를 가입하여 연립내각을 조직하여 격의 없이 협의하여 거국 일치의 실적을 나타내어 있는 것은 각하도 이미 아시는 바이시지요.

윌슨 그런 의논이면 그만두어 주시오. 나는 나의 세력을 전복하려고 궤계詭計를 쓰는 협루狹陋한 사람들과 함께 국정을 의논하고자 하는 뜻은 없소. 뿐만 아니라 또 시기도 이미 늦었소.

로이드 조지 각하, 귀국의 정치는 각하가 제일 잘 아실 터이고. 국외자로부터 이해를 운운하는 것은 월권이라고 생각하나 지금 한 헌안獻案이 있으니 이렇게 하며는 어떠할까요? 이에 대하여는 귀국에도 전례가 있다 생각하나, 각하의 국제연맹 안을 귀국 원로원 외교위원회에 제출하여 시험차로 그 가부를 일차 문의하는 것이 어떠할까요? 그리하여 외교위원회에서 가부의 의론도 없고 반대도 없을 지경이면, 우리들은 각하와 이곳에서 협정코자 하는 국제연맹도 원로원의 비준을 얻을 것이라고 확신하겠습니다.

윌슨 안 되지요. 안 되지요. 각하의 이러한 제2안은 전안보다도 더 못되지요. 나는 각하들과 강화조약을 의정議定하여 마치기까지는 일조일항일지라도 원로원에는 알리고 싶지 아니하니까. 해저전선에 검열관을 명하여 두었은즉 검열관들도 충분히 양해하여 비밀을 결코 본국에 누설치 아니하도록 주의할 터이며 현 국회도 십이월 사일에는 자연히 종기終期가 될 터인즉 나는 어떠한 일이든지 기정사실이 되기까지는 원로원 소집은 아니할 터이니 아까 말씀한 대로 조약에 국제연맹 규약을 편입하여 원로원은 이것을 부결치 못하게 만들 터이니 이 문제는 이쯤하여 둡시다. 이 문제는 나와 나의 일인즉 각하들과 또 귀국에서 관제關際할 바 아니오. (1920. 6. 13).

8

올란드 아니오. 우리들에게 관계없다고 말씀할 수 없지요. 이태리에 대하여는 이것이 생사의 문제이니까는. 각하, 우리들은 모두 각하의 말씀에 실망하였소이다. 구주의 형세는 시시각각으로 위험하여 가는 금일에 공연히 위변僞辯만 농락할 때는 아니지요. 우리들은 우리들의 심중을 모두 공개하여 호상간互相間 존중신인尊重信認하여 강화의 국면을 진보進步케 하는 것이 정당한 순서입니다. 이 큰 강화회의에는 구식의 외교술은 지양하지 아니하면 아니됩니다. 이러한 것은 우리들이 다시 말씀할 것은 없으나, 각하도 이미 여러 번 말씀하신 바이나, 우리들은 흉금을 열고 서로 성심을 가지고 상의하면 무슨 장애가 있겠습니까. 만일 이렇지 아니하면 우리들은 세계의 민주주의를 위하여 하는 것이 아니라 위선주의僞善主義를 위하여 하려는 것이 되고 말 것이외다.

윌슨 (분연히 의자에서 일어나며 노기가 만면하여) 제군, 지금 각하들의 말씀은 다 나를 모욕하려는 것이요. 내가 이번 회의에 온 자격, 권능을 이러하게 힐문하는 것은 나의 일신상으로 보든지 우리 미국의 체면으로 보든지 도저히 인내키 어려운 모욕이요. 이렇게 될 지경이면 나는 그만두겠소. 강화회의의 이 자리를 떠날 수밖에 없소. 나는 오늘밤에 전보하여 '조지 와싱턴'호를 불러 즉시 귀국할 터이오.

올란드 (허둥지둥 일어나며) 대통령 각하, 이런 말씀은 각하의 말씀으로는 들리지 아니합니다. 각하의 웅변연설을 들은 구주 민중들은 모두 각하께서 강화회의에 오시기를 한천旱天에 비라고 하듯 맞는데, 이때를 당하여 미국에서 이유 없이 강화회의에 탈퇴한다는 말이 들리면 구주의 형세는 다시 회복할 수 없는 것이 아니오니까?

로이드 조지 (일어나며) 목전의 문제를 처리하는 데는 그러하도록 극단의 수단을 쓰지 아니하여도 다시 방법이 있을 터이나, 각하, 우리들이 지금 이렇게 문의하는 것은 다만 강화회의 우려하는 까닭에서 나온 당연한 일인즉, 이러한 의미를 자세히 양해하시어 다시 생각하여 보시기를 바라오.

클레만소 (이때에 처음으로 일어서며) 각하, 지금 하신 말씀은 우리들 일동이 의외라고 생각합니다. 일 대국의 대표자가 자격권한을 좀 물었다고 별안간에 간다하며 협박 같은 말씀을 할 지경이면 강화회의가 다 무엇이요. 또한 그뿐 아니라, 인류장래의 희망도 없소. 그러나 동료 제군은 그렇게 염려할 것 없소. (윌슨에게 향하여) 각하, 각하는 가시지 못하시오.

윌슨 왜요? 나는 나의 자유로 왔으니까 지금 또 나의 자유로 가는데 무슨 말씀이 있소?

클레만소 각하는 자유로 오신 것이 아니니까, 또 지금 자유로 가시지 못하시지요. 우리들은 이 중대한 위험한 시기를 당하여 자유라는 것은 한 사람에게도 없지요. 다같이 때에 사정이라는 큰 조류에 밀리어 오늘 이곳에 모인 것이지요. 우리들은 금일 이 국면에 대응하여 서로 흉금을 열고 이에 대한 처리를 하지 아니하면 우리들의 직분이 서지 아니하지요. 우리들이 아무 확정한 것도 없이 이 자리를 떠난다고 하는 것은 차마 할 수 없는 것이 아니오? 각하는 각하의 대임을 다하지 못하였을지라도 미국으로 돌아가는 것은 나의 자유라고 말씀하셨지요마는, 조금 다시 생각하여 보시오. 과연 그러한 일을 하실 일인지 못하실 일인지. 각하도 불가항적의 형세의 필요에 인하여 이곳에 오신 것인즉, 반드시 이곳에서 여하간 무슨 결과이든지 짓지 아니하면 아니됩니다. 각하가 권한의 범위를 묻는다고 노하여 가신다 하면 위명을 손상하는 사람은 우리들이 아니라 즉 각하일 터이니, 각하가 구주 삼백만 인민의 환호 갈채를 받은 그 성예聲譽도 일시에 떨어져 버릴 터이니, 각하가 가신다 함은 아니 될 일이지요. 그뿐 아니라 전사자들은 각하의 가시는 것을 책하오. (홀연히 안면에 비색悲色을 띄우고) 각하, 저 전쟁의 황폐한 야원을 보시오. 저 무수한 시체들이 표폭漂曝하여 있는 그 중에는 귀국의 충용스럽던 청년도 있소. 이러한 참혹한 구주를 다시 또 혼란에다가 빠뜨리면 우리들은 무슨 면목으로 전사자를 대하겠소. 각하는 각하 일신의 체면을 보실지라도 이대로는 파리를 떠나시지 못하시지요. 다시 생각하여 보시오.

대통령 윌슨은 자못 곤혹한 모양으로 실내를 한참동안 왔다갔다하더니 조금 있다가 다시 의자에 좌정하매 이때까지 대통령의 결심이 어떠할는지 기대하고 있던 삼수상들도 다 각각 의자에 좌정하였다. (1920. 6. 14).

9[*]

윌슨 제군, 잘 알겠소이다. 제군의 말씀이 참 정당하오. 나는 세론의 여하도 관계치 아니하고 이곳에 왔소이다. 내가 이곳에 오는 것이 성공하는 제일책인 줄 믿었소. 어떠한 나라의 경세가라도 나처럼 위도危道를 밟은 사람은 없을 듯하오. 나의 최악한 적이라도 이러한 나에게는

---

* 원문에는 八, 장회가 내용의 연속성보다는 분재 횟수에 연관되어 있는 바, 9회분으로 본다.

용기 없다고 비난할 사람은 없겠지요. 그러면 나의 어떠한 공격을 성취키 전에는 결단코 돌아가겠다고는 아니할 터이오. 나는 금일 같이 역사의 최대 위기에 처하여 있는 이 세계의 평화를 완전히 회복하려는 고상한 의지를 가지고 있소. 나의 권능이라든지 나의 장래의 할 계획에 대하여는 다시 두 번 묻지 마시오. 미국 원로원의 일 건은 잠시 나에게 전임하여 주시오. 원로원에서도 지금 시국의 중대한 경우는 양해하고 있은즉 무리무지無理無智한 난제를 운운치는 아니할 터이니 여하간 내가 제군들과 협정한 조약은 원로원에서 동의하도록 맹서盟誓하고 책임을 질 터이니 제군은 안심하시오.

클레만소 아니오. 그 증언뿐으로는 문제의 해석이 완전히 될 수 없소이다. 각하가 또 무슨 생각으로 변하실는지도 모르겠으니까. 여하간 우리들은 이 중대한 문제를 제출하여 우리들의 양심의 만족을 얻은 것을 기쁘게 생각합니다. 그리고 각하의 증언을 확실히 승인하여 둡니다. 중대한 책임이 각하의 쌍견雙肩에 있는 것을 잘 양해하시기를 바라오.

(대통령은 잠시 동안 묵묵히 생각하고 있더니 안면에 걱앙한 기색이 표현하여)

윌슨 제군의 말씀에 크게 감동되어 수시로 일편의 광명을 발견한 것 같이 생각되오. 제군의 충고대로 좇아 원로원 다수당의 수령 '롯지' 와 소수당의 수령 '히치코크스' 와 국제 평화문제에 공로가 깊은 전 대통령 '타후토', '휴—스' 등의 모든 관계자를 불러다가 자순諮詢기관을 만들어 만사를 그 기관과 상의할 터이오. 화성돈이 구주의 정국에는 관계치 말라하던 유훈은 지금에 다시 나의 심골에 박히게 깨달았소. 순연한 구주 문제 비比컨대 '아드리아트크' 문제라든지 독불 경계의 개정문제 등은 순연한 지방문제로 하여 나는 이에 대하여 결코 일체 관계치 아니할 터이외다. 미국에서는 이러한 문제를 대상하여는 실제상 이해 관계가 없을 뿐 아니라 나의 수원隨員 천명 중에는 한 사람도 이러한 문제에는 정통한 사람이 없으니 나는 제군들이 이 문제를 협의할 사이에 제국을 순회하여 미국 인민이 구주 인민에 대하여 호의를 가지고 있다는 것이나 선전하여 생존자 교제의 사업에나 진력하지요. 그리하고 제군들이 이 문제를 협정하여 마치는 것을 기다려서 나는 그때에 다시 북미합중국의 행정장관의 자격으로 제군과 같이 널리 세계에 관한 문제를 협정하여 세계 영원의 평화를 누리도록 노력할 터이오.

(엄연한 태도로 말을 마치매 삼수상은 모두 일어서서 '윌슨'의 손을 쥐어 그의 결심한 것을 진심으로 치하하는 친절한 악수를 교환하고)

클레만소 참 그 말씀이야말로 누구든지 감동할 말씀이외다. 참 이 말씀이야말로 세계를 지도하려는 영웅의 말씀이외다. (열정 있고 경건한 악수를 한다)

'클레만소'의 말이 끝나고 잠깐 이 사이에 무대 후방에서 명랑한 음성으로 냉연히 4인의 심골을 베이는 듯한 가성歌聲이

패* 그리하였드면 좋았을는지…….

4인은 가성 중에 몽롱히 정신없이 목상 같이 서서 각기 무량한 추회에 느끼는 모양이요, 가성의 여음이 아직 다하지 아니하였는데 막은 정요히 내린다. (終).

(1920. 6. 13. 술述 이 각본은 무단히 흥행전재함을 금함 1920. 6. 15).

---

* 唄 : 가성歌聲, 즉 노랫소리를 사용하는 것인데 곡조를 패唄로 쓴 것으로 보아 범패의 느린 곡조에 맞추어 이하의 대사를 부르라는 뜻인 듯하다.

십오 분간

(희극전일막) 금무단상연

등장인물

석사란石似卵 : 청년실업가, 30세

김진언金眞言 : 비평가, 32세

설가정薛假貞 : 부호의 미망인, 27세

염호애廉呼愛 : 석의 애인, 22세

노수전盧守錢 : 모 은행원, 26세

기타 : 20세 전후의 하녀 1인

시대 현대

계절 초동初冬의 오후

장소 경성지촌京城地村

무대 어떤 청년실업가의 응접실과 서실로 겸용하는 한 실내의 광경. 무대 정면에는 벽 위에 초상화액肖像畵額이 걸려 있고 그 밑에 조금 벽을 띄어서 대형의 목제 시계와 그 좌편으로 장형長形의 안락의자가 있다. 실내 양편 구석에는 삼방형 탁자와 그 위에는 고불상古佛像, 고려자기, 석제 시계 등이 놓여 있고 우편에는 불을 피우지 아니한 소형 난로와 무대 중앙의 조금 우편으로 당긴 듯한 처소에 원형 테이블과 그 위에 탁상전화양장부,[*] 잉크 스텐드, 재떨이 등이 놓여 있으며 테이블 주위에는 4,5개의 의자가 벌여 섰다. 무대의 좌편은 현관으로 직통하는 출입구가 있고 우편에는 침실로 통하는 도어가 닫힌 채로 있다. 실내의 장식은 사치하였다고 일컫기는 어려우나 값싸고 번지르한 서양가구를 벌여놓아서 될 수 있으면 부호의 생활을 모방하려는 주인의 허영 생활의 내면이 엿보인다.

막이 열리면 모닝코트를 입고 금테 안경을 쓴 석사란이 테이블 위에 상체를 구부리고 장부를 뒤적거리다가 덮어 치워 놓고 재떨이에 놓였던 여송연을 다시 붙여 물고 의자에서 일어나서 얼굴에 만족한 빛을 띠우며 실내를 거닌다.

석사란 한양 신탁도 내일이면 완전히 성립이 될 터이지. 시골 주주들이 제 아무리 주권을 많이 가졌다 할지라도 그것은 어떻게든지 나의 수단으로 좌우할 수 있지. 그 중에 몇 사람쯤은 전무취체專務取締의 지위를 운동하는 자는 있을 테지만 내 앞으로 유력한 투표를 하여 줄 기특한 생원님도 적지 아니할 테니까, 전무야 설마 다른 놈의 수중으로는 가지 아니할 테지. 그러나 또 알 수 없어. 공연히 속살거리는 놈이 있다가는 의외의 낭패를 당할는지도 몰라. 만일 그렇게 되면 최후의 수단을 또 쓰지. 가정에게 또 몇 만원 내어놓으라지……. 여하간 가정에게는 당분간 모든 전력을 다 해서라도 내 신변에서 조금이라도 떠나지 아니 하도록 잘 속여 두어야 할 터인데…….

이 때에 탁상에 놓였던 전화기가 신호를 울린다. 석은 급히 전화 앞으로 가서 수화기를 떼어들며,

* 전화번호부.

석사란 네, 어디요. 그렇습니다. (반가운 듯이) 가정 씨십니까. 네, 네, 오늘 오후에 오신다 하시기에 지금까지 눈이 빠지도록 기다렸습니다. 천만의 말씀을 다 하십니다그려. 내게 웬 여자가 올 리가 있습니까. 오후부터는 모든 손을 다 사절하고 가정 씨 오시기만 고대하고 있습니다. 네, 네, 곧 오십쇼.

(석이 말을 마치고 수화기를 놓으려할 때에 하녀가 좌편 문으로 들어오며 명함을 드린다)

하녀 손님이 오셨습니다. (석은 조금 불쾌한 빛을 띠며 명함을 받아 들고 눈살을 찌푸린다)
석사란 왜 아까 내가 일렀지. 오후부터는 누가 오든지 남자는 다 사절하라고. (명함을 다시 들여다보며) 웬 말썽꾼이 왔군. (다시 하녀를 쳐다보며) 그래 무어라고 했어? 필경 내가 있다고 그랬지 아마?
하녀 (머뭇머뭇하며 대답을 못 하다가) 말씀을 여쭐 새 없이 힌관으로 버럭버럭 올라오시는 걸 어쩔 수가 있어야지요. (뒤를 돌아다본다)

(좌편 출입구에서 인기척이 나더니 머리를 길게 길러 늘이고 그 위에는 괴상한 토이기 모자를 눌러 쓰고 구지레한 회색 양복을 입은 김진언이가 서양식 골통대를 비스듬히 물고 활발하게 들어온다. 석은 앉은 채로 그 편을 향하며 깜짝 놀라다가 다시 얼굴빛을 웃는 낯으로 고치며 의자에서 일어선다)

김진언 여보게, 나는 어느 때든지 안내도 없이 이렇게 잘 들어오는 사람이니까. 응당 오늘도 용서하겠지. 허허허. (웃는다)
석사란 (앞으로 걸어가며 손을 내밀어 서로 악수한다) 이게 얼마만인가? 어서 들어오시게.

김진언 오늘은 자네에게 치하를 하러 왔네. 자네가 밤낮으로 떠들고 돌아다니던 한양 신탁인지 짠탁인지 하는 것도 내일이 주주총회라지? 하여간 자네의 인생관으로는 물론 성공일세. (김은 테이블 앞으로 가서 석과 마주 앉는다)

석사란 그렇지, 성공이지. 우리가 만난 지 참 꽤 오래됐네. 요전에 청량사에서 잠깐 만나고는 이번이 아마 처음이지. 그래 재미가 어떤가. 요새도 무던히 굳세게 쓰데그려.

김진언 쓰지. 어느 때까지든지 쓰지. 나는 그것을 내 생명으로 아니까. 그리고 그게 가장 나의 하고 싶은 일이니까.

석사란 나는 항상 자네의 그 쓰는 힘에는 탄복하네. 지금도 한방을 단단히 맞았네만, 자네의 그 히니꾸*도 여전하데그려. 그러나 이번 일은 참, 어느 정도까지는 나의 성공이라고 할 수 있어. 현재 그런 종류의 회사 중에는 가장 충실한 자본의 힘을 가졌으니까. 그뿐만 아니라, 재계 공황을 부르짖는 이 때에 이백만 원의 큰 회사에서, 조금도 누락이 없이 오십만 원이라는 불입금이 어쨌든지 일주일 이내에 다 모였네그려. 내가 하고 나서도 지금 다시 생각하면 한 기적奇蹟이야.

김진언 기적? 흥, 그렇지. (코웃음으로 웃는다)

석사란 (하녀를 쳐다보며) 저, 차 좀 따뜻하게 해 와.

하녀 네. (대답하고 좌편 출입구로 나간다)

석사란 자네들이라 하면 혹 어폐가 있을는지 모르겠지만, 요새 소위 예술가라는 특수부락에 있는 양반들은 이 세상에 없는 것만 가지고 기적이라고 떠들데만은 이번에 내 사업 같은 것은 참 눈 앞에서 현저히 보이는 기적이라 할 수 있어.

김진언 (담배 연기를 길게 내뿜으면서) 그런 것도 기적이라고 하면 기적

---

* 비꼬는 것.

이라고 할 수 있지. 밥이라는 참된 물건을 먹지 아니하면 생명을 이어 갈 수 없는 사람이란 것들이 수천 원이나 수만 원을 들여가며 물거품보다 더 허한 자네의 그 거짓말을 사 가지고 신탁회사니 주식회사니 하고 떠드는 것을 보면 그것도 이 세상에서 한 기적이라고 할 수 있어. 허, 허허, 허허……. (웃는다) 그러나 자네의 소위 기적이라는 것은 정거장이나 연초공장에서 수없이 부는 그 기적汽笛만도 못할 걸세. 공장에서 부는 기적은 뛰— 하는 소리나 나지. 지금 자네가 말한 기적은 며칠 안에서 현실이라는 무거운 껍질 속에서 냄새도 아니 나고 썩어질 걸세.

석사란 (감정이 별안간 흥분된 모양으로 얼굴빛을 붉히며) 자네는 모든 것을 극단에서 극단까지 억지로 끌어다가 붙이니까 항상 그런 몰이해한 비평이 나오느니. 이 사회의 현실이라는 것을 더 좀 자세히 살펴보게. 자네의 논조 같이 그렇게 용이하게 모든 것을 단언하기는 어려우니 결국 어느 때든지 허위라는 그런 불철저한 근거를 가지고는 생활을 만족케 할 수 없을 뿐만 아니라, 역시 성공이라는 것도 없을 것일세.

김진언 그러게 말야. 자네가 이번에 만들었다는 신탁회사의 그 설계라는 것이 결국 한 허위의 뭉텅이란 말야. 그 속에는 어떤 어리석은 팔삭동이는 속일 만한 재료가 있는지 모르겠네만 그것이 어느 때까지 그 어수룩한 탈을 쓰고 있을 수는 없단 말이야. 또 몰라, 오뉴월에도 우박이 오는 수가 있으니까 그러한 변칙이 계속된다 하면 자네의 그 허위뭉텅이도 어느 정도까지는 가면을 유지할 듯하지.

석사란 (감정이 더욱 흥분된 모양으로 음성이 높아가며 어조가 힘있게 나온다) 그러면 자네는 이 사회의 경제운동이라는 것은 전부를 부인한다는 말일세그려.

김진언 아니, (평심한 어조로) 전부를 부인한다는 것은 아니야. 밥을 먹으랴면 쌀을 구해야 하겠지. 옷을 입으려면 거기 적당한 준비를 해야 않나? 나는 그러한 의미의 경제운동이 있다면 물론 긍정하네. 그러나 요새 조선서 떠드는 소위 경제가라는 양반들은 밥의 원료를 강철이나 차돌 같은 것으로 하려니까 소화가 잘 돼야지…….

(이때에 하녀는 서양 다반茶盤에 커피 찻종을 놓아들고 와서 김, 석 앞에 나누어 놓고 나간다)

김진언 (찻종을 들어 조금 마시다가 상을 찡그리며 찻종을 도로 놓는다) 여보게. 이거야말로, 참, 내게는 쌀 대신에 강철일세그려. 내게는 이렇게 달착지근한 커피보다 얼근한 술 한 잔을 주게그려. 나는 양복은 입고 있네마는 역시 큼직한 놋주전자에 약주술이 적당하이. (껄껄 웃는다)

(하녀는 좌편 출입구로 향하다가 흘끗 돌아보고 웃으며 나간다)

석사란 (감정이 아직도 융해되지 못한 모양으로 있다가) 술? 술은 요담 기회에 먹지. 오늘은 내가 좀 바쁘니까.

김진언 바쁠 테지. 요새는 거짓말 뭉텅이를 태운 비행기를 조종하기에 분망하니까. 허허, 허허……. (웃는다)

석사란 (감정이 드디어 폭발되어 가는 모양이다) 자네는 어디까지 나의 하는 사업을 모다 허위로만 몰아다 붙이려 하네그려. 그것은 자네의 곡평일세. 그러한 곡평을 하는 자네 자신부터 나는 의심하네.

김진언 (석의 감정이 점차로 흥분되어 가는 것을 보고 일부러 비웃는 어조로) 물론 내 자신도 의심하지. 그러나 소위 사업가니 유지니 하고 입으로만 떠들며 돌아다니는 자네들의 생활 같이 그렇게 공중에 매달린 허풍선이 생활은 나는 하지 않네. 요사이 정치운동이니 사회운동이니 하고 대문짝 같은 간판을 덜미에 붙이고 다니는 그들의 생활을 들여다보면 모든 것이 허영이라는 두 글자 뿐이야. 그들의 최고 목적이 명함재료를 장만하자는, 말하고 보면 모두 오호 활자의 견서肩書나 얻자는 그러한 값싼 야심 뿐이야. 참으로 자기의 이해하는 자가 하나나 있는 줄아나. 만일 있다면 그것은 인생 생활을 해부적으로 설명하는 소부분의비평가뿐이겠지. (골통대를 유리재떨이에 함부로 떤다. 석은 그것을 깨어질까 염려하여 들여다본다)

석사란 비평가? 자네 같은 그런 꼬부라진 비평가 말이야? 내 눈으로보면 자네들 같은 일 없는 사람들은 한꺼번에 저, 남양군도 같은 열대지방으로 모두 끌고 가서 이마에 비지땀이 철철 흐르도록 개척 노동자로나 사용했으면 똑 적당하지.

김진언 그렇지, 우리들의 사명은 어느 때든지 개척이지. 그건 자네가잘 아는 말일세. 비평가란 것은 어두운 것은 어둡다 하고 밝은 것은 밝다고 비평을 해서 우리 인생의 앞길에 막힌 모든 장애물을 알려 주는선도자이니까. 그런 의미에서 물론 비평가가 일종의 개척자라는 말을들을 수 있지. 모닝코트로 싼 자네 같은 거짓말 뭉텅이와는 생활이 전연히 다르니까. (의자에서 일어나서 실내를 거닌다)

석사란 (참고 있든 감정이 일시에 폭발되어 별안간 어조를 높이며) 자네가오늘은 내게 모욕하러 왔네그려. 처음부터 끝까지 내의 모든 것을 허위니 거짓말이니 하여 내 인격 전부를 파멸시키려 왔네그려. 나도 인제는사회에 상당한 지반을 다져놓은 신사일세. 자네의 그 곡필에는 나의 신용이 흔들릴 염려는 조금도 없네. 자네 말 같이 나의 생활이나 내의 사업에 어느 점이든지 조금이라도 허위가 있는 것을 보았거든 그것을 발견해 내게.

김진언 허허허……. (웃으며) 자네 매우 흥분된 모양일세그려. 좀 참게. 만일 내가 자네의 허위를 발견한다 하면 자네는 신사의 체면에 낭패가 아닌가. 그러지 말고 좀 냉정하게 생각한 뒤에 그런 단언을 하게.

석사란 (의자에서 벌떡 일어난다) 아니야. 나의 생활에는 결코 허위가 없어. 나의 하는 사업은 모두 나의 자신이 있는 것뿐이니까. 그렇게 남에게 약점을 들릴 것은 조금도 없어. (흥분된 기분을 진정하려고 실내를 거닌다)

김진언 (다시 한 번 석을 쳐다보며) 정녕인가? 자네가 지금 한 그 말이.

석사란 (힘있는 어조로) 물론 그렇지.

김진언 그러면 자네. 나하고 내기를 좀 해 보려나. 만일 내가 자네의 생활 내부에 허위가 있는 것을 발견할 때에는 어떻게 할 터인가.

석사란 무엇이든지 자네의 청구하는 대로 하지.

김진언 (껄껄 웃으며) 자네, 요새 매우 용기가 늘었네그려. 그래 자네의 그 용기를 좀 시험해 볼 겸 내기를 하세. 그럼 어떻게 내기를 하려나.

석사란 자네 마음대로 무슨 내기든지 하세. (테이블 앞으로 가며 흥분한 동작으로 여송연을 함부로 재떨이에 비벼 꺼버리고 손으로 와락 의자를 당기어 김과 대좌한다)

김진언 그럼 우리 이렇게 내기를 해보세. 자네들 같은 금전만능주의자들은 돈이란 것이 무엇보다도 이 세상에서 가장 귀하다고 하니, 그럼 자네는 자네의 재산 전부를 걸고…….

석사란 그러면 자네는 또 무얼 걸 텐가?

김진언 나 말이야? 나는 내 생활에 가장 생명이 있는 비평의 붓을 걸어 놓지.

석사란 비평의 붓이라니? (기가 막히는 듯, 김의 얼굴을 물끄러미 바라본다)

김진언 내가 만일 진다 하면 내일부터 비평을 절대로 쓰지 않겠다는 말이야. 그리고 과거에 썼든 비평까지도 그것은 모두 취소합니다고 항복을 할 테란 말이야.

석사란 정말인가? (다지는 듯이)

김진언 물론. 나야, 정말이지.

석사란 너무 입찬 소리 말게. 그러면 내기란 것은 어떤 표준이 있어야 아니하나. 오늘밤 열두 시까지 자네가 내 생활을 감시해서 만일 내 생활에 허위가 있는 것을 발견하든지 또 내 자신이 허위의 언동을 한다 하면 물론 그것은 내가 지는 것이니까 나의 재산 전부를 내기한 대로 다 내놓되, 만일 그러한 사실이 없다 하면 자네가 지는 것이니…….

김진언 무엇? 밤 열두 시까지? (픽 웃는다) 그렇게 긴 시간은 다 기다려 무얼 하게. 당장 십 분 동안이면 곧 내가 승리를 얻을 걸. (비웃는 태도를 보인다)

석사란 (두 주먹을 쥐고 분에 못 이기어 부르르 떨며) 무얼 어째? 십 분 동안이면? 자네가 어디까지 사람을 모욕할 셈인가? 응? (이를 꼭 악문다) 그러지 말고 자네의 비평 생활의 전도를 위해서 한 시간 동안으로나 하세.

김진언 (자신이 굳은 태도를 보이며) 아니야, 한 시간은 다 해 무얼 하게. 5분 동안도 넉넉하지만 특별히 자네의 허위 생활의 생명을 조금이라도 연장키 위해서 15분 동안만 하세.

석사란 에잇, 아무리나 자네 마음대로 하게. 그러면 나중에 시간이 짧았다고 원망은 하지 않느니.

김진언 자네야말로 15분 동안은 입 꼭 다물고 있게. 뱃속에 잔뜩 찬 거짓말 뭉텅이가 굴러 나올 테니.

석사란 결과는 최후의 문제야. 여보게, 나중에 증거가 있어야 아니하나. 우리 계약서를 쓰고 각각 도장을 찍세. (테이블 서랍에서 종이를 꺼낸다)

김진언 (껄껄 웃으며) 저것 봐, 계약서란 다 무엇인가. 어린애 장난처럼 그러한 형식을 취하려는 것부터가 허위가 아닌가.

석사란 입으로 그런 궤변만 하지 말고 어서 이리 와서 쓰게.

김진언 (빙글빙글 웃으며 석의 옆으로 간다) 대관절 무어라고 쓸 터인가?

석사란 (성이 난 채로 머리를 직수굿하고 철필을 들어 무엇을 쓴다)

김진언 (석의 쓰고 있는 것을 보고 기웃이 들여다보며) 무엇? 계약서라……. 흠, 하아하하. (소리를 내어 웃다가 뒷짐을 지고 다시 방안을 거닐며 좌편 구석에 있는 삼방형 탁자 우에서 고려자기를 들고 살펴본다. 석은 돌아보지도 아니하고 그대로 무엇을 쓰고 있다가 철필을 탁 테이블 위에 던지며)

석사란 어서 이리 와. 다 썼으니 도장이나 찍게.

김진언 (급히 앞으로 걸어가며) 그래, 무어라고 썼나. 이리 좀 뵈게. (석의 손에 들고 있는 계약서를 와락 뺏어들고 읽는다) 계약서라.

경성부 삼청동 삼팔번지 김진언
동 청진동 이오번지 석사란
위* 양인이 아래와 같은 계약을 체결함에 당하여 편의상 김진언을 갑이라 칭하고 석사란을 을이라 칭함.
1. 계약의 조건. 서력 1923년 12월 7일 오후 3시 45분부터 동 4시에 이르는 십오분 간에 갑이 을의 생활에 대하여 허위를 발견하거나 또는 을 자신이 허위의 언동을 하는 때는 을이 자기의 재산 전부를 갑에게 양도함. 단 갑이 위에 기록한 시간 내에 을의 허위를 발견치 못하거나 을 자신이 허위의 언동을 행치 아니하는 때는 갑은 자기의 직업인 비평을 발표치 못하는 동시에 과거의 발표한 갑의 비평은 이를 전부 취소함. 이를 계약함. 위 계약서는 두 통을 작성하여 갑을이 각각 한 통씩 소지함.
퍽은 분명합디다.

서력 1923년 12월 7일
위 계약 당사자 김진언, 석사란.

---

* 원문에는 右, 세로쓰기에서는 위의 두 사람 이름이 오른쪽에 위치한다.

(김은 읽기를 마치고 웃음을 못 참아서 상체를 전후로 흔들며 웃는다. 석은 흥분에 못 견디어 두 주먹을 쥐고 어깨가 올라갔다 내려갔다 하며 분해한다)

(이상의 계약서는 물론 석의 대사로 공개할 것이나, 계약 원문은 미리 별지에 써서 테이블 서랍에 넣어두는 것이 필요함)

석사란 웃지만 말고 어서 도장이나 찍어. 오늘은 내가 용서 못하겠네. 자네의 그 일그러진 입에서 비평이란 뿌리가 쑥 들어가게 할 테야.

김진언 (웃음을 억제하느라고 손바닥으로 입을 막으며) 나는 도장이란 것을 가져본 일이 없네. 자네 같은 허위 신사가 아니니까.

석사란 그럼, 지장이라도 찍게. (김의 손목을 잡아 끈다)

김진언 꼭 찍어야겠나? 그럼 찍지.

(테이블 위에 놓였던 인주갑을 열고 김은 지장을, 석은 수정도장을 찍어서 각각 한 장씩 나누어 가지고 양복 뒷주머니에 꾸겨 넣다가)

김진언 (별안간 목제 시계를 바라보며) 지금 몇 시부터 15분 동안이라고 했나?

석사란 3시 45분부터 4시까지라고 계약서에 쓰지 않았나.

김진언 (목종을 가리키며) 그럼, 지금 꼭 3시 45분일세. 우리 그럼 내기를 정말 시작해 보려나. 그러나 내가 이길 것은 사실이니까. 대관절 자네의 재산이 얼마나 되나? 또 마이너스 편이나 아닌가. (석과 마주 걸터앉는다)

석사란 암만 싸게 팔아도 시가時價로 만원어치는 되네.

김진언 그러면 이 가난한 비평가가 별안간에 부르조아가 되겠네그려. 나중에 한 턱은 내가 단단히 하지. 자네 좋아하는 기생도 부르고, 장고도 치고. 자아, 그럼 해 보세. 시작! 그러나 시간이 되기 전에 자네가 만일 제 삼자에게 대해서 우리의 내기가 있다는 것을 발표하고 예방책을 썼다가는 물론 자네가 지는 것이니.

　석사란 나는 물론 그러한 비루한 수단을 쓸 필요는 없어. 자네나 조심하게.

　　(이때에 하녀가 좌편 출입구에서 들어와서)

　하녀 손님이 오셨습니다.

　석사란 (화증이 난 어조로) 손님이라니? 누구란 말야. (부지중에 불쑥) 없다고…….

　김진언 (얼른 석의 말끝을 채서) 누가 없단 말야? 자네가 없단 말야?

　석사란 (허둥지둥) 아니야. 누 누구란 말이야.

　하녀 (석의 모양을 살피며) 늘 오시는 가정 씨가 지금 오셨어요.

　석사란 (깜짝 놀라며 무엇을 깨달은 듯이 있다가 힘없는 소리로) 가정 씨라니? (머리를 긁는다)

　하녀 들어오시라고 할까요?

　김진언 (얼른 하녀의 말끝을 받아서) 암, 모처럼 오신 손님이니까 들어오시라고 말고. (다시 석을 향하며) 그럼, 나는 몸을 피하겠네. 그러나 15분 동안은 자네를 감시해야 할 테니까.

　　(하녀가 좌편 출입구로 나가자마자, 흑색 양복을 입은 가정이 실내로 들어온다. 김은 그것을 보고 얼른 몸을 피해서 목제 시계 뒤로 숨는다. 석은 허둥지둥하며 가정의 들어오는 것을 바라보고 있다가 두어 걸음 앞으로 나아가며 가정을 맞는 체한다)

　설가정 좀 일찍이 오려고 했더니 길에서 부인회 사람을 만나서 늦었습니다. (실내를 한번 둘러보며 살피더니 별안간 태도를 고치며 얼른 석의 앞으로 가서 석의 두 손을 좌우로 잡아서 흔든다)

석사란 (목종 편을 한번 바라보고 엄연한 태도로) 매우 기다렸습니다. 저리 앉으시지요. (테이블 저편에 놓인 의자를 가리킨다)

(가정은 석의 태도가 전일과 다른 것을 보고 수상히 여기며, 실내를 한번 또 둘러보다가, 석의 가리킨 의자에 앉는다. 석은 그 맞은편 의자에 앉았다)

설가정 (다시 뒤를 돌아보고 실없는 어조로) 오늘은 왜 이렇게 점잔만 빼셔요. 오늘 오전에는 그 돈 삼만 원을 변통하느라고 여섯 은행에나 다 넜는데 은행에서도 요새 돈들이 말라서 야단입디다. 차마 돈이 없다고 말할 수는 없는지 지배인이 아직 아니 왔느니, 금고 열쇠를 가진 사람이 병이 났느니 하고 별별 거짓말을 다 합디다그려. 그것을 찾아가지고 오느라고 아주 죽을 뻔했소. 남의 그런 공도 모르고 오늘은 왜 저렇게 점잔만 빼는지 몰라. 이리 좀 가까이 와요. (벌떡 일어서서 석의 어깨를 잡아당긴다)

(이 때에 목종 뒤에 숨었던 김진언은 얼굴을 쑥 내밀어 그 광경을 보고 씽긋 웃으며 도로 움친다)

석사란 (또 목종 편을 흘깃 바라보고) 오늘은 몸이 좀 괴로워서 그래요. (자기의 이마를 만진다) 그러나 대단치는 아니하니까 이따가는 기분이 좀 낫겠지요.

설가정 (물끄러미 석을 바라보며) 또 엊저녁에 약주를 많이 잡순 거구려? 남자들은 소위 사교니 무어니 하고 자기네의 몸들도 돌아보지 아니하고 요리집이나 구락부에서 밤들을 새니까 그렇지요. 정 거북하시거든 저 침대에 좀 누우시구려. 내가 머리를 식혀드릴 테니.

　석사란 아니에요. 그렇게까지는 아프지 아니하니까. 그러나 수형조 3만원은 다 충수充數가 되었겠지요?

　설가정 글쎄 오전에는 그것 때문에 내가 여섯 은행에나 다녔다니까 그래요.

　석사란 돈은 그럼 여기 가져 오셨겠지요?

　설가정 지금 이 속에 들어 있어요. (손에 든 가방을 흔든다)

　석사란 십육은행에서 곧 찾으러 올 테니까 이번에는 속이지 말고 치러야 할 터인데.

　(김은 목종 뒤에서 석의 속인다는 말을 듣고 또 얼굴을 드러냈다 움친다)

　석사란 그럼 그 돈은 이리 주시지요. 그리고 오늘은 내가 비밀히 만나볼 사람이 있으니까. (얼른 목종 편을 바라보고) 가정 씨! 일찍이 댁으로 돌아가시지요.

　설가정 (눈초리가 샐쪽해지며) 네. 그러실 테지요. 비밀히 만나보실 여자가 올 테니까요.

　석사란 (깜짝 놀라는 듯이) 천만에 말씀을 다 하십니다그려. 가정 씨 외에…… (얼른 목종을 본다) 웬 여자가 또 있겠습니까? 그런 농담 마시고 그 돈이나 이리 주시지요.

　설가정 네. (태도를 별안간에 엄숙히 고치며) 오늘 이 돈을 드리기는 할 터예요. 그러나 그 대신에 사란 씨의 확실한 대답 한 마디를 들어야 하겠어요.

　석사란 (놀래며) 별안간에 무슨 말씀입니까. 물론 나는 어느 때든지 가정 씨의 힘을 믿고 이번에 회사도 계획하였고 또 성적이 좀 좋습니까? 지금 새삼스럽게 내게 무슨 다른 말을 들을 거야 무엇 있습니까.

설가정 아녜요, 평범한 말씀이 아녜요. 나의 최후 문제 말예요.

석사란 (놀라며) 최후 문제…….

설가정 우리의 결혼문제 말예요.

석사란 (목종 편을 바라보며 급히 일어서 황황하게) 그, 그런 말씀은 우리 내일 하십시다. 조금 정지하셔요. (또 목종 편을 바라보며 가정의 말을 막으려 한다)

설가정 (앳된 소리로 어조를 높이며) 정지요? 내게는 그 문제가 최후의 생명인데 정지하란 말씀이 무슨 무책임한 말씀이요. 일 년 반이나 당신하고 교제를 하는 동안에 내 정조에 대한 비난은 이 세상에서 얼굴을 들 수가 없이 됐어요. (손바닥으로 테이블을 탁 친다. 석은 깜짝 놀라며 몸을 소스라친다) 그뿐만 아녜요. 나의 많은 재산도 당신에게 속아서 다 뺏기고…….

(황황히 가정의 앞으로 가서 손으로 가정의 입을 막으려 하며 목종 편을 돌아다본다. 가정도 따라서 뒤를 돌아다본다)

석사란 그, 그야, 그런 이야기는 이따가 우리 산보하러 가서 조용히 하십시다.

설가정 산보? 누구하고 말예요? 당신의 제3애인하고 말인가요? 그것은 당신 마음대로 하시구려. 나는 인제 안 속아요. 남은 것은 오늘 가져온 이 돈 3만 원뿐이에요. (가방을 흔들며) 이것뿐이에요.

(목종의 분침은 5분을 진행하야 4시 10분 전을 가리킨다. 석은 점점 몸을 부지할 수 없이 심조心燥하여 가는 모양이다)

석사란 가정 씨, 오늘은 매우 흥분이 되신 듯하외다. (가정의 어깨를 어루만지며 침실 편을 가리킨다) 저 방에 가서 잠깐 누우시지요. 네, 네, 그러시지요? 4시까지는 내게 중대한 문제가 있으니까. (목종을 바라본다) 결…… 아니 그 문젤랑은 우리 다시 결정하십시다.

설가정 (소리를 꽥 지르며) 무엇 어째요? 안 돼요. 지금 당장에 이 자리에서 말해요. 이 돈이 내 재산의 마지막인 동시에 내가 청구하는 것도 이것이 최후예요.

석사란 (목종을 가리키며 조급한 어조로) 그저 10분 동안만 참으셔요.

설가정 오늘은 당신이 무슨 말씀을 하시든지 나는 아니 속아요. (벌떡 일어서며 석의 양복자락을 와락 당기어 의자에 앉힌다. 석은 털썩 주저앉는다)

(김은 또 얼굴을 내밀어 그 광경을 보고 움친다)

석사란 (몸은 뒤흔들고 머리를 두 손으로 북북 긁으며) 이거 큰일 났군. 이걸 어쩌나. (두 발을 쿵쿵 구른다)

(하녀는 발 구르는 소리에 대답을 하며 들어오다가 가정이가 석을 붙잡고 있는 것을 보고 주저주저하며)

하녀 부르셨어요?

석사란 (깜짝 놀래어 하녀를 바라보며) 웬일이야. 누가 불렀어?

(하녀는 어찌 된 영문을 몰라서 어리둥절하고 섰을 때에 좌편 출입구 밖에서 인기척이 나며 흑색 양속* 치마와 분홍빛 저고리를 입고 신식 목도리를 건 호애가 들어온다. 석과 가정은 깜짝 놀라며 하녀는 머리를 숙여서 인사한다)

---

* 洋屬 : 서양식으로 이은, 즉 바느질한 옷.

염호애 (들어오다가 우뚝 서서 석과 가정이 가까이 붙어 있는 것을 보고 안색이 별안간에 변한다) 오늘은 매우 재미있게 노십니다그려. 입때껏 집에서 기다려도 아니 오시기에 나는 웬일인가 했지요. 다른 때는 내 말한 마디면 두 시간이나 세 시간 전에 대령을 하시던 이가. (독기가 가득 찬 눈으로 석을 쏘아본다)

석사란 (호애의 앞으로 두어 걸음 나오며) 오늘은 집에 손님도 오시고 또 내가 바빠서 아직 못 갔습니다. 참, 실례했습니다.

(하녀는 우두커니 섰다가 좌편 출입구로 나간다. 가정은 일어서서 호애를 뚫어지게 보다가 목종 앞에 놓인 안락의자에 앉는다. 그 동안에 석은 호애를 안내하여 테이블 좌편으로 앉히고 석은 그 맞은편 의자, 조금 전에 가정이 앉았던 의자에 앉으며 테이블 우에 놓인 가정의 손가방을 얼른 집어서 뒤 호주머니에 넣는다)

염호애 (가정을 가리키며) 사란 씨, 대관절 저 여자는 누구신가요, 네?

석사란 (주저주저하며) 일, 일, 일갓집, 부, 부, 부인, 아니, 손, 손님예요…….

설가정 (벌떡 일어나서 호애를 향하며) 당신은 대관절 누구신가요? 남의 집에 안내도 없이 들어오시는 당신은?

석사란 (황망히) 그, 그저 왜들 이러십니까…….

염호애 나요? 나 말예요, 나는 이 집에 이렇게 안내도 없이 들어올 만한 권리가 있는 사람예요. 이 집은 미래의 내 남편의 집이에요. (석은 급히 호애의 입을 막으려 한다) 당신도 좀 정신을 차려요.

(석은 미칠 듯이 황망히 굴며 연하여 목종을 돌아다본다. 두 여자도 이상스러운 듯이 목종 편을 가끔 돌아다본다. 목종 분침은 이미 4시 5분 전을 가리킨

다. 석은 견디다 못하여 두 손을 합장하며 허리를 굽히고 절을 하는 것처럼)

석사란 그, 그저 왜들 이러십니까. 두 분이 서로 아시고 보면 그러실 처지가 아닌데 이렇게들 다투실 거야 무엇 있습니까. 두 분이 이러시면 나는 큰일이 납니다. (또 목종 편을 돌아다본다)

설가정 (석의 팔을 와락 잡아당기며) 사란 씨, 내 앞에서 저런 말을 하게 두십니까? 얼른 저 여자를 내보내요. 어서.

석사란 그저 오, 오 분 동안만 참아들 주셔요.

염호애 (석의 좌편 소매를 또 와락 당기며) 대관절 저 여자가 누구예요? 누구길래 저렇게 뻔뻔하단 말이요. 말 좀 해요. (발을 둥둥 구른다)

석사란 ……그, 그저, 참으셔요, 오 분 동안만…….

설가정 (또 석의 팔을 와락 당긴다. 석은 몸의 중심을 잃어서 쓰러질 듯이 비틀비틀 한다) 왜 말을 못하오. 나의 애인이라고.

염호애 (가정을 똑바로 쏘아보며) 애인? 애인?, 뉘 애인이란 말야? 당신이 뉘 애인이란 말예요?

설가정 이 집 주인의 애인이란 말요. 석사란 씨의 애인이란 말예요. 인제 자세히 알았소? 이리 와요. 어서. (석의 팔목을 잡아당긴다)

염호애 당신이, 애인, 무슨 애인이란 말이요. 돈 대는 애인 말이요? 껍데기 애인 말예요? 과부의 옷이나 좀 벗어 놓고 와서 그래요. 뻔뻔하게. (석을 향하여) 얼른 저 여자를 내보내요. 아이, 분해, 어쩌나. (발을 동동 구르며 석의 양복 뒷자락을 와락 당긴다. 석은 비슬비슬 넘어지려 한다)

석사란 …… (고개를 숙이고 무엇을 생각하고 있다)

설가정 (석의 얼굴을 들여다보며) 바로 말을 해요. 우리가 약조한 대로 대답을 좀 해요, 글쎄. 참 갑갑해 못 살겠네.

석사란 …… (고개를 숙인 채로 있더니 무엇을 결심한 듯이 두 주먹을 꽉 쥐고 목종 편을 바라다보며 소리를 꽉 질러) 글쎄 이놈아! 왜 와서 남의 생활을 이렇게 파멸케 하니? 응!

(두 여자는 웬 까닭을 모르고 깜짝 놀래며 목종 편을 보다가, 다시 석의 얼굴을 유심히 들여다본다)

염호애 글쎄, 오늘은 왜 이러우. 그저 바로 말 좀 해 주어요. 누구를 정말 사랑하오?

설가정 (또 석의 옷을 잡어당기며) 정말을 좀 해요. 나를 사랑한다고 못 하오?

목종은 거의 네 시를 치게까지 분침이 진행하였다. 좌편 출입구 밖에서 (하녀의 목소리로) "안 계셔요. 오늘은 출입하셨어요. 안 계시다니까 그래……." (남자의 음성으로) "아니 계시더라도 오늘은 그대로 못 가겠소. 밤중이 열둘이라도 꼭 만나뵙고 갈 테예요. 내가 벌써 일곱 번째나 속았소. 오늘 이 수형手形을 못 받아가지고 가면 나는 내일부터 밥줄이 떨어져요" 하는 남자의 소리가 나더니 회색 양복을 입고 옆에 가방을 낀 노수전이가 황황히 들어온다. 하녀도 뒤를 따라 들어온다.
실내에 있는 3인은 눈이 휘둥그런해서 그 편을 바라본다.

노수전 (들어오다가 석과 두 여자가 섰는 것을 보고 주저주저하며) 수형을 받으러 왔습니다. 오늘은 그 수형을 꼭 치르실 터이지요? 벌써 몇 번째 거짓 말씀을 하셨습니까?

(김은 목종 뒤에서 얼굴을 내밀어 보며 씽긋 웃고 손가락으로 석을 가리키며 다시 얼굴을 움친다)

석사란 (눈을 똑바로 뜨고 수전을 바라보며) 웬일이오. 남의 집에 안내도 없이 막 들어오니, 저기 나가 있소. 수형만 치르면 고만 아뇨?

노수전 오늘은 안 돼요. 꼭 현금을 받아 가지고 가야겠어요. 어서 3만 원을 치러주세요. (가방을 열며 수형을 꺼낸다) 이번에도 아니 치르면 부도를 낼 터예요. 다 얽어놓으신 한양 신탁이 둥둥 떠나가요. 아실 테지요?

석사란 (불쾌한 어조로) 잔소리 말아요. 돈만 치르면 고만 아뇨? (뒤 호주머니에서 급히 가방을 꺼내서 지전 뭉치를 테이블 위에 탁 메어부친다) 자, 이렇게 수형만 치르면 고만 아뇨.

(가정은 석이 지전紙錢 뭉치를 메부치는 것을 보고 방긋이 웃으며 벽 편을 향한다. 호애도 물끄러미 지전 뭉치를 들여다본다. 하녀는 우두커니 섰다가 좌편 출입구로 나간다)

노수전 (지전 뭉치를 보고 별안간 공손한 태도로 고치며) 암, 그렇지요. 원래 신용이 계시던 터이니까. 그렇게 연기를 해드렸지요. (테이블 앞으로 성큼성큼 걸어가서 지전 뭉치를 집으며) 모두 백 원짜립니다그려?

석사란 ······.

염호애 (석의 팔을 당기며) 이제 우리, 저리 들어갑시다.

설가정 (석의 옷자락을 당기며) 가긴 어디로 가요.

염호애 남이야 어디로 가든지 당신이 웬 참견이오. 어서 저 여자를 내보내요.

설가정 누구를 내보내란 말야.

(수전은 지전 뭉치를 끄르려 하다가 눈이 휘둥그런해서 두 여자를 바라본다)

염호애 (석의 몸을 흔들며) 정말을 해요, 정말을.

설가정 (석의 옷자락을 와락 당기며) 왜, 글쎄, 정말을 못하고 그러우.

(이때에 목종은 4시를 울린다. 김진언은 목종 뒤에서 무거운 어조로)

김진언 정말은, 내가 하지. 잠깐만 기다려. (뚜벅뚜벅 걸어나온다)

(실내에 있던 사람은 황겁히 놀래어 가정과 호애는 석의 좌우편에서 석의 허리를 끼어 안는다. 수전은 만지고 있던 지전 뭉치를 얼른 가방에 처넣어 옆에 끼고 좌편 출입구로 달아난다)

김진언 정말은, 내가 할 테야. 이 세상에 정말은, 똑 한 마디가 있지. 오직 현실이라는 것 뿐이야. (석을 향하여) 인제는 자네가 졌으니 내기 시행을 해야지. (손을 내밀며) 어서, 자네의 재산목록을 내놓으란 말야. 이 거짓말 뭉텅이야.

석사란 ……. (두 주먹을 꽉 쥐고 고개를 숙이고 있다)

설가정 (석의 허리를 슬그머니 놓고 석의 얼굴을 들여다 보며) 거짓말 뭉텅이? 사란 씨, 그럼 입때껏 나를 거짓말로 사랑했단 말예요? 네, 네?

석사란 ……. (고개를 숙인 채로 있다)

염호애 그럼 내게도, 거짓으로 사랑을 했단 말씀요? (석을 뚫어지게 본다)

김진언 물론, 그것도 거짓말이지.

노수전 옛, 이것 봐라. 여기는 모든 것이 거짓말뿐예요? 이것 큰일났군. 우선 이 돈이나 좀 얼른 세어봐야겠군. (가방에 넣었던 지전 뭉치를 황황히 꺼내서 펴보다가 상체를 뒤로 벌떡 젖혀뜨리며 깜짝 놀란다) 하, 하, 하얀 백 원. 백색 지전이야. (지전 같이 오린 흰 양지洋紙 뭉치를 꺼내들고)

이것 큰일날 뻔했구려. 이 양지 뭉치를 그대로 가지고 갔더라면. (손길로 자기의 목을 베는 흉내를 내며) 담박 이것이 될 뻔했구려. 사람 살려주우. (지전 뭉치를 김진언의 앞으로 내밀며) 그래, 이 세상은, 모두 이렇습니까?

　　김진언 그렇지, 모두 다 거짓말이지. 알고 보면, 허허, 허허⋯⋯.

　　설가정 (따라서) 호, 호, 호⋯⋯. (웃는다)

　　염호애 (똑바로 석을 쏘아보다가) 악마, 악마, 이 악마야—. (발을 동동 구른다)

(하녀가 급히 들어온다)

　　하녀 한양 신탁에서 손님 오셨습니다.

　　석사란 (고개를 숙인 채 침통한 어조로) 모든 것이 파멸이다.

(실내에 있던 사람은 일시에 석을 바라본다)

　　—막—

기적 불 때

(전일막) 금무단상연

등장인물

경삼 : 노동자

김성녀 : 그의 처(정미소 여공)

화실 : 그의 부친(병인)

옥순 : 그의 장녀

치명 : 그의 친구(노동자)

기타 : 유아乳兒, 공장 사역, 인가隣家 아동, 인가隣家 여인 등

시대 및 계절 현대, 심동深冬의 저녁 때

장소 경성 부근의 어떠한 빈민부락

무대 경삼의 집

(정면에는 방도 아니요 마루도 아닌 거접실居接室. 삼면의 벽은 신문지와 울긋불긋한 광고지 등으로 발려 있고, 중간은 떨어진 장지 한 짝이 격하여 있다. 거접실의 전면 가로는 뒤대기로 놓은 쪽마루와 그 위에 조금 좌편으로 당기어

옹배기, 항아리, 냄비, 찬장으로 대용하는 석유궤[*], 이남박, 조리 등 몇 가지의 가구가 놓여 있고 실내 우편 구석에 구식장롱과 그 위에 때묻은 이불과 헌 의복 등이 어지러이 걸쳐 있다. 무대 좌편에는 거적, 삿자리 등으로 두른 울타리와 그 중앙에는 널쪽으로 만든 부서진 출입문이 있고 무대 우편에는 인가와 연접한 아까시, 포플러 등으로 된 산(生) 울^{**}이 보인다.

막이 열리면 화실은 실내 우편에서 검은 솜이 울근불근 나오는 해진 이불을 덮고 누워 있다. 실내 좌편(즉 장지 좌편 간)에는 옥순이가 등에 어린애를 업은 채로 석유궤를 중앙에 내어놓고 궐련갑을 바르고 있다가 옆에 놓인 화로를 당기어 불을 쪼이려 한다. 그러나 화로의 불은 이미 꺼진 지 오래이다. 화저^{***}로 뒤적거리다가 다시 두 손을 모아서 입에 대고 불면서 녹인다)

옥순 벌써 해가 다 갔나 봐? (뜰을 내려본다) 오늘은 겨우 삼백 개밖에 못 발랐는데. (바르던 궐련갑을 한데 모아서 치운다) 노마가 인제는 지쳐서 자나보다. 아까는 그리 몹시 울더니. 아이 불쌍해라. (업혀있는 유아를 돌아다본다) 조금 있으면 엄마가 온다 응.

화실 (기침을 쿨룩쿨룩하다가 머리를 들며 일어난다) 옥순아 해가 벌써 다 갔나 보다. 방 속이 이렇게 추워올 젠? 원수의 기침 때문에 못 견디겠다. 물이라도 한 모금만 다오. (숨이 차서 헐떡헐떡한다)

옥순 화로에 불도 벌써 꺼지고 냉수밖에 없는데요.

화실 냉수라도 한 모금만 마시면 기침이 좀 덜 할는지 모르겠다. 속이 비어서 못 견디겠구나. 넌들 오죽 배가 고프겠니. 어린 것이 왼종일 굶고 앉아서 그것만 바르고 있으니, 손인들 좀 시리겠니.

---

* 석유궤란 석유를 담은 병을 담는 궤짝. 세 칸으로 나뉘어 한 칸에 됫병이 셋씩, 총 아홉 병을 담을 수 있도록 생겼다고 한다. 빈민들이 가구 삼아 쓰는 경우가 많았다. 여기서는 옥순이 봉투를 바르는 받침대로도 사용하는데, 궤를 엎어 바닥 부분을 위로 오도록 하면 편편한 바닥을 받침대로 쓸 수 있는 것이다.
** 생울타리.
*** 火箸 : 부젓가락.

옥순 아까 필순네 집에서 낙개떡 한 조각을 얻어 먹었더니 나는 괜찮아요. 할아버지께서는 아침도 못 잡숫고 종일 계시니까 시장해서 기침이 더 나시지요.

화실 내 기침이야 죽어야 낫지. 그렇게 얼른 낫겠니. (쿨룩쿨룩한다) 얼른 냉수라도 좀 다구.

옥순 (뜰로 내려가서 동이에 있는 물을 뜨려 하며) 아이구, 아침에 길어다 논 것이 벌써 꽁꽁 얼었네. (바가지로 툭툭 깨서 떠가지고 화실의 옆으로 간다) 이렇게 찬 것을 이가 시려 어떻게 잡수셔요.

화실 (팔을 부르르 떨며 물그릇을 받아 마신다) 아이고 몹시도 차다. 속이 다 싸늘해 오는구나. (숨이 차서 헐떡거리며 물그릇을 내민다)

옥순 냉수를 잡숫고 기침이 더 나시면 어쩌나?

화실 더 나면 아까운 인생이 죽기밖에 더 하겠니. 아마 공장의 "뚜―"가 들릴 때가 됐지? 오래잖아 복만이란 놈도 돌아오겠구나.

옥순 해가 더 넘어갔어요. 오래잖아 여섯 시 "뚜―"가 들리겠지요.

화실 내가 앓기 때문에 복만이란 놈까지 그 좋아하는 학교를 못 다니게 하고. 쌀 닷홉 거리도 못되는 그 푸진 돈푼을 벌어먹으려고 그 어린 것이 날마다 새벽부터 연초 공장에 가서 종일 매달려 있으니. 밴들 좀 고프겠니? 그놈의 생각을 하면 나는 종일 물 한 모금 아니 먹어야 할 텐데.

옥순 할아버지는 밤낮 복만이만 귀해 하셔. 나도 그냥 학교를 다녔으면 이학년, 삼학년, (손가락을 꼽으며) 벌써 내년이면 졸업인데요.

화실 너는 계집애니까 나중에 좋은 데로 시집만 가면 잘 살 테지만, 복만이란 놈은 재주가 신통해서 내가 꿈지럭거릴 때까지는 학교를 보내려 했더니 원수의 허리를 다쳐서…….

옥순 복만이는 참 재주가 있다고. 그래, 학교에서도 선생님이 퍽 귀여워 하고 산술도 갑이고 독방讀方도 갑이고 모두 갑인데 체조만 을이더라구. 그래 아버지가 학교로 가 선생님을 보고 복만이를 데려 내온다고 그러니까 참 아까운 애를 공부 못 시킨다고 조선 선생님이 별소리를 다 하더래요. 아버지더러 "담배 먹소? 술 먹소? 담배를 사먹는 돈으로 아들 공부시키우, 술 사먹는 돈으로 살림에 보태우" 하면서 별소리를 다 하더래요.

화실 그래 무어라고 대답했다고 그러든?

옥순 "술, 담배가 다 무어냐구, 입에도 아니 댄다구" 그랬더니 "그럼 어째 그렇게 살기가 어려우냐"고 묻드라나. 그래, 집에 병인이 있어 그런다구, 병인만 나으면 도로 학교를 보내겠다고 대답하니까 "그럼 아무쪼록 복만이를 다시 보내라"고 그러더래.

화실 병인이 낫거든? 내 병이 낫거든 말야? (슬픈 음성으로) 내 병이 원 낫겠니. 그 몹쓸 놈의 철도 굴 속에서 치인 지가 벌써 여섯 달째나 되는데, 기침은 점점 더 나고 사지는 더 쓸 수가 없으니 내가 아주 죽어버려야 너희들도 좀 얻어먹기가 낫고, 복만이란 놈도 다시 학교를 다니게 되지. 웬 놈의 명은 그리 타고 나서. (사이) 그때 그 흙더미에 섞여서 떨어지던 바윗돌에나 차라리 치었드라면, 시름 잊게 잘 죽는걸. (한숨을 쉰다)

옥순 할아버지도. 아이 무서워. 그런 말씀 마세요. (몸서리를 친다) 그날 저녁에 순사가 등불을 켜서 앞에 들고 할아버지를 마대잡이에 담어 가지고 들어올 때에, 나는 어찌 놀랬든지. 지금도 그 생각을 하면 몸이 벌벌 떨리는데요. 할아버지 입에서는 검은 피가 쏟아지고 눈은 허옇게 뒤집어지셨는데, 아이 무서워. (또 몸서리를 친다) 그때보다 지금은 다 나으신 셈인데요.

화실 나은 것이 다 무어냐. 병이 낫더라도 몸을 꿈적거려야지 뼈가 죄다 부서졌는지 이렇게 몸을 쓸 수가 없는데, 나으면 무얼하니. 이렇게 살려면 너희들에게 괴로움을 끼칠 뿐이지. (사이) 그저 하루라도 얼른 죽어야 할 텐데, (쿨룩쿨룩 기침을 하며) 아이 허리야, 기침을 하면 전신이 울려서 못 견디겠다.

옥순 할아버지도 참. 또 돌아가신단 말씀을 하시네. 아버지는 어떡하든지 무슨 짓을 해서라도 할아버지의 병은 고쳐 드린다고 날마다 애를 쓰시는데요. 그날도, 다치시는 날도 아버지가 일자리에서 떨려오신 까닭에 할아버지가 쌀 됫거리나 벌어 오마고 나가시더니 그렇게 몹쓸 횡액을 당하셨다고 기어이 고쳐 드린다고 애를 쓰시는데요. 그리고 오늘은 그믐날이니까 인제 어머니도 공전을 타가지고 오실 테요. 또 아버지도 아침에 한강에를 가신다고 했는데요. 요새 얼음 뜨는 것은 추운 대신에 삯전이 좀 많다구. 그리고 복만이도 이 달에는 삼 원 오십 전이나 되고 나도 '막꼬' 값 받은 것을 한꺼번에 찾으면 이원 돈이나 넘는데요. 내가 이번에 부은 것은 일 원 오십 전짜리 나무나 한 뭇 사고, 그 나머지 오십 전은 '벙어리'에 모아 두었다가, 어머니가 설에 내 댕기나 사서 드리라고 했는데요.

화실 네 시구가 죽도록 번 것을 다 모아도 쌀 한 말 거리가 못 되는 것을…… (사이) 네 아비는 이 추위에 아침도 못 얻어먹고 그 바람 센 강가에서 등에 얼음장을 메고 다니느라니 오죽 하겠니. 또 병이나 아니 나면 좋으련만. 이전에는 아무리 살기들이 어렵다 해도 꿈지럭거리기만 하면 두 때 밥은 얻어 먹겠더니, 참 몹쓸 놈의 세상도 많다.

옥순 이전에는 조선사람만 혼자 살았으니까 그랬지요. 요새는 청국사람이니, 서양사람이니 하는 타국사람들이 들어와서 자꾸 조선사람의 것을 뺏어 먹으니까 그렇지요.

화실 네 말이 옳다. 사람이 좋아서 그런지, 못생겨서 그런지, 조선 것은 모두 뺏어만 가려고 하니까 웬일인지 모르겠다.

옥순 그런데, 뒷집 만쇠 아버지는 요새가 오히려 벌이 해먹기는 전보다 낫다고. 철로도 생기고 정미소니 연초공장이니 하는 것이 있기 때문에 노동하는 사람에게는 돈 나올 구멍이 많다구.

화실 (화증을 버럭 내며) 그것들은 외국사람한테 들러붙어서 돈 냥이나 얻어 먹으니까 그러나 보다. 망할 자식들. 배 주고 뱃속 빌어먹는다는 말도 못 들은 거야. 공장에 가서 좀 보라고 그래라. 날마다 산더미 같이 많이 만들어내는 물건이 다 어디로 가나. 그게 다 한 사람이나 두 사람의 배만 불려 주는 거야. 그렇기 때문에 돈 많은 놈들은 점점 부자가 돼 가고 우리 같이 노동해 먹는 사람들은 손톱, 발톱이 다 닳아 빠지도록 지랄을 해도 먹고 살 수나 있다디. 공장, 공장이란 다 무어냐. 걸핏하면 기계 바퀴에 불쌍한 직공이나 치어서 다리가 부러지느니 팔이 부러지느니 하는 병신들만 만들어내지. 나도 돈 칠십전을 벌려다가 다 늦게 이렇게 병신이 된 것을 생각하면 이가 저절로 갈린다.

옥순 (깜짝 놀라면서) 할아버지는 왜 그런 흉한 말씀만 하셔요? 오늘은 복만이도 공장에를 갔는데요. 그런 방수에 꺼린 말씀은 마셔요. 그렇잖아도 어저께도 연초 공장에서 기계에 옷자락이 말려들어 가서 열세 살 먹은 애가 그 자리에서 담박 죽었다는데.

화실 (뉘우치듯이) 그저 화증이 나서 하는 말이 함부로 나왔구나. (또 쿨룩쿨룩 기침을 한다)

옥순 (하염없이 바깥을 내다본다)

(무대는 다시 침묵 속에 있다. 조금 있다가 뒷골목으로 외고 가는 두부장사의 "비지나 두부 사료. 두부나 비지 사료" 하는 소리가 처량하게 들린다. 무대는 다시 어두워 온다)

옥순 아이고, 벌써 어두워 오네. 얼른 방이나 다 치워 놓아야지. (일어서려 하다가) 할아버지! 방이 차더라도 이불을 덮고 누우셔요. 일어 앉으시면 등이 시려서 기침이 더 나시지요. 누우셔요. (화실의 어깨를 안아서 뉜다)

화실 (뉘는 대로 눕는다) 방바닥이 어찌 찬지 뼈가 곧아 올라 오더라. 오늘 저녁은 불이나 좀 때게 했으면 좋겠다. 그리고 이따가 내게는 뜨뜻한 국물을 좀 해다우. 기침이 하도 몹시 나니까 뱃속이 다 울려서 못 견디겠더라.

옥순 네. 그렇잖아도 오늘은 어머니가 돌아오는 길에, 쌀 팔 돈으로 밀가루하고 고기도 좀 사 가지고 온댔으니까, 그럼 할아버지께는 국물을 많이 해드리지요. (장지 좌편 구석에 있는 비를 들어 방을 쓴다)

화실 얘, 얼른 치워 놓고, 물도 길어다 놓고, 다 맞춤 준비를 해놔라. 그래야 들어들 오는 길로 먹을 것을 하지. 어린 것이나 어른이나 이 추위에 아침들도 못 얻어먹고 가서 종일 일을 하니 배가 고파서 견디겠니. 가만히 집에 누웠는데도 이렇게 속에서 찬바람이 올라오는데. 어린 놈은 자나보다. 아무 소리가 없을 젠. 깨기 전에 얼른 다 해놔라. (이불을 머리까지 뒤집어 쓰고 눕는다)

옥순 네. (뜰로 내려가서 부엌일을 한다) 아이고, 물도 다 없어졌네. 또 두레박을 얻어와야 물을 길어오지. (동이의 얼음을 툭툭 끄다가) 아이, 손 시려. (두 손을 입에 모아대고 입김을 쏘인다)

(좌편 출입구 대문 밖에서 사십 세 가량 되는 여인의 음성으로 "아가! 늬 어머니 아직 안 오셨니?" 하며 질뚜껑을 덮은 대접을 들고 들어온다)

인녀隣女 옥순아! 아기가 인제는 자니? 아까는 그리도 몹시 울더니.

옥순 (얼른 돌아다보며 반가운 목소리로) 아이고, '필순' 네 아주머니 오시네, 어서 들어오셔요. 노마가 하도 몹시 울기에 아까는 젖을 좀 얻어 먹이려 갈까 했지요.

인녀 왜. 오지 그랬니. 왔더라면 젖을 좀 먹이는 것을. (업혀있는 유아를 들여다보며) 배가 고파 그랬구나, 아이 불쌍해라. 오늘은 빨랜지 무언지를 좀 하느라고 꼼짝을 못했다. 아까 노마의 우는 소리가 들리기에 얼른 와서 두어 모금 빨리려 했더니 마침 집의 놈이 깨지. (손에 든 대접을 내밀며) 옛다, 이것 뜨뜻한 김에 너도 두어 모금 마시고 할아버지 드려라. 멀겋게 끓인 것이 맛은 없다만.

옥순 아이고, 아주머니두. 이건 뭘 또 이렇게 가져 오셔요. 우리집에서는 늘 얻어만 먹어서. (대접을 받는다)

인녀 별말을 다 하는구나, 식기 전에 어서 너도 좀 먹어라. 오늘 아침도 못 끓였다니 좀 배가 고프겠니. 노말랑은 그 동안에 젖이나 두어 모금 빨리게 이리 내려다우.

옥순 (뚜껑을 열어보며) 아이고, 고깃국일세. 그렇잖아도 지금 할아버지께서는 기침이 나서 참으시다 못해서 "냉수라도 한 모금 마시면 날까 보다"고 그러시고 찬 냉수를 잡수셨는데요.

인녀 아이 딱해라. 성한 사람도 굶고 못 사는데 더구나 병환이 나신 이가 오직 시장기가 나시겠니. 그런 줄 알았으면 먼저 좀 갖다 드리는 것을 그랬구나. 어서 노마는 이리 다우. (손을 내민다)

옥순 (업었던 어린애를 내리며 인가 여인은 받아 안고 쪽마루에 걸터앉는다)

인녀 (어린애에게 젖을 먹이며) 초가을에는 꽤 폭신폭신하던 애가 요새는 아주 조리복송이가 됐구나.

옥순 요새는 며칠째 쌀이 떨어져서 암죽도 못해 먹이니까 더하지요. 그리고 어머니도 종일 아무 것도 못 잡숫고 정미소에서 일을 하고 오시면 저녁에도 젖이 잘 안 나서 밤새도록 울고 야단이랍니다.

인녀 벌이들은 다 무언지, 내나 남이나 집에 젖먹이를 두고. 그 말도 못하는 것을 종일 굶겨 매달아 두니 그렇잖니.

옥순 (국대접을 들어서 맛본다) 아이, 퍽 맛난데요. 아주머니는 언제든지 솜씨가 좋아서 음식이 늘 이렇게 맛나요.

인녀 맛나기는 무엇이 맛나단 말이야. 오늘 저녁에는 있는 찬밥이나 하고 그럭저럭 하렸더니 시골서 개의 외삼촌이 또 올라왔지. 그래 생각다 못해서, 나의 옥양목 치마 있는 것을 갖다 잡히고 돈 열 냥을 얻어다 끓인 것이란다.

옥순 그래도 아주머니집은 살기가 나으신가 봐요. 이런 국도 가끔 끓여 잡수시니까 좀 낫지요? '필순' 이 외삼촌은 다녀가신 지가 얼마 안 되는데 왜 또 올라오셨어요?

인녀 그것도 걱정이란다. 농사 마지기나 지었다는 것은 다 빚에 뺏겨 버리고 땅까지 남이 빼앗아 하게 돼서 어린 자식들하고 살 수가 없다고 서울이나 와서 막벌이를 한다고 올라왔단다. 이 추위에 어디 벌이 자리가 있어야지. 오나가나 신신찮은 일뿐이야. 어서 식기 전에 좀 먹어라.

옥순 할아버지나 얼른 좀 드려야지. (개수통에서 숟가락을 찾아서 국대접 위에 놓아 가지고) 할아버지! 할아버지! (부르며 급히 들어간다)

(화실은 이불 속에서 쿨룩쿨룩 기침을 한다. 옥순은 방 문지방에 발끝이 걸려 털썩 주저앉으며 국대접은 떨어져 깨어진다)

옥순 에그머니, 이를 어째…… (옷에 묻은 국을 털며) 대접까지 깨졌네.

인녀 (얼른 돌아다보며) 아이고, 딱해라. 급히 들어가다가 넘어졌구나. 얼른 일어나거라. 옷이 다 젖는다.

화실 (고개를 번쩍 들며) 무얼 그리 요란하게 하느냐. 조용조용히 하려무나. (깜짝 놀라며) 무얼 거기다가 엎질렀구나. (마루를 본다)

옥순 (그릇 깨진 것을 맞춰 보며) 필순네 집에서 일껏 더운 고깃국을 갖다 주시는 걸 할아버지도 못 잡숫게\……. (목이 메어 운다)

화실 아까운 국을 그랬구나. 너나 먹지, 무얼 그리 급히 가지고 오느라고…….

옥순 할아버지가 아까 속이 비어서 냉수라도 좀 달라고 하시기에. 그

국을 얼른 갖다가 드리려고 그랬더니…… (두 손등으로 눈물을 씻는다)

　화실 얼른 국물이나 다 닦아라. 방이 젖으면 또 얼어붙는다.

　옥순 (걸레를 집어 씻는다)

(무대는 잠시 침묵에 싸였다. 멀리서 "뚜—"하는 공장 기적이 길게 들린다)

　옥순 (딴 정신이 나는 듯이) 할아버지! 할아버지! 인제 여섯시 "뚜—"가 들려요. 조금 있으면 다들 오겠네.

　화실 오! 들리는구나, 오래잖아들 오겠다.

　인녀 나도 얼른 가봐야겠다. 인제 모두 허기들이 져서 들이밀릴 텐데. 변변치 못한 것을 가지고 와서 먹지들 못하고 괜히 놀라기만 했구나.

　옥순 아주머니! 대접이 깨져서 어째요? (대접 깨진 것을 주섬주섬 모아서 쪽마루로 내놓는다)

　인녀 별소리를 다 한다. 그 대접이 원래 금이 갔던 것이란다. 나도 어서 가봐야지. 다 치웠거든 얘나 좀 받아라. 인제 배가 좀 나왔구나. "아가, 어쩌. 응 그렇지." (어린애를 든다)

(옥순이는 뜰로 내려서서 어린애를 다시 업는다. 인녀는 업혀준다)

　옥순 (어린애를 돌아다보며) 인제 정신이 좀 나나 봐. 눈을 동그라니 뜨고 있네.

　인녀 배가 좀 부르니까 어머니 오시기까지는 잘 놀겠다. (치맛자락을 털며 처마끝으로 나서서 하늘을 쳐다본다) 아이고, 날이 또 잔뜩 흐렸구나. 원수의 눈이 또 오면 어쩌나. 빨래는 잔뜩 해났는데.

　옥순 (하늘을 쳐다본다) 북쪽이 캄캄하게 흐렸는데요.

　인녀 나는 간다. 또 노마가 깨지나 안 했나?

옥순 또 오세요.

인녀 오냐.

(인녀, 왼쪽 출입구로 퇴장. 옥순은 그릇을 씻으려다가 방 쪽을 바라보고)

옥순 아이고, 아주 어두웠네. 불이나 좀 켜야지. (마루로 올라가서 조그
만 쾌梆 남포를 꺼내며 불을 켠다) 아이고, 석유도 얼마 안 남았네. (남포
밑을 들여다 본다) 또 물을 길어와야지. (뜰로 내려서 대문을 바라보며)
어머니도 오실 때가 됐고, 복만이도 거진 올 때가 됐는데, 왜 입때들 아
니 오나. (눈발은 풋득풋득 날린다)

옥순 아이고, 눈이 또 오네. 할아버지! 할아버지! (화실 쪽을 향하여 부
른다) 눈이 또 와요.

화실 (쿨룩쿨룩 기침을 한다) 눈이 와? 많이나 쌓이기 전에 어서들 왔으
면 좋으련만, 복만이란 놈이 손이 시리다고 또 울고 오겠구나.

옥순 할아버지! 내 물 한 동이 얼른 길어 기지고 올게. 누가 들이오나
좀 보세요. (동이를 집어 가지고 나가려 한다)

화실 어서 갔다 오너라. 우리집에 무엇을 가져 갈 것이 있어서 누가
들어오겠니. (옥순은 동이를 들고 대문 밖으로 나가려 할 즈음에 손에 통나
무단을 들고 옆에 신문지 봉지를 낀 김성녀가 들어온다)

김성녀 (옥순이 나오는 것을 보며) 무얼 하고 앉아 있다가 인제야 물을
길러 가니.

옥순 (반가운 듯이) 인제야 어머니 오시네. 오늘은 왜 이렇게 늦었어요?
(들은 동이를 다시 내려 놓고 나뭇단과 신문지 봉지를 받아서 마루에 놓는다)

김성녀 삼전인가 무언가를 찾느라고 그랬단다. (업혀 있는 어린애를 들
여다보며) 자지 않는구나. 오늘은 얼마나 울었니?

옥순 저녁 때는 어떻게 몹시 우는지 '필순' 네 집에 가서 젖이나 좀 얻

어 먹이려 했더니, 지금 아주머니가 와서 한참 젖을 얻어 먹고 깨서 논다우.

김성녀 상에, 배가 고파서 그랬구나. 인제 이리 좀 내려 놓고 너는 어서 물이나 길어 오너라.

옥순 내려두면 무얼 하우. 지금 막 젖을 먹었는데.

김성녀 그래도 이리 좀 다우. (어린애를 내려서 김성녀가 안고 쪽마루에 걸터앉는다. 어린애의 머리를 쓰다듬으며) 아이, 오죽 서럽겠니? 어미를 종일 잃고. 할아버지는 좀 일어 앉으셨디?

옥순 일어 앉으시는 것이 무어요. 오늘은 더군다나 속이 비어서 그런지 종일 기침만 하셨는데. 그래 아까는 필순네 집에서 가져 온 고깃국을 드리려고 얼른 가지고 들어가다가 그만 문지방에 걸려서 넘어졌다우.

김성녀 에이 빙충이. 그래 조금도 못 잡수셨구나. 아까워라. 어서 가 물이나 길어와. (허리춤에서 밀감 두 개를 꺼내서 준다) 하날랑 두었다가 복만이 오거든 주어. 아버지도 그저 아니 오셨니?

옥순 (밀감을 받으며) 아버지는 오늘 강으로 나가신다고 했으니까 어느새 오시겠소.

김성녀 아이, 날도 그악스럽게 추운지. 복만이는 벌써 올 때가 됐는데…… (대문 쪽을 바라본다)

옥순 벌써 여섯 시 "뚜―"가 들린 지 한참 됐는데 웬일일까? (또 대문 쪽을 바라본다)

화실 (쿨룩쿨룩하며) 다들 왔니? 복만이도 왔니?

옥순 어머니만 왔어요. (밀감을 까먹는다)

김성녀 (어린애를 안은 채 화실의 옆으로 가서 들여다 본다) 종일 좀 시장하실까. 인제 얼른 국을 끓여 드리지요.

화실 나는 가만히 누웠으니까 괜찮다마는, 너희들이 오죽 배가 고프겠니? 그런데 복만이란 놈이 왜 이렇게 늦어질까. 요새 공장에서 아이

들이 많이 상한다는데.

옥순 아이, 할아버지는 또 그런 말씀을 하시네. (김성녀의 얼굴을 본다)

김성녀 내 불을 지필게 얼른 물이나 길어 오너라.

옥순 (남은 밀감을 허리춤에 넣고) 네! (물동이를 들고 왼쪽 출입구로 퇴장)

(김성녀는 쪽마루에 걸린 솥 앞으로 가서 불을 살리려 한다. 눈은 아까보다 더 온다. 경삼은 왼편 출입구로 지게를 진 채 들어온다)

경삼 (옷을 털면서) 웬 놈의 눈은 날마다 오나. (지게를 대문 옆으로 벗어 놓는다)

김성녀 (경삼을 쳐다보며) 오늘은 늦었구려. 나도 지금 막 왔는데.

경삼 (집안을 둘러보며) 옥순이는 어디 갔나? 복만이도 아직 안 왔어? (쪽마루에 걸터 앉는다)

김성녀 옥순이는 물 길러 갔소. 복만이란 놈은 참 웬일인가?

경삼 요 녀석이 오다가 또 장난에 팔린 것이지. 눈은 자꾸 쏟아지는데……. (짚신을 끄르고 방으로 올라간다) 아버지께서는 오늘은 종일 또 얼마나 기침을 하셨나? (화실의 옆으로 가서) 아버지! 방이 얼마나 차요? 오늘은 날이 추워 좀 일어나 보시지도 못하셨지요, 아마.

화실 (머리를 들어 쿨룩쿨룩 기침을 한다) 오늘은 강으로 벌이를 갔더라지? 오죽 추웠겠니? 나는 종일 허리가 더 아프고 기침이 나서 죽을 뻔했다. 낮에는 점심이나 사 먹었니?

경삼 네, 저는 일꾼들이 술 먹는 데 따라가서 술국 한 그릇 사 먹었어요.

화실 화로에 불이나 있어야 손들이나 좀 녹이지. 그래 복만이란 놈도 왔니?

경삼 웬일인지 입때껏 안 왔어요. 오다가 또 어디서 장난을 하고 있는 게지요.

화실 아니다, 그놈이 언제 그렇게 길에서 장난하고 있디? 인제 집안 식구가 다 들어왔는데. (사이) 나는 웬일인지 마음이 쓰여서 못 견디겠다. 내가 일을 하다가 그 무서운 광경을 당한 뒤로는 너희들이 벌이를 나간다 하면, 마음이 조마조마하고 염려가 돼서 못 견디겠더라. 더구나 복만이는 나로 해서 약값인지 무엇을 보탠다고, 학교에 다니던 것을 데려다가 공장에 보내기 시작하더니, 그게 내 눌러서 입때껏 그 어린 것을……. (쿨룩쿨룩한다)

경삼 아버지는 그런 딴 걱정까지 하시니까 병환이 나으실 리가 있어요. 집안 식구가 다 벌어야 먹게 된 세상인 걸 어쩌나요. 요사이는 약도 못 잡수셔서.

화실 약이 다 무어냐. 나는 인제 아무 것도 아니 먹겠다. 잘 벌어서 너희들이나 뜨듯하게 때나 놓치지 않고 잘 끓여 먹었으면 그만이지 내 병이 어디 나을 병이냐, 얼른 죽어야 너희들이 시름을 잊지.

경삼 원 별 말씀을 다 하시네. (다시 염려가 되는 듯이) 참 복만이란 놈이 웬일인가? (대문 편을 내다본다)

화실 누가 저 큰길까지도 좀 가봤으면 좋겠다. 내가 엊저녁에 하도 흉악한 꿈을 꾸어서 더구나 맘이 키인다. 그 무시무시한 굴 속에서 내가 치이든 꿈을 꿔서 오늘은 종일 염려를 했다. 너희들이 몸이나 성하게 돌아왔으면 했더니 다행히 너희 둘은 잘 돌아왔다만은 어린 놈이 입때 아니 오니 웬일인지 모르겠다.

김성녀 (불을 때다가 별안간 슬픈 어조로) 참 여태 안 오나, 얘가? 눈은 자꾸 퍼붓는데…… (경삼을 향하여) 여보 좀 나가보우.

경삼 (일어나 나오며) 글쎄…….

(옥순이는 물동이를 이고 왼편 출입구로 들어온다. 경삼과 김성녀는 반가이 그 쪽을 본다)

김성녀 난! 복만이가 왔다구.

옥순 왜 아직 아니 왔소? 나도 오면서 큰길 쪽을 보고 했더니 아직 안 와. 그래서 나는 또 그 동안에 벌써 집에 와 있나 했지. (물동이를 쪽마루 끝에 놓고 옷에 묻은 눈을 턴다) 아이 눈도 어찌 몹시 오는지 그새 흠뻑 젖었네. 그럼 누가 나가라도 봐야지.

김성녀 여보 눈 쌓이기 전에 좀 나가보고 오우. (경삼을 쳐다본다)

(경삼이가 짚신을 신고 나가려 할 즈음에 대문 밖에서 두런두런하는 인기척이 나며 "이 집이에요. 이 집이에요" 하는 앳된 아이의 목소리가 들리고 검은 '고꾸라' 양복을 입은 오십 세 전후의 공장 사역이 '제연공장'이라 쓴 동그란 등을 들어 문패를 보더니 아이의 뒤를 따라서 대문 안으로 들어선다. 집안에 있던 사람들은 눈이 휘둥그렇해서 일시에 그 편을 바라본다)

아이 (급한 어조로) 복만 어머니! 복만 어머니! 큰, 큰일났어요. 기계가 죽에 말려서 죽, 죽었어요.

(세 사람은 일시에 놀라며 "엇" 소리를 치고 뒤로 넘어지려 한다)

경삼 무어 어째? (눈을 똑바로 쏘아 본다)

김성녀 아이그머니 저를 어째……!

옥순 어머니, 복만이가 죽었대? 응. 응. (운다)

화실 (고개를 들며) 애! 애! (쿨룩쿨룩) 복만이가 어째서? 죽었어? 기계에 다쳤어? 애, 누가 하나 이리 와다우. 나 좀 일으켜 다우. 그게 무슨 소리냐? 이야기나 자세히 듣자. (일어 앉으려다 또 쓰러진다) 그놈까지 그만 죽이는구나. 아이고 아이고. (쿨룩쿨룩)

사역 (아이를 바로 쏘아보며) 요놈, 떠들지 마라. (다시 경삼을 보며) 복만이의 부친이 되십니까?

경삼 네, 그렇습니다. 그래 복만이가 죽다니요?

사역 놀래시겠지요. 나는 제연공장에서 왔습니다. 매우 중상인 듯하나 아직 생명은 붙어 있는 모양이올시다. 원, 무어라고 말씀을 해야 할는지 매우 가엾은 일이올시다. 그래서 복만이를 곧 댁으로 데리고 오려 했더니 직공 감독께서 우선 한 시간이라도 얼른 의사의 치료를 받아야 할 때라고 곧 통안전치병원으로 떠메어 갔습니다.

아이 아이 무서워. 복만이 옷은 맨 피투성이가 되고 코에서 입에서 피가 자꾸만 나와요.

김성녀 오늘은 아침도 못 먹고 가더니, 아이, 불쌍해 어쩌나? (행주치마 자락으로 눈물을 씻으며 목이 메인다)

경삼 (입술을 꼭 다물고 주먹을 쥐고 섰다) 그래 뼈가 죄다 부서진 모양이에요?

사역 아마 많이 상한 모양인가 봐요.

화실 (일어 앉으려다가 쓰러지며) 아이고 죽겠다, 옥순아! 이리 좀 와서 나 좀 앉혀 다오. 이야기나 좀 자세히 듣자. 그저 엊저녁 꿈자리가 고약하더니 끝내 그놈까지 죽이는구나. (사역을 부르며) 여보, 그래, 어떻게나 됐소? 죽지는 않았소? 이리 와서 말이나 좀 자세히 해주우. 그놈은 내가 죽인 셈이오. (또 일어 앉으려다 쓰러진다) 아이고 죽겠다, 아이고……. (헐떡거린다)

경삼 (방으로 들어가서 화실을 뉘이며) 아니, 왜 이러세요. 가만히 계셔요. 아직 죽지는 않았대요.

화실 그것이 죽으면 그것은 꼭 내가 죽인 것이다. 이 늙은 병신 때문에 어린 놈을 죽인 것이다. (쿨룩쿨룩) 아이고, 죽겠다. (몸부림을 하려 한다)

경삼 글쎄, 좀 참으셔요.

사역 (민망한 듯이 보다가) 좀 진정하시지요. 아직 죽지는 아니했으니까 잘 치료하면 살아나겠지요.

김성녀 (목이 메인 소리로) 대관절 그래, 어쩌다가 그렇게 몹시 다쳤어요?

아이 일을 다 하고 막 나하고 같이 나오려고 하는데 애들이 한꺼번에 우— 몰려나오다가 옆에 섰던 애가 툭 쓰러지는 바람에 (손짓을 하며) 복만이가 이렇게 비쓱하니까 두루마기 자락이 그만 그 가죽으로 쏠려 들어 갔지요. 가죽 아니 있어요? 널따란 가죽요, 바퀴 돌리는 것 말예요. 그러더니 그 빨리 돌아가는 바퀴에서 아마 서너 번이나 돌아갔나 봐요. 그래, 내가 소리를 질렀더니 어른 직공이 그것을 보고 얼른 '스위치'를 틀었지요.

옥순 네가 얼른 그 옷자락이나 확 뺐더라면 괜찮았지?

아이 아이고 참, 어디 그렇게 뺄 새가 있는지 아남. 그래 복만이가 기계에서 툭 떨어지는데 그저 코, 입에서 시커먼 피가 철철 흘러나오고 사지가 축 늘어졌는데, 아이 무서워.

김성녀 아이, 끔찍해 못 듣겠네. 몹쓸 놈의 이 가난아! 나무값이나 좀 보탤까 해서 그 이런 것을 내보냈더니…… 아이고, 불쌍해 어쩌나. (목이 메어 운다)

화실 그 똑똑한 놈이 그만 나 때문에 그 모양이 됐구나. 아이, 불쌍해. 여보! (사역을 부른다) 그래 의사의 말이 무어랍디까? 죽지는 않겠답디까?

사역 네, 잘 치료하면 목숨은 살겠다고 해요. 인제 회사에서 치료비는 얼마든지 줄 테니까 병원에 두고 치료나 잘하게 하시지요.

경삼 치료비, 그래 치료비만 낸답디까?

사역 그건 알 수 없지요. 또 무슨 다른 변통이 있을는지도……

경삼 요새 세상은 돈 가진 놈들이 하도 뻔뻔하니까 생때 같은 남의 자식을 죽이고도 몇 푼 안 되는 매장비로 마감을 할는지도 모르지요. 이놈의 세상이 어느 때까지 이렇게 사람의 값이 싼지 몰라?

김성녀 (경삼을 보며) 여보, 자식이 죽게 됐다는데 그런 쓸데없는 말은 해 다 무얼 하우. 우리 얼른 가봅시다. 죽기 전에……. (아이를 향하여) 그래 말은 못하던?

아이 말이 다 뭐예요. 눈도 뜨지 아니하고 앓는 소리만 하고 있어요.

김성녀 눈도 못 떠? 아이고, 불쌍해라. 그럼 얼른 가봅시다.

옥순 나도 가……. (운다)

경삼 너까지 가서 무엇하니? 그 참혹한 꼴을 보러 가……. (뜰로 내려 선다)

옥순 불쌍하니까 가 보지. 나도 가요.

화실 얘, 아이고 아이고, (또 일어나려다가 쓰러진다) 나도 좀 가봐야겠 다. 원수 놈의 팔다리나 맘대로 쓸 수가 있어야지…….

경삼 어디를 가신다고 그래요. 얼른 다녀올게 가만히 계셔요. (사역을 향하여) 자아, 갑시다. (옥순을 보며) 너는 집에 좀 있어. 할아버지 모시 고. 큰일났다. 저러시다가는 할아버지까지 마저 돌아가시겠다.

옥순 얼른 갔다올 걸! 나도 가요.

(김성녀는 어린애를 업는다. 경삼이는 다시 화실의 옆으로 가서 화실을 업는다)

경삼 얼른 보고 올게 가만히 누워 계셔요.

화실 아니다. 나도 간다, 갈 테다. (또 일어나려 한다)

경삼 글쎄, 왜 이러세요. 얼른 다녀 올 텐데요. (사역을 향하여) 어서 갑 시다.

(사역이 등을 들고 선두에 서서 경삼, 김성녀, 아이 등이 퇴장. 옥순이도 조 금 있다가 뒤를 따라서 퇴장. 눈은 점점 퍼붓듯이 온다)

화실 (대문 쪽을 바라보며) 나도 갈 테다. 나도 좀 데리고 가다오. (몸부림을 친다)

화실 (뜰을 내다보며) 이것들이 벌써 다 갔구나. 아이고, 어쩌나, 불쌍해 어쩌나. (또 쓰러진다)

(무대는 잠시 침묵에 쌓여 있다)

화실 (쿨룩쿨룩 기침을 하며 또 일어난다) 이놈의 인생이 이러고 살아 무얼하나. 그저 하루라도 바삐 죽어버려야지. (마루로 기어 나온다) 아무도 없는 김에 죽어버려야지. 더 살면 또 무슨 꼴을 볼는지. (장지 문지방에 걸려서 털썩 쓰러진다) 아이고 아이고. (또 일어나서 기어나온다) 내가 왜 그때 흙구덩이에서 죽지를 않고 여태껏 살아서 그 똑똑한 복만이란 놈까지 그 몹쓸 병신을 만들었구나. (마루에 배를 깔고 턱 엎어진다) 칠십이나 되도록 가난뱅이에 살이를 하다가 끝끝내 한모퉁이 시원한 꼴은 못보고 필경은 몸뚱이까지 못쓰게 돼 가지고. 전생에 무슨 죄를 그리 많이 지었는지. (또 일어난다) 남의 집 모양으로 집안에 불량한 사람이나 있다든지, 남과 같이 헛불리 구는 놈의 집 같으면 살기가 어려운 것을 뉘게다 원망을 해. 우리 집 같이 그저 살려고만 애를 쓰고 날이 번하면 추우나 더우나 어린 것이나 큰 것이나 한 푼 벌이라도 남보다 더 하려고 뼈가 다 닳아 빠지도록 지랄을 하는 이놈의 집에서 갈수록 갈수록 얻어먹기는커녕 새로 이런 참혹한 변만 생기니 천도가 어찌 이리 무심한가? 이런 놈의 세상에서 내가 더 살면 무슨 낙을 보자구. 그저 죽어야지. (쪽마루 끝에 놓인 식칼을 들고 물끄러미 본다) 아이고, 몹시도 날이 무디다. 어디 베어지기나 하겠나. 이런 걸 가지고 섣불리 굴다가는 또 망신만 하겠다. 옳다 옳다. 어저께 빨래를 한다고 양잿물을 사왔다더라. 그것을 어디 두었나? (쪽마루에 손을 짚고 가구 놓인 틈을 둘러보더니)

옳지, 이거로구나. (신문지로 싼 뭉텅이를 집어낸다) 이놈을 먹으면 대번에 목숨이 끊어지겠지. (대문 쪽을 내다본다) 애들이 오기 전에 얼른 죽어야지. (신문지 뭉치와 탕기 한 개를 들고 마루 중앙으로 기어 나온다) 이것들이 돌아오면 또 얼마나 놀랠까? 복만이란 놈은 그동안 어찌 됐나? (신문지로 싼 뭉텅이와 탕기를 앞에 놓고 정면을 향하여 우두커니 들여다 보고 있다가 두 손등으로 눈물을 씻는다) 내가 더 살아 무얼 해. 그렇지만 남아 있는 그것들이 불쌍해서 어쩌나. 아비니 뭐니 하고 그저 약 한 첩이라도 얻어 먹이려고 그 애를 쓰던 것들이 내가 또 이렇게 죽으면 오죽이나 서러워할까? 그 생각을 하면……. (힘있는 어조로) 아니다, 내가 얼른 죽어버려야지. (결심한 듯이 신문에 쌓인 것을 풀더니 탕기에 쏟아 넣고 또 우두커니 들여다본다) 손끝에만 묻어도 담박 부풀어 오르는 양잿물인데. (눈물을 또 씻으며 대문 편을 내다 보다가 슬픈 소리로) 왜 눈은 왜 저리 몹시 오누. 내가 이러다가 또 돌아들 오면 이번에도 못 죽겠다. (쪽마루 편에서 물을 떠 가지고 와서 양잿물을 탄다) 이게 마지막이다. 원수 놈의 세상이 나를 그리 구박을 하더니 이것 한 모금을 마시면 나는 그만이다. (목이 메이며 눈물을 또 씻는다. 실신한 듯이 탕기를 들여다본다. 무대는 잠시 적막하다)

　　화실 (대문 편을 바라본다) 내가 이러다 또 못 죽겠다. (손으로 탕기를 든다. 손은 떨린다. 탕기를 물끄러미 들여다보다가 다시 사방을 둘러본다. 긴 한숨을 쉰다. 울음에 잠긴 목소리로) 이게 마지막이다. 몹쓸 놈의 세상아. (손으로 마루를 탁 누른다. 얼른 양잿물을 들어 마시고 탕기를 내던지면서 뒤로 쓰러진다) 아이고, 아이고……. (침통한 소리로 부르짖는다)

　　(눈은 더욱 퍼붓듯이 온다. 무대는 잠시 무거운 침묵에 싸였다)

　　화실 (고민을 시작한다. 팔과 다리로 마루를 구르며 몸을 뒤치락거린다) 아이구 아이구, 어서 죽었으면 좋겠다. 아이구, 가슴아. 아이구, 죽겠네.
응—. 아이구 아이구, 사람 살려 주오. (일어나려다 쓰러진다) 아이, 가슴
야. 아이, 배야. (흑흑 느낀다. 입과 코에서 검은 피가 나온다)

(대문 밖에서 인기척 들리며 경삼과 옥순 등장)

경삼 (눈 묻은 옷을 털며) 웬 놈의 눈은 이리 와 쌓나.

옥순 할아버지! 할아버지! 복만이는 어쩌면 살아나겠대요. (옷을 턴다)

화실 아이고, 가슴이야. 아이고…….

경삼 (얼른 마루 쪽을 바라보며) 허 저게 웬일이야. 글쎄, 왜 찬 마루로
나오셨어요?

화실 애, 애, 그게 누구냐? 나는 죽겠다. (얼굴을 경삼의 쪽으로 향한다.
남포불에 비치는 화실의 얼굴에는 코와 입에서 피가 흐른다)

경삼 허, 저게 웬일이에요? (놀래며 마루로 급히 올라간다)

옥순 아이고머니, 할아버지 얼굴에 웬 피가……? (놀라며 화실의 옆으로
간다)

경삼 (화실을 부축해 앉으며) 글쎄, 방에 가만히 누워 계시지 왜 이리 나
오셨어요? 얼굴에 피는 웬일이에요. 이것 또 큰일났군. (화실을 들여다
보며) 마루에서 떨어지신 게구려?

화실 아이고 가슴야. 그래 복만이란 놈은 어찌됐니? 아, 아주 죽지나
않았니. 아이구, 배야.

경삼 이것이 웬일일까. (어쩔 줄을 모르고 초조히 군다) 대관절 이게 웬
일이에요? 복만이는 죽지는 않겠대요.

옥순 할아버지! 할아버지! 글쎄, 왜 저러세요? 나오시다가 마루 끝에
떨어지셨어요? (마루 아래와 마루 위를 쳐다본다)

화실 떨어졌다, 떨어졌다. 아이고……. 그래, 복만이의 팔다리는 다

성하냐? 병신이나 안 됐으면…….

경삼 웬걸요, 오른팔하고 왼다리가 다 부러진 걸요.

화실 아이고, 참혹해라. 그게 또 나 모양으로 병신이 됐구나. 이놈 때문에, 아이고 가슴야.

옥순 (마루에 놓인 신문지 뭉치와 탕기를 들여다보며 놀란다) 저, 저 종이가 왜 나왔을까? (경삼을 쳐다보며) 아버지! 아버지! 저게 양잿물을 싸놓은 것인데. 아이 또 저를 어쩌나! 할아버지가 아마 양잿물을 잡수셨나 보우. (소리를 크게 해서) 할아버지! 할아버지! (부르며) 양잿물을 잡쉈어요?

경삼 (깜짝 놀라며) 뭐? 양잿물……? (손으로 급히 신문지에 싼 것을 들어보고 또 놀란다) 어허, 이게 웬일이야? 양잿물을 잡쉈구나. (화실의 어깨를 껴안으며 목이 메인 목소리로) 아버지! 아버지! 양잿물을 정말 잡쉈어요? 글쎄, 이게 무슨 까닭이에요. 네? 아버지!

옥순 (급히 마루로 올라가서 화실의 몸을 흔든다) 할아버지! 할아버지까지 왜 돌아가시려고…. 응 응. (운다)

화실 (몸을 뒤틀며) 아이구 죽겠다. 내가 얼른 죽어야 남아 있는 너희들이나 살지……. 아이구 가슴아, 물, 물, 물이나 좀 다우.

경삼 옥순아 물 좀 얼른 떠오너라. 글쎄 요년아, 너는 집에 좀 있으라니까 구태여 따라오더니 이런 일이 생겼구나. 아버지! 어쩌자구 이런 일을 하십니까? 아버지의 약이나 좀 사드릴까 하고 복만이란 놈까지 공장에 보냈다가 저 모양이 됐는데요.

화실 복만이란 놈까지 나 때문에 그런 참혹한 병신을 만들고……. (옥순이가 떠온 물을 마시다가 와락 내게운다) 너희들이, 너희들이 (숨이 차서 헐떡거린다) 구박을 하면 기어이 내가 한때라도 더 살려고 하겠다마는 집안 식구가 이 병신아비를 어떻게든지 살려내려고 밤낮으로 애를 쓰는 것을 생각하면 손발도 못 놀리는 이놈이 하루라도 더 살기가 민망하

다. 아이구, 가슴아, 배야. 내가 얼른 죽어야 너희들이나 편히 살아가
지……. 아이구 죽겠다.

경삼 (울음에 멘 목소리로) 아버지! 아버지! 그게 무슨 말씀이에요. 자
식 죽고 아버지까지 돌아가시면 경삼이는 무엇을 바라고 삽니까, 네
아버지!

화실 살아야 한다, 너희들은 나 대신에 살아야 한다. 이놈의 세상이
끝나도록 너희들은 살아야 한다. 그래야 이 인정 없고 눈물 모르는, 이
원수의 세상에서 두드려 부수고 (헐떡거린다) 원수를, 원수를 갚아보
지…… 아이구으……. (뒤로 넘어지며 입과 코에서 피가 흐른다)

경삼 이거 어쩌나, 옥순아 옥순아! 얼른 의사를 불러와야겠다. 이를
어쩌나. 너 의사집 모르지! 저, 저, 그럼 저 '순돌' 아버지 좀 얼른 불러
오너라. 얼른 가서 큰일났으니 곧 오라고. (화실의 상체를 안아서 무릎에
뉜다)

(옥순은 짚신짝을 급히 끌고 퇴장. 눈은 또 퍼붓는다)

화실 (눈을 치뜨며 헐떡거린다) 아이구 으. 으. 경, 경삼아, 경삼아 나는
죽는다. 이놈의 세상이 나를 죽인다. 돈, 돈, 원수의 돈 칠십 전에 나는
죽는다. 내가 그놈의 돈 칠십 전을 벌려다가 나도 죽고 손자놈까지 죽
이는구나. 세상에 무도한 이놈들아, 돈 가진 놈들아. 내, 내, 내 입에서
흐르는 이 더운 피를 좀 실컷 빨아 먹어라. 으…… 으…… 아이구, 아이
구. (입에서 피가 철철 흘러나온다)

경삼 아버지! 아버지! 정신을 차리세요. 이를 어쩌나. 물이나 좀 갖다
드려 볼까. (물을 떠다가 먹이려 한다. 그러나 화실은 물을 마시려다가 도로
토한다. 또 먹인다. 또 토한다) 아버지! 아버지! 물을 좀 마셔 넘기세요.
그러면 좀 나으실는지도 모릅니다.

화실 안, 아니 넘어간다. 옥순아! 옥순아! 옥순이 좀 불러라. 아이구 죽겠다, 으…….

(노동자 복색服色을 차린 치명과 옥순이 숨을 헐떡거리며 좌편 출입구로 등장)

옥순 할아버지 좀 나으시우. (화실을 들여다본다)

치명 (쪽마루 앞에서 화실을 들여다보며) 경삼이! 대관절 이게 웬일인가? 아이, 저 피 흘리는 것 봐, 글쎄, 노인이 웬일이야. 양잿물을 잡숫다니.

경삼 나도 모르겠네. 여보게 자세한 이야기는 나중에 하세. 요 근처에 가까운 의사만 얼른 좀 불러다주게. 나는 오늘은 모두 웬일인지 모르겠네. 생때 같은 자식이 별안간에 기계에 치어 죽게 됐는데, 집에서는 늙은 아버지가 또 이러시네그려. (손등으로 눈물을 씻는다)

치명 복만이라니? 그놈이 또 죽게 됐어? 아침에 일 갈 때 내가 봤는데.

옥순 아까 저녁때 그래서 지금 병원에 있어요. 어머니하고.

경삼 여보게, 한시가 급하이. 어서 의사 좀 불러다 주게.

화실 (몸을 뒤틀며) 으…… 아이구…….

치명 양잿물은 대관절 얼마나 잡쉈기에 저러신단 말인가?

옥순 십 전 어치 사다 둔 걸 거진 다 잡쉈나 봐요.

치명 그럼 큰일났네그려. 어디든지 가까운 데서 불러오지. 자네 아는 의사는 없나?

경삼 우리 같은 놈이 원, 아는 의사가 있겠나. 우리 같은 거지들은 제게 갈까 봐서 겁을 내는 이 세상인데. 어서 누구든지 얼른 불러다 주게.

치명 그럼, 내 갔다 오지. (치명, 좌편 출입구로 급히 퇴장)

화실 아이고, 갑갑해. 아이구, 물, 물이나 좀 다오. (경삼은 화실을 안고 물을 먹인다. 화실은 물을 입에 물었다가 도로 토한다)

경삼 아버지! 아버지! 물이 안 넘어 가요? 좀 삼켜 보세요. 조금만 조금만. (또 물그릇을 화실의 입에 댄다)

화실 아이고 목구멍이 맥혔나 보다. 아―이구! 죽겠다. (또 몸을 뒤튼다)

경삼 옥순아, 암만해도 큰일났다. 너는 얼른 병원에 가서 어머니를 곧 데리고 오너라.

옥순 복만이는 어떡하구, 복만이는 혼자 두구?

경삼 복만이는 병원에 있으니까 그냥 두고 와도 관계찮다. 어서 가서 데리고 오너라. 그랬다가는 할아버지 돌아가시는 것도 못 뵙겠다.

옥순 무서워 어떻게 가, 혼자. 에그, 할아버지의 저 눈 좀 봐. (화실의 치뜬 눈을 가리킨다)

화실 (점점 기력이 없어져 간다) 경삼아, 경삼아, 복만이 좀 데려다 다오. 마지막으로 그, 그놈의 얼굴이나 보고 죽자. 옥순이도 게 있니? (손을 내밀어 잡으려 한다. 옥순은 깜짝 놀라며 뒤로 물러선다) 으― 으― (안간 힘을 쓰며 몸을 일으키려다가 털썩 쓰러진다. 입에서 피가 흐른다)

경삼 (대문 쪽을 내다보며) 의사가 왜 아니 오나? (화실의 몸을 흔들며) 아버지! 아버지! 정신 좀 차리세요. (옥순을 쳐다보고) 너 좀 나가 봐라. 의사가 오나 얼른 좀…….

옥순 아이, 무서워…….

경삼 (소리를 높이며) 무섭긴 뭐가 무서워. 못생긴 년, 어서 나가 봐! 좀!

옥순 ……. (머뭇머뭇하고 섰다)

화실 (사지를 기력 없이 허우적거린다) 경, 경삼아. 어, 얼굴 좀 보자. 내 눈이 왜 이, 이렇게 흐려오니. (목소리가 점점 힘없이 가늘어지며 숨이 막혀 턱을 까부른다)

경삼 (자기 얼굴을 화실의 귀에 가까이 대며 먼 곳 사람을 부르듯이 소리를 높여) 아버지! 아버지! 정신을 차리세요. 의사를, 의사를 부르러 갔어요. (대문 쪽을 바라보며) 무얼 하기에 입때 아니 오나? 돈 있는 놈이 부르면 달음박질을 해 오련마는. 이놈의 세상이 언제나 망하나. (옥순이를 쳐다보며) 어서 좀 나가 봐.

(치명이는 숨을 헐떡거리며 좌편 출입구로 등장)

　치명 아이, 숨차. 이 눈 묻은 거 봐라. (두 발을 구르며 눈을 턴다) 그래 좀 돌리셨나?
　경삼 (반가이) 돌아선 것이 뭔가, 인젠 말도 잘 못 하시네. 그래 의사 오나?
　치명 의사가 다 무언가. 한 놈 아니 오데.
　경삼 아니 와? 있고두? (두 주먹을 쥐며 얼굴빛이 긴장해진다)
　치명 첫 번에는 가는 길로 (손가락으로 가리키며) 큰 길 모퉁이에 있는 이 의사라나 그놈한테 가서 좀 가자니까, 첫째 "인력거는 가지고 왔느냐"고 묻데그려.
　경삼 그래 그놈들은 다리가 부러졌나 모두.
　치명 그래 바로 요 모퉁이니 얼른 좀 그대로 가쟀더니 이놈이 성을 내며 이 눈구덩이에 어떻게 걸어가느냐고 하며 내 아래위를 훑어보더니 대번에 뉘 집에서 왔느냐 묻데그려. 그래 바로 요 뒤라고 했더니 이놈이 "빈민굴 말요? 내일 아침에나 가지. 지금은 못 가겠소" 그러지. 그렇게 말하는 놈에게 자꾸 가자고 조르면 되겠든가.
　경삼 그래, 다른 덴?
　치명 그래 할 수 없이 사정목까지 가서 박 의사를 부르려니까 그놈도 내 모양을 또 한참 훑어 보더니 조금 있다가 최두취 집을 갈 테니까 또 못 오겠다고 하지.
　경삼 최두취라니? 동대문 안 최 부잣집 말야?

치명 그런가 보데. 양잿물을 먹고 지금 숨을 모는 중이니 잠깐만 가재도 영 아니 오데그려. 그래 어찌 역이 나는지 짚신 신은 채로 그놈의 방에를 그냥 뛰어 들어가서 의자에 비스듬히 걸터앉은 놈을 볼싸대기를 주먹으로 여나믄 번 훔쳐 때리고 나왔더니 이놈이 아마 고소한다고 떠드나보데.

경삼 그저 이놈의 세상은 돈 있는 놈만 산단 말인가? (두 주먹을 꽉 쥐고 눈이 실룩해지며) 돈, 돈.

화실 으— 으— (최후의 고민을 한다)

(3인은 일시에 놀라며 들여다본다)

경삼 (화실을 끌어 안고) 아버지! 아버지! (소리를 높이어 부른다) 정신을 차리세요! 네? 네? 아버지! (화실의 몸을 흔든다. 화실의 사지는 힘없이 축 늘어진다. 딸꾹질을 하며 숨을 몬다)

경삼 아버지! 아버지! 아이고, 인제 그만인가 보다. (옥순을 향히여) 할아버지 돌아가신다, 어서 불러나 봐라.

옥순 (눈물을 손으로 씻으며) 할아버지! 할아버지! 아이고 어떡하나 어쩌나.

경삼 아버지! 아버지! 대답 좀 하세요. 네? (화실의 몸을 흔든다. 화실은 이미 절명이 된 모양이다) 아이구 원통해. 이를 어쩌나. (주먹으로 마루를 친다) 아버지! 아버지! (부르며 자기 얼굴을 화실의 얼굴에 대고) 이젠 숨도 아니 나오네. 아이구 불쌍하셔라. (눈물이 화실의 얼굴 위로 뚝뚝 떨어진다)

치명 (쪽마루에 돌아앉아 옷자락으로 눈물을 씻다가) 여보게 여보게, 경삼이 진정하게. 이미 돌아가신 것을 어쩌나. 그 몹쓸 가난 때문에 내나 남이나 그저 먹고 살려다가 저 모양일세그려.

경삼 (별안간에 눈에 살기를 띠며 옆에 놓인 식칼을 들고 일어선다) 이놈의 세상을 어찌하면 좋은가! 뼈가 빠지도록 벌어도, 벌어도 살 수 없는, 자식을 죽이고 아비를 죽여 가면서도 살 수 없는, 이런 원수의 놈의 세상을 언제 다 깨두드려 부시나……. (몸을 부르르 떨며 이를 간다)

　(옥순과 치명은 놀라며 물끄러미 경삼을 본다. 눈은 또 다시 퍼붓듯이 내린다)

　─막─

그리운 밤

등장인물

애리愛利 : 출전장교의 처 27~28세

피득彼得 : 그의 장남 8~9세

미리美利 : 그의 장녀 10세 전후

원도元都 : 그의 친지 (예비역 군인 32~33세)

기타 : 20세 기릿의 유모 노복 등

시대 및 계절 구주대전 당시, 가을 달 밝은 날 밤

장소 구주 어떠한 참전국의 수도

무대 출전장교가의 구주식으로 화려하게 차린 넓은 가족실의 경. 실내에 상당한 처소를 따라서 의장衣欌, 책장, 피아노, 안락의자, 탁자, 골동품, 화분, 시계 등이 놓여 있고 중앙에는 원형 테이블과 그 사위四圍에는 대소大小의 의자가 오륙 개 벌여 있다. 무대 정면에는 후원의 경치를 완상하는 높고 넓은 유리창이 백색 '커튼'을 가린 채로 닫혀 있다. 좌편은 현관으로 출입하는 '도어'와 우편에는 침실로 통하는 '도어'가 있고 그 위에는 주인의 육군장교정복을 입은 대형의 초상화액이 걸려있다. 좌편 벽을 향하여 작은 테이블과 앞에 의자 한 개가 놓여있다. 실내의 장식은 매우 화려

하나 오랫동안 주인의 감독이 없는 까닭에 모든 것의 위치가 정제치 못하고 쓸쓸한 공기가 겉돌아 보인다.

막이 열리면 애리와 그의 자녀 두 아이는 중앙에 놓인 원형 '테이블' 을 중심으로 하고 미리와 피득은 좌편으로 애리는 오른편에 각각 걸터앉아서 두 아이는 서로 머리를 대일 듯이 '테이블' 위에 상체를 구부리고 학과의 예습을 하고 있으며 애리는 전지戰地에 보낼 위문주머니를 짓고 있다. 유모도 좌편 벽 앞에 놓인 의자에 앉아서 역시 위문주머니를 짓고 있다.

피득 (무엇을 쓰다가 고개를 들어 애리를 보며) 어머니, 어머니? 오늘 배워 가지고 온 것은 인제 다했어.

애리 (바느질을 쉬며) 저런 벌써? 그 동안에 다했어? 아이 착하기도 해라 날마다 그렇게 공부를 잘하면, 있다가 아버지 오실 때에는 장난감을 많이 사다주신다. '사벨' 두 대포두……. 비행기까지 이제 사가지고 오실 걸.

미리 (고개를 들며) 어머니, 어머니 나도 산술算術은 다해놓았어, 인제 도화圖畵만 그리면 그만인데. 아버지가 나도 커다란 인형을 사다준다고 그러셨는데. 그러거들랑 내가 모아둔 비단 헝겊으로, 곱다랗게 양복을 입힐 텐데. 어머니, 아버지가 내 것도 사 가지고 오신다고 그랬지. 응.

애리 암. 너도 말 잘 들으면 사다주시고 말고.

피득 무얼 언제 사다주신다고 그랬어? 그때, 그때, 정거장에서도 아버지가 가실 때 울지 말라구 해두 미리는 자꾸만 울고서 무얼. 나는 아버지가 장난감 많이 사다줄게 울지 말래서 담박에 뚝 그쳤는데 너는 집에 올 때까지 울든 것이 무얼.

미리 그때는 아버지가 먼— 데를 가신다니까 보고 싶어서 그랬지. 저는 안 울었나? 차가 떠날 때도 "아버지, 아버지" 하고 부르면서 울지 않았남. 남의 흥만 보아. 심술패기 같으니.

애리 (한숨을 가볍게 쉰다) 둘이 다 말만 잘 들으면 누구든지 아버지가 다 사다주시지. 피득이도 미리도 다 좋은 장난감을 많이 사다 주실 테지.

피득 아니야. 나만 사다 주신댔어.

미리 나도 사다 주신댔어. 저만 가지려구.(눈을 흘기어 피득을 본다)

피득 계집애가 장난감은 가져 무얼 해. 바느질이나 하지. 저리가. 어서! (미리를 불쑥 친다)

애리 아이, 고약스럽게 왜들 이러니. 그러다 또들 싸우겠구나. 그렇게 싸우면 아버지께서 아무것도 아니 사 가지고 오신다. 싸우지들 말고 공부도 잘하고 그래야, 인제 아버지도 얼른 오시고 또 장난감도 많이 사 가지고 오신다.

미리 아버지는 벌써 가신 지가 퍽 오랬는데 참, 언제나 돌아오시지?

애리 인제 한참만 기다리면 큰말을 타시고 앞에는 군악대가 늘어서서 군악을 치며 많은 군사를 뒤에 세우고 돌아오신단다.

피득 며칠 밤만 자면? 이틀 밤만 자면? 어머니?

미리 그렇게 쉽게, 인제 적국을 다 쳐서 항복을 받고, 전쟁이 끝이 나야 돌아오실 걸. 어머니! 그렇지?

피득 그럼 인제도 열 번 밤은 자야 오시우?

애리 (또 한숨을 쉰다) 한참만 더 기다리면 오신다. 아버지가 그렇게들 보고 싶으냐?

미리 그럼 보고 싶구 말구. 그때 그때두 아버지가 먼— 데를 가셨다가 밤중에 오셨지? 그래서 이번에도 우리들이 다 잠들어 자는 동안에나 오셨나 하고 나는 오늘 아침에도 아버지가 늘 주무시는 방에를 가서 가만히 문을 열고 들여다보니까 아버지는 아니 계시고 방안에는 먼지만 자욱해.

피득 어머니, 오늘밤은 아버지가 어디서 주무시우? 영문에서?

미리 (창연한 빛이 나타나며) 글쎄……

미리 그럼 들에서? 산에서 주무시우? 응, 어머니! (애리의 옆으로 가서 몸을 흔든다)

애리 ……

피득 (애리의 옆으로 가서 얼굴을 들여다보며) 어머니! 어머니! 어머니 눈에서 눈물이 나오네.

미리 (애리의 몸을 흔들며) 아버지가 보고 싶어서 그러우? 어머니, 어머니, 응.

애리 (수건으로 얼른 눈물을 씻으며) 아니다. 눈에 무엇이 들어가서 그랬다. (미리와 피득은 좌우로 껴안고 뺨을 대며 어루만진다)

미리 나도 가! 응, 어머니.

애리 (한숨을 깊게 쉰다) 인제 조금만 참으면 돌아오신다. (아이들의 등을 어루만진다)

(무대는 잠시간 침묵 속에 있다)

유모 (눈물을 씻고 돌아앉으며) 아가, 이리들 와. 그래야 어머니께서 얼른 그 주머니를 만드시지. 인제 그 주머니 속에는 과자도 넣고 수건도 넣고 해서 저어 전선으로, 아버지 계신 데로 보낼 것인데 어서 이리들 와. 참, 착하지.

피득 싫어. 난 오늘 저녁은 어머니하고 같이 잘 걸.

애리 어서. 저 엄마한테로 가서들 놀아라. 내일 아침에는 위문주머니를 일찍이 모으러 올텐데. 참 얼른 해 놔야겠다. (두 아이의 등을 밀어보내려 한다)

유모 (아이 앞으로 걸어 오며) 우리 인제 나하고 놀아. 이 주머니에 아가들은 무엇을 넣어 보낼 텐구? (위문주머니를 흔든다)

(두 아이들은 일시에 유모 앞으로 간다)

피득 나는 그 속에 내 대포를 넣어 보낼 테야. 그래서 적군한테다 "땅" 하고 한방을 놔서 모두들 항복을 하게 만들 테야.

미리 그까짓 장난감 대포가 어디 터지기나 하는데. 나는 어머니가 주신 과자를 넣어 보낼 걸.

유모 그럼 얼른들 다 가지고 와야지. 우리 누가 먼저 가져오나 볼까……?

(미리와 피득은 침실로 급히 들어가서 피득은 대포를, 미리는 과자 봉지를 가지고 나온다. 애리는 위문주머니를 만들고 있다)

미리 (과자 봉지를 테이블에 놓으며) 자아, 이것을 다 그 속에 넣어주. 나는 내일 어머니가 또 주신다고 했으니까.

피득 이 대포도 그 속에 넣어요. (대포를 내민다)

애리 피득아 그 대폴랑은 두었다가 너나 가지고 놀아라.

피득 아니야. 또 인제 아버지가 이보담 더 큰 것을 사다주실 걸, 어머니, 내 대포도 퍽 힘이 센데요. 접때도 내가 여기다가 모래를 넣고 한방을 놓았더니 길에 가든 애가 맞아서 울고 달아났는데.

애리 (웃으며) 그래도 그걸랑은 집에 두고 그 대신 유치원에서 네가 그려온 대장의 그림이나 한 장만 넣고, 또 네 맘대로 편지나 한 장 써서 넣어라.

피득 편지는 어떻게 쓰우?

애리 네 생각대로 아무렇게나 써봐라

피득 그럼 어머니. 내가 쓸게. (테이블 위에서 무엇을 끄적거린다)

(유모와 미리는 과자를 넣는다)

유모 (애리를 쳐다보며) 이번에는 미인 엽서를 많이 넣어 보내는 것이 좋겠다우. 요전 부인회에서도 그러던데요. 젊은 군인들에게는 무엇보다 그러한 그림들이 매우 위안을 준다구요. 그래서 요새들은 위문주머니에 그림 엽서를 많이 넣는대요.

애리 나도 그렇잖아도 요전 회에 그런 말을 들었기에 이번에는 많이 넣어서 보내려고 아까 사러갔더니 벌써 엽서가 동이 났겠지.

유모 아이고 저를 어쩌나.

피득 어머니―, 어머니―, 이것 좀 보우. 내가 이렇게 썼지. (쓰던 종이를 내민다)

애리 어디 어떻게 썼니? 좀 읽어봐라.

피득 (쓴 종이를 들고 읽는다) 어서 우리 아버지를 보내주시오. 내가 보고 싶어서 못 견디겠소. 우리 아버지는 대장이요. 큰말을 타고 있소. 곧 찾아 보내주시오.

애리 참 잘 썼다. 어디 이리 내라. 좀 보자. (손을 내밀어서 그 종이를 받아들고) 참 잘도 썼다. 네 글씨를 아버지가 보시면, 오죽 좋아하시겠니.

유모 그러잖아도 전지에서 위문주머니를 돌라줄 때에 수 좋은 군인은 자기 집에서 보낸 것을 더러 만나게 된대요. 이것도 댁 영감에로나 갔으면 오죽 반가워하실까.

애리 더군다나 피득이는 귀해 하시는데 만일 이 주머니가 영감한테로 가면 보시고 싶어서 못 견디실 걸. 벌써 나가신 지가 이태나 되시니까. 요전 편지에도 피득의 말을 쓰고 쓰고 하셨던데. (한숨을 쉰다) 네 편질랑은 있다가 내가 만든 주머니 속에 넣어 보내자. 혹시 아버지께로 가도. 응. 피득아. (종이를 접어서 테이블 위에 놓는다)

미리 그럼 내 과자도 그 주머니에 넣어요. (과자를 도로 꺼낸다)

애리 그래라 있다가 우리 한 데 넣어서 보내자.

유모 편지 말이 났으니 말이지요만, 초 참에 그리 자주 부치시든 영감의 편지가 요새는 왜 한 장도 아니올까요?

애리 글쎄 어저께 신문에는 서부전선에서 또 패했다구 하더니 필경 통신길까지 끊어진 것이지? 아이고 인제는 승리인지 무어인지 전쟁이 그만 끝이나 났으면······.

유모 끝이 어디 졸연히 나겠드라구요. 독일 군대의 세력이 점점 떨치는 모양이던데요. 제 오래비는 맨— 처음에 현역으로 출전한 지가 벌써 3년째나 가까워오는데 입때까지 편지 한 장이 없어요. 동부전선에서 제일 먼저 함몰 당했다더니. 아마 그 통에 죽었나봐요. 그래서 집에서 들은 패하든 8월 스무날을 아주 죽은 날로 정하고 그 날은 집안 사람들이 모여서 기도를 올리기로 했는데요. 생각을 하면 참 불쌍해서 못 견디겠어요. 그런 후로는 늙은 어머니께서는 고만 눈이 캄캄해지기 시작하더니 작년부터 앞을 못 보시게 되어서 양로원으로 가고, (무거운 한숨을 쉰다) 저는 댁으로 들어왔지요.

애리 (따라서 한숨을 쉰다) 아이고 가엾어라. 그래 유골도 못 찾았구면, 이번 전쟁은 오래 끌수록 그런 참혹한 가정이 자꾸 생길 텐데, 댁 영감이나 몸 성히 잘 돌아 오셨으면 좋으련만. 요새는 서신까지 끊어졌으니, (슬픈 어조로) 어떻게나 계신지?

유모 가을이 되면서는 더 몹시 생각이 나서 못 견디겠어요. 요새 같이 나뭇잎이 우수수하고 떨어지는 것을 보면 눈물이 저절로 나요. (목이 막힌다)

애리 생각이 나고 말고. 나는 영감 편지가 한동안만 끊겨도 손에 일이 다 안 잡히고 걱정이 돼서 못 견디겠던데.

유모 (수건으로 눈물을 씻으며) 댁 영감께서는 장교이시니까 그렇게 위험한 광경은 덜 당하실 테지요. 오래비는 현역병으로 맨 앞장을 서서 들어가다가 죽은 게지요. 참 생각할수록 불쌍해서 못 견디겠어요.

애리 (슬픈 빛을 띄우고 무엇을 생각한다)……

(무대는 잠시간 침묵 속에 쌓였다)
(좌편 도어가 열리며 노복이 헐떡거리고 들어온다)

노복 (황황한 어조로) 마님, 또 큰일났습니다. 서부전선도 어제 밤부터 독일군대들이 들어가서 도륙이 났다고 큰길에서는 지금 호외가 야단예요. 댁 영감이 서부전선으로 출전을 하시지 않았습니까. 참 큰일났습니다.

(실내에 있던 사람들은 일시에 휘둥그레지며 노복을 쳐다본다)

애리 (깜짝 놀라며) 저를 어쩌나! 그래 연합군이 많이 상하지는 않았대?
노복 필경 큰 접전이 일어났을 텐데 어째 부상자가 없겠습니까.
미리 (눈이 둥그래지며) 아버지가 다치셨어? 머? 어머니? (애리를 쳐다본다)
애리 만일 영감이 다치셨으면 어쩌나.
피득 아니야 . 아버지께서는 큰말을 타고 나가셨으니까 관계찮우. 그렇지 어머니?
노복 암, 그렇지. 아버지께서는 큰말을 타시고 좋은 환도를 차고 가셨으니까 그까지 독일놈들은 꿈쩍을 못하지. (피득의 머리를 쓰다듬어 준다)
애리 (마음이 다시 조급하여진다) 그럼 어디로 자세히 좀 알아볼 데나 없을까? 댁 영감께서는 제5사단에 참가를 하셨는데 그 5사단은 어떻게나 되는지, 할아범 얼른 참모본부에나 좀 가서 물어봐. 어서, 얼른 가서.

노복 참모본부요? 이 밤에 누가 있나요.

애리 그래도 요새는 사람들이 많이 있을 테니 가서 좀 물어봐 가지고 와. 이때가 어느 땐가 이 전쟁 통에 참모본부에 장관들이 없을 리가 있나. 얼른 갔다오게. 그리고 거기 가거든 출전 대위 댁에서 왔다고 하고 영감의 함자를 말하게. 곧 좀 알아다 달라고 하더라고. 내가 부탁하더라고 그러게그려. 얼른 좀 갔다오게

노복 그럼, 얼른 갔다오지요. 영감의 명함이나 한 장 주십쇼.

애리 그래, 참 영감의 명함을 가지고 가는 것이 좋지. (애리는 책장 앞으로 가서 명함을 꺼낸다)

유모 그래온, 독일군대가 그렇게도 강할까요. 전쟁이 시작된 지가 벌써 3년이나 가까워오는데 한번도 패했다는 소문이 없으니 어쩌면 그럴까요.

노복 그놈의 나라 종자는 근본부터 싸움을 잘하는 데다가 벌써 20년 동안이나 두고 싸움을 하려고 준비를 했으니까 그렇지요. 우리 나라에서는 이렇게 큰 전쟁이 일어날 것을 꿈에나 꾸었답디까.

애리 (명함을 꺼내 들고 오며) 어서 이것을 가지고 가서 자세히 좀 물어 가지고 오게. 내가 오늘 저녁에도 또 잠을 못 자겠네그려.

노복 (명함을 받으며) 네. 그럼 얼른 갔다오지요. (나가면서 혼자말처럼) 요새는 영문 앞에 어찌 드센지 잘 들어가게나 할는지 몰라…….

(노복은 좌편 도어로 퇴장, 애리는 실신한 사람처럼 우편 도어 앞으로 걸어가서 그 위에 걸린 초상화액을 시름없이 쳐다본다)

미리 (애리의 뒤로 가서 옷자락을 붙잡으며) 어머니, 어머니, 또 아버지가 보고 싶어서 그러우?

피득 (애리의 옆으로 가서 손을 잡으며 얼굴을 들여보고) 어머니? 아버지

가 보고 싶어서 또 울우?

애리 (수건으로 눈물을 씻고 돌아선다) 아니다. 아버지께서도 돌아오시라고 기도를 올리느라고 그랬다.

미리 미리 기도 들으면 아버지가 얼른 오시우?

애리 암, 얼른 오시구 말구.

피득 그럼 나도 기도를 올릴 테야.

미리 그럼 나도 할 테야

애리 오냐. 그래. 있다가 잘 때들 정성스럽게 기도를 올려라. 응. 참 착한 사람들이지 (두 아이를 좌우손으로 이끌고 테이블 앞으로 온다)

(현관에서 발소리가 들린다)

유모 (현관 편을 내다보며) 누가 오셨나봐요?

미리 (이상스런 듯이) 글쎄…….

(유모는 현관으로 나간다. 실내에 남아 있는 세 사람은 현관 편을 주의해서 보고 있다)

피득 (별안간에 반가운 것이 나온 듯이) 어머니, 어머니, 아이 좋아. 아이 좋아. 아마 아버지가 오시나 보. 얼른 나가봅시다. 응.

미리 그렇게 쉽게 아버지가 오셔.

피득 (급히 쫓아나가려 하며) 그렇지 내 말이 정말이 아냐. 아버지가 오시는데 아버……. (부르려다가 걸음을 멈추며 원도의 얼굴을 들여다본다) 나는 정말로 아버지가 오시나 그랬지?

원도 (뚜벅뚜벅 걸어 들어오며) 이렇게 밤에 방문을 해서 실례올시다. 요새 전지의 안부나 자주 들으십니까?

애리 천만의 말씀을 다하십니다. 영감께서 출전하신 후로는 일찍이 침실에 들어간 때가 없습니다. 어서 이리 들어오시지요. (손을 내밀어서 악수한다) 그런데 오늘은 웬일이십니까? 전에 안 입으시든 군복을 입으시고.

미리 (원도를 쳐다보며) 꼭 아버지가 영문에 다니실 때에 입으시던 옷 같은 것을 입으셨네.

피득 아버지께서 입으시는 복장은 저 어깨에 붙인 견장이 더 크고 번쩍거리는데.

원도 (미리와 피득의 손을 잡으면서) 아버지 보고 싶지? 내가 가서 얼른 너의 아버지를 모시고 오마. 응. (애리를 쳐다보며) 나도 내일부터 출전을 하라는 동원령이 내려서……

애리 (깜짝 놀라며) 출전이라뇨? 현역도 아니신데……

원도 오늘 아침에 별안간 예비역에까지 출전명령이 내렸습니다. 그래서 나도 은행사무를 위탁하려고 여러 신용 있는 친구를 방문해 왔습니다만은 안심하고 전부를 맡길 만한 사람을 못 얻었습니다.

애리 (근심스런 어조로) 그럼 현역만 가지고는 안 되는 모양이지요? 아마, 연합군이 연일 패한다는 소문은 들었습니다마는.

원도 어느 때든지 전쟁이 일어나면 예비군인까지는 물론 출전준비를 하고 있는 것이지만 이번 전쟁에는 예비역 뿐으로는 도저히 저당할 수가 없을 듯합니다. 원래 적의 형세가 강할 뿐 아니라 독일의 작전계획은 전국을 들어서 모두 일치합니다. 멸망이 아니면 정복입니다. 이 두 가지 중에 가장 극단을 취하려 합니다. 자기들의 힘으로 이 지구상에 있는 모든 민족을 정복하거나 그렇지 아니하면 자기들의 생존을 이 전쟁과 같이 영원한 멸망 속에 무어 버리려하는 굳센 결심을 가지고 있습니다.

애리 (의자를 정제整齊하며) 저리 앉으시지요.

유모 (원도의 이야기를 듣다가 미리와 피득을 보며) 아가 밤이 늦었으니 우리랑 들어가서 자자. 응, 그래야 내일 또 일찍이 일어나서 학교를 가지.

피득 나는 싫어, 있다가 어머니하고 잘 걸.

미리 나도 졸리지 않아.

애리 어서 들어가서 엄마하고 자거라. 그래야 착한 사람이지, 응.

유모 조금 있다가 어머니가 곧 침실로 들어오실 걸. 내 침실에서 재미있는 이야기를 해줄게. 어서, 어서, 참, 착하지.

피득 그럼 어머니도 얼른 들어와.

(유모, 미리와 피득의 손을 이끌고 우편 도어로 들어가려 하다가 유모는 걸음을 멈추고 초상화액을 쳐다보며)

유모 모두 잊어버렸군. 아버지께 인사를 하고 들어가야지. (초상화액을 가리킨다)

미리 참. 잊어버렸네.

(피득과 미리는 초상화액을 정면으로 하고 고개를 굽히며 일시에)

미리·피득 아버지! 안녕히 주무십시오. 얼른 돌아오십시오.

유모 옳지. 참 우리 애기들 착하군. 자아, 어서 들어갑시다.

(도어를 열고 3인 퇴장)

원도 H군은 집 생각이 더욱 간절히 나겠습니다. 원래 가정에 대한 취미를 많이 가지고 있는 사람인데, 더구나 자제들이 저렇게 신통하니 좀, 눈에 밟히겠습니까. 참 전쟁이라는 것은 평화를 교란케 하는 것이지요. 그러나 인생이 살려고 움직이는 때에는 불가불피不可不避치 못할 사실이니까. (무거운 한숨을 쉰다)

애리 요새는 웬일인지 아이들이 너무 심히 저의 아버지를 찾아대서 불쌍해 못 보겠어요.

원도 점점 낙엽이 지고 쓸쓸한 바람이 불어올 때니까 철 모르는 저희들에게도 '센티멘탈'한 감상이 생기는 것이지요. 아마.

애리 그런데 참 원도씨께서는 결혼하신 지도 얼마 안됐는데 전지에 나가시기 참 섭섭하시겠습니다.

원도 (껄껄 웃는다) 아직 신혼생활의 몽롱한 꿈이 그저 깨지 않았습니다. 그러나 이번 전란에는 나 같은 경우를 당한 사람도 많았을 테지요? 아니 나보다 더 어려운 영 이별을 한 군인도 있겠지요?

애리 대관절 연합군의 형세는 어떻게나 됐나요? 요새는 정보가 매우 비밀인가 봐요. 아마 자꾸 패하는 모양이지요? 아까도 집의 한 아범이 듣고 왔는데, 서부전선도 매우 위태한 모양이던데요. (슬픈 어조로) 영감도 서부에 편입이 되셨는데…….

원도 항상 개전국에서는, 승리를 얻어야만 정보가 빛이 나지. 그렇지 아니하면 국민의 지기志氣가 저상沮喪이 된다고 비밀정책을 쓰지마는 필경 요새는 이롭지 못한 게지요? 그러게 불시로 예비동원령까지 내리게 된 것이지요? 그러나 H군은 서부라도 이직 제일선에는 서지 아니했으니까.

애리 그럴까요? 그러기나 했으면 좋으련만. 독일이 그렇게까지 강할 줄은 몰랐어요. 원래 오랫동안 전쟁준비는 하고 있던 나라이지만.

원도 강하고 말고요. 요새 독군의 세력은 장마 때 큰 홍수 같이, 그저 닥치는 데마다 함부로 무찔러나가는 모양입디다. 그러나 이번엔 독일민족은 영원히 용서할 수 없는 죄악을 범한 자이니까. 전투상의 죄악뿐이 아니에요. 인류도덕상 몸서리 끼치는 잔인한 죄악을 범한 자이니까 결코 천도가 용서치 아니하지요. 최근에 들으면 독일전선에서는 전사한 군인의 시체를 운반해다가 큰 전기가마 속에 넣고 삶아서 그 지방질은 동력기계의 기름으로 사용하고 고기는 가축을 먹여서 기른다니, 그런 인류사에 참인慘忍한 죄악을 끼친 무리를 어느 때까지 이 세상에다 그대로 존재케 할 수는 없지요?

애리 (깜짝 놀라며 느낀다) 허어, 시체의 고기를요?

원도 시체의 고기뿐이 아니에요. 생명도 끊어지지 아니한 부상병까지 한 가마에 다 넣고 사람의 국을 끓인대요. 인제부터는 온 세계가 전력을 다해 가지고 일어나야지요. 한 국토나 한 민족을 위해서라는 것보다 인간을 그대로 삼(呑)키는 야수를 구축(驅逐)키 위해서 일어나야지요. 나도 이번에 출전하는 것은 우리 국토의 침략을 방어한다는 것보다 차라리 전 인류의 생존을 위해서 나가려 합니다.

애리 연합군의 시체를 그랬단 말씀이지요?

원도 아니에요. 연합군의 시체뿐이 아니라, 자기 병졸의 시체까지도 모두 함부로 갖다가 그 모양으로 이용을 한답니다.

애리 아이고, 끔찍해 못 듣겠습니다. 그런 잔인한 짓을 해서 결국 싸움을 이기면 무얼하나요?

원도 그러게 말씀이올시다. 전쟁이라는 것은 원래의 목적이 살기 위해서의 싸움인데 독일 민족들은 그 진리를 아마 반대로 해석하는지도 모르지요? 그러나 얼마 있으면 자기들도 후회를 하겠지요. (별안간 깨달은 듯이) 잠깐만 뵙고 작별이나 하자던 것이 부지중에 너무 오래됐습니다. 다시 돌아오게 될지는 모르겠습니다만은 다녀와서 또 뵙지요.(일어선다)

애리 온 천만의 말씀을 다하시네, 물론 승리를 얻고 돌아오셔야지요.

원도 글쎄 올시다. 어떻게 될는지? 그러나 나의 출전지는 아직 모르겠습니다만은 만일 서부전선으로 편입되어 가게 되면, H군과 만나볼 기회가 있을는지도 모르겠으니 그러면 그때에는 많이 위로도 해주고 또 댁의 안부도 잘 전하지요.

애리 (일어선다) 부디 안부나 전해주세요. 그러나 부인께서 오죽이나 섭섭하실까. 그래, 내일 아침 차로?

원도 네. 오전 7시 열차로 떠나게 됐습니다.

애리 그럼, 내일 정거장에서 뵙지요.

원도 천만에 이번에는 여러 친지에게도 전별은 절대로 말아달라고 거절했습니다. 여러 번 쓰린 경험을 당해서요. 정거장에서 울며불며 하는 작별은 아주 다시는 하지 않자고 작정을 했습니다.

애리 그래도 부인께서는 가셔야지요.

원도 아니올시다. 더구나 차 떠날 때 쪽, 쪽 울고나 섰으면 어떡하게요. 자, 갑니다.

애리 (손을 내밀어 악수하며) 아무쪼록 건강히 다녀오시기를 빕니다.

원도 안녕히 계십시오.

(원도는 천천히 좌편으로 퇴장. 애리는 도어를 닫고 다시 테이블 앞으로 가서 앉는다)

애리 (두 손으로 턱을 고이고 실신한 듯이 앉아서 무거운 한숨을 쉰다) 아! 언제나 전쟁이 끝이 나나!

(무대는 잠시 침묵 속에 잠기었다. 애리는 수건으로 눈물을 씻는다. 조금 있다가 도어 밖에서 사람의 자취가 들리며 노복 좌편으로 등장)

노복 (들어오며) 파수병이 어떻게 몹시 조사를 하는지 간신히 본부 안에를 들어갔다 왔습니다.

애리 그래 자세히 알아 가지고 왔어?

노복 웬걸요. 본부에도 아직 자세히 정보가 아니 왔으니까. 내일 아침이나 되면 좀더 자세히 알 수가 있겠다고요. 그런데 거기 수염이 많이 나고 아주 무섭게 생긴 대장이 하나 앉았다가, 별안간에 호령을 하며

"어련히 알려줄까 봐 이리 야단이냐"고 소리를 버럭 지르는데 아주 무서워 죽을 뻔했습니다.

애리 그래, 그 바람에 아무것도 못 물어보고 왔단 말야?

노복 아니에요. 그래, 영감 명함을 드렸더니 그 옆에 앉은 젊은 사관 한 분이 나오겠지요. 그러더니 저를 후원으로 데리고 가서 대강 일러 주어요.

애리 무어라고? 영감은 어떠시다구?

노복 영감께는 염려하실 것이 없다고요. 서부전선에서 제1선인 제2, 제3사단은 독일군대하고 접전이 맹렬하여 사상자가 많이 난 모양이나 제3사단부터는 제2선이기 때문에 아직 아무 위험도 없고 더군다나 댁 영감께서는 제5사단에 계시니까 별일은 없으리라고 그래요. 그래서 할아범도 어찌 좋은지 한걸음에 뛰어왔습니다.

애리 그렇기나 했으면 좋으련만…….

노복 그런데, (기쁜 어조로) 마님, 마님, 할아범은 들어오다가 퍽 좋은 것을 얻었어요. 이걸 마님이 보시면 또 얼마나 좋아하실까. (호주머니에 손을 넣어 무엇을 꺼내려 한다)

애리 무엇을 얻었길래 저리 좋아하나? 나는 요새 같아서는 반가운 것이라고는 도무지 잊어버렸으니까 바로 영감이나 돌아오신다면….

노복 네, 그렇습니다. 영감이 오시니….

애리 (얼른 말끝을 채서) 그럼 영감이 오신단 말야? 언제? 정말이야? 어디서 들었어? (놀래며 말을 재우친다)

노복 네 그저 영감이 오시니만큼 반가우실 테지요.

애리 할아범은 가끔 가다 나를 잘 속이니까 이번에도 또 나를 속이려고 저러지?

노복 아니올시다. 천만에. 영감이 분명히 오셨어요.

애리 (미칠 듯이 반가워하며) 어디? 어디로 오셨단 말야. (현관편을 내다

본다)

노복 이, 이리 오셨어요. 이 할아범한테로 오셨어요. (호주머니에서 사진 한 장을 꺼내서 애리를 준다)

애리 (별안간 힘없는 소리로) 나는 영감이 정말 오셨다구. 영감의 사진이 온 거로구면. 그럼 사진이라고나 얼른 일러주지 늙은 할아범이 남을 속이려고만 하고 참 딱해.

노복 영감께서 분명히 오신 것이 아니오니까? 다만 말씀을 아니하실 뿐이지.

애리 (손을 내밀어 사진을 받으며) 그 동안에 얼마나 얼굴이 못하셨나? (사진을 펴보며 깜짝 놀란다) 아이고! 그 좋으시던 신관이 어쩌면 이렇게 몰라보도록 되셨을까? 아이, 가엾어라! 얼굴이 새까맣게 그을리시고 두 뺨이 그만 홀쭉해지셨네. 수염은 전에 없든 것이 어쩌면 저렇게 많이 나셨나?

노복 (사진을 들여다보며) 벌써 출전하신 지가 이태나 가까워오니까 자연 신색이 패敗하실 터이지요. 허구헌 날 산으로 들로 쉴새없이 애를 쓰시고 다니시니까 그러시지요.

애리 (정신 잃은 사람처럼 물끄러미 사진을 들여다본다. 두 눈에서는 눈물 방울이 굴러 내린다) 영감 왜 이렇게 되셨어요? 아이 가엾어라! (사진을 얼굴에 대이며 테이블 위에 엎드린다)

노복 (수건으로 얼굴을 씻는다) ……

(무대는 잠시 침묵 속에 싸였다)

노복 내나 두고 볼 걸 공연히 갖다 드렸군. 들어오는 길에 우편함을 여니까 그 속에 영감사진이 있길래 그 생각 저 생각을 아니하고 그저 반가워하실 줄만 알고 갖다드렸더니 저렇게 맘만 상해하시니. (애리의 어깨를 가볍게 흔들며) 진정하시지요. 이 몹쓸 할아범이 공연한 것을 갖다 드려서 그랬습니다그려. 어서 일어나시지요.

애리 (어깨가 흔들리며 운다) …….

노복 애기들도 잠들었습니다. 어서 침실로 들어가서 주무시지요. 이 할아범까지 가슴이 막혀서 못 견디겠습니다. 어서 진정하시지요.

애리 (얼굴을 들며 눈물을 씻는다) 그럼 나는 침실로 들어가서 잘 테니. 할아범도 문단속이나 단단히 하고 얼른 자게. (힘없이 의자에서 일어나 침실로 들어간다)

노복 네 문샐랑은* 염려 마십쇼. 이 늙은 할아범이 다 그런 것을 살피려고 댁에 있지 않습니까. (테이블에 놓인 것을 치우며 실내를 정리한다) 영감이 계실 때는 하루라도 먼지를 털고 걸레를 안 치면, 단박 걱정을 하시더니 요새는 집안이 맨 먼지투성이가 돼도 마님께서는 아무 말씀도 아니하시니까, 모든 것이 그저 어수선해서 못 보겠네. (혼자말로 중얼거리며 의자와 테이블을 바로 잡아 놓는다)

(좌편 도어가 열리면 유모 등장)

유모 할아버지, 할아버지? 왜 마님께서 또 우셔요? 요새는 가을이 돼서 그러시는지, 그저 늘 우시고만 계셔서 참 딱해서 못 보겠어요.

노복 글쎄, 내 말이 그 말이요. 웬일인지 너무도 슬퍼하시니까 나까지 조급해서 못 견디겠습니다. 지금 영감 사진이 왔기에 갔다가 드렸더니 그것을 보시고 또 그렇게 영감생각을 하시고 그러시는 게지요. 공연한 걸 드려서 오늘밤에는 또 못 주무시겠지?

유모 요새는 날마다 밤중이면은 일어나셔서 앞뒷 정원으로 울고 다니

---

* 문 사이일랑은. '문단속일랑은'의 뜻.

셔요. 엊저녁에도 잠결에 문소리가 들리기에 깜짝 놀래서 일어나 보았더니 마님께서 후원으로 나가시겠지요. 그래서 가만히 밖을 내다보니까 벤치에 혼자 앉으셔서 자꾸만 우시겠지요.

노복 그렇지 않아도 가을은 낙엽이 우수수 떨어지고 쓸쓸한 바람이 불어서 누구든지 처량한 회포가 일어나는 땐데 더군다나 댁 마님과 영감 사이에는 남의 없는 사랑을 가지셨으니까 우시지 않겠소. 그놈의 전쟁인지 무엇인지 하는 거나 어서 끝이나 났으면 좋겠습니다.

유모 참, 나도 요새는 오라버니의 생각이 나서 못 견딜 때가 많아요. 오늘밤에는 달이 밝으니까 마님께서 또 못 주무시겠지요(가벼운 한숨을 쉰다)

노복 벌써 밤이 늦었나요. 인제 다 치웠으니 각각 들어들 가서 일찍이 잡시다.

(노복이 앞을 서고 유모가 뒤를 따라 양인 좌편 출입구로 퇴장)

(무대는 잠시 빈 채로 있다. 힘없이 열두 시를 치는 시계소리가 난다. 조금 지난 후에 침실도어가 고요히 열리며 하얀 천의를 입고 검은 머리를 풀어 늘인 애리가 나온다)

애리 (실신한 사람처럼 힘없이 문 앞으로 걸어오며 가슴에 껴있던 사진을 꺼내들고) 영감! 영감! 어쩌다 얼굴이 이렇게 변했소? 아아! 애달퍼라! 글쎄, 어쩌다 이렇게 변했어요? 말 좀 하오. 네! 영감! 대답 좀 해요. (사진을 들어다보는 채로 털썩 의자에 걸터앉는다) 저 눈 좀 봐. 나를 보면서도 웃지도 않네. 내게 키스나 좀 해 주어요. 내 뺨에 당신의 입술이 닿은 지가 벌써 이태나 돼오는 줄을 모르우. 글쎄 말 좀 해요. (소리를 꽥 지르며) 대답 좀 해요. 그 굳세던 팔로 나의 어깨가 부서지도록 좀 껴안아 주어요! 그럼 내가 키스를 하리까? (사진을 입에 대고 몸을 흔든다. 어리광 피는 어조로) 조금이나 감각이 있어야지. 아이 왜 그러우. 시원찮

아. (사진을 도로 내려놓고 벽에 걸린 초상 앞으로 간다) 당신 도대체 답을 아니하려우. 나를 좀 불러주어요. "애리야 나의 노리개 애리야" 하고 나를 좀 불러주어요. 글쎄, 아! 미치겠네. 아! 갑갑해. 아! 나를 좀 불러주어요. (초상을 쳐다보며 목이 메인 소리로) 네! 네! 여보!

(애리는 힘없이 털썩 그 자리에 주저 않는다. 실내에 전등이 탁 꺼지며 뒷창으로는 은빛 같은 월광이 실내로 쏟아져 들어온다)

애리 (다시 황황히 일어나며) 아, 저 달빛! 누구를 울리려고 또 들어와. (커텐을 와락 젖히며 창문을 열고 밖을 내다본다)

(이때에 바이올린 소리 은은히 들린다)

애리 저 곡조가 망향가! 우리 H가 항상 좋아하던 그 망향가! (얼른 초상 앞으로 가서 쳐다보며) 그렇지? 내 사랑 H씨! 날더러 노래하라고 그래 봐요. 네! 네! 여보!

(바이올린 소리는 점점 가까이 들린다. 애리는 정신 없이 듣고 섰다가 창 편을 향하여 슬피 노래한다)

애리 (노래한다)

아! 애달파라 우리 님은
오늘밤은 어느 산에서
잠드셨나 깨 계신가
쓸쓸한 바람 부딪치며

낙엽이 지는 언덕 위에
몸을 던지고 누우셨나
아! 보고파라 우리 님은
오늘밤은 어느 들에서
한숨지시나 울으시나
찬 서릿발 젖어내리며
외기러기는 소리칠 때
저 달을 보고 앉으셨다.
아! 가여워라 우리 님은
오늘밤은 어느 전선에
싸움하시나 쉬시나
꽝꽝한 대포 소리나며
탄환 비오는 그 속에서
번갯불같이 달리시나
아— 애달파라
아— 보고파라
아— 가여워라

(애리 기진한 듯이 창 앞에 턱 쓰러진다. 이때에 침실도어가 탁 열리며 피득과 미리가 뛰어나와서 애리의 몸 위에 턱 실린다)

피득 어머니! 아이, 무서워!

(고요히 막)

　*작가의 말— 이 희곡은 가극도 아니요 창극도 아닌 일종 변체變體의

것이라고 비난할 독자도 있을 터이나 처음에 붓을 잡을 때부터 작가의 어떠한 호기심이, 즉 다시 말하면 표면으로 가볍게 흘러오는 찰나의 인정미가 과연 어느 정도까지 우리 내면생활의 근저를 움직일 수 있는가를 시험코자한 일종의 호기심이 이와 같은 기형아를 낳게 한 것이다. 원래 작가는 음악의 소질도 없고 또 일찍이 구주도 유람치 못한 까닭에 씬이라든지 가조歌調의 미숙한 점이 많을 줄 안다. 그러나 이 희곡은 일종의 기분극이라는 명칭은 붙일 수 있다고 믿는다.

(1924년 1월 계산에서).

메아리
― 동화극(한 막)

무대에 오르는 사람들

복동 : 8~9세쯤 된 서울 아이

어머니(복동의) : 30세 가량

메아리(山應聲) : 복동과 같은 나이. 무대 후면에 있음.

때

칠월 보름께 어떠한 서늘한 날 저녁에

처소

시골 어떠한 농촌

무대의 차림

　무대 정면에는 나무가 울창한 큰 산이 멀리 보이고 오른편으로 비스듬히 당기어 집으로 이은 농가의 대문채가 싸리짝문이 열린 채 있다. 왼편에는 전나무, 수양(버들), 오리나무들이 우뚝우뚝 늘어선 축동이 있고, 그 축동 밖에는 넓은 들이 있는 모양이다. (대체로 이 무대의 설비는 큰 산을

등지고 있는 농촌의 외딴집과 그 부근의 경치를 나타내면 성공이다)

복동 (활발하게 대문 밖으로 뛰어나오며) 아이 좋아, 아이 좋아, 어머니께서 일러주신 오늘 공부는 다 했으니까 인제 저 산골이나 넓은 벌판으로 뛰어 다니며, 내 맘대로 놀 차례야. 아이 시원해, 아이 좋아, 산에는 새가 울고, (손으로 축둥 편을 가리키며) 저 들가에서는 시냇 소리가 들리네. (소리를 크게 지르며) 참 좋다, 참 좋다.

(이때 산 속에서는 메아리가 복동의 말을 그대로 흉내 내서)

메아리 참 좋다, 참 좋다.

복동 (깜짝 놀라며 혼잣말 같이) 누군가? …… (다시 소리를 크게 해서) 거기 있는 게 누구냐?

메아리 거기 있는 게 누구냐?

복동 (사방을 둘러보며 다시 혼잣말로) 산 속에서 누가 흉내를 내네……. (눈이 휘둥그레져서 사방을 돌아보며 다시 소리를 높여) 거기 있는 것이 누구냐?

메아리 거기 있는 것이 누구냐?

복동 나 말이야, 나는 복동이다.

메아리 나 말이야, 나는 복동이다.

복동 아니야, 내가 복동이야.

메아리 아니야, 내가 복동이야.

복동 아니라니까, 너는 복동이가 아니야.

메아리 아니라니까, 너는 복동이가 아니야.

복동 내가 정말 복동이란다.

메아리 내가 정말 복동이란다.

복동 (성을 낸다) 거짓말쟁이.

메아리 거짓말쟁이.

복동 남의 흉내만 내네.

메아리 남의 흉내만 내네.

복동 흉내쟁이, 재쟁이.

메아리 흉내쟁이, 재쟁이.

복동 (점점 성을 더 내며) 너희 집으로 가, 어서.

메아리 너희 집으로 가, 어서.

복동 망할 자식, 너하고 안 놀 테야.

메아리 망할 자식, 너하고 안 놀 테야.

복동 (입을 삐죽거리며) 흉내쟁이, 재쟁이, 네하라비코재쟁이.

(복동이가 성이 나서 산을 바라보고 욕을 할 때에 복동의 어머니는 싸리짝 문으로 내여다 보고)

어머니 복동아! 왜 그렇게 소리를 지르며 누구더러 그런 고약한 욕을 하고 있니?

복동 (울음이 곧 나올 듯한 소리로) 저 산 속에 못된 애가 숨어서 내 흉내를 자꾸만 낸다우.

어머니 그래, 네가 먼저 욕을 했구나.

복동 말래도 자꾸만 남의 흉내를 내길래 너하고 안 놀 테야하고 그러구, 망할 자식이라고 욕을 해버렸지.

어머니 아이고, 천만에, 남더러 욕을 했어. 다실랑은 그렇게 말고, 이번에는 걔더러 잘 놀자고 해 봐라, 그러면 걔도 필경 너 모양으로, 공손하게 대답을 하고 다시 놀자고 그럴 테니. 아까처럼 그런 고약한 욕을 하면 좋은 사람 못된다, 응.

복동 네, 그럼 내가 다시 걔더러 놀자고 해 볼게, 어머니.

어머니 복동아! 언제든지 남에게 고약한 욕을 하면 안 된다. 네가 만일 남더러 욕을 하면 그 사람도 널더러 욕을 할 테요, 또 네가 착한 말을 하면 네 동무도 너에게 착한 말을 하는 것이다. 아무쪼록 공손한 말과 착한 일을 해야 나중에 좋은 사람이 되지.

복동 (어머니의 말을 잘 알아들은 듯이 고개를 끄덕끄덕한다) 네!

(복동 어머니는 도로 집으로 들어간다)

복동 (다시 산을 향하고 공손한 소리로) 얘?

메아리 얘!

복동 아까는 내가 잘못했다. 성내지 말아, 응?

메아리 아까는 내가 잘못했다. 성내지 말아. 응!

복동 인제 우리 다시 재미있게 놀아, 그래? 응, 얘.

메아리 인제 우리 다시 재미있게 놀아, 그래? 응, 얘!

복동 그럼 이리와, 얼른.

메아리 그럼 이리와, 얼른.

복동 이리로 오라니까 그래.

메아리 이리로 오라니까 그래.

복동 거기는 멀어서 어떻게 가니?

메아리 거기는 멀어서 어떻게 가니.

복동 그럼 서로 이야기나 하고 놀자.

메아리 그럼 서로 이야기나 하고 놀자.

복동 그래도 좋지?

메아리 그래도 좋지?

(이때에 복동 어머니는 대문 밖으로 나오며)

어머니 복동아, 저녁 다 했다. 얼른 들어와 밥 먹어라.

복동 (어머니를 돌아보며) 네! (다시 산을 향하고) 어머니가 지금 저녁을 먹으라고 부르시니까 나는 들어갈 테니, 오늘은 우리 그만 놀고, 내일 또 놀아! 응.

메아리 내일 또 놀아! 응.

복동 잘 자거라.

메아리 잘 자거라.

어머니 얼른 들어오너라.

복동 어머니! 어머니! 아까 어머니가 일러 준대로, 걔더러 다시 놀쟀더니 산속에 있는 애도 욕을 안 하고 같이 놀자고 그래.

어머니 그것 봐라. 네가 착하게 구니까 걔도 그러지. 언제든지 남에게 욕하고 성내지 말아, 응, 우리 복동이는 말 잘 듣는 착한 사람이야. (복동의 머리를 쓰다듬는다)

복동 어머니— 그런데, 저 산 속에 있는 애는 누구예요?

어머니 네 흉내를 내던 애 말이냐? 그것은 사람이 아니라 메아리라는 소리란다.

복동 메아리는 무엇이길래 남의 흉내만 내요?

어머니 흉내를 내는 것이 아니라 산골이 네 목소리에 울려서 그런 소리가 나는 것이다.

복동 그럼 산이 울려서 나는 소리가 메아리예요?

어머니 그렇단다. 집에 들어가서 내가 자세히 일러줄게. 어서 들어가자.

복동 그럼 어머니, 어서 들어갑시다.

(어머니가 복동의 손을 잡고 대문 안으로 들어서려 할 때에 막을 내린다)

(이 각본은 어떠한 동화극에 있는 것을 모방하여 우리나라 아이들에게 적당하도록 다시 만든 것인데, 작년 가을에 시내 어떠한 유치원에서 실연해본 결과 상당한 성적을 얻었기에 이번에 어린이 잡지에 소개한다.—김운정)

—《어린이》 제2권 3호(1924년 3월).

전변
(희곡 전일막) 금무단상연

등장인물

이성녀(촌부) : 37~38세

봉실(그의 부夫) : 농부 43~44세

경수(그의 전부前夫) : 50세 전후

만봉(경수의 싱자) : 17~18세

만룡(동 차자) : 14~15세

기타 동리 노인 등

시대 및 계절 현대의 구력舊曆 제야除夜

처소 산간의 어떠한 농촌

무대 이성녀의 집, 일부의 온돌의 경景으로 됨. 무대 정면에는 좌로 토봉당 위에 온돌이 연접하여 가로놓였다. 토봉당 위에는 벼섬, 동구리, 쌀독, 맷돌 등이 놓여있고 처마끝과 기둥에는 적당한 처소에 조이삭 수수이삭 닭의 둥우리 등이 걸려 있으며 온돌 안에는 좌편 구석에 헌 구식 장롱과 우편 구석에는 새끼로 꿴 횃대에 이불, 의복 등이 걸려있고 중앙벽에는 기름병,

신꼴, 망태와 메주덩이 등이 이 곳 저 곳에 매달렸다. 무대의 좌편으로 당기어 수숫대 울타리가 둘러있고 그 중앙쯤하여 싸리짝문이 열린 채로 있다. 막이 열리면 이성녀, 만봉, 만룡의 3인은 가물가물하는 적은 사기沙器 등잔불을 온돌 중앙에 내어놓고 그 앞에 모여 앉아서 이성녀는 바느질을 하며 만봉은 짚신을 삼고 만룡은 그 옆에서 신총*을 비벼 댄다.

만봉 (부지런히 짚신을 심으며) 한눈만 팔지 말고 빨리 빨리 총이나 비벼대. 그래야 얼른 다 삼고 또 내 것을 삼지. 웬 놈의 딴총백이는 삼아 달라고 그리 야단이야. 귀찮게. 아무렇게나 제 손으로 삼아 신지……

이성녀 군소리 말고 얼른 삼아 주려무나. 명일이 한때란다. 남들은 설빔인지 무엇을 하느라고 야단들인데 올해는 그 흔한 고무신 한 켤레들도 못 사주구.

만룡 어머니! 신은 못사시더라도 나는 조끼나 하나 사 입었으면 좋겠어!

만봉 더군다나 조끼를 사 입어. 퍽두 잘 사주겠다. 나는 설에 쓰려고 일껏 짚신계에 들었던 돈도 죄다 뺏겨버렸는데.

이성녀 그러게 널더러 그런 말을 왜 하라드냐. 가만히 주둥이를 닥치고 있더라면 좋았지.(만봉을 바라본다)

만봉 말은 누가 해! 어디서 들었는지 그이가 오늘 아침에 내가 일어나는 맡에** 그 곗돈을 달라고 하는걸 안 줄 수가 있어야지. 그것을 안 내 놨다가는 또 귀퉁이나 쥐어 박히게. 그러잖아도 그이는 나만 보면 잡아 먹을 듯이 하는데.

이성녀 '그이'가 다 무어냐? 너는 일상 그렇게 얻어만 맞지. 점점 대강이가 커갈수록 '아버지'란 소리는 안 하려고 하니 퍽은 귀해 하겠다.

---

* 짚신, 미투리 등의 총. 총은 짚신, 미투리 등의 앞쪽에 두 편짝으로 둘러박은 낱낱의 울.
** 일어나자마자, 일어나는 길로.

그러지 말아, 너두. 남들은 의붓아버지라 해도 네가 어려서는 퍽 귀여워했단다.

만봉 귀해하긴 무얼 귀해해. 그때는 어머니하고 같이 살려고 나를 귀여워하는 체 했지.

이성녀 남의 공 모르는 소리 마라, 애. 그래도 그이 손에 잔뼈가 굵은 것들이……

만봉 그래도 나는 공밥은 안 먹었어요. 남의 집에 가서 머슴을 살면 가을에 사경이나 받지요. 일년 열두 달 쳐놓고 어디 하루나 쉬어 본 날이 있습디까? 몸이 좀 아파서 늦게만 일어나도 눈을 부라리며 야단인데……. 그리고도 설이 되어야 신발 한 짝을 아니 사주는데 무얼.

이성녀 그러잖아도 내년부터는 농사 자리도 줄고 해서 너희들은 먹일 수가 없다고 어디로 머슴살이나 보내야겠다고 그러드라.

만룡 어머니! 나도 머슴으로 보낸대?

만봉 너는 어디 다니드냐. 인제 다 쫓겨난다. 나는 벌써 그 눈치를 다 알았어요. 봄부터는 집에 붙어 있으라고 고사를 해도 인제는 아니 있을 테예요.

이성녀 (잠깐 놀라며) 그럼 어디다가 갈 자리를 말했니? 머슴도 넉넉한 집으로나 가야지.

만봉 어디로 가든지 이 집만 못한 데가 또 있을라구요.

이성녀 예, 그런 소리 마라. 집에서는 무어니 무어니 해도 난 어머니가 데리고 있으니까 거두어 먹이기나 하지. 네가 남의 집살이를 좀 해봐라.

만봉 못 얻어 먹드라도 맘이나 편해야지요. 날마다 집에 들어오면 나는 그이의 얼굴 보기 싫어.

만룡 (이성녀를 쳐다보며) 아버지가 없더라도 우리들하고 어머니가 혼자 살지 왜 그랬소.

이성녀 (긴 한숨을 쉰다) …….

만봉 그러게 말이다. 그랬더라면 우리 둘이 좀 편히 살기나 하지.

이성녀 (화증을 내며) 애, 그 딱한 소리들 마라. 너희들이 저절로 자란 듯 싶은가 보구나. 나도 너희 아버지가 그 발광을 하고 나간 뒤에 삼 년 이나 혼자 살았단다. 나중에는 배기다 못해서 먹을 것은 없고….

(이때에 싸리짝문으로 봉실 등장. 이성녀 등 3인은 깜짝 놀라며 그편을 바라 보고 대화를 중지한다)

봉실 (토봉당으로 올라와 온돌로 들어선다) 아닌 적에는 초저녁부터 자 빠져 자던 것들이 오늘 저녁에는 웬 부지런들을 이리 피워 쌌나? (만봉 을 쏘아보며) 저것을 뉘 짚신이냐? 아이들이 신을 것을 그렇게 곱게 삼 아서 무얼 해? 아무렇게나 얼거들 신지.

이성녀 가만 두구려. 올해에는 신발 한 짝들도 못 사주면서. 그것이 설빔 짚신이라우.

봉실 누가 돈이 있구도 아니 사 주나. 인제 제 손으로들 벌어서 마음 대로 무엇이든지 사서 신지. 대강이들이 적어서 벌써 스물씩이나 가까 워 오는 것들이. 만봉아 널랑은 그만 치워놓고 얼른 대동계 쌀이나 좀 갖다두고 와. 저어 큰 말 소임집 말에.

이성녀 (깜짝 놀라며) 이 그믐밤에 그것을 어떻게 가지고 가오? 내일 새벽에 일찍이 갖다주면 어떻소? (애원하듯이 봉실을 쳐다본다)

봉실 (불쾌한 언성으로) 내일은 초하루날인데 그랴. 정초에 누가 곡식 을 낸다 말요? 걸핏하면 역성만 들려고 하니까 자식들이 말을 들어먹 어야지. (만봉을 향하여) 얼른 갔다가 와.

(만봉은 불유쾌한 빛을 띄우고 삼고 있던 짚신을 치우며 일어선다. 만룡은

봉필의 눈치를 엿보며 한편으로 옮겨 앉는다)

만봉 (일어서 봉당으로 나가며) 쌀은 어디 있어요?

봉실 그 둥구미에 담아 놓은 것 말야. 그게 모두 너 말이다. 그리고 소임집에 가거든 나머지 두 말은 봄에 보리로나 되겠다고 일러.

이성녀 (일어나 만봉을 따라나가며) 광솔불이나 켜 가지고 갔다오너라. 어두워서 어디 가겠니.

만봉 (볼멘 소리로) 불은 무얼해요. 언제는 불 가지고 다녔나요.

이성녀 그래도 불이 있으면 좀 낫지. (광솔을 찾는 모양) 저번에 해다 둔 광솔은 다 어쨌니?

만룡 (봉당으로 나오며) 왜 그 시렁 위에 두었지. 어머니…….

봉실 (소리를 와락 지르며) 불은 해 무얼 하니. 무얼 좀 하라면 평생 꿈지럭거리기만 해. 가기 싫거든 그만두어. 내가 갔다 둘게. 호랑이에 물려갈까 봐 그러니. 밤낮 다니던 데를 그리 새삼스러이 유난들이야! 어서 갔다 와!

(만봉은 둥구미를 메고 나간다. 이성녀와 만룡은 그것을 보고 섰다)

이성녀 얼른 다녀오너라. 그런 것은 진작 좀 갔다 두게나 하지. 이 어둔 밤에…….

만룡 어머니! 그럼 나도 같이 갈까?

봉실 둘씩이나 가서 무얼해. 아닌 적에는 가래도 아니 가더니. 이리 들어와. 얼른 짚신이나 삼아.

(이성녀와 만룡은 방으로 들어간다)

이성녀 내일은 초하루 날인데 국이나 끓여먹어야지 아니하오. 큰 말서 소들을 잡아왔다드니 집에도 좀 가져 오게 했소?

봉술 고기는 돈이 있나? 동리 추렴도 오늘 저녁에 갔다 주어야할 텐데. 그것도 못 변통해서 지금 야단인데.

이성녀 그럼 어떡하우? 아이들은 있고 한데.

봉술 아이들은 별 사람인가. 그리고 않고 대강이가 커다란 것들이 명일은 찾아 무얼 해. 집에 들어 앉았으면 쓸데없는 그 걱정 소리 듣기 싫어. (일어나 나간다) 나는 계(契)나 좀 보러가야겠군. 싸리짝문은 쫙 벌려 놓고 좀 닫지는 못하나? 아랫말에는 아까 저녁때에 웬 수상한 거지가 와서 돌아 다니드라는데.

(봉실은 싸리짝문을 닫고 퇴장. 이성녀와 만룡은 전 자리에 앉아 바느질과 짚신총을 부빈다)

만룡 어머니……. 집에서는 낼 명일도 못해 먹우? 올 가을에는 농사가 작년보다 잘 되었는데 왜 그러우?

이성녀 잘 되면 무얼하니. 모두 마름집에서 장리벼로 다 쳐서 가져가고 어디 집에는 몇톨이나 들어왔니? 그리고 더군다나 올해는 벼 값이 싸서 돈이 더 귀하단다.

만룡 그럼 전에 정말 아버지하고 살 적에도 이렇게 가난했소?

이성녀 왜 가난하기는. 그때는 남에 땅은 싫다고 되레 내 놓았단다. 지금 집에서 부치는 산전 밭도 우리 걸로 있었구. 또 축등 밖에 있는 엿 마지기도 우리 집 논이었단다.

만룡 그런데 왜 모두 팔았어? 그대로 두었더라면 올해 그 논에서 열 섬이나 더 났는데.

이성녀 네 아버지가 모두 팔아먹었단다.

만룡 어떤 아버지가? 나 낳은 정말 아버지가?

이성녀 (한숨을 가볍게 쉰다) 나간 네 아버지가 모두 팔아먹고 어디로 달아났단다.

만룡 그래도 정말 아버지만 있더라면 농사 잘 지어서 그 논들은 다 도로 물러가지는 걸 그랬지? 나는 아버지만 집에 있으면 굶어도 좋아. 접때는 형님이 큰산으로 나무하러가서 나무는 아니하고 자꾸 울기만 했다우.

이성녀 식전에 맞고 나갔던 날 말이로구나?

만룡 옳지, 그 날야, 그리하고 싸우든 날야. 그래서 내가 그만 울고 얼른 나무나 해 가지고 집으로 가자니까 "집에는 가 무얼하느냐"고 그러면서 형님은 인제 날이나 따뜻해지면 집에 있지 아니하고 아버지 찾아서 나간다고 그래!

이성녀 네 아버지가 어디 있는 줄을 알고? 벌써 나간 지가 열 두 해째나 되어오는데 살았는지 죽었는지 알 수가 있어야지…….

만룡 그래도 서울은 각처 사람들이 모여드는 곳이니까 먼저 서울로 찾아간다구 그러던데. 서울서 만일 못 찾으면 충청, 전라도도 할 것 없이 팔도로 다 돌아다녀서라도 끝내 아버지를 찾고야 말 테라구.

이성녀 아버지가 그렇게들 보고 싶으냐?

만룡 보고 싶고 말고. 요새는 웬일인지 밤이면 나는 아버지 꿈만 꾸어. 그런데 참 아버지가 입때껏 어디서 살아있을까? 어머니.

이성녀 (시름없는 어조로) 글쎄 다 죽었는지? 어디서 살아있는지? 어찌나 되었는지? (한숨을 길게 쉰다)

(무대는 잠시 침묵에 쌓였다. 멀리서 호적胡笛 부는 소리가 들린다)

만룡 (새 정신이 난 듯이) 호적 부는 소리가 들려. 어머니! 큰 말에는 여

사당패가 들어왔다고 하더니 아마 오늘 저녁부터 놀리나 보우?

이성녀 그 소리가 들릴 때가 또 되었구나. (치맛자락으로 눈물을 씻는다.)

만룡 (이성녀를 쳐다보며) 어머니! 또 울으우? 어머니는 호적소리만 들리면 자꾸 울어. 아버지 생각이 나서 그러우?

이성녀 아니다, 울기는 왜 울겠니. (바느질을 계속한다)

만룡 그런데 아버지는 왜 달아났소? 우리들을 모두 내버리고. 형님이 저번에 얘기하는데 어머니하고 싸우고 나가더니 다시는 아니 들어왔다구.

이성녀 (실없는 어조로) 그랬단다. 네 아버지를 내가 내쫓았단다.

만룡 (깜짝 놀래며) 무얼? 정말 어머니가 내쫓았어? 그럼 지금 있는 그 이하고 같이 살려고?

이성녀 (의외의 말에 놀란 듯이) 설마 그랬겠니? 네 아버지가 너희들하고 나를 내버리고 도망을 했단다. 사당년인지 무엇인지 하는 데에 미쳐서 집을 내버리고 달아났단다.

만룡 사당패라니? 저, 큰 말에 들어와서 꽹과리 치며 노는 것들 말이요?

이성녀 그랬단다. 전에 네 아버지가 그것을 그렇게 좋아했단다. 마치 흘레 개처럼 사당패년의 밑구멍을 졸졸 쫓아다니다가 나중에는 그만 모두 다 버리고 도망까지 했단다. 그때 생각을 하면 참 나는 죽어도 못 잊겠다.

만룡 그때도 저런 사당패라는 것들이 있었소?

이성녀 있고 말고. 그때들은 지금보다 더 야단이었단다. 네 아버지가 나가던 해는 웬일인지 날마다 그런 놀이패들이 동리로 들어와서 정월 한 달을 날마다 내눌러 법석을 하더니 끝에는 네 아버지는 서울서 왔다는 사당패가 다녀가던 그 이튿날 저녁에 큰 말로 놀러간다고 나가던 것이 이내 아니 들어오고 벌써 열두 해째나 된단다.

만룡 그럼 아버지가 그때에 그 사당패를 따라갔는지 또 다른 데로 갔는지 어찌 알아요?

이성녀 그러지 않아도 웬일인지를 몰라서 얼마 동안을 두고 세 살 먹은 너를 업고 사방으로 울며 찾아 다녔더란다. 그래 하다하다 못해서 나중에는 동리사람들을 보내서 서울, 시골로 찾으니까 네 아버지는 그때 왔던 사당패 틈에 섞여서 벙태기를 뒤집어 쓰고 미친 사람처럼 뛰놀며 이골 저골로 돌아다니더라는 소식을, 나간 지 두 달만에야 겨우 들었단다. 참 그때 생각을 하면 내가 죽어도 눈이 아니 감기겠다.

만룡 그까짓 사당패가 무엇이 그리 좋아서.

이성녀 글쎄 말이다. 그 해는 농사도 전에 없던 큰 풍년이 들어서 집에 볏섬도 좀 낫게 들여놓고 걱정 없이 겨울을 잘 나게 되었던 것이 필경 네 아버지께 무엇이 뒤집어씌웠든지 모르겠다. 그래 오늘이나 돌아올까 내일이나 돌아올까 하고 날마다 저녁때면 축동 밖을 내다보기에 세월을 보내고 밤이면 울기에 잠을 못 잤다.

만룡 그때 내가 컸더라면 아버지 있는 데를 곧 쫓아기서 데리고 오는 것을 그랬지.

이성녀 데리고 오는 것이 다 무엇이냐. 건너말 천쇠할아버지도 그때 서울 갔다 오는 길에 어떤 주막거리에선가 네 아버지를 만나서 집으로 돌아가자니까 고만 대답도 아니하고 어느 구석으로 몸을 피하더라는데. 아이고 그때 얘기를 다 이루 어찌하겠니. 그러자 그 해 봄이 내달아서는 네 형은 홍역을 해서 죽으려하고 사방에서 빚쟁이들은 자꾸 들어와서 볏섬을 져 가느니 콩섬을 메 가느니 하지. 얘 나는 그때 생각을 하면 지금 너의 아버지가 살아서 들어온대도 반갑지 아니하다.

만룡 그래도 어머니는 가끔 아버지 생각을 하고 울면서 무얼.

이성녀 (한숨을 쉬며 다시 뉘우치는 듯이) 그건 너희들 때문에 그렇지. 너희 둘이 볼 메인 소리를 들을 때마다 그래도 너의 친아버지가 있었더라면 하는 생각이 나서 그런다.

만룡 아버지는 인제 집에 영— 안 들어올까? 어머니!

이성녀 글쎄다. 그저 살아나 있는지 하도 오래 편지 한 장이 없으니까 어디서 무엇을 하고 있는지…….

만룡 (별안간 무슨 생각을 한 듯이) 어머니! 어머니! 아버지가 살아서 만일 집으로 들어오면 어머니는 어떻게 할테요? 지금 그이하고 같이 살지 않소. 그런데 아버지가 불쑥 들어오면 어머니는 누구하고 살테요?

이성녀 (고개를 저으며) 들어오기는 누가 들어온단 말이냐. 네 아버지가 들어와? 십 년이 넘도록 기다려도 아니 오는 이가 그렇게 쉽게 와.

만룡 그래도 누가 알 수 있소. 나는 엊저녁 꿈에도 아버지가 들어온 것을 보았는데 아버지가 들어와도 어머니는 별 소용이 없어. 다른 사람하고 같이 사는 걸 무얼.

이성녀 (한숨을 쉰다) 나도 마음으로 좋아서 그런 것은 아니란다. 혼자 살다 살다 못해서 그런 것이지.

(무대는 잠시 침묵, 먼 곳에서 개 짖는 소리가 들린다)

만룡 어머니! 어머니! 그런데 아까 내가 저 아랫말 갔더니 해가 다 질 물에 웬 수상한 거지 같은 사람 하나가 아랫말 축둥 밖에서 들어오더니 동리로는 아니 들어오고 뒷동산으로 슬슬 돌아다니기만 하더라고. 그래서 아랫말 사람들은 아마 무슨 까닭이 있는 사람인가보다고들 그래.

이성녀 (별안간 맘이 쓰이는 듯이 하던 바느질을 쉬며) 얼굴이 어떻게 생긴 사람인데?

만룡 그래서 동리사람들이 뒤를 따라서 그 사람의 모양을 자세히 보려고 하니까 자꾸만 산으로 피해서 올라 가더래. 그래서 오늘밤에는 아랫말 사람들이 순경을 돈다고.

이성녀 동네 사람들이 가까이 쫓아가니까 피해가더래?

만룡 응 자꾸만 산으로 올라가더래. 어머니! 그게 나갔던 아버지인가 보우. 그래서 동리사람들이 보면 남이 부끄러우니까 산으로 올라갔다가 밤에 몰래 집으로 들어오려고 그러나 보우.

이성녀 네 아버지가 들어온다 하더라도 왜 이 그믐밤중에 오겠니. 참 이상스런 일도 있다.

(개 짖는 소리는 점점 가까이 들린다)

만룡 (짚신총 비비던 손을 정지하며) 어머니! 저 개 짖는 소리 좀 들어보우. 아마 그 사람이 점점 우리집 앞으로 가까이 내려오나 보우?

이성녀 참, 왜 개가 저리 몹시 짖을까? (대문 편을 바라보며 휘둥그레진다) 얘! 만룡아 싸리짝문은 닫쳤니. 이 외딴 터에 누가 이런 밤중에 오기에 개가 저리 몹시 야단인가?

만룡 (이성녀의 옆으로 바싹 다가앉으며) 아이. 무서워! 그런데 아버지 얼굴은 어떻게 생겼었소? 수염이 많이 나고 무섭게 생겼소?

이성녀 왜 무섭긴. 이전에는 네 아버지가 이 동리에서는 제일 얼굴이 예뻤었단다. 그러나 지금은 그 얼굴이 많이 변했겠지? 그런데 네 형은 벌써 다녀올 때가 되었는데 왜 이리 아니 오는지 모르겠다. 개는 저리 몹시 짖어쌌는데.

만룡 오다 또 어디로 들어간 게지. 그런데 형님은 그때 나보다 컸으니까 아버지 얼굴을 지금도 알아보겠지? 어머니! 나는 엊저녁 꿈에 아버지를 보았는데 얼굴이 바짝 마르고 두 빰에서부터 턱까지 시커먼 수염이 내리 덮이고 두 눈이 쑥 들어갔는데 어찌 무서운지 꼭 죽은 사람의 얼굴 같아. 아아 무서워. (몸서리를 친다)

이성녀 (몸을 오그리며 무서운 모양으로 앉았다) 이이는 계(契)를 보러갔다더니 입때 무얼하게 아니 오나?

(이때에 싸리짝문 밖에서 힘없는 기침을 하며 남루한 의복을 입고 지팡이를 짚은 경수 등장. 이성녀와 만룡은 기침소리를 듣고 몸을 소스라치며 놀란다. 경수는 집안을 기웃거리며 엿보고 있다)

만룡 (소리를 가만히 해서) 어머니! 어머니! 밖에 누가 왔나 보우. (잠시 귀를 기울여 자취를 듣다가 다시 소리를 높여서) 거기 누가 왔어요? 네—.
경수 (힘없는 어조로) 이 집이 만봉이네 집인가요? 만봉이 집에 있거든 좀 내보내주셔요.

(이성녀와 만룡은 다시 놀라며 방구석으로 들어앉는다)

만룡 (떨리는 목소리로) 아마 아버지가 정말 들어왔나 보우? 어머니 좀 얼른 나가보우.
이성녀 (용기를 내서) 우리 집을 누가 찾아오셨소?
경수 네. 나는 지나가는 사람인데 잠깐 물어볼 말이 있어서 좀 찾았습니다. 그런데 이 집이 분명히 만봉네 집인가요?
이성녀 (별안간에 얼굴빛이 변해지며) 어디서 이 밤중에 오셨어요?
경수 네. 나는 이 동리에 일이 있어 왔던 길인데 만봉이 형제를 오래 못 보아서 좀 찾아 보고 가려고 온 길예요.
만룡 어머니! 어서 좀 나가서 보우. 아마 아버지가 왔나 보우?
이성녀 (어쩔 줄을 모른 채 황급히 굴며) 만룡아! 너 좀 나가 보아라 이를 어찌한단 말이냐.
만룡 정말 아버지의 목소리요? 그럼 우리 얼른 나가봅시다.
이성녀 네가 먼저 나가보아라. 어서.

만룡 우리들이 같이 나갑시다.

이성녀 글쎄, 너나 먼저 얼른 나가 보아. 열두 해나 되도록 편지 한 장이 없더니 별안간 이 밤에 웬일이란 말이냐.

경수 (싸리짝문 안을 들여다보며 힘없는 소리로) 만룡아! 만봉아! 너희들이나 좀 나오너라. 지금 와서 내가 이 집 문 밖에서 너희들을 이렇게 불러볼 염치는 없다마는 동서로 정처 없이 돌아다니는 동안에 몸은 한 걸음을 떼어놓기 어렵게 피곤해지고 병은 내일을 살까 싶지 아니하다. 마지막 가는 길에 너희들 얼굴이나 좀 보게 해다우.

(이성녀와 만룡은 광솔불을 쳐들고 싸리짝문 앞으로 나간다)

이성녀 (경수를 보고 놀라며) 이게 웬일이요. 세상에……. (말이 막히며 치맛자락으로 눈물을 씻는다)

경수 (목메인 소리로) 여러 해 만에 만나는구려. 그러나 내가 지금 이렇게 찾아온 것은 내 집으로 알고 온 것은 아니오. 염려할 것은 없소. (만룡을 향하여) 네가 만룡이로구나. 이리 오너라. 얼굴이나 좀 보자. 인제 다 자랐구나. 등에 업혀서 울고 있던 것을 보고 나갔더니 그 안에 저렇게 컸구나……. (만룡의 손을 잡고 눈물을 흘린다)

(만룡은 이성녀의 옆에 붙어서서 까닭을 모르는 듯이 두 사람의 눈치만 보고 있다)

경수 네가 만룡이지? 그럼 네 형은 또 어디를 갔니?

만룡 큰 말 갔어요. 동리 쌀 가지고.

경수 이 밤중에? 일껏 어려운 길을 찾아왔더니 그것은 또 못보고 가겠구나. 그게 있었더라면 내 얼굴을 알아보았을지도 모르는 걸.

이성녀 조금 있으면 돌아올 걸 그래요.

경수 내가 무엇이 그리 귀한 손님이라고 남의 집 문전에서 그다지 오래 기다리고 있어 무엇을 하겠소.

이성녀 (치맛자락으로 얼굴을 가리며 목이 메인 소리로) 그 어린 것들을 데리고 삼 년 동안이나 혼자 고생을 하다가 인제는 당신을 볼 낯이 없게 되었소. 그 동안에 어디 가서 살아있다고 편지나 한 장 해주었더라면……. (운다)

경수 나는 지금 당해서 누구를 원망할 염치는 조금도 없소. 집을 버리고 처자를 버리고 도망하였던 놈이 무슨 낯짝을 들고 이 동네를 또 들어오겠소만은 혹시 그래도 그것을 데리고 그대로 부지하고 있나 해서 축동 밖에서 해지기를 기다리며 사람의 이목을 피해서 일껏 들어 왔더니 인제는 아픈 다리를 쉬어갈 데도 없게 되었구려. (한숨을 쉰다)

이성녀 나도 내 맘으로 좋아서 한 일은 아니오. 자식들은 어리고 먹을 것은 없고 생각다 못해서 팔자를 고친 것이라우. 참 그때 생각을 하면……. (운다)

경수 그러게 나는 당신을 원망치는 않소. 그 동안에 당신이 무슨 일을 했든지 그것은 다 당신의 마음대로 한 일이니까, 바꾸어 말하면 내가 먼저 당신을 버린 뒤에 생긴 일이니까 지금 와서 내가 당신을 조금이라도 책망할 권리는 없소. 당신이 지금 나의 살아온 것을 보고 만일 마음에 조금이라도 미안한 생각이 있다하면 그것은 내게 대한 정의란 것보다 몇 해 전에 깨어진 정절이라는 것이 당신을 울리는 것이외다.

이성녀 아무렇기로 당신이 어디서든지 살아있는 줄만 알았다면 설마 당신을 두고 팔자야 고쳤겠소. 삼 년을 두고 미친 년처럼 사방으로 돌아다니며 소식을 알려해도 어디서 살아있는지 죽었는지 도무지 알 길이 없고 그러노라니 삼 년 동안이나 농사를 못 지어 밭들은 모두 묵어 자빠지고 논은 떨어져 살아갈 길이 망연하고 어린 것들은 때때 배가 고프다고 울고 있는 그때에 누가 쌀 한 톨이나 변통하여 줄 사람이 있어야 살림을 붙들어가지요. 나중에는 생각다 못해서 물에나 빠져 죽을려고 큰 것은 방에 재우고 작은 것은 등에 업고 밤중이면 동리 냇가로 헤매기를 한 두번이 아니었어요. (목이 메인다) 그러다가도 아무것도 모르고 어미의 얼굴만 보면 벙글벙글 반기며 웃는 것들의 모양을 보고는 차마 죽지를 못하고 또다시 그 몹쓸 팔자를 고치게 된 것이라우. 그때에 내 앞은 캄캄한 그믐밤 같이 막혀버리고 다만 마지막으로 두 가지 길밖에 없었어요……. 세 식구의 목숨을 아주 끊어버리거나 그렇지 아니하면 내 몸을 다른 사내에게 던져버릴 수밖에 없었다우. 그러나 당신이 지금 이렇게 살아올 줄만 알았다면 내가 그때에 차라리 죽어 버렸던 것이……. (느끼어 운다)

경수 나도 그때에 미친 생각에 뒤집어 씌어서 집을 떠난 뒤에 몇 달 동안은 독한 술에 취한 사람처럼 날마다 꽹과리와 호각소리를 앞에 세우고 장거리로 촌으로 돌아다니다가 어느덧 취했던 정신은 깨어버리고 몸은 점점 피곤하여 다시 집으로 돌아와서 흙내 니는 방구석이나마 자식들을 앞에 뉘이고 몸이나 편히 쉬었으면 하는 생각이 하루에도 몇 번씩 났는지 몰랐소. 그러나 인정도 없고 눈물도 없이 제가 즐겨서 처자를 버린 몸이 차마 발길을 고향으로 다시 돌려놓을 염치는 없고 내 마음을 내가 원망하며 갈 데나 아니 갈 데나 허기진 개 모양으로 돌아다니다가 작년부터는 고약한 병까지 붙잡혀서 몸은 무거워지고 기력은 점점 없이 되어 정신없이 길가에 쓰러져 기절을 한 때도 몇번인지 모르오. 그러나 그것은 모두 나의 죄를 내가 받는 것이니까 지금 다시 누구를 원망하게소마는, 내가 내 병을 생각해도 살 날이 멀지 아니한 듯하여 차마 돌아서지 아니하는 발길을 옮겨 놓으며 동리사람들의 이목을 피해서 이 밤중에 찾아 온 것이요. 나는 인제 길가에 넘어진 송장이 될 날이 머지 아니하였소. 그랬기에 나의 죄악으로 벌 받는 이 참혹한 꼴이나 당신에게 보이고 마지막으로 내 혈육인 자식들이나 좀 찾아보려고 했더니 그것조차 마음대로 아니 되고 하나는 또 못보고 가겠구려. (눈물을 흘리며 다시 만룡의 손을 잡고) 내가 어린 너희들을 내버리고 나갔던 몹쓸 아비다. 그러니 나를 아비라고 불러서는 아니 된다. 정말 너의 아버지는 너를 길러준— 지금 집에 있는 그 사람이요, 나는 지나가는 한 걸인이다. 자세히 알았니? 응.

　　만룡 무얼 아니야, 집에 있는 그이는 정말 아버지가 아니라는데. 어머니! 이이가 참 정말 아버지지, 응? 그렇지?

　　이성녀 (치맛자락으로 눈물을 씻으며 고개만 끄덕거린다) …….

　　만룡 그런데 어머니는 밤낮 정말 아버지가 오기만 기다리고 있더니 왜 울고만 섰소? 어서 집으로 들어갑시다. 아버지 데리고.

　　경수 나는 이 집을 들어갈 사람이 아니다. 지나가던 행인이 어떻게 남의 집을 들어갈 수 있니?

　　만룡 무얼? 정말 아버지라는데 그래. (이성녀의 치맛자락을 당기며) 어서 구들로 들어갑시다.

　　이성녀 (주저한다) 만봉이가 올 때가 되었는데 입때껏 웬일인가? 그리 보고 싶어하더니 얼른 왔으면 아니 좋을까? (경수를 보며) 그래, 대관절 어디 몸 담아있는 데도 없소?

　　경수 몸을 담아둘 자리가 어디 있겠소. 제게 한번 마련해 준 처소를 이미 내버리고 나간 놈에게 무슨 복으로 또 다시 몸 담을 곳을 줄 리가 있소. 내 몸 담을 자리는 토봉당 한 칸과 흙내 나는 좁은 방구석밖에 없었던 걸……. (사이) 그래도 사람의 욕심이라는 것은 어디까지 한이 없는 것인지? 혹시 이전의 그것이 그대로 남아있는가 하고 아까 들어오다가 지나가는 사람에게 물어보았더니 벌써 남의 것이 된 지가 칠년이나 넘고……. 아니야, 내가 처음 바랐던 것은 집뿐이 아니야. 처자까지라도 어쩌면 그대로 있을까 했더니 모든 것이 다른 사람의…….

이성녀 집도 그대로 있고 자식들도 그대로 있소마는 다만 내 몸 하나 수절이라는 것을 못 지키기 때문에 그렇게 밤낮으로 가슴을 때우던 원망 한 마디를 못해보고 지금 당해서는 도리어 당신에게 미안한 맘을 돌구게 되니 생각을 하면 이 세상에 계집으로 태어난 년의 팔자야말로 참 불쌍하구려. 나는 나 할 것을 다했지만 누가 내 그런 공을 말해주겠소. 남들은 하기 쉬운 말로 산 서방을 두고 개가를 했으니 고약한 년이니 할 터이지……. 당신부터도 내가 십 년이나 되도록 집을 내버리고도 도망한 당신을 그대로 기다리고 있지 아니한 것을….

경수 내가 지금 그러한 염치없는 책망을 하는 것은 아니오. 어리석은 이놈이 그러한 헛된 것을 바라고 왔던 내 마음을 뉘우칠 뿐이요.

이성녀 사내란 것은 자기가 무슨 짓을 했던지 그것은 생각지 아니하고 계집은 밤낮 자기의 것으로만 알고 있으니까 그렇지요. (다시 뉘우치는 듯이) 그러나 병이 저렇게 대단한 모양인데 어디로나 좀 들어앉았으면……. 이이가 오래잖아 들어올 터인데? 어떻게 하면 좋은가? (길 편을 바라본다)

(이때에 동리 노인 싸리짝으로 등장. 이성녀 등이 섰는 것을 보고)

노인 이 집에서는 명일 차림들을 굉장히 하는가 보군. 입때껏 밖에서들 무엇을 하는 것을 보니까. (경수의 모양을 보고는 눈이 휘둥그레져서 이성녀에게) 이게 누군가? 밤중에 웬 손님이 왔나?

이성녀 (주저한다) …….

만룡 천쇠네 할아버지! 정말 아버지가 인제 들어왔어요.

노인 정말 아버지라니? (깜짝 놀라며 경수를 들여다본다) 이게 누군가? 자네 경수 아닌가? 몰라보게 되었네그려.

경수 (고개를 수그린 채) 네. 보일 낯이 없습니다…….

노인 "네—"라니? 열두 해 전에 어린 자식과 젊은 처를 내던지고 자라나던 고향을 욕하며 미쳐서 나가던 '경수'란 말이야? 자네 이 집을 아니 이 동네를 무엇하러 또 찾아왔나? 내가 수원 장거리에서 자네를 만났을 때에 무어라고 하던가? 어린 것들은 아비를 부르고 자네의 처는 실신한 사람처럼 밤낮으로 자네를 찾으며 울고 다니는 그 참혹한 경상은 동네 사람들까지 차마 볼 수가 없으니 생각을 돌려서 다시 집으로 돌아가자고 얼마나 간절히 말을 하던가. 그래야 자네는 그때에 사람의 정신은 모두 어디다가 떼어버렸는지? 내 말은 들은 체도 아니하고 있다가 나중에는 한다는 소리가 "그까짓 산골 구석에 무얼 하러 또 들어가요? 이 넓은 천지를 두고"하며 장한 성공이나 할 듯이 팔을 뽐내며 기세가 등등하데그려. 그러던 자네가 또 여기를 와? 나는 그때에 자네보다는 낯살이 지긋한 까닭에 자네의 그 비위 상하는 꼴을 억지로 참고 망발의 말로 어린 자식을 꾀이듯이 빌며 달래며 돌아오기를 권하지 않았던가. 그렇게까지 내가 빌다시피해도 자네는 종시 듣지 아니하고 필경은 몸까지 어디로 피해버리지 아니했나. 그렇듯이 쾌쾌하던 사람이 저 꼴을 하고 오늘날 이 동네를 왜 다시 찾아왔나? 이 산골에를 또 무얼하러 왔어…….

　경수 (느끼어 울며 고개를 숙인 채로 말이 없다) …….

　만룡 할아버지, 일껏 돌아온 아버지를 왜 그렇게 사살만 하우. 추운데 어서 구들로나 데리고 들어갑시다.

　노인 너는 친부자간이라는 천륜이 켕기어 그러나보다마는 이 집은 네 집도 아니요, 너의 어머니 집도 아니다. 봉실이라는 딴 사람의 집이니까 그 사람의 허락이 없이는 들어갈 수가 없어.

　이성녀 (노인을 쳐다보며) 성한 사람 같으면 오히려 관계찮겠습니다마는 병이 중해서 온 모양인데 좀 들어앉지도 못하게 해서 어떡해요? 내 혼자 맘대로 불러 들였다가는 그이가 들어오면 또 어떤 일이 생길는지 모르고, 그렇다고 지금 저 모양을 하고 찾아온 사람을 보고야 차마 어떡해요?

노인 내가 그 사람을 들어 앉힐 수가 있을까? 집주인의 허락도 없이……. (사이) 그러나 이 추운 밤에 인간 근처를 찾아서 들어온 병든 사람이니까 사람이 사람을 구제하는 것이야 설마 시비할 인정은 없겠지? (경수를 보며) 여보게 이왕 온 길이니 몸이나 좀 녹여 가게.

경수 아니올시다. 대단히 고마우신 말씀입니다마는 제가 이 문턱을 또다시 넘을 염치는 없습니다. 인제 제 갈 데로 가버리지요.

노인 그렇지. 물론 사람이 그만한 염치는 있어야지. 내 직책을 내가 등지고 내게 돌아올 것만 바라는 사람이면 마치 남의 것을 훔치려하는 도적놈이나 다를 것이 없느니. 자네가 자네의 처자를 양육할 직책을 저버린 사람이니까 지금 와서 그만한 뉘우침은 있어야지.

경수 저도 제 마음을 수시로 뉘우치기는 벌써 오래 전이었습니다. 그러나 한번 그런 짓을 하고 집을 떠난 놈이 차마 발길을 돌려 놓기 어려워서 입떼까지 주저히고 있었습니다. 그리는 동안에 지의 뉘우침은 이미 늦었습니다. 아무 효험도 없게 됐습니다. 인제는 앞에 남은 것은 다만 캄캄한 죽음뿐이올시다. (눈물을 씻는다)

노인 자네가 지금 입으로는 뉘우쳤다는 말을 하네마는 필경 자네의 가슴 속에는 아직까지도 자네의 처가 그대로 자네만 기다리고 있으리라는 헛된 생각과 한편으로는 그로 말미암아 자네 처의 행실을 의심할 테요. 또 까닭없는 봉실이까지 원망하고 있을 줄 아네. 인정상 그러한 생각을 하고 있을 것은 누구나 쉬운 일이니. 그러나 만일 지금 자네가 정말 그런 망령된 생각을 가지고 있다하면 그것은 '세월'이라는 흘러가는 물건을 모르는 주책없는 사람의 욕심일세. 자네가 처음에 집을 버리고 나갈 때에 자네는 젊은 혈기로 젊은 계집을 따라서 자네 맘대로 갔거니와 집에 내버린 자네 처로 말하면 불과 이십 남짓한 한창 때의 여인으로 낮이면 어린 것을 등에 업고 동네 품팔이에 땀을 흘리고 밤이 되면 쓸쓸한 빈자리에서 한숨으로 삼 년이라는 긴 세월을 보냈으니 그런 경상을 좀 바꾸어 생각해 보게. 그것이 청춘 여인의 참을 일인가. 자네의 처는 그것만으로도 자네에 대한 직분은 넉넉히 다 갚았을 것일세. 그뿐만 아니라 일반 여인에게 뒤집어 씌운 정조라는 굴레도 그만하면 벗어 놓았으리라고 할 수 있네. 그런 고생은 고사하고라도 자네 처가 나중에 팔자를 고치게 된 것은 자기의 청춘이 애달파서 그런 것도 아니요, 자기의 전정을 위해서 한 일도 아닐세. 자네가 마치 오리나 거위처럼 낳아만 버리고 달아난 그 자식을 살리려고 말하고 보면 남의 발에 감발을 한 셈이야. 내가 지금 남의 일에 이렇게까지 심하게 말할 필요는 없네마는 동네 공론이 그렇다는 것을 한마디 해둘 뿐일세.

경수 (고개를 숙이고 울 뿐이다) …….

만룡 어머니! 추운데 아버지하고 얼른 들어갑시다. 저 아버지 떨고 섰는 것을 좀 보우.

노인 (경수를 향하며) 내가 쓸데없는 잔소리를 너무 길게 했네. 이 집은 물론 봉실의 집일세마는 마침 주인도 없고 하니 내가 잠시 주인 노릇을 대신할 테니 방으로 들어가서 몸이나 녹여가게.

이성녀 (경수를 쳐다보며) 이 아저씨가 계시니까 괜찮소. 좀 들어갑시다. 이 동절에 솜옷도 못 입고 오죽 춥겠소.

만룡 아버지 어서 들어갑시다. (경수의 손목을 잡아끈다)

(경수는 손목을 당기는 바람에 힘없이 앞으로 엎드러진다. 이성녀와 노인은 깜짝 놀라며 경수를 잡아 일으킨다)

이성녀 저렇게 기운이 없이 앓는 이가 어떻게 몸을 가누고 입때껏 돌아다녔단 말이요?

경수 (붙잡혀 일어나 앉는 소리로) 아이고 기운도 몹시 없다. 더군다나 몸이 떨려서 섰을 수가 없구나. (헐떡거린다)

만룡 어서 들어갑시다.

이성녀 속이 비었나 보구려. 우선 방으로 들어가 앉고.

노인 나중은 어찌되든지 얼른 들어가세.

경수 아니올시다. 내가 이 집에를 다시 들어가면 나중에 또 무슨 풍파가 일어날는지 모릅니다. 이렇게 대문 밖에 섰기에도 마음이 부끄럽고 조마조마해서 못 견디겠습니다. 공연히 쓸데없는 놈이 와서 조용하던 남의 집을 떠들게 할 거야 무어 있습니까.

노인 그렇지마는 인간이 사는 동리에서 저런 참혹한 병인을 그대로 보낼 수야 있나. 뒷일은 내가 담당할 테니 들어가세.

만룡 어여 들어갑시다. 아버지. (경수의 손을 또 당긴다. 경수는 또 쓰러질 듯이 앞으로 몸을 굽힌다)

(경수는 여러 번 사양하다가 노인은 뒤를 밀고 만룡은 손을 쥐는 채로 싸리짝 문안을 들어서 봉당에 털썩 주저앉는다)

경수 아이고 내가 무슨 염치로 이 집에 다시 들어와. 주인도 없는 남의 집에를……. (사방을 둘러보며) 집 모양은 열두 해 전이나 똑같구나. 그러나 내 것은 하나도 없다. (별안간에 눈에 열기를 띄우며) 내가 이 집에서 지금 이러한 겉에 발린 구케*는 받아 무얼해? 지나가는 걸인에게는 그까짓 쓸쓸한 방구석에서 몸은 녹여 무얼하나? 어서 나 갈 데로나 가 버려야지.

(이때에 멀—리서 개 짖는 소리가 들린다)

---

* 국혜鞠惠 : 매우 굽신거리는 자세로 베푸는 은혜를 의미하는 단어로 추정됨.

경수 아, 그 사람이 온다. 나의 집을 뺏은, 나의 계집을, 나의 자식을 뺏은— 그 사람이 온다. (실신한 사람처럼 별안간에 벌떡 일어선다) 아! 나는 그 사람을 보기 무서워! 그러나 나는 그 사람을 원망할 수 없어. 오기 전에 내가 얼른 나가야지. (지팡이를 짚고 급한 걸음으로 나아가다가 싸리짝문에서 쓰러진다)

(이성녀, 노인, 만룡의 3인은 경수의 수상한 행동을 물끄러미 쳐다본다)

경수 (다시 벌떡 일어서서 집안을 돌아다보며 슬픈 어조로) 나는 이제 가우. 당신네들 눈에 보이지 아니할 먼 데로, 아주 먼 데로 가겠소이다. 만룡아! 네 형이 들어오거든 나는 마지막 길을 떠나더라고 일러나다구.

(경수는 힘없는 다리를 옮겨놓으며 싸리짝문 밖으로 급히 퇴장)

이성녀 (쫓아 나오며) 저런 몸을 가지고 이 밤중에 어디로 갈까……?

노인 경수! 경수! (길 편을 향하여 부르며) 저— 아래 언덕 밑에 전에 없던 우물을 새로 팠네. 부디 조심하게…….

만룡 (싸리짝문 앞으로 나오며) 아버지! 아버지! (부른다) 일껏 들어왔다가 우리를 내버리고 또 어디로 가우. (이성녀를 쳐다보며) 아버지가 왜 또 나가우? 어머니! 얼른 가서 불러옵시다. 응, 어서!

이성녀 (길 편을 바라보며 하염없이 한숨을 쉰다) …….

만봉 (이성녀와 만룡의 나와 섰는 것을 보고) 추운 밤중에 왜 여기들 나와 섰소? 그런데 어머니! 저 아래 새 우물에는 지금 웬 거지 하나가 빠져 죽었다고 등불을 켜 가지고 건져내느라고 야단들이야. 그믐달은 되고 아마 갈 데가 없어서 빠져 죽은 것이지? 어머니!

(이성녀, 노인, 만룡은 일시에 깜짝 놀라며)

이성녀 </br>
만룡 ⎫ 무엇? 거지가 빠져 죽었어? </br>
노인

만룡 (이성녀의 몸을 흔들며) 어머니! 지금 왔든 아버지가 아마 빠졌나 보우? 응, 응. (운다)

만봉 (눈이 휘둥그레지며) 아, 아버지라니? 나갔든 아버지가 언제 들어 왔어? 응? (이성녀를 쳐다보며) 그래, 어디 있소?

이성녀 (치맛자락으로 눈물을 씻으며) 도로 나갔단다.

만봉 이 밤중에 온 사람을 그냥 내보냈단 말요. 그래 어디로 갔소? (별 안간 조급하게) 이를 어쩌나? 아버지가 필경 빠져 죽었나보다. (이성녀를 쳐다보며 분노한 어조로) 아버지는 꼭 어머니가 죽인 것외다. 아! 불쌍해! 그래도 집이라고 바라고 왔던 것을……. (운다) 암만 송장이 됐더라도 얼굴이나 한번 봐야겠다. (문밖으로 급히 퇴장)

만룡 (만봉의 뒤를 쫓아나가며) 나도 같이 가요. 나도 볼 테야.

노인 (뒤를 이어나가며) 동네에 또 큰일이 났구나.

(만봉, 만룡, 노인은 퇴장. 이성녀는 시름없이 문기둥에 팔을 짚고 그 편을 바라보고 섰다. 무대는 잠시 침묵. 멀—리서 호적 소리가 들린다)

이성녀 (눈물을 씻고 긴 한숨을 쉬며) 아! 저, 호적소리, 저 호적소리에 나가든 그이는 인제 먼 데로 아주 가버렸다.

(찬찬히) 막

(1924년 2월 금촌 창옥에서).

개
(희곡1막)

등장인물

청년 신사 : 27~28세

여자 : 24~25세

기타 통행인 : 다多 명

시 현대 만하晩夏의 어떤 월하月下

장소 청량리 송림간松林間

　무대 배후, 좌우의 삼면은 노목의 송림이 둘리고 전면은 초로草露에 젖은 잔디밭, 만월은 서부에 얼마쯤 기울어졌으나 무대의 전경을 비침. 때때로 잔잔한 계성溪聲과 맑은 충성蟲聲이 들린다.

　(막이 열리면 백색 왜사倭紗 겹저고리, 백색 보일*치마, 흰구두 등으로 산뜻하게 차린 여학생 스타일의 여자, 무대 좌편으로 등장)

─────────────

* veil. : 강한 보일 꼬임을 준 실을 씨실, 날실로 하여, 평직平織 또는 능직綾織으로 짠 천의 한 종류. 근대 초기의 신여성들이 즐겨 찾는 옷감이었다.

여자 (사방을 휘둘러보며) 그저 아니 왔나? 벌써 왔을 텐데? (이리저리 다니며 소나무 사이를 들여다본다) 내가 너무 일찍 왔나 보다? (팔시계를 본다) 벌써 여덟 시 반이나 되었는데……. (길게 휘파람을 분다) 웬일일까? 그저 아니 온 모양인데? (우右편에 서 있는 노목을 자세히 들여다본다) 분명히 이곳인데 청량리 오줌고개를 넘어 왼편 샛길로 들어서 앞에 잔디밭이 깔리고 구부러진 큰 소나무 앞이라면 분명히 이곳인데, 이때껏 무얼하고 있을까? (귀를 기울인다) 아, 온다 온다! 그러면 그렇지! 인제 내가 좀 속여볼까? (몸을 급히 소나무 뒤로 감춘다)

(발자취소리 들리며, 맥고모를 뒤통수에 젖혀쓰고 양복 윗저고리를 벗어 등에 멘 신사가 단장을 휘두르며 우편으로 등장)

청년 (사방을 둘러보며 황당하게 이곳 저곳으로 찾는다) 하아! 벌써 다녀가지나 안했나? 오늘은 공연히 중간에서 공교하게 전차의 고장이 생기어 삼십분이나 늦었으니 어떻게 된지를 알 수가 있나? 그러나 꼭 여덟 시로 약조를 했으니까 벌써 다녀갔다 할지라도 내가 오는 길에서 만나기라도 했을 텐데? (또 나무사이를 이리저리 들여다보다 귀를 기울인다) 암만해도 여태 안온거야. 언제 혜경이가 먼저 와 본 적이 있나, 어느 때든지 삼십 분이나 한 시간씩은 늘 에누리를 하는 터이니까 오늘도 여태 아니 왔기가 쉽지? (잔디밭에 털썩 주저앉으며 궐련을 붙인다) 반지는 사왔지만 잘 속기나 할는지? (사면을 둘러보며 뒷주머니에서 검은 갑에 든 반지를 꺼내본다) 암만해도 진짜 '루비' 같지는 않아. 그렇지만 진짜의 이만한 것은 팔십 원이나 하니 내 형세로 살 수 있나? 여하튼 잘 속도록 노력이나 해 볼밖에……. 그저 안오나? (휘파람을 분다)

(이때 무대 우편에서 사람 자취 들린다. 청년은 벌떡 일어선다. 손에 수건을

든 학생스타일의 두 청년이 앞으로 지나간다)

　행 갑 (청년을 유심히 보며) 요새 청량리 솔밭 사이는 널린 것이 맨 사람이야.

　행 을 많고 말고. 달빛이 밝으니까 마음들이 싱숭생숭해서 꿀 같은 연애를 찾아다닌다네.　자네도, 꿀 같은 연애 좀 해보려나? (청년을 흘겨본다)

　행 갑 좋—지. "오직 나의 전 생명을 다해서 당신을 사랑합니다." 그리고 땀이 촉촉하게 내솟은 앵두 같은 입술에 '쪽~' 하고 키스를 한단 말이지. 아무도 없는 이런 솔밭 사이에서. 아이고! 말 말게, 말만 해도 별안간 몸이 다 으쓱해지네.

　행 을 아, 말만 해도 몸이 으쓱해져? 그럼 자네도 연애를 할 소질이 충분히 있네 그려.

　행 갑 연애의 소질? 이 사람 딴소리 말게. 이 세상에 그것 싫다는 사람이 누구란 말인가? 나도 하하하! (웃는다) 지나간 날의 실연한 흔적이 가슴 속에 깊이깊이 박혀 있다네. 하하하…….

　행 을 그러면 자네도 "아아 달빛은 맑다마는 나의 가슴은" 하며 이런 데서 소위 실연의 번민이라는 것을 할 차례일세그려 하하하……. (웃는다)

　행 갑 아암. 그렇고 말고. 하마터면 한강철교에서 일차운동을 할 번 땡일세.

　행 을 "돈에 팔린 부정한 여자야!" 하며 주먹을 쥐었겠네그려. 참 희극의 한 막 거리가 단단히 되는데. (행인들의 몸은 임간林間으로 사라지며 말소리는 멀어진다)

　행 갑 아암. 되고 말고. 톡톡한 한 막 거리지…….

(행인의 말소리가 사라지자 청년은 또 다시 이리저리 방황하며 찾는다. 팔목시계를 본다)

청년 벌써 아홉 시가 되었는데 여태껏 웬일일까? 오늘이 토요일? 분명히 토요일인데. 오늘도 또 허탕을 먹이려나? (휘파람을 분다)

(이때 청년의 등 뒤에서 별안간 모래발이 휙 끼친다. 청년은 깜짝 놀라 그편으로 몸을 돌린다. '아옹' '아옹' 하는 고양이의 흉내가 들린다. 청년은 성큼성큼 그곳으로 가까이 간다)

여자 (두 팔을 쩍 벌리며 뛰어 내닫는다) 어웅 어웅 하아 하하⋯⋯. (웃는다)
청년 난 또 누구라고? 어쩌면 사람을 그렇게 놀래십니까? (여자 편으로 간다) 나는 꼭 속았지요.
여자 정말 놀래셨어요? 그래, 가슴이 두근두근 하셔요? 무얼 남자가 그렇게 놀래요? 그린데 왜 인제 오셔요. 남을 이 무시운 솔밭에서 한시간이나 기다리게 하시고, 조금만 더 늦게 오셨더라면 나는 갈 뻔했어요. 남자는 일상 자기 생각들만 해! (불만한 빛을 보인다)
청년 (여자의 손목을 잡으며) 참 실례했습니다. 용서하시지요. 내가 어찌 혜경 씨를 혼자 기다리게 할 생각이 있겠습니까? 그저 달음박질을 해서 나오는데 원수의 전차가 또 정전이 됐지요. 혜경 씨께서 무서운 솔밭에서 혼자 기다리실 생각을 하니까 가슴이 울렁거리고 속이 타서 앉을 수도 없고 설 수도 없고 가슴이 불 같이 타오르는데 운전수놈은 천연히 앉아있겠지요. 어찌 화증이 버럭 나는지 얼떨결에 이렇게 (손으로 나무를 친다) 뺨을 한번 내부쳤더니 그것이 또 큰 시비가 되어 더군다나 늦었지요. 이것이 다 혜경 씨를 위하는 데서 나온 것입니다. 오늘은 깊이 용서하셔요.

여자 앗! 전차에서 사람을 때렸어요? 당신이 이 손으로? (청년의 손을 흔든다)

청년 네―. 이 손으로 한번 쩔꺽하고 부쳤지요. 유쾌하지 않습니까? 그런데 오늘은 왜 이렇게 냉정하게 구셔요. 그러지 마시고 이리 좀 오셔요. (여자의 허리를 안으려 한다)

여자 (몸을 뒤로 떼치며) 또 왜 이러십니까? 내가 당신께 악수까지는 허락을 해드렸지만 포옹은 허락한 일이 없어요. 어서 저리 가셔요.

청년 포옹과 악수가 얼마나 다릅니까? 이왕 귀하신 팔목을 허락하신 이상 허리는 못 주실 것이 무엇입니까? 나는 혜경 씨의 향기로운 살냄새를 맡으면 정신이 팽 내둘리고 가슴이 울렁거려서 마치 독한 술에 취한 사람 같아져요. 좀 용서해…… 주셔요. (고개를 늘이고 애원한다) 네? 네? 좀 용서하셔요. 그럼 키스나 한번……. (입을 여자의 얼굴에 버썩 들이댄다)

여자 (청년의 가슴을 밀치며) 글쎄 어째 이러십니까? 더군다나 사람을 함부로 때린 그 손을 씻지도 않고 버럭버럭 달려드시면 어쩐단 말씀이에요. 나는 사람을 함부로 때린 그런 무지한 당신의 손만 보아도 몸서리가 끼칩니다. 어서 저리 가셔요. (또 밀친다)

청년 (슬픈 빛을 띄운다) 오늘은 왜 이리 몹시 구십니까? 내가 이 세상에서 무슨 힘으로 살고 있는지 아십니까? 다만 혜경 씨의 따뜻하고 포근포근한 사랑에 매달려 있습니다. 만일 그것이 끊어진다면 나는 그 시각으로 죽을 사람이올시다.

여자 (냉정하게) 당신에게 그럴 용기가 있어요? 나를 위해서 나를 생각해서 생명까지 버릴 그런 용기가 있어요? 참 당신은 근래 무던히 많은 용기가 생겼습니다그려.

청년 무슨 말씀을 그렇게 비꼬아 하십니까? 내가 언젠들 그런 각오가 없는 줄 아십니까? 나는 그저 당신 아니면 죽은 사람이어요. 용서하셔

요? (또 여자의 허리를 끼어안는다)

여자 (성을 내며 청년을 밀친다) 또 이게 무슨 무례한 행동이에요. 얼른 저리 물러가셔요.

청년 그저 한번만 용서하셔요. 꼭 한번만…….

여자 반성이 없이 자꾸 이러시면 나는 당신을 사랑할 수 없습니다. 나는 지금부터 단연히 당신과의 사랑을 끊겠습니다.

청년 (몸을 뒤로 벌떡 젖히며 깜짝 놀란다) 네? 그게 무슨 말씀입니까? 그게 무슨 말씀이에요. 그러면 다시는 다시는 아니 그러겠습니다. 용서하셔요. 네? 네? (꾸벅꾸벅 절을 한다)

여자 용서할 수 없어요. 나는 짐승 같이 성욕만 만족케 하려는 남자는 사랑할 수 없어요.

청년 그저 다시는 그런 무례한 행동은 아니하겠습니다. 이번만 용서해……. (꿇어앉아서 여자의 치마를 잡으며 애원한다)

여자 그래도 또 손을 대고 이러십니까? 이 손을 어서 저리 치워요. 나는 사람을 사랑합니다. 그런 까닭에 사람을 함부로 때리는 무지한 손이 내 몸이 닿으면 무시무시해 못 견디겠어요.

청년 그럼 이편 손은 관계찮지요? (왼손으로 치마를 잡는다) 내가 사람을 때린 것도 그 원인은 다 혜경 씨를 위하는 마음에서… 일각이라도 얼른 혜경 씨를 만나 뵈올 생각이 치밀어서 그런 짓을 한 것입니다. 그러나 사람을 때린 손이 부정타 하시면 이 손을 맑게 씻지요. (수건으로 손을 닦는다) 그저 잘못된 것은 얼마든지 다 사과하겠습니다. 나를 사랑하신다는 말씀을 한번 다시 해주셔요. 그저 마음을 돌리시고. 네? 네? (손으로 빈다)

여자 하하……. (웃는다) 내가 터주대감인가? 왜 이렇게 빌기는 하시오.

청년 인제는 용서하셨습니까? 혜경 씨의 웃으시는 소리를 들으니까 나는 정신이 반짝 납니다. 그 웃음 끝에 한마디만 '용서'한다고 해주셔요.

여자 (손으로 입을 막아 웃음을 참으며) 그럼 이번은 처음이니 용서해드릴까요?

청년 네? 용서, 용서해주세요? 감사합니다. 참 인제는 내가 다시 살아났습니다. 고맙습니다.

여자 그러나 조건이 있어요. 그 조건을 당신이 잘 안 지키시면 나는 언제든지 이번 용서를 또 취소할 테예요.

청년 네. 네. 무슨 조건이든지 잘 지키겠습니다. 그저 말씀하시는 대로 그대로 무엇이든지 복종하겠습니다.

여자 그러면 자세히 들어두셔요. 네. 첫째는 키스를 강청치 아니할 일, 둘째는 포옹을 애걸치 아니할 일, 셋째는 나의 명령을 절대로 복종할 일.

청년 네, 네, 지키고 말고요. 나를 용서하시고 그대로 사랑만 해주신다면 무엇이든지 다 하겠습니다. 태산이라도 떠오라면 떠지고 오겠습니다. 네—.

여자 그러면 내가 지금 말한 세 가지는 꼭 지키시지요? 그럼 우리 다시 화해합시다. 자아, 악수합시다. (손을 내민다)

청년 네, 용서해 주셔요? 그럼 감사합니다. (악수하다 얼른 여자의 손에 키스한다)

여자 (손을 급히 뗀다) 키스는 용서치 않았어요. 정신 좀 차리셔요.

청년 그럼 손등에도 키스를 못합니까? 그것은 정말 키스는 아닙니다. 하도 귀해서 혜경 씨의 손등을 좀 맛 본 것에 지나지 않습니다. 키스는 입과 입이 한데 닿는 것을 의미하는 것이 아닌가요?

여자 안 돼요. 그것도 키스라고 할 수 있어요. 어쨌든 입이 닿는 것은 모두 키스라고 할 수 있어요. 나는 약조를 안 지키는 당신을 용서할 수 없으니 그리 아셔요.

청년 (깜짝 놀라며) 그럼 또 잘못했습니다. 다시는 아니 그러지요. 네? 다시는.

여자 꼭 아니하실 테지요?

청년 네! 다시는 아니 그러겠습니다.

여자 그러면 이번만은 용서해 드리지요. (별안간 어조를 부드럽게) 그런데 저, 저 요전 토요일에요, 내가 말씀한 것 있지요? 그, 그것 말예요.

청년 저 반지 말씀에요? 참 깜박 잊었습니다. 여기 있습니다. (반지를 꺼낸다) 그날로 곧 사서 이때껏 몸에 품고 있었습니다. 그런데 대관절 마음에 드실는지 좀 끼어 보시지요.

여자 (반지를 받아본다) 왜 이렇게 광채가 없어? 썩은 생선눈깔 모양으로. 이것이 정말 '루비' 예요? (끼어본다) 맞기는 하는구먼.

청년 네! '루비'고 말고요. 혜경 씨의 부탁인데 범연한 걸 사오겠습니까? 그것을 사느라고 종로통을 아래위로 더듬다 못해서 진고개서 겨우 찾았습니다.

여자 아, 이따위 반지가 그렇게 귀해서 진고개까지 갔어요? 그리고 왜 이렇게 적어요. '루비'가 그 중 큰 것을 사다 달랬는데…….

청년 그보다 큰 것은 팔십 원…… (말을 별안간 멈추어) 파, 팔지를 않아요.

여자 아, 돈을 줘두 팔지를 않아요?

청년 아이! 파, 파는 데가 없어요.

여자 아, 이 반지가 우리 두 사람을 영원히 구속하는 약혼반지라지요?

청년 네—. 그 반지가 우리 두 사람을 영원히 한데 맺는 굳고 굳은 약혼반지가 될 것입니다. 달 밝고 경치 좋은 솔밭 새에서 오늘밤 우리 두 사람의 영원한 행복을 맺은 가장 보배로운 물건이랍니다. 혜경 씨는 기쁘시지 않습니까?

여자 누가 그랬어요? 오늘밤에 약혼한다고.

청년 혜경 씨가 왜 아니 그러셨습니까? 요전 토요일날 밤에.

여자 나는 그런 말을 한 기억이 없어요. 그날 밤에도 당신이 너무 애걸을 하시기에 생각해 보마고 그랬지요.

청년 네―? 그, 저, 그 생각하시겠다는 것이 즉 약혼의 말씀 아닌가요?

여자 아니에요. 의미가 전연히 다르지요. 나는 당신을 좀더 감시하겠다는 말이었어요. 당신이 남자로서 장래에 나에게 얼마나 만족을 줄만한 자격이 있나 하는 것을 더 좀 시험해보자는 것이었어요.

청년 무엇을 더 보실 것이 또 있습니까? 우리가 교제를 시작한 지가 벌써 삼 년째나 아니 됩니까? 그러는 동안에 나는 혜경 씨께 말할 수 없이 깊은 사랑을 다 해드렸습니다. 나의 모든 욕망을 버리고 나의 가진 힘을 다해서 사랑했습니다. 꽃보다도 더 귀한 사랑을 나의 생명보다 더 소중한 사랑을 다했습니다. 그런데 지금 새삼스럽게 또 무슨 시험을 하시렵니까?

여자 아니에요. 나는 사랑 그것만에 만족할 수 없어요. 나는 그밖에도 모든 큰 희망이 있어요. 현대생활을 해 가려면요, 다만 사랑만으로는 만족할 수 없어요. 즉 쉽게 말하자면 자동차도 타야겠고요, 양복도 짓고요, '피아노'도 놓고요, '호텔'에도 다녀야겠어요. 나는 그 점에 있어서 당신을 의심하는 것이에요. 아시겠어요?

청년 네―, 알겠습니다. 혜경 씨 말씀은 즉 물질이 많아야겠다는 말씀이지요. 아암, 필요하지요. 그렇고 말고요. 그러나 그것은 다 염려 마셔요. 나는 우리집에 상당한 재산도 있고요. 그뿐 아니라 또 이 두 팔(팔을 번쩍 든다)에는 몇 천만 원이라도 능히 농락할만한 힘이 있습니다. 이 굳센 팔을 좀 보셔요. (팔을 때린다)

여자 그러면 나의 모든 욕망을 만족케 해주실 자신이 있다는 말씀이지요?

청년 네―, 있고 말고요. 무엇이든지 다 해드리지요.

여자 정녕 그러셔요?

청년 그건 내 생명을 다해서라도 혜경 씨가 만족하시도록 해드리지요.

여자 정녕?

청년 두 말씀 마세요. 지금 이 달 아래에서 하늘에 맹세라도 하지요.

여자 그럼 맹세하셔요.

청년 어떻게요?

여자 나의 모든 만족을 다 채워 주겠다고 맹세하셔요. 꿇어 앉아서 하늘에 기도하셔요.

청년 네—. (꿇어 앉는다) 이렇게 앉아서요.

여자 네, 두 손을 한 데 대고요.

청년 이렇게 말이지요? (합장한다) 또 그리고요?

여자 (기도의 어조로) "하느님이시어! 혜경 씨의 만족을 다 채우게 하겠습니다." 그리고 맹세하세요.

청년 (기도의 어조로) "하느님이시어! 혜경 씨의 만족을 다 채워드리겠습니다." (일어난다) 인제는 믿어주시겠지요?

여자 아니에요. 또 한 가지 있어요.

청년 또 무어요?

여자 나의 명령은 절대로 복종한다는 것을 또 맹세하세요.

청년 네. 하지요. 얼마든지.

여자 내 앞에 두 무릎을 꿇고 아까 모양으로 머리를 숙이고 "혜경 씨의 명령은 무엇이든지 절대로 복종하겠습니다" 하고 맹세하세요.

청년 네—. (여자 앞에 꿇어앉아) "혜경 씨의 명령은 무엇이든지 절대로 복종하겠습니다." 인제는 다 했지요? (일어난다)

여자 아니에요. 또 한 가지 있어요. "다른 여자는 절대로 사랑치 않겠습니다" 하고 또 맹세하세요.

남자 그러지요. (꿇어앉는다) "다른 여자는 절대로 사랑치 않겠습니다." 인제도 또 남았습니까?

여자 아직도 많이 있어요. 그렇지마는 오늘은 그만 용서해 드립니다.

청년 (일어선다) 감사합니다. 이제는 약혼을 완전히 허락하셨지요?

여자 네―. 지금 한 맹세대로 다 실행하신다면.

청년 네―. 실행하고 말고요. 그럼 그 반지는 다시 정식으로 내가 혜경 씨의 분칠 같은 손에 끼어드리지요.

여자 (왼편 팔을 내민다) 자아 끼어주셔요.

청년 (반지를 끼어준다) 아아, 이제는 나의 모든 욕망을 다 달했습니다. 혜경 씨! 사랑해주셔요. (여자의 손에 키스한다)

여자 (손을 빼려다가 멈춘다) 손에 입은 대지 마셔요.

청년 이제야 어떨 것이 무엇 있습니까? 혜경 씨와 나와는 오늘밤부터 영원한 부부가 되었습니다. 다만 헛된 예식이 남았을 뿐이 아닌가요? 부부 사이에 키스를 좀 한다기로 무슨 탈이 있겠습니까? 네?

여자 그럼 키스까지는 허락하지요.

청난 네. 키스. (불같이 덤빈다)

여자 (청년의 몸을 밀친다) 또 이게 무슨 무례한 짓이세요.

청년 키스는 지금 혜경 씨가 허락하셨지요.

여자 아니에요. 손등에 키스만 허락했어요.

청년 네? 손등에 키스만요? 그러실 것 무엇 있습니까? 나는 혜경 씨께 모든 몸을 허락했는데요. 그런데 혜경 씨는 끝만 끝만 허락하시니 너무나 불공평하지 않습니까? 나는 혜경 씨의 향기로운 살냄새에 정신 없이 취해옵니다. 선앵두 같이 연붉은 혜경 씨의 입술에 한번만 키스를 용서하셔요. 그저 꼭 한번만요. 네? 네? (여자에게 덤빈다)

여자 ……. (무엇을 생각한다)

청년 꿀 같은 키스를 한번만 꼭 한번만 허락하셔요. 네? 혜경 씨! 네?

여자 정 그러시면 그 대신에 포옹만은 허락해 드리지요.

청년 네. (얼른 여자를 껴안는다) 이렇게 포옹을 허락하셔요. 감사합니다. 아아. 정신이 아득하며 뼈가 자릿자릿해 옵니다. 모든 것이 꿈 속 같습니다. 꿈이 이렇게 유쾌한 세계라면 나는 모든 것을 버리고 꿈나라로 가고 싶습니다. 아아. 달빛이 희미해온다.

여자 …… (어느새 고개를 청년의 가슴에 폭 묻고 있다)

청년 혜경 씨! 혜경 씨! 인제는 모든 것을 허락하시지요? 네? 나는 점점 정신이 아득해집니다. 모든 기억이 몽롱해옵니다. 혜경 씨 가슴에서 뛰노는 맥이 가볍게 내 가슴을 울리며 따뜻한 핏줄기가 소리 없이 내몸으로 흘러 나옵니다. 아아, 이 세상에서 이보다 더 귀한 무엇을 찾으려고 애쓰는 사람들은 모두 신경이 굳어진 목석 같은 사람들입니다. 혜경 씨는 이 순간에 무엇을 생각하고 계십니까? 이 세상에 쾌락은 다만 하나뿐입니다. 오직 이 짧은 순간뿐입니다. 네? 혜경 씨! 그렇지 않아요? 무어라고 대답 좀 하셔요? 지금부터는 모든 것을 다 허락하시지요? 네? 혜경 씨!

여자 ……. (힘없이 고개만 흔든다)

청년 이 솔밭 속에는 아무도 없습니다. 새도 잠들었습니다. 나무도 풀도 벌레들도 다 같이 깊은 잠 속에 묻혔습니다. 이 넓은 세계에 이 맑은 달빛 아래에는 다만 우리 두 사람이 있을 뿐입니다. 하느님께서 다만 혜경 씨와 나와 두 사람만을 이 신비로운 동산에 해방해 주신 것입니다. 네? 네? 혜경 씨! 무어라고 대답 좀 하셔요?

여자 …… (취한 듯이 몽롱히 있다)

청년 (포옹한 채 몸을 좌우로 흔들며) 아! 아! 가슴이 울렁거린다. 정신이 희미해진다. 몸이 하늘로 올라가는 것 같다. 혜경 씨! 왜 아무 말씀도 아니하셔요? 무어라고 대답 좀 하셔요. 정신이 몽롱하셔요? 술 취한 것 같습니까? 그럼, 내 말을 따라 말씀하셔요.

여자 … (고개만 흔든다)

청년 나는 당신을 사랑합니다.

여자 (꿈속 같이 어렴풋하게 청년의 말을 따라) 나는 당신을 사랑합니다.

청년 꽃과 같이요.

여자 꽃과 같이요.

청년 보배와 같이요.

여자 보배와 같이요.

청년 그리고 또 생명과 같이요.

여자 그리고 또 생명과 같이요.

청년 당신을 사랑합니다.

여자 당신을 사랑합니다.

청년 (흥분되어 여자에게 키스하려 한다) 이 순간에 무엇을 아낍니까? 꿀 같은 키스……

여자 (놀래며 청년의 가슴을 밀친다) 아아! 깜짝 놀랬다 하마터면 큰일날 뻔했다. 아아, 무서워! (몸서리를 친다) 아아 무서운 꿈이다! 벌테*같이 죄어드는 두 팔! 몸을 녹일 듯한 뜨거운 혈관! 아아, 나는 그 새에서 무서운 꿈을 꾸었다. 머리가 '휑' 하다 몸이 흔들린다. 아아, 꿈이다! 꿈이다! 아아, 무서워! (뒷걸음을 치며 청년을 피한다)

청년 (여자를 따라가며) 나는 그저 꿈속에 있습니다. 이 굳센 뼈가 다 녹는 것 같습니다. 키스 한번만, 꼭 한번만 용서해 주셔요? 네? 네? 혜경 씨! (입을 들이대려 한다)

여자 왜 이러셔요? 저리 가셔요. 개 모양으로 남의 몸을 함부로 핥으려고 왜 이리 덤비셔요. (뒷걸음을 친다)

청년 (쫓아가며) 그저 한번만, 키스 한번만, 꼭 한번만 용서하셔요.

여자 (달아나면서) 개, 두억시니, 개, 두억시니, 저리 가셔요.

청년 그저 한번만, 네? 네? 꼭 한번만.

---

* 처벌용 테. 움직일수록 조여들도록 되어 있다.

여자 개, 두억시니, 개, 두억시니.

(두 사람은 쫓기고 쫓아가며 잔디밭을 돈다. 여자는 숨이 차서 나무에 몸을 기댄다)

청년 (여자의 허리를 껴안고) 그저 한번만 용서하셔요. (키스한다)
여자 (몸을 빼려 하며) 개. 개. 이 개.

잔설

(일막)

등장인물

춘희

한소사김史 : 춘희의 모친

최 참사參事 : 춘희의 부夫

광일 : 한소사의 색다른 친구

순호 : 춘희의 친제親弟

시 : 현대, 조춘早春의 어떤 날 석경夕景

처소 : 경성 일우一隅

　무대 한소사의 집안 방, 방은 이간二間쯤 되는 모양, 무대 위에 횡면으로 놓여있음. 방안에는 화류 의衣걸이 삼층장, 반다지 경대, 놋재떨이, 요강들이 적당한 위치에 정돈되어 있음. 사치한 살림이라 할 수 없으나 중류생활로는 무던히 오밀조밀하게 차린 일면이 나타나 보인다. 방 윗목 편으로 미닫이가 되어 있어 뒷마루로 통하니 이것이 무대의 하수 출입구가 되어 있음.

(한소사와 광일의 등장으로 막 열림. 막이 열리면 한소사와 광일은 간단하게 차린 술상을 중간에 놓고 마주앉아서 몽롱하게 취한 광경이 두 사람의 동작과 얼굴에 나타나 있음)

소사 (술잔을 들어 광일의 입에 대며) 벌써 그렇게 취했나? 이거 한잔만 더하면 남은 것은 내가 먹을 테야. 자아 어서, 예쁘지, 얼른 들여 마셔요. 자아 이렇게. (술잔을 기울여 광일의 입에 붓는다)

광일 (억지로 술을 삼키며) 아이, 취한다. 인제는 다시 막무가내야. 술은 인제 더할 수 없어. 나는 좀 드러누워야 배기겠어. 이리 좀 와요. 베개를 좀 베어 주구려. (소사의 무릎 위로 고개를 들이밀며 눕는다)

소사 왜 이 모양이야. 그까짓 술에 그렇게 취했어. 인제는 광일이도 다 늙었구나.

광일 앗! 누가 이렇게 만들었는데? 한소사 마누라 아니 한소사 마님이 내 몸뚱이에 있는 피를 쪽 빨아 가서 이 모양으로 광대뼈가 내밀고 뺨이 쏙 들어갔어요. 먼주 주름이 꼬기꼬기 잡힌 눈초리로 생긋생긋 눈웃음을 치며 "자정만 치거든 뒷문으로 살짝 들어와 주어요." "네! 대령하지요. 그저 대령하지요." 그저 저녁마다 이것이 벌써 삼 년째나 돼요. 나는 동두철신인가.

소사 (광일의 뺨을 가볍게 때리며) 애, 너도 뻔뻔한 소리 좀 말아. "십 원만, 이십 원만 어떻게 변통해 주우." 네가 그런 청구나 하러 저녁이면 박쥐 같이 들어오지, 내게 무슨 정이 있어 왔니? 너도 네 생각을 좀 해봐.

광일 그럼, 그만한 청구도 못 들어주어요? 나이 삼십도 못 된 젊은 놈이 반 백 살이나 되는 애인을 뫼셨다 하면 누구나 가엾단 말을 안해 줄 놈이 어디 있는데. 그나 그뿐인가? 무대 위에 '필름'이 드르를 풀리면서 청승스럽게 한바탕 설명을 해 부치면 이층 정면에 머리를 빤드르하게 쪽지고 제비 같이 늘어 앉았는 기생아씨들은 목에 침이 말라서 "어쩌면 저렇게도 목소리가 좋아. 이번 변사가 최광일이란다. 꼭 한번만 보았으면……" 연해 연해 속살거리는 소리가 들리지요. 이런 제, 그저 그런 향내나는 아씨들은 다 버리고 무대만 파하면 한소사댁 뒷문으로 종종 걸음을 치는 광일이 아이놈이 정성이 없어요. 여보! 마누라! 아니 마님! 그래 내가 겉핥이란 말예요?

소사 암, 그렇지. 너도 인제 헛튼 수작은 좀 말아요. 여기 오면 그럴듯하게, 또 저기 가면 거기서도 그럴듯하게 발라만 맞추면서 무얼 어째, 접때 월요일에도 조선 권번의 ××하고 안정사에 갔다 왔지? 내가 아주 아무 것도 모르는 줄 알고, 그래 안정사 갔던 맛이 얼마나 좋든? 이녀석! (광일의 허벅다리를 꼬집는다)

광일 (몸을 좌우로 뒤치며) 아, 아, 아야, 아야, 누, 누가 그런 소리를 해……, 아, 아야.

소사 (또 광일을 꼬집으며) 정말 갔지? 그래 정말 갔지? 절에서 자구 왔지? 바, 바로 말해! 어서, 요 녀석! 응, 바로 말해…….

광일 아, 아얏, 네! 바로 아뢰죠. 아, 아얏 살려줍쇼. 그날은 아무 죄도 없습니다. 그저 점심만 사먹고 온 죄밖에 없습니다. 아, 아야야.

소사 정녕? 정녕? 그래서? 점심만 먹고 들어왔어? (또 꼬집는다)

광일 네, 네, 아무 짓도 안하고 둘이 점심만 사먹고 들어왔어요. 아, 아야, 살려주시우…….

소사 그럼 네 말을 곧이듣고 이번은 용서한다. 그렇지만, 다시 그따위 짓을 했다가는 그때는 요, 요렇게 해서 죽일 테다. (두 손으로 광일의 목을 조른다)

광일 (소리를 질러서) 아, 아얏! 안 그래요 다시는, 인제는 마님하고만 가지요. 후— 아— 죽을 뻔했다. 어쩌면 사람을 그렇게 함부로 꼬집어요. 이 무지한 마누라님, 허벅다리가 사뭇 얼얼해 못 견디겠네.

소사 정말 아프냐? 가엾어라. 그러게 다시는 그따위 짓을 말아. 나를 속이면 어느 때든지 그런 경을 친다. 정신차려.

광일 (일어 앉는다) 아 혼났다. 그러나 저러나 해는 벌써 다 갔나보다. (팔목 시계를 본다) 다섯 시 반이나 되었는데, 또 저녁 사진을 해야지.

소사 또 무슨 딴 생각이 나는가 보군? 일곱 시 친 뒤에 가도 넉넉할 텐데. 그리고 오늘은 집의 순호도 학교에서 강연인가, 무엇인가 있다고 그랬으니까 밤이나 돼야 올 테니 나하고 같이 저녁이나 먹고 가요. 접때 같이 청요리를 사다 줄게.

광일 청요리는 고맙습니다마는 마님의 술주정이 무서워서 어서 가야 겠는데.

소사 이 녀석 또 그런 소리 해라. (광일에게로 달려들며 꼬집으려고 한다)

광일 (몸을 피하며) 아니, 아니올시다. 잘못했습니다. 마님께서 저 같은 놈에게 너무 넘치는 사랑을 해주시는 까닭에 그저 그저 황송해서 못 견디겠습니다.

소사 그래도 그따위 빈정거리는 소리를 하는구나. (또 꼬집으려 한다)

광일 네, 네! 아니올시다. 거짓말 같은 정말입니다. (두 팔로 소사의 허리를 꼭 껴안으면서) 인제도 손을 또 내밀 테야! 마누라! 마님! 한소사댁 마님! 꼼짝도 못하는 마님! 여보셔요? 내가 이번에는 입을 한번 맞춰 드릴까?

소사 이놈! 이게 무슨 버르장이 없는 짓이냐? 죄로 간다.

광일 뭐요? 죄로 가? 밤에는 관계찮아도 낮에 입을 맞추면 죄로 가니 까? 입으론 호령을 하셔도 내 입술이 닿기만 하면 아마 좀 달짝지근하 실 걸요? 하하…… (겉웃음을 친다) 그런데요, 여보셔요. 마님! 내 춘복春 服 한 벌은 꼭 해주신다고 했지요?

소사 그래. 내 말만 잘 들으면.

광일 그런데 아까 양복점으로 전화를 하니까 내일 아침에는 꼭 가져

온다고 그랬는데……. 돈 오십 원만 어떻게…….

　소사 그렇지, 그저 네 입에는 돈 소리가 달렸구나. 변사의 월급은 타다 다 무얼하니? 너도 인제는 지각이 좀 나.

　광일 지각이 났기에 늙은 마누라하고 이렇게 뿌리가 박혀 살지요.

　소사 마누라라니? 이 못된 녀석!

　광일 아니에요. 그럼 요새 문자로 애인하고요 요렇게 살아요. (뺨을 소사에게 댄다)

　소사 그래도 그런 버릇없는 소리를 또 해?

　광일 그럼 우리 둘 사이를 무어라고 불러야 옳은가? 나는 아무리 생각해도 그밖에는 무어라고 이름을 붙일 수가 없는데요. 그러나 그것은 다 농담이고요. 마님 참 어떠해요? 저 양복 값을?

　소사 네 생각대로 하려무나. 내가 양복을 입니? 왜 이리 성화냐. 그것 해 주면 또 기생하고 절에나 가게?

　광일 아니에요. 그럴 리가 있나요. 이번에는 마님 모시고 가지요. 씻은 배추 줄거리 같은 광일이가 산뜻한 새 양복을 맵시 있게 입고 늙도 젊도 않은 마님을 옆에 태우고 청처짐한 화계사로 자동차를 한번 달려볼까요? 그리고 눈치 있는 중놈에게 눈만 한번 꿈쩍하면 깊숙한 초막 속에는 따뜻한 온돌방이 얼마든지 있지요. 아, 작년 겨울의 청량사 생각이 안 나십니까?

　소사 아이, 능글능글한 녀석! 그러나 오늘 오십 원은 다 없다. 어저께 춘희가 갔다 맡긴 삼십 원밖에 없으니 그럼 그거라도 먼저 갖다주고 양복을 찾아 입어라.

　광일 삼십 원? 그러지 마셔요. 내가 다 아는데. 어저께 최참사집에서 나무 사라고 보낸 돈 있지요.

　소사 너는 알기도 잘 안다. 그건 참 나무를 사야지. 암만 최참사가 부자라 한들 밤낮 달라기만 하면 누가 좋아한다든? 그리고 춘희도 요새는 싫증이 나서 밤낮 최참사하고 싸움질뿐이란다. (별안간 뉘우치는 빛을 띠며) 아아! 내가 몹쓸 년이지! 아무 철도 모르는 어린 것을 꼬여서 오십이나 넘은 사람에게, 그 중에 다섯째 첩으로 보내고 뒷구멍으로는 이런 짓을……. (한숨을 쉰다)

광일 (소사의 얼굴을 들여다보며) 마님! 별안간에 왜 또 이러십니까? 아, 망령이 나셨요. 한숨은 웬일예요. 인제 술이 다 깨시나보이다그려. 딴 생각하실 것이 무업니까? 눈앞에는 젊은 놈의 광일이가 모든 사랑을 다 해 바치지요. 또 돈이 모자라면 춘희 씨 손으로 얼마든지 옮겨올 수가 있지 않습니까? 나는 마님처럼 팔자 좋은 사람은 이 세상에 또 없을 줄 압니다. 딸의 덕에 부원군…….

소사 듣기 싫다, 애. 모든 것이 다 너 때문이다. 늙은 년이 너한테 미쳐 엎드려져서 딸자식은 돈구멍으로 팔아먹고, 집에 있는 자식 하나는 모진 눈으로 날마다 어미를 원망하니 이게 다 뉘 죄로, 아니, 아아, 생각해 무얼할꼬? 내가 몹쓸 년이지. (한숨을 쉰다)

광일 아, 이거 큰일났군. 얼른 뺑소니를 쳐야지, 마님의 술 뒤 울음이 또 나오겠군. 그럼 그 돈 삼십 원이라도 먼저 주셔요.

소사 너는 그저 밤낮 돈뿐이야. 이번에 안 주면 또 실쭉해서 며칠 동안은 아니 오겠구나. 그래라. 이번이 마지막이다. (일어서 의걸이에 있는 돈을 내어준다)

광일 (빙그레 웃으며 돈을 받는다) 감사합니다. 마님. 고맙습니다. 남겨진 이십 원은 언제쯤 주셔?

소사 그 돈이 마지막이야. 인제는 달랄 생각도 말고 또 줄 것도 없다. 그러나 내일은 정녕 나하고 같이 가지? 화계사에?

광일 암, 가고 말고요. 자동차만 태워주시면. 그럼 아침 열한 시쯤 해서 댁으로 올까요? 오래간만에 절 밥이나 먹고 또 깊숙한 방에서 한번……. (소사의 어깨를 탁 친다) 네? 마님 그렇지요?

소사 아이고, 흉칙한 녀석! (눈웃음을 친다)

광일 내가 흉칙해요. 마님은 그 소리만 들어도 두 눈이 어슴푸레해지면서 하하……. (웃는다) 그럼 내일 열한시에 들릴 테니 준비하고 계셔요.

소사 (광일의 등을 치며) 또 다른 데로 달려갔다가는 단단히 경칠 줄 알아라. 응?

광일 아녀요. 천만에. 꼭 기다려주셔요. 그럼 자아, (소사의 손을 잡아 흔들며) 굿바이, 사요나라.

(광일은 뒷문으로 무대의 하수출입구로 퇴장한다. 소사는 광일의 뒤를 따라 전송하고 다시 돌아와 방안에 있는 술상을 치우며)

소사 내가 미친 년이야. 정녕 무슨 혼이 뒤집어 씐 거야. 그 녀석이 돈만 바라고 오는 것을 뻔히 알면서도 해맑은 그 녀석의 얼굴만 보면 몸이 다 으쓱해지고 정신까지 희미하니 이게 무슨 조화인가? 오늘도 그저 돈 말만 하거든 등을 밀어서라도 내쫓으려 했더니 그저 그 돈 삼십원을 암말도 못하고 또 빼앗겨버렸으니 춘희에게 그 폭백을 또 어떻게 듣는단 말인가? 내가 정녕 미친년이야, 그러나저러나 최참사라는 놈팽이는 요새, 또 기생첩을 얻어 가지고 지랄발광을 하고 춘희는 차차 제 지각이 나 오니까 늙은 서방이 싫다고 날마다 울고 달려드니 이 집안이 장차 어찌될 모양인고? 아아, 그 생각 저 생각 해 무얼하리! 남은 술이나 먹고 취하자. (주전자를 기울여 마신다)

(무대 상수 출입구에서 앳된 목소리로 "어머니! 어머니! 집에 있소?" 하는 소리가 끝나자 사치스런 비단의복을 연회색 외투로 싼 여학생스타일의 춘희 등장, 춘희의 얼굴은 상기된 듯이 붉은 빛이 나타나고 두 눈가는 부숙부숙하야 지금껏 울고 있던 모양이다)

춘희 (실내 광경과 한소사의 얼굴을 등분하여 보며) 어머니! 오늘도 또 술 잡쉈구려? 글쎄 웬 술을 날마다 그렇게 잡수신단 말이요?

소사 (취한 눈으로 춘희를 쳐다보며) 어미가 술 먹는 것이 그렇게도 보기가 싫으냐? 그럼 날마다 늙어 가는 내가 무슨 낙으로 산단 말이냐? 전에는 네 아버지나 있어서 나를 위하여 주었거니와 인제는 나더러 무슨 재미로 이 세상을 살라니?

춘희 잘하시우, 참 술 잘 잡수시우, 인제는 정신을 차리시고 남의 생각도 좀 해주셔요. 지금도 오다가 만났어요. 같이 다니던 동무들은 이 봄에 죄다 학교를 졸업해 가지고 동경을 가느니 미국을 가느니 하고 신들이 나서 야단인데, 나는 밤낮 그놈의 집구석에 틀어박혀서 허구헌 날 눈물로 보내요. 암만 술이 좋더라도 그 생각을 좀 해줘요.

소사 뭐야? 눈물로 이 세상을 어째? 왜 우니? 글쎄. 네가 무엇이 나빠서 운다는 말이야. 새록새록이 비단옷을 입고 손에 물 한방울 닿았서라 말았서라 하고 따뜻한 방 속에 그림 같이 편안히 앉아서 먹고 싶은 거 맘대로 먹고, 그 팔자가 서럽단 말이야? 아이고 그 호강에 넘치는 소리 좀 그만해라, 얘야.

춘희 (소리를 높이여) 그만둬요. 그 잘난 비단옷도, 밥도 다 그만 두어요. 나는 열흘을 굶더라도 최참사인지 무엇인지 하는 집은 인제 다시 아니 갈 테예요. 아주 진절머리가 나요.

소사 (취안醉眼이 몽롱해서) 아이고 싼거리 놓쳤구나. 저를 어째. 가기 싫거든 말려무나.

춘희 그래요, 그래. 다시는 아니갈 터이니까 인제는 어머니도 생각대로 하셔요.

소사 너는 무얼 먹고 살며, 또 집에서는 무엇으로 살림을 하게. 얘, 얘, 그 철없는 소리 작작하고 (손으로 이불장을 가리키며) 저, 저기 얹힌 베개나 좀 꺼내오너라. 아이고, 허리야. (쓰러져 눕는다)

춘희 (모진 눈으로 소사를 쏘아본다) 아이고 딱두하다. 대낮에 술이 취해서 저게 무슨 해거야. 쯧! 쯧! (혀를 찬다)

소사 이년 잘한다. 어미 보고 혀끝 차고. 어서 베개나 가져와. 입싼 주둥이만 불쑥불쑥 놀리지 말고, 이년 내가 너하고 순호를 기르기에 얼마나 뼛골이 빠진 줄 알고 그러니.

춘희 그러니까 남을 갖다가 늙어빠진 구닥다리에게 팔아먹었구려. 자식을 개나 돼지 같이 함부로 팔아먹던 세상은 벌써 멀리 지나갔어요.

소사 팔아 먹어? 이년 내가 너를 팔아 먹었니? 곱게 곱게 길러서 부잣집으로 시집보내주니밖에 또 무얼 더 해달라니? 듣기 싫다, 어서 베개나 좀 가져와.

춘희 그럼 돈 바라고 시집보낸 것이 팔아먹은 것이 아니고 무어야. 밤낮 "돈 달래라 돈 달래라" 하고 시키는 것이 나를 판 것이 아니고 무어예요. 그런데 입때껏 가져온 돈은 다 무얼 했소? 나도 인제는 이에서 신물이 나요.

소사 (취한 몸을 뒤척여가며) 장하다 장해. 그 잘난 돈 십 원씩이나 가져오는 것이 그렇게도 어려워? 남은 한꺼번에 몇천 원 몇 만원도 먹는데. 못생긴 년 같으니, 듣기 싫어! 잔소리 그만두어. 아아 목이 컬컬하다. 술이나 또 먹자. (취한 몸을 들어 주전자를 들어 마신다)

춘희 글쎄 좀 그만 두어요. (소사의 입에 댄 주전자를 빼앗는다)

소사 왜, 이러니, 성가시게. 저리 가! (주전자로 춘희를 밀친다) 나도 먹어야 오늘뿐이다. 이 술만 먹으면 마지막이야. (술을 마시고 주전자를 던진다) 술 먹는 어미가 인제는 진저리가 나지? 술 먹는 어미 때문에 너는 밤낮으로 이 세상을 울고 지낸다지? 자식을 팔아서 술 먹는 어미도 밤이면 눈물로 베개를 적시는 날이 하루 이틀이 안, 아니다. 내 몸에는 몹쓸 두억시니가 씌워서 그놈을 잊으래야 잊을 수 없……, 아아! 몹쓸 년이지! 후우! (한숨을 쉬며 쓰러진다)

춘희 (소사를 바라보며 눈물을 씻는다)……

소사 (손을 내두르며) 베개, 베개 좀 가져 오너라. 후우. (깊은 숨을 내쉰다)

춘희 (일어서 베개를 갖다 소사의 머리에 베인다) 어머니! 어머니! 글쎄 이게 무슨 짝이란 말요. 제발 술은 좀 그만두어요. 어린 자식들의 전정을 생각해서요. 나도 오늘은 아침부터 종일을 울다왔소. 동무들은 만나기만 하면 남의 첩이니 무어니 하고 업신여기며 빈정대는 소리도 차마 들을 수 없고, 봄이 오나 가을이 오나 허구한 날 농 안에 갇힌 새 모양으로 좁은 구석에 얽매여 앉아서 울음으로 세월을 보내게 되니, 어머니 글쎄, 내가 무슨 죄가 있소?

소사 아이 귀찮아. 술은 오늘까지가 마지막이라는데 왜 이리 잔소리를 하니? 나도, 나도 오늘까지가 모든 것이 마지막이야. (목 메인 소리로) 내가, 내가 몹쓸 년이다……

춘희 (소사의 얼굴을 들여다 보며) 어머니! 정말, 정말로 인제는 술을 끊는단 말이지. 응? 응?

소사 (눈물이 어린 눈을 떠 춘희를 쳐다보며) 술뿐이 아니야. 온갖 깃을 다 끊을 테다. 너희들의 소원대로.

춘희 그러면 작히나 좋겠소. 그저 우리 남매의 전정을 봐서 마음을 좀 고쳐주셔요? 네! 어머니! 요새는 웬일인지? 더군다나 마음이 더 급해져서 못 견디겠어. 젊은 내외들이 어린애의 손목을 이끌고 재미스럽게 가는 것을 보면 부러운 생각이 복받쳐서 눈물이 핑 돌 때가 많소. 나도 벌써 갓 스물이 되지 않았소. 혼자 앉았을 때에 신세를 생각하면 청춘 한 때가 봄 들에 눈 녹듯이 소리 없이 사라져 가니……. (울음에 느낀다) 어, 어머니는 내 신세가 불쌍한 줄 모르시우?

소사 (소리 없이 어깨를 움직이며 운다)……

춘희 그리고 요새는 밤이 되면 무시무시해 못 견디겠어요. 시커먼 수염투성이를 해 가지고 싱글싱글 웃으며 덤비는 최참사의 얼굴이 두억시니 같이 보여서 몸소름이 쭉쭉 끼쳐요. 참 한시를 견딜 수 없소. 제발 내 몸을 그 구덩이에서 좀 꺼내줘요. 네! 어머니! 순호도 이번 학기까지 만 하고 학교를 그만두고 인력거를 끌더라도 제 수입으로 살아간다 합디다. 그러니 있다가라도 최참사가 오거든 나는 다시 안 간다고 결단해 줘요. 네! (수건으로 눈물을 씻는다)

　소사 (별안간에 춘희를 얼싸안으며) 내가 죽일 년이다. 내 뱃속으로 나은 자식을 미끼로 그 고약한 짓을 하는 이년이……. (느끼어 운다)

　(춘희도 소사의 가슴에 얼굴을 대고 느끼어 운다. 멀리서 두부장수의 외치는 소리가 들린다. 무대는 잠시 침묵. 조금 뒤에 거센 남자의 목소리로 "장모 있소? 장모 있소?" 하는 소리 들린다. 춘희 모녀는 놀라 일어나서 춘희는 뒷문으로 피하며 소사는 눈물을 씻는다. 비대한 몸을 검은빛 외투로 싼 최참사 등장)

　참사 (무대 상수구上手口로 등장하며) 오늘은 오래간만에 장모의 문안도 할 겸 또 춘희도 데릴 겸해서 왔는데, 그래, 장모는 요새 평안하오?

　소사 (정신 차려 두어 걸음을 앞으로 나오며) 아이고 오래간만에 영감의 얼굴을 뵙니다그려. 어서 들어오시지요. 요새는 얼마나 바쁘셔요.

　참사 (외투와 모자를 벗어 던지며) 나는 늘 이렇게 분망한 사람이니까.

　소사 (실내의 좌편을 가리키며) 이리 내려 앉으시지요. 어서, 이리로.

　참사 (한 편으로 비켜 앉으며) 장모는 오늘도 술이 좀 취한 모양이로군?

　소사 늙은 사람이 무슨 낙으로 삽니까. 술이나 먹지요. 그렇잖아요? 영감은 돈으로 사시고 나는 술로 살고요. 하하……. (웃는다)

　참사 (해태*를 꺼내 피우며) 그도 그래. 이 세상에는 누구든지 한가지의 낙이 있으니까. (뒷문 편을 바라보며) 그러나 이 춘희는 어디로 갔어? 회

* 고급 담배 상표.

사에서 집으로 전화를 하니까 친가로 왔다던데? 웬일인지 요사이는 마음이 들뜬 모양 같아?

소사 그럴 리가 있나요. 요새는 도리어 영감께서 또 기생을 얻으셨다나 하는 말이 들리던데요. 하하…… (너털웃음)

참사 아, 기생이야 날마다 보는 걸 무어. 낮이면 회사로 은행으로 돌아다니기에 골몰무가한 사람이 밤이면 또 면부득이한 연회가 한두 자리가 아니니까 그걸 어떡하나. 내가 기생을 데리고 논다고 그래서 춘희 마음이 들떴단 말이야? 인제야 새삼스럽게 그럴 리가 있나. 그것은 다 장모의 말이지. 하하…… (웃음)

소사 아니에요. 영감이 또 새로 기생을 치가 했다고 갸가 그럽디다.

참사 내가 언제? 그건 다 괜한 소리지. 내가 마누라가 적어서? 기생마누라도 있고 은근짜 마마님도 있고 시골집에는 숙부인, 춘희 같은 최신식 여학생 와이프까지 있는데 지금 내가 또 무엇이 나빠서. 그건 다 장모의 덜미 치는 말이지. 하하……. 그러나 저러나 이 춘희를 불러와. 오늘은 오래간만에 '조선호텔'로 데리고 가서 저녁을 믹을 예정인데, 내왼절 이 디로 갔어?

소사 가긴 어디로 가요. 아까 오더니 감기가 들었는지? 머리가 좀 아프다고 뒷방으로 갔는데요. 드러누웠는지 몰라요.

참사 무엇? 머리가 아파? 갸는 어찌 그런지 몸이 늘 약해. 또 열기나 오르지 않았나? 그럼 내가? 그럼 내가 가보지……. (일어서려 한다)

소사 (얼른 참사를 붙잡으며) 아니에요. 내가 가서 데리고 오지요. (몸을 일으키려다 털썩 앉는다)

참사 아, 장모가 오늘은 많이 취했군. 그럼 내가 가서 데리고 나오지. (일어선다)

(소사는 참사를 붙잡으려 하였으나 참사는 옷자락을 뿌리치고 뒷문으로 퇴

장한다. 소사는 비틀걸음으로 뒷문으로 가다가 다시 주저 앉는다)

소사 (팔을 내흔들며) 아니에요. 영감, 걔는 내가 데려 오지요. 어서 이리 오셔요!

참사 (춘희의 팔목을 잡고 뒷문에서 나온다) 글쎄, 왜 영감의 말을 안 듣고 이리 어리광만 부려. 일상 그렇게 어린애 노릇만 할 텐가? 울기는 또 왜 울어? 자아, 이리 와 앉아.

춘희 (수건을 얼굴에 대고 울며) 싫어요. 글쎄 나는 싫대도 왜 이래요. 영감이라면 인젠 지긋지긋한 생각이 나요. 나도 나대로 좀 살아 보게 그만 놓아주어요. (손목을 빼려한다)

참사 아잇, 그래도 말 안 듣고 그래. 정 이러면 혼을 낼 테야. 어서 이리 와 앉아. (춘희를 앉히고 그 곁에 앉는다)

소사 (움찟거리며 춘희의 옆으로 온다) 춘희야! 아까도 내가 다 일렀지. 오늘까지는 내가 술을 먹고 이렇지만 내일부터는 모든 것이 마지막이라고 안 그랬니? 몸이 아프면 아프다고 영감께 말을 하든지 그러지. 왜 지각없이 이래. (참사를 쳐다보며) 걔가 아까부터 머리가 아파 온갖 것이 다 귀치 않다더니 그래서 아마 저 모양인가 봐? 영감! 오늘은 그대로 내 버려 두시오.

참사 내가 춘희의 어리광받이가 오늘 처음인가. 그러나 요사이 춘희의 행동은 암만해도 좀 수상해, 말끝마다 싫다니 제게 무엇이 그리 싫은지 나는 알 수 없어? (불쾌한 기색을 보인다)

소사 아니에요. 걔가 지금 무엇이 그럴 것 있습니까? 돈 많고 풍신 좋은 영감께 온갖 사랑을 다 받으면서.

참사 (다시 안색이 풀리며) 하하……. 그러게 이상하단 말이지. 비단옷 입겠다면 제 맘대로 해주는 터야 또 신식으로 말하더래도 춘희의 입에서 말이 떨어지기가 무섭게 피아노가 치고 싶다면 피아노, 풍금이 타고 싶다면 또 그거, 그래 춘희에게 부족할 것이 무엇 있나? 그저 생각하면 나의 나이가 좀 많다는 것밖에. 이 세상에 무엇이 부족할까. 하하…….
나는 춘희의 싫다는 의미를 도무지 모르겠어.

춘희 (날카로운 소리로) 싫어요. 나는 피아노도 풍금도 다 싫어요. 세상의 귀한 것이 다 싫어요. 그저 내 몸 하나만 놓아줘요.

참사 싫어? 그저 모든 것이 싫단 말야? 하하, 지각없는 사람이로군, 여자의 청춘은 돈으로 빛이 나. 여자에게는 돈이 청춘이요. 청춘이 또 돈이란 말야. 그런 이치를 어이 알꼬. 내가 이렇게 달랠 때가 춘희의 청춘이란 말이야 그러지 말고 어서 나하고 같이 조선호텔로 양요리나 먹으러 가자.

춘희 나는 아무것도 다 싫어요. 그저 내 한 몸뚱이만 속량을 해주어요. 나는 벌거벗은 알몸뚱이로 넓은 세상에 뛰어 나갈 테예요. 나의 청춘은 대문 밖에 있을 뿐이에요.

소사 그래도 못 알아듣고 그러는구나. 아까 내가 무어라든 그저 모든 것이 오늘 하루만이라고.

춘희 듣기 싫어요. 나는 어머니도 싫고 아무도 다 귀찮아요. 인제는 내 맘대로 하고 말 테예요. (급히 일어나 뒷문으로 퇴장한다)

소사 춘희야! 춘희야! 어디 가니? (일어서 쫓아가려다가 주저앉는다) 후우~ (한숨 쉰다) 그저 내가 몹쓸…… (참사를 쳐다보며) 영감! 오늘은 춘희를 내게 맡기고 가시지요. 내가 내가 잘 맡아 보낼 테니 내일 아침예요. 네! 내 내일 아침예요, 잘 맡아 보내드리지요. (손등으로 눈물을 씻는다)

소사 (불쾌한 빛을 띠우고 앉았다가) 오늘은 웬 셈인지 모르겠군. 그러나 장모도 깊이 생각하겠지? 요새같이 어려운 세상에 아무 것도 애쓰지 않고 먹고 싶은 술 쓰고 싶은 돈, 다 맘대로 하는 장모의 지금 처지도 짐작하겠지? 그게 다 누구의 덕인지는.

소사 내 딸 팔아먹은 덕이지요.

참사 (다시 얼굴빛을 부드럽게 하며) 아, 아니 팔았다는 말이 아니라 이를테면 이 세상에 돈이 귀한 것이란 말이지. 하하…….(웃는다)

소사 (상체를 앞뒤로 흔들며) 암, 귀하고 말고요. 그것 때문에 자식도 팔고요, 서방도 사고요, 하하……. (웃는다)

참사 하아, 장모도 인제 변했군. 내가 언제 춘희를 사갔다고 그랬나. 그건 다 장모의 취담이고 여하간 오늘은 그럼 춘희를 장모에게 맡기고 갈 터이니 밤에라도 잘 타일러서 곧 보내게 해?

소사 네. 내가 모든 책임을 다 맡지요. 죄를 받거나 상을 타거나 다 내 한 몸뚱이로 당하지요.

참사 여부가 있나. 장모의 마음을 내가 잘 아니까 따로 부탁할 건 없지마는 될 수 있으면 오늘밤으로라도 보내주었으면…….

소사 밤에요? 밤. 밤. 어쨌든 오늘밤에는 모든 것이 다 끝이 나지요. 하하……. (추운 웃음을 웃는다)

참사 아차, 참 잊었군. (조끼에서 지전 뭉치를 꺼낸다) 이것은 특별히 장모의 부탁이기에 오늘 은행에서 가지고 왔는데, 이게 아마 삼백 원이지? 얼마동안 또 장모의 술값은 될 테니까. (지전 뭉치를 소사의 앞으로 던진다)

소사 (별안간 얼굴에 긴장한 빛이 나타나며) 돈, 돈, 이게 자식의 살을 저며 판 돈. 아니 삼백 원예요? (급히 돈 뭉치를 집어들고 노려 본다) 돈? 이게 삼백 원? 돈, 흥! 이 속에 자식, 청춘, 술 ,그놈(광일), 모든 원망이 온갖 죄악이 다 뭉쳤어? 하하……. (괴이한 웃음을 웃으며 지전 뭉치를 급히 허리춤에 넣는다)

(이때 뒷문 밖에서 순호의 날카로운 눈이 소사를 노린다)

참사 장모! 그만하면 당분간은 넉넉하겠지? 그럼 내일은 꼭 춘희를 보내.

소사 네. 내일까지는 모든 책임을 다하지요. 꼭 결말을 내지요.

참사 그럼, 자아, 나는 갈 터이니 틀림없이 보내요. (일어서 외투를 입고 모자를 쓴다) 내 일간 또 오리다.

소사 (일어서려다 도로 앉는다) 나는 술이 취해 못 일어나겠어요. 그럼 또 다시는 못……, 아니 또 오시지요?

(참사는 무대 상수구로 퇴장한다. 참사가 나가자마자 뒷문 편에서 급한 걸음소리 들리며 노한 빛을 띄운 순호 등장)

순호 (소사를 노려보며) 어머니 최참사 어디 갔소? 어쩌자고 그 더러운 돈을 또 받아요. 자식을 팔아서라도 술은 먹어야겠소? 인제는 나까지도 참을 수가 없어요. 어서 그 돈을 이리 내요. 최참사한테 도로 주게, 어서 어서 이리 내요. (소사의 허리춤에 손을 넣는다)

소사 (순호의 손을 뿌리치며) 애가 왜 이러나. 아무것도 모르는 것이! 자식을 판 까닭에 돈이 귀하단다. 저리로 좀 가요.

순호 어머니! 어머니도 인제는 사람의 부모된 생각을 좀 해요. 자식도 사람이에요. 어서 그 돈을 이리 내요. (또 소사의 허리춤을 찾는다)

소사 (순호의 손을 밀친다) 사람을 판 까닭에 이 돈이 소중하다느니밖에. 애가 왜 이리 덤벼.

순호 (점점 흥분한다) 어머니 그래 그 돈을 못 내놓겠소? 사람을 파는 아니 자식을 파는 것이 아, 죄악인지는 모르우?

소사 죄? 사람을 파는 년만이 죄란 말이냐? 이 세상에 사람을 돈주고 사는 놈이 있으니까 파는 년이 생기지, 아, 파는 년만 죄라더냐? 성가시다 애. 이 돈이 어떤 거라고 최참사를 도로 주어? 네 말마따나 내 뱃속으로 낳은 자식을 판 돈이야. 세상 놈들이 팔라니까 나는 팔았다. 말하고 보면 나는 다만 그 죄 하나 뿐이야. 하하……. (괴이한 웃음을 웃는다) 아이고 우스꽝스러워라. 나는 술 다 깨기 전에 뒷방에 가서 자기나 하겠다. (비틀거리며 뒷문께로 간다)

순호 (어이없는 듯이 소사를 물끄러미 바라보다가) 아아, 부모가 아니라 전생의 원수다!

(소사의 몸이 뒷문 밖으로 감추자 그 편에서 사람의 넘어지는 요란한 소리와 같이 "아이쿠" 하는 무거운 소사의 신음하는 소리를 들린다. 순호는 급히 뒷문을 뛰어나간다 좀 있다가 "어머니 별안간에 이게 웬일이요" 하는 춘희의 소리와 "어서 정신을 차리셔요" 하는 순호의 소리가 들리더니 순호는 소사를 업고 춘희는 그 뒤를 따라 3인 등장)

춘희 어서 이 아랫목으로 내려 뉘어라. 글쎄 별안간 웬일이란 말이냐.

순호 (소사를 뉘며) 술이 그렇게 취했는데 어쩌자구 그 좁은 쪽마루로 나가신단 말요. 그러게 술을 좀 그만두라고 그리 말해도 (검붉은 피가 코와 입으로 내리는 소사의 얼굴을 보고 놀란다) 아이고 어머니. (소리를 친다)

춘희 (벌벌 떨며) 아이고 이를 어쩌나. 물이나 좀 얼른! (옆에 있는 물대접을 소사 입에 대인다) 어머니! 어머니! 물이나 얼른 좀 마셔요. 네? 네?

순호 (황황하게 손을 소사의 가슴에 대어본다) 숨, 숨이 벌써 끊어졌네. (소사의 귀에 입을 대고) 어머니! 어머니 정신을 차리셔요. 아이고 인제는 그만이다. 뇌진탕이 일어났구나. 이를 어쩌나 아이구…….

춘희 (소사의 가슴에 얼굴을 대고 운다) 어머니! 응. 글쎄 별안간에 이게 웬일이요? 그 높은 마루에서 떨어졌으니 이를 어쩌우.

순호 (다시 소사의 손을 만져본다) 아이구 어머니! 손이 벌써 차가워졌네! (춘희의 몸을 흔들며) 누님, 누님 어머니는 인제 돌아가셨소.

춘희 무어? 돌아가셨어? 아이고 어떡하니? (소사의 귀에 입을 대고 부른다) 어머니! 어머니! 대답 좀 어허, 어허. (헐떡거린다) 아이구, 어머니! 네! 네! 대답해요? 응?

　순호 누님! (춘희의 손을 잡으며) 인제는 그만이구려. 인제는 이 세상에 우리 둘만 남았구려. 아 아! 방안이 캄캄하다!

(은은한 천주교당의 종소리 들린다)
천천히 막.

(1927년 3월 작 금 무단상연).

그 사람들

등장인물

봉실 : 농부

복삼 : 봉실의 자

오씨 : 동 처

귀분 : 동 딸

맹녀 : 동 노모

옥순 : 촌 낭娘

화수 : 촌 노인

기타 : 촌사람들

시   : 현대 어떤 초춘初春의 석경夕景

장소 : 경기의 초원稍遠한 산촌

무대 봉실의 집 온돌 일부와 그 토봉당으로 됨. 무대 좌편에는 온돌, 그 우편에는 토봉당이 연접되어 횡면으로 놓인 모양. 토봉당 구석에는 벼, 헝겊으로 바른 독, 항아리들이 놓여있고 그 안쪽에 달린 시렁에는 둥그미, 광주리들이 얹혀있다. 온돌 안에는 매연에 그을린 시커먼 장롱과 무

희곡 165

색 종이로 바른 궤짝들이 위치를 떠나서 중앙에 어수선하게 놓여있고 그 부근에는 올망졸망한 보퉁이들이 널리어 있어 지금 이민의 행이*를 정리하는 광경이 보인다.

(막이 열리면 오씨는 온돌에서 짐을 싸기에 분망하고 귀분은 그 옆에서 이상스런 듯이 그 광경을 바라보고 있다)

귀분 어머니! 어머니! 내일은 정말 어디로 가우? 저 먼 데로? (오씨의 어깨에 기댄다)

오씨 (보자에 옷을 싸며) 그렇단다. 오늘밤만 자면 아주 머언 데로 가버린단다.

귀분 그럼 거기도 내 동무 있나? 소꿉질하고 같이 놀 동무가 있소?

오씨 글쎄? 있을는지?

귀분 그럼 난 싫어. 동무가 많아야지 좋지. 여기는 간난이도 있고 순분이도 있고 그런데…….

오씨 거기도 가서 오래오래 있으면 동무가 많이 생긴단다.

귀분 아, 오래 있어야 동무가 생겨? 그럼 난 싫어. 여기서 간난이하고 놀 테야.

오씨 아버지도 가고 엄마도 또 오라비도 다아 가는데 아, 너 혼자만 여기서 살 테야?

귀분 싫어, 싫어, 나는 싫어! (몸을 흔든다) 엄마하고 아버지하고 나는 여기서 모두 같이 살 테야. 응 나는 여기서 살 걸 무얼.

오씨 귀분일랑 그럼 내버리고 가지…….

귀분 아냐, 아냐. 나는 싫어! 응, 나는 싫어. 엉……. (운다)

---

* 行李 : 여행짐, 행장, 수화물의 중국식 단어.

오씨 (귀분을 껴안으며) 아니다. 아니다. 거짓말이다. 누가 우리 귀한 년을 내버리고 가. 내가 새 옷 입히고 분 바르고 해서 데리고 갈 걸. 무얼 울어. 울지 마라. 응?

귀분 (몸을 흔든다) 싫어, 싫어. 나는 새 옷 입고 분 바르고 먼 데 가는 것 싫어. 여기서 오래 살 걸. 그리고 날마다 간난이하고 놀 테야.

오씨 무얼 먹고?

귀분 밥 먹고 살지. 왜.

오씨 밥은 누가 주게?

귀분 엄마가 해주지.

오씨 엄마가?

귀분 으응, 엄마가 쌀 얻어다가.

오씨 쌀 얻어다가? 쌀을 누가 주드……. (귀분을 안은 채 한숨은 쉰다)

(먼 곳에서 "아이고라 샷 아이고라 샷" 하는 철도 공부工夫의 역사役事하는 소리 들린다)

귀분 (오씨의 얼굴을 쳐다보며) 어머니 아니 가지? 응 머언 데 가지 말아. 우리 여기서 그대로 살아. 어머니가 먼 데로 가버리면 할머니가, 외할머니가 울어. 가지 말아.

오씨 ……. (귀분의 얼굴을 힘없이 본다)

귀분 아니 가지? 응? 그렇지? 외할머니가 울 테니까 엄마 아니 가지?

오씨 ……. (눈물을 씻는다)

귀분 그러지? 응? 엄마 대답하우. 응? (오씨의 얼굴을 들여다본다) 엄마 왜 울우? 머언 데로 가기가 싫어서 울우?

오씨 (깜짝 놀라며) 아니다. 내가 언제 울었니.

귀분 그럼 왜 눈에서 눈물이 나와?

오씨 아니란다. 눈에 티가 들어갔단다. 에라, 어서 저리 가거라. (귀분을 일어 세운다) 얼른 이것 다 치워버리자.

귀분 그럼 정말 안 가지?

오씨 오냐 안 가마. (다시 짐싸기를 시작한다)

귀분 그런데 어머니! 오라버니도 저기서 울고 섰어.

오씨 어디서?

귀분 저, 저어 울 뒤 감나무 밑에서 옥순이 형님하고 두 손을 붙잡고 자꾸만 울겠지.

오씨 그래 네가 봤니?

귀분 응. 내가 가니깐 눈을 흘기며 저리 가라고 소리를 지르겠지. 그래서 나는 무서워서 얼른 달려 나왔지. 옥순 형님은 왜 울우? 동무가 머언 데를 가니깐 우나.

오씨 그렇단다. 모두 먼 데로 가버리고 보지를 못할 테니까 그렇게 운단다.

귀분 거기 가면 왜 다시는 못 오우?

오씨 글쎄 다시 올는지? (한숨을 쉰다)

귀분 다시는 못 볼 테니까 옥순형도 그렇게 우나 봐. 그런데 그렇게 먼 데를 할머니는 어떻게 가우? 눈으로 보지도 못하는데.

오씨 철도 타고 가니까 관계찮지. 또 배도 타고 간다더라. 그래 옥순이하고 오라범하고 울면서 뭐라고 얘기하든?

귀순 옥순네 형님은 오라버니더러 자꾸만 가지 말라고 그러고 또 오라버니는 "집안식구가 다 가니까 어떻게 아니갈 수가 있느냐고 나도 따라가야 한다"고 그래.

오씨 오라비가 그러니까 옥순이는 또 뭐라고 그러든?

귀분 "그럼 나는 죽을 테다"고 그러면서 훌쩍거려 울겠지?

오씨 무어? "죽을 테다"고 그래? 옥순이가?

귀분 응. 옥순네 형님은 자꾸 '죽을 테다'고 그래.

오씨 (짐 싸던 손을 쉬며 애수에 빛을 띤다) ······.

귀분 그런데 아버지는 장에 가서 고기 사 온다더니 왜 아니 와? 내가 좀 나가볼까? 장 고개에 아버지가 오나 내가 보고 올게.

(귀분, 무대 좌편으로 퇴장)

오씨 (다시 짐을 싸며) 그것들 둘이 서로 이상하다는 소리는 들었는데 만일 또 딴 일이나 생기면 어떻게 한단 말인가! 그 원수의 철로만 뚫리지 않아도 이렇게 쫓겨가지는 않을 텐데 몇천 리나 된다는 그 먼 데를 가서 어떻게 살는지?

("아이고라 샷 아이고라 샷" 역군 소리 들린다)

(복삼, 초연한 태도로 등장)

복삼 (토봉당 위에 털썩 앉으며 깊은 한숨) 해는 벌써 다 갔는데······.

오씨 (복삼을 유심히 보며) 배도 안 고프냐? 어디로 가서 입때껏 있었니? 해는 버럭버럭 넘어가는데 어서 대강이라도 짐을 꾸려놓아야지. 내일은 밝기 전에 떠나간다는데.

복삼 어머니는 무엇이 그렇게 좋소? 살던 데를 내버리고 쫓겨가는 것이 내일 못 가면 모래라도 가지요. 그렇게 급할 것이 뭐 있어요?

오씨 난들 가기가 좋아서 그런다더냐. 살다살다 못해서 모두 거지들이 돼서 나가는 것이 무엇이 그리 좋단 말이냐. 우연만하면 사흘에 죽한 그릇을 얻어먹더라도 여기서 살지. 누가 가기를 좋단 말이냐. 친척이 있니 동무가 있니. 말짱 호인들만 산다는 데를. 아이 나는 생각만 해도 꼭 죽으러 가는 것 같다. 얘.

복삼 가서 죽을는지? 여기서 죽을는지? 사람의 일을 알 수가 있나요. 그러나 나는 암만 생각해도 갈 수 없어요. 정든 고향을 떠나기는 죽기보다 싫어요.

오씨 그럼 어떡하니. 하다 못해 볏말나기라도 씨나 던질 농토나 있어야 부지해서 살지 일 년 동안을 죽도록 애써야 벼 두어 섬도 못 얻어 먹는 것이지만 금년부터는 그 놈의 철로가 또 뚫리기 시작하여 그나마 아주 무늬가 없으니 무엇을 의지해서 산다는 말이냐.

복삼 살 수 없으면 죽지요. 무엇이 그리 아까운 인생이라고요. 나는 암만 생각해도 못가겠어요.

오씨 글쎄, 누가 타국에를 가기 좋아서 간다더냐. 나무에도 돌에도 어디다가 부빌 곳이 없으니까 죽지 못해 가는 거지 무어냐. 그러고 않고 간도로 간다 해도 너의 아버지는 벌써 몇 해 전부터 기침병으로 해서 센 일은 못하지, 농사를 한다해도 누가 하니. 나이 장성한 네가 아니 가면. 모든 것을 네게 다만 바라고 그리로 가는 터인데 지금 네가 아니 가면 어떡한다는 말이냐?

복삼 나도 밤낮 집안 식구들만 얽매어서 살기는 싫어요.

오씨 (놀라며) 애가 무슨 소리를 하나……. 그럼 늙은 부모와 어린 동생을 누가 벌어먹인단 말이냐. 그 딱한 소리는 말고 모든 것을 딱 결단해서 내일 같이 떠나게 하자. 소문을 들으니까 거기 간 지 첫해에는 매우 고생이 되나 힘써 농사만 하면 그 다음해부터는 볏섬씩이나 남는다고 그러더라. 우리 몇 해 동안 알뜰히 해 가지고 도로 와서 살자꾸나.

복삼 그렇게 쉽게요. 죽도록 농사 지어서 좁쌀섬이나 해놓으면 호인의 마적이라나 무어라나 하는 도둑놈들이 다 빼앗아 가고 그저 죽도록 고생만 한답디다. 부자가 되든지 거지가 되든지 나는 여기는 떠나기 싫어요.

오씨 어저께도 아버지한테 그렇게 야단을 맞고도 그저 네 고집만 세우면 어쩌잔 말이냐. 오늘밤에도 또 큰 싸움이 나겠구나!

복삼 싸움이 나더라도 나는 아주 아니 가기로 작정했어요. 나도 인제는 나이 이십이나 넘었어요. 내 생각도 따로 있으니까 아버지가 암만 억지로 한대야 나는 갈 수가 없어요.

오씨 아이고 귀찮아라. 또 한바탕 야단이 날 테니 저를 어쩌나. 나는 모르겠다. 그렇게 타일러도 네 고집대로만 하려드니……. 아이 세상이 모두 다 귀찮다. 나는 마지막으로 동네 집에나 한바퀴 휘돌아오겠다.

(오씨, 싸던 짐을 한편에 치워놓고 무대 좌편으로 퇴장)

복삼 (저고리 안섶에서 단풍표를 꺼내 붙인다) 아아 귀찮은 놈의 세상이다. 아니 가자니 늙어 가는 부모와 어린 동생이 측은하고 같이 따라가자 하니 옥순이는 죽는다고 야단이니 이놈의 일을 어찌하나. 아이 모든 것이 귀찮다.

(무대 우편에서 봉당 편을 기웃거리며 옥순 등장)

복삼 (실신失神한 듯이 앉았다가 자취 소리에 놀라 옥순을 본다) 못나오겠다더니 어떻게 틈을 탔어?

옥순 물 길러 나온다고 그러고 얼른 뛰어왔지. 그런데 대관절 어떻게 하려우? 오늘밤에는 좌우간에 결단을 해야 아니하우. 그래 나를 버리고라도 그리로 따라갈 테요? (복삼의 옆으로 앉는다)

복삼 나도 정든 옥순을 예다 남겨두고 가기는 죽기보다 싫은데 또 한편으로 생각을 하면 늙은 부모들이 불쌍해서 어쩔 줄을 모르겠어. 지금 내 가슴 속에서는 불이 타오르는 것 같애…….

옥순 그럼 입때 맘을 못 결단했단 말이요. 나는 모르겠소. 내 맘은 아까도 말한 것처럼 당신이 이곳을 떠나가는 날…….

　복삼 죽는단 말이지?

　옥순 ……. (치마 끝으로 얼굴을 가리고 운다)

　복삼 (옥순의 손목을 잡으며) 울지 말아. 왜 내가 간다고 아주 작정을 했나. 왜 이리 울어.

　옥순 그럼 뭐야 늙은 부모가 불쌍하니까 따라간다고 그러지 않았소?

　삼복 그저 늙은 부모들이 불쌍하다는 말이지…….

　옥순 나는 죽는 것이 불쌍하지 않구?

　복삼 옥순이가 불쌍하기에 못 간다는 말이지. 그렇지 않으면 이 잘난 곳에 무엇 못 잊을게 있어?

　옥순 나는 벌써 며칠째나 목이 메어서 밥을 먹을 수가 없어요. 그리고 밤이면 잠이 안 와서 엊저녁에도 밤중에 몰래 일어나서 뒷문으로 막 나오려니까 아버지가 깨서 나오기 때문에 한참 야단만 맞고 말았지?

　복삼 나도 엊저녁에 옥순네 집 뒤를 몇 번이나 돌아 왔는데.

　옥순 (복삼의 얼굴을 들여다보며) 그러나 참 어떡할 테요? 나는 지금 가슴이 울렁거려서 못 견디겠소. 어서 두 가지 중에 결단을 해서 말해주어요.

　복삼 ……. (깊은 생각에 쌓여있다)

　옥순 (복삼의 어깨를 흔들며) 글쎄 어떡할 테예요?

　복삼 ……. (손등으로 눈물을 씻는다)

　옥순 (복삼의 얼굴을 들여다보며) 간단 말이지? 간단 말이지? (운다)

　복삼 (옥순을 껴안으며) 안 갈테야! 안 갈테야!

　옥순 정말? 정말?

(밖에서 기침소리 들린다. 복삼과 옥순을 깜짝 놀라며 옥순은 급히 우편으로 퇴장. 복삼은 일어섰다. 빈 망태를 어깨에 멘 봉실 좌편으로 등장)

봉실 (망태를 벗어 벽에 걸며) 너는 왜 우두커니 섰기만 하니. 부지런히 짐을 싸야지. 새벽에 떠나지. 정거장이 오십 리나 되는데 일찍이나 떠나야지. (집안을 둘러보며) 아, 다들 어디로 갔니?

복삼 ……. (힘없이 섰다)

봉실 무얼들을 하러 밤낮 찔찔대고 다녀. (복삼을 쳐다보며) 저 안에 있는 독개그릇하고 모두다 내놔라. 다만 몇 푼을 받더라도 다 팔아야지. 요새는 또 닭값이 떨어졌다나? 닭 네 마리에 겨우 이원을 받았으니 내일 차삯은 뭘로 하나. (봉당에 앉으며 담뱃대를 턴다)

복삼 (무거운 어조로) 아버지.

봉실 ……. (놀란 듯이 복삼을 본다)

복삼 아버지 우리 간도로 가는 것 그만 둡시다. 네?

봉실 뭐야? 그만 두다니? 아, 이놈 어디서 다 굶어죽게 그만두어? 세상에 좁쌀 한 되를 꿔주는 놈이 있니? 무얼 바라고 어떻게 산다는 말이야.

복삼 그럼 간도에 가면 누가 살려주나요. 없는 사람은 어디를 가든지 다 마찬가지지요.

봉실 그래도 넓은 들판에서 시원한 바람이나 쏘이지. 좁다란 산틈에 끼어서 기름땀을 흘려가며 볏섬씩이나 해 놓으면 악착한 지주 놈들은 씨 할 것도 없이 다 적어가고 올부터는 웬놈의 철로 길은 통한다고 그나마 있는 논밭 전지를 그대로 쓸어 메우니 이 놈의 데서 무얼 바라고 산다는 말이냐. 그 쓸데없는 소리 좀 작작하고 어서 그릇들이나 내다 놔.

복삼 그러면 할머니는 밤낮 저리 울고만 다니시는데 칠십이나 넘은, 더군다나 앞도 못 보는 할머니를 어떻게 데리고 간단 말예요?

봉실 할머니. 앞 못 보는 할머니? (별안간 가슴이 막히어) …….

복삼 할머니는 오늘도 또 지팡이를 뚜덕거리며 할아버지 산소로 울러 나갔어요.

봉실 (한숨을 쉰다) 그것이 다 우리의 팔자인데 어떻게 할 수 있니.

복삼 아버지! 우리 어떡하든지 여기서 다시 부지해 살아봅시다.

봉실 안된다! 같은 나라 놈의 인심으로 옆에서 사람들이 굶주려서 덩덩 거꾸러지는 것을 보면서도 눈 한번 거들떠보지 않는 이 무지한 놈의 땅에서 무엇을 바라고 산단 말이냐. 죽은 송장을 내던진대도 차라리 모르는 데가 낫지. 나는 고향이라고 하나도 못 잊을 것이 없다. 어서 어서 이놈의 지옥 같은 곳은 떠나야지. 딴 생각 말고 얼른 세간들이나 이리 내오너라.

복삼 나는 암만해도 여기를 떠나기는 싫어요.

봉실 아, 글쎄 무엇이 못 잊어서? 너는 또 무슨 딴 생각을 하고 있나 보구나. 접때부터 자꾸 싫다기만 하니. 그럼 어미 아비가 다 가는데 너 혼자만 여기서 살겠다는 말이야?

복삼 (고개를 숙이며) 나는 아니갈 테예요.

봉실 무어? 아니 가? 집안식구가 다 가도 너 혼자만 아니 간다는 말이지?

복삼 나는 내버리고 갈 수는 없어요.

봉실 고향을 내버리고 갈 수가 없다는 말이지?

복삼 ……. (고개를 숙인 채 섰다)

봉실 조상의 뼈가 묻힌 산천, 아침저녁으로 밟고 다니던 땅, 생각을 하면 그것이 다 그립지 않은 것은 아니다마는 나는 인정도 없고 눈물도 없는 이놈의 천지가 아주 싫증나서 하루도 살기 싫다. 별소리 말고 어서 짐이나 만들어서 내일 새벽에는 동리 사람이 일어나기 전에 이 땅을 하직하자.

복삼 아버지 나는 암만해도 차마 발길이 돌아서지를 않아요. 이번 길은 이 세상을 아주 하직하고 마는 것 같은 생각이 나서……. (목이 메어 운다)

봉실 못생긴 자식 왜 울기는 해. 나이 이십 남짓한 젊은 자식이 이런 좁은 산골이 아니면 살 수가 없을까 봐서 그렇게 서럽단 말이야?

복삼 아니에요. 다른 데 가서 아무리 잘 살게 된대도 나는 이곳을 떠나기는 죽기보다 싫어요. 친구도 없고 아무 것도 없는 타 곳에를 누구를 바라고 가요.

봉실 바라기는 누구를 바라고 가. 이놈의 천지에서는 뿌리가 솟아서 배길 수가 없으니까 가지. 어디서는 누가 오라더냐.

복삼 나는 싫어요. 나는 참 이곳을 떠날 수 없어요.

봉실 그럼 늙은 아비와 어미더러만 가라는 말이냐?

복삼 그러기에 모두 가지를 말고 그만두자고 그러잖았어요. 왜.

봉실 나는 축등 밖에 나가다 죽드라도 이곳을 떠나려고 아주 작정했다.

복삼 그럼 아버지나 가시오.

봉실 (불쾌하게 소리를 높이며) 무얼 어째? 애면글면 해서 이십이 넘도록 길러놓으니까 인제는 제가 혼자 자란 듯이 아비 어미를 버리고 네 맘대로만 한단 말이야?

봉삼 나도 인제는 내 사정이 따로 있어요. 이 동리를 떠나지 못할 내 사정이 있어요.

봉실 (점점 소리를 높이며) 내 사정? 무엇? 어린 놈이 내 사정이란 다 무어냐. 아니꼽게. 간도로 가는 것은 누구를 바라고 가는 건데, 그래 젊은 자식 하나 앞세우고 넓은 들로 농사하러 가는 것이다. 그런데 아, 너 혼자만 여기 있겠단 말이야.

복삼 나는 모든 것을 버리고 부모만 따라갈 수는 없어요.

봉실 (흥분되어 벌떡 일어선다) 무어 어째? 부모만 어째? 아무리 세상이 망했기로 그래 부모보다 더 중한 것이 어디 있단 말이냐.

복삼 지금 세상은 전과 달라요.

봉실 전과 다르면 그래 어미 아비도 모른단 말이야. 너는 그럼 하늘에서 떨어졌니? 아비 어미가 길러냈기에 저만큼이나 대강이가 커졌지. 네가 그럼 무엇으로 자란 줄 아니.

복삼 기른 공은 따로 있지요.

봉실 그럼, 어미 아비는 못 벌어 먹인단 말이지?

복삼 나도 살아야지요.

봉실 뭘 어째? 이런 망할 자식이! (담뱃대로 복삼을 때리려 한다)

(무대 좌편에서 오씨 급히 등장)

오씨 (봉실의 팔을 잡으며) 여보 또 왜 이러우. 내일은 먼 데로 떠나간 다면서 불사스럽게 싸움은 무슨 싸움이란 말이요.

봉실 아, 그녀석이 그리해도 말을 아니 듣고 저 혼자만 아니 간다니, 글쎄 제가 무엇이 그리 못 잊어 그런담.

오씨 그럼 누군들 잔뼈가 굵어난 고향을 떠나기 좋은 사람이 있겠소? 저도 다 걸리는 것이 많아서 그러는 것을 그렇게 몹시 굴면 어떡하우.

봉실 아니야, 나는 조금이라도 못 잊을 것은 없어. 이놈의 천지에서 그대로 있다가는 굶어쓰러진 송장이 또 그놈들의 발길에 채이게. 제나 내나 못 잊을 것이 무어람. (복삼을 노려보며) 어서 세간들이나 이리 내다 놔. 인제 조금 있으면 동리놈들은 싼거리나 만난 듯이 모두 개미떼같이 덤빌 텐데.

복삼 (고개를 숙이고 섰다) …….

오씨 (복삼을 바라보며) 그러고 섰지 말고 얼른 무엇을 좀 거둬치워라. 아이고 참, 나도 싸던 것을 마저 싸놔야지.

복삼 어머니! 나는 아니 갈 테예요.

봉실 아, 그래도 아니 가겠어? (복삼의 옆으로 달려들며 때리려 한다)

오씨 (봉실의 팔을 잡는다) 여보 글쎄 왜 이러우. 오늘은 좀 그만두구려.

봉실 다 가기로 작정하는데 저 녀석이 아니간다니 그럼 어떡한단 말이요.

오씨 저도 설마 생각이 있겠지. 그만 내버려두구려. 오늘은 좀.

복삼 (손등으로 눈물 씻으며) 나는 암만해도 아니갈 테예요. 나는 내 것을 버리고 갈 수 없어요. (힘없이 걸어간다)

봉실 (복삼을 노려보며) 어디 아니 가나 보자.

(복삼 무대 좌편으로 퇴장. "아이고라 샷 아이고라 샷" 하는 역사役事소리 들린다. 오씨와 봉실은 목상같이 굳게 서서 복삼의 나가는 편을 바라본다)

봉실 (힘없이 봉당에 털썩 앉으며) 아아, 망할 놈의 세상도 있다. 세상 놈의 인심은 서로 잡아먹을 듯이 극악해 가고 제 속에서 낳아놓은 자식까지도 저 모양이니 장차 어찌나 될 셈인가? (담뱃대를 턴다)

오씨 (한숨을 쉰다) 저 일을 장차 어찌하면 좋단 말인가?

봉실 (오씨를 쳐다보며) 무엇을 말이야?

오씨 나이 이십이 넘도록 장가도 못들인 것은 부모의 죄이지만 저 일을 장차 어찌…….

봉실 무슨 일이 있어?

오씨 저는 딴 일이 생겨서 그렇게 가기를 싫어한다우. 저도 인정을 떨치고 가기는 어렵겠지만.

봉실 아, 무엇이 그리 떨치기가 어려울 것이 있어?

오씨 얘 입때 소문도 못 들었소?

봉실 소문이 무슨 소문이야?

오씨 아따 저 윗말 옥순이하고 말예요.

봉실 그래서 어쨌단 말이야?

오씨 아이구 말귀도 참 어둡소.

봉실 옥순이는 애 장터말로 시집가게 됐다는데 그랴.

오씨 그래서 더군다나 복삼이란 녀석이 여기를 떠나기가 못 잊어 그런다우.

봉실 무슨 관계가 있나? 남이야 시집을 가든지 말든지 제가 이곳에 있으면 먹을 것 입을 것이 없는 놈이 계집 차례 올까봐 그래.

오씨 아니라우. 저희 둘 사이에는 벌써 오래 전부터 무슨 약속이 있었나 봅니다. 그래서 저희들 사이에는 요새 날마다 울며불며 야단이라우. 저를 어떡한단 말이요. 복삼이도 필경 그대로 가지는 아니할 모양이요. 또 그렇다고 억지로 데리고 간다면 지금 한참 정신 모르고 서로 반한 것들이 무슨 일을 저지를지 아우. 나는 내일 일이 어찌 될는지 큰 걱정이어서 못 견디겠소.

봉실 참. 별걱정이 다 생기는군. 그러면 어쩐단 말인가? 저 하나 때문에 아니 갈 수도 없는 일. 또 저 하나만 바라고 떠나는 우리들이 그것을 떼쳐 놓고 간달 수는 없으니…… 그러나 나는 이곳을 떠나야해. 여기서 무얼 먹고 살게. 여보! (오씨를 보며) 우리는 무슨 일이 있든지 내일 새벽에 떠납시다.

오씨 글쎄. 우리들만 가면 어떡한단 말이요. 친척도 없고 풍속도 모르는 수천 리 타국이라는 데를 가서 더군다나 당신은 몸에 병까지 있으면 누구를 의지하여 산단 말이요.

봉실 아니요. 나는 마음이 굳었소. 내 일은 내가 해야지. 이 세상에 의지할 놈이 누구란 말이요. 탓할 놈이 누구란 말이요. 내 일은 나밖에 할 놈이 없어. 여보! 어서 방에 들어가서 싸던 짐이나 다 싸놓으우. 아아 내 일은 내가 해야지. (일어서서 봉당에 있는 세간을 꺼낸다)

오씨 (한숨을 쉬며 앉았다) …….

("할머니 인제 다 왔소. 거기가 싸리짝문이요" 하는 귀분의 소리, 무대 우편

에서 들리자 귀분에게 손을 잡히어 맹녀 등장)

귀분 아버지! 장에 가서 고기 사 가지고 왔소? 할머니는 저기 할아버지 산소 앞에서 자꾸 울기만 하고 있는 것을 내가 억지로 데리고 왔다우.

맹녀 (손으로 더듬적거리며) 다들 집에 있니? 나는 오늘 아주 마지막으로 실컷 울고 왔다. 애 봉실이 거기 있니?

귀분 아버지는 저기서 지금 세간을 치우고 있다우.

봉실 (일하던 손을 털며) 입때껏 어디를 갔다오셔요.

오씨 (봉당으로 오면) 종일 아무것도 안 잡숫고 조옴 시장하실까? 어서 이리 들어오시우.

맹녀 (봉당 끝에 털썩 앉으며 눈물을 씻는다) 먹기는 무얼 먹는단 말이야. 나는 가슴이 꽉 막혀서 배고픈 줄도 모르겠다. 애 봉실아! 그래 짐인가 무어는 다 만들어 놓았니?

봉실 짐이라고 무엇 있나요. 다 떨어진 헌 털방이나 몇가지 싸가지고 가면 그만이지.

맹녀 (슬픈 어조로) 애! 봉실아! 그래 구태여 간도로 가야만 하겠니? 우연만 하거든 자식을 데리고 이곳에서 그대로 지내자. 너희들은 앞이 기니까 먼 타국에를 갔다가도 다시 고향 땅을 밟을 날이 있겠지만 나는 칠십이 넘은 늙은 것이 오늘 죽을지 내일 어떨지 모르는 이 몸을 해 가지고, 더군다나 남과 같이 앞도 못보는 내……

봉실 글쎄, 이곳에서 무얼 바라고 있습니까? 내년이나 좀 나을까? 후년이나 어떨까하고 어리거나 어른이나 때에 밥 한 술을 넉넉히 얻어먹지 못하고 밤이면 주린 창자를 움켜쥐고 입때껏 살아와도 한날 한때나 시원한 세상을 볼 수 없고 하루가 갈수록 창자들이 말라드니 어떻게 부지를 한단 말씀이요? 사람이 모진 목숨이 붙어 있는 이상엔 그래도 살아날 궁리를 찾아야지요.

맹녀 없는 놈의 신세는 다 마찬가지지. 어디로 가면 그 원수를 면하겠니? 해 돋는 하늘 밑에는 다 같은 고생뿐이지. 부잣집 광문이나 열릴 때가 오면 우리들의 극락세계를 볼까? 그밖에야 어디 시원한 세상이 있단 말이야.

봉실 손끝 맺고 앉아서 죽기를 기다리는 것보다 죽기 전에 악이나 한번 써봐야죠. 나는 그런 모진 생각을 가지고 이곳을 떠나려 하는 것이라우.

맹녀 (눈물을 씻으며) 네 생각도 여북해야 그러겠니. 죽도살도 못해서 죽는 사람의 마지막 소리처럼 맨 끝에 한번 지르는 그 셈으로 이 고행을 떠나는 것이지만 나는 차마 갈 수 없다. 너의 아버지의 생각을 하든지 또 나의 몸을 생각하든지 모든 것을 일시에 떨쳐버리고 나는 발길이 돌아서지 않는다.

봉실 ……. (슬픈 빛을 띠고 앉았다)

(오씨도 손등으로 눈물을 씻으며 온돌에 들어가서 힘없이 짐을 싼다. 귀분은 그 옆에서 헝겊을 가지고 놀고 있다)

맹녀 네가 아마 네 살 먹던 해 봄인가보다. 너의 아버지를 잃은 뒤에 눈병이 생기더니 그만 앞을 못 보게 되었으나 나는 그때 보던 모든 것이 그대로 내 눈앞에 또렷하게 비치어있다. 뒷동산의 노릇노릇하게 새싹이 나오는 참나무 숲새에는 아롱아롱한 산새들이 요리조리 날며 새새거리던 것과 이 봉당에서 마주 건너다 보이는 앞산에는 새파란 소나무 밑에 진분홍 빛나는 진달래들이 꿈속 같이 오련하게 피어있을 때에 아무것도 모르는 너를 등에 업고 앞 논을 건너서 그 꽃을 꺾어다가 너의 아버지 산소 앞에 꽂아놓고 날마다 저녁때면 한바탕씩 울고 내려왔다. 그때에 너의 아버지 산소에는 새로 입힌 잔디뿌리에서 바늘 같은

새싹들 뾰족뾰족하게 솟아있었다. 나는 하염없이 슬프던 그때의 생각
이 눈앞에 어른거린다. 아아 생각을 하면……. (목이 메어 느낀다)

봉실 ……. (고개를 숙인 채 슬피 앉았다)

맹인 너의 아버지 죽은 뒤에 마름집에서는 농사 지을 사람이 없다고
논 너 마지기를 떼어 가는 것을 울며불며 애걸을 해서 그대로 부치게
되었으나 "이를 장차 어찌할꼬" 하며 앞길을 생각할 때에 내 눈앞에는
논틀 밭틀의 좁다란 길들이 눈을 떴을 때에 보는 것처럼 그대로 눈앞에
완연히 비치어 그 후로는 지팡이도 아니 짚고 봄내 여름내 그 농사를
다 지었다. 내가 지금 눈으로 보지 못하나 이 동리의 온갖 것이 다 그
대로 내 눈앞에 놓여있다. 그런 생각을 하면 나는 차마 이 동네를 떠날
수 없다.

봉실 ……. (한숨을 쉬며 담뱃대를 턴다)

맹녀 그리고 또 간도라는 데는 조선 땅도 아니요 호인들만 산다는데
무서워서 어찌 가니? 벌써 몇 해나 되었는지? 내가 젊었을 때이다. 시
커먼 옷을 입고 머리를 땋아 늘인 호인의 물감장사가 들어왔다고 무서
워서 방안으로들 쫓겨들던 생각이 지금껏 안 잊히는데 앞도 못 보는 이
늙은 것이 그 무시무시한 곳에를 어떻게 가니? 깊이 생각을 해서 그저
이대로 여기서 부지를 하게 하자?

봉실 어떻게 부지를 해요? 복생이 같은 조선 놈 사이에는 더군다나
인정도 없고 눈물도 없어요. 나는 동네 놈들 아니 조선 놈들이 보기 싫
어서 이곳을 떠나려고 해요. 고향이 정드니만큼 또 고향이 더 야속해요.

맹녀 그게 무슨 소리냐 그래도 저 살던 데가 낫지. 고기도 놀던 데가
좋다고.

봉실 고기는 놀던 곳이 좋을는지 모르지만 나는 이런 인정 없는 세상
에는 죽은 송장이라도 더 있기 싫어요.

맹녀 너도 입때 살아온 가난에 젖어서 그 생각도 나리라마는 세상 인

심이 어디를 가면 나을 수가 있니?

봉실 아, 아니에요. 사람을 사람으로 아는 곳에는 그래도 좀 인정이라는 것이 있지요. 이놈의 천지에서는 광에서 볏섬이 썩어나면서도 장릿벼 한 톨을 막무가내니 그래 그놈들의 눈앞에서 원통히 주려 죽은 송장을 뵈게 해요. 나는 분통이 터져서 여기서는 못 살것소.

맹녀 그럼 어떡하니? 그것이 다 내가 못사는 탓이지 세상을 원망하면 무얼하니?

봉실 그렇지 않아요. 그래도 이전에는 조선에도 인정 있는 사람들이 더러는 있었어요.

맹녀 그래 그리 말려도 구태여 이곳을 떠나야 한다는 말이냐?

봉실 나는 갈 터이요. 내일 새벽에 이곳을 떠날 테예요.

맹녀 그럼 나는 대관절 그 멀다는 데를 어떻게 간단 말이냐. 앞이나 보여야 남이 가는 데로 따라나 가지. 그도 저도 못하니 어찌 한단 말이냐

봉실 어머니는 복삼이가 업고 정거장까지 가서는 곧 철도를 탈 것을 무슨 걱정예요.

맹녀 아아. 싫다 싫다. 나는 이 동리 밖이 저승이다. 아무 것도 아니 보이는 시커먼 지옥이다. (운다) 너희들이 정 간다면 나는 혼자 여기 떨어져 있다가…….

봉실 (놀라며) 어머니 혼자만 떨어져요?

맹녀 그럼 이 눈먼 늙은 송장을 어디로 끌고 가려느냐? 나는 눈 떴을 때 보이던 모든 흔적을 그대로 가지고 이집 저집으로 돌아다니며 얻어먹다가 여기서 그대로 죽, 죽을 테……. (목이 메여 말이 막힌다)

봉실 (맹녀의 편을 보며 한숨을 쉰다) ……

(무대는 잠시 무거운 침묵 속에 있다)

귀분 (오씨의 어깨를 흔들며) 어머니! 나 배고파 응?

오씨 가만히 있거라. 조금 있다가 내 저녁 얼른 해줄게.

귀분 싫어 싫어. 난 아침만 먹고 입때 그냥 있었는데 어서 밥 좀 주어요. 엄마! 응?

맹녀 (온돌 편을 향하며) 왜 어린 것이 배가 고프다니 무엇을 좀 주려무나. 왜 찬 밥 남은 것도 없니? 그 어린 것을 사뭇 그냥 굶겨두니……

오씨 (일어서며 하늘을 바라본다) 해도 거반 다 갔나 봐. 귀분아. 그럼 부엌으로 가자. 내 밥 꺼내 줄게. 굳어빠진 찬밥을 어떻게 먹니?

(오씨는 귀분을 앞세우고 좌편으로 퇴장)

봉실 (깨달은 듯이 일어서며) 아이고 해가 다 갔나보다. 얼른 얼른 꾸릴 것은 다 해 놔야지. (세간을 치운다)

맹녀 애! 그래 암만해도 간도로 가야겠니?

봉실 (화증이 난 듯이) 그럼 인제 와서 어떡해요. 그러고 아니고 나는 이곳이 아주 진저리가 나서 어쨌든 떠날 터이요.

맹녀 (슬픈 어조로) 네 맘이 그렇게 굳은 데야 난들 어떡하니. 그럼 나는 마지막으로 발씨 익은 동네집들이나 한번씩 다녀오마. 애! 건너 산을 좀 보아라. 진달래꽃은 아마 아니 피었지? 파아란 소나무 밑에 진분홍의 꽃송이들이 보이지 않니?

(울 뒤에서 피리소리 들린다)

맹녀 (그 편으로 귀를 기울이며) 앗! 저게 피리소리로구나! (어조를 낮추어서) 아아! 버드나무에 물이 올랐으니 얼마 안 가서 진달래도 피련마는. 그럼 내 이 동네의 정들은 모든 것을 다 하직하고 오마. (지팡이로

더듬적거리며 나간다)

(맹녀, 힘없이 무대 우편으로 퇴장)

봉실 (맹녀의 나가는 것을 보며 손등으로 눈물을 씻는다) 아아! 불쌍한 인생들이다!

("봉실이! 봉실이!" 하는 소리 들리며 촌사람 무대 우편으로 등장)

촌인 (봉당으로 들어오며) 어떻게 짐이나 다 됐나?
봉실 (불변안색으로 촌인을 본다) ……
촌인 손이나 비었더라면 와서 짐이나 좀 싸줄 것을. 그래 마련이 됐나? 그 도지조賭地租는 암만해도 자네가 가기 전에 끝을 내야 할 터인데……
봉실 (거센 어조로) 도지조?
촌인 앗다, 그 마름집 거 말야. 도지 되다 떨어진 거 아니 있나? 아마 그것이 열두 말이지. 그것은 어떻게 청장을 해야지. (봉당에 앉는다)
봉실 아암, 다하지. 이왕 못살고 유리개걸을 해서 나가는 놈이 이곳을 또다시 오겠나. 그러니까 자네도 이번에는 꼭 받아가야 할 테지……
촌인 그거야 무얼 그렇겠나. 내가 우연만하면 지금 이렇게 살던 고향을 떠나가는 자네더러 그것을 달라겠나마는 자네도 알다시피 자네가 하던 논을 금년부터는 내가 하게 되었는데 자네가 그 도지를 아니하고 가면 그것이 다 나의 담탁이가 아닌가? 마름집에서 우연만치 인정이 있는 사람이면 이번에 부조 삼아서라도 탕감을 해주겠지마는 아까도 나를 불러 가지고 그 셈을 자네하고 분명히 다지든지 그렇지 아니하면 나더러 그것을 안으라니 내가 무슨 힘이 있나.

봉실 여보게. 길다랗게 여러 말 하지 말게. 어쨌든 셈을 했으면 그만 아닌가. 자아 여기 벌여 놓은 그릇 나부랭이까지 다 가져들 가게. 나는 이 동네하고는 인제부터 영영 하직을 하는 사람이니까 내가 떠난 뒤에 조그만 그림자도 이 땅에 남기기 싫어. 어서들 가져가게. 아마 솥부등 가리까지 다 가져가면 그 값어치는 될 것일세. 어서들 와서 가져가게. 자아 여기도 있네. (봉당에 놓인 독을 와락 집어 당긴다)

(독은 앞으로 넘어져서 소리를 치며 깨어진다)

촌인 (놀라서 자리를 비킨다) 여보게 불안스러우이. 동리에서 정들어 살던 자네가 살림을 파하고 떠나는 길에 와서 인정 없는 빚까지 재촉은 했네마는 그것이 다 내가 혼자 그렇게 심악스런 것이 아닐세. 원수의 놈의 땅마지기나 얻어하려는 탓으로 그런 몹쓸 짓까지도 어쩔 수 없게 되네그려. 그럼 그 값어치가 되든지 안되든지 세간을랑 내가 다 맡아가 겠네?

봉실 다 집어들 가라느니밖에 왜 이리 여러 말인가? 이놈의 동네에 눈물 한 점이 있는 덴가? 아아 몹쓸 놈의 인심도 있지…….

촌인 그럼 있다가 저녁에 세간을 가지러 오겠네.

(촌인, 무대 우편으로 퇴장)

봉실 (촌인의 뒤를 쏘아보며) 아아 무지한 놈의 세상이다. 이놈의 세상이 얼른 망해야지!

(오씨, 치마에 손을 씻으며 무대 좌편으로 등장)

오씨 (봉당 위에 독 깨진 것을 보며) 저것이 웬일이요. 저를 어쩌야 좋아. 그 독은 벌써 춘성어머니가 좁쌀값을 쳐서 가져간다고 정해놓은 것을 ······.

봉실 아아 그놈의 이 잘난 세간을 또 달라는 놈이 있어?

오씨 그것뿐이 아니라우. 인제두 또 몇이 와서 가져갈는지 모르는데.

봉실 다아 와서들 맘대로 가져가라지. 산사람의 껍질이라도 벗겨가래야. 이놈의 천지는 오늘밤만 지나면 영영 하직을 할 테니깐 마음대로 극악을 부리라지. 그런데 복삼이란 놈을 어디로 가서 자빠졌나? 해는 다 갔는데.

오씨 글쎄 참 웬일일까? 아까 이곳을 떠나기가 싫다고 울며 나가드니 어디 가서 무엇을 하고 있을까?

봉실 귀분이더러 어디가 있나 좀 찾아오라고 그래. 참 지각 없는 자식이지. 그저 저 혼자 아니 간다면 어쩐 말이야.

오씨 그럼 귀분이더러 찾아 오라지요. 참 어디를 갔을까?

(오씨 무대 좌편으로 퇴장, 깊은 기침소리 들리며 무대 우편으로 화수 등장)

화수 (지팡이에 힘없는 몸을 의지하여 봉당으로 들어오며) 여보게 봉실이! 자네가 끝에나 간도로 간다는 말을 듣고 얼른 한번 와서 조용히 이야기라도 하려고 벌써부터 생각은 했으나 요즈막에는 더군다나 몸을 일으킬 기운이 없어. 그저 그저 드 드 (쿨룩쿨룩 기침을 한다) 드러누워서 자네들의 생각만 했네. 아이고 숨차······. (봉당 앞에 털썩 앉는다)

봉실 (화수의 옆으로 오며) 저녁에는 올라가서 마지막으로 뵙고 하직이나 하려 했더니 어떻게 기운을 차려서 내려오셨습니까? 나는 밝아오는 새벽에는 머언 길을 떠나게 됐어요.

화수 글쎄 그런단 말을 듣고 하도 섭섭해서 자네 얼굴이나 한번 다시 보고 또 자네 집 식구들의 음성이나 마지막으로 들을까 하고 이렇게 내려왔네. (사방을 둘러보며) 그런데 집안 사람들은 다아 어디로 갔나? 내일 새벽에 길을 떠날 터이라니 바쁘기들도 하겠지만 앞을 못 보는 자네 어머니는 어디를 가셨단 말인가?

봉실 네. 아까 동네사람들에게 작별을 하신다고 나갔어요.

화수 이 동네에서는 발씨가 익숙하니까 앞을 못 보더라도 그대로 짐작하여 이집 저집 찾아다니려니와 저 노인을 장차 어떻게 하려고 그러는가. 자네도 살다살다 못해서 막다른 골목으로 그런 먼 곳으로 가려는 것이나 나는 제일 불쌍한 이가 그일 줄 아네. 자네도 들어 알려니와 자네 부친을 잃은 후에 울다 울다 못해서 눈까지 실명을 하고 젖먹이의 자네를 등에 업고 비가 오나 눈이 오나 발끝으로 길을 더듬적거리며 온갖 고생을 다하다가 인제는 이 산천에 묻히지도 못하게 수천리 타국으로 떠난다니 나는 자네 어머니의 그 정상을 생각하면 눈물이 나와서 못 견디겠네. 아아 세상에 이렇게 박절한 일이 어디 있겠나? 속담에 하기를 사람 살 곳은 어디든지 있다고 하였지만 그것은 눈 뜨고 성한 사람의 말이지 칠십 넘은 늙은 몸이 그 중에 눈까지 못 보는 자네 어머니께야 이곳을 한번 떠나면 밝은 데가 또 어디 다시 있겠나? 나는 나이 늙어서 그런지 그 생각을 하면 측은해서 ……. (고름 끝에 달린 수건으로 눈을 씻는다)

봉실 (애수에 쌓여 앉았다) …….

화수 그래서 아무쪼록 자네네들이 이곳을 떠나지 아니하도록 땅마지기나 더 줄까하여 마름집 이주사더러 여러 번 사정을 하여 보았으나 세상 인심이 어찌 그리도 극악해졌는지 듣는 체 마는 체하고 코대답으로 흘려버리니 내야 무슨 힘이 있나? 할 수 없이 그만 두었네. 그리고 금년부터는 전에 못 보던 철로 길인지 화차 길인지 하는 것이 통한다고 산골구석에 매달려 있는 논마지기를 그나마 다 쓸어 묻으니 장차 무엇들을 해먹고 산다는 말인가? 내가 길러내다시피한 정든 자네들을 보낸 후에 또 이 동네 사람들이 몇 집이나 몇 사람이나 자네와 같이 슬픈 길을 떠날 테니 그것이 처량한 일이 아닌가! (한숨을 쉰다)

봉실 며칠 안 지나면 나와 같이 정처 없이 떠나갈 사람이 또 다시 생기지요?

화수 그러고 보니 동네 꼬락서니는 점점 패동*이 되어 열 집이 다섯 집으로 다섯 집이 또 세 집으로 나중에는 그나마 집터도 없이 부인不人 산골만 남을 테니 아아 참혹한 일이 아니란 말인가. 나는 늙은 맘이 있어서 그런지는 모르겠으나 내 터를 버리고 가는 사람들의 마음이 너무도 악착해서 차마 할 수 없는 일인 줄 아네. 지금 와서 자네더러 이미 작정한 이 길을 떠나가지 말라고 억지로 말릴 수는 없네마는 깊이깊이 생각해서 내 터엔 아무쪼록 내 몸을 굳게 실어 놓고 죽을 자리나 빼앗기지 말아야지…….

봉실 (비창悲愴한 빛을 띄고 앉았다) …….

화수 (하늘을 쳐다보며) 아, 벌써 어두워오네. 내일 떠나는 바쁜 사람을 붙잡고 공연히 쓸데없는 잔소리를 해서 자네의 낭패를 시켰네그려. 자네가 만일 아니 다행히 고향에를 돌아올 때가 후일에 있을 터이지만 나는 내일 일을 모르게 된 반송장이니까 오늘 이 자리에서 마지막으로 자네의 얼굴을 보고 가네. 아무쪼록 몸들 성히 하고 앞 못 보는 자네 어머니께 각별히 해드리게…. (눈물을 씻으며 나아간다)

봉실 (고개를 숙이고 두어 발 따라나온다)

(무대 우편으로 화수 퇴장)

---

* 廢洞 : 동네가 망하여 없어짐.

188 김정진

봉실 (힘없이 봉당에 앉아서 앞산을 쳐다본다) …

(무대 좌편에서 급한 목소리로 "아버지! 아버지! 큰일났어요!" 하는 소리 들리며 놀란 얼굴로 귀분 등장)

귀분 (헐떡거리며 봉당으로 달려든다) 아버지! 아버지! 큰, 큰일났어요. 할, 할머니가 저, 저, 저 건너 우물 속에 빠져서 지금 허비적…….

봉실 (불 같이 달려들며) 뭐! 뭐! 어째? 어째서? 할머니가 물에 빠, 빠져?

오씨 (좌편 무대에서 뛰어나오며) 뭐야? 할머니가 우물에 빠졌어? 저를 어쩌니?

봉실 어디란 말이야. 저 논귀 우물에 말야?

귀분 아니, 저 건너 깊은 우물에 빠졌어!

오씨 여보! 어서 가보우. 또 큰일났구려! 그렇게 이곳을 떠나기 싫다 하시더니 끝에나 돌아가시려고 그랬구나!

(봉실은 급히 무대 좌편으로 퇴장한다. 오씨와 귀분도 뒤를 따라 퇴장)

(무대는 잠시 비었다. 어두워오는 밤빛에 싸여서 "아이고라 샷 아이고라 샷" 하는 역군소리 들린다. 조금 있다가 무대 좌편에서 집안의 동정을 살피며 복삼 등장)

복삼 (벽에 걸린 주의周衣를 급히 입으며) 세간은 이렇게 벌여들 놓고 다 어디로 갔나? 또 붙잡히기 전에 얼른 나의 갈 데로 가버려야지. 아아 벌써 밤이 왔구나!

천천히 막.   (1927년 3월 작 금무단상연).

찬웃음
(전 1막) 금무단상연

시대·장소 현대 중추仲秋의 어느 달 밝은 날 밤. 경성 북촌의 한 곳.

등장인물

박훈 : 37세

숙자 : 23세, 별명 : 양관마마, 박의 처

헤렌 : 23세 여교원

흥복 : 박훈의 집 상노床奴

박첨지 : 동소 노老하인

금 례 : 동소 하녀

    무대 무대는 북촌의 어느 산록山麓을 굉대宏大하게 점령한 부호주택의 후원. 중앙에는 사모정이 있고 그 앞에는 넓은 잔디밭 좌우에는 산록의 천연미를 그대로 이용하여 기암장석奇巖莊石들이 벌려 있고 그 사이사이에는 철쭉, 산단화, 반송盤松, 초화草花 포기들이 처소에 맞춰서 심어 있다. 그리고 그 밖 주위에는 수백년이나 지나 보이는 노송고목들의 가지가 서로 얽히어 울창한 삼림을 이루어 있다. 무대상수舞台上手에는 양관洋館으로 통하는 복도의 일부가 보이고 하수下手에는 한층 한층 아래로 웅장한 조선朝鮮 와가瓦家의 지붕이 멀리 보인다. 밑동은 썩고 가지는 구부러진 고목들과 험상스런 바위에 둘러 쌓인 고색을 띤 이 집 후원은 맑은 중추의 달빛이 검푸르게 비치어 무엇이 숨어있는 것 같은 무시무시하고도 찬 기운이 떠도는 느낌을 일으킨다.

(무대가 열리면 하녀 금례는 사모정에서 의자를 소제하고 있다)

　금례 (의자 닦던 손을 멈추고) 아이고 허리야. 종일 한때나 쉴 새가 있어야지 사람이 살지. 아이 손목이 다 시큰해지네. 인제 또 꽃분을 갖다 놓아야지……. (걸레를 손에 든 채로 허리를 뒤로 펴서 달을 쳐다본다) 달도 참 밝기도 하다. 이렇게 달이 밝을 때 하루만 맘대로 놀았으면 원이 없겠다. 밤낮 방걸레 마루걸레 걸레질도 인제는 아주 진절머리가 나. 이것을 언제나 면하고 살까? (달을 쳐다보며 가벼운 한숨)

(이때에 무대 상수에서 멀리 순경군의 철장鐵杖 끄는 소리가 들린다)

　금례 박첨지가 벌써 순경을 도니 아마 열 시나 됐나 봐. 그럼 얼른 치워놓아야지. 야단을 또 아니 만나지. 오늘은 왜 여기서 차를 먹겠다고 사람을 귀찮게 구는지 몰라?

(철장 소리 가까이 들리더니 하남下男 박첨지 등장)

　박첨지 (사모정 앞에 나타나서 철장을 짚고 허리를 펴며) 금례로구나. 너도 오늘밤은 또 딴 수고를 하는구나. 밤인데 걸레질까지 치지 않으면 어떠냐. 대강 먼지만 떨어 놓으렴.

금례 아, 나중에 걱정은 누가 듣게요? 요전에는 별당채에서 마루걸레를 잘못 쳤다고 얼마나 꾸중을 들었는데요. 댁 나으리께서는 집에서 늘 흰옷만 입고 계시기 때문에 바지에 먼지만 묻어도 큰 벼락이 내려요. 할아버지도 참 딱하시우. 다 아시면서도 그러서.

박첨지 댁 나으리의 걱정이야 말할 것 있니? 사람을 벌레만치도 못 여기는 양반이니까. 그러구도 월급들이나 후히 주었으면 좋겠더라만. 참, 이 댁 하인들처럼 불쌍한 사람은 없어. 조석 때에는 묵어터진 쌀에다가 무엇이 부족하여 또 좁쌀은 두는지…….

금례 좁쌀을 두어야 늘어가지요.

박첨지 얘 딴소리 마라. 너는 날마다 꾸드러진 조밥덩이가 먹기 좋더냐? 조밥이나 죽을 얻어먹는 사람들이야 여북 궁해서 그런 짓을 하는 줄 아니? 그렇게 궁상을 부리지 않으면 끼니를 놓칠 테니까 그런 궁한 짓을 하는 것이란다. 이 댁 천량은 너는 참 모른다. 지금 조선서 누가 부자니 누가 부자이니 해도 이 댁 천량을 당할 사람은 없어. 노영감적부터 내려오는 것만 해도 벼로 칠만 석이나 된단다.

금례 칠만 석? 아, 그럼 만을 일곱 갑절한 것이란 말이지?

박첨지 그래. 만이 일곱 개란 말이다. 볏섬은 그만 두고 모래라도 칠만 개를 쌓아 놓으면 산더미 같겠다. 그런 천량을 가지고 무엇이 나빠서 날마다 조밥을 해먹는지. 참, 알 수 없는 일이야.

금례 왜 나리나 아씨가 조밥을 잡숫는 줄 아시우? 조밥 신세는 애매한 우리들뿐이에요. 이번에 새로 사온 '개' 앗다! 그 늑대같이 생긴 '개' 말이야.

박첨지 응 '세파—트' 라든가, '세빠닥' 이라든가 하는 그 '개' 말이야?

금례 옳지 옳지. 그 '개' 도 조밥은커녕 날마다 서양요리만 사다 먹여요. 그저 조밥을 치는 것들은 우리뿐이지요.

박첨 그러게 말이다. 너나 나나 왜 이런 집 하인이 되라든. 하인된 팔자나 원망하지 누구를 원망하겠니. (한숨을 쉬며 사모정 툇마루에 걸터 앉는다)

(이때 금례, 박첨지 두 사람은 가벼운 우수에 싸여 잠시 침묵)
(무대 상수편(양관)에서 피아노 소리와 함께 여자의 슬픈 노래 들린다)

금례 양관마마가 또 슬픈 노래를 하네. 나는 저 노래 소리가 날 때마나 눈물이 나서 못 견디겠어요.

박첨지 나도 밤중에 잠은 아니 오고 이불 속에서 이리 둥글 저리 둥글하다가 저 소리를 들으면 저절로 처량한 생각이 나더라. 그러나 양관마마의 미친증은 요새도 마찬가지냐?

금례 그러고 말고요. 요즘은 점점 더해 가는 모양예요. 어제 아침에는 내가 들어가니까 머리를 풀어 산발을 해 가지고 귀이개로 목을 찔러서 전신이 피투성이가 돼 있겠지요. 그래서 깜짝 놀래서 안사랑으로 가서 주무시는 나리를 깨웠더니 마마가 어떠냐는 말은 묻지도 않으시고 "이년 왜 잠을 깨게 하느냐"고 재떨이를 내던지시면서 역정을 내시는 바람에 내가 아주 혼이 났어요. 어쩌면 나리는 그렇게 무정하신지 몰라? 처음에는 양관마마에게 반해서 돈을 몇천 원씩 물쓰듯이 하며 아주 정신이 폭 쏠려서 첩노릇하기 싫다는 것을 양옥까지 저렇게 지어 주고 데려다가 불과 이태가 못되어 그대로 내버려두고 도무지 나리는 발 그림자를 아니하시니 누구는 아니 미쳐요. 세상에 참 이 댁 나리같이 인정 없는 양반은 다시 없을 테야.

박첨지 이 댁 나리 하는 일이 모두 그렇지. 조금도 인정 있는 것을 못하는 양반이란다. 내가 이 댁에 있기를 벌써 사십 년이나 넘었다. 그러나 댁 나리란 분은 어려서부터 귀동이로 호화롭게만 자란 이가 돼서 남의 사정은 손톱만치도 모르고 자기의 천량만 믿고 다른 사람은 벌레 같이 여기는 분이란다. 그나 그뿐인가. 계집에게는 돈을 아끼지 않아도 다른 데에는 한 푼에 치를 떠는 양반이야. 그래서 이런 부잣집에서 조석 때면 하인 먹일 조밥을 따로 지어서 우리들을 괴롭게 한다.

금례 암만 제 천량이라도 돈을 쓸 데다 써야 돈의 값이 나가지요. 그저 얻어들이느니 계집이니 아무리 부자인들…….

박첨지 네 눈에도 왜 좀 틀려 보이든? 이 댁 나리란 이의 사업은 낮이면 계집의 인물 고르기 밤이면 뚱땅거리는 요릿집에 다니는 것밖에는 아무 일도 없단다. 너도 다 알지? 지금 마마님으로 배치해 논 것이 일곱 집이 아니냐. 그런데 얻어들인 첩들은 한 달에 쌀 한 섬, 나무 한 바리, 찬가饌價 십 원씩으로 다달이 수청방에서 요만 달아 주고 마치 새장 속에 새를 잡아넣듯이 꼭 가두어 두고, 나리란 양반은 다시는 투족을 아니한단다.

금례 그렇게 말이에요. 이 댁 나리에게 첩으로 오는 사람들은 모두 돈에 속아서 와요. 첩이 되면 아주 돈도 맘대로 쓰고 살림도 호강으로 할 줄 알고 오지마는 처음과는 아주 만판이예요. 양관마마도 그 통에 꼬박 속아서 첩이 되어 왔지마는 그 이튿날부터 밖에 출입도 맘대로 시키지 아니하고 돈도 잘 안 주고 또 다른 여자만 찾아다니니 어째서 미치지 않겠어요.

박첨지 들으니 양관마마는 돈도 잘 벌고 하든 노래 선생이더라지?

금례 글쎄 그랬대요. 공회당에서 한번 노래를 하면 몇백 원씩 벌었대요. 그런데 댁에 들어와서는 용돈도 잘 주지 않고 컴컴한 뒷방 속에 허구헌 날 갇혀있으니 누군들 울화병이 아니냐요. 그래서 작년 가을부터 미친증이 시작돼서 첫 번에는 말이 없이 입을 꼭 다물고 며칠씩 지내더니 그것이 점점 더해서 나중에는 체경을 깨뜨리며 향수병을 던지며 야단을 하더니 접때부터 밖으로 뛰어나오려고 해서 그날로 목수를 불러다가 양관 뒷방에는 철창살을 해 박고 그 속에다 동물원의 호랑이 가두

듯이 마마를 집어넣었어요.

박첨지 사람도 불쌍한 사람이 됐구나! 그러기에 돈에만 눈이 어두워서 함부로 덤비면 큰코를 다치는 것이야. 마치 파리통 앞에 맛있어 보이는 고깃점을 놓아서 파리를 유인하듯이 이 세상에는 돈을 미끼로 해서 젊은 여자들을 꾀어 들이는 자가 많이 있단다. 말하고 보면 양관마마란 이도 고깃점에 홀려서 파리통 속에 들어온 모양이지. 그러나 저러나 젊으나 젊은 이가 불쌍한 신세가 되었군. (가벼운 한숨을 지으며 곰방대를 떨어서 꽁무니에 찌른다)

(양관편에서는 피아노 소리가 크게 난조자亂調子로 들리며 샛된 여자의 노래가 한층 더 날카로이 들린다)

금례 (급히 손으로 귀를 막으며) 아이 저 노랫소리 좀 들어봐요. (소름이 끼치며) 저렇게 소리를 높여서 부를 때에는 맑은 정신이 아니에요. 함박같이 얼크러진 머리를 뒤흔들며 눈자위는 푹 꺼지고 동자만 반짝이는 두 눈을 똑바로 뜨고 천정을 쳐다보면서 저렇게 소리를 지를 때에는 마치 아귀 같이 보여서 옆에서는 무시무시해서 있을 수가 없어요. 그리고 홀쭉하게 여윈 두 뺨에는 더운 눈물이 철철 흐르며 정신없이 피아노를 치고 있어요.

박첨지 사람이 미치면 얼굴은 점점 무서워간단다. 그러나 저러나 네 이야기를 듣고 양관마마의 노래를 들으니까 어째 별안간 몸이 으쓱하며 무서운 생각이 떠돈다. 저, 저 노송나무 썩은 골통 속에서 무엇이 대강이를 넘성하고 내미는 것 같다.

금례 (별안간 소리를 치며) 에그 무서워라! (박첨지의 옆으로 달려든다) 남 놀래키지 말아요. 그렇잖아도 컴컴한 저 나무 밑에서 귀신이 나오는 것 같아서 머리가 쭈빗쭈빗한데……

박첨지 하하……. (웃으며) 내게로 이렇게 달려들면 내가 나오는 귀신을 막을 수가 있나. 그러기에 여편네란 것은 일상 약하다는 별명을 듣는 것이야. 인제 산정 뒤나 한번 돌아보고 내려갈까. 요사이 좀도적들이 많이 돌아다닌다는데 어느 놈이 담이나 넘어 들어오지 않았는지? (박첨지는 철장을 짚으며 일어선다)

금례 아이구, 무서워요. 나와 같이 내려가서요. 의자는 다 훔쳤으니 인제 툇마루만 남았어요. 응. 할아버지 이쁘지. 나와 같이 가요. (툇마루를 급히 친다)

박첨지 대강대강 해 두려무나. 밤에 잘 뵈지도 않는데 그렇게 힘들여 닦지 않으면 어떠냐? 그런데 대관절 오늘밤에는 누가 오기에 사모정까지 이렇게 치우느라고 야단이냐?

금례 누가 아나요. 여선생라든가요? 여학생이라든가요? 요새 나리가 또 한참 반해서 쫓아다니는 여자하고 이 사모정에서 차를 잡수신대요.

박첨지 차? 차는 왜 차구들이 가까이 있는 양관에서 아니 잡숫고 이런 선선한 사모정에서 차를 잡수어. 네가 잘못 알았지. 이러한 으슥한 후원에 차비를 차리라는 것은 딴 까닭이 있어 그런 것이야.

금례 무슨? 무슨 까닭요?

박첨지 하하……. (웃는다) 너도 나이 열아홉이나 됐건만 아주 숫보기로구나. 달은 맑고 정원은 넓고 사람은 없고 경치는 좋고 한 이런 데서 더구나 계집을 회치는 댁 나리가 어여쁜 젊은 여자를 데리고 와서 무얼 하겠니? 좀 생각을 해봐라.

금례 차 먹지, 뭘 해요. 참 할아버지도 별생각을 다하시는구려. 망측해라.

박첨지 하하……. (웃는다) 인제 알아들었단 말이지.

금례 알긴 뭘 알아요.

박첨지 그만하면 이 사모정에서 차보다도 또 딴 일이 있을 것을 알았으니 나리와 그 여자가 여기 오거든 차심부름을 눈치 있게 잘해. 나리가 부르신다고 소리없이 가까이 갔다가는 괜히 부끄런 꼴을 당할 테니.

금례 할아버지도 참 음충스런 말씀만 해. 나도 그런 것쯤은 알아요. 걱정마세요.

(이때에 무대 하수편에서 사람의 자취소리 들린다 금례와 박첨지는 놀라서 그편으로 일시에 시선을 돌린다)

금례 앗! 할아버지 나리가 벌써 올라오시나 봐.
박첨지 응 나리가?

(무대 하수에서 야회복을 입은 박훈 등장)

박훈 다들 치워놨니? 그래 차는 아까 내가 이른 대로 잘 달여놨지?
금례 네. 차는 저 홍복이가 지금 달이고 있어요.
박훈 이때껏 뭣들을 하고 있었기에 인제야 차를 달여. 그래 너희들은 밥들만 처먹고 하는 것이 무어란 말이냐. '커피' 차는 오래 달여야 먹을 것이 있지. 참, 할 수 없는 것들이다. 얼른 내려가서 그리 일러. 인제 손님이 곧 오실 텐데.
금례 네. 그럼 홍차도 준비해 놔요?
박훈 (화를 내며) 글쎄 잊어들 버렸단 말이야. 여자손님이 오는 때는 홍차도 준비하라고 이르지 않았어. 그리 일러도 못 알아듣고. 참 사람들은 아니다. (금례 주저주저하다 퇴장. 박첨지도 퇴장하려 할 즈음에)
박훈 (박에게) 여봐. 순경은 다 돌았어? 요사이 도적들이 많다는데 괜히 방구석에만 들어들 엎드렸지 말고 밤엘랑 후원을 자주 돌아다녀. 그리고 곧 손님이 오실 터이니 뒷문께 기다리고 섰다가 자동차 오는 소리가 나거든 뒷문을 열어드려.

　　박첨지 네. 밤에는 절대로 뒷문은 열지 말라고 분부하시더니 오늘밤은 왜 손님이 뒷문으로 오시게 됐어요?

　　박훈 (소리를 높이여) 잔소리 말아! 누가 오든지 그건 알아 뭐해. 이르는 대로 할 것이지. (달을 향하고 사모정 툇마루에 걸터앉으며 은제 여송연갑에서 굵다란 여송연을 꺼내어 피워 문다)

　　박첨지 그럼 뒷문 열쇠를 가져와야겠습니다.

　　박훈 (시계를 내본다) 벌써 극장이 파했을 터인데? 그럼 얼른 열쇠를 가져와. (박첨지 퇴장. 무대에는 박훈 일 인)

　　박훈 (달빛을 쏘이며 사모정 앞을 거닌다) 열 시가 다 됐으니 거진 올 터인데? 여자란 어쨌든 인색한 것들이야. 돈을 냈다고 끝까지 구경을 아니하면 밑지는 줄로만 알고 있으니 참, 딱한 물건들이지. 그러나 내가 항상 여자에게 승리를 얻는 것은 그들의 그 인색한 근성을 잘 이용하는 까닭인데 이번에 걸린 마馬헤렌에게는 적지 아니한 노력을 했는 걸. 서양학교를 졸업하니만큼 소위 '자유'린 것을 알기 때문에 여간 힘이 드는 것이 아니야. 그러나 여자란 항상 유혹에는 저항하는 힘이 적으니까 오늘밤에 넓고 화려한 이 정원을 구경시키고 소절수 한 장이면 만 원 십만 원씩 융통할 수 있는 나의 재산 실력만 잘 선전하면 헤렌이 제 아무리 자유를 찾는다기로 설마 거절할 용기는 없을 터이지? (이때 무대 하수편에서 상노 흥복 등장)

　　흥복 (손에 명함을 들고 수먹수먹한 태도로) 손님이 오셨어요.

　　박훈 (불쾌한 듯이) 누구란 말이야? 누가 이 밤중에 찾아 왔어? (흥복의 손에 든 명함을 잡아채듯이 빼앗아 본다) "최관?", "최관" 아! 고아원에서 오는 사람이로구나?

　　흥복 네. 그 양반예요.

　　박훈 글쎄, 없다고 하라니까 왜 돌려보내지 아니하고 명함을 받아왔어? 천하에 할 수 없는 것들이야. 일러두지 아니한 손들에게는 내가 없다고 해서 다 돌려보내라고 그러지 않았니?

흥복 안 계시다고 말씀해도 곧이 듣지 않으시고 오늘은 꼭 만나 뵙고 가겠다고 그러셔요. 벌써 저녁때부터 오셔서 수청방 툇마루에 앉으셔서 입때까지 기다리고 계시다가 아까 나리께서 돌아오시는 것을 보시고 잠깐만 뵙고 가신다고 그러셔요.

박훈 글쎄 없다고 그래. 참 추근추근한 자식이다. 고아원 아이들이 굶어죽거나 얼어죽거나 내게 무슨 상관이 있어. 동리에 별 구중중한 기관이 다 있으니까 사람이 성이 가셔서 못 견디겠다. 응. 귀찮아. 오늘은 손님이 오셔서 만나 볼 틈이 없다고 그래. 그런데 기부할 돈이 있으면 요릿집을 한번 가겠다. 어서 내려가서 돌려보내. 오늘은 못 만나겠다고 그래.

(이때 후원에서 자동차의 경적 소리 들린다. 박훈은 황황하게 상수편으로 흥복은 하수편으로 퇴장. 조금 있다가 무대 상수편에서 앳된 여자의 소리 들린다)

헤렌 오래 기다리셨지요? 극장서 먼저 나가신 뒤에 나도 곧 일어서려 했어요. 그랬더니 나장판이 어찌 재미가 있는지 조금 조금 하고 앉았다가 그 사진을 다 보고 오느라고 늦었어요. 그러나 이렇게 밤중에 방문을 해서 이 댁에서는 흉들을 보시면 어쩌나?

(박훈과 경쾌한 양복을 한 마헤렌 등장)

박훈 (앞을 서서 마헤렌을 인도하며) 온 천만에 밤이 아직 열 시밖에 안 됐는데 무슨 상관이 있습니까? 그리고 우리 집은 후원이 이렇게 넓으니까 주택과는 멀리 떨어져 있고요. 아무 염려하실 것 없습니다.

헤렌 참 후원 경치가 대단히 좋습니다. 장안이 눈 아래에 내려다보이고 저 반짝반짝 하는 것들이 다 전등불이지요? 꼭 하늘에 별들이 반짝이는 것 같이.

박훈 이리 앉으시지요. (박훈은 헤렌에게 권하며 사모정 의자에 앉는다. 마헤렌도 마주 앉는다)

헤렌 이렇게 넓고 훌륭한 정원은 처음 구경하는데요.

박훈 내 것을 자랑하는 것 같지요마는 서울서는 제일이라고 할 수 있지요. 정원지단만 팔천 평이나 되고 주택도 이 뒤에 이백여간이나 되는 조선채가 있고 또 저편에는 백여 명이나 모여서 '야회'를 할 큰 양옥도 있습니다. 그러나 이러한 훌륭한 주택을 생색나게, 즉 다시 말하면 집답게 사용할 여주인이 없어서 걱정이올시다.

헤렌 왜? 주인이 아니 계셔요?

박훈 소위 마누라란 것은 아무것도 모르는 구식여자이라 이런 집을 어기해 살 수도 없으려니와 또 그런 취미를 모르는 사람에게 맡겨두면 무슨 소용이 있습니까? 속담에 상말로 '개발에 편자' 이지요.

헤렌 온 천만에. 누구든지 이런 훌륭한 집에서 호화롭게 일생을 보내면 큰 향복이지요.

박훈 그렇지요 인생의 향복이라는 것은 돈을 빼놓고는 다시 없지요. 뒷박 속 같은 사글세방에서 빈대에 뜯겨서 단잠을 못 자고 돗자리쪽을 들고 길바닥으로 쫓겨 나오게 되어서야 연애도 평화도 용납할 여지가 없지요. 물질의 고통이라는 것은 전대의 것이니까요.

헤렌 참 그런가봐요. 우리 학교를 졸업한 동창생 중에도 처음에는 연애결혼이니 무어니 하고 떠들더니 불과 이틀이 못 가서 파탄들이 나던데요.

박훈 암 그렇지요. 뱃속에서 쪼르륵 소리가 나서야 아무리 열렬한 연애기로 지탱할 수가 있나요. 파탄이 올 것은 자연한 이치지요.

(이때에 흥복이는 다반을 들고 금례는 과자반을 가지고 와서 테이블에 놓고 퇴장)

박훈 (피우던 여송연을 옆에 놓고 다반을 당겨 권하며) 무슨 차를 하실까요? '커피'도 엷게 달인 것이니까. 좋지는 아니합니다마는 홍차를 잡술까요? 서양서는 부인네에게 함부로 '커피'를 권하면 도리어 실례가 되는 법인데 그럼 홍차를 잡숫지요. (차를 따른다)

헤렌 아무 차도 좋습니다. 주시는 대로 먹겠습니다.

박훈 하하! (웃는다) 그렇다시면 안심이 됩니다. 밤이 조금 선선하니 그럼 '커피'를 잡수시지요. 이 과자도 하나 집어보시지요. 오늘은 '헤렌' 씨를 모셔오려고 일부러 서양옥에서 맞춰온 과자올시다. 한 개 드시지요.

헤렌 (가볍게 예하며 찻잔을 든다) 참 보기만 해도 맛이 있어 보이는 과잔데요.

박훈 서양옥에서도 내가 말하면 특별한 과자를 만들어보내지요. 원체 내가 돈을 아끼지 아니하고 좋게만 고등으로만 주문을 하니까 다른 집에 가져가는 것보다 월등 상품이지요. 일 년에 과자값만 수천 원씩 지불하니까요.

헤렌 (놀라며) 앗! 과자만 수천 원을 잡수셔요?

박훈 네. 일 년에 아마 한 삼천 원 될 걸이요.

헤렌 서양 갔다 오신 분들은 과자를 매우 사치하시는 모양예요.

박훈 암 사치하고 말고요. 서양과 여기와는 생활의 정도가 전연 틀리니까 비교할 여지도 없지요.

헤렌 그러나 과자에만 삼천 원씩 쓰신다는 것은 너무 많은데요. 삼천 원이면 우연만한 집에서는 일 년 생활비나 되는데요.

박훈 그렇지요. 지금 조선사람의 생활 정도로 말하면 삼천 원이 큰 돈이지요. 일 년에 삼천 원의 생활비를 쓰는 사람도 그렇게 많지는 못할 걸이요.

헤렌 아, 그렇고 말고요. 나는 한 달을 고생하고 소위 월급이라고 받는 것이 겨우 오십 원 밖에 아니 되는데요.

박훈 그러기에 내가 늘 말씀하는 거예요. 좋은 공부를 하시고 한달에 오십 원이라는 푼돈에 항상 몸을 매이고 부자유로운 생활을 하실 것이야 무어 있습니까? 일 년을 모은 대야 겨우 육백 원, 십 년을 합해야 육천원 참 가이 없는 일이올시다. 그런 푼돈에 몸이 매어서 꽃다운 여자의 일생을 헛되이 보내시면 원통하지 않습니까?

헤렌 돈으로 계산하면 십 년을 다닌대야 얼마 아니 되지마는 사람이 어찌 물질에만 따라 갈 수가 있어요. 그 학교를 마치고 모교를 위해서 교육사업을 하는 것이 의의 있는 생활이라고도 할 수 있으니까요.

박훈 하하…… (냉소한다) 의의? 의의요? 그깃만이 의의 있는 생활이 아니겠지요. 이 20세기가 우리들에게 제공한 찬란한 물질문명을 아무쪼록 많이 이용해서 시대에 적당한 생활을 해야지 그것이 의의 있는 생활이지요. 유행하는 옷 한 벌을 못 얻어 입고 구중중한 온돌방에서 먹을 것을 걱정해가며 다시 없는 여자의 청춘기를 보낸다는 것이 얼마나 참혹한 비극인데요. 순간에 수천 리를 나는 비행기, 유리 같은 포도를 질주하는 자동차, 몽롱한 꿈길로 인도하는 음악회, 환락에 취하는 화려한 무도장, 이러한 모든 유쾌한 '찬스'를 우리들에게 제공한 현대의 문명을 등지고 전통이니 안분安分이니 하는 미명에 팔려서 썩어진 옛껍질 속에서 꾸물거리며 일생을 보낸다는 것이야말로 참 의의 없는 생활이지요.

헤렌 그것은 너무나 허영에 흐르는 생활이 아닐까요?

박훈 하하…… (기막히는 웃음) 허영이라니요? 그런 말은 문명생활을 해 갈만한 재력이 없는 자들이 샘이 나서 중상을 하는 말이지요. 이 세상에는 돈 같이 절대의 세력을 가진 것은 또 다시 없지요. 박사의 학위가 다 뭐예요. 정치의 무대가 다 뭐예요. 그저 돈만 있으면 그런 지위도 다 점령할 수 있지. 그 뿐만 아니라 그 자들을 잡아다가 맘대로 부릴 수도 있어요. 그러니까 오늘은 내 말씀을 잘 이해하시고 내 청을 들어주시지요? 네? 헤렌 씨.

헤렌 그렇지만 내게는 또 나의 명예란 것이 어떻게 그럴 수가 있어요.

박훈 글쎄 종래에도 늘 말씀한 것과 같이 내 말씀만 들어주시면 표면이야 어떻게든지 속일 수가 있지요. 지금 나의 간절한 마음은 내 재산을 한꺼번에 갖다가 '헤렌' 씨에게 제공을 한대도 아깝지 않습니다만 한번에 천 원을 쓰실 필요가 있다면 맘대로 쓰시게 할 터이요 만 원을 쓰신다면 또 그대로 해드릴 터인데 무엇을 주저하십니까? 지금 서울서 은행의 전무이니 두취이니 하고 거만을 빼고 있는 자들이 거반은 다 내 집 돈을 가지고 그러는 것이에요.

헤렌 여자가 그런 큰돈은 다해 무얼하게요. 넉넉한 생활만 해 가면 그만이지요.

박훈 글쎄 그 넉넉한 생활이라는 것이 여간 큰 문제가 아니지요. 현대에 맞춰서 넉넉한 생활을 하자면 적어도 백만 원은 가져야 할 터인데 지금 조선에 그러한 자격을 가진 자가 몇이나 될까요? 아마 두서넛은 되겠군. 자아 다시 생각할 필요도 없습니다. 내 말을 들어주시지요. 세상의 비평을 두려워하신다면 표면은 얼마든지 속일 수가 있지 아니한가요. 우선 우리 집 '가정교사'라는 명목으로 모셔오지요. 그리고 이 집이 맘에 드시거든 양관을 쓰시든지 산정채를 쓰시든지 맘대로 제공하지요. 이 훌륭한 집이 지금 주인이 없는 셈입니다. 자아 그렇게 생각하실 것 없습니다. (포켓에서 소절수를 꺼낸다) 자아 이것이 얼마 아니됩니다마는 이 달 용돈으로 드리니 쓰시게 하시우. 오백 원 절수올시다.

헤렌 (받지 아니하고 주저한다) 돈은 왜 주셔요. 오백 원이나 되는 많은 돈을 까닭 없이 받을 수가 있어요?

박훈 글쎄 그런 체면만 차리지 말고 넣어두시구려. (소절수를 헤렌의 가슴에 끼워준다.)

헤렌 (사양하다가 그대로 받는다) 남자에게 돈을 받으면 그 책임은 어떡하나?

박훈 그래 무슨 걱정이에요. 글쎄 이리 좀 가까이 와요. (헤렌의 손목을 잡아당긴다.)

헤렌 (깜짝 놀라며 몸을 피하려하나 박훈의 힘에 끌려서 헤렌의 어깨가 박훈의 가슴에 닿는다) 아이고 왜 이러셔요. 팔을 놓으셔요. (흥분된 듯이 헤렌을 껴안고 '키스'를 하려고 애를 쓴다. 헤렌은 그것을 피하려고 몸을 흔든다. 박훈은 표자*와. 같이 부르대며 기어이 헤렌의 입에 키스를 한다. 헤렌은 몸을 빼서 이편의 의자로 나눠 앉는다)

헤렌 (숨을 헐떡거리며) 그게 무슨 망칙한 짓이에요? 누가 보지나 않았나? 참 부끄러워서 어쩌나!

박훈 하하 (만족한 웃음) 부끄럽기는 무엇이 부끄러워? 부끄러울 나이는 지났는데. 하하……. (웃는다)

(이때에 양관편에서 피아노 소리와 함께 양관마마가 애조를 띤 노래를 한다)

"향기에 홀려서 날아드는 나비들이 장미꽃에는 가시가 있고 산국화에는 거미줄 쳤네. 아! 무서운 거미줄 나를 가둔 이 지옥".

---

* 豹子 : 표범.

헤렌 (양관편에 귀를 돌리며) 아! 어디서 피아노? 앗! 노래 소리가 들리네. 뭐? 향기에 홀려서 날아드는 나비들 뭐? 장미꽃에는 가시? 산국화에는 거미줄? 나를 가둔 이, 이 지옥? 어디서 들리는 소린가? 아! 이상스런 노래도 하네. 이 밤중에 누가 하는 노랜가? 나를 가둔 이 지옥? (산뜻한 느낌이 일어나는 듯이 다시 노래 오는 편을 바라본다)

박훈 (얼굴을 찡그리고 듣다가) 저 미친 것이 떠드는군. 참 성이 가셔.

헤렌 누구예요?

박훈 헤렌 씨는 아실 거 없소.

헤렌 피아노 소리와 노래의 음조가 보통 여자는 아닌데요. 공부도 많이 한 사람인 것 같아요.

박훈 공부는 무슨 공부, 집 아이들의 복습이나 시키려고 작년부터 데려다 둔 가정교사인데 '히스테리' 가 심해서 근래는 반미치광이가 돼서 날마다 저렇게 피아노만 치고 미친 노래만 하고 있다우. 참, 보낼 수도 없고 사람이 귀찮아서.

헤렌 가정교사요? 이상도 해라. 가정교사신데 왜 미쳤어요?

박훈 누가 아우? 그런 자미 없는 이야기는 그만 두고 우리 정원 산보나 합시다.

헤렌 나더러 아까 가정교사로 오라고 그러셨지요?

박훈 글쎄 그런 미친 사람의 노래를 자꾸 생각해서 무얼 하우?

(이때에 양관 마마는 피아노를 동조자同調子로 올리며 앳된 목소리로 깔깔대며 웃는다)

헤렌 (몸을 으쓱하며 무서운 듯이) 에그 무서운 소리도 내네. 참 미친 여자로군. 불쌍도 해라. 나이는 몇 살이나 되었어요? 불쌍해라.

박훈 나이는 알아 무얼하우. 스물서넛 되었지 아마.

헤렌 저런 내가 올해 스물셋인데. (무엇을 생각하는 듯이 헤렌은 말을 멈추고 묵묵히 앉았다)

박훈 공연히 그러는구려. 별안간에 무엇을 그렇게 생각하고 있소?

헤렌 아녜요. 마음이 이상해져서 그래요.

박훈 온 별 걱정을 다하는구려. 세상에는 이런 사람도 있고 저런 사람도 있지. 세상 걱정을 다 맡아 가지고 하면 살이 말라요.

헤렌 이 어쩐 일인지. 그 노래가 내게……

박훈 온 천만에. 헤렌 씨도 꽤 신경질이로군. 쓸데없는 생각 말고 자아, 어서 우리 정원 산보나 합시다. (의자에서 일어난다)

헤렌 나는 집으로 가겠어요. (일어난다)

박훈 어느새 가요? 오늘은 모처럼 만났으니 이런 고요한 곳에서 오래 놀다 가시구려.

헤렌 아니에요. 늦어서 집에 가야겠어요.

박훈 글쎄 어린애처럼 그러지 말고 우리 산보나 해요. (헤렌의 손목을 잡으려 한다. 헤렌은 팔을 피한다)

(이때 양관편에서 흥복, 점례, 박첨지들의 목소리가 들리며) "마마님! 그걸 들고 어딜 가셔요? 저, 저 육혈포를 어디서 꺼내셨나? 안사랑 침방에 둔 것을 어느 틈에 꺼내셨네. 큰일났네. 사모정에는 지금 손님이 와 계셔요. 그리고 어디를 가셔요. 이것 큰, 큰, 큰일났군. 양관 문은 누가 열었어? 얼른 얼른 나리께, 거기는 못 가셔요. 글쎄 왜 이렇게 황황하게 구셔요." (이 절은 무대 뒤의 대사)

흥복 (황황히 상수로 등장) 나리, 나리, 큰, 큰일났습니다. 양관마마님께서 어떻게 튀어 나오셨는지? 지금 침방에 두신 육혈포를 꺼내 가지고 이, 이쪽으로 오십니다. 큰…….

박훈 (얼굴빛이 해쓱해지며) 뭐 어째? 양관마마가 육혈포? 대관절 철창을 어떻게 열, 열고 나왔어? 이것 큰 봉변이로군.

헤렌 (놀라서 몸을 피하며) 누가 육혈포를 가지고 와요? 대관절 웬 야단이 났어요?

박훈 그럼 얼른 내려가서 마마를 붙잡아라. 어서.

흥복 어디 붙잡을 수가 있어야지요. 육혈포를 함부로 겨누시는데 무서워서 가까이 갈 수가 있어야지요. 앗! 아, 벌써 저기 저기 올라오시네.

(머리를 산발한 양관마마가 입을 다물어 물고 바른손에 육혈포를 들고 사모정 앞으로 뛰어온다. 그 뒤에는 금례와 박첨지가 서먹서먹한 공포를 느끼며 따라온다. 헤렌은 황황히 노송 뒤로 몸을 피한다)

박훈 (부지중에 사모정 안으로 들어오며) 마마를 좀 붙잡아! 이놈들아! 어서 붙잡아! 뭇들을 하고 있니? 어서!

(양관마마는 벌써 사모정에 들이닥쳤다. 박훈은 사모정 기둥을 잡고 몸을 피하려 한다)

마마 (날카로운 소리로) 악마야! 이 악마야! (소리를 치며 육혈포를 박훈에게 겨누자 탕!하는 소리가 후원을 울린다.)

박훈 으응! (최후의 비명을 지르며 쓰러진다)

마마 (쓰러진 박훈의 시체에 날카로운 시선을 쏘며 찬웃음을 웃는다)

(주위의 사람들은 실진한 듯이 우두커니 섰고 헤렌은 노송 뒤에서 떨고 있다. 멀리서 자동차 소리 들린다. 찬찬히 막이 내린다)

약수풍경

(1장 2막)[*]

제일장[**] 갑오이전 약수풍경

시대 오십 년 전 어느 중복날 석양

장소 삼청동 형제 우물터

등장인물

안승지 : (별호 청농淸儂) 오십 세 전후

이주서 : 오십 세 전후

성교리 : 오십 세 전후

박낭청 : 오십 세 전후

상노

만복

---

[*] 상식적으로는 잘 쓰이지 않는 표현이지만 이 작품의 경우, 약수터라는 하나의 장소에서 일어나는(1장) 두 가지 사건이라는(2막) 의미로 이러한 단어를 사용한 것 같다. 장과 막이란 극적 단위를 이해하는 김정진의 방식을 엿볼 수 있다.

[**] 원문에는 제일경第一景.

구종

춘삼

외 물꾼들 다수

샘 우에는 산록에서 뻗쳐 내려온 너럭바위가 사면으로 깔려 있고 바위 새에
는 군데군데 꾸불꾸불한 고송들이 서 있다. 때때로 고송의 늘어진 가지를 가
볍게 흔들며 북악에서 서늘한 바람이 불어온다. 석양을 재촉하는 듯이 매미
소리가 요란히 들린다. 장군*을 등에 진 사람, 백병白瓶을 손에 든 아이, 물동
이를 머리에 인 여자들이 저녁밥 물을 길러 모여들어 물터 앞에는 물차례를
기다리고 섰는 사람들이 혼잡을 이루고 있다. 물터 뒤에 있는 가장 평탄하고
그늘이 도타운 고송 밑에는 기알 같은 탕건에 옥관자를 붙인 중노인들을 비롯
하여 북촌 양반댁의 일기회**가 열려있다. 이 양반댁 놀이에 밀려 쫓겨간 물꾼
들은 그 아래 골짜기에 자리를 잡고 떠들고 있다.

안승지 어—으—이, 술이 좀 취하는데. '탈건괘석벽脫巾掛石壁하고 로
정쇄송풍露頂灑松風이라.'***(영시조) (무릎 치는 소리) 하하— 참 시원하
다. 여봐라! 요강 가져오너라. 물을 많이 먹으니까 소변이 잦아서 못
살겠군.

이주서 영감, 여보게, 요강이라니? 이런 경치 좋은 데 나와서 요강에
다가 오줌을 누어서야 너무 몰풍치하지 않은가?

성교리 청농은 그것이 큰 병이야. 입으로는 시구역지나 외이는 자가
그렇게 몰풍치한 사람은 없어. 하하하. (웃음)

안승지 옛, 참 무식한 사람들이로군. 자고로 귀인이라는 것은 그렇게

* 물·술·간장 등을 담아 옮길 때 쓰는 오지 또는 나무로 만든 그릇.
** 一器會 : 여럿이 각각 음식을 한 그릇씩 갖고 모여 노는 놀이.
*** 수건 벗어 석벽에 걸고 확 트인 하늘은 솔바람에 씻기도다. 노정露頂이란 '하늘을 지붕 삼고' 라 할 때 '하
 늘 지붕' 의 의미.

몸을 함부로 변동하는 것이 아니야. 야, 여봐라. 얼른 요강을 가져와.

만복 네이. (바위에 요강 놓는 소리)

박낭청 아, 영감네들이야 무엇이 겁나서 이런 산명수려山明水麗한 데까지 와서 요강에다 소변을 본단 말이요?

이·성 하하하 (일시에 웃으며)

이주서 그렇지. 그래. 저 박낭청 같은 사람이라면 용혹무괴어니와.

성교리 아마 청농도 박낭청과 근사한 데가 있는 모양이야. 하하하. (웃는다)

안승지 미친 사람들이로군. 내가 박낭청 같으면 자네들이 어떻게 이 세상에 생겨났겠나? 지각없는 사람들이로군.

이주서 아, 저런 고약한 자 봐. 슬그머니 우리에게 욕을 하네그려.

성교리 참 망상스러운 위인이로군. 그것 봉변인데.

박낭청 영감들이 그것은 자작지얼*이지. 그런 농담을 주책 없이 하며는 그런 욕을 자초하는 것이야.

이주시 앗다. 박낭청은 청농에게 없지 못할 사람이로군. 아까는 우리 편 같더니 금방 그쪽으로 변절을 하였어? 박낭청이 아니라 춘향가에 나오는 목낭청** 같은 사람이로군. 하하하.

성교리 목木은 목이야. 기성其姓이 '목木'이나 '박朴'이나 기본은 다 마찬가지지.*** 하하하.

박낭청 그런 실없는 농증弄證들은 그만 두고 우리 다시 술이나 한그릇씩 먹지 않으시려우. 세배갱작洗盃更酌이라더니 이건 세표갱작洗瓢更酌으로 바가지를 다시 씻고.****

---

* 자기 스스로 만든 재앙. 蘖은 서얼을 뜻하는 孼의 속자.
** 이도령의 아버지 이부사의 책객. 책방으로도 알려져 있다. 책객이란 수령이 개인적으로 거느리고 있는 행정 참모를 이른다.
*** 같은 나무 목木이라는 뜻.
**** 옛사람들은 술을 마실 때, 잔이 더러워지면 그때그때 씻거나 잔을 바꾸어 마시는 것이 예법이었다.

이주서 그렇지, 그래. 세표갱작이러니 딴은 적당한 문자인데.

안승지 그 공론이 잘 났군. 그런데 오늘 일기회의 음식은 성교리가 제일 장원인데. 그렇지만 물소리의 음식으로는 좀 가미가 덜 됐어. 찬합 같은 것은 좀 짠 것으로 해야 할 터인데. 하하하.

성교리 너무 짜면 청농의 요강이 분망할 터이니까 미리 짐작을 한 것이지. 하하하.

안승지 고약한 사람들이로군. 또 어른께 버릇 없는 소리를 해? 고런 잔소리는 고만들 두고 물이나 먹어. 여봐라. 이리 와. 그놈들은 걸핏하면 어디를 가? 애! 춘삼아! 새로 물 한 그릇 떠와.

춘삼 네이.

안승지 무얼하고 우두커니 서 있어? 어서 가서 물을 떠와.

춘삼 물구녕에 사람이 어찌 모였는지 차례가 아니면 물을 뜨기가 어렵습니다.

안승지 (노성怒聲으로) 무엇이 어째? 이놈! 물이 차례가 있어? 어느 놈이 그런 소리를 하니? 응? 그놈을 빨리 잡아와. 천하에 고약한 놈들. 잔소리 말고 냉큼 물을 떠와. 안승지 댁에서 떠가는 물이라고 해.

춘삼 네이.

안승지 글쎄. 냉큼 가서 떠오라니까. 왜 머리만 긁고 섰어? 못생겨 빠진 놈. 재동 안승지 영감께서 오셨다고 그래.

성교리 허, 양반이 봉변하는군. 물차례를 기다리다니. 참 세상이 망하려니까 별일이 다 많군. 댁 구종은 어디를 갔느냐? 너희 놈들은 이런 데를 데리고 오면 꾀꾀로 빠져서 다른 데만 가 있어! 댁 구종 영식을 불러. 그래서 만일 그놈들이 물자리를 아니 내어놓거든 한꺼번에 묶어오너라.

박낭청 묘동 사시는 박낭청께서도 오셨다고 그래. 그래도 듣지 않거든 모이청을 내보낸다고 해라. 천하에 망상스러운 놈들 같으니.

이주서 하아. 양반이 이런 창피가 있나. 빨리 물을 떠와.

춘삼 네이. (물터로 내려가는 소리) (조금 있다가 물터에서 싸움하는 소리 들림) 아, 이놈들아. 차례가 무슨 차례야. 얼른 비켜나. 댁 영감께서 지금 역정이 나셨다.

군중갑 이건 누구야. 누가 이렇게 사람을 함부로 떼밀고 들어와.

군중 이래서야 어린애 가진 떡이 어디 있을 수가 있나.

춘삼 (뺨 때리는 소리) 이놈아 어린애커녕 어른이면 소용이냐. 안판서 댁 작은 영감께서 오셨다. 잔소리 말고 비켜들 나. 공연히 나중에 된구실랑 하지 말고 비켜나. 비켜나.

(군중의 넘어지는 소리, 물병 깨지는 소리 잠시 혼잡)

군중병 아, 이건 물을 먹으러 온 것이 아니라 사람을 잡으러 왔나. 양반의 집 구종만 다니면 사람을 이렇게 쳐도 관계 없나? 아니고, 정강이야.

춘삼 이놈아, 잔소리 말고 바가지나 좀 이리 내. (바가지쪽 떨어지는 소리)

군중갑 바가지 깨졌어요. 남 바가지값은 누가 물어? 이런 망할 놈의 세상. 옥관자나 금관자 붙인 사람만 제일이고 봉두난발한 우리는 물도 못 얻어 먹나?

춘삼 이놈이 못 먹을 고기를 먹었나? 중얼거리긴 왜 중얼거려? 가만 있거라. 내가 물을 떠가거든 그 다음에는 배가 장구통 같이 되도록 처먹어. 네 맘대로. (바가지로 물 푸는 소리)

군중을 참 공평도 못한 놈의 세상이야. 나는 해가 다 지도록 기다리고 있었는데 물 한 모금 못 얻어먹고. 어제 저녁에 꿈자리가 사납더니 물도 못 얻어먹고 그 대신에 주먹뺨만 맞았다. 흥, 별꼴을 다 당하는군. (춘삼 물 떠 가지고 가는 소리)

춘삼 네이. 물 떠왔습니다.

안승지 아, 이놈아! 바가지째 가져오면 어떡하라는 말이야. 무식한 놈 같으니. 대접은 어째고 쟁반은 어째!

이주서 저런 무식한 놈! 양반이 바가지에다 무엇을 먹으면 수염이 안 나는 법이야. 참, 상것들은 무엇을 알아야지.

성교리 수염들이 아니 나면 모두 저 박낭청 같은 자식을 낳게! 하하하.

박낭청 원, 별 데다가 사람을 다 끌어 넣으시는군. 창피해 못 있겠는 걸. 그러나 수염이란 원래 쓸데 없는 것이야. 영감들은 꺼칠꺼칠한 수염을 자랑하시지만…….

안승지 수염은 표장부라니 사나이는 반드시 수염이 있어야 풍채가 좋은 것이야.

이주서 수염 타령은 그만 두고 우리 시원한 약수나 먹세. 어허! 참 감로로군. 어허! 시원하군.

안승지 여보게. 내가 먹으려는 물을 그렇게 무람없이 먼저 먹어서야 이 세상에 노소지별이 어디 있겠나. 아, 여봐라. 한 그릇만 더 떠오너라.

춘삼 네이.

성교리 자아. 해도 차차 석양이 됐으니 시축詩軸들이나 쓰지. 청농. 자아, 영감부터 쓰게.

안승지 시축을 써야겠군.

이주서 그런데 운자韻字는 무엇이 있었지? 그 시축을 이리 좀 내어. 무엇이라. '청류삼청淸流三淸'이라. 글제가 너무 평범한데.

박낭청 '청류삼청'이라. 삼청동에서 맑게 논다 즉 경은 즉 경이지만 청자가 둘이 첩들어가서 좀 자미滋味가 없지 않을까?

안승지 그거야 무슨 관계가 있나. 글제이니까 상관이 없지. 그런데 운자가 어지간히 강운인데. '천天·천川·년年'이 산 속에 와서 내천자라는 것은 참 강운인데…….

성교리 그런데 이 운자를 대관절 누가 불렀지?

이주서 그건 내가 냈지만 내놓고 보니 참 강운인데. 운담풍경근오천雲淡風輕近午天 방화수류과전천訪花隨柳過前川.[*] 참 명구야. 글이 평범한 중에도 맛이 있거든. 참 문장이야.

안승지 그러면 우리 소주나 한잔씩 다시 먹고 차차 글을 쓰기로 하지. 이애, 만복아! 술상 차려.

만복 네이.

박낭청 애, 이번에는 댁에서 가져온 찬합을 꺼내 놓아라. 그 속에 전복쌈이 있으니 그것하고 또 그 속에 약포도 꺼내 놓아라.

성교리 소주는 간동댁에서 가져온 감홍로를 조금 데워서 가져와. 소주도 거냉을 아니하면 맛이 없느니라.

안승지 자아. 이번에는 우리 연치로 술잔을 돌리지. 향당鄕黨은 막여치라니 자아 박낭청 자네부터 잔을 들게.

박낭청 아, 여러 영감들이 계신데 내가 먼저 먹으면 미안치 않을까요?

이주서 앗다. 연치 공론이 났으니까 어려워 말고 먼저 잔을 들게.

박낭청 그러면 내가 먼저 하지요. (카아) 참 명불허전名不虛傳이로군. 함흥의 감홍로는 참 좋은 술이야. 소주 중에는 제일이지.

이주서 애, 댁에서 가져온 연게찜은 어쨌느냐?

만복 지금 불을 때어 데우는 중이올시다. 곧 가져오겠습니다.

성교리 여보게. 이 차례에만 나는 빼주게. 술이 너무 취하고 시상이 아물아물해서 글도 못 짓겠네.

안승지 아, 그까짓 소주 몇 잔에 술이 취해서 글을 못 지어? 석일昔日에 이태백은 일일회경삼백배一日頃傾三百盃[**]를 하지 않았나? 하루에 삼백 잔이나 되는 대주를 마시면서 능히 시를 짓고 능히 읊지 않았나?

---

[*] 구름은 엷고 바람은 고요하니 정오의 하늘과 같구나. 꽃을 찾고 버들을 따라 앞내를 건너도다.
[**] 하루에 삼백 잔의 술을 마시다.

(좌중은 차차 술이 취한 어조로 변한다)

성교리 노자작 앵무배요, 백년百年 삼만육천일三萬六千日에 일일회경삼
백배一日湏傾三百盃라 참, 무던한 취객이야.

이주서 으―, 술이 취한다. 좀 드러누워야 하겠군. 여봐라. 퇴침 이리
가져오너라. 으―, '영상嶺上에 다백운多白雲하니' 으―. (무릎 치는 소리)

안승지 여봐라. 담배 피어 올려오너라. 나도 술이 취해온다. 으―. (부채
로 자리를 친다) 방인訪人은 불시여심락不試余心樂하고 장위투한학소년將謂偸
閑學少年*이라. 그 해년자를 잘 따랐는데. 으―, 여봐라. 얘, 그 양치기**를
가져오너라.

(안·이·성·박 네 사람은 입으로 웅얼웅얼하며 시를 읊고 있다)

(이때에 서편 하늘에 먹장 같은 검은 구름장이 몰려들며 하늬바람이 불어온다)

(구종 춘삼과 상노 만복은 서로 하늘을 쳐다보며)

만복 소낙비가 몰려오겠네.

춘삼 저 구름장 몰려오는 것 봐라. 비가 곧 오겠다. 그러나 영감들께
서는 약주들이 취하셨으니 큰일났구나.

만복 그럼 소낙비가 오겠다고 말씀을 여쭙고 우리는 얼른 갈 차비를
차립시다.

춘삼 참 그래야겠다. (걸어가는 소리) 날이 잔뜩 흐려옵니다. 금방 소낙
비가 몰려오겠습니다. 재비를 놓을까요?

---

* 찾아오는 사람은 마음의 즐거움을 누리고자 하지도 않고 소년의 한가함을 훔친다고 말한다.
** 양치 그릇.

안승지 무어 어째? 비가 와? 으― 술이 취한다. 무, 무어 소낙비가 어째? 양반이 모처럼 청류를 하시는데 비가 오다니, 그런 무람 없는 비가 어디 있느냐. 네 그놈을 잡아오너라. 에, 으―, 술이 취한다.

춘삼 양반님께서 노시는 데도 비가 옵니다.

이주서 이놈, 양반이 노는데 비가 와? 그런 망상스런 비가 오다니 으― 으―.

성교리 우리가 노는데 비가 오다니. 천도가 무심하단 말이야. 천도가 양반을 모른단 말이야. 으― 으―. 그럼 그놈을 잡아오너라. 으― 으―.

(이때에 천둥소리가 들리며 번개불이 비치고 굵다란 빗방울이 떨어진다)

춘삼 비가 시작했습니다.

만복 저 술상을 다 어떡하나?

안승지 요간폭포괘장천遙看瀑布掛長天*이라 하늘에 폭포가 달린 것처럼 으, 참 무엇이 치근처근하게 떨어진다.

성교리 노정영송풍露頂灑松風**이라 참, 시원하다. 으― 으―.

천둥소리가 별안간 머리 위에서 맹렬하게 울리며 폭풍우가 쏟아진다.

안승지 어! 이를 어쩌나. 봉변이로군. 양반이 이게 무슨 창피야.

이주서 응 정말 폭풍우가 오는군. 애 여봐라. 재비를 얼른 대령해라. 애 애 어서어서.

성교리 이게 웬 천둥! 야! 큰일났군.

박낭청 이, 이 돗자리 들어라. 나는 그 밑으로라도 들어가야겠다. 이

---

* 멀리서 폭포를 보니 긴 하늘이 걸린 듯 하도다.
** 확 트인 하늘은 솔바람에 씻기도다.

옷이 다 젖는데 어서어서. (천둥소리 비오는 소리 잠시 계속한다)

안·성·이 이런 창피가 있나. 이런 창피가 있나.

군중 (일시에 소리를 합하여) 예이 좋다. 예이 좋다. 물소리에도 비가 온다.
저것을 봐라. 생쥐 모양으로 쪼르르 흘러서.

(깔깔대는 군중의 소리 들린다)

—막— 제일장 종.

제이장

시時 현대 어떤 중복날 석양
소所 서대문 밖 악박골 약수터

등장인물

최성애崔聖愛(간호부) : 이십이 세

현숙자玄淑子(여교원) : 이십사 세

권사용權四鎔(모던 청년) : 이십오 세

안메리(청년의 애인) : 이십이 세

기타 과자상, 물꾼 다수

샘 부근에는 아카시아 그늘이 둘러싸고 전면 남층으로 간단한 요리집이 있
다. 중복날을 기회로 하여 약수를 먹으러 오는 군중들이 바야흐로 대혼잡을
이루어 있다. 샘구녕에는 군중이 쌍렬로 늘어서고 생철 주전자는 그 가에 불
규칙하게 집중되었다. 샘을 중심으로 한 그 부근의 아카시아 그늘 밑에는 돗
자리를 깔고 사오인 혹은 육칠인씩 모여 앉아서 약수를 얻어먹으려고 떠들고

있다.

"돗자리 까셔요. 단 십 전입니다. 물도 떠다드립니다."

"카스테라, 만주 사셔요. 껌 사셔요."

"에, 스루메*가 싸구려. 물 먹기 좋은 스루메가 싸구려."

요리집 이층에서는 계속해서 유행가 재즈 등의 레코드 소리가 흘러나온다.

군중갑 후우, 예으 덥다. 오늘은 어째 사람들이 이렇게 몰렸어?

군중을 아, 오늘이 무슨 날인데 그래, 오늘이 중복날이야. 약물을 먹으면 일년 내 더위는 안 탄다는 것이야. 내나 남이나 무엇이 알뜰한 인생이라고 그저 한 살이래도 더 살아보겠다고 대강이를 송곳 삼아서 들이덤비는구나.

군중병 앗다! 남의 말만 말게. 자네는 이마빼기에 호두땀을 줄줄 흘리고 이 높은 데를 왜 올라왔어요? 모양에 자네도 더위를 안 먹겠다는 말이지.

군중갑 (부채질 소리) 휘여―, 여보게 이 수건으로 내 잔등이를 좀 씻어주게. 적삼이 아주 물행주가 됐네.

군중을 앗다! 얘 봐라. 잔등이를 씻어라? 아! 더할 소리는 없나? 그야말로 너는 물고기 소리만 못하는구나. 이 더위에 땀을 씻어라? 흥!

군중갑 앗다! 잔소리 말고 좀 씻어다오. 사람 죽겠다. 후우, (부채 소리) 오늘은 어째 나만 더운가? 이거 사람 못 살겠네.

군중병 얘, 너도 돈만 아끼지 말고 몸을 좀 돌보아. 요새 뽀얗게 고운 연게탕 같은 것이나 가끔 먹으면 그렇지 않지. (저성低聲으로) 얘, 얘 저 거 저 저것 좀 봐라. 막 하이칼라를 했구나. 얼굴도 똑똑한데.

아이 이리 옵쇼. 저 저기 아주 시원한 데가 있습니다. 돗자리 깔아드

―――――――
* 오징어.

리고 약물 떠다 드리겠습니다.

군중을 애 이놈들 저리 물러가. 반갑지 않은 자식이 왜 이리 덤비니? 남은 지금 더워서 죽겠는데.

아이 십 전만 내시면 시원하게 해드린다니까 왜 그러셔요. 네. 자리를 깝쇼!

군중갑 초저녁도 안돼서 벌써 자리를 깔아? 이 자식아! 잔소리 말고 다른 데나 가서 봐라. 해나 있어서……

(이때 권사용, 안메리 두 사람 등장, 돗자리 장사, 껌 장사, 스루메 장사들은 권사용을 둘러싸고 떠든다)

껌장사 껌 삽쇼! 껌 삽쇼! 약물 잡수시는데 달큰하고 향기있는 껌이 제일올시다.

카스테라 카스테라가 좋습니다.

스루메 짭짤한 스루메가 좋습니다. 그보다 더 짭짤한 굴비도 있고 암치도 있습니다.

권사용 애, 얘들이 왜 이렇게 함부로 덤벼? 이놈들아. 저리로 물러서.

안메리 아이고 이 땀내 끼치는 것 좀 봐. 비위가 사뭇 뒤집히네.

권사용 우리는 어디다가 자리를 정할까? 저 요리집으로 올라갈까?

안메리 글쎄, 그런데 사람들이 아주 들썩거리는데……

권사용 그러면 우리는 조용한 저 나무 그늘로나 갈까?

아이 네 좋습니다. 이런 데를 오시면 요리집보다 서늘한 나무 밑이 좋습니다.

권사용 그럼 저 나무 밑으로 갈까?

아이 네, 제가 안내를 하지요. 곧 돗자리를 깔아드리지요.

안메리 글쎄 어쩔까? 그런데 나는 이런 데를 오면 벌러지들이 그 중

무서워. 그리고 손가락만큼씩한 개미들이 함부로 기어 오르는 통에 몸이 공연히 근질근질해서 아주 싫어요.

　아이 별말씀을 다 하십니다. 개미는 모두 이 아래로 돌려서 저 위는 없습니다.

　권사용 그럼 어쩔까? 사람은 많더라도 요리집으로 들어갈까?

　카스테라 아, 약물 잡수러 오셨지 요리 잡수러 오셨습니까? 약물은 나무 밑에서 잡숴야 맛이 있어요.

　안메리 애들이 왜 이래? 온 별 참견을 다하는구나. 남이 어찌하든지 너희들이 무슨 참견이냐. 어서 저리들 가.

　권사용 자아, 저 집 이층으로 올라가지. 사람은 좀 많구면. 앉을 자리는 있겠지. 아마!

　안메리 글쎄 어떡할까? 그리로 들어가면 사람들이 많아서 이야기도 할 수 없고…….

　권사용 자아, 어서 작정을 해요. 휘유, 아 덥다. 어째 여기를 올라오니까 더 더운 것 같아.

　껌 우선 껌이나 하나 사십쇼. 더운 데는 껌이 제일올시다. 입안이 환하고요.

　권사용 이놈아 덤비지 좀 말아. 어서 어디로든지 작정을 해요.

　안메리 글쎄, 그럼 개미는 좀 쫓아주어요.

　권사용 그건 걱정 말아요. 내가 다 담당할게. 그럼 저 그늘 밑으로 갈까?

　안메리 그럴까? 그럼 개미는 잘 쫓아주어요.

　권사용 앗다, 퍽은 무서운가 봐. 그까짓 개미를.

　안메리 아이고 당신도 좀 물려봐요. 얼마나 아픈가. 그리고 나는 제일 흉해서 못 견디겠어. 개미들이 사타구니로 슬슬 기어들면 몸이 다 스물스물하고 가려워 못 견디겠어요.

아이 저기는 개미가 한 마리도 없습니다. 그럼 얼른 돗자리를 펴드리지요.

(권·안·아이 걸어가는 소리)

아이 자아, 여기가 좀 좋습니까? 바람이 잘 들어오고 또 조용하고요. (자리 편다) 자아, 앉으십쇼.

안메리 딴은 바람이 좀 있는데…….

권사용 돗자리 세가 얼마냐?

아이 네. 십 전이올시다.

권사용 옛다. 십 전 받아라. 그리고 얼른 약물이나 한 주전자 떠오너라.

아이 네. 곧 떠다 드리겠습니다. 그런데 물값은 따로 내셔야 하겠습니다.

권사용 따로 내다니? 아까는 돗자리만 세내면 물은 거저 떠온다더니 금방 거짓말을 해?

아이 아니올시다. 저것 좀 보셔요. 샘구녕에는 사람이 개미떼 같이 덤비지 않습니까? 약물 한 주전자를 떠오려면 어떻게 힘이 드는데요.

권사용 앗다, 물값은 따로 낼게 얼른 떠와.

아이 네. (가는 자취 소리)

안메리 (별안간에 놀래는 소리) 아아! 아그머니 흉해! 어느 틈에 벌써 개미가 내 다리 밑으로 들어왔어요. 이를 어쩌나? 여봐요. 얼른 꺼내 주어요.

권사용 어디? 어디로 들어갔어?

안메리 이, 이 넓적다리 밑에서 스물스물 기어 다니네. 아이그머니! 얼른 꺼내 주어요.

권사용 아아, 어디야?

안메리 고기, 고기 바로 고기예요. 얼른얼른 점점 사타구니로 기어들어가네. 얼른 좀 꺼내요. 아이 간지러워.

권사용 옳다. 잡았다. 요놈이로구나. 아주 불개미인데.

(이때에 조금 먼 곳에서 군중의 소리)

군중갑 잘들 논다. 대낮에 물터에까지 와서 만지고 뜯고 하고 있다.

군중을 좀 괴란한 걸. 여기는 풍속 취체도 없나.

군중병 앗다, 제멋대로 내버려두게. 저런 장면이 시체 문자로 연애의 씬이라는 것이라네.

군중갑 연애고 무엇이고 근래 청년들은 너무나 염치들이 없어. 제 집안 구석에서야 물든지 핥든지 그야 상관이 없겠지만 사람이 수백 명이 들썩거리는 데서 무람 없이 조 모양이야.

군중병 앗다, 제멋대로 내버려 두게.

군중병 그러기에 걱정이지.

아이 네, 약물 떠왔습니다. 아주 얼음장 같은 찬물이올시다. (양철주전자를 놓는다)

권사용 이리 내라. 애, 곱부*는 없어?

아이 네, 여기 찻종이 있습니다.

안메리 냉수는 유리곱부에 먹어야 시원하지. 아이구, 이 찻종 좀 봐. 아주 때가 켜켜로 끼었구나.

아이 네—. 그러면 씻어드리지요.

(이때 조금 먼 곳에서 부랑자의 갑·을)

---

* 컵.

부 갑 떴다! 하이칼라가 떴다!

부 을 애, 아주 떡판이 훌륭하구나. 요새는 저런 여자를 뭐라고 하더라?

부 갑 육체미…… 뭐?

부 을 육체미라니, 고기체미란 말이야?

부 갑 아니, 뭐 입에서 뱅뱅 돌면서 생각이 아니 난다. 옳지! 옳지! 육체미라고 하는 거야.

부 을 옳다, 옳다. 나도 들은 것 같은데 살찐 여자를 육체미라고 해.

부 갑 그런데 놈팽이 없는 모양이다. 젊은 여자가 단 둘이 온다.

부 을 글쎄 놈팽이하고 여기서 장맞이를 하려고 오는 모양이지. 아마? 그런데 쌍통도 하 흉하진 않은데?

(이때에 최성애·현숙자 양인 등장)

최성애 오늘은 아주 찌는 것 같아. 아이 더워.

현숙자 장마가 들더니 몸시 더워졌는데…….

최성애 우리 저 그늘 밑으로 갑시다.

아 이 돗자리 까십쇼. 십 전씩입니다. 약물은 그대로 떠다 드립니다.

최성애 구경이나 하고 내려갈 걸 돗자린 깔아 무얼해!

아 이 그럼 약물도 안 잡숴요?

최성애 물도 안 먹는다.

아 이 그러면 여기를 무얼하러 오셨어요?

현숙자 온, 걔는 별 참견을 다 하네. 남이야 뭘하러 왔든지 네가 무슨 참견이야?

최성애 우리 저리 갑시다.

현숙자 아이, 사람도 많으이. 어디서 저런 많은 사람들이 다 왔을까?

최성애 그렇게 말이야. 저 샘구녕에 덤벼드는 사람들 좀 봐요. 아주 머리를 맞대고 개미떼처럼 오물오물하고 있네.

　　현숙자 저 많은 사람들이 언제나 다 물을 먹을까?

　　최성애 그러기에 위험하지. 약물을 먹는다고 어떤 데는 저런 물을 먹는 때도 많아요. 그저 폐병 들린 사람, 매독을 올린 사람들이 한데 덤벼서 물때가 케케묵은 바가지 하나로 가지고 그대로 씻지도 않고 이 입 대고 저 입에 대니 그게 좀이나 위험할까?

　　현숙자 그런 위생 관념이 없는 사람들이 함부로 하는 것은 참 위험하고 말고. 약물 그것이 언짢은 것이 아니라 입들을 한 데 대다시피 하고 더러운 바가지 물을 돌려 먹는 것이 참 위험해. 그래서 나도 학교에서는 아이들한테 늘 말을 하지. 약물을 먹으러 가려거든 집에서 표주박이나 그렇지 않으면 하다 못해 찻종이라고 꼭 가지고 가라고 늘 이르지만…….

　　최성애 그리고 저렇게 사람들이 많아서 물뜨기가 어려울 때는 이런 데 앉아서 물을 떠오라 하면 웬 샘에서 나오는 물을 먹어보겠게? 아이들이 주전자에다 그 아래에 흐르는 개천물을 떠다 주기가 예사인데. 참 더럽기 짝이 없지. 이 약박골 물은 정하게만 먹으면 몸에는 매우 좋을 텐데. 분석해 본 결과, 이 물에는 '라지움' 성분이 섞여 있대. 만일 그렇기만 하면 설사 같은 것은 막힐 것이야.

　　현숙자 그렇고 말고. 약물로 말하면 서울서는 제일 좋지. '성주우물'이니, '복주우물'이니 해도 약박골 이 약물이 제일이라는데 그런 좋은 물을 이런 더위에 먹는 것은 퍽 위생에는 좋은 것이에요. 병원에서도 체증이나 배탈이 나면 냉수를 먹여서 창자를 말끔히 씻어내서 세장^{洗腸}을 하는데 그런 이치로 보면 이런 좋은 약물을 먹는 것이 뱃병엔 한 자연치료법이야.

　　최성애 암, 그렇고 말고. 뱃 속에 있는 불결한 것은 다 씻겨 나올 테지. 그러나 요새는 악박골물도 조심해서 먹을 필요가 있어요. 전후좌우로 총총 집들이 서서 장마 때는 개천물이 흘러 들어가기가 쉬우니까.

(이때 술이 얼근하게 취한 불량패들이 최·현이 앉아 있는 데로 온다)

부 갑 여보셔요. 약물 많이 잡수셨습니까? 네—?

부 을 이 사람, 처음 뵙는 부인 앞에 그렇게 함부로 들어가지 말게. 내숭스러우이. 나 같은 늙은 사람은 상관 없지만. 네—, 그렇지요. 저 사람은 좀 위험합니다.

부 갑 아, 이 사람! 내가 위험해? 부처님 가운데 토막 같은 사람더러 위험하다? 여보셔요. 그렇지 않습니까?

현숙자 (노성怒聲) 모르겠어요. 남의 자리로 버썩버썩 들어오는 이는 실례가 아니에요? 참 별 일이 다 많으이.

부 을 앗다! 그렇게 역정 내실 것 없습니다. 보아하니 얌전하신 댁 아씨들인데 그렇게 함부로 역정을 내시면 안됩니다. "날짐승 길버러지 쌍을 지어 놀 것마는……"(노랫가락조) 그렇지 않습니까? 꽃 같은 여자 두 분이 석양볕 넘어가는 나무 그늘 밑에 하염없이 앉아 계신 것이 하도 딱해서 말벗이나마 해드릴까 하고 온 것이올시다. 과히 꾸지람 맙쇼.

최성애 (노성) 몰라요! 우리는 당신네들에게 놀림을 받을 사람이 아녜요. 온 별 망측한 일을 다 당하네.

부 갑 그저 용서합쇼. 우리가 무슨 실례를 했습니까?

현숙자 그럼 이런 것이 실례가 아니고 무어예요? 어서 저리들 가셔요.

부 을 네, 가라면 가지요. 여기서 아들 낳고 딸 낳고 검은머리 파뿌리 되도록 살지는 않겠습니다. 가기는 가지요마는 저 저 저 건너 좀 보셔요. 아카시아 그늘에 비둘기 같이 쌍을 지어 앉은 양장 미인과 모—던 뽀이를 좀 보셔요. 좀 다정스럽습니까? "인생 죽어지면 만수장림에 운무로구나" (추심가조) 다 젊어서 놀아야합니다.

　현숙자 (노성) 이건 당신들이 누구를 놀리는 셈이요? 참, 별일을 다 당하네. 우리 어서 저리 갑시다.

　최성애 참, 꿈자리가 사납더니.

　부 갑 뭐! 어째요? 꿈자리가 사납다? 그래 어쨌단 말이에요? 누가 당신을 어쨌소? 꿈자리가 사납다, 참 말썽인데…….

　부 을 아서라. 그렇게 함부로 다루지 말아라.

　현숙자 (노성) 갑시다. 어서 저리 갑시다. 참 별꼴을 다 보네.

　부갑·을 (일시에) 하하하! 만세! 만세!

　(이때에 다시 돗자리 깝쇼, 카스테라 만주, 스루메 삽쇼, 껌 삽쇼 하는 소리 잠시 계속하다가 천천히 막 내림)

소화 십삼년 칠월 삼십일.

수필

장승이라도 깎아 놓으라고

장승이라도 깎아 놓으라고
—오대 독자를 참살 당한 비애

▶고흥 총격 사건의 현장 답사한 감상
▶무저항자에게 '정당방위' 라는 말부터 골계

고흥경찰서 순사대가 그 관내에 회집한 태을교도를 총살한 참사는
듣는 사람으로 모골이 송연하게 하며 도수장에 계류한 후열우後列牛의
공포를 다같이 느끼는 군중들은 드디어 민중대회를 개開하고 인권 옹
호라는 최후의 인도상 문제까지 절규하여 그 경종은 조선전도를 울리
었은즉 금今에 다시 그 사실을 재번再飜할 필요는 없거니와 여하간 세계
인류가 다같이 경건의 성념으로 임하는 종교적 성단에 총창을 구한 무
장 순사대를 파견하여 기도를 위협하여 필경은 교도까지 살육한 희세
의 춘사* 소위 인민의 생명을 보호한다는 절대의 권리를 가진 별제의
조선 경찰이 아니면 결코 현세엔 재유再有치 못할 참극이다. 만일 이러
한 참극이 그들의 주장하는 바 소위 정당방위라는 법률 하에서 연출되
었다 하면 법률상의 정당방위한 것이 맹호 이상의 잔학을 의미하는 줄
알게 될는지 모를 것이다.

---

* 椿事: 아버지의 일, 여기서는 5대 독자를 잃은 아버지의 일을 의미한다.

이 문제에 대한 시비논평은 이미 인도상으로 공정한 심판을 하F였으므로 지금 새삼스럽게 가첩架疊코저는 아니하나 나는 다만 혈적血跡이 임리淋漓한 현장을 답사한 실지의 감상을 약기하야 독자제군과 느낌을 같이하려 한다.

사건이 생生하기는 팔월 십육 일 오후 두 시 경이었으나 나는 전보를 접하던 익조翌朝에 경성을 출발하여 기차, 자동차, 도보로 주야 겸행을 계속하다시피 노정을 촉促하여 이십이 일 오후에 겨우 고흥읍내에서 동북으로 이십리(조선리)되는 두원면 용반리에 도착하였다.

석양은 힘없이 촌곡의 죽림을 비치는데 동구 괴수* 하에 모이었던 십수명의 농부들은 양복을 착著한** 나의 일행이 점점 가까이 오는 것을 보고 떨어진 베잠방이를 내리어 적동색 같은 다리는 감추며 유순한 얼굴에 돌연히 불안한 빛을 띄우고 우동우동 자리를 일어나 몸을 피하려 한다. 그곳으로 일대는 촌이나 읍이나 모두 암야 같은 공포 속에 싸여 인심이 울렁거릴 때이므로 그들의 경겁한 눈에는 나의 일행도 역시 때 없이 조사하러 나오는 순사로 보이었던 모양이다. 그 순간에 힙수룩한 머리를 내리숙이고 눈에는 의구의 빛이 가득하여 모퉁이 걸음으로 비쓸비쓸 도망하는 가련한 그들의 형용은 무엇이라고 표백키 어려운 비창한 느낌을 일으킨다. 나는 즉시 그 중에 연장자 한 사람과 성명을 통하여 수사가 아닌 것을 증명하고 향도嚮導를 청하여 촌후산록村后山麓에 고재孤在한 수간초옥數間草屋에 이르렀다. 황락荒落한 죽비*** 앞에는 차일과 초석 등이 산재하고 부근의 콩밭은 군중의 발끝에 짓밟혀 일대 참극이 지나간 양적踉跡을 새롭게 한다. 이곳이 당일 태을교도가 집회하였던 유영선柳永善의 집이요 그 죽비 앞에는 박병채朴炳采가 이마에 참혹한

---

* 해나무.
** 입은.
*** 竹扉 : 대나무로 만든 사립문.

실탄을 받고 검붉은 선혈을 쏟으며 거꾸러진 현장이다. 경사한 옥내에는 당일 사용하던 식기도구가 낭적狼籍한데 쪽마루 위에 앉은 백발노파는 눈물에 어린 마사*를 이으며 그 옆에는 가장을 빼앗긴 촌부가 하염없이 앉아있다. 폭풍이 일거一去한 후 사면은 다시 슬픈 적막에 묻히고 농촌의 가장 환희로운 삼추는 다만 공포와 전율이 남아 있을 뿐이다. 나는 현장을 답사한 후에 당시의 전말을 목격한 다수한 촌민의 순박한 고백을 들었으나 순사에게 대항 운운은 감히 생념도 못할 바이라 하며 나의 조사한 모든 실증을 종합하여 보아도 결코 인민들이 반항한 형적은 추호도 무無하다. 그뿐만 아니라 천부天賦한 농업에 여념이 없는 순량한 농민들이 어찌 그러한 대담한 행동을 할 수 있으리요.

다만 피치자의 비애를 느낄 뿐이다. 나는 현장을 사辭하고 그 익일에 참살을 당한 박병채의 가족을 위문하였다. 오대독자를 잃은 노모는 광파狂婆 같이 날뛰며 "무슨 죄로 내 아들을 죽이었는가, 살인죄를 범하였나, 강도질을 하였나, 지금으로 살려내소, 장승이라도 깎아 놓으소" 하며 정신없이 부르짖는 그 애원哀怨한 형용은 산 사람의 눈으로는 견디어 볼 수 없으며 그의 노모는 자기 애자가 어떠한 기적으로 다시 회생이나 할까하여 시각으로 부란腐爛하는 시체를 끼어 안고 애호哀呼하는 소리에 그 동리 사람들은 아침 저녁으로 덧없는 눈물을 자아낸다 한다.

아! 오대독자를 차마 지하에는 매장치 못하는 원한에 맺힌 노모, 태산 같이 믿던 가장을 잃은 그의 처, 그의 눈에는 순사가 악마이오, 이 세상이 지옥 같이 보일 것이다.

나는 실지를 답사하고 심각한 비애를 느낀 동시에 현세에서 표방하는 소위 선악이라 함이 과연 어느 정도까지 얼마나 명확한 구별을 확립하여 있는지 새로운 의문을 기起케 한다.

---

* 麻絲 : 삼실.

평론

〈노라〉서序
사상운동과 연극
연극의 기원과 희랍극의 고찰

〈노라〉* 서

　우리 문단의 과거를 회고하여 보라. 우리의 문예는 과거에 우리 생활에 과연 기하치幾何値의 지도를 여與하였으며 우리 사상계에 어떠한 암시를 표表하였느뇨? 다만 그들은 진일盡日한당閑堂에 독좌하여 '꽃이 피었다, 새가 운다, 달이 밝다' 하였을 뿐이요, 우리의 생활은 어떠한 것이며 우리는 장차 어떠한 방법으로 어떠한 광명을 얻어야 참된 생활을 하여갈까 하는 우리의 가장 오뇌懊惱하며 동경하는 생활, 그 문제에는 하등의 교섭交涉이 무無하였다. 과거의 우리 시인은 다만 대자연의 일부를 희롱하여 소위 음풍농월吟風弄月이 그 시나 또는 그 시인의 전 생명인 동시에 전 가치였고 대자연 속에서 가장 많은 모순과 가장 굳센 저항을 가지고 서로 부르짖으며 서로 싸우는 인생이라는 자아는 영원히 망각하였다. 이와 같이 우리의 생활을 등한시하던 그 시인이나 우리 생활과 인연이 멀던 그 시가 과연 우리에게 얼마나 큰 도움을 주었으랴.

　우리 문단의 과거 기록은 이와 같이 적막하고 공허하였으나 만근수년이래輓近數年以來로 밀려오는 세계사조는 드디어 그 적막과 공허를 격파하고 장차 우리 생활과 직접으로 어떠한 교섭을 시始코자 하는 신문

---

* 입센 작·양백화 역,《노라》(영창서관, 1922).

예의 운동이 일어나며 점차로 세계적 작품이 소개되려 하여 우리 문단
은 새로운 희망과 기대에 포위되었다.

　이즈음 이 혁신기에 임하여 양형梁兄 백화白華의 그 세련된 능필能筆과
치밀緻密한 역법譯法으로 저 명성이 높은 '입센' 문호의 대걸작인 〈인형
의 가家〉라는 각본이 공개됨은 우리 문단에 한 이채를 방放할 뿐 아니라
우리 사상계에도 큰 진보를 촉促할 줄 신信한다. '입센'은 근대 문호 중
에는 가장 초월한 사상을 가지고 현대생활에 가장 긴착緊着한 현실을
묘사하여 극작가계의 '모母'라는 찬상讚賞을 수受하였으며 세계의 어느
무대를 물론하고 씨氏의 희곡이 상연되지 아니한 곳이 없다. 다수한 씨
의 작품 중에도 제2기(씨의 창작시대)에 속한 풍자극은 오인吾人 생활의
암흑면을 너무나 거침없이 폭로한다하여 미래를 예언하는 씨의 각본은
당시에 이해가 적은 관중으로 하여금 부소不少한 반감을 기起케 하였으
나 그러나 씨는 차此에 굴屈치 아니하고 풍자는 오히려 완미緩味가 있음
을 깨닫고 다시 일보를 더하여 상도霜刀 같이 감정을 날카롭게 찌르는
적라赤裸의 현실에서 극재劇材를 취코자 하니 이 전기에 창출된 것이 즉
〈인형의 가〉라는 여자 문제를 암시한 각본이었다. 당시에 유명한 정말*
의 '베치 헤닝'이라는 여우女優가 처음으로 '노라'로 분장하고 씨의 표
현코자 하는 진의를 유감없이 무대에 전하매 순간까지 맹렬한 반감을
포抱하였던 관중은 인생에 대한 날카로운 자극과 권위 있는 그 암시에
모두 풍전風前의 연초軟草 같이 일시에 굴복하여 진실로 '입센'은 현대
극의 '모母' 또는 '부父'라 하는 경찬敬讚을 마지 아니하였다 한다. 씨의
다수한 작품이 사회생활에 큰 지도를 여與함은 다시 췌언贅言을 요치 아
니하나 개중에 상술上述과 같은 더욱 큰 감동을 준 〈인형의 가〉일 편이
자茲에 우리 조선문朝鮮文으로 소개됨은 우연한 일이 아니다. 나는 무엇

---

* 丁抹 : 코펜하겐.

보다도 자각이 없는 우리 사회에서 이 각본으로 큰 교훈을 얻을 줄 믿으며 더욱 여자사회에서는 '인ㅅ의 처妻가 되기 전에 사람이 되어야겠다' 는 '노라' 의 대화를 참으로 이해할 수 있는 여자가 많이 출현되기를 바라는 바이다. 이러한 의미에서 양백화 형의 이 역술譯述을 사謝하며 수구數句를 정呈하여 서문에 대하려 한다.

1922년 3월 3일 야夜
계산桂山 와실蝸室에서.

사상운동과 연극

자연계에는 장차 양춘陽春이 올 것이다. 양춘에는 모든 초목이 깊은 동면을 깨치고 향기로운 꽃이나 기독氣毒있는 풀이나 다같이 자기의 재생을 표현하며, 환희歡喜를 무도舞蹈한다. 그러나 여름이 지나고 다시 쌀쌀한 상풍霜風이 그들의 연軟한 잎새를 스치며 살벌의 무거운 도끼가 그들의 머리를 때릴 때에 그들은 아무 저항하는 힘도 없이 다만 애닲은 검누른 잎새가 소리 없이 한 걸음, 두 걸음씩 차디친 죽음의 나라로 자취없이 사라져갈 뿐이다. 자연계의 이와 같이 쇠퇴한 운명을 볼 때에 누구나 하염없는 비애를 느끼지 아니할 수 없으며 또 그것을 사실이 아니라고 부인할 사람도 없을 것이다. 그러나 이와 같은 자연계의 쇠퇴, 번영 또는 재생을 볼 때에 우리는 그것을 다만 자연계의 변화라든지 또는 '시즌'의 추이라는 일종의 법칙으로 모든 것을 범범凡凡히 간과할 뿐이다. 작년 봄에 꽃이 피었으니까 내년 그때에도 다시 꽃이 피리라하는 것이 우리의 오랜 경험에서 얻은 막연한 추측이다. 그러나 내년 봄에 만일 따뜻한 남국의 춘풍이 오지 아니하거나 또는 만물을 굳은 얼음 속에서 녹여낼 세우細雨가 없으면 우리의 기대하던 초목의 재생은 도저히 다시 볼 수 없을 것이다. 봄에 꽃이 피는 것은 다만 봄이라는 그 '시즌'의 변화가 아니다. 따뜻한 바람과 만물을 조장助長하는 봄비가 그들에게 새로운 '생'의 '리듬'을 전하는 까닭에 그들은 그 재생약을 마시고 또 다시 광영스러운 양춘을 자랑하는 것이다. 곧 다시 말하면 춘풍은 자연계의 생명이요, 봄비는 그 '리듬'이다.

이와 같이 우리 인생사회에도 우리를 지배하는 것은 사상이다. 우리의 사상이 봄비와 같은 따뜻한— 우리로 하여금 생의 양춘을 자랑할 만한 어떠한 운동을 일으킬 때에는 우리들도 백화가 찬란한 생활을 하여 갈 수 있으며, 또 우리의 사상계가 가을 바람같이 쓸쓸하고 쇠퇴하면 우리도 역시 낙엽이 소리 없이 죽음의 나라로 사라져 가듯이 비참한 운명 속에서 쇠퇴할 것이다.

이와 같이 우리의 어떠한 이상에서 즉 다시 말하면 인생의 본능이라든지. 또는 본성에서 우리의 가장 참된 생활을 하여 가도록 무엇을 연구한 또는 경험한 그 결과로 어떠한 새로운 사상을 산출하여 그 사상이 우리 사회에 봄비 같은 재생의 '이즘'을 전하는 것이다. 그리고 우리는 그 '이즘'을 계승하여 영원한 생이라는 것을 향유한다. '루쏘'의 자연주의가 불국인 뿐만 아니라 세계적 혁명사상을 환기喚起하여 인류사회에 재생의 '이즘'을 전하였고 '니체'의 초인주의가 구주대전을 일으키었다. '니체'의 비타협, 비순응의 그 굳센 주의가 독일인에게 모든 것을 정복하라는 그 맹렬한 사상을 고취하기 까닭에 구주대전은 얼마나 많은 우리의 생명을 희생하였는가.

그뿐만 아니라 '도스토예프스키'라든지 '고르끼'의 사실주의가 현실 사회의 추악과 모순을 거침없이 폭로하기 까닭에 물질분배의 가장 박대를 받으며 나락奈落에 몹시 고민하던 노동계급이 드디어 분기치 아니하였는가? 이와 같이 우리사회에는 사상이라는 그 위대한 힘이 우리의 생활전부를 지배하는 것이다. 동적動的이나 또는 무적巫的을 물론勿論하고 무엇보다도 가장 큰 힘으로 우리의 생활을 파괴하며 또 건설한다. 자연계의 '시즌' 같이 인생 사회에 양춘의 환희상과 추秋의 쇠퇴를 주는 것이다.

　그러나 이와 같이 인생 사회를 총지배하는 최고 권위를 가진 그 운동이 또는 사상 그것의 새로운 그 '리듬'이 과연 어떠한 속에서 어떠한 동기를 따라 어떠한 방법으로 유출하는 것인가? 그것은 누구나 다 아는 바와 같이 가장 발달된 우리의 이지理智에서 생활상 어떠한 모순을 발견한 때나 어떠한 고민을 경과한 때에도 또는 그 고민에서 허위라 부르짖을 순간에 새로운 진로를 발견하거나 또는 발견하고자 하는 그 노력에서 사상의 운동이 일어나는 것이다. 인간의 내적 생활이나 또는 외적 생활을 물론하고 그 충동에서 그 필요에서 넘쳐나오는 것이 즉 사상의 신운동이다. 그럼으로 사상계에 새로운 운동을 일으키려면 무엇보다도 우리 생활의 영자影子, 아니 우리 생활의 실상을 그대로 무대상에 표현하는 연극의 힘을 비는 것이 가장 필요하고 또 신속하다. 연극이라는 것은 누구나 다 아는 바와 같이 간단한 의미로 말하자면 인생 생활의 반조경反照鏡이라 한 터이요, 다시 구체적 주의를 설명하자면 '생'의 리듬에서 막을 수 없이 흘러나오는 그 충동을 표현하는 생적 예술이다. 인간의 의지가 숙명이라든지 운명 또는 어떠한 경우의 제재制裁를 수受할 때에 그 제재라든지 그 장해물과 고투하며 자기(인간)의 의지를 주장하거나 발전하는 그 실상을 무대에 표현하는 것이다.

　다시 말하면 생의 고민, 생의 파동, 생의 환희를 실사하는 예술이다. 그러나 연극의 실사는 화가의 손으로 그려낸 생맥生脉이 뛰놀지 않는 인생의 초상이 아니다. 자기의 주장을 말하는 슬픔에 울고 기쁨에 웃고 분함에 노하고 애愛에 느낌이 있는 그 인생을 '생'의 '리듬'이 철철 흐르는 그 활인형活人形을 무대 위에 세워놓고 그 무대 위에 나타나는 인형의 동작을 통하여 자기의 생활을 다시 보게 하는 것이다. 그리고 그 무대에서 어떠한 선각자의 최고 이상이 인간의 생활을 지도하며 또 개혁한다. 예술이라는 것은 어떠한 종류의 짓을 물론하고 인간의 영혼을 구제하며 또는 해방하는 데에 가장 위대한 힘을 가진 것이나 연극은 기중其中에서도 더욱 직감적 효력을 가진 것이다. 종합적 예술이라는 차타借他적 가치는 고사하고라도 연극 그것으로만도 절대의 가치를 표현할 수 있다.

　이와 같이 인생 생활을 재현하는 사명을 가진 연극이 무엇보다도 가장 먼저 사상의 변천을 선전함은 물론이요, 동시에 새로운 이상도 그 속에서 발견할 수 있으며 또 인생 생활에 이미 쇠퇴한 잔해를 남긴 과거 이상도 구축驅逐할 수 있다. 무대 위에서 부르짖는 그 인간의 고민이 모든 모순을 발견하며 그 요구가 모든 신운동을 인생 사회에 전개하는 것이다. '톨스토이'의 인도상으로부터 흘러나온 금욕주의가 '네플류도프'와 '마슬로바'와의* 일시적 육적肉的 충동을 경계하였고 '고리키'의 〈야夜의 여사旅舍〉 일 막이 드디어 현세계를 공포케 하는 '볼셰비키'를 출산하였다. 그 기갈에 몰리어 주린 야견野犬떼 같은 참혹한 나락에 빠진 무리들이 물질의 부족으로 말미암아 인간 체내에 잠재한 귀중한 무혼巫魂까지를 다시 불러일으킬 수 없는 영원한 지옥으로 빠지게 한 그 계급적 제도의 모순을 어떠한 가상적 인물이 높은 무대상에서 부르짖었다. 두 주먹으로 하늘을 치받치며 피끓는 분노한 목소리로 자본계급을 타파하라는 그 부르짖음이 드디어 '볼셰비키'의 도화선을 당긴 것이다. 또 '입센'의 '노라'가 "나는 당신의 노리개였소. 지금껏 한 인형이었소. 나는 남의 처가 되기 전에 먼저 완전한 한 개의 사람이 돼야겠소" 하고 부르짖은 '백白' 한 마디가 깊이 잠들었던 온 세계의 여자를 각성케 하였다. 이와 같이 새 주의와 새 사상을 선전한 기관이 과연

* 〈부활〉의 주인공.

무엇인가?

다시 말할 것도 없이 무대 상에서 인생의 정체를 나타내는 연극의 모든 효과이었다. 물론 신사상을 선전하는 기관이라든지 또는 그 방법에도 연극 이외에 여러 가지가 있을 것이다. 같은 문예로도 혹은 소설 혹은 사상을 전문으로 발표하는 저서라든지 기타 다른 과학의 힘을 빌어서라도 변천하여 가는 그 추이의 자취를 표현할 수는 있다. 그러나 그것은 모두 부분적인 동시에 미온적이다. 고요한 서재 속에서나 또는 어떠한 전문학교의 책상머리에서 한사람이나 혹은 두어 사람이 그 기분에 느끼고 기명其鳴할 뿐이다. 연극과 같이 다수한 군중과 모든 계급이 한곳에 모이어 같이 분노하여 같이 열광하며 같이 고민하는 그러한 큰 효과는 얻지 못할 것이다. 그럼으로 18세기에 전 우주를 대경케 하던 불란서의 대혁명이 돌기突起한 후 얼마동안은 모든 사회가 경악한 눈동자를 이리 번쩍이며 저리 번쩍이며 향할 바를 몰랐다. 흡사 '어둔 밤의 홍두깨' 같은 주장낭패*에 혼돈하였을 뿐이었다. 그때에 국민회의에서는 무엇보다도 먼저 공안위원에게 명하여 연극에 관한 규칙을 발표하였다 그 규칙의 내용은 종래에 전제주의의 노예가 되어 있던 모든 극장을 해방하여 자유를 존중하는 사상극과 공화적 정신을 용양涌養하는 각본을 상연케 하였다. 그리고 각 도시에 있는 극장에는 거액의 보조금을 지불하여 다수한 군중으로 하여금 모두 무료로 관람케 하였다. 당시 그와 같은 혼돈 상태에 처한 공화정부에서 무엇보다도 먼저 연극 이용을 한 것을 보면 지금 다시 그 실례에 어떠한 설명을 묻지 아니하여도 연극이 민중 교화에 또는 사상통일에 얼마나 많은 힘을 가지고 있는 것을 추측할 수 있다. 그리고 '레닌' 정부에서도 지금 각본가나 배우들을 거의 포로 같이 감금하며 '볼셰비키' 사상에 관한 연극을 흥행하기에 전

* 周章狼敗 : 원문에는 貝, 敗의 오기인 듯하다.

력을 경주하는 중이라 한다. 그러나 이와 같이 예술을 어떠한 특수주의 하에서 그것만을 선전하라고 강박하는 것은 용서할 수 없는 예술에 대한 학대라고 하겠으나 여하간 이러한 실례를 볼지라도 연극의 위대한 힘을 빌어가지고 인생의 생활을 지도하는 것과 또는 하려는 것은 사실이다.

그럼으로 세계의 어느 민족을 물론하고 인생으로서의 큰 발견이라든지 또는 큰 개혁이 있을 때에는 그 이면에 반드시 연극의 종적이 있다. 그때만 아니라 어떠한 극학자의 말을 들으면 자기 민족이 산출한 연극의 자랑할 어떠한 재료를 가지지 못한 민족이나 국가는 반드시 현대생활의 열패자라 하였다. 이것이 결코 범언凡言이 아니다. 진실된 풍자의 한마디다. 나는 이 말 한 마디에 면난面赧할 수밖에 없다. 아니다, 나의 한사람뿐이 아니다. 우리 조선 전 민족의 다 같은 적면赤面 아니 치욕이다. 우리의 현장을 자유 없고 돈 없고 생기 없는 이 참혹한 비극의 일막을 무대에 상연케 하라. 그때에 비로소 우리는 우리의 치욕을 더 명료히 더 쓰리게 깨달을 것이다. 그리고 직각적으로 그 무대에서 감득한 그 자극刺戟이 전기 같이 우리 신경을 찌를 때에 비로소 우리는 반성할 것이요, 그 반성으로부터 양춘의 재생을 얻을 것이다. 연극은 결코 일시적 쾌락을 완미翫味하는 염가의 것이 아니다. 초목의 차디찬 얼음 속에 묻힌 동면을 깨치는 봄비와 같이 인생의 쇠퇴한 그 잔해에 소리치며 재생의 '리듬'을 전하는 것이다.

나는 이 의미에서 지금 우리 조선 민족에게 참으로 살아야겠다는 굳센 사상을 자각케 하기 위하여 무대 상에 폭로된 자기 생활의 참상을, 그 실사를 시시로 접촉케 하는 동시에 그 암흑면에서 신광명을 발견하여 어떠한 생적 진로를 개척케 하는 것이 가장 급무라고 생각한다. 만일 그렇지 아니하면 모든 운동이 다만 형식이요, 또 피동被動에 지나지 못할 것이다. 신사상은 생의 충동에서 넘쳐 나오는 것이요, 충동을 제일 실질적으로 표현하는 것은 연극이다. 그러므로 나는 예술적 의미보다 실질적 의미에서 우리 조선 사회에는 무엇보다도 연극운동이 가장 급무라 한다.

연극의 기원과 희랍극의 고찰

서언

　본문을 술述하기 전에 나는 간단히 몇 마디의 서언을 먼저 쓰고자 한
다. 이와 같이 서언이니 본문이니 하고 굉장하게 늘어놓아서는, 흡사
대극론大劇論의 감이 있으나, 기실은 내용이 너무 빈약치나 아니할까 하
는 염려도 적지 아니하다. 원래 나의 처지로 아니— 나라고 함보다 조
선사람인 처지에서, 연극의 역사를 쓴다하면 무엇보다도 자기의 생활
을 직접 계래繼來한, 즉 다시 말하면 자기 생활의 근저— 그 '리듬' 에서
표현된 조선극의 사편史片을 연구하는 것이 가장 적당한 순서이라 하겠
으나, 나는 불행히 조선 고대극의 통일적 연구를 수遂치 못하였고, 다
만 단편적으로 전래하는 고화古話 혹은 보통 역사서에 기항식幾項式 표
기된 몽롱한 사맥史脈을 발견하였을 뿐이다. 그러나 조선의 연극도 결
코 중고中古에나 근대에 발생한 것이 아니요, 적어도 신라 초기부터 발
아되었던 것은 사실인 듯하다.

　희랍극의 기원이 '디오니소스' 신 외 제례시祭例時로부터 창시되었다
하면, 조선에도 고대 즉 단군 시대로부터 천天을 제祭하고 그 제례에 다
수한 군중이 회집하여 형형색색의 가면을 쓰고 각종의 유희와 여흥을
행하던 사실이 역사에 전하는 것을 보면 조선극의 창시가 도리어 희랍

극의 기원이 기幾세기 이전이었던 것을 증명할 수 있다. 그러나 현대극의 발전상태는 어떠한가? 희랍극의 계통을 수受한 구미歐米에서는 연극의 발달이 절정에까지 달하였고 조선에는 중고에 극의 형식을 무던히 형성하였든 '산희山戱' 즉 속칭 산두장패山頭匠牌와 '야희野戱'(현現에 호남지방에서 혹간 하는 들놀이)* 등의 극적 유희까지 그 종적이 묘연하게 되어 조선극의 고적古蹟은 장차 가고可考할 여지도 없게 되어 감은 실로 애석할 사事이다.

이와 같이 영원한 창시사創始史를 가진 조선극이 필경 번화한 황금시대를 전개치 못하고 침침한 암중에서 쇠퇴한 운명을 면치 못한 것은 여러 가지의 원인이 있을 것이나, 나는 그 중에 유교 전성全盛의 폐해가 무엇보다도 제일 큰 타격이었다고 추상한다. '인자仁者는 반드시 여사如斯할지어다' '인人의 감정은 차此를 인忍으로써 제制하라'는 등의 전형적 교훈이 생에 대한 모든 충동을 억제하였다. 생의 환희가 전신에 넘치어 견딜 수 없이 유출하는 그 부르짖음도 표현치 말라, 한권**으로 지상을 치며 흉간이 터질 듯한 불평도 오히려 노출치 밀지어다 하는 그 유교의 구속이 생의 '리듬'에서 용출하는 연극의 발달까지 방알防遏 것이다.

그러나 신공기에 섞여 불어 들어오는 현대의 사조는 다시 연극운동의 도화선을 조선 내에도 전하였다. 전기한 바와 같이 조선 고대에도 연극의 기록이 존재하였으나, 근시에 즉 십수년 전부터 수입한 연극의 계통은 전혀 고古 조선극과는 하등의 연락도 없고 다만 그 도화선으로 인하여 과거의 극적劇跡을 멱구覓究케 하는 충동과 기회를 줄 뿐이다.

여하간 자금***십수 년 전에 임성구라는 자칭 신파 원조가 장대에 푸르뎅뎅한 기旗를 매달아, 선두에 세우고 일본식 대소고大小鼓와 소왜정****

---

* 야류, 혹은 들놀음은 영남 남부 해안, 동래·수영·부산진 등에서 행하였다.
** 恨拳 : 한스러운 주먹.
*** 自今 : 지금으로부터.
**** 小倭鉦 : 작은 일본식 징.

을 올리며 경성 시가를 순회하여 저급의 관람자를 취집聚集하던 당시에 비하면 극 자체로는 아직 현저한 진보가 없다 할지라도 근래에 연극운동이 보통적으로 전파된 것은 사실이다. 종교회합의 여흥이나 심지어 보통학교 운동회까지라도 '프로그램' 끝에 연극의 몇 막이 있다고 기록한 것을 보면 얼마나 운동이 보편적으로 유행하는 것을 가히 추지推知할 수 있다. 이와 같이 불과 기년간에 연극운동이 보파普播된 것은 물론 사조의 관계라 하겠지마는, 조선에도 과거에 극이 있었고 또 연극에 대한 소질도 다분으로 가지고 있는 민족인 까닭에 그 도화선을 전수하는 속력도 가장 민첩하였다.

전기한 바와 같이 방금 조선에서 연극운동이 사회운동의 일단이 되어 점차로 자기의 신세계를 개척하고자하는 차제差除에 우리의 가장 고찰할 것은 연극 자체의 가치 향상과 연극의 예술적 표현이다. 지금 조선에서 사회운동의 한 추종물로 연극을 인식하는 사람은 다多하나 사회운동의 선구자로서의 연극의 이해함은 극히 소小할 뿐 아니라, 현재 연극이라고 상연하는 것을 보면 차를 지도하는 책임자나 또는 배우들은 일종의 유희적 기분에 침탐沈耽할 뿐이요, 극의 사명을 전달하는 기관이 없다. 그러므로 일원一圓이나 혹은 일원一圓 반半의 입장료를 내고 저렴한 오락을 탐貪하러 가는 관중은 있어도 예술의 분위기雰圍氣에 훈취薰醉코자 극장에 입장하는 사람은 극히 소수이다.

물론 이점에 대하여는 소호小毫도 관중을 책할 하등의 이유도 없다. 다만 모든 책임이 극을 지배하는 그 직접 감독자나 또는 배우에게 있을 뿐이다. 그러므로 나는 이러한 불완전한 상연을 빈수頻數히 하는 것을 취치 아니한다. 일 년에 이차二次도 무방하며 또 일 년에 일차一次도 무방하다. 다만 충분한 지식과 수양을 가지고 진실되이 극의 운동을 계속하기 바란다. 연극이 오락이나 또는 무의미한 유희가 아닌 것은 연극의 기원과 그 동기를 고찰하여도 스스로 명확한 사실이 있다. 희랍극의 창시도 상술한 바와 같이 '디오니소스' 신을 제祭하는 경건한 민족의 성의에서 유출한 것이요. 그 전에 직접으로 희랍극의 계통을 수受치 아니한 인도극이라든지 또는 조선 고대에 사기를 고찰할지라도 역시 허위가 없는 참스러운 성의로 종교를 신앙하는 그 신단의 여흥에서 극의 맹아가 생하였고, 일본의 전례를 볼지라도 불교를 수입한 후로 전도하는 방식에서 연극이 유출由出하였다.

이와 같이 연극의 기원을 고찰하면 인생의 가장 참된 경건과 가장 자연스러운 생의 '리듬'에서 유출한 것이 분명할 뿐 아니라 인생이라는 자기를 표현하는 데에는 어떠한 예술보다도 가장 완전하고 진상을 그대로 표현하는 것은 연극밖에 없다. 석昔에 어떠한 탐승객이 '나이아가라' 폭포를 동경하다가 일일에는 그 숙망宿望을 달하여 관상觀賞할 기회를 득得하였다.

현장에 임함에 천인千仞을 비하하는 수세水勢는 안계眼界가 황홀하며 폭성瀑聲은 천지를 진동하는 중에 탐승객은 정신이 아득하여 다만 그 장관에 침취沈醉하있다가 석양에 여사旅舍에 귀歸하였다. 주부는 탐승객을 영迎하며 '나이아가라'의 소감을 문問하매 객이 비로소 취중에서 깨인 것 같이 다만 굉대한 폭포이었음을 대답할 뿐이요, 아무 구체적 설명을 못하였다. 주부는 다시 객에 대하여 "그러면 명일은 이것을 가지고 자세한 구경을 하고 오시오" 하며 회중懷中에서 작은 면경面鏡 한 개를 내어 전하였다. 객은 주부의 가르치는 대로 그 익조翌朝에 면경을 가지고 '나이아가라' 폭포에 가서 면경을 폭포 월변越便 수목樹木 가지에 걸고, 면경에 비추는 '나이아가라'를 다시 관상하였다. 전일에는 안계에 넘치게 그 굉대하던 전경이 작은 경면鏡面에 유루遺漏 없이 축사縮寫되어 명료하고 간결하게 비추는 것을 보고 비로소 통일적 관찰을 얻었다한다. 이러한 비론사比論辭는 어떠한 인생 철학가가 주출做出한 묘화妙話라 할지나 나는 연극이 우리 인생 사회에 대한 반조경返照鏡이라는 것을 상기上記한 실례로 증명하는 동시에 더욱 일보一步를 진進하여 인생의 활화活畵이라는 것을 믿는다. 그러나 연극에 대한 주의라든지 또는 그 사명에 대하여 타일他日에 양讓하고 금회에는 세계연극사의 가장 본원이 되는 희랍극 발원과 이에 대한 고찰을 조금 소개함에 그친다.

희랍극의 기원

서양 어떠한 극학자의 말을 들으면 연극이라는 것은 인생이 창시되던 그 당시부터 발생하였다 한다. 즉 2인 이상의 인간이 생기었을 때 — 갑이 을의 행동을 모방하며, 을이 갑의 언어를 남습嘛習할 때부터 연극이 발아되었다 한다. 물론 연극이라는 것은 모방 즉 '흉내'를 내며 그 '흉내'로써 감정을 표현함에서부터 시작된 것은 사실이다. 그러나 인생이 창조된 제2인 시대부터 그 제2인이 제1인의 언어라든지 또는 동작을 모방하였다는 그 사실이 즉 연극의 기원이라 함은 너무 심한 학설이다. 인간이 모든 연습하며 모방하는 데에서 오늘날 같은 사회를 만들어 낸 것은 사실이다.

다시 말하면 인간의 본성이나 또는 본능으로 인간 생활의 필요한 것을 주출做出한 것과 같이 제2인이 제1인을 모방한 그 흉내가 연극이라는 것을 산출할 소질이었고 또 토대이었다 하면, 그것은 물론 긍정할 사실이다. 원래 희랍 고어古語에 '드라마(drama)'라는 것이 동작을 의미하는 표어이었다 하며 또 연극을 '드라마'라고 명명함을 추구하여 보면 연극의 시초가 과연 인간의 동작으로부터 창시된 것은 확실하다.

그러나 전술함과 같이 광의로서의 연극의 기원을 굴구掘究하려면 구태여 희랍에서부터 그 기원을 심尋할 필요가 없을 것이오. 어느 종족이나 또 어느 민족을 막론하고 장구한 역사를 전하며 상당한 사회생활을 구성하였다하면 거개擧皆 극적의 기원을 가졌을 것이나 원래 극이란 것은 장구한 시일을 요하여 분화적 발달을 수遂하는 것이요 적어도 완전한 역域에 지至하기까지는 기인幾人의 극적 천재를 요하는 것이므로 차점此點에 대하여 가장 희랍극을 연극의 총본가總本家라 할 수밖에 없는 것이다. 즉 다시 말하면 모든 인생이 자기의 생활 현상을 자연이나 또는 자연을 초월한 신의 숭배라든지 그 계점契點에서 가장 고열적高熱的의 신래적神來的의 감정을 표현하는 데에서 기원이 생生한 것은 거개 공통하는 점이나, 그러나 현대극의 요소라든지 현대극의 발달한 계통을 회고하면, 희랍극사를 가장 원조라 할 수밖에 없다.

희랍극의 기원이 '디오니소스' 신을 제하던 연중 행사 '디튀람보스(dityrambos)'에서 발생하였다 함은 그 일반이 공지하는 바이다. 어느 민족이나 어느 시대를 물론하고 위대한 예술을 산출함에는, 먼저 그 민족이나 그 시대에 면목이 다른 어떠한 신운동이 돌기突起하는 것이 상례이다. 희랍에서도 기원적 7~8세기시대로부터 고관古慣적 생활에서 일전기一轉期를 시始하여 이상에서 현실로 종족 관념에서 개인 해방으로 일정 불변하던 종교적 신념에서 점차漸次로 현실에 대한 모순·회의 등 모든 것이 그들의 생활을 동요케 하기 시작하여 기원전 5~4세기 즉 3대 비극시인이 배출할 때에는 재래의 신화 전설도 개성적 신해석을 가하게 되어 모든 것이 개성과 신시대를 목표로 신기新期의 문화운동이 전개되었다.

그와 같이 그들의 생활에 일전기一轉期가 도래함에 따라서 그들의 몽상하든 '제우스' 신이라든지 '올림푸스' 신 기타 모든 인간과는 전연히 별세계에 있는 다신교에 대한 신념이 점차로 박약하여 가는 동시에, 인간 생활과 어떠한 직접 관련을 가진 즉 다시 말하면 인간 생활에 접촉할만한 어떠한 신을 동경하는 결과, 드디어 '디오니소스' 신을 주출한 것이다. '디오니소스' 신은 원래 희랍 고대로부터 신적神籍에 있던 신이 아니요, 아시아에서 수입한 일종의 외래신으로서 자유와 변화와 유동流

動을 즐겨하며, 시와 음악과 주와 식물을 사司하는 신이었다 한다. 그뿐만 아니라. '디오니소스' 신의 발생은 무엇보다도 인간적이라는 의미에서 당시 이상에서 현실로 전이轉移하는 희랍인의 생활이 이를 공명共鳴하고 더욱 숭배를 깊게 한 것이다. '디오니소스' 신의 전신前身은 신과 인간 사이의 혼합체로서, 희랍신화에 기록한 것을 보면 고대에 '제우스'라는 대신大神이 '테베' 왕의 공주 '세멜레' 라는 미랑美娘에게 연애를 하였는데 이 소문을 들은 여신 '헤라' 는 이것을 투기妬忌하여 이간책을 붙이어 '제우스' 신이 천상에 있을 때에 입고 있던 신복神服을 그대로 입고 '세멜레' 공주를 방문하게 되어 그 찬란한 광채를 못 이기어 인간인 '세멜레' 공주는 드디어 소사燒死하게 되고 그 공주가 사망한 지상에 일찍이 공주의 포내胞內에 잉태하였던 '제우스' 신의 신자神子로 출생한 것이 즉 '디오니소스' 신이라 한다. '디오니소스' 는 이와 같은 인간적인 출현을 가진 신이므로 당시 희랍인의 생활에는 가장 요구에 적당한 숭배신이 되었을 것은 사실이다.

그러므로 '디오니소스' 신의 제례는 매년 춘추 2기에 분分하여 거행하는 중에도 모든 절차와 행렬行列이 당시에 발달된 음악과 가장을 극도로 과장誇張하여 재래의 신례보다는 극적 기분이 가장 농후하게 되었다. 추기秋期의 제례는 포도의 수확을 마치고 노동이 거의 종료한 계동季冬에 행하고 춘기春期 제례는 작추昨秋에 수확한 포도로써 조양造釀하였던 신주新酒가 발효醱酵되고 모든 자연의 생명이 새로운 소생甦生을 시작하는 화춘 3월에 거행하였다. 춘추 2회로 이와 같이 성행하는 제일祭日에 아전* 시민은 물론이요, 심지어 촌락에서까지라도 당일은 모든 업을 휴식하고 환희에 뜨인 남녀노유들이 각종의 가장假裝을 차리어 수피

---

* 雅典 : 아테네.

獸皮를 입은 사람, 두상頭上에 생사生蛇를 권卷하고 손에 구화篝火를 든 사람, 징鉦을 울리는 악사, 생적를 부는 청년 등 수만의 군중이 제단을 포위하며 도로에는 행렬을 의하여 신춘의 화창한 기분과 공히 모든 것의 재생을 무도舞蹈하는 열광이 전시全市를 통하여 충만하였다. 즉 그리고 이와 같이 성대히 행하는 춘추 2기의 제례에서 희비극이 유출하였다. 춘기 제례의 축제가와 무도에서 비극이 발아되고, 추제에 행하는 청년 남녀의 가장행렬대가 시가를 순회하며, 만나는 사람에게마다 우스운 골계滑稽의 문답을 하든 대에서 희극이 유출되었다 한다.

춘기 제례의 절차는 제단에서 축사를 행할 '디튀람보스'라 칭하는 합창대가 '디오니소스' 신의 종자로 분장하고 양피를 착著한 수천인數千人이 대隊를 지어가지고 송덕가頌德歌를 부르며 제단의 주위를 환회環廻한다. 그 송덕가의 작가는 기원전 7세기 말기로부터 전 6세기 초엽에 가장 유명하던 '아리온(arion)'이라는 시인이 창작한 것이요, 겸하여 무제한이었던 무도자의 수를 50인으로 정하게 되었다. 그리고 제례의 여흥으로는 '디오니소스' 신의 일사逸事를 가색하여 여러 가지의 가무假舞와 유희가 있어서 연극의 요소가 무던히 구비되었었다.

그러나 희랍비극의 최초 건설자라는 명예를 관冠할 사람은 기원전 6세기 초의 시인이었던 '테스피스(Thespis)'이라 한다. '테스피스'가 비로소 합창대와 대립한 일인의 독립인물을 입장케 하여 그 인물이 운문시이었던 송덕가를 담화체로 변하여 대사를 비롯하게 되고 극의 최초의 형식을 구비케 하였으며 '테스피스' 자신이 직접으로 이 역役을 분장하여 다대한 성공을 전하였다. 이러한 전설을 종합하여 보면 '테스피스'는 다만 극의 건설자일 뿐만 아니라, 동시에 배우의 창시자이다. 극장의 발달로 보아도 '테스피스' 이전에는 합창대를 지도하는 사람이 타부 합창대와 대화를 할 동안에 전용하든 평상平床을 배우로 하여금 전용케 하였고, 완전히 청천하靑天下에서 수만의 군중이 모이어 관람하며 합창대 분장扮裝하는 데에도 하등의 처소 설비가 무無하던 것을 비로소 일종의 가사假舍를 건建하고 배우와 합창대가 그 가사 내에서 가면을 하며 분장을 개改하게 하여— 이것이 극장의 기원이 되고, 배우가 입立하였던 그 평상이 무대로 진보된 것이다. 그 뿐만 아니라 극의 제목도 '테스피스'의 손에서 확장되며, 점차로 그 종류도 '디오니소스' 신의 일사에서 범위를 탈脫하여 일반 신화 중에서 널리 재료를 선택하게 되었다. 그리고 기원전 535년에 아전시에서 처음으로 비극의 경쟁적 공연을 거행하게 되었을 때에도 '테스피스'가 가장 위대한 성적을 주奏한 결과로 드디어 '디오니소스' 신의 춘기 대제를 국가적 행사로 공인하게 되었다. 이 동기가 희랍비극 급속한 발전과 진보를 촉促하였으며 행복스러운 그 환경에서 찬란한 역사를 계승하게 되었다.

3대 비극시인의 출현

'테스피스'가 사거한 후 30년을 경經하여 희랍비극의 제 1인자인 '아이스퀼로스Aeschylus' 출생하니 때는 기원전 525년이었다 그의 청년기에는 희랍에 민정주의의 정부가 확립하였고 그의 성년기에는 전후 2회의 파사波斯 전쟁*이 일어나서 용기가 용출湧出하는 그는 드디어 전선에 출出하여, 광영스러운 승리를 얻고 아전 시민의 사상과 정력을 건실健實케 하였다. 그는 전선에 출하기 전에도 자기 작극作劇을 공개하였으나, 기원전 499년 즉 전첩戰捷의 기세가 전시全市에 충만하였던 그 해에 가장 극재劇才의 명성을 박博하였고 또 '아크로폴리스' 구측丘側에 설치하였던 목제 '벤치'의 관람석을 석제로 개축改築케 하였다. 그는 초연 이래 41년간에 90편의 희곡을 창작하였고 경쟁 공연에 14회나 월계관을

---

* 페르시아 전쟁. 기원전 490년에 마라톤 전장으로 유명한 1차 전쟁이, 기원전 480년에 2차 전쟁이 있었다.

획득獲하였다 하며 '테스피스'가 일인의 배우를 등장케 한 것을 그 방식에 다시 일대 개혁을 행하여 제 2의 배우를 대립케 하였다. 이 개혁이 비록 용이한 듯하나 희곡의 요소로 보면 가장 적절한 개혁이다. 2인 이상의 배우가 있어야 비로소 대화 또는 대동對動 등의 무대적 변화가 생生할 것은 물론이다. 그리고 그 개혁에 따라서 합창대가 입立하였든 장소는 배우의 무대로 변하고, 관객의 주의 초점도 배우에게 경주傾注케 되었으며, 모든 극적 조자調子도 점비漸備하게 되었다. 그리고 그는 작극의 편수를 따라서 희곡가의 천재를 점점 발휘하며 시민을 일층 대담하게, 일층 고상하게 미덕을 향상케 하는 것이 자기의 책임이라 자임自任하고 종교적 정신과 도덕적 교훈으로, 고대신화의 일사를 극화하여 희랍극의 최고 기록을 작作하였다. 그러나 그의 90편의 희곡은 대부분이 편편片片이 누실漏失되고 근세까지 유전遺傳하는 것은 다만 7편에 불과하며, 그의 사거한 원인과 연대도 오히려 미상未詳하다 한다.

전기와 같이 '디오니소스' 신의 제례에 행하던 전식典式과 여흥으로부터 연극이 발아된 것은 추측할 수 있으나 그 제전이나 또는 여흥 중에 연극 발아에 가장 밀접한 관계를 가진 것은, 과연 어떠한 부분인가? 물론 다대한 합창대가 반수반인半獸半人형의 가장을 하던 것과 그 가장에 사용하던 가면이라든지, 또는 합창대가 노래하는 송덕가 등이 현세까지 전하는 소위 배우의 분장, 발髮, 대사 등의 기술을 산출한 것은 의점疑點을 삽揷할 여지도 없다.

그러나 그 당시에 그와 같은 복잡한 양식을 행하는 순서와 방식은 과연 어떠한 형식으로 전하였는지? 최초 창시에는 물론 하등의 기록도 없이 다만 모든 절차를 관습이나 또는 기억으로써 전하였고, 전 7세기 말에 '아리온'이 출생하여 비로소 송덕가를 창작한 이래로 그 절차가 희곡화하였고, '아이스퀼로스' 때에 이르러 완전한 희곡을 성成하였다. 그리고 등장인물의 성격이라든지, 동작 또는 진퇴, 대사 등이 명확히 기록된 대장臺章이 생긴 것도 그때부터 비롯하였다. '디오니소스' 신의 고민을 각색하는 이외에, 전설이라든지 기타 신화를 재료로 하여 신의 정의관념과 운명은 절대 불변이라는 의미를 암시하는 '드라마' 즉 현대극의 종분種分 상으로 보면 일종의 운명극이라는 각본이 출생하였다. 이러한 운명관이 당시 희랍인의 보편적 신념이었으므로 연극상으로 유출하는 사조도 역시 그 권내圈內를 탈脫치 못하였던 것이다.

'아이스퀼로스'의 극에 대한 창설이라든지, 위대한 그 천재와 그 공적은 2500여 년을 경經한 현대의 대극가로도 오히려, 경탄驚歎을 불기不己케 하는 바이며, 그의 창작 생활 40여 년간에 90편의 희곡이라는 수도 참으로 경복敬服치 아니치 못하겠다.

이와 같이 '아이스퀼로스'의 위대한 예부藝斧로 극계를 개척한 후 전 496년에 희랍극의 완성할 책임을 부負하고 출생한 위인이 즉 '소포클레스(Sophocles)'이다. 그는 '아이스퀼로스'보다 28년이 소少한 후배로서, 유시幼時부터 음악과 무도舞蹈에 깊은 소양을 온축蘊蓄하여 그의 28세 되던 때에 비로소 비극작자로 명성을 박博하여 이후 60년 간에 극작을 계속하였으며, 제3인의 배우를 창시하였다. 그리고 3인의 배우가 동시에 무대에서 활약하는 운동을 일으킨 이래로 종래의 주요 부분이 합창대와 배우의 지위에도 최후의 결정을 행케 되어. 각반위주各反爲主의 대변동을 기起케 하였다.

그로부터 합창대는 일종의 부속물이 되고 배우의 대화가 주위를 점하여 희곡의 기초와 형식이 완전히 확립하여 따라서 희곡 중의 성격과 사건의 갈등이 점점 복잡하게 되었다. 그리고 '아이스퀼로스'가 사용하던 3부곡 트라일래지(trilagy) 즉 삼단 변화의 방식을 타打하고 각 곡을 독립케 하여 일층 자유스러운 희곡을 창조하였다. 또 사상 방면에도 종교적 정조情操라든지 유전적 신벌神罰과 불가변의 운명 등 모든 전통적 구속에서 기분幾分간의 변천을 기起하여 자유로운 세계로 인도하는 경향이 많았다. 그러므로 그의 희곡은 '아이스퀼로스'의 희곡같이 어떠한 문제 밑에서 인생을 신사傾使하는 것이 아니라, 문제를 배경으로 삼고 그 배경 앞에 인생을 선명하게 묘출케 하는 감感이 있으나 '소포클레스'의 희곡은 어떠한 문제 하나를 전개하고 그 전경 속에서 인생의 형체와 활동을 선명하게 묘출하는 감感이 있다. 이 점에서 양자의 사상이 상위되는 것을 엿볼 수 있으며 또 변천하는 연극의 사정史程을 추측할 수 있다.

그는 희곡의 취재取材도 종래에 전하든 초자연적의 신화라든지 전설에서 구함을 피하고 전혀 신방면을 개척하여 순純인간을 목표로 하고 인간의 생활에서 직접 취재를 선택하였다. 그뿐만 아니라 그는 극장설비라든지, 무대용구에도 적지 아니한 개량을 행하였다. 그는 90평생 60년의 장구한 극작 생활을 하는 동안에 백수십편의 희곡을 유遺하고 현세까지 전하는 7,8편 중에 〈오이디푸스〉와 〈안티고네〉〈엘렉트라〉 등이 가장 유명한 희곡이라 한다.

'소포클레스'보다 18년을 후하여 기원전 468년에 '에우리피데스(Euripides)'이라는 3대 희랍 비극가의 제3인이 출생하였다. 그의 생활은 전2대 비극가에 비하면 적지 아니한 가정 상 고민과 파란이 있었다. 그의 처음으로 결혼한 처는 다른 정부가 있어서 드디어 출분出奔하고 제2의 처도 역시 그의 우인友人인 음악가와 간통하여, 그의 가정적 생활에는 견디기 어려운 암영暗影이 드리워 있었다. 그러므로 그의 희곡은 여자의 광적 발작이라든지 또는 병적 심리를 다분多分으로 응용하게 되었다. 그는 가정이 항상 음울한 기분 속에 묻혀 있던 까닭에 인人과 접어接語하기를 즐기지 아니하고 은둔隱遁적 서생 생활로 일생을 보냈다 한다. 연대도 물론 '아이스퀼로스'와는 반세기 여의 차이가 있지마는 그의 비극은 가장 근세적 조자調子와 감정을 가졌다. '소포클레스'의 비극은 윤리적 완전과 예술적 균형을 목적으로 하여 '페리클레스' 시대의 정신을 전적으로 표현하였으나 근소한 시일을 상위相違를 가진 '에우리피데스는 이미 희랍 고래古來의 문화의 전형을 탈脫하고 일층 널리 일층 세계주의적인 인생으로 이移하였다. 그리고 그는 시대 정신을 그의 비극 중에 표현하여 인생 그대로의 인물을 묘사하였다. 그의 비극에 대한 외적 개혁은 특기特記할 점이 별무別無하나 합창대가 무대에서는 그 지위를 영원히 실失케 된 것과 여자를 극의 중심인물을 인용한 운동은 역시 신기록이라고 할 수 있다. 그는 선배작가의 계통을 수受하여 신화 전설에서도 재료를 취용하였으나 그러나 그 희곡 중의 인물은 자기와 호흡을 같이하는 당시의 남녀를 묘출하여 인생의 결점缺點이나 장처長處이나 또는 추醜나 미美나 조금도 폐蔽치 않고 위僞치 않고 그대로 묘사하기 까닭에 선배에 비하면 사실가寫實家의 일보一步를 진進하였다 할 수 있다. 그리고 열정적 연애와 질투 또는 가정 문제, 병적 심리 등 사회극社會劇 풍風의 재료가 그의 항상 기용嗜用하는 바이었다. 즉 현대극의 분류상으로 말하면 일종의 낭만적 사실주의의 극작가이었다. 그와 같이 그는 당시 현재한 인생 생활에서 희곡을 묘출하기 까닭에 그의 시대에 와서 일종의 희극이 부지중 발아케 된 것이다. 그는 70여세의 일생을 보내는 동안에 다수한 희곡을 창작하고 희랍 3대 비극가의 최종인이 되었다.

—《개벽》 1923년 1월호.

(이 원고는 당초부터 분재分載할 예정이 아니요 한번에 다 내기로 20항 남짓하게 쓴 것인데 편집상 지면의 부족으로 돌연히 2차에 분하게 되어 전호에 기재된 분으로만은 고찰이라는 표제의 내용이 너무 빈약하였음을 긴히 사합니다. —저자 백)

희비극의 분리

이상의 약술한 바로써 희랍비극의 유래와 3대작가의 개력槪歷은 추상推想할 수 있으나 '디오니소스' 신의 춘기 제례가 비극을 산출하고 추기 제례가 희극을 유출케 한 그 분기점에 취就하여 다시 추구를 요할 필요가 있다. 원래 춘기 제례는 '디오니소스' 신의 일사逸事 중 고민을 각색하여 신으로서의 '디오니소스'가 인생을 위하여 모든 것을 재생케 하려는 그 고민 열정이 다분多分으로 묘사되었을 뿐만 아니라 당시 희랍인의 인생관에는 모든 것이 절망밖에 없었다. 그리고 신의神意는 결코 인생이라는 것을 재생케 하지 아니하고 영원한 운명 속에 인생을 쓸어 넣어 가지고 어디까지든지 그 운명 속에서 인생을 소멸消滅케 한다는 그 신념이 희랍인의 뇌수에 깊은 근저를 박았었다. "인간은 신이 되기를 원치 마라. 신은 영원불멸하는 것이다. 인생의 피치 못할 이 고통을 우리가 어찌 그렇게 영구히 인내할 수 있으랴" 하는 모든 것을 비관하는 그 권태한 인생관에서 '니오니소스' 신은 돌연히 큰소리로 만물의 재생을 부르짖었다. 신으로서의 인간의 재생, 동복冬服으로서의 양춘의 재회를 부르짖었다.* 이와 같은 신념의 추이와 과거의 비애가 화춘 3월에 거행하던 춘기 제례에서 드디어 비극을 산출케 한 것이다. 또 어떠한 희랍극학자의 말을 들으면 춘기 제례에 희생물로 공供하는 산양의 애가, 즉 '트레지디아(Tragoidia)'의 애연哀然한 비가를 합창대가 노래함으로부터 그 비가가 즉 비극의 근원이 되었다 한다. 그러나 '트레지디아'란 것은 과연 어떠한 유래를 가졌는가? 장차 제단 앞에서 희생을 당할 산양 자신의 운명을 상징한 '노래'인가? 또는 고대부터 전래하는 속가의 일종이었는가? 그 유래를 분명히 연구하기 전에는 긍정할 수

---

* 신에서 인간으로의 재생, 겨울에서 봄으로의 재생이란 의미.

없는 학설이다.

희극의 발원도 역시 '디오니소스' 신의 제례에서 발생한 것이나, 다만 추기에 거행하던 절차와 여흥이 전자와는 그 형식을 상이케 한 까닭, 그 차점差占에서 비·희극이 분기分岐된 것이다. 추계 제례에는 방가난무放歌亂舞한 골계외잡滑稽猥雜한 행렬이 성행하고 모든 방식이 신적神的 균제均齊로부터 인간적人間的 방일放逸로 추이趨移하여 생에 대한 환희가 창일漲溢하였다. 수만의 남녀가 한곳에 집합하여 종야終夜토록 구화篝火를 피우며 형형색색의 원시적 유희에 취하고 남근腎의 모형을 만들어 찬 여자, 야수의 가면을 쓴 남자들의 행렬대가 시중을 순회하며 재담(익살)의 문답과 웃음을 자아내는 별별 동작을 다하여 동물적 환락을 조장하였다. 이와 같이 구속에서 해방, 심비沈悲에서 열희熱喜로 추이趨移하는 그 유희가 희극을 산출한 동기를 작作하였다. 그러나 그 중에 가장 희극의 요소라 할 것은 합창대의 지도자가 관중을 향하여 재담을 하던 것이 희극의 큰 조장이 되었다.

그리고 삼대 비극가의 제3인인 '에우리피데스'가 현실 생활에서 희곡 재료를 인용케 됨으로부터 풍자諷刺, 조소嘲笑 등의 모든 상징이 이 희극의 도화선을 전하게 되어 그것으로부터 희극의 형식이 맹출萌出하였다. 그럼으로 희극의 창시자로 말하여도 역시 '에우리피데스'이라 할 수밖에 없고 그 다음에 전 438년에 '아리스토파네스(Aristophanes)'가 출생하여 희극의 완성을 기期하였다. 그는 당시의 정치가를 조소하며 개인을 격렬히 공격, 비난하는 풍자를 각색하여 상연하였다. 그의 예도銳刀로 찌르는 듯한 풍자 희곡이 당시의 정치가를 노하게 하고 사회의 반감을 일으키어 그로 인하여 '아리스토파네스'는 여러 방면에서 많은 박해를 수受하였을 뿐만 아니라 그 박해를 공恐하여 정치가라든지 또는 조소의 적이 되는 인물로 분장하는 후배들까지 자기의 소안素顔을 노현露現치 않도록 가면을 사용하게 되어 배우의 가면술도 이로부터 창

시되었다. 이전에는 합창대에 한하여 가면을 사용하였고 배우는 다맛*
분장도 없어 그대로 무대에 출연하던 것인데 박해의 후려後慮가 이와
같이 도리어 한가지의 기술을 산출하게 하였다. 희극의 발달도 아전雅
典시에서 성행되는 때에 역시 희극의 황금시대를 전개하였고 계단을
수隨여 '씨세리온(susarion)' '소피온(sophion)' 등의 대작가가 완성을
기期하였다. 희극과 비극의 차이를 다시 현대극現代劇 상 약속으로 고찰
하면 극중의 주인공이 어떠한 운명에 조우遭遇하여 별별 난관을 경과하
며 운명과 개성과 호상互相 악전고투를 하였으나 드디어 그 운명을 저
항치 못하고 최후에는 굴복하거나 또는 비참한 멸망에 함陷하는 것으
로 막을 필畢하면 대개 비극이라 칭하나 그러나 희랍비극에는 상기한
조건을 확수確守치 아니한 비극도 많이 있었다 한다. 그러나 대개는 주
인공의 최후의 굴복으로써 비극의 요소를 삼았고 희극의 요소는 극중
주인공이 어떠한 방애물防碍物로 인하여, 즉 타부他部 인간과 공통되는
그 방애물로 인하여 상호충돌이 되는 점을 발견하고 최후에 타협 또는
조화로써 막을 필畢하는 싯을 희극의 필요로 하였다.

　간단히 말하면 미지·오해·착오 등의 원인으로 다양한 갈등·모순을
생生하였다가 최후에는 호상互相 간에 원만한 해결을 고하고 막을 닫는
것을 희극이라 하였다. 그리고 재료를 취래取來하는 데도 비극은 신화
·전설에서 많이 인용하였고 희극은 그 당시의 현실 사회에서 직접으로
그 실생활의 인물을 그대로 무대에 재현케 하였음으로 차점此點에 큰
차이가 있을 뿐만 아니라 비극 중의 인물은 개인과 운명과의 고민으로
극이 전개되어 그로써 막을 종終하고 희극은 인간과의 문제로 일시적
갈등을 실사實寫한 것이다.

　이와 같이 명료히 구분되기는 얼마 후의 일이나 원시적 분기점으로

---

* 더불어의 옛말. 다못.

말하면 '디오니소스' 신의 춘기제에 행하던 모든 여흥과 산양가山羊歌가 비극의 원시가 되었고 추기 제례에 행하던 동물적 환희와 각종의 비소 鼻笑를 자아내던 형형색색의 가장과 '바커스(bachus)' 주신酒神의 가면을 쓰고 난취亂醉한 유희를 하던 데에서 희극이 발생한 것이다. 희·비극의 분기는 이상의 약기略記한 바로 그치고 다음에는 3대 비극 작가들이 희곡의 형식이라든지 그 내용과 극중인물을 과연 여하한 방법으로 활동케 하였는지 유전하는 희곡 수 편에 대하여 다시 설명코자 한다.

희랍극의 내용

'아이스퀼로스' 이전에는 희곡의 형식도 완비치 못하였고 따라서 현세에 유전하는 가고可考의 여편餘片이 무無하나 '아이스퀼로스' 시대부터는 성양成樣한 희곡이 출현하기 시작하여 그의 창작으로만 90편이 출하였다 한다. 그러나 그 중에 현세까지 유전하는 것은 다만 7편뿐이요, 그 7편도 그의 창작 시대 중 과연 어떠한 시기에 편출編出한 것인가? 그 년대도 가고可考할 곳이 없다 한다. 그러므로 물론 그 7편으로 경솔히 그의 전 작품에 대한 가치를 총평할 수는 없으나 그러나 그 7편 중에 〈탄원자歎願者〉가 가장 초기의 작품이라는 것은 어떠한 극학자의 발견이라 한다. 기타 〈결박된 프로메테우스〉라든지 〈아가멤논〉의 3부곡 등은 구미에서 때때로 상연하며 극계의 태면怠眠을 깨우는 일종의 각성제로 하여 최근에도 성행하는 터이다. 그의 희곡은 다수가 3부곡으로 되었고 또 풍속극을 최종에 부가하여 4부곡으로 작성한 것도 있다. 그러나, 나는 그 중에 제일 간단한 〈결박된 프로메테우스〉라는 희곡의 내용을 이하에 소개코자 한다.

결박된 〈프로메테우스〉 근서筋書 내용

'프로메테우스' 신은 원래 희랍 고대의 제신諸神과 같이 불멸하는 운명을 가진 신으로서 신계에서 극히 비밀 속에 감추어두고 변화를 부리는 '화火' 즉 모든 물건을 주야鑄冶하는 화력을 비밀히 절취竊取하여 인간에게 주어 아무 변화도 모르는 인간에게 그 '화'의 힘으로 가련한 인간 생활를 향상하도록 노력하였다. 그러나 이와 같이 인간에 대하여는 큰 혜택을 내린 '프로메테우스' 신은 비밀히 장치하였던 '화'를 절취한 소이所以로 신계에서 격노를 받아 드디어 제신의 왕인 '제우스' 대신大神이 화신*을 명하여 폭력과 권력이라는 양兩 사자로 하여금 '프로메테우스' 신을 '코카서스' 라는 땅에 데리고 가서 험준한 암석에 사지를 철쇄鐵鎖로 결박하여 놓고 재열災熱과 폭풍에 방치하여 까마귀, 까치 등 날짐승에서 쪼여 가며 영원한 고통의 형벌을 받게 하였다. 그러나 '프로메테우스' 신은 '제우스' 대신大神의 왕위를 좌우할 큰 비밀을 가지고 있었다. 이와 같이 참혹한 형벌을 받고 있는 현장에는 '프로메테우스' 신을 결박한 후에 행형 감독자인 화신과 폭력과 권력의 양 사자는 '제우스' 대신에게 복명하기 위하여 다 돌아가고 다만 '프로메테우스' 신만 고독히 앉았는데 대양의 수마水魔가 와서 방문하며 여러 가지로 '프로메테우스' 신을 위로慰勞하고 동정한다.** '프로메테우스'는 그 위로에 감동되어 드디어 자기가 그러한 형벌을 받는 이유를 설명하여 수마를 돌려보내었다. 그런 후, 그 다음에는 '오케아노스' 라는 해신海神이 또 찾아와서 하는 말이 저러한 참혹한 악형을 받지 말로 '제우스' 대신

---

* 火神 : 헤파이스토스. 흔히 대장장이 신으로 알려져 있는데 도구를 만드는 데 쓰이는 유용한 '불'의 신으로 일컬어진다.
** 이 작품에서 코러스는 오케아노스의 딸들로 설정되어 있다. 헤파이스토스와 권력·폭력이 물러가고 난 뒤 프로메테우스는 코러스와 대화를 나누는데 김정진은 이들을 코러스로 해석하지 않고 오케아노스의 딸들이라는 배역 상 설정에 더 주의했던 것으로 보인다.

에게 모든 것을 복종하라고 자주 권고한다. 그러나 '프로메테우스' 신은 냉연히 거절하며 '제우스' 대신의 횡포를 도리어 질책하매 어쩔 수 없이 해신도 돌아갔다. 또 다음에는 '프로메테우스' 신과 같이 '제우스' 대신의 신벌神罰을 받게 되어 그 신벌로 영원히 표박漂泊 유전流轉하며 항상 봉군*에 포위되어 일각이라도 안식을 얻지 못하는 가련한 '이오'라는 여자가 와서 서로서로 비참한 운명을 탄식하며 '제우스' 대신을 원망하다가 돌아갔다. 그리고는 최후에 '제우스' 대신의 밀사인 군신**이 다시 와서 '프로메테우스' 신을 달래며 (대신의 명령을 거역하여 그러한 고통을 받지 말고 속히 회심하여 미래의 운명을 서로 도와서 '제우스' 대신의 왕위를 영원히 완전케 할 그 비밀을 고백하라고) 백방으로 꾀이었다. 그러나 '프로메테우스' 신은 역시 거절하였다. 그 대답이 마치자마자 돌연히 대지는 큰 입을 벌리며 전광뇌성電光雷聲은 천지를 진동하는 중에 결박되었던 '프로메테우스' 신은 암석과 함께 지중地中으로 함락되어 버리었다.

〈결박된 프로메테우스〉의 일곡一曲은 앞에 기술한 바와 같이 물론 재래에 있는 희랍 신화에서 재료를 인용한 것이다. 그리고 그 내용도 극히 간단하여 '씬'의 변화라든지 사건의 갈등이 단순하다. '프로메테우스' 신이 신계에서 '화'를 절취하였다는 이 희곡의 전개된 동맥動脉을 다만 극의 주인공 되는 '프로메테우스' 신이 대사로 표시할 뿐이요, 그 다음 극의 변화로는 '프로메테우스' 신이 자기의 결심과 그 개성이 견고한 것을 철저하게 주장함에 지나지 못한 것이다. 그러나 그 내용에

---

*蜂群 : 등에 혹은 쇠파리 떼. 본래 이오는 강의 신 이나코스의 딸로서 제우스는 그녀의 미모에 반하여 범하였는데 헤라가 이를 눈치 채자 그 눈을 피해 이오를 암소로 바꾸었다. 헤라는 이를 간파하고 이오를 빼앗아 백 개의 눈을 가진 아르고스에게 그녀를 감시케 하지만 아르고스마저 제우스의 사주를 받은 헤르메스에 의해 퇴치되자 등에를 보내어 이오를 괴롭힌다. 여기에서는 제우스의 신벌을 받은 것으로 되어 있으나 사실은 헤라의 노여움을 산 것이다.

**軍神 : 군신이라 하면 흔히 전쟁의 신 아레스를 지칭하지만 이 작품에 등장하는 것은 신들의 사자使者 헤르메스이다.

가장 주의하여 볼 것은 사상 방면의 개혁이다. 당시 희랍인의 사상에는 절대로 신에 복종하며 또 신이라는 것은 만능의 변화와 무한한 세력을 가지고 있는 까닭에 인간들의 무능·무지·무변화한 곤충 같이 적은 힘 없는 우리로는 도저히 대항할 수 없다는 즉 다시 말하면 인위적으로는 도저히 어찌할 수 없다는 신념이 굳게 굳게 뇌수腦髓에 박혔다. 물론 현세의 종교관도 신에 대한 신념은 신의 만능이라는 것으로 기초가 되는 것이나 당시의 희랍인으로는 백배 천배나 굳은 신념이 모든 것을 지배하였을 때이다. 만일 신의에 항역抗逆하는 자였으면 자기 일신의 신벌은 물론이요, 3대나 4대나 내지 기백대幾百代까지라도 그 두려운 신벌은 영원히 면할 수 없다는 것이 당시 희랍인의 신에 대한 변치 못할 신념이었다.

이 희곡의 주지主늼는 순전히 '아이스퀼로스'가 자기의 종교관이라든지 또는 인생관 내지 미래관에서 창출한 것이 아니요, 전래하는 신화를 인용함에 지나지 못하는 것이라도 다수다양한 신화 전설 중에서 특히 '프로메테우스' 신화를 인용한 것을 다시 연구하여 보면 그 이면에서 반드시 그의 사상 변천을 규시窺視할 수 있다. 간단히 말하면 당시에 그의 사상이 '제우스' 신에 대한 '프로메테우스'의 주장한 그 정의만큼, 그만큼 신에 대한 대항과 인생에 대한 애착이 있었던 것을 증명할 수 있다. 그러므로 '아이스퀼로스'의 이 희곡을 보고 어떠한 학자는 종교의 파탄이라 하여 깊이 연구할 문제이라고까지 말하였다. 그러나 기원전 6세기경부터는 종교적으로든지 사상 방면으로든지 일대 변혁 운동이 돌기한 것은 역사상으로도 증명하는 바이요, '호메로스'와 '헤쇼드' 등의 시인과 같이 '아이스퀼로스' 자신도 원시적 도덕관과 신에 대한 관념에 이미 만족함을 얻지 못하게 되었다. 그리고 그는 당시에 다수한 철학자들과 항상 교제를 열기 까닭에 사색 방면에 관한 것을 많이 쓰게 되었다. 여하간 그는 희랍극의 창시자인 동시에 또 완성자이다.

'프로메테우스'의 내용은 이상에 약기略記한 바와 같거니와 그 희곡의 형식과 무대의 약속과 인물의 활동은 과연 어떠하였는가? 무대의 장치로 말하면 경景이 '코카서스' 어떠한 암석 간이라 하였은즉 설비를 하였다할지라도 그다지 굉장할 것은 없을 터이나 당시에는 물론 배경의 설치도 없었다. 그리고 극장도 노천광장에서 중앙에 한층 높은 단을 모으고 사방이 개통開通한 그 단상에서 전후좌우에 관객이 열좌列坐한 것을 돌아보며 배우가 연극을 흥행하였다. 처음에 막이 열리며 '프로메테우스'와 화신火神 '헤파이스토스',* 폭력·권력의 3인이 등장하여 '프로메테우스'를 암석에 결박하는 동작을 하고 4인의 배우가 차례로 대사를 수수授受한 후 3배우는 단에서 내리고 '프로메테우스' 주역 1명만 무대에서 번차番次로 등단하는 '대양의 수마'를 비롯하여 3인물의 대사가 계속된다. 그리하는 사이 사이는 좌우에 십수명식의 가무대歌舞隊가 정례하였다가 좌측 가무대 제1인이 주인공과 대사를 마치면 다음에는 우측 무대의 제1인이 대사를 시작하여 그와 같이 서로 번갈아 가며 십수명의 가무대가 한번씩 대사를 마친 다음에는 단상 일우一隅에 군집하여 선(입立) 수십 명의 합창대(코러스)가 합창을 하는 등, 이와 같이 몇 차례를 주역과 보조역의 대사를 간격하여 가무대와 합창대가 여흥을 한다. 그러나 그 중 가무대와 주역간의 대사에는 간혹 사건에 (극근劇筋) 관련되는 담화가 진행하나 합창대는 별로 극 내용에 관련한 대사를 하지 아니하고 다만 운문격언과 암시 등의 신화를 삽揷할 뿐이다. 이와 같이 가무대와 합창대가 무대에 서서 극의 여흥을 돕는 것을 보면 그때까지 합창대의 세력이 주요한 지위를 점하였던 것을 추측할 수 있다. 그러나 그 희곡의 전체를 통하여 주도周到히 연구하여 보면 등장인물의 배치라든지 등장·퇴장의 약속이 매우 순서적으로 정돈되었던 것

---

* 원문 불키, 헤파이스토스의 로마 이름 불카누스를 의미.

을 짐작할 수 있다.

그리고 극의 전개 즉 관중에게 장차 어떠한 사건이 무대상에 표현되리라는 것을 암시하는 방법이 참으로 경탄할 만치 교묘하다. 극의 주인공되는 '프로메테우스'와 몇 사람의 보좌역 사이에 수수授受하는 간단한 대사로 극의 발단인 '프로메테우스'가 신계에서 '화火'를 절취하여 내던 경로와 그것으로 말미암아 장차 자기에게 돌아올 참학慘虐를 주시하며 관중으로 장차 앞에서 어떠한 갈등이 발생하리라는 것을 분명히 그러나 노골적이 아니요, 암시적으로 표시하는 것을 보면 참으로 후세에까지 극의 모범을 시示함에 충분한 가치와 묘방을 가진 것을 추구할 수 있다.

그리고 이 희곡에 또 주의하여 볼 것은 희랍극의 가장 유명한 방식인 삼일치법(three unities)이라는 즉 '경景' '시時' '근筋'의 3개 조건*이 일치하여 관중으로 산만한 기분에 실失치 아니하고 통일적으로 사건을 즉 극의 기분을 완미翫味케 하는 그 방식에 가장 주도한 용의를 하였다. 삼일치법은 '소포클레스' 때에 즉 그의 후생에 지포하여 완성된 방식이라 하나 이 희곡에도 물론 그 방식을 취한 것이 분명하다.

'경'은 일막一幕이므로 별 변동이 없게 된 것이나 등장하는 인물이라든지 또는 사건의 갈등이 처음부터 막 종終까지 불과 몇 시간에 지나지 못하는 다만 '프로메테우스' 신이 참학을 받는 것만을 무대에 전개하였고 기타 사건의 발생과 또는 사건의 연루連累한 모든 경로와 지엽枝葉은 간단한 몇 마디의 대사로 설명하여 관중에게 산만한 기분을 생략케 하였다.

그뿐만 아니라 막을 닫을 때의 방식, 즉 극의 최후 생명인 동시에 극의 전 생명을 표현하는 방식이 더욱 신묘하다. 대지는 큰 지변을 일으

---

* 시간, 장소, 행동 또는 줄거리.

키어 함락진동陷落震動이 돌기突起하고 공간에는 뇌성전화雷聲電火와 폭풍우가 한데 합하여 우주는 장차 두려운 벽력에 묻혔는데 최후의 '프로메테우스'는 맹렬히 그 변란 속에 서서 비장한 독백으로 막을 닫게 한 그 수단을 보면 얼마나 막幕 종終이 긴장하며 숭엄한 감상을 관중에게 주었을지 추측할 수 있다. 물론 당시에는 무대의 설비가 유치幼稚하였으므로 그러한 변화의 설비를 무대상에 장치하지는 못하였을 것이나 '프로메테우스' 희곡의 막幕 종終 대사와 그 부서를 보면 상기한 모든 무대상 변화가 기록되어 있다.

'아이스퀼로스'의 유전하는 희곡은 '프로메테우스' 신 외에도 오히려 6·7편이 있으나 부족한 지면으로는 일일이 소개할 여잉餘剩이 없으므로 후일에 양讓하는 터이나 취중就中에 〈아가멤논〉이라는 3부곡으로 된 희곡은 그의 유전편遺傳篇 중에 가장 걸작이라는 평정評定이 있으나 역시 전래하던 신화에서 각색한 것이므로 희랍 신화를 완미한 사람은 누구나 다 아는 바이기로 별로 이 내용을 번기繁記할 필요는 없으나 다만 대사의 면밀한 것과 등장인물이 증가된 것은 다시 주의할 필요가 있다. 이상의 소개한 것은 희랍극을 창시하고 또 완성의 역域에 인도한 '아이스퀼로스'의 작품이나 그와 같이 극계가 개척된 이후 어떠한 계통으로 발전하여 내려온 경로를 소개하기 위하여 다시 제2세 대가인 '소포클레스'의 여자를 주인공으로 한 〈안티고네〉의 일편을 약기略記코자 한다.

〈안티고네antigone〉의 근서筋書 내용

'안티고네'는 원래 '오이디푸스' 왕의 공주인데 그 형인 '폴리네우케스'가 '테베' 지방을 요란케 하여 동포 '에테오클레스'와 쟁투한 결과, 드디어 양인이 함께 다 사망하게 되었다. '테베' 왕 '크레온'은 '에

테오클레스'의 공적을 찬하여 그 사체를 성대히 장사하였으나 '폴리네우케스'의 사체는 반역자의 죽음이라 하여 매장함을 허락지 아니하고 지상에 그대로 내어버리어 야견아작野犬鴉鵲의 떼들이 함부로 파먹으며 날로 부란腐爛하여 간다.

　이와 같이 자기와 혈육이 같은 친형의 사체가 참혹히 지상에서 썩는 것을 보고 '안티고네'는 차마 견딜 수 없는 슬픔에 못 이겨 왕의 명령을 거역하고 그 사체를 임의로 지중地中에 매장하였다. '크레온' 왕은 이 소문을 듣고 국법을 범한 〈안티고네〉를 그대로 둘 수가 없다 하여 이미 자기의 친자인 '에몬'과 혼약이 있는 여자인 줄을 짐작하면서 드디어 '안티고네'를 엄형嚴刑에 처하여 토옥土獄에 가두고 그 속에서 아사餓死케 하였다. '에몬'은 자기 부친인 '크레온' 왕을 원망하며 '안티고네'를 사모하다가 필경은 그 토옥 속을 비밀히 방문하여 본즉 '안티고네' 어느덧 기갈에 못견디어 스스로 목을 매어 참혹한 자살을 하였다. '에몬'은 자기의 애인이 그와 같은 참사를 한 것을 목도하고 한없는 비애에 깊이 빠져 모든 것을 실망하고 자기도 그 자리에서 단검으로 자기의 가슴을 찌르고 '안티고네'의 차고 굳은 사체를 안고 뒹굴며 고민하다가 '에몬'도 드디어 사망하였다. 이 참보慘報를 들은 궁중에는 돌연히 큰 소요를 일으키며 '에몬'의 친모 왕비는 정신이 교란하여 자살하고 '크레온' 왕은 번민과 실망에 함陷하였다.

　상기와 같이 〈안티고네〉의 일편은 처음부터 끝까지 모든 것이 비련으로 비련 속에 묻혀 극이 전개된 것이나 이 희곡은 '소포클레스' 작품의 유전하는 중 그 결구結構의 긴장한 것이라든지 또는 사상의 힘과 미가 충만하여 그의 가장 성숙한 시기에 발표된 것을 짐작할 수 있으며 이 일편 고금 세계의 대문학을 통하여 제일 고위高位를 점한 것이라 한다.

　극의 주인공인 '안티고네'가 사회제도와 인적人的 양심과의 모순 와중에 돌입하여 국가와 개인의지와 충돌되는 것을 직접으로 체험한 그

일면을 추구하면 일종의 문제극적 성질을 띠고 있다. 이 일편에 대하여 어떠한 비평가는 말하되 '입센'의 〈사회의 적〉이라는 희곡에 비교하면 내용의 충실은 물론이요, 시적 가치가 우월한 지위에 있다 한다. 나의 아주 미열한 연구로는 이와 같은 절대의 가치를 가진 문예술품文藝術品에 대하여 감히 천박한 논평을 할 수는 없으나 무엇보다도 〈안티고네〉의 전편을 통하여 '에몬'과의 처참한 연애의 확산이 유감없이 폭로되는 동시에 인생 생활이라는 것이 운명의 조롱을 얼마나 많이 받는 것을 상상想像케 한다. 그리고 '아이스퀼로스'의 작품에 비하면 또 얼마나 많은 현실미를 가지고 있는 것을 추측할 수 있다. 인간들이 인간을 위하여 만들어 놓았다는 그 불완전한 제도가 시간의 추이趨移를 따라서 인간을 얼마나 많이 고민케 하는 것을 자각케 한다.

이외에도 '소포클레스'의 희곡이 오히려 5,6편이 유전하는 중에 가장 비장하고 가장 다수한 인물을 등장케 하는 '오이디푸스' 왕의 일편이 유명하나 그 일편은 현세에도 구미극장에서는 왕왕 상연을 하는 터이며 또 누구나 극을 완미하는 사람은 대개 짐작하는 바이므로 타일他日에 다른 기회에 소개키로 하고 다음에는 '에우리피데스'의 유편遺篇하는 희곡 중 〈힙폴리투스〉라는 불의의 연애로 비애를 극極한 희곡 일편을 소개하고 이 글을 끝마치려 한다.

〈힙폴리투스〉 일편의 근서筋書 내용

〈힙폴리투스〉의 내용은 극중 주인공의 의모義母인 '페드라'라는 여자가 자기의 의자義子인 '힙폴리투스'의 미모와 생의 환희가 넘치는 그 청년의 매력에 끌리어 어느덧 타오르는 듯한 연애를 하게 되었으나 모자간母子間이라는 윤리의 기반을 벗어나지 못하여 항상 어떠한 충동이 그 현실의 기회를 도래케 할까 기다리며 애타는 가슴을 억제하고 세월을 보내고 있었다. 그러는 동안에 감출 수 없는 '페드라'의 형색은 드디어 동거하는 유모에게 간파되어 윤리제도에 굳은 결박 받은 그 유모는 의모 '페드라'가 '힙폴리투스'에게 연애를 한다는 사실을 '힙폴리투스'에게 밀고하게 되었다. 아무 변통성 없이 전통적 교육 속에서 성장한 '힙폴리투스'는 그와 같은 자기 의모가 불륜무치不倫無恥 야심을 품고 있는 것을 비로소 탐지하고 그 의모에게 불의와 절륜絶倫을 책욕責辱하였다. 저항할 수 없이 모든 제재制裁를 밀치며 맹화猛火 같이 솟아나오는 연애의 화염을 작은 가슴에 품고 있던 그 의모는 그림 같이 사랑스럽던 연애의 상대자가 아무 인정도 없이 엄연히 거절하며 일방으로는 씻을 수 없는 파륜치破倫恥의 비난이 전파되어 여행 중인 자기의 가장이 귀환하면 자기의 일신은 다시 어떠한 폭악한 운명에 빠질는지 추측키 어렵게 되었을 뿐만 아니라 생명을 바꾸어서라도 연애를 만족케 하자는 그 욕망도 도저히 실현할 희망이 없게 되었다.

그와 같이 모든 것이 절망에 돌아가는 동시에 생명을 다해야 사랑하던 연애의 상대자에 대하여 연애의 화염이 독한 저수咀呪의 칼날로 변하여 회한·번민·분원憤怨 등의 모든 것이 자기의 일신을 저주하는 동시에 자기의 애愛의 상대자까지 같은 저주의 칼날로 찔러 모든 것을 파괴하여 버리게 되었다. 그리고 그의 절망적 결심은 드디어 사실의 정반대되는 자기의 친자 '힙폴리투스'가 윤도倫道를 오汚하는 수행獸行을 의모인 자기에게 가하려 함으로 자기는 드디어 자살을 한다는 허위의 유서를 써놓고 자살을 하였다. 그 후 가장은 자기의 본가에 귀환하여 자기의 가장 사랑하는 애처가 그와 같이 참혹한 자살을 한 시체를 보고 경악驚愕하였을 뿐 아니라 자살한 이유의 유서를 보고 격노하여 '힙폴리투스'를 드디어 방축放逐하여 버리게 되었다. '힙폴리투스'는 여러 가지 사실이 아닌 것을 변해辨解하며 간청하였으나 열화熱火에 뜬 자기의 부친은 조금도 용서 없이 쫓아내는 까닭에 어찌할 수 없이 '힙폴리투스'는 자기가 오래 동안 생장하던 궁전을 하직하고 마차를 질구疾驅하여 정처 없이 향하는 도중에 마차에서 떨어져 중상을 당하였다.

이와 같이 자기의 친자가 원죄冤罪에 몰리어 중상을 당하는 동안에 그 친부는 의아疑訝를 명확케 하려고 '다이아나' 신궁의 첨의籤意를 빼어 본 결과, 드디어 사실이 정반대이라는 신의 암시를 듣고 자기 처의 불륜을 의심하는 동시에 자기 애자愛子의 무죄한 방축을 반성反醒하여 마차에 치어 거의 죽게 된 '힙폴리투스'를 다시 데리고 궁전으로 돌아왔으나 '힙폴리투스'는 드디어 사망하였다.

이 극의 전편을 통하여 고찰하면 상술한 바와 같이 처음에는 인간의 동물적 본성이 모든 인위적 제재制裁를 돌파突破하고 열화 같이 충동하나 그 이면에는 다시 타면他面의 인적人的 즉 다시 말하면 인간 체내에 잠재한 영적 활동이 그 굳센 힘을 억제하며 최후에는 신이라는 부지계不知界의 인간을 초월하는 그 무형의 힘을 빌어 최후의 해결을 고告하게 하였다. 그리고 전편을 통하여 가장 인간미가 다분多分으로 표현된 것을 보면 '아이스퀼로스'의 작품에나 또는 '소포클레스' 작품에 비하여 얼마나 시대 사조가 인간적 또는 현실적으로 한걸음씩 변하여 가는 것을 추측할 수 있다.

그러나 어느 때를 물론하고 위대한 예술가는 그 시대의 실현사회보다 적어도 장차 도래할 미래의 사조를 선언하는 것이 항례恒例인 까닭에 '에우리피데스'의 작품도 작가 생전에는 아전인*의 다수는 이해치 못하였고 또 이해치 못한 그 결과로 따라서 환영歡迎도 적었으나 그의 사거死去 후 기원전 4세기경에는 다대한 환영을 수受하였다 한다.

'에우리피데스'의 작품은 가장 현실적인 동시에 '인간을 만사의 표준이라는' 인간 중심의 주의가 자못 구체화하였다. 그 중에도 상기한

---

* 雅典人 : 아테네인.

'힙폴리투스'의 일막이 가장 성적 열정을 자유롭게 표현한 작품이요 당시 희랍극계에서 일찍이 전례가 없던 성적 기록의 일신기원—新紀元을 획劃한 것이라 한다.

무대상 변화로는 전2대작가에 비하여 그다지 큰 참신한 방법이 표현되지 못하였으나 배우의 분장술과 의상의 진보 또는 배경 등의 장치가 점차로 실질적으로 변천한 것은 사실이다. 이와 같이 희랍의 3대 비극작가가 오인五人 즉 우리 인생에게 큰 교화를 준 것은 사실이나 희랍 유미주의의 단순한 예술을 위한** 예술인 정적 '아폴론' 예술보다도 정신적 방면으로 자유스러운 생명과 무한한 역力을 가지고 선전旋轉하며 쉬지 아니하는 '디오니소스' 신의 동적 교훈을 우리 인생과 연결하여 연극으로 표현한 그 특색과 권위에 가장 큰 예술의 힘이 있는 것을 회상치 아니치 못하겠다.

이상에 기록한 것은 다만 개념적 고찰에 불과한 황졸荒拙한 극담劇談이나 이로써 호극가好劇家의 기분간幾分間 참고가 된다하면 행심幸甚이며 또 다른 기회가 있으면 좀더 자세한 것을 소개하려 한다.

---

* 원문에는 '위하여의'로 기술되어 있다. 위하여+관형격 조사 '의'의 결합은 한국어 문법에서는 불가능하지만 중국어 爲了的의 역어로 보인다.

장편소설

독와사毒瓦斯

독와사

1회 그 이튿날

　시내 사직공원 옆에 천여 평의 넓은 지단을 차지한 고주대문이 높이 달리고 좌우로 줄행랑이 늘어선 큰 집 한 채가 있다. 이 집은 크기로도 그 근처에서 유명할 뿐 아니라 고래등 같이 즐비하게 양편으로 깨진 기와골에는 바위 옷이 더덕더덕 늘어붙고 처마 끝은 여기저기가 축축 처져서 그 부근에 날마다 늘어가는 붉은 기와와 푸른 벽으로 산뜻하게 지은 문화주택이라든지 뒷박 같은 간살로 뽀얀 양회칠을 한 소위 개량 가옥들과는 너무나 조화가 되지 않는다. 이러한 원인에서 나온지는 모르나 그 동리 사람들은 이 집을 가리켜 골동가옥骨董家屋이라고 부른다.

　요사이 유한 계급의 돈 많은 사람들은 서화골동을 한 소일거리로 삼아 케케묵은 그릇조각 한 개에 몇백 원씩 소비하는 것도 유행하지마는 천정에는 군데군데 앙토가 떨어지고 벽의 사자가지가 썩은 생선의 뼈가 드러나듯 엉성한 보기만 해도 머릿살이 아픈 가옥의 골동품은 좀처럼 손을 내밀어 사려고 하는 사람도 없다.

　그럴 뿐더러 이 집 늙은 주인 한승지는 자기가 그 집 안방에서 세상에 나오던 첫소리를 지른 집이라고 이유 없이는 구태 팔아버릴 생각도 도무지 않는다. 또 그 뿐만 아니라 그의 이력으로 보아서는 주택에 대한 개혁을 일으킬 만한 그 집의 젊은 주인도 역시 그 집에 손을 대어 수리를 한다든가 제 집을 사서 이사를 하는 적극적인 생각은 도무지 없다.

그저 그럭저럭 지내는 동안에 행랑채는 한쪽으로 쏠리어 이 귀퉁이 저 귀퉁이에 통나무를 버티어 겨우 현상을 유지할 뿐이다. 여름에 소낙비나 몹시 올 때는 그 동리 사람들이 이 집 앞으로 지날 때마다 지붕을 쳐다보며 달음박질을 칠 만치 위험한 상태에 있지마는 그것이 행랑채인 까닭인지 그 집의 노소 두 주인은 그의 신경을 의심할 만치 태연무심하게 내버려 둔다.

이러한 사직골에서 골동가옥이라고 별명을 듣는 그 집 젊은 주인인 한치각은 대문, 중문, 사랑문을 겹겹으로 닫친 깊은 작은 사랑채 방에서 오늘도 두 눈두덩이 보숙보숙 부어오른 눈을 좌우로 부비며 조반으로 먹는 속미음 대접을 손에 들 때에 방장을 둘러친 장지 밖에서는 태엽 풀린 시계가 힘없이 오후 두시를 친다. 그는 자리 속에서 겨우 상체만 일으켜 속미음을 미시고는 속미음 대접을 내던지듯이 쟁반 위에 비리고 또다시 이불 동정에 턱을 파묻으며 드러누웠다.

그는 머리맡에 손을 더듬어 해태표 갑에서 궐련을 꺼내어 붙여 물고 어젯밤 명월관 뒷방에서 돌발한 일장 활극을 다시 생각하고 있다.

상노가 들어와서 미음 그릇을 놓고 나간 뒤에는 우중충하든 방안이 다시 부자연한 밤이 되었다. 가슴이 쓰린 듯한, 사지가 쏙쏙 쑤시는, 헛구역이 날듯날듯한 여러 가지 감촉을 느끼며 기생, 장구, 웃음, 노래, 담배연기들이 한데 얼크러졌던 어젯밤의 기억을 몽롱하게 생각한다. 한두번이 아닌 요릿집의 놀이가 그에게는 그다지 새삼스럽게 애착을 가질 필요는 없지마는 어젯밤에는 취중에도 기억에 남을 만한 두어 가지 사건이 있었다. 첫째로 머릿속에 떠도는 것은 기생 일지매의 하부다이 치마를 과도로 발기발기 찢어버린 것과 그 다음은 심참봉의 얼굴을 맥주병으로 메어친 그 두 가지 사실만은 어렴풋하게 생각이 나나 그밖에 모든 것은 도무지 기억에 나타나지 않는다. 대관절 무슨 원인으로 자기가 그러한 활극을 하게 되었는지 머릿속에 텅 비인 것처럼 다른 생각은 조금도 들지 않는다.

그러나 누구나 자기가 취중에 난폭한 주정을 한 뒤에는 뉘우치는 것이 보통이지마는 한치각이 지금 생각하는 것은 결단코 그러한 뉘우치는 마음에서 나오는 것이 아니다. 다만 어젯밤에 생긴 활극이 보통 때보다 다소간 그 정도가 좀 심하였다 할 뿐이요 그 뒷문제 해결은 극히 간단하게 생각하는 까닭에 이것으로 마음을 괴롭히는 것도 아니다.

일지매에게는 삼월오복점에서 왜비단 몇감만 사보내면 마감이 될 것이요 또 심참봉에게는 오 원짜리 지전 한 장이면 화해를 하고도 오히려 감사하다는 치하는 거슬러 받을 터이니깐 그것은 결코 문제도 될 것이 없다고 생각하였다. 이 생각 저 생각을 더듬으며 전날 밤 광경을 눈 앞에 그리는 동안에 아침불을 늦게 땐 따뜻한 이불 속에서 그는 다시 잠이 소르르 들었다.

2회 사직영문

한치각의 집 상노방의 마루 끝에는 벌써 두 시간 이전부터 일없이 시간을 보내는 중년무직자들이 모이어 마치 비 개인 여름저녁 때에 전선줄 위에 제비들이 늘어앉듯이 걸터앉아서 쓸데없는 잡담을 지저거리고 있다가는 하나씩 둘씩 밖으로 나가기도 하고 또 그 중에는 햇빛을 따라서 사랑대문 앞에서 서성거리는 사람도 있다.

이러한 큰집 사랑에서 시간을 낭비하는 자들은 옛날에는 '문객' 이라는 듣기 좋은 대명사로 불렀으나 요새는 그 대명사가 신식으로 변하여 날마다 댁 대령하는 그 패들은 '병정' 으로 부르게 되었다. 이 대명사가 그다지 새로운 말은 아니지마는 모든 것을 이전에 있던 대로 지내는 한치각의 집 사랑에서는 문객을 병정이라고 부른 지가 얼마 아니된다. 그뿐만 아니라 이 새 말에 따라서 그들이 날마다 모이는 한치각의 사랑도 그들 사이에는 사직영문이라고 부르게 되었다.

그 까닭에 한치각의 집은 두 가지 별명을 듣게 되었다. 그 집 전체를 말할 때에는 역시 골동가옥이라고 하고 또 한치각이 쓰고 있는 사랑만을 표시할 때에는 사직영문이라고 부른다. 그뿐만 아니라 모든 별명을 군대식으로 붙여서 젊은 주인 한치각은 현역대장, 늙은 주인 한승지는 노대장이라는 별명을 붙였다. 그러나 이 별명은 그 집 젊은 주인 앞에서만 통용하는 존칭어이요. 소위 병정이라는 그들 사이에는 '현역', '노통'이라고만 부르는 것이 상례이다.

매일 판에 박은 듯이 모이는 그들은 오늘도 날마다 표준이 되어 있는 오정 때에 모두 모여있다. 현역대장이 그저 자리에서 일어나지 아니한 까닭에 상노의 방 툇마루 끝에서 으스스한 추위를 느끼면서 한치각이 일어나기만 막연히 기다리고 있다. 이와 같이 여러 사람들이 화롯불 하나 없는 마루 끝에서 두시긴 이상이나 떨고 있지마는 그 중에 감히 한치각을 깨어 일어나라고 거래할 용기를 가진 사람은 하나도 없다. 그들은 동짓달 해가 다 가기까지 한치각이 제풀에 잠이 깨기만 기다리고 있을 운명의 사람이다. 모인 사람 중에는 한치각의 퇴물인 장아찌빛이 다 된 외투를 얻어입은 사람도 혹은 목에 대인 털이 다 모지라진 인바네쓰를 두른 사람도, 아직 그 은덕에도 참예치 못한 장병은 회색이 검정빛이 된 목단 두루마기 바람으로 ○장을 웅크리고 쓸데없는 잡담으로 시간 가기만 기다린다.

"여보게 오늘은 대장의 기침이 너무 다방골인걸. 이래서야 일찍 등대한 병정들이 추워서 살수가 있나. 이것 만주 ○빙보다 더 심한데."

"이 사람 인제 겨우 세 신데 그러나. 그저께는 대장의 기침이 놀라지 말지어다. 오후 여섯 시였어 자그만치……."

"그럼 오늘도 여섯 시까지란 말야? 아이구―, 맙소사, 이 추위에 한데서 여섯 시까지야? 여보게 사람 죽겠네. 그럼 오늘은 초저녁에 '훈련원'을 하세……."

"훈련원? 이 추위에 훈련원은 무얼 하러 가?"

"저럼 엄숭이, 훈련원도 몰라? 입때까지. '해산' 하잔 말야. 햇기나 있어서."

"옳지. 영문을 해산하잔 말야? 좀 참아. 대장이 일어나면 오늘은 무슨 수가 다 있네……."

그들은 이러한 회담을 하는 중에 별안간에 대문이 삐―걱 씩― 하고 좌우로 열리면서 채찍을 꽁무니에 찌른 마차꾼이 쑥 들어온다.

"강에서 장작 들어왔습니다. 세어서 받읍쇼."

하며 큰대문안으로 마차를 들이끈다. 상노방 툇마루를 중심으로 모여 있는 그들은 우뚝우뚝 일어서서 그편으로 시선을 돌리며 그중에 '약밥'이라는 별명을 가진 정주사는

"여보게 우리들은 얼른 대문으로 들어가세, 장작 때문에 이집 노장이 또 출장하네. 도무지 말썽이야."

눈으로 사랑중문을 가리킨다. 그들은 하나씩 둘씩 중문안으로 몸을 감추었다.

얼마 안 되자 우르르 꽝 하는 장작 부리는 소리가 언 땅을 울리며 사방으로 진동한다. 중문안에 들어섰던 그들은 서로 옆구리를 꾹꾹 찌르며 "인제는 됐네. 제가 소대성이의 잠인들 이 소리에야 아니 깨겠나" 하며 무슨 승리나 얻은 듯이 수근거린다.

3회 부상병

한치각은 밤낮의 분간이 없는 캄캄한 방장 속에서 사지가 녹신하여 오는 따뜻한 이불 속에서 다시 잠이 들려고 몽롱한 상태에 오락가락하

는 중에 별안간에 머리가 무겁게 울리며 들리는 장작 부리는 소리에 잠이 번쩍 깨였다. 소리는 들리었으나 그 전체가 무엇인지, 머리를 들어 소리가 들리는 편으로 귀를 기울여 살피려할 즈음에 사랑문밖에서 거친 목소리로

"하나라 하나, 둘이여 둘, 셋이라 셋, 넷이라" 하는 장작을 세는 소리가 들린다. 한치각은 그 소리의 정체를 알게 된 뒤에는 다시 슬그머니 불유쾌한 느낌이 떠올리며 마치 선잠을 깨인 어린애들이 찜부럭을 부리려고 얼굴에 모든 불평을 나타내듯이 그는 얼굴을 우그리며 상체를 일으킨다. 그의 소르르 오던 잠은 다시 만회할 수 없이 멀리 떠나버리고 말았다.

방장 한편을 걷으며 불평이 쏟아져 나오는 어조로 "만돌아" 하고 불렀다.

상노 만돌이는 무심히 장작 세는 것을 보고 섰다가 깜짝 놀라며 작은 사랑으로 들어온다. 한치각은 상노가 마루에 올라서자 장지를 와르륵 밀어 열며

"이놈아 누가 장작을 거기다 내리라고 하더냐. 내가 자고 있는 것도 몰라? 망할 자식들."

"영감마님께서 장작이 소실된다고 대문 안에 부리라고 하셨어요." 하고 상노는 기둥을 등지고 황송히 섰을 뿐이다.

치각은 모든 불평을 기침에 섞어서 타구에 빼앗으며

"어서 사랑이나 치워. 손님들은 다 오셨느냐?"

"네. 저 사랑 마당에들 계세요." 하며 상노는 비를 들고 방안으로 들어간다.

마당에 옹기종기 모여 있는 소위 사랑병정들은 비로소 뜰 위로 올라들 선다.

"잠들 잤나? 들어들 오게. 그런데 심참봉은 여태 아니 왔나? 나는 어

젯밤에도 위스키를 어떻게 먹었던지 여태까지 정신이 없는데."

　치각은 매일 그중 먼저 대령하던 심참봉이 여태껏 아니온 것을 알 때에 어젯밤에 맥주병으로 후려친 그의 상처가 다시 마음에 걸리어진다. 약밥 정주사가 선두에 서서 방으로 들어오며

　"그럼 어제저녁에도 대장이 또 녹았구려. 어저께 당번은 심참봉인데 여태 웬일이야? 또 술에 녹었나? 그러면 어저께 전쟁은 장졸이 모두 포로가 된 모양들인가."

하하…… 하고 너털웃음을 웃으며 손을 슬그머니 내밀어 재떨이 옆에 놓인 해태표갑에서 얼른 궐련 한 개를 꺼내어 붙인다. 그들은 차례로 정주사가 하듯이 해태표갑을 번갈아 집어다가 담배를 붙인다. 이것이 그들에게는 제일 긴급한 문제의 하나이다. 자기집에서는 '마코' 한 개를 얻어보기가 쉽지 아니한데 눈 앞에 말랑말랑하고 연기 잘 들어오는 해태갑이 개방된 것을 그대로 지낼 수 없다. 한치각이 허리띠를 잡아매며 안으로 들어간 뒤에는 상노가 방을 치우는 비 끝에 이리저리 몰려다니며 먼지 속에서 해태 연기만 피우고 앉았다.

　한치각은 자기집 사랑에 십여 명이나 남은 병정들이 매일 같이 모여 있으나 요릿집을 갈 때에는 그날 그 중에서 자기 마음이 내키는 대로 꼭 한사람씩 눈짓을 해서 데리고 가는 까닭에 그들 사이에는 이러한 당선에 드는 것을 당번날이라 한다. 그런 까닭에 한치각이가 그 전날 밤에는 어떤 행동을 하였는지 그날 일은 당번에 참예치 못한 병정들은 알 기회가 없다. 따라서 오늘 아니온 심참봉의 사고에 대해서도 한치각 외에는 어떤 사정이 생긴 것은 도무지 아는 이가 없다. 지금 모여 앉은 그들은 심참봉이 또 술에 녹은 것이라고 막연한 추측을 하고 있을 뿐이다.

　그들 사이에는 심참봉의 문제가 한참 되풀이가 되더니 바둑판, 장기판, 마작판이 출동하기 시작한다. 상노 만돌이는 눈살을 찌푸리며 걸레질을 치고 있다.

해태표갑은 한차례 이리저리 돌아다니더니 강진사가 한 개를 가무려 두려고 뒷손질로 갑을 떨 때에는 벌써 엉성한 ○○만 남아있을 뿐이었다.

이쪽에서는 "장이야" 저쪽에서는 "패를 들어야지" 한편에서는 "펑일세" 하며 공도박의 개장이 한참 혼잡한 중에 얼굴을 붕대로 칭칭 동인 심참봉이 성큼 마루로 올라선다. 그들은 유희판에서 손을 놀리던 채로 "여어, 부상병이 들어온다" 하며 심참봉을 쳐다본다.

4회 그들의 별명

심참봉은 전날 밤에 대장 한치각에게 몇 시간의 신임을 얻어서 명월관에 동행을 하게 된 것이 마치 만인계나 탄 것 같이 마음의 만족을 느끼며 명월관 현관에서부터 한치각의 단장, 구두들을 별별히 신칙하는 등 충실한 당번병정의 직무를 다하여 가며 들어갔다.

속담에 호랑이의 위엄을 자세하는 여우라드니 심참봉은 그야말로 한치각의 위엄을 혼자 맡아서 연해연빙 보이를 부르며 우쭐대나가 새벽녘에는 심참봉의 기고만장하는 그 머리위에 때 아닌 벽력불이 떨어져서 정신이 아득하였다.

심참봉은 해가 저녁때가 다 되도록 따뜻한 국 한 모금을 못 얻어먹고 찬바람이 내리치는 현저동 남쪽 초가집 속에서 찬 기운이 치밀어 올라오는 냉골에 사지가 눅진한 몸을 이리저리 굴리며 드러누웠다.

입에는 침 한점 없이 마르고 혀는 깔깔하여 술꾼만이 느끼는 소위 해장의 생각이 각일각으로 간절하여 온다. 마치 아편중독자가 그 시간을 못 참듯이 심참봉의 체내의 모든 세포들은 아침에 생각하던 분노, 반성했던 이 모든 이성의 활동을 덮어 누르고 술술 해장술 하고 고함을 치며 머릿속으로 치밀어온다. 이러한 체내의 반동을 받는 심참봉은 벌써 두어 시간 전부터 누웠다 앉았다 하며 엉덩이를 들썩거리던 차이다.

두 뺨이 홀쪽하게 여윈 그의 마누라는 또 저녁거리가 없다고 쫑쫑거리기 시작한다. 심참봉은 이 기회에 벌떡 일어나며?

"또 동원령이 내리는군. 없는 걸 나는 어떡하란 말야?"

하며 불쑥 찔르는 어조로 무책임한 대답을 던지며 땀국에 젖은 중절모자를 띄어들고 쪽대문을 나간다. 그의 마누라는 심참봉의 뒷모양을 암상이 닥지닥지한 눈으로 쏘아보며

"저 얼굴 꼴하고 또 어디를 가는 모양이야? 허구헌날 딱한 일도 많다."

혼잣말로 중얼거린다. 심참봉은 듣는지 마는지 한치각의 집으로 향하였다.

　　×　×

한치각의 집사랑에는 한치각이 안으로 들어간 뒤에 속담에 화빈이 작주라듯이 약밥 정주사, 횃대 강진사, 채플린 박주사, 연통 안의관을 비롯하여 붕대 동인 심참봉까지 소위 사직영문이라고 일컫는 그의 집사랑친구는 다 모이었다.

이와 같이 매일 모이는 십여 명 무직자 중에는 두어 사람을 제한 외에는 그 대부분이 모두 시대가 지난 양반의 퇴물이다.

그 이유는 유유상종이라는 옛날 말과 같이 이집 주인 한치각이 양반의 골동품인 까닭이다. 그리고 동리 사람들이 이 집을 골동가옥이라고 부르는 것도 이집의 쇠락한 외양을 물론 표시한 것이나, 그 내면으로는 양반의 퇴물들이 많이 모이는 것도 한 원인이 된 것이다. 인간생활에서 탈선된 그들은 해가 기나 짧으나 아침부터 자리 위에 잠이 들 때까지 술, 계집, 잡담, 담배 이것이 일상생활의 전부이다.

이와 같이 허구헌날을 판에 박은 듯이 권태, 부패, 방만한 생활을 계속하고 있는 그들 사이에는 무엇이나 새로운 자극을 요구할 것은 물론이다. 이러한 자극이 때로는 ○○질, 입씨름으로 변하여 졸음 오는 좌석에 의미 없는 수○을 일으키는 것이 전례이나 그 중에서 가장 그 생

명을 오래 계속하는 것이 그들에게 붙어있는 '별명' 이다.

약밥이란 별명을 가진 정주사는 얼굴이 쇠천빛 같이 거문 데다가 마마자국이 군데군데 있어 마치 꾸드러진 약밥 같다고 어느때 요릿집에서 짓궂은 사람이 좌흥으로 웃긴 것이 이내 정주사의 별명이 된 것이다. 그다음에 횟대라는 별명을 가진 자는 키가 그 얼굴에 조화되지 않을 만큼 큰 데다가 두 팔을 벌리고 일없이 방안을 서성거리는 버릇이 있기 때문이요, 박주사의 '채플린'은 그의 떨어진 구두를 표시한 것이다. 전날밤에 머리를 상한 심참봉은 '전문가' 라고 부르니 이 별명은 그중에 가장 실용적인 별명이다. 그는 기생 소문을 잘 듣기 까닭이다. 그밖에 학자, 노동자 등의 별명이 있거니와 가장 알기 어려운 별명을 가진 것이 안의관이다. 그의 별명은 '연통' 이라고 부르나 그 의미는 대수의 방정식처럼 여러 번 풀지 아니하면 알 수가 없다. 쉽게 말하자면 '뚜쟁이' 라는 의미이나 그중에 '뚜' 하는 음을 떼어다가 공장 연통을 연상한 것이다.

5회 강화대사

한치각이 안으로 들어간 뒤에 아무 재미도 없는 헛내기 바둑 마작에 차차 싫증이 나게 된 그들은 허연 붕대로 얼굴을 동이고 들어온 심참봉이 얼마쯤 새 흥미를 끌게 되었다.

어떤 뭔 일로 얼굴을 상하였든지 그것은 둘째 문제로 하더라도 여하간 날마다 이마를 한데 대이고 모여서 노는 친구의 한사람이 별안간에 얼굴에 상처가 뵈인다 하면 다소간 마음에 놀라운 생각도 날 것이요, 그러한 정의가 없다하면 다만 빈말로 동정이라도 하는 것이 이 세상의 보통 인사이다. 그러나 모든 성의와 인정감이 미비된 그들 사이에는 그러한 표정도 없으려니와 동정의 말 한 마디가 없다. 만일 지위를 바꾸어 이집 주인 한치각이 그러한 횡액을 당하였다하면 그들은 덤비며 만지며 모든 표정을 다해서라도 가엾다는 동정을 나타내었을 터이나 일 년 열두 달에 쓴 술 한잔 담배 한 개의 은택이 없는 심참봉에게는 구태여 자기의 신경을 긴장시켜가며 그런 인사를 할 필요가 없다고 생각한다. 다만 그들 사이에는 눈앞에서 어른거리는 돈푼이나 술잔이나 요리접시 외에는 아무 감촉이 없다. 만일 그들이 가지고 있는 이러한 단순하고 저렴한 욕구를 없애버린다면 어떤 의미에서 그들은 감정을 초월한 인간이라고 할만치 모든 신경이 마비되어 있다.

심참봉도 자기에 대한 어떠한 그들의 예도를 물론 섭섭하다거나 이상스럽게는 생각지 않는다. 자기 자신부터 평시에 그러한 냉정한 태도를 가지고 있기 때문에 아무런 불평도 느끼지 않는다. 그 중에 말썽꾼인 약밥 정주사의 첫인사가

"또 받았군. 전선대를 어디서 받았어? 이왕이면 종로 한가운데 섰는 쇠기둥이나 한번 받아보지……."

정주사의 말을 이어, "앗게, 이사람 아까운 전선대가 하나 또 조선에서 축이 나게" 하며 연통 안의관은 주독이 내솟은 코를 실룩거리고 비웃는다.

"아서, 그러지들 말아. 사람이 인사는 치러야지. 자네 매우 놀랐겠네 그려. 대관절 생명엔 관계나 없나?" 하며 손을 내밀어 자기의 턱을 만지려 하는 강진사의 손을 탁 치며 심참봉은 "에라, 장난마라. 이 자식 아파 죽겠다" 하고 고개를 돌린다.

"엊저녁 당번에 술을 작작 먹지. 술도 음식이야. 얼굴이 저 지경이 되도록 어디서 또 굴렀어?" 마작패를 고르며 채플린 박주사는 곁눈으로 본다.

이와 같이 그들 사이에는 한참 심참봉의 얼굴 동인 것이 새 이야기거리는 되었으나 그 중에 한 사람도 심참봉의 부상한 진상은 아는 사람이 없다. 한치각은 원래 성질이 활발한 헛선전은 잘하지만은 부랑생활

을 하는 중에도 한 푼 돈에 때가 묻도록 다라운 사람이다. 그래서 어젯
밤에도 많이 모여있는 사랑 사람들을 다 따돌리고 오직 심참봉 한 사람
만 데리고 명월관에 가서 그 풍파가 났던 까닭에 오늘 이 자리에 모인
사람들이 다만 막연한 추측만 가지고 심참봉을 비웃는 것이다.

한참 심참봉이 억울하게 말썽거리가 되어 앉았는 중에 안으로 통한
복도문이 열리더니 한치각이는 잇새를 쑤시며 사랑으로 나온다. 방 가
운데에 불규칙하게 모여 앉았던 그들은 별안간 물결 헤치듯이 좌우로
물러앉는다. 한치각은 아랫목 안석 옆에 비스듬히 앉으며 심참봉을 건
너다보고

"과히 아프지는 않아?"

하며 동정도 아니요 사과도 아닌 의미 없는 웃음을 던지며 "나는 어저
께 아주 녹았었어. 나중에 '위스키'를 어떻게 먹었는지 아주 정신이 아
득했는데 집에 돌아온 것도 생각이 안 나는 걸."

그 말 끝에 심참봉은 앉아 기회를 만난 듯이

"나는 별안간에 난데없는 맥주 두 병이 깨뜨러 오는 바람에 취했던
술이 번쩍 깨서……" 하며 말이 쏟아져 나오려 할 때에 한치각이 눈짓
을 하며 심참봉의 말문을 막으며 의미 깊은 어조로

"어젯밤 전장에 강화대사는 또 심참봉이 갈 특권이 있는데" 하며 심
참봉의 말을 가로막았다. 심참봉의 눈앞에는 어젯밤에 보던 요리상이
어른거리며 모든 불평이 흔적을 감추었다.

6회 저녁을 앞두고

한치각은 여러 사람들이 앉아 있는 자리에서 자기가 그 전날 밤에 심
참봉을 명월관에서 때린 사실이 드러나면 비록 술자리에서 생긴 일이
라 할지라도 하여간 자기에게는 그다지 명예스러운 일은 아니기 때문
에 심참봉이 입을 열어 어젯밤 이야기를 시작하려 할 때에 심참봉에게

눈짓을 하여 그 말을 정지시킨 뒤에 심참봉의 마음을 끌도록 일부러 알아들으라는 어조로 심참봉을 '강화대사'로 보낼 터이라고 말하였다. 한치각의 '강화대사'란 말은 물론 그 전날 밤에 자기가 일지매의 치마를 찢은 까닭에 그 사과로 심참봉을 일지매의 집에 보내겠다는 것을 의미한 것이다. 심참봉은 시골서 처음 잡아온 사람이 아니요, 자기 말마따나 수십 년 동안을 화류계에서 시들었다는 사람이 그 말의 의미를 못 알아채일 리야 없다. 심참봉은 자기가 일지매의 치마감까지 '사화물'로 가지고 가게 된 것도 짐작하였을 뿐 아니라 그 뒤에는 화해차로 반드시 요릿집에 갈 것까지 미리 추측하고 어서 한치각이가 분부하기만 기다리고 있다.

이러한 눈짓과 '변'으로 한치각과 심참봉 사이에는 전후사건이 다 약조가 되었으나 좌중의 다른 사람들은 막연하게 심참봉이 오늘도 또 당번을 보게 되었다고 추측할 뿐이다.

동짓달의 짧은 해는 벌써 다 갔는지? 머리 위에는 어느 사이에 전등불이 들어왔다. 주인 한치각은 아침 겸 점심 겸 또 저녁 겸하여 밥상을 물리고 나온 지가 얼마 안되나 사랑에 모인 사람들은 오정이 얼마 지나지 아니한 때부터 사랑대문 밖에서 떨고 있다가 흥미없는 바둑 마작에 그럭저럭 해는 보내었으나 종일토록 더운물 한 모금을 못 얻어먹은 그들은 시장기를 느끼게 되었다.

마작도 그럭저럭 끝이 나고 잡담재료도 없어지게 된 그들은 모두 으스스한 몸을 바짝 오그리고 떨어진 보료 위에 좌우로 늘어앉아서 파리 똥과 담배연기에 새까맣게 절은 천정 가운데에 매달리어 희미하게 안방만 비치고 있는 전등만 치어다 보고 있다. 보기만 하여도 궁상이 뚝뚝 떨어지는 그들의 머릿속에는 형형색색이 값싼 공상이 떠들기 시작한다. 청요리집의 돼지 기름냄새, 양식 테이블에 위스키, 일본 된장국에 사시미 안주, 요리상 위에서 떼굴떼굴 끓는 신선로, 아주 뚝 떨어져

앉은 O침에 얼큰한 숭어지지미에 이르기까지 그들의 목전에 닥쳐오는
저녁밥 때를 앞으로 하고 이러한 모든 공상을 일으키고 있으나 이것은
다만 자기 한 몸만을 주제로 하는 생각이다.

단칸짜리 사글세방에서 어린 자식들은 누더기 옷을 몸에 걸치고 으
르를 떨며 냉돌 위에 앉아서 저녁밥 달라고 보채는 가련한 자기집 광경
을 연상하는 사람은 하나도 없다. 다만 그들의 날마다 바라는 것은 모
든 성력을 다하여서라도 자기 한 몸만 배부르도록 취하도록 그날 하루
를 지내이면 최고의 성공이라고 생각한다. 그러나 그들이 날마다 가지
고 있는 이러한 희망은 용이하게 채울 수 없다. 한치각은 자기의 재산
으로나 또 그의 날마다 계속하는 부랑생활로 볼 것 같으면 자기의 하
인 같이 부리는 그들에게 때때로 선선하게 한번씩 풀어먹이는 것이 보
통이라 할 터인데 그 집 사랑에 모인 사람들은 벌써 몇 해 동안 지내었
으나 일찍이 그러한 선선한 꼴은 용이히 보지 못하였다. 은근짜집을 뒤
질 때에는 그 헌물을 새로 발견하여 충실하게 보고한 그 사람 하나만
겨우 눈짓으로 따내어 데리고 가거나 또 요릿집을 갈 때에는 한사람 이
니면 두사람씩 뒷구멍으로 찍어내서 데리고 다니는 까닭에 다른 부랑
자의 꽁무니를 따라다니는 병정들처럼 넉넉한 꼴을 보지 못한다.

오늘도 벌써 전등이 들어왔으나 한치각은 그들을 위하여 저녁을 준
비하는 기색도 없고 또 그들을 데리고 어디로 나아갈 생각도 없다. 그
러나 이러한 주인의 냉정한 태도가 한두 번이 아니요. 또 그들은 이 집
사랑을 떠났댔자 변변한 저녁 한 때가 없는 사람들이라 그대로 허기턱
만 쳐들고 늘어앉았다.

한치각은 그들이 얼른 헤어지기만 마음으로 기다리고 있으나 용이히
헤어질 기색이 없는 것을 보고 마지 못하여 상노를 불러서 겨우 저녁을
내오라 하였다. 그리고 그는 사랑손을 다 보내는 상용수단으로 "오늘
저녁은 조선호텔에서 사람을 만날 시간이 있다"고 예방선을 쳐놓고는

심참봉에게는 눈짓을 하여 밖으로 데리고 나가서 오 원짜리 지전 한 장을 건네주고 먼저 삼월오복점으로 가서 기다리고 있으라고 일렀다.

7회 순영국식

한치각이는 심참봉을 마루로 데리고 나가서 돈 오원을 지갑에서 꺼내서 주며 삼월오복점으로 가서 기다리라고 이른 뒤에 다시 방안으로 들어왔다. 심참봉도 그 뒤를 따라서 방으로 들어오며 '오늘밤 하루는 하여간 또 유쾌히 지내게 되었다'고 생각하니만큼 그의 얼굴에는 기쁜 빛이 나타났다.

심참봉은 별안간 급한 일이나 생긴 것처럼 모자를 빼어들며 황황히 다시 밖으로 나아간다.

영창 밖에서 한치각과 심참봉이 무슨 이야기를 하나 하고 귀를 기울이고 있던 방안 사람들은 별안간 심참봉이 모자를 가지고 나아가는 뒷모양을 쏘아보며 좌중에는 모두 가벼운 질투의 빛이 나타났다.

그중에 가장 노골적으로 약밥 정주사는 "내일은 또 다리에 붕대를 동이고 출석할 모양이로군" 하며 좌중을 한번 의미 있게 둘러본다. 여러 사람들은 그 말에 동감을 나타내는 듯이 모두 비웃는 웃음이 입 끝에 떨어진다. 안석에 비스듬히 앉았던 한치각도 여러 사람들의 웃음에 따라서 의미 없이 픽 웃는다. 그중에 얼른 정주사는 "대장이 요사이는 밀가루에게 아마 물린 게야. 이 병정에게도 이따금 당번을 좀 명령하시구려. 너무 오래 굶었는데……."

한치각은 웃으며 "망할 자식! 밀가루가 다 뭐냐. 낫살이나 먹은 자식이 지각이 나야지."

채플린 박주사도 새까만 윗수염을 쫑긋거리며 "앗게. 이사람 그보다 더 지각이 나면 '신마찌' 전문가가 또 되게" 하며 웃는다.

약밥 정주사의 '밀가루'란 말은 그들 총중에뿐 아니라 요사이 이러한 부랑생활을 하는 사회에서는 누구나 다 말하는 밀매음녀, 은근짜들을 가리킨 말이다.

그들 사이에는 하고한 날은 잡담으로 보내는 터이라 보통 사회에서 쓰는 그 말을 그대로 사용하기는 너무나 변화도 없고 흥미를 끌지 못하는 까닭에 그들은 어느 때든지 보통 이야기를 자연스런 말로 하는 때는 적다. 억지로 새 말을 만들려고 하는 중에 기기괴괴한 어투가 다 생기어 나온다. 그들의 '밀가루' 라 하는 말도 물론 이러한 시간의 낭비자들 입에서 나온 것이다. 이와 같이 그들 사이에는 언어의 주관 목적이 다만 무가치한 일시적 웃음을 자아내는 데에 그칠 뿐이요 말의 정체인 의사를 표시하는 데는 너무나 엄숙함이 적다. 이 집 사랑에서 최근에 말 같은 말이 있어보기는 며칠 전에 주인 한치각이 자기삼촌의 복제를 당하였을 때에 인사말의 몇 마디뿐이었다.

안으로 통한 복도에서 상노 만돌이의 "진지상 나옵니다" 하는 소리가 들리더니 문이 좌우로 열리며 상노간 하인 수복이가 교자상 한 머리를 들고 상노와 같이 저녁밥상을 들어온다. 턱을 치어들고 희미한 십촉 전등만 바라보고 앉았던 그들은 비로소 엉덩이를 움직거리며 재떨이 '바둑판' 마작판들을 한 면으로 치우며 그야말로 영문 병정들이 밥때를 준비하듯이 각각 분업의 행동을 시작한다.

상을 들어다 놓자 주인 한치각은 어느 때나 하는 성의 없는 어조로

"반찬이 아무것도 없을 걸. 별안간에 여럿이 먹을 것이 준비되었을라나?" 하며 핑계의 말을 한다. 나온 상은 한치각이가 이면치레를 한 그 이상의 간단한 밥상이었다.

이 집 조석밥상은 그야말로 춘향가에나 나오는 이도령의 밥상을 연상할 만치 지노끈으로 다리를 동인 교자상과 도거리밥을 담은 때가 새까맣게 묻은 ○밥통, 상위의 중앙을 점령한 무쇠남비의 덤덤한 고추장찌개가 가장 특색을 내일 뿐이요, 그야말로 '엉성한 이도령의 밥상' 이

다. 그러나 그것은 날마다 당하는 그들에게는 별로 부족히 생각할 것도 없고 또 주인이 같이 동석을 아니한다고 노할 사람도 없다.

그들은 한치각의 "어서들 자시게" 하는 소리가 떨어지자 마치 식은 죽그릇에 파리 덤비듯이 교자를 둘러싸고 늘어앉아서 시금털털한 모주를 서로 따라 돌리며 먹기 시작한다.

한치각은 이 기회에 일어서며 "나는 일전에 구라파에서 같이 있는 사람이 나와서 오늘 호텔로 약조한 까닭에 먼저 나가겠네. 많이들 자시게" 하며 일어나서 안으로 들어갔다. 그는 물론 사람들을 따는 핑계이었고 사실은 삼월오복점에서 일지매의 치마감 끊기가 바빠 오는 까닭이다.

한치각은 새로 지은 붉은 빛 스카치 양복에 해룡피를 내인 외투를 입고 고주대문을 나섰다. 그의 순영국식으로 차린 양복스타일과 반이나 더 쏠린 대문채와는 너무나 방갓쟁이가 사진관을 나오는 느낌을 준다.

8회 치마감

일지매는 어젯밤에 명월관에서 한치각의 모든 주정받이를 다해가며 밤을 반짝 새고 다옥정 자기집으로 돌아와서 보통 기생들이 하듯이 종일토록 이불 속에 묻히었다가 오후 네 시라는 소리에 잠이 깨었다. 어두운 세계에서만 활동할 무대를 가진 그들은 마치 박쥐들이 해가 지면 움직이듯이 일지매도 간단한 저녁 요기를 마친 뒤에 화류경대를 앞에 놓고 단장이라는 것보다 요새이 유행하는 말로 하는 영업전선에 나아갈 무장을 시작하였다.

기생이라는 것은 이전이나 지금이나 남자의 눈을 아무쪼록 황홀하게 하는 것이 전술의 가장 필요한 것이다. 그러나 이전에는 단순한 분이나 살적붓, 기름, 메밀기름통 등 몇가지만 가지면 충분하였으나 요사이는 그러한 단순한 화장술만으로는 도저히 시색에 어울릴 수가 없다. 일지매의 경대 앞에도 정자옥이나 삼월오복점에서 사들인 별별 종류의 화장품이 다 늘어있다. 파랑, 노랑, 분홍빛 유리병을 비롯하여 크림, 향수, 마른분, 물분, 도화분, 연지, 또린, 순솔, 물솔, '콤팩드', 가는 붓, 굵은 붓 등 수십 종의 화장제구가 난잡히 널려놓인 그 옆에는 양피배자를 입은 머리가 반백이 다 된 일지매의 모가 앉아서 화장시중에 분망하다. 일지매는 분을 발랐다가는 또 세수를 하고 눈썹을 그렸다가는 다시 씻고 하는 동안에 벌써 두어 시간이나 실히 지내었다.

한참 화장에 골몰하는 중에 대문 밖에서 "이리오너라!" 하는 소리가 들렸다.

일지매의 모는 요사이 새로 전라도에서 올라와서 돈을 잘 쓰고 다니는 남주사가 또 왔나하고

"이야, 날래 하라! 남주사가 고대 들어오면 어떻게 하니?"
하며 돈주머니가 또 굴러들어온다고 뻐드러진 잇새로 웃음이 몰려나오며 일지매의 화장을 재촉한다.

조금 있더니 얼굴을 붕대로 동인 심참봉이 "나요 나. 일지매 있나?"
하며 안마당으로 들어선다. 일지매의 모녀 두 사람은 좁은 유리창으로 내어다 보다가 기다리는 남주사가 아니므로 마음에는 다소간 긴장한 맛이 풀어졌으나 심참봉도 오늘에 한하여는 공으로 담뱃개나 얻어만 먹으려고 오는 것이 아닌 것은 분명히 짐작한지라 그다지 낙심은 아니하였다.

요릿집에서 기생이 치마를 찢기거나 담뱃불로 태이는 일이 종종 있으되 대개는 기생의 체면상 그대로 손해를 보는 일이 많으나 어젯밤의 받은 하부다이 치마의 손해는 상대자가 장안에서 유명한 부자의 자식이라 반드시 몇 벌의 치마는 또 생기리라고 예측한 까닭이다.

그뿐 아니라 일지매의 모는 이러한 혼단을 기회로 하여 평시에 한자만 떼이고 돈은 아니쓰는 한치각을 흠씬 울궈내이려 하고 그 뱃속에는

이미 어떠한 계책이 벌써 준비되어 있던 터이다. 심참봉은 보랏빛 종이에 돌돌 만 것을 옆에 끼고 뜰 아래에서 주춤주춤하고 섰을 때에 일지매의 모는 그 딸에게 눈짓을 하여 일지매를 차방 안으로 숨기었다. 그리고 화장하던 제구를 얼른 밀어 한편으로 치워놓는다. 다음에 일지매의 모는 일부러 장지를 역정스럽게 와르르 열어젖히며 다소 흥분된 어조를 지어서 "심참봉, 어드래 왔소?"

"왜 나는 여기 못 올 사람이오. 오늘은 전과 같은 '병정'은 아니요, 적어도 '강화대사'라는 큰 사명을 띠고 온 사람이야."

심참봉은 "하하하!" 하며 그의 특색인 너털웃음을 내놓으며 방으로 들어간다.

"그런데 대관절 일지매는 집에 있어?"

"그럼 어디메를 가겠소. 입때껏 옆구리가 결린다고 누웠다가 고대 병원에 갔소. 어드러면 기생을 땅땅 때리고 초마를 발기발기 찢는 놀음이 있소."

"때리다니 누가 그랬단 말요?"

"뉘랄 것 있소. 어젯밤에 심참봉도 있었드랍디다."

"글쎄? 나도 있었지만 일지매를 때린 것은 못 보았는데?"

"당신은 왜 얼굴을 동이었소?"

"나도 말하고 보면 어저께 일이지만 일지매를 때린 것은 도무지 생각이 아니 나는데 하여간 이것이나 맡아두구려. 한참봉(한치각)이 보내는 치마감이요."

하며 심참봉은 삼월오복집에서 산 새로 유행하는 '프린트하부다이' 치마감 두필을 내어 놓았다. 일지매의 모는 곁눈으로 슬쩍 보더니 "사람은 죽어가는데 초마감은 어듸메 쓰겠소" 하며 냉정하게 비단 싼 것을 손으로 밀친다.

9회 엉터리

다옥정 일지매의 집 안방에서는 장죽을 가로문 일지매의 모와 얼굴을 붕대로 동인 심참봉이 마주 앉아서 어젯밤에 명월관에서 한치각이 일지매를 때렸다는 문제로 서로 시비를 가리는 것도 아니요, 또 사실을 부인하는 것도 아닌 말씨름이 계속되어 있다. 일지매의 모는 일부러 흥분된 안색을 지어가며

"여보, 우리가 서울 온 지 벌써 일년이나 넘어가지만 어젯밤 같은 노름은 처음 보았소. 아무리 기생이 돈에 팔린다 하드라도 사람을 함부로 치는 손님이 어디 있단 말이요. 나는 이애를 기생으로는 내어놓았으나 입때까지 몸에 손을 한번이라도 대어본 일이 없쇠다. 참, 수액이 사나우려니깐 별별 일 다 생기어. 오늘도 벌써 식도원에서 두 번이나 일지매를 부르러왔으나 몸이 결려서 어드렇게 갈 수 있소. 참 심난한 일이로소."

일지매의 모는 다년 경험이 깊은 수단을 가지고 그럴 듯하게 연극을 계속한다. 찻방 안에 숨어앉은 일지매는 장지 밖에서 하는 두 사람의 이야기를 들어가며 떨어진 '화투'를 소리없이 늘어놓고 '오관'을 떼이고 있다.

심참봉은 원래 사건의 직접 관계자도 아닐 뿐더러 자기 역시 술이 고주망태가 되어 앉았던 터이라 일지매를 때리었다는 사실을 전연히 부인할 증거도 가지지 못하였다.

"나도 술이 정신없이 취했었기 때문에 확실히 아니라고 말할 수는 없지마는……"

"그럼 심참봉이 저렇게 얼굴이 깨어지도록 맞은 것도 생각지 못하는 게지? 당신이 그렇게 맞았을 때야 일지맨들 아니 맞았겠소. 그 양반은 돈은 아니 쓰며 어느 사람보다 줏짜만 떼이는 이지요."

하며 심참봉의 얼굴을 의미있게 쳐다본다. 심참봉은 지금이야말로 보

기만 해도 궁기가 뚝뚝 듣는 조방군이가 되었지만은 자기 손으로 수십만 원의 재산을 화류계에 내버릴 때에 기생을 때린 일도 한두 번이 아니다. 그러나 그때 시절에는 돈 쓰는 소위 오입쟁이의 만능시대이라 기생집에서 세간을 치거나 기생을 때리는 것이 오입쟁이의 한 호걸풍이었다.

그 대신 그 이튿날 아침에는 장전, 선전에 분부하여 득달 같이 방안 세간이며 기생의 의차를 집으로 져 들이어 선듯하게 하여만 주면 아무 문제가 없을 뿐 아니라 도리어 이러한 기고만장한 횡포가 화류계의 큰 환영거리가 되었지만은 요사이는 이러한 문제를 잘못 만나면 '기구파손' '구타치상'이라는 거북살스런 법률문제가 일어나서 술 사먹다가 재판소에 다니게 되는 일이 하나둘이 아니다. 심참봉도 산전수전을 다 겪은 눈치꾼이라 일지매의 모가 컴컴한 그 뱃속에 어떠한 ○전이 숨겨 있는 것은 대강 짐작은 하는 터이나 하여간 한치각을 위해서라도 일이 적게 되도록, 또 한치각이가 물리더라도 그 상처가 과히 크지는 아니하도록 힘을 쓸 수밖에 없이 되었다. 그래서 심참봉은 마음에 없는 사과와 비슷한 공손한 태도로

"여보 우리 장래 장모님. 그렇게 역정내실 것이야 무엇있소. 한참봉이 사랑하는 일지매를 설마 때리기야 하였겠소. 만일 일지매가 옆구리가 결리는 것이 사실이라면 물론 취중에 좀 심히 건드린 것이 그러게 된 모양이로구려. 내 얼굴 좀 보시오. 나도 맞은 것이 아니라 맥주병위에 쓰러진 것이 이렇게 상처가 되었오."

하며 심참봉을 자기 얼굴을 한치각에게 맞았다는 불명예한 사실을 감추는 한편으로 얼토당아닌 실례를 만들어서 일지매의 모를 무마시키자는 생각이었다.

그러나 일지매의 모는 담뱃대를 땅땅 떨며 점점 소리를 높인다.

"한참봉은 부자이니깐 당신까지 저렇게 역성을 하오. 남은 초마를 발

기발기 찢기며 죽도록 맞았는데 좀 찔렀다는 것이 다 무엇이요. 당신도 좀 민하게 굴지 마소."

하며 심참봉의 얼굴을 흘겨보며 혀를 쩍쩍 찬다. 심참봉은 차차 무마를 시켜가자는 것이 상대가 점점 기성하게 날뛰는 것을 보고 '문제는 벌써 엉키었다' 고 생각하며

  "하여간 우리가 이 자리에서 공연히 얼굴 붉혀가며 시비야 할 거 무어 있소. 내가 때린 것도 아닌데, 좌우간 오늘 저녁에 일지매와 한참봉이 한자리에 모이면 자연 판단이 날 문제이니 우선 이거나 좀 맡아두구려."

  "이건 다 무어요. 남의 자식을 함부로 치고서 이까짓 것으로 될 줄 알고 그리오. 인제 그 언내가 죽고 사는 것은 아도 모르겠소. 한참봉더러 말이나 하소."

하며 피륙을 밀친다. 심참봉은 의외에 사건이 발생하여 술도 늦어갈 뿐 아니라 사건의 보고가 급하여 한치각이 기다리고 있는 명치정 "빌리어드판' 으로 향하였다.

  ### 10회 백 원짜리

  한치각은 담배연기와 난롯불 훈김에 실내가 자욱하도록 혼탁하여진 '빌리어드' 판 옆에서 공채를 일으켜 세우고 두 손으로 그 중간을 잡고 피로한 몸을 앞으로 실리어 의자에 걸터 앉았다. 한치각은 여성을 떠나서는 아무 취미를 느끼지 아니하는 사람이라 물론 '빌리어드' 에도 어떤 흥미도 느끼지 아니한 것은 사실이다.

  다만 심부름을 보낸 심참봉이 돌아올 때까지 잠시 시간을 보내자는 예정에 지나지 아니한다. 어디를 가든지 자기 재산을 등지고 나오는 '방약무인' 한 그의 태도는 여러 사람들이 모이어 유쾌하게 놀자는 이 '빌리어드' 판의 공기를 어느덧 불유쾌하게 만들었다. 공중이 모인 자

리에 조금도 겸손한 태도가 없이 남의 몸을 함부로 툭툭 치며 '큐'를 가로세로 들어서 다른 사람의 얼굴을 찌르는 등 장내의 공기는 조금하면 어떠한 폭발이 일어날 듯한 매우 험악한 상태에 당면하여 있다.

그러나 한치각은 그러한 험악한 공기가 조금하면 자기 앞에 터질 것도 모르는 듯이 그의 태도는 점전 황당하여 간다.

숙련치 못한 '빌리어드'의 기술이 그의 조급한 성미를 흥분시키는 중에 또 예정의 시간이 지나도록 심참봉이 돌아오지 아니하는 까닭에 그의 행동은 '독살' '찜부럭'이 한데 엉키어 탕탕 공채를 구르며 공연히 '게임보이'를 꾸짖는 둥, 옆에 사람으로 차마 눈허리가 시어서 볼 수 없는 행동을 계속하고 있다. 맞은편 구석에서 얼마 전부터 도리우찌 모자를 삐딱하게 쓴 청년패들이 눈을 노리며

"나마찌 나마스다 나무찌마웃가."

하는 일본사람들의 수군거리는 소리가 들리며 한치각의 신변에는 각 일각으로 위험이 닥쳐올 즈음에 앞문이 와르륵 열리며 심참봉이 들어왔다.

한치각은 치던 공채를 중지하며 불호령에 가까운 어조로

"여태 뭘했어! 다옥정이 그렇게 멀어? 그래, 대관절 집에 있던가?"

심참봉은 한치각의 옆으로 가까이 오며

"갸는 병원에 갔다고 해서 못보고 뻐드렁니(일지매의 모)만 만났는데 일이 자배기만큼 벌어진 모양인데."

한치각은 무슨 말인지 그 의미를 자세히 알지 못하여

"이야기를 벌여놓지만 말고 좀 자세히 해요."

심참봉은 한치각의 귀에 입을 대이고 일지매의 모가 하던 일장 이야기를 수군거렸다. 의외의 사실을 들은 한치각은 깜짝 놀라며

"때리다니? 누가? 옆구리가 결려?" 하고 심참봉의 수근댄 말을 입에 받아 옮기며

"하여간 여기서는 자세한 이야기를 할 수 없으니 밖으로 나가세."

두 사람이 이러한 이야기를 하는 동안에 공을 치던 상대자들은 "하야꾸" 소리를 치며 공치기를 재촉한다. 한치각은 아무 대답도 아니하고 모자와 외투를 떼어들고 심참봉을 데리고 문을 나섰다. 공을 치던 상대자들은 연하여 '싯게이나얏스' 하며 중얼거린다.

한치각과 심참봉은 그 근처에 있는 일본음식점으로 들어갔다.

"그래 대관절 어떻게 걸린단 말이야? 내가 때린 것은 생각지 못하겠는데?"

하며 한치각은 의외에 놀라게 되었다. 한치각의 마음을 움직이는 것은 첫째로는 돈이 또 들 것과 둘째로는 일지매의 쌍까풀진 눈맵시와 포근포근한 뽀얀 얼굴이 요사이는 매우 마음을 끄는 새 목적물인데 어젯밤 술주정으로 인하여 아주 홧머리를 치게 되면 여태까지 쓴 돈이 다 허사가 될 터이므로 그는 여기 이상의 불안을 느끼게 되었다.

심참봉은 우선 술을 재촉하며 "나도 어제 일은 도무지 캄캄하나 설마 자네가 때리기야 했겠나."

"내가 치마를 찢은 생각은 기억에 있으나 때렸다는 사실은 도무지 인정할 수 없는데 그래 얼마나 아프단 말인가?"

심참봉의 어조는 사건을 보고한 뒤에는 또다시 회담으로 변하였다.

"대장은 무얼 그렇게 기절을 한단 말이요. 이건 처음 지내나. 한 밥 먹자는 연극인데 이왕 쓰는 터이니 몇백 원만 더 쓰면 승전고를 울릴 터인데 무슨 걱정이야. 돈만 두둑히 내게 맡기면 내가 다 매만질 것이니……."

"돈은 얼마란 말이야?"

"얼마 할 것 있나. 다다익선이지."

한치각은 고개를 기울여 한참 동안 생각하더니

"얼마나 보낼까? 백 원이면 될까?"

"한 이백 원 선뜻 써서 아주 포로를 만들게나그려."

한치각은 다소간 위협을 느끼며 백 원짜리 한 장과 십 원권 다섯 장을 양봉투에 넣어 심참봉을 주었다.

11회 남주사

심참봉이 돌아간 뒤에 찻방 안에 몸을 피하였던 일지매는 다시 방안으로 나와서 미처 덜 마친 화장을 다스리고 자릿저고리를 바꾸어 입었다. 인제는 어떠한 호출을 당하든지 무장의 준비는 거의 다 된 셈이다.

일지매는 겨우 경대를 치워놓고 비둘기표 한개를 피워문 뒤에 자기 어머니와 마주 앉아서 심참봉이 내던지고 간 삼월오복점 봉지에 돌돌 만 치마감을 끌러본다. 일지매의 모는 욕심이 덕지덕지 내솟은 얼굴에 지렁이 같은 주름살을 나타내며 치마감을 들여다 본다.

"대관절 어드런 것을 가져왔니? 엊저녁에 망치고 온 초마는 돈을 십오 원이나 들여서 지어가지고 겨우 세 번밖에 아니 입은 것인데."

하며 일지매가 손으로 풀고 있던 그 피륙 위에 눈을 찌푸려 시선을 던지고 있다.

"이것도 하부다이로구먼. 그런데 무늬가 처음 보는 거야. 옳지 이것이 요새 유행하는 무어라든가 푸—푸—, 옳지! '프린트'라는 무늬로구만. 그럼 오마니, 이걸 내일 아침에 바둑이집을 보내어 곧 지으라하소."

일지매는 치마 한 벌을 찢긴 대신에 새로 보는 '프린트' 하부다이 치마가 두 벌이 생기게 된 것을 오히려 다행으로 생각하는지 입에는 웃음이 열리었다.

"그거이 무엇이냐? 또 왜비단이로구나 그 까짓것을 받고서 무엇이 좋아서 참 민한 것……."

일지매의 모는 혀를 쩟쩟 차며 냉소를 뱉는다.

"그거이 돈낱으로 하면 몇 원이라 말이냐."

"아니요. 아모래도 두필에 오십원은 들었겠소."

"오십 원? 오십 원이 그다지 많구만, 이전에는 기생의 옷을 망치면 천냥도 과요. 이천냥도 받쳤드랬다" 하며 그의 모는 종시 만족을 느끼지 아니하는 듯이 냉소를 띠고 있다.

이즈음에 문밖에서 또 사람이 들어오는 구두소리가 활발하게 나더니 "일지매 있소?" 하며 더블 버튼을 단 외투를 입고 알록알록한 모던 목도리를 두른 이십사오세 가량 되어 보이는 청년 한 사람이 안마당으로 선뜻 들어선다.

일지매의 모녀는 한치각이가 보낸 치마감을 중간에 놓고 이야기를 하다가 급히 유리구멍으로 내어다보았다. 청년은 요사이 이집에서 누구보다 가장 많은 환영을 가지고 맞아들이게 된 전라도 남주사이었다.

일지매의 모녀는 고만 펼쳐놓았던 치마감을 한데 둘둘 말아서 벽장 안으로 들어놓고 허둥지둥하며 마루로 나아간다.

일지매의 모는 마른 무껍질 같이 쭈글쭈글한 얼굴의 전 신경을 다 모아서 기쁜 빛을 나타내며 두손을 옆으로 내밀어 남주사의 손을 잡을 듯이

"아이, 남주사 어서 오르소. 사람이 어드러면 그렇게 군단 말이요……."

"왜 그러우……."

남주사는 일지매의 모가 하는 말의 의미를 미처 못 알아들었는지 얼굴을 들어 일지매의 모를 쳐다본다.

일지매는 자기모가 앞을 질러나가며 먼저 내닫는 통에 말을 붙일 기회를 잃었다가

"왜 그러우가 다 무어요. 남은 눈이 빠지게 기다리게 하고 여섯 시에 온다고 약조한 이가 지금 여덟시는 되겠소."

하며 말끝에는 적은 원망이 섞이었으나 입에서는 달콤한 미소가 덮는다.

"어서 방으로 들어갑시다" 하며 일지매는 남주사의 손목을 잡아 마

루 위로 올린다. 남주사는 평시에 둥그런 눈의 형체가 좌우로 가늘게 평선을 지으며 모녀 두 사람이 맞아들이는 대로 따라서 안방으로 들어갔다.

남주사가 아랫목에 자리를 정한 뒤에 겉묻어 들어왔는 일지매의 모는

"오래 노다 가소. 오늘은 남주사가 오기만 기다리고 권번에는 '탈' 했소이다."

하고 담뱃대를 들고 건넌방으로 피하여간다. 방안에는 젊은 남주사와 이십이 겨우 넘은 일지매와 두 사람뿐이다. 이 두 사람의 청춘남녀를 둘러싼 방안에는 약간의 담배연기와 일지매의 화장이 남긴 향긋 달콤한 가벼운 냄새가 한데 얽히여 두 사람의 코앞으로 오락가락 한다.

남주사는 아랫목 따뜻한 온돌 위에 상체를 비스듬히 옆으로 누이고 맞은편에 앉은 화장을 막 마치어 분서슬이 그대로 있는 일지매의 얼굴을 쳐다보며 누웠다. 일지매는 우선 담배를 붙여 남주사에게 권하며

"외투나 좀 벗구려."

하며 남주사의 몸에 손을 대이기 시작한다. 일지매의 보드라운 손길은 남주사의 외투를 벗기는 데만 그 사명이 있는 것이 아니다.

12회 연애의 매매

일지매와 그의 포로가 된 남주사는 따뜻한 방속에 단 두 사람이 들어 앉아서 아무 기탄이 없이 서로서로 감추었던 모든 수단을 다 꺼내어 시쳇문자로 말하면 소위 연애의 매매를 시작하고 있다.

일지매는 모든 아양을 다 떨어가며 남주사의 외투를 벗기어 벽에 건 다음에는 오동통하고 몽실몽실한 그 몸을 비스듬히 옆으로 누운 남주사의 가슴 아래에 실리어 남주사의 얼굴을 들여다 보며 쌍긋쌍긋 웃는 일지매의 입에서는 서도 사투리가 도리어 귀인성 있게 말끝이 몽창몽

창 떨어지며 꿀 같은 이야기가 꽃술에서 이슬방울이 떨어지듯이 가볍게 떨어진다.

"나는 아까 다섯 시부터 기다렸어요. 미친년 모양으로 네 번이나 골목 밖까지 나갔다 들어갔다 했어요. 이 당신아. 남이 기다리는 것도 좀 생각해요."

하며 일지매의 보드랍고 따뜻한 손이 남주사의 턱을 짜긋이 눌러준다. 남주사는 간질간질한 느낌에 안면신경을 움직이어 입술에 웃음이 저절로 나타나며

"엊저녁 생각을 좀 하여. 남을 공연히 초저녁부터 식도원에 붙잡아놓고 밤새도록 전화만 하고 아니 와? 엊저녁에 화나던 생각을 하면 다시는 자네집에 발을 아니 들여 놓으려고 했어. 그렇지만……."

"그렇지만? 그러면 왜 또 왔어?" 하며 일지매의 손은 다시 남주사의 허벅다리를 꼬집는다.

남주사는 정말 아픈 것보다 엄살을 여러 갑절이나 에누리하며

"아, 아, 아, 이야, 햇○○○한 꼬집지 말아."

남주사는 일지매의 그 손목을 가볍게 잡아 앞으로 당긴다.

"한참봉이란 자는 서울서 자란 양반이라지. 또 그리고 소위 서울 양반 중에서 몇째 아니 가는 재산가라지. 우리 같은 시골뜨기야 마음에 있겠나."

이 말끝에 일지매는 남주사의 손을 획 뿌리치며 눈초리가 상큼하게 위로 올라갔다.

"그래요. 그래. 남의 속도 모르고 당신은 그런 소리만 하고 있소. 내가 얼마나 속을 태우고 있었길래. 그래, 배가 아프대도 안 놓아주지요. 머리가 아프대도 안 놓아주지요. 공연한 명신환만 먹기에 입이 다 깔깔해졌지요. 그리 빠져나오려고 애를 쓰다가 나중에는 한참봉이 개골을 내서 술상을 치며 나에게 덤벼서 치마까지 갈갈이 다 찢었어요."

하며 차방 장지를 열고 구석에 뭉쳐놓았던 찢긴 치마를 들고 나와서 남주사의 턱밑에 들이밀며

"이걸 좀 봐요. 이 지경을 당하도록 나는 몸을 빼쳐나오려고 애를 쓰고 있었어요. 남의 속도 모르고 그런 죄될 말만 말아요" 하며 눈을 흘기어 남주사를 본다.

남주사는 일지매의 말 몇마디에 모든 감정이 일시에 풀어진 듯이 입을 벙그레하며

"돈이 없나. 그럼 치마는 내가 사주지."

"그거 왜 그래. 나는 찢은 사람한테 점 받아낼 걸."
하며 일지매는 어떠한 신경에 걸렸는지 힐끔 치마감을 구겨 넣은 벽장문을 바라보았다.

"한참봉은 아주 구두쇠라는데."

"구두쇠면 여간이야. 까다로운 체는 혼자하면서 이면치레만 살살하고 돈 쓰는 데는 서울말로 아주 깍쟁이야. 그렇지만 이번에 치마감은 어떡하든지 내가 좀 물려받을 것을."

"그렇게 구두쇠라는데 치마감을 받아내려면 또 두서너 번 주정받이는 착실히 해야 될 걸. 그러지 말고 내가 사주지."

"그건 왜 그래."

남주사는 무엇을 생각하였는지 몸을 벌떡 일으키며

"우리 산보나 나갈까? 지금 몇 시나 됐나?"
하며 금줄에 달린 시계를 조끼주머니에서 꺼내본다. 일지매는 벽구석에 걸린 괘종을 쳐다보며

"아홉 시 밖에 아니됐는데. 요새는 양력설이 가까워서 진고개는 모두 야단들이래."

"응, 오늘이 양력으로는 벌써 섣달 스무사흘이야. 일본촌에서는 지금 한창 바쁠 때지. 그럼 우리 그 구경이나 한 바퀴하고 명치제과에서 차

나 사먹고 올까?"

남주사는 일지매에게 동의를 청하는 듯이 얼굴을 쳐다본다.

"글쎄, 또 옷을 바꿔 입어야지."

"아따, 그게 무엇이 어려워 그래."

"귀찮으니까 그렇지."

"그럼 어멈더러 택시나 한 채 부르라고 하지."

"무얼 여기서 가까운데 그냥 걸어갑시다."

"그럼 그럴까."

두 사람은 산보할 의논이 결정이 되어 일지매는 회색의 외투를 입고 그 위에 검은 지리맨 목도리를 턱에 걸쳐 감고 남주사를 따라서 골목 밖으로 나간다. 캄캄한 골목 밖에서 거무스름한 인바네스를 입은 남자가 급한 걸음으로 그들의 옆을 휙 지나며 들어온다.

13회 삼월오복점

남주사가 앞을 서고 일지매는 그 뒤를 따라서 다옥정의 여러 번 꼬부라지는 골목을 돌아서 광교 남쪽 천변으로 나섰다.

이 두 사람에게는 자기네가 걸음을 띄어놓을 만치 광선 외에는 밝은 것이 필요가 없다. 장찬 다옥정 골목을 돌아나오는 동안에 일지매의 몸은 상체가 남주사의 오른편 어깨에 실리고 두 사람의 따뜻한 손길은 그 밑에서 서로 연결이 되었다.

걸음을 걸을 때마다 두 사람의 마주 쥐인 음양 손길이 앞으로 내밀리었다 또 뒤로 갔다하며 두 사람의 겨드랑이 아래에서 그네를 뛴다.

남주사의 입술에는 불이 꺼져가는 반이나 탄 해태표가 말할 때마다 공중에 걸린 듯이 상하로 흔들린다.

"오늘밤엔 한치각 씨, 아니 한참봉 나으리 생각은 아니하나."

남주사는 악수된 팔을 일지매의 옆구리에 지긋이 누르며 강짜 비스

듬히 말을 던진다. 일지매는 자기 옆에 와서 닿는 그 손을 휙 밀치며

"한 씨의 말은 좀 그만두어요. 아까 다 내가 이야기하지 아니했어. 그이 술주정이라면 나는 천리만큼 달아날 테야. 참 지긋지긋해."

"그래도 요릿집에서 불러만 보아. 숨이 턱에 닿아서 달음박질을 할 텐데."

"무어? 내가 그렇게 쉽게 한 씨가 부른다고 달음박질을 해. 참, 잘 알았소."

하며 일지매는 흘긴 눈초리로 남주사를 쳐다보았다. 두 사람 사이에는 젊은 남녀의 신경을 자릿자릿하게 울리는 손과 손의 연결, 가슴 속이 간질간질하여 오는 연애 매매의 달디단 이야기가 계속되는 동안에 두 사람의 걸음은 어느덧 전등이 찬란한 정자옥 앞에 닥쳤다.

콧날이 오똑하고 얼굴빛이 하얀 남주사는 청년으로 보통이라는 그 이상의 용모를 가진 데다 다소 운동에 단련된 그의 체격은 누가 보든지 미남자라고 할 수 있다. 키가 보통보다 다소 클듯해 보이는 몸에 새로 지어 입은 양복이 말할 수 없이 조화가 되어 누가 보든지 근래 문자로 모던보이의 첨단이라 하겠다.

일지매는 그다지 행인의 눈을 끌만한 치장은 아니했으나 쌍꺼풀이 약간 진 그의 눈맵시와 서도 기생의 한 특색인 엷은 살갗에 분이 똑 알맞치 오른 동그스름한 얼굴이 검정목도리 위에 뚜렷하게 보인다. 이 두 사람의 몸이 밝은 전등 앞으로 나타남을 따라서 복잡한 거리에 놀란 사람의 시선을 끌기 시작한다.

"정자옥부터 우리 구경하고 갈까?" 하며 일지매는 그 앞에서 걸음을 멈추려한다.

"그까짓 정자옥은 보아 뭘 해. 동경서는 이따위 상점이야 얼마든지 있지. 참 조선서는 이것만 해도 굉장해 보이는 걸. 그래도 삼월오복점이라야 물건 같은 것이 있지. 여기는 그만두고 저 삼월오복점으로 가아."

"참, 정자옥에는 맨 싼 물건뿐이라지. 그럼 삼월오복점으로 갑시다."

정자옥 앞에서 걸음을 멈췄던 두 사람은 다시 발을 옮기어 삼월오복점으로 간다.

"엊저녁에 한씨한테 찢긴 치마는 내가 삼월오복점에서 사줄까?"

하며 남주사는 일지매의 손을 지긋이 잡아걸었다.

"그건 왜, 치마는 찢은 사람이 따로 있는데. 나는 그 치마는 꼭 한씨에게 물릴 걸. 꼬락서니가 얄미워."

일지매는 이렇게 반대를 하다가 무엇을 생각하였는지 다시 말을 이어서

"남주사, 그럼, 그럼, 그, 대신에 나 하나 사고 싶은 것이 있으니 그거나 사주구료."

"무엇? 처녀의 불알? 하하하."

"아니 그러지 말고 내 말을 자세 들어요. 좀" 하며 일지매는 남주사의 손길을 잡아 지긋이 눌러줬다.

"그게 무어란 말이야? 그럼 우리 삼월오복점에 들어가서 점원더러 '그것 사러왔소' 해볼까? 무얼 내놓나."

"왜 딴청만 해? 남의 말은 아니 듣고" 하며 일지매는 다소 샐쭉하진 눈으로 남주사를 본다.

남주사는 자기가 너무 실없는 말을 심히 하였나 하고 뉘우치며 말을 다시 정답게 붙이어

"글쎄 말을 해야지, 뭐든지 사주지."

일지매는 뽀얀 얼굴을 남주사의 어깨에 부비며 "저, 전, 저것 하나 사고 싶어" 일지매는 차마 말이 입에서 떨어지지 않는 듯이 주저한다.

남주사는 재촉하며 "어서 말을 해야지 무언지 알지."

"저, 그……"

두 사람은 사람들이 쏟아져 나오는 삼월오복점 문으로 들어갔다.

14회 복잡한 사람

남주사와 일지매는 혼잡한 삼월오복점 문을 들어서서 여러 사람들이 어깨를 서로 부비며 돌아다니는 상점 안을 한창 화장품 판매하는 데서부터 구경하기 시작한다. 오복점 안에는 반드시 필요를 느끼어 들어오는 사람보다 구경삼아 드나드는 사람이 평시에도 적지 아니한데다가, 요사이는 양력년종이 박두한 까닭에 평시와는 정반대로 설 준비로 물건을 사러 들어오는 일본사람들이 올망졸망한 종이에 싼 보통이를 들고 밀고 들어서며 밀고 나서고 하는 통에 남주사와 일지매는 그 혼잡한 사이에 끼어서 좀처럼 한테 붙어 다닐 자유를 유지 못한다. 일껏 어깨를 한데 대이고 한 모퉁이를 돌아나오면 그중에서 어린 것을 업고 끌고 한 일본사람의 등쌀에 두 사람은 가끔 동서로 갈리게 되어 짝을 기다리기에 한 모퉁이에 우뚝하니 나뉘어 섰기를 몇 번이나 하였다.

일지매는 남주사가 치마감을 사주마고 자청하는 말에 우연히 기회를 만나게 되어 마침 사려고 생각하는 털목도리를 내 돈 아니 들이고 장만할 찬쓰는 얻었으나 이왕 값이면 값싼 것은 사기 싫고 또 조금 우연만한 것을 사게 되면 요사이 괜한 돈에 적지 아니한 금액을 가져야 할 터인데 모처럼 사귀어 장차 부자의 힘을 보게 된 남주사에게 별안간 큰 돈을 씌웠다가는 그 뒤가 또 어찌 될지 몰라서 차마 털목도리가 사고 싶다는 말은 하지 못하고 입속에서 여러 번 주저하였으나 삼월오복점 안에까지 들어오게 된 이상에 또 이 기회를 놓치면 결국 자기 돈을 써야할 터이라, 일지매의 주저하는 생각은 차차 변하여 나중은 어떻게 되든지 우선 목도리나 한 벌 굳히겠다는 생각이 간절하게 든다.

남주사도 치마감을 사려고 생각하였든 차에 일지매의 의향이 딴 데 있는 것을 일지매의 말에 다소 짐작은 하였으나 그 중에 무엇을 사주어야 가장 일지매의 마음을 끌게 될까하고 점내에 진열한 물품에 이리저리 시선을 던지며 돌아다니는 중이다.

한참동안 인ㅅ에 둘리어 이리저리 몰려다니는 일지매는 "아이고 사람이 어떻게 덤비는지 정신이 다 없네."

"이까짓 것을 가지고 그래? 동경은 요사이 은좌통만 나가도 큰 길에 사람이 이보다 몇갑절이나 더욱 복잡한데."

남주사는 자기가 동경을 잘 안다는 것을 자랑하듯이 말한다.

"인제 고만 두고 우리 윗층으로 올라갑시다."

"그래 볼까?"

남주사와 일지매는 여러 사람들이 한데 덩어리가 되어 있는 '승강기' 출입구 옆에서 기다리고 섰을 때에 그 많이 모여 섰는 사람들 총중에 해룡피를 좌우어깨가 푹 묻히도록 넓게 대인 외투를 입은 신사 하나이 저편을 향하고 서서 승강기가 올라오기를 기다리고 있다.

일지매는 그 신사의 뒷모양이 선듯 눈에 띄자 공연히 가슴이 울렁하며 한치각이나 아닌가 하고 주춤하였다.

조금 있다가 '승강기' 가 지하실에서 사람을 잔뜩 싣고 올라왔다. 승강기의 문이 열리기도 전에 앞을 다투이 덤비는 사람들은 모여 섰던 사람의 삼분의 일도 채 못 실어서 '만원' 이라고 외이며 문을 닫게 되었다. 남주사와 일지매는 다행히 승강기 맨 앞에 서있게 되어 윗층으로 올라가게 되었으나 저편에 섰던 해룡피 외투 자리는 원체 사람들이 몹시 들이미는 통에 승강기 밖으로 떠내밀리어 다음 차례를 기다리게 되었다.

일지매는 승강기 안에 그 해룡피 외투가 아니 보이는 것을 살핀 뒤에 겨우 마음을 놓았다.

두 사람은 삼층에서 내렸다. 일지매는 내리자마자 시선을 좌우로 돌리더니 오른편 구석에 진열한 틸목도리가 눈에 띄었다.

"우리 저 목도리나 좀 구경하고 갑시다" 하며 일지매는 남주사를 그편으로 인도하였다. 남주사는 지금 머리 속에 무슨 물건을 사줄까 하며

생각하고 있던 중에 일지매의 목도리라는 말을 듣더니 무엇이나 발견한 듯이

"글쎄, 그것 좋아 참, 목도리 하나 사줄까?" 하며 일지매가 인도하는 대로 따라갔다.

눈앞에 벌려놓은 목도리는 별별 이상한 동물의 모피를 통째 벗긴 것, 또 조각조각 모아서 한 짐승의 모양을 만든 것들이 불규칙하게 걸려있다.

"목도리가 참 좋겠군. 목도리 하나 사지? 썩 좋은 걸로, 어서? 응, 목도리가?"

남주사는 다시 일지매의 의향을 물었다. 일지매는 입술까지 치밀어 올라오는 대답을 억지로 누르며 태연한 태도로 "글쎄, 사주면 좋지?" 하며 입을 연다. 쌍긋 웃으며 남주사를 쳐다보았다.

15회 은여우털

남주사는 원래 전라남도 순천에서 큰부자로 유명한 남의관의 아들로서 서울로 동경으로 공부를 합네하고 돌아다니었으나 결국 마친 학교는 저기 지방에 있을 때의 보통학교 하나뿐이었고 그 다음은 혹은 고등보통학교 혹은 동경에서 어느 사립중학교 또 명치대학을 더듬어 다니기는 여럿을 하였으나 결국은 자기집의 돈만 수만원 축이 났을 뿐이요. 늘어가는 것은 돈 잘 쓰는 것뿐이었다.

자기 아버지는 순천에서 유명한 근면가로서 불과 얼마 아니되는 유산을 가지고 아침이면 새벽부터 일어나서 개똥삼태기를 등에 메고 세코짚세기를 신고 찬서리를 밟아가며 거름을 모아다가 농사를 지어 애면글면 모은 것이 나중에는 수만석의 큰 부자가 되어 만년에는 의관이라는 초사까지 한 사람이다. 그러한 굳은 심지를 가진 사람의 아들인 남청년은 자기의 부친이 그 애를 써서 모아놓은 재산을 아까운 줄을 모

르고 물 퍼내 버리듯이 헛돈을 쓰고 다니는 사람이다. 그야말로 짚신 신고 모은 천량을 자동차 타고 다니며 버린다는 요사이 한 격언이 된 그 정도에 있는 사람이 남 청년이다.

남주사라고 부르는 것도 물론 그가 주사의 초사를 한 것이 아니요, 남서방이라고 부르자니 어울리지도 않고 또 근래 유행하는 선생님이라고 부르자니 남 청년의 나이가 너무 젊어서 화류계에서는 그저 수수하게 '주사' 라는 얼토당토 아니한 직함을 붙인 것이다. 말하고 보면 남 청년의 주사 초시는 요릿집 '보이' 들과 기생들이 시킨 셈이다.

하여간 남주사는 근래 서울화류계에서 새물 청어로 굉장한 돈을 쓰고 다니는 한 부랑자이다. 그러나 그는 시골서 태어나기는 하였을망정 얼굴이 ○○이고 게다가 돈을 잘 쓰는 터이라 요사이 기생화류계에서는 큰 환영을 받게 된 한 사람이다.

×　×　×　×

남주사는 일지매의 털목도리가 사고 싶은 희망을 확실히 안 뒤에는 다른 물건에 눈을 던질 필요가 없게 되었다. 목도리의 진열한 것을 쳐다보며 남주사는

"그럼 그 중에 제일 마음에 드는 것을 하나 골라잡지" 하며 일지매를 재촉한다.

최신 유행의 양복을 입은 모던보이가 말쑥하게 차린 기생 같은 여자를 데리고 진열장 앞에 걸음을 정지한 그들을 보고 그 옆에 섰는 조선 사람의 여점원은 가볍게 고개를 숙이며 앞으로 온다.

"여보 저 털목도리를 좀 구경하십시다" 하며 남주사는 여점원에게 말한다.

"네. 여러 가지가 있습니다."

여점원은 진열장위에 건 털목도리를 주섬주섬 내어 놓으며

"어떤 것을 쓰시렵니까? 남자의 것이오니까? 부인네가 쓰실 것입니

까?" 하며 묻는다.

남주사는 일지매를 바라보며 "어떤 걸로 할까."

"글쎄 여우털로 할까" 하며 앞에 놓인 여우몸통으로 벗긴 모피를 쳐들어본다.

"이게 조선옷에도 어울릴까?"

"네 잘 어울립니다. 조선옷이나 양복이나 요새는 모두 여우털을 쓰십니다."

"눈이 왜 요래, 무서워 못 보겠네. 여우 눈은 빼박은 것이지!"

"네 그렇습니다. 털목도리는 짐승의 ○○이나 눈이 산 것처럼 고대로 생긴 것이래야 씁니다."

여점원의 말이 그치기도 전에 남주사는 "그럼. 그 맛에 털목도리를 하는 것이지. 이런 바보!" 하며 픽 웃는다.

"여우털로 제일 좋은 것은 얼마하오?"

남주사는 여우발목에 담긴 정가표를 본다.

"네 보통여우는 사십 원짜리부터 일백이십 원짜리가 제일 좋습니다."

일지매는 목도리를 뒤적거리며

"여우털은 빛이 좀 조선옷에는 어울리지 않아. 다른 빛은 없소?"

"네 네 다른 것도 있습니다. 회색도 있고요. 또 은빛 나는 것도 있습니다."

"그럼 누렁보다 조선옷에는 회색이 나을 듯해."

"그렇습니다. 단순한 조선옷빛에는 도리어 회색이 나으실 것이요. 회색은 나장 속에 많이 있습니다. 그러나 값이 좀 많습니다."

하며 여점원은 아래에 놓인 유리창을 가리킨다. 일지매와 남주사는 여점원의 손끝을 따라서 유리창 안으로 시선을 던졌다.

16회 육백 원짜리

여점원은 회색여우와 은여우털 목도리가 들어있는 유리창을 가리키고는 그 창문을 열어 목도리를 꺼낼 동작은 아직 아니하고 무엇을 주저하는 모양인지?

"이 장 안에 있는 것은 물건은 매우 좋습니다만은 값이 좀……."

여점원은 그 고가의 물건을 사지는 못할 사람으로 추측했는지 주저하고 있다. 여점원의 말씨와 동작이 다소 냉정한 것을 보고 남주사는 자기들을 업수이 여기나하는 불쾌한 감정이 번쩍 머릿속에 일어나서 눈초리가 상큼하게 위로 올라가며 여점원의 얼굴을 정면으로 쏘아보았다.

"값이 어떻단 말이요?"

여점원은 남주사의 똑바로 쏘는 시선에 다시 용기를 감한 듯이 고개를 아래로 숙이며

"좀 값이 비쌉니다."

"비싼 물건인 줄은 나도 아우. 여태 조선 사람에게는 비싼 물건을 팔아본 일이 없소?"

"아니올시다. 비싸다고 아니 꺼내보이는 것은 아니올시다. 은여우 같은 것은 털에 서슬이 조금만 다르면 팔리지 않습니다. 그렇기 때문에 그 물건만은 따로 장 속에 넣어 둔 것이올시다. 보시려면 꺼내지요. 값은 좀 다른 것과 틀립니다. 저 오른편에 걸린 회색 여우털은 삼백오십 원이고 그 가운데 걸린 은빛 나는 털은 육백오십 원이올시다. 이 유리창 안에 있는 것은 최하가 삼백오십 원입니다" 하며 종시 문을 열지 아니한다.

남주사는 여점원의 하는 태도가 너희들은 그 물건을 못 사리라하고 비웃는 것같이 보이어서 흥분될 만치 모욕을 느끼게 되었다. 그래서 남주사는 힘있는 어조로

"물건의 서슬이 다를까봐서 못 내놓는단 말이요?"

"천만에 아니올시다. 지금 꺼내지요."

여점원은 부득이한 모양으로 고개를 돌이키어 중앙에 놓인 '테이블'을 향하여

"나까무라상 고고너 강이와?"

하며 주임 점원에게 열쇠를 가져오라고 하였다. 주임 점원은 대답을 하며 열쇠를 들고 와서 남주사에게 '꾸벅' 하고 인사를 하며 그 유리장을 열었다. 일지매는 육백오십 원이라는 소리에 가슴이 좀 섬뜩하였다. 그러나 ××가 입고 요사이 요릿집에 다니는 '잘' 두루마기보다는 사백 원이나 싸다는 생각이 그 다음에 뒤미처 떠올라온다.

남주사는 은여우털이 비싼 것을 여기서 처음 그 설명을 들은 것이 아니라 그다지 놀라지 아니하였다. 장문이 열린 뒤에 여점원은 그중에서 가장 하얀 회색털과 가장 비싼 은빛털의 두가지 목도리를 꺼내어 놓았다.

"이것이 그 중 값이 싼 것인데 삼백오십 원이올시다. 그리고 이것이 은여우털인데 이것은 한 벌에 육백오십 원이올시다."

하며 여점원은 그 중에 제일 비싼 은빛 여우털을 번쩍 들어서 남주사의 코밑에 쿡 찌르듯이 내밀었다.

여점원의 손 내미는 그대로가 "육백오십 원이라도 네가 이것을 능히 살 터이냐?" 하는 것같이 보이어 여점원의 태도가 말할 수 없이 불유쾌하다.

"남의 눈 앞에다가 부쩍 내밀면 어디 자세히 볼 수가 있소. 좀 그 장 위에 내려놓구려."

남주사는 그 목도리를 손으로 이리저리 뒤치며 자세히 보고 있다. 일지매는 그 옆에서 한참 목도리에 눈이 팔려 섰다가 낯익은 목소리가 들리는 듯하여 무심히 고개를 홱 돌리어 자기의 뒤편을 보았다. 이 순간에 선뜻 눈에 해룡피 목도리가 보이며 미처 피할 여지가 없이 그 시선

과 정면 충돌을 하게 되었다. 일지매는 등에 찬물을 끼얹는 듯한 선듯한 느낌을 일으키며 얼굴이 화끈하고 달아올랐다. 이런 감정이 착잡하게 자기 머릿속에 떠오르는 동안에 부지중에 일지매의 머리는 앞으로 수그러지며 '인사'의 뜻을 나타내었다.

해룡피 댄 외투를 입은 사람은 조금 전에 일지매가 아래층에서 언뜻 보고 가슴을 놀래던 과연 한치각이었다.

한치각은 일본음식점에서 심참봉에게 백 원짜리와 십 원짜리를 합하야 일백오십 원을 주어서 일지매의 치료비로 보내고 그 하회를 알기 위하야 심참봉을 삼월오복점으로 오라고 약조하고 지금 심참봉이 오기를 기다리며 삼월오복점에서 이리저리 거니는 중에 병원에 갔다고 심참봉이 전해온 일지매를 아래층에서 선뜻 보고 그 뒤를 따라서 삼층까지 온 것이었다. 한치각은 비웃는 빛을 얼굴에 나타내며, 일부러 큰 목소리로 "훌륭한 것을 사네그려. 육백 원은 요새 돈에 좀처럼 어려운 걸."
하며 한치각의 입가에는 냉소가 똑똑 덧는다. 남주사는 그 말소리에 그 편으로 얼굴을 홱 돌렸다.

17회 돈의 씨름
남주사와 일지매가 삼월오복점 삼층에서 털목도리를 고르기에 정신이 팔려있는 동안에 그 뒤를 따라서 올라온 한치각은 털목도리가 진열되어 있는 그 맞은편에서 양복부속품을 구경하는 체하고 남주사와 일지매의 두 사람의 행동을 엿보고 있다가 일지매와 서로 시선이 충돌되어 피할 수 없는 거북한 장면을 이루었으나 한치각의 생각은 당초에 두 사람의 뒤를 따라올라올 때부터 일지매와 정면충돌을 하려는 예정이었다.

그러나 일지매는 설마 한치각이가 삼월오복점에 와서 있기는 생각 밖이었고 또 그뿐만 아니라 몇 시간 전에 자기어머니가 사과를 하러 온 심참봉에게 자기가 한치각에게 맞아 옆구리가 결려 병원에까지 갔다고 불쾌한 말을 하여 보냈는데 천만 의외에 이곳에서 한치각을 피치 못할 만치 가까운 거리에서 만나게 되니 속담에 원수는 외나무다리에서 만난다는 격으로 일지매는 한치각과 시선이 정면충돌할 때에 말할 수 없는 부끄러움과 놀람을 느끼었다.

그러나 일지매의 이러한 양심의 충동은 순간에 스러지고 그다음에는 다시 어떠한 대담한 기분이 그의 머릿속으로 쑥 올라오며 "생각대로 하라지. 기생의 행동이 그렇게 또박또박 정말만 있을 수야 있나!" 하며 한편으로는 한치각에 대한 생각이 한 자포에 비스름한 태도로 변하였다.

남주사는 한치각의 말소리에 고개를 돌이켜 보았으나 저편에 섰는 그 상대자가 누구인지 일찍이 본 일이 없었다. 그래서 일지매의 옆구리를 툭 치며 야진 목소리로

"그게 누구야? 꽤 하이칼란데."

일지매는 얼굴을 남주사의 편으로 가까이 대어

"한치각, 한참봉……."

"응 . 저것이 유명한 하꾸라이 부랑자로군. 오라."

남주사의 말소리가 차차 커가는 듯함을 염려하여

"여보, 다 들리우."

"들리면 어때. 상관 있나. 세상이 다 하꾸라이 부랑자라는 걸, 내가 첨하는 말인가."

일지매는 남주사의 얼굴을 쳐다보며 눈살을 찌푸린다.

"글쎄, 다 들린대도 그래요."

"들리면 어때. 그런데 왜 형사모양으로 남의 뒤만 따라다녀. 일이 없거든 보석반지 진열한 것이나 들여다보고 섰지. 아래 입술을 축 쳐들이고 오천 원짜리 보석 반지나 들여다보고 있지."

남주사의 어조와 그 태도는 어디까지 상대자인 한치각을 냉소하고 있다.

맞은편에서 점원과 같이 넥타이를 고르며 섰는 한치각은 때때로 얼굴을 들어 남주사와 일지매의 행동을 엿보고 있다. 진열장과 진열장 사이에 고객이 다니는 한 간밖에 아니 되는 그 중간의 통로를 격하여 남주사의 기탄없는 말소리는 단속적으로 한치각의 귀에 들린다.

그러나 한치각이를 하꾸라이 부랑자라고 한 말은 다행히 그 당자의 귀에는 들리지 아니하였다. 한치각은 조금 전에 홍검을 떨어가며 심참봉이 이야기하던 일지매의 사실이 하도 엉터리없는 거짓말임을 알게 된 후에는 어림없이 치료하라고 일백오십 원이나 보낸 것이 아까운 생각이 날 뿐이 아니라 한 편으로는 심참봉을 의심하게 되었다. 여태까지 그러한 신용없는 일은 아니하던 심참봉이지마는 요사이 같이 효박한 세상에 또 어떤 일이 있을지도 모르고 만일 심참봉이 중간에 서서 이러한 연극을 꾸미어 일백오십 원을 자기가 먹자는 것이나 아닌가하고 한치각의 마음은 여러 방면으로 움직인다.

그러나 남주사라는 애송이 부랑자가 일지매를 데리고 있는 자리에서 다시 여러 번 일지매에게 말을 던지는 것이 정 아니꼬운 생각도 있이서 심참봉의 전하던 말과는 사뭇 틀리지마는 하여간 그 하회는 심참봉이 오기만 기다리고 다만 남주사와 일지매가 장차 어떠한 목도리를 사나 하고 냉소와 질투와 또 약간의 애착도 있는 여러 가지 충동에 한치각이를 그 맞은편에서 용이히 떠나지 않게 한다.

남주사와 일지매는 털목도리를 고르는 중에 생각지 아니한 한치각이 때문에 홍정이 잠시 중지되었다. 여점원은 다시 육백오십 원짜리인 은여우털을 들어서 전등 앞으로 내밀며 "여우털 중에서는 이것이 제일 좋은 것입니다. 서양서도 귀부인이나 부호부인들은 모두 이것을 살라고 합니다. 이왕 사시면 이것을 쓰시지요."

남주사는 처음부터 점원의 행동이 자기를 업수이 여기는 것처럼 보이어서 마음이 흥분되는 중에 또 맞은편에는 일지매를 중간에 두고 돈으로 승리를 다투게 된 한치각이가 비웃는 말을 던지고 있게 되어 남주사의 마음은 극도로 긴장하게 되었다. 이것이 화류계에서는 놓치기 어려운 좋은 찬스의 하나이다. 남주사의 마음은 지금 O앞에서는 돈의 다소를 의논할 여지가 없도록 호활한 환경에 싸였다.

"이럼, 우리 이 은여우털로 하지."

남주사는 대담하게 말하였다. 이 소리에 여점원은 깜짝 놀랐다.

18회 깡크단

심참봉은 한치각에게 돈 일백오십 원을 넣은 양봉투를 받아서 조끼 주머니에 넣고 일본 음식점 문을 나섰다. 자기 주머니 속에 든 돈은 불과 몇 분 동안이 지나면 일지매의 늙은 어머니의 주름살 잡힌 손으로 곧 건너갈 것을 모르는 것도 아니지마는 여러 해 동안을 두고 십 원짜리 한 장이 자기 주머니에 담겨본 일이 없는 심참봉은 공연히 마음이 든든한 것 같은 생각이 나서 길을 걸어가는 동안에도 호주머니부리가 떨어진 인조견조끼에 가끔 손을 대어 만져본다. 서슬이 날카로운 양봉투 모서리가 손가락 끝에 까치하며 닿을 때마다 가벼운 만족을 느낀다. '일백오십 원! 이것만 가졌으면 당분간 자기의 군색은 조금 피일 터인데. 우선 쌀이나 한가마니 팔고 날마다 억파듯이 조르는 사글세 돈이나 몇 달치 주었으면. 또 외투나 한 벌 사 입었으면……' 하는 여러 가지의 공상을 머릿속에 그리며 다옥정으로 걸음을 옮기어 온다.

심참봉은 이러한 공상을 계속하다가 별안간 그 전날 신문에 굉장히 떠들어낸 동경 '깡크단' 사건이 머릿속에 떠올라온다. 수십 명 은행원들이 사무들 보고 있는 그 은행을 백주에 들이쳐서 지전뭉치를 강탈한 그 현장의 광경을 상상하여 또 손을 호주머니에 넣어 양봉투를 만져보았다.

"이 돈은 부자의 아들이 술주정 값으로 보내는 돈이다. 이것이 그에게 반드시 필요한 돈일까? 말하고 보면 일지매의 순간적 호감을 사는 것 밖에는 다른 사명을 가지지 아니한 돈이다. 이것을 설령 내가 쓴다 하더라도 '깡크'와 같은 대담한 강도는 아니될 터이지. 이 돈은 지금 내 호주머니에 들어있는 돈, 지금 이 순간에는 나의 마음대로 할 수 있는 돈이 아닌가. 중간에서 잘라먹고 한치각의 집을 아주 하직해 버려? 그러나 아주 죄명을 쓰기에는 너무나 금액이 적어. 이것이 만일 일천오백 원이나 된다면 한 몫 가지고 정처 없이 도망이나 할 터인데."

이러한 생각이 심참봉의 머릿속에 복잡하게 계속 되는 동안에 그의 발씨 익은 걸음은 부지중에 황금정 네거리 전찻길에 당도하였다. 심참봉의 귀 옆에서 별안간에 '땡땡땡' 전차의 경적이 귀를 찌르며 "여보. 이건 취했나?" 하는 운전수의 볼멘 호령이 들린다. 심참봉은 깜짝 놀라며 뒤로 흠칫 물러섰다. 승객을 가득히 실은 전차는 심참봉의 발뿌리를 삿칫하고 지났다. 그의 계속 하던 여러 가지 공상은 일시에 사라졌다.

심참봉은 전차소리에 정신이 번쩍 깨어 한치각의 급히 다녀오라는 부탁대로 비로소 걸음을 재우치며 일지매의 집으로 들어왔다. 일지매의 집에는 사람들이 벌써 다 잔 지 기척이 없고 디만 안방 미닫이에서 비치는 전등불빛이 희미하게 뜰 위에 가로놓여 있을 뿐이다. 심참봉은 크게 기침을 한번 하고

"일지매가 병원에서 왔나?" 하면서 뜰로 올라섰다.

안방 아랫목에 장죽을 가로물고 누웠던 일지매의 모는 심참봉의 기침소리에 번쩍 일어나서 유리구멍으로 내어다보며 "거기, 누구요."

"심참봉이요."

"오늘은 어드래 이렇게 재우 다니오" 하며 일지매의 모는 미닫이를 열었다.

"일이 있으면 하루에 몇 번이라도 다니지, 왜. 내가 오는 것은 못쓰겠소?"

심참봉은 들어오라는 말을 기다릴 새도 없이 방으로 들어갔다.

"그런데, 일지매는 병원에서 여태 아니 왔소."

"나도 모르겠소."

"모르다니. 아까 병원에 갔다고 그러지 않았소. 나는 그 소리를 듣고 한참봉에게 가서 어젯밤 일은 어떻게 되든지 우선 치료비라도 보내라고 말하였더니 한참봉은 깜짝 놀라며 매우 미안하다고……."

심참봉의 말이 채 끝도 나기 전에 일지매의 모는 굵다란 주름이 한편으로 몰리는 눈초리를 실쭉 치올리며

"한참봉은 어떤 만 사람이게 남의 애를 지고도 말뿐이란 말이요" 하며 심참봉을 쏘아본다.

"아니요. 내 말을 좀 다 듣고 말을 하구려. 그래서 우선 이것은 치료비라도 하라고 보냅디다."

심참봉은 양봉투를 조끼에서 꺼냈다. 일지매의 모는 그 봉투를 보더니 치달리었는 눈초리는 어느 사이에 나려 왔는지 가늘게 좌우로 수평선을 지으며 양미간에 잔뜩 모였든 주름살까지 일시에 확 풀어졌다.

"그렇게 심참봉을 우리 딸애도 조마지 생각하는 것이 아니지? 하하."

기다란 인중이 상하로 움직이며 일지매의 모는 너털웃음을 내놓는다.

19회 임시처변

심참봉은 조끼주머니에 들어있는 돈 일백오십 원을 양봉투 속에 넣은 채 그대로 꺼내어 일지매의 어머니 앞에 놓았다. 그는 일백오십 원을 잠시 맡아있는 동안에 여러 가지 공상을 일으킨만큼 그의 마음에는 그 돈에 대한 관심이 없지 아니하였다. 물론 그 돈이 자기의 것이 아닌 것도 인식치 않는 바는 아니지마는 하여간 내 몸에 백 원이 넘는 돈이 지니어 있는 것은 사실이었다.

심참봉은 그 봉투를 꺼내면서도 한편으로는 이유 모르는 섭섭한 생각이 나서 봉투의 한모퉁이를 손끝에 잡은 채로

"이 속에 백 원짜리 한 장과 십 원짜리 다섯 장이 들어 합하여 일백오십 원이니 자세히 받아두구려."

하며 심참봉은 겨우 그 봉투를 방바닥에 놓았다. 일지매의 모는 일백오십 원이라는 소리를 듣더니 담뱃대 옥물초리에 검흘러내리는 침방울이 장판위에 뚝 떨어지며 뻐드러진 잇새로는 저절로 웃음 끝이 쏟아져 나온다.

"일백오십 원? 그럼 얼마동안 병원에 다니는 약값은 되겠고만. 그러나 얼른 낫기나 하였으면 좋을 터인데."

일지매의 어머니는 속으로는 우연히 한 연극이 차차 맞아들어 오는구나하는 생각을 하며 더욱이 뒤를 두어 나중에 또 계속적으로 연극을 연하여 꾸미려고 의미 있는 뒷말을 남겨 놓았다.

"그런데 대관절 일지매는 어느 병원으로 갔기에 여태까지 아니온단 말이요."

심참봉은 다소간 일지매의 행동이 이상스럽게 생각이 되어 또 그와 같이 물어본 것이다. 일지매의 모는 엉터리없는 거짓말을 하여 당장에 일백오십 원이라는 돈이 굴러들어왔기는 하였으나 만일 이 자리에 그 연극의 이면이 폭로가 되면 일시에 창피한 꼴을 당할 것은 고사하고 일껏 애를 써서 수중에 휘어잡은 한치각의 돈줄을 놓칠까 염려하여 일지매의 행동을 자기의 입으로 분명히 말하는 것이 득책이 아니라고 생각하며,

"글쎄, 나도 자세히 모르겠소. 늘 다니는 병원이 있지마는 오늘도 그 병원으로 갔는지 또 다른 데로 보러갔는지 내가 모르겠소. 그런데 심참봉! 들어올 때에 골목 밖에서 뉘라 만나지 않았소?"

일지매의 모는 자기딸과 남주사가 나간 지 얼마 아니되어 심참봉이 들어온지라. 그 중간에서 서로 막질리지나 아니했나하는 염려가 나서 심참봉의 얼굴을 쳐다보며 물었다.

"아니 아무도 만나지 않았어. 그건 왜 묻소?"

"아니오. 애가 오래 돌아오지 않기에 행랑어멈을 골목밖에 내어보내어 오는 것을 보라고 했더랬는데 그럼 못 만난 것이요"하며 일지매의 모는 또 엉터리없는 임시변통의 말을 꾸며 대며 심참봉의 눈치를 힐끔보았다.

심참봉은 아무런 다른 표정도 없이 심상한 태도로

"아니 어멈도 못 보았는데, 요새 밤은 원체 어두우니까 누가 걷더라도 잘 알 수 있나. 그런데 일지매가 돌아오면 잠깐만 하고 갈 이야기가 있는데."

"글쎄, 어느 때 돌아올는지 모르겠수다."

"그럼, 늘 다니는 병원은 어디요? 그리 전화나 하여 보게 병원 이름은 알우?"

"아따. 그게 무슨 병원이라든가? 요새는 늙어서 한번 들은 것은 고대 잊어버리게 되여."

일지매의 모는 구렁이 담 넘어가듯이 어리숭하게 꾸며버렸다. 심참봉은 일지매와 마치 숨박꼭질를 하듯이 나가자 들어가고 들어가자 나가고 하기 때문에 일지매가 지금 삼월오복점에서 털목도리를 사다가 한치각과 정면충돌이 된 것 그 기괴한 인연은 도무지 알 길이 없다.

"그럼 어떻게 하면 좋은가? 공연히 일지매를 기다리고 있을 수도 없고."

"일지매는 조만해 안 돌아올 것이외다. 병원에서 바로 올는지도 모르고……."

"그럼, 나는 돌아가겠소. 하여간 아까 치마감은 물건이었으니까 그대로 두고 갔지만 이 돈은 무엇이라고 받은 표적을 해주구려. 일지매나 있었으면 같이 데리고 가서 인사나 하면 고만이 될 것인데."

"무얼 그다지 구오. 설마 한참봉이 그것 의심하겠소. 심참봉을 항상 신용하는데."

"그렇지만 돈이라는 것은 분명히 해야지."

"달게 구지 마소. 내가 어디매 글자 쓸 수 있게? 내 다음에 한참봉을 만나거든 말하리다. 아모 일 없소이다."

심참봉은 마음에 조금 미안하나 무식한 그의 사정을 도리어 동정하여

"그럼 돈이나 자세히 세어 보우."

하며 노랑 장판 위에 하얀 저 네모진 흔적을 나타낸 양봉투를 심참봉은 다시 들여다보았다.

20회 돈과 자애

한치각은 대관절 어떠한 인물인가? 그가 날마다 계속하는 생활의 전부를 보더라도 이 세상에 살고 있는 보통 사람 같이 분명한 생활의 의식을 가졌다고는 보이지 아니하지만 하여간 하루이틀이 아니요, 벌써 그러한 방탕한 생활을 계속하여 온 지가 사오년 동안이 될 뿐더러 앞으로도 또 얼마나 길게 그러한 생활을 계속할는지 추측기 이려울 민치 그의 자각은 보이지 않는다. 철저하게 나가는 그의 요사이 방탕한 태도는 그가 가지고 있는 재산의 정도를 따라서 좌우될 것이라고 볼만치 계속적이다.

그는 돈 있는 양반의 아들들이 밟아오는 그 전례에 벗어나지 아니하고 어렸을 때에는 집에 독선생을 두고 한문자나 읽다가 열세살 때에 장가를 들고 보니 나이는 아주 어린아이나 그의 아버지 되는 한승지는 자기의 아들을 초립을 씌워놓고는 인제는 다 길렀거니하는 생각으로 방임하여 내버려두었고 한편으로 한치각도 어린 생각에 어른들과 같이 상투를 짜고 보고 세상을 만난 것처럼 함부로 날뛰게 되어 그러는 동안에 사랑에 모였던 소위 객이라는 자들은 어느덧 철모르는 한치각을 꼬여가지고 기생집 출입을 하기 시작하였다. 이러한 동지가 한치각을 드

디어 그 방탕한 생활로 몰아넣게 된 것이다. 그가 열다섯 살 되는 해부터 자기 아버지 돈궤에서 돈을 몰래 집어내기 시작하여 스무 살 되던 때에는 서울 기생방에서는 젊은 돈덩이라고 환영을 하였었다.

그러는 동안에 한치각의 자만스러운 태도는 점점 늘어가고 그의 주위에 따라다니던 문객과 하인들은 한치각의 말이라면 누구하나 그것을 반대하는 사람이 없었다. 그가 스물여덟 살이 되던 어떤 봄에 위력과 돈의 힘만 믿고 동대문 밖에 사는 어떤 행세하는 집 딸이 학교에서 오는 것을 붙잡아 가지고 문객들과 같이 억지로 처녀를 침범한 것이 결국은 탄로가 나서 상대자인 여학생의 부친은 체면을 불고하고 큰 시비를 하여보려고 날뛰는 통에 돈으로는 뒷갈망이 아니되어 한치각은 그만 하루저녁에 자기 아버지가 작전하여둔 수만 원의 지전뭉치를 훔쳐 가지고 미국으로 도망한 것이었다.

이러한 그의 행동을 어떠한 일부에서는 알게 되었지마는 그의 집에서는 미국으로 유학을 보내었다고 선전을 하여 한치각의 모든 죄악이 다 파묻히는 미국유학생의 이름을 얻게 된 것이다. 그러나 한치각은 원래가 자만과 호강을 자라난 사람이라 어디를 간들 그의 관습에 젖은 행동은 용이히 고치기 어려웠다. 미국 있는 동안에도 그곳에서 약간 만나는 조선 사람들 사이에는 어느덧 그의 태도가 건방지다고 하는 소문이 나서 자연 그 총중에도 못살게 되어 미국 어떠한 지방으로 도망질을 하다시피 하여 떨어져갔다. 그래서 몇해 동안은 지내는 중에 그 지방에 있는 ××대학에 학적을 두었으나 몇해 동안을 있어도 미국말 한 마디를 성실히 연구하려는 생각이 없는 사람이라 학교엔들 성심이 있을 터가 없었다.

한달에 한번씩 학비를 보내라는 편지의 한 재료가 되었을 뿐이었다. 학교에 다닙네하는 편지가 올 때마다 자기 아버지는 반가운 것보다 가슴이 턱턱 막히게 될 만한 천 원 이천 원씩 보내라는 통지가 왔다.

한푼에 치를 떠는 그의 아버지는 편지를 손에 쥐고 부르르 떨며 "이젠 돈을 이천 원씩이나 보내라 해, 남의 자식은 유학을 해도 한달에 일백오십원이면 족히 쓴다는데 참 철모르는 자식이로군" 하며 며칠씩 끙끙 앓고 있다가는 부득이 보내고 하였다.

그러는 동안에 돈을 십만 원에 가까운 큰 액수가 소비되었고 결국 얻어가지고 돌아온 것은 석판인쇄로 백인 꼬불꼬불한 글자가 가로 횡렬한 소위 졸업장이라는 것을 들고 돌아오게 되었다.

그러나 그의 아버지에게는 이러한 증거가 조금도 필요가 없다. 실지에 있어서 자기 아들을 사회에 내어보내어 그 졸업장으로 돈을 벌게 할 필요도 없고 다만 그 중에 한가지 마음에 기쁜 것은 다달이 수천 원씩 보내라는 편지가 아니 오게 된 것만 마음에 퍽 시원하게 되었다.

그러나 그의 아버지가 한치각은 미국에 유학을 하였으니 인제는 사람이 좀 착실하여졌을 터이지 하는 마음에 바라고 있던 희망은 불과 며칠 동안에 끊어버렸다. 한치각이가 돌아온 지 불과 몇 달이 아니되어 또 전 같은 방탕한 생활에 홀려서 일년에 수만 원씩 헛돈을 내어버리게 되어 또다시 입맛을 다시게 되었다. 그러나 돈을 귀하게 아는 한편으로 더욱 한층 더 깊은 자애를 가진 한승지는 돈으로 하여 자기의 외아들인 한치각을 애정밖에 둘 수는 없었다.

21회 자존심

삼월오복점 삼층에서 공교롭게 남주사와 한치각이가 서로 만나서 일지매를 중간에 두고 시기와 냉소가 말없는 중에 서로 왕래하는 이상한 장면을 이루었다. 이러한 장면을 보통으로 말하자면 삼각연애의 충돌이라고 하겠으나 이 세 사람 사이에는 '연애' 라는 용어가 값이 없을 만치 물질에 기루도진 장면이었다.

남주사는 널따란 가죽 지갑에서 손이 베일 듯한 새 백 원짜리 지전을 꺼내어 일곱 장을 세어 여점원에게 주었다. 여점원은 돈을 받으며 남주사를 다시 한 번 쳐다보았다. 이러한 선선한 광경을 그 맞은편에서 보고 섰는 한치각은 입가에 냉소가 가득한 웃음이 흐르면서도 마음에는 업신여기기 어려운 한 강적이라는 느낌을 일으키었다.

일지매는 사오십 원짜리되는 보통 여우털목도리나 하나 울궈내려 한 것이 의외의 육백오십 원이나 되는 상품을 사게 되어 마음에는 좋고 또 한편으로는 무엇에나 놀란 것같이 가슴이 가볍게 울렁거렸다. 남주사가 그 많은 목도리 중에서 일부러 가장 비싼 물건을 골라서 사주는 것은 자기의 환심을 끌려는 데에서 나온 것은 물론이어니와 또 한편으로는 건너편에서 연해 냉소를 던지고 있는 한치각에게 호기스러운 기색을 한번 보이자는 남주사의 청년 기분이 동기가 된 것도 일지매는 물론 짐작한다. 그러나 일지매는 어느 편으로 보던지 그것을 굳이 말로 할 필요는 없다고 생각하였다. 그뿐만 아니라 자기 어머니가 항상 말하는 '기생은 한때란다' 하는 그 '찬스' 같은 것을 구태여 박찰 것은 없다고 생각하였다.

그래서 일지매는 다만 이면치레로 "그런 비싼 것은 사서 무얼 하오. 보통 여우털도 좋은데" 하며 남주사에게 만류하는 말을 비추었으나 그 말에 남주사가 정지할 리는 없겠다.

도리어 남주사는 폭 찌르는 어조로 "은여우털이길래 사지."
얼굴을 돌이켜 한치각의 편을 보았다. 그러나 한치각은 어느 틈에 그 자리를 떠나고 행적이 보이지 아니하였다.

일지매는 우선 육백오십 원짜리 털목도리를 목에 두르고 남주사의 어깨에 얼굴을 부비듯이 바짝 대이고 호기 있게 본정통으로 향하였다. 한치각은 남주사와 일지매가 호기스럽게 털목도리 사는 것을 보고 속마음에는 '미친 자식'이라고 생각하였으나 다소간 남주사의 돈 쓰는 호기에는 적지 아니한 위압을 느끼었다. 한치각이 육백 원이라는 돈머리에 눌린 것은 물론 아니다. 수천 원이나 수만 원을 쓸 수 있지만은 원래 성질이 잘게 된 사람이라 그렇게 한몫에 쾌활하게 써본 때는 없었다. 일지매의 치료비로 일백오십 원이라는 돈을 보낸 것도 소위 오입쟁이의 호탕한 마음에서 나온 것은 아니다. 그 동기로 말하면 창피한 법률문제가 또 생길까 염려하여 보낸 것이다.

한치각은 그 자리를 피하여 사층으로 올라와서 식당 옆 흡연실에서 담배를 피우며 심참봉이 오기를 기다리고 있다. 한치각은 눈앞에 기고만장하게 날뛰는 남주사의 태도와 그 옆에 붙어서서 아른대며 아양을 떨던 일지매의 꼴이 얄밉기도 하고 괘씸하게 보이어 말할 수 없는 불유쾌한 느낌이 치미는 중에 한편으로는 일지매에게 어림없이 속아 떨어진 일이 그의 자존심을 여지없이 상하게 하여 그의 때 없이 폭발하는 독살스런 성미는 이 충동에 말미암아 횃불 같이 머리끝까지 치밀었다.

두 눈꼬리는 샐쭉하게 치달리고 얼굴에는 독살이 다닥다닥 매달리어 심참봉이 오기만 하면 장차 큰 호령이 쏟아져 나올 험악한 상태에 있다. 걸상 한구석에 상체를 기대고 앉았다기는 다시 몸을 일으키이 이리저리 거닐며 그의 조급한 성미는 각일각으로 초조하여간다. 시계는 벌써 영시가 가까워 온다. 점내에서 한뭉치가 되여 이리저리 몰리던 사람들은 한붓○이 지났는지 점내의 공기는 매우 서늘하여졌다.

22회 오늘은 식도원

심참봉은 숨을 헐떡거리며 사층으로 올라와서 약조하였던 흡연실로 향하였다.

한치각은 자기 앞에 심참봉의 형체가 나타나자 벌떡 일어서며 두 눈을 똑바로 뜨고 독살이 뚝뚝 듣는 어조로

"이건 무얼 하고 있었어. 일지매하고 숨바꼭질을 하는 모양인가?"

심참봉은 무슨 영문인지를 몰라서 주저주저하며 한치각의 앞에 섰다.

"숨바꼭질이라니?"

심참봉은 그 이상한 말의 의미를 몰라서 눈이 휘둥그레해지며 사방을 둘러보았다.

"아 대관절 누구에게를 갔다온 모양이야."

"누구라니. 일지매의 집에 갔었지."

"그래 돈은 어떡했어?"

"치료비라고 주었지."

"치료비는 어디가 아파서 치료비란 말이야."

심참봉은 한치각의 말하는 것이 도무지 갈피를 잡을 수 없이 쏟아져 나오는 통에 정신이 얼떨떨해졌다.

"대관절 나는 참봉의 말하는 의미는 통히 모르겠는데. 대관절 내가 없는 동안에 일지매를 만났단 말이야?"

"만나면 이만 저만하게 만나? 별 창피한 꼴을 다 보았는데. 자네도 이젤랑은 좀 똑똑하게 굴어."

심참봉은 깜짝 놀라며

"일지매가 여기를 오다니? 아, 병원에 갔다는 사람이 여기를 왔단 말이야."

"그러게 정신을 좀 채리란 말이지. 이게 무슨 까닭인가 자네 흥감 떠는 통에 물색없이 내 돈만 이백 원이 축이 났으니 어떻게 한단 말인가? 그래 돈은 주고 왔단 말이야."

"그럼 주고 오지 어떡하나?"

심참봉은 한치각의 말눈치에 대강 내용을 짐작하게 되는데 따라서 자기의 경솔하였던 것을 뉘우친 듯이 머리를 수그렸다. 한치각은 입맛을 다시며

"손재수가 들려니까 별 일이 다 생기요. 그 돈은 다시 찾을 수는 없나?"

심참봉은 힘없는 소리로

"글쎄, 한번 전한 것을⋯⋯."

"그럼 못 찾겠다는 말이야."

"그것이야 기어이 찾으려면야 재판이라도 해서 찾을 수가 있지마는."

한치각은 화증을 버럭 내며

"재판이라니 누가 그런 창피한 짓을 해, 대관절 돈 준 표⋯⋯."

한치각은 중간에 일이 하도 맹랑하게 되어 얼마쯤 심참봉을 의심하는 생각도 없지 아니하여 영수증 같은 것이 있으면 하는 생각으로 말이 불쑥 나오다가 차마 면구하여 말끝을 멈추었다. 그러나 눈치빠른 심참봉은 자기도 중간에서 찜찜하게 생각하고 있던 터이라 그 말 한 마디가 얼른 머릿속의 신경을 찔렀다.

"영수증도 말했으나 기생모가 어디 글자를 쓰는 것이 있나. 하여간 두고 온 것은 분명하니 염려 말게. 그리고 좌우간 우리 일지매를 한번 만나도록 하세그려."

"아, 또 생돈 이백 원이 날개가 가게. 그런 얌체 없는 년들을 치료는 무슨 치료야! 하여간 중병은 다 자네게서 났느니⋯⋯."

"⋯⋯."

심참봉은 그 말에는 대답할 힘이 없었다.

"아, 이 화풀이를 어디다 한단 말인가."

한치각의 대끝까지 올라 치밀었는 독살은 숭글숭글한 심참봉과 몇마디 대화를 하는 중에 사라져 버렸다.

"기생이 그거 하나뿐인가? 오늘은 우리 구정을 한번 찾아가볼까?"

"구정이라니 누구 말이야?"

"아따, 날마다 편지하는 변녹주 말이야."

"그만 두게. 여보게 인제는 기생도 지긋지긋해."

"그럼 오늘 밤은 오래간만에 전동 마마님댁이나 가지."

"아니 그것도 다 성이 가셔. 그러나 아직 영시밖에 아니 되었는데 집으로 가면 잠이 와야지."

"내친 걸음에 화풀이로 우리 한번 쭉으니 놀세그려."

"글쎄 일지매의 집이 다니는 남주사는 자가 요새 어떤 요릿집으로 다니는 모양인가?"

"궐자는 아마 식도원이 단골이지. 그건 왜 물어?"

"그럼 오늘 밤은 식도원에나 갈까?"

23회 돈이다, 돈!

식도원은 근래에 드물게 번창한 밤을 이루었다. 넓은 현관에는 번쩍번쩍 하는 구두들이 열을 지어 몇줄로 늘어놓이고 한편으로는 수코 외코 등의 기생 마른신 고무신들이 마치 바람에 물리어 강가에 밀던 낚싯배처럼 늘여놓였다. 담배연기와 술냄새가 쏟아져 나오는 큰방 작은방에서는 손뼉치는 소리 장구치는 소리 꽹매기 징까지 울리며 집안을 벌근 뒤집어엎는 소동을 일으키는 데도 있어 식도원 안은 돈 귀한 이 사회를 떠난 딴나라와 같이 큰 환락장을 이루었다.

구석 별방을 차지한 한치각의 술자리에도 그 안의 공기를 좋아하리만큼 어지간히 술들이 취하였다. 좌객은 물론 한치각이 대장이요. 병정으로 대령한 것은 심참봉을 비롯하여 한치각의 집사랑에 모이는 소위 사직영문병정들인 채플린 박주사, 횃대 강진사, 연통 안의관들이 면면이 네모진 큰 요리상을 중앙으로 둘러앉았다. 한치각이 이와 같이 자기 병정들을 한꺼번에 영솔하고 출장하기는 일 년에 몇 번 아니 되는 노름이다. 오늘밤에 특별히 이렇게 사람을 소집한 동기는 한치각이 조금 전에 삼월오복점에서 일지매와 남주사들의 아니꼬운 장면을 보게 된 까닭에 총동원을 내려 식도원에 진을 쳐놓고 만일 일지매와 남주사가 행적을 나타나기만 하면 무력으로 복수하자는 한치각의 악전계획에서 나온 것이다.

한치각은 벌써 눈이 개개 풀리도록 술이 취하여 몸을 가누지 못하고 요리상 머리에서 상체를 전후좌우로 흔들며 혀끝이 위스키에 오그라져서 때때로 혀를 내밀어 입술에 침을 발라가며 흐늘거리고 있었다.

"그런데 이놈이 여태 왜 아니와. 이런 죽일 놈! 육백오십 원짜리 은, 은, 은여우털이면 제일인가. 주제넘은 놈! 전라도 개똥쇠놈이 '실버폭스!' 앗다, 그놈이 그런 건 어디서 보았어. 파리를 좀 갔다왔더라면 벌떡 뒤로 자빠지겠군, 놀라서. 파리의 하이칼라들을 좀 보고 와서 그래. 주제넘은 자식 같으니……."

"대장이 벌써 술이 취했남? 남가가 육백 원을 쓰면 여기선 천 원은 못쓰나. 돈이 누구만 못해서 걱정이야? 그렇지 않은가? 이 사람 약밥. 여보게, 다 그만두어. 내가 담당할게. 얘 보이야! 술, 술, 가져와."

심참봉도 어지간히 술이 취해서 허연 붕대로 동인 얼굴을 흔들며 끄덕거린다.

"보이야, 이놈이! 여기 기생들의 이름 좀 적어오라니깐 무얼 해, 글쎄 일지매 왔니?"

연통 안의관도 보이의 말을 홱 잡아당기며 호기를 부린다.

보이는 허리를 굽실거리며

"네 곧 들어오겠습니다. 사무실에서 적는 중이올시다."

"이 자식 너 오늘 일지매를 못 불러오면 죽여버린다. 사무원 불러. 어서 내가 부른다고 그래 사, 사, 사, 사, 사무원놈 오라고 그래."

한치각은 위스키잔을 들고 부라질을 한다. 잔에 담긴 술은 보료로 무릎으로 함부로 흘러 떨어진다. 횃대 강진사는 벌써 술 다섯 잔에 얼굴이 주주광대가 되어 그의 버릇인 '횃대' 의 연극을 시작하고 있다. 두팔을 좌우로 벌리어 수평선을 지으며 흰 두루마기를 입은 키 대키리가 일어서서 의미 없이 요리상 주위로 돌아다니며

"괘씸한 놈들! 괘씸한 놈들! 돈냥이나 있다고. 여보게 참봉! 우리 창 피하니 그만 가세. 사랑하는 기생을 전라도 남가한테 빼앗기고 여기서 또 술을 먹다니. 아무리 세상이 망했기로 양반의 자식이……."

"아, 벌써 취했어? 양반타령이 나오게. 여보게. 그만 골치아픈 양반 타령은 좀 그만 두게 돈이 제일이지. 횃대 바람에 먼지가 날려서 못견 디겠네. 제발 서성거리지 말고 좀 앉게."

채플린 박주사는 무엇보다도 술을 그만두라는 데에 정신이 아찔하도 록 불유쾌한 감정이 떠올라서 횃대 강진사의 두루마기 자락을 획 잡아 당기었다. 요릿집 사무원은 장지를 열고 두손을 비비며 허리를 구부리 고 반은 죽을 형상을 지며 장지틀에 머리를 숙인다.

"일지매에게는 인력거를 다섯 번이나 보냈습니다. 그런데 오늘은 사 방노름을 달아놓고 도무지 어디로 갔는지 각 요릿집에 탐지하여 보아 도 아니온 모양이올시다. 그래서 인력거만을 일지매의 집에 파수를 보 내어 돌아오는 대로 곧 잡아 대령하도록 분부했습니다.……"

"이놈 일지매가 없어? 나는 왜 돈이 없는 줄 아니. 옛다, 이걸 보아 이놈."

하며 양복 뒷주머니에서 지전 한웅큼을 집어내어 사무원에게 던졌다. 방안에는 백 원짜리 십 원짜리가 수십 장이 사랑으로 흩어졌다.

24회 망창한 일

식도원의 술상은 어느 때나 되어야 끝이 날는지 열두시를 친 뒤에도 기생이 들락날락하여 보이들은 술병 나르기에 분주하다. 한치각은 술 이 고비가 넘은 지가 벌써 오래이다. 입에서는 좌우부리로 걸디건 거품 침이 방울을 지어 흘러내리며 한바탕의 주사가 시작이 되어 지전을 꺼 내어 던진 뒤에는 정신없이 고개만 끄덕거리며 술을 부르고 있다. 다른 병정들은 이때를 놓치면 다시 술맛을 못 얻어볼 듯이 백주로 양주로 연하여 들이붓고 있다.

 횃대 강진사는 원래 술을 먹지 못하는 까닭에 양에 넘치게 먹은 술이 한꺼번에 취하여 가슴이 울렁거리며 구역이 날듯날듯하여 모처럼 고깃점이나 얻어먹은 것이 뱃속에서 볶이어 적지 아니한 고통을 느끼고 있다. 원래 강진사는 한치각의 집사랑에 모이는 여러 중에 아무 장기도 가지지 못한 사람이다. 술도 못먹고 노래도 못할 뿐 아니라 성질이 순한데다가 남과 같이 약삭빠른 행동을 못하는 까닭에 항상 그 총중에서는 물위의 기름방울 같이 겉으로 떠돌고 있는 터이다. 오늘밤에도 다른 사람들은 꽤나 만난 듯이 술주정을 하는 중에 오직 강진사 한 사람만 신선로 그릇을 독차지하다시피 국수와 전유어 나부랭이를 끓는 신선로 장국에 넣어 주린 배를 채운 다음에는 아무 재미를 느끼지 아니한다.

 배가 부른 뒤에는 아무 취미를 느끼지 아니하는 강진사는 한치각의 지전을 던지는 주정이 벌어진 뒤에 슬그머니 모자를 떼어들고 현관을 나와 광희정 자기 집으로 향하였다.

 널따란 빈 밭가에 썩은 비석 같이 납작하게 들리붙은 강진사의 초가집 들창에는 희미한 불빛이 그저 비치어 있다.

 강진사는 자기 집 들창에 불이 지금까지 비치어 있는 것을 볼 때에 가슴이 선듯하여지며 이상한 불안을 느끼었다. 전등값을 못내어서 석유등잔을 켜고 있는지가 벌써 몇 달째인데 자정이 넘은 지금까지 일없이는 불을 켜놓을 까닭이 없는데 하는 생각이 문득 나는 동시에 머릿속에는 시커먼 불안이 떠올라왔다.

 강진사는 일그러진 쪽대문 안에 손을 넣어 문고리를 벗기고 큰 기침을 하며 들어섰다. 방안에서는 힘없는 중년여자의 목소리로

 "인제 오시우. 날마다 무슨 일이 있어 그렇게 나다닌단 말이요. 어린애가 아까 저녁 때부터 경기를 시작해서 거진 다 죽게 됐소. 어서 좀 들어와서 보우."

강진사의 흘개 늦은 신경은 일시에 그물코를 당기듯이 바짝 조여 들었다.

　"무어? 어린애가 경기를……."

　강진사는 고무신짝을 함부로 벗어던지며 떨어진 지게문을 열었다. 방안에는 석유 그을음이 자욱하게 서리고 시큼지릿한 기저귀 냄새가 코를 찌른다. 석유등잔불이 깜박깜박하는 그 옆에는 여윈 얼굴에 겉주름살이 쪼골쪼골하게 잡힌 자기 마누라가 백일이 겨우 지낼락말락한 어린애를 무릎 위에 가로 안고 한숨을 쉬고 있다.

　"그런데 언제부터 경기를 한단 말이야? 어디 좀 봅시다."

　강진사는 옆으로 앉으며 어린애를 들여다 본다. 어린애는 핏기가 하나도 없는 해쓱한 얼굴을 발딱 젖혀들고 가슴이 발랑발랑하며 열기에 몰리는 잦은 숨을 쉬고 있다. 눈은 떴는지 감았는지 눈썹꼴이 위로 돌리어 속눈썹 밑으로 내다보이는 희미한 눈동자는 신경의 활동을 쉬는 것 같이 조금도 움직이지 아니한다. 흙빛 같이 탄 입술에는 침기가 하나도 없이 말라서 엷은 허물이 일어났다.

　"언제가 무어요. 애가 감기든 지는 벌써 여러 날이 되었소. 약 한 첩을 먹였소? 그대로 내버려두니깐 촉상이 됐어요. 이 머리를 좀 만져 봐요. 불등걸 같으니."

　강진사는 마누라가 시키는 대로 두 손을 합하여 쓱 부비어 더웁게 하며 어린아이의 이마를 만져 보았다. 어린애의 머리는 관자놀이가 쉬일 사이 없이 뛰놀며 펄펄 끓고 희미한 등잔불에도 그 동작이 완연하게 보일 만치 정수리의 숨구멍이 벌렁거린다.

　"참 몹시 더운데. 집에 환약도 없나?"

　"약이 다 무어요. 언제 그런 것 사다 주었소. 참 딱한 일이요. 아, 아 또 시작을 하네. 이걸 어쩌나. 응. 여보, 애 좀 보우. 이 팔을 좀 붙잡아요……."

한동안 쉬었던 어린애의 경기는 또 발작이 되어 눈을 하얗게 치뜨고 몸을 떨며 헛손질을 한다.

25회 창밖엔 눈바람

강진사는 백척간두의 턱없는 살림을 하여가는 중에도 막내로 낳은 그 어린 아들에게 마음을 붙이여서 들며나며 귀엽게 들여다보던 터이라 별안간에 경기를 시작하여 말도 못하는 어린 것이 몸을 부르르 떨며 눈을 홉뜨는 위급한 광경을 보니 마음이 한줌만 하게 조여들고 가슴이 울렁거린다. 공중으로 내두르는 어린애의 손을 붙잡아 겨드랑이 밑에 눌러쥐고 목에 침이 말라서 어린애의 얼굴만 들여다보고 있다. 어린애는 얼굴을 뒤틀고 천장을 향한 채로 입을 다물지도 못하고 때때로 흐크 흐크 느끼다가는 또다시 긴 한숨을 내어쉰다. 그와 마누라는 무릎 위에 뉘인 어린애의 얼굴을 내려다보며 두눈에서는 더운 눈물이 방울을 지어 떨어진다.

"어보 돈 가졌소? 청심환이나 한 개 사다 먹어봅시다. 벌써 이런 지가 몇 차례인지 모르오."

그의 마누라는 강진사를 쳐다보며 애원하듯이 말한다.

강진사는 입맛만 쩍쩍 다시며

"돈이 웬걸 있어야지. 참 큰일났군. 이를 어찌하나. 우선 참기름이라도 좀 끓여 먹여보지."

"기름은 있답디까? 아까 하도 급해서 병 밑구멍에 처져 있는 찌꺼기 기름을 좀 끓여 먹였으나 어디 무슨 동정이 있소? 우황포룡환 같은 거나 한 개 먹였으면 나을 터인데."

"글쎄 돈이 한 푼도 없으니 어찌한단 말이요. 이 밤중에."

"그래도 나는 그 편이 돌아오기만 기다리고 있었는데 허구헌 날 그렇게 주변이 없어가지고 어찌 산단 말이요. 오늘은 방에 불도 못 넣었소.

준성(강진사의 아들)이 날 때는 저녁 달라고 조르다 못하여 그대로 쓰러져 자고 있소. 집안 식구들도 좀 생각을 해야지요. 백판 내게 맡기고 밖으로 돌아만 다니니 어떻게 하란 말이요."

"집에 있으면 무슨 도리가 있나. 세상이 이지경인 걸 난들 어찌한단 말이요."

"집에 있으면 아이들이라도 돌봐주지요. 준성이놈은 벌써 열 살이나 됐는데 학교도 못다니니 나중엔 무엇이 된단 말이요. 그래도 그 편이 집에 붙어있으면 글자라도 가르쳐주고 하지 않소."

"그까짓 시대 지난 한문은 해 무얼 하게."

"또 일없이 돌아다녀서는 무슨 소용이 있소. 아아! 또 일어나는구려. 어린애의 팔을 좀 붙잡아요. 이들 어쩌나……."

잠시 동안 멈추었던 어린애의 경기는 또 시작되었다. 강진사는 또 어린애의 손을 잡았다. 어린애의 손은 아까보다 더 심하게 부르르 떨리며 경련이 시작되었다.

"이러다가는 만경이 되겠소. 만경이 되면 어떡한단 말이요. 재작년에도 경기로 자식 하나를 낭패 보지 않았소. 이를 어떡하면 좋은가 날이나 밝아야지."

흐리었던 천기는 바람소리를 내며 폭풍으로 변하였다. 살이 군데군데 부러진 뒷창에는 모진 바람이 몰리어 창호가 푹 들어 밀리며 찬바람이 방안으로 몰려들어온다.

그런 때마다 곶감씨 같이 길쭉한 등잔불은 좌우로 힘없이 흔들린다.

"원수의 또 바람이 일어나는구려. 밤이 드니깐 방이 더 추워오는데 이를 어떻게 하나. 불이나 좀 때어야 할 터인데 여보 저기 선반 위에 묵은 책이 서너권 있습디다. 그거라도 좀 뜯어 때입시다."

"무어? 저것 그건 판서공의 행장록인데."

"그럼 어떡한단 말이요 방에 불기운이나 좀 해야지 어린애가 살지 무어이든지 휴지라도 좀 골라서 아궁이에 불기운을 합시다."

강진사는 일어서서 김치 항아리 깍두기 항아리들이 늘어놓인 그 뒤에 쌓아둔 시커먼 행담뭉치를 꺼냈다.

바람은 점점 소리를 치며 문창호를 벌렁거리고 대문을 덜컹거린다. 강진사는 행담 속에서 간지철ㅇ들의 편지뭉치를 골라 안고 부엌으로 내려갔다. 대문이 떨어진 부엌 안에는 벌써 발이 묻힐 만치 눈북덕이를 몰아다 부쳤다.

"아, 그새 눈이 이렇게 왔나?"

강진사는 으르르 떨며 부엌으로 들어갔다. 방안에서는 작은 목소리로 "눈이 와요?"

"응, 막 퍼붓는데."

"날이나 좋아야지, 밝아서라도 무슨 변통이라도 하지. 참 촉촉이 딱한 일도 많다."

그의 마누라는 방안에서 혼잣말로 중얼거렸다.

강진사는 휴지뭉치를 끌리서 불을 댕기었다. 간지피봉에 '강판서택 입납'이라고 또렷또렷하게 쓴 글자가 검붉은 불길 속에서 한자씩 타들어갔다. 강진사는 그것을 물끄러미 들여다보며 조금 전에 식도원에서 한치각이가 던지던 백 원짜리 지전이 눈앞에 선하게 보인다.

26회 어려운 사정

바람은 고요한 밤을 뒤집어 없듯이 우~ 쐐~ 하는 소리를 치며 눈발을 몰아다 창문을 친다. 강진사집 방안에 깜박거리는 등잔불은 몇 번이나 꺼진다. 강진사는 자기 마누라가 이르는 대로 휴지뭉치를 서너 개 때었으나 방안은 아무 효력도 없이 살을 어여내이는 찬공기가 몰려들어온다.

어린애는 한 시간 걸려 동풍이 되던 것이 점점 심하여 십 분을 간격하여 눈을 흡뜨고 팔을 공중으로 내두르는 발작이 일어난다. 강진사와 그의 마누라는 이마를 한데 대이고 사경에서 방황하는 어린애의 얼굴만 들여다보고 있다.

준성의 남매는 방바닥이 얼음장 같이 뼈가 저려오는 중에 몰아치는 폭풍소리에 곤한 잠까지 깨이게 되어 새카맣게 때가 묻은 장판쪽 같은 이불자락을 등에 뒤집어쓰고 일어앉았다.

"어머니. 애기가 그저 낫지 않으우?"

하며 열 살 먹은 그의 아들 준성이는 부석부석한 얼굴로 근심스런 눈동자를 두르며 자기 어머니 무릎 위에서 새근거리는 동생의 얼굴을 들여다보고 있다. 준성의 누이동생인 용희는 아직 여섯 살이라 그러한 분별도 없이 무슨 좋은 일이나 생겼나하고 얼굴을 들어 두리번거리고 있다.

강진사는 부스스 일어나서 늘어앉은 준성의 남매를 보며

"왜 어느새 일어들 나니. 여태 날이 밝지 않았다."

준성이는 몸서리를 치며

"나는 배가 아파서 일어났어. 그런데 왜 이렇게 추우. 어머니."

"날이 또 추워 오느라고 그렇다."

그의 마누라는 한손으로 방바닥을 만지며

"아주 얼음 같구나. 여기서 어디 잠이 오겠니? 무어? 배가 아파?"

"아니 인제 나았어. 아까는 배가 아프드니."

준성은 자기 어머니의 얼굴을 들여다본다.

"네가 저녁을 못 먹어서 속이 쓰린 거로구나."

"어머니 나도 저녁 아니 먹었어. 그런데 나는 배가 고프다고 조르지 않았지. 어머니."

용희는 응석 비스름이 그의 어머니 등어름을 비빈다.

"내일 아침에는 일찍이 밥해 주우, 응, 어머니."

준성이는 애원하듯이 청한다. 강진사는 기름기가 없이 누르께한 남매의 얼굴을 물끄러미 보다가 저편으로 고개를 돌이키어 눈물을 씻었다.

그의 마누라는 왼손으로 용희의 머리를 쓰다듬으며,

"애기가 몹시 앓으니 떠들지 말고 어서들 자거라. 내일 아침에는 일찍이 밥을 할께. 응……."

마누라의 말끝은 목이 메어 다 나오지 못하고 눈에서는 더운 눈물이 쌍줄로 흐른다. 무릎에 안긴 어린애는 조금 진정이 되었는지 눈을 가늘게 뜨고 생긋하게 열린 마른 입술로 가는 숨을 내쉰다.

강진사는 두 눈에 검흐르는 눈물 흔적을 소매로 씻고 준성 남매를 달래어 자리에 뉘었다. 바람소리는 그저 끊이지 아니하고 들린다.

"여보 날이 밝거든 무슨 변통이라도 해서 의원을 좀 보게 합시다. 이게 아주 위태한 병이요. 우리가 왜 속아보이지 않았소. 조금 웬만하다고 그대로 내버려두었다가는 또 낭패를 볼 터이니 아침에는 좀 설도를 하여 돈을 변통하도록 하시우."

"글쎄, 그야 누가 모르나. 어디 기서 돈을 변통한단 말이요."

"그럼 어떡하우. 없다고 그대로 손끝 매어놓고 앉았을 수는 없지 아니하우. 인제는 전당국에 갈 누더기옷도 없소. 좀 생각하여 보구려."

"어디 생각이 없어 그랬소. 요사이 같이 ○○○을는 세상에 맨주먹으로 어디 가서 돈을 변통한단 말이요."

"왜 날마다 놀러가는 데가 있지 않소."

"아, 한치각 한참봉 집 말이야? 그 사람이 친구의 사정 아나?"

"그게 무슨 말씀요. 한참봉은 첩을 셋씩이나 두고 그래도 부족하여 날마다 기생집으로만 다닌답디다. 그런 허랑한 데 쓴 돈을 조금만 변통하였으면 될 것이 아니요. 어려서부터 한 사랑에서 동문수학을 하던 친구가 아니요. 어린 자식이 죽게 됐다고 사정을 말하면 돈 십원이야 설마 없다고 하겠소."

"글쎄, 그게 그렇게 용이한 일이 아니야. 그 사람은 그런 인정이 있는 사람이 아니라우. 일전에도 그의 친구가 당고를 해서 수세를 못했다고 통지했는데도 잔돈이 없다고 그냥 빈손으로 돌려 보내는 것을 내가 목도 하였소."

"어쨌든 부자의 아들이 마음을 그렇게 쓴단 말이요. 우리가 살 적엔 그렇지 않았소."

"그야 그랬지."

"좌우간 날이 밝거든 한번 가서, 말이나 간곡히 하여 보구려."

그의 마누라는 애원하듯이 청하였다.

27회 마음은 꺼리며

어린애는 자다가 깼다가 또 바람을 일으키었다하는 동안에 날은 밝아 버렸다. 강진사와 그의 마누라는 어린애를 들여다보며 졸이는 마음으로 밤을 반짝 새웠다.

무릎 위에 안긴 어린애는 밤새도록 여러 차례의 동풍이 일어나 폭 까무라쳐서 두 뺨이 홀쭉하게 여위고 생사를 분간키 어려울 만치 몸이 축 늘어졌다. 그의 어머니는 때때로 어린애의 입에 얼굴을 바짝 들이대이고 숨이 계속하나 않는가를 살피고 있다.

"여보, 일찍 날이 밝았으니 좀 활동을 하여 보도록 하구려. 어린애는 거의 다 죽어가오. 어서 좀 나가보시우."

마누라는 다시 강진사를 동독한다.

"글쎄 어디를 가나?" 하며 강진사는 한치각의 집은 잊어버린 듯이 딴청을 한다.

"왜 엊저녁에 내가 말하지 않았소. 한참봉집에나 가보구려."

"글쎄 번연히 내가 그 사람의 성질을 다 아는데 공연히 말을 했다가 거절을 당하면 창피만 하지, 무슨 소용이 있소. 그리고 그 사람은 친구가 어려운 말을 하면 그 당장에는 그럴듯하게 대답을 하다가도 나중에는 못한다 한단 말도 없이 그냥 지내버리고 그 다음에는 자기 집에 가더라도 따돌려 세우는 사람인데 내가 번연히 그런 성미를 알면서 말귀양만 보낸단 말이요."

"설마 인정을 가진 사람이 그럴 리가. 어린 것이 급하게 앓는다는 말을 자세히 하여 보구려. 앉아서 방패막이만 말고 좀 가서 봐요."

강진사는 입맛만 다시고 있다. 그는 한치각이가 괄세 못할 친한 친구의 절박한 사정을 그대로 거절하는 것을 한두 번 본 것이 아니기 때문에 자기의 급한 사정을 말한댔자 역시 코로 대답할 것이요, 그대로 돌아오게 될 것은 확실히 짐작하는 터이라 도무지 마음에 갈 생각이 나지를 아니한다.

강진사는 아무리 생각하여도 돈을 변통할 방도는 없고 생각이 막막하여 앉았는 동안에 잠이 들어있던 어린애는 또 다시 바람기를 일으키었다. 그의 마누라는 또 놀라며 어린애의 팔을 눌러주고 강진사를 쳐다보며

"애가 또 이러는구려. 글쎄 우두커니 앉았으면 어찌한단 말이요. 참 딱도 하우."

강진사는 또 마음이 울렁거리며 어린애를 들여다본다.

"무얼 하고 있소. 어서 다녀와요."

마누라는 놀란 중에도 강진사의 늑진거리는 태도에 증이 났는지 눈을 똑바로 뜨고 강진사를 쳐다본다. 강진사는 번연히 거절을 당할 줄은 알지마는 어린 것이 또 바람을 시작하는 것을 보니 마음이 울렁거려서 그대로 앉았을 수는 없다.

"그런데 애가 또 이러니 내가 다녀올 때까지 괜찮을까?"

"속히 다녀오시구려. 돈이 없다거든 청심환이나 포령환이라도 좀 얻어가지고 오시우. 그 집은 부자집이요 아이들도 기른다하니 아마 그런

약들도 다 있으리다."

"그러나 어느새 그 사람이 일어났으리라고 어제 저녁에는 또 식도원에서 아마 밤을 새었을 터인데."

"급한 일에 깨고 아니 깨인 것이 어디 있단 말이요. 안 일어났거든 좀 깨워서라도 말을 하구려. 어린 것이 지금 시각을 다투지 아니하오. 이 절박한 때에 어찌 그런 체면까지 볼 수 있소."

"아니 체면보다도 그 사람은 자기 집에서 자기 아버지가 늦잠을 못 깨이는 터인데 누가 깨울 사람이 있어야지. 지금 아마 일곱 시밖에 아니 되었지?"

"조금 전에 '뚜' 소리가 났소. 그게 아마 날마다 일곱 시에 부는 것인갑다."

"그렇지 연초공장에서 부는 일곱시 '뚜' 이지. 그러면 지금 정신 모르고 한치각은 자고 있을 걸."

"글쎄 좀 깨라고 그러구료. 친구 두었다 무얼 하우?"

"하여간 그럼, 가보기나 하지. 전차삯이 있어야지. 여기서 사직골이 십리는 될 터인데."

"추근추근하지 말고 빨리 갔다 와요."

강진사는 할 수 없이 모자를 떼어들고 염려스런 얼굴로 어린애를 다시 들여다보고 문 밖으로 나섰다. 바람은 그대로 쉬지 않고 눈을 몰아다 끼얹는다.

28회 상노부터 냉소

강진사는 눈을 뜰 수 없이 몰려오는 눈발 속에서 외투도 못 입고 동두루마기 바람으로 숨을 헐떡이며 걸음을 치며 사직골 막바지 한치각의 집을 향하여 간다. '회우' 하는 소리를 치며 앞으로부터 닥치는 눈발은 길을 턱턱 막는다.

강진사는 이러한 심한 풍설 속에 급한 걸음을 걸어보기는 생전에 처음이다. 지금은 한 푼 근력이 없이 다 털어마친 궁교한 때이나 오륙 년까지도 사오백 석 되는 유산을 물리어 재동 중턱에 있는 기와집 속에서 큰소리하며 살던 양반계급의 한 사람이다.

그가 이와 같이 곤궁하게 된 것은 보통 보는 양반계급의 허랑한 젊은 사람들처럼 주색에 빠져서 가산을 없앤 것은 아니다. 다섯 식구를 거느리고 이전만 여겨서 흔전흔전하던 살림을 그대로 계속하는 동안에 해마다 수지의 계산이 부족하여 백 석 이백 석 지기씩 있는 땅은 다 팔아 족치고 나중에는 집까지 없이 되어 지금은 전연히 턱이 없는 살림을 계속한다는 것보다 죽지 못하는 까닭에 그대로 그날그날을 지내고 있다는 것이 그에게는 적당한 말이다. 원래 조선 양반계급의 몰락된 그 원인은 물론 그들의 만○이 된 권리를 빼앗긴 까닭이지마는 이것을 물질적으로 다시 생각해보면 두 가지의 원인이 있다. 한 가지는 철모르는 그들이 허랑한 구덩이에 빠져서 술, 기생에 많은 유산을 탕진한 것이 대부분이요. 또 한 가지는 숫자를 모르는 그들의 낭만한 생활이 그들을 몰락하게 한 것이다. 이 두 가지의 몰락한 원인이 결국은 다 같은 처참한 현재 생활에 몰아넣은 것이지마는 그 중에서 동정의 눈으로 보아줄 것은 강진사 같은 사람의 몰락한 경로이다. 숫자를 떠난 무책임한 생활, 그것은 아무것도 모르는 즉 무지에서 생긴 한 비극이다.

강진사로 말하면 평생을 두고 남에게 모진 말 한 마디를 못하여 본 사람이다. 대끝에 오른 요새 사람들의 눈으로 보면 말할 수 없는 바보이요, 또 어리석은 자이다. 그러나 그의 집, 가정에서는 그가 어렸을 때에는 도리어 순후한 양반의 풍도가 있다고 칭찬을 받았던 사람이다.

강진사는 눈바람에 두 손이 오리발처럼 새빨갛게 얼고 귀와 뺨은 도무지 감각이 없을 만치 얼었다. 몇 번을 길에서 센 바람결에 불리어 쓰러져가며 겨우 한치각의 집 대문 앞에 당하였다. 한치각의 집 큰 대문은 한편 조금 열리고 행랑 구종은 비를 들고 대문 안을 쓸고 있다. 강진사는 눈뭉치가 되어 우르르 털고 대문 안을 선뜻 들어섰다. 행랑 구종은 비를 멈추고 강진사를 한참동안 물끄럼이 쳐다보다가,

"아, 이 눈바람 속에 어디서 오세요."

강진사는 자기가 자기 모양을 생각하여도 창피할 지경이다. 마치 추운 아침에 큰대문집으로 밥이나 얻어먹으러 들어오는 거지 같이 생각이 되어 추운 중에도 얼굴을 숙이고 저편을 향하여 눈을 털고 섰다.

"어린애가 밤중부터 경기를 해서 약을 좀 얻으러 왔네. 나으리는 아직 안 일어나셨겠지, 아마?"

"일어나시는 것이 다 무업니까? 언제는 이맘때 일어나십니까? 엊저녁엔 또 새로 네 시에 들어오신 걸이요. 애기가 아파서 안됐습니다그려."

"만돌이도 아니 일어났나?"

"네 그놈은 일어났습니다. 큰사랑 영감이 날마다 새벽이면 일어나시는 까닭에 저희들은 다 벌써 일어났습니다. 이 댁에서 제일 편하시기는 참봉 나으리지요. 우선 추우신데 만돌이 방으로라도 좀 들어가시지요. 이 눈바람에 어떻게 오셨어요."

나이 늙은 구종은 눈을 쓸면서 강진사에게 동정하는 말로 붙인다. 강진사는 추운 생각을 하면 곧 만돌이의 방으로 뛰어 들어가고 싶으나 차마 그럴 수는 없고 주저거리고 섰다.

만돌이는 안마당에 눈을 쓸다가 비를 든 채 나왔다. 강진사는 번연히 한치각이가 아니 일어났을 줄은 알지마는 마음이 졸이는 까닭에 상노 만돌이에게

"나으리 안 일어나셨지?"

하며 또 묻는다. 만돌은 어이가 없는지 강진사를 쳐다보며

"웬일이셔요. 이 눈 속에 다 아시면서 물으십니까? 어느새 일어나

셔요."

"오늘은 내가 급한 일이 생겨서 이렇게 일찍이 왔다. 사랑대문 좀 열어라."

강진사는 전에 없는 강청을 하였다.

"나으리께 걱정은 누가 듣게요. 아, 모르십니까? 댁 나으리 성미를. 참 딱하십니다."

상노 만돌은 냉소하였다.

29회 몰인정

강진사는 한치각의 대문 안에 들어서서 상노 만돌에게 작은 사랑대문을 열라고 하다가 거절을 당하고 추운 바람이 쏟아져 들어오는 문간에 한참 동안 우두커니 서 있다. 그의 눈앞에는 자기 집 추운 방에서 생사의 지경을 방황하는 자기 막내아들의 모든 형용이 선하게 나타난다. 눈을 흡뜨고 팔을 공중으로 내두르며 안간힘을 쓰고 있는 어린애의 차마 볼 수 없는 가슴이 저릿저릿한 액색한 광경이 눈앞에 떠돈다.

강진사는 마음이 초조하여 한 군데에 발을 부치어 우두커니 서있을 수는 없다. 추위도 심하려니와 시각을 다투고 있는 어린애의 생명이 그동안에 또 어쩌나 되었나하는 생각이 끊이지 아니하고 머릿속에서 번뜩이어 원래는 늑진한 그이지마는 발을 이리저리 옮겨놓으며 가슴 속을 더운 인두로 지지는 듯한 초조한 충동을 받고 있다. 그러나 강진사의 이러한 마음이 타들어가는 절박한 사정을 아는 사람은 없다. 상노가 "사랑문은 못 열어요" 하며 다시 안으로 들어간 후에는 말 한 마디 붙여볼 데조차 없이 되었다. 강진사는 하여튼 자기의 절박한 사정으로 말하면 일각이라도 주저하고 있을 수는 없다고 생각하고 마음을 다스려 먹었다.

강진사는 안대문 앞으로 가서 소리를 쳐서 만돌을 불러내었다. 만돌은 곧 나왔다.

"애, 내가 급한 일이 있어서 왔다고 나으리께 여쭈올 말씀이 있으니 얼른 사랑대문을 좀 열어라" 하며 강진사는 애원 비스름이 청하였다.

만돌은 눈을 흘기어 강진사를 쳐다보며

"글쎄 번연히 아시면서 왜 이러십니까. 나으리께 벼락은 누가 맞고요."

"걱정은 내가 아니 듣게 할 터이니 어서 대문을 좀 열어. 일이 좀 급하다. 댁 어린애가 경기를 시작하여 거의 죽게 되었다."

만돌은 못 연다고 방패막이를 하다가 어린애가 아프다는 말에 차마 그대로 내버려 둘 수 없다고 생각하였는지,

"그럼, 나중에 나으리께 걱정이나 안 듣게 해줍쇼" 하며 안문으로 돌아서 사랑대문을 비로소 열었다.

강진사는 허둥허둥하며 사랑 대문 안으로 들어서서 마루로 올라섰다. 한치각이가 잠이 들어있는 작은 사랑은 덧문이 첩첩이 닫쳐있다. 강진사는 급한 마음에 취하여 사랑마루까지는 올라 갔으나 다시 주저하였다. 한치각은 원래 자만심이 많은 데다가 성미가 발끈발끈 하는 사람이다. 만일 그의 성미를 찔렀다가는 급한 일이 낭패가 될 것이라고 생각하였다. 그러나 문을 열고 들어온 이상에는 한시바삐 좌우간에 말이나 한 번 하여보는 것이 옳다고 생각이 다시 들어 강진사는 침방 덧문의 허리를 잡고 전후로 흔들며 소리를 조그맣게 내서

"여보게. 참봉. 좀 일어나게. 내가 급한 일이 있어 왔네. 참봉, 참봉." 하며 강진사는 비참한 음성으로 한치각을 깨운다. 그러나 음성이 너무 작았는지 방안에서는 아무 대답이 없다. 강진사는 귀를 기울이며 동정을 살피다가 다시 덧문을 힘있게 흔들며 음성을 높이어

"참봉! 참봉! 좀 일어나게. 곤하더라도 잠을 좀 깨게."

침방 영창이 별안간 쩌렁쩌렁 울리며 찌르는 듯한 한치각의 음성이 방안을 울린다.

"누구냣! 남 자는데 어떤 놈들이 이러니!" 하며 방안에서는 무엇을 던지는지 '꺼렁' 하는 소리가 들린다. 강진사는 그 서슬에 몸이 움찔하였다.

"날세, 나야! 강일세. 곤히 자는데 흔들어 깨서 미안하이."

강진사의 말소리는 떨리어 나온다.

"나라니 누구란 말이야. 이 새벽에 왜 야단들이야."

"강일세 현필(강진사의 이름)일세. 내가 급한 일이 있어 일찍이 왔네. 문 좀 열게."

"응 강이야, 그런데 남 자는데 자네 왜 이렇게 성가시게 구나."

한치각의 짜증은 아직도 줄어지지 아니하였다.

강진사는 될 수 있는 대로 한치각의 성미를 가라앉히려고 작은 음성으로

"여보게 어젯밤부터 집의 어린놈이 동풍이 되어 밤새도록 그대로 지내고 밝기를 기다리어 자네게를 왔네. 어린 것은 그동안 또 죽지나 않았는지 모르겠네. 미안하지만 돈 십 원만 돌려주게. 의사나 한번 보이겠네."

강진사의 말소리는 막혀서 말끝이 힘없이 풀어진다.

"무어? 어린애가 아퍼? 그거 아니됐네그려. 그러나 내게 있던 돈은 엊저녁에 다 없어졌네. 지금 이 양력 세밑에 집에 웬 돈이 있을라구. 좌우간 자넬랑은 급하다니 어서 집을 돌아가게. 내 곧 변통하여 보낼 터이니."

문밖에 섰는 강진사는 대답이 곤란하였다.

30회 소위 개인주의

강진사는 어린애를 살릴까 죽일까 하는 절박한 기로에서서 한줄기의 희망을 가지고 덧문 밖에서 한치각에게 창자 속에서 울려나오는 어조

로 무한히 애원을 하였으나 인정이 마비된 한치각에게는 한 점의 따뜻한 느낌이 없다. 한치각은 이상 말하기를 자기가 오랫동안 아메리카에서 교육을 받은 관계로 그곳 사람들의 개인주의가 자연히 몸에 젖어서 조선 사람의 관습으로 보면 매우 이상하게 보이지마는 자기는 그것을 좋게 생각하여 그것을 실행한다고 선전을 하는 터이나 한치각의 이러한 선전의 말은 지금 강진사가 와서 어려운 사정을 하는 데에 거절하는 상용수단이다. 잔돈푼에 몹시 때가 묻은 한치각은 이러한 무기로 그의 주위에 매달린 궁교대를 거절하여 왔었다.

그러나 한치각의 행동은 어느 점으로 보든지 미국에서 수입한 새로운 것은 하나도 없다. 얼음장 같이 찬 한치각의 마음은 강진사의 목이 맺힌 사정의 말을 들으면서도 덧문도 열지 아니하고 강진사를 돌려보냈다.

강진사는 최후에 돈이 없거든 청심환이나 우황포룡환 같은 것이라도 한 개만 달라 하였으나 그것 역시 없다는 말 한마디로 거절을 당하였다.

한치각은 강진사의 어린애가 죽거나 살거나 무슨 상관이냐는 생각으로 다만 달게 자고 있는 자기의 잠을 깨게 된 것만 불유쾌하게 느낄 뿐이다.

문밖에 우두커니 섰던 강진사는 한치각에게 사정없이 거절을 당하고 앞이 캄캄하도록 낙망하였다. 그러나 일이 틀린 이상에는 우두커니 섰을 수도 없는 터이라 최후의 희망으로

"참봉, 여보게. 그럼 나는 먼저 돌아가겠네. 돈이 자네네 집에 그렇게 없겠나. 아무쪼록 십 원만 곧 좀 보내주게. 그동안에 어린 것이 죽지나 않았는지 모르겠네. 사람 하나 살리는 셈일세."

또 강진사는 애걸하였다. 한치각은 방안에서 그대로 말소리만 들린다.

"염려 말게. 내가 곧 변통하여 보낼 터이니 얼른 내려가게."

한치각은 모든 것이 귀찮아서 강진사를 보내기로만 힘을 쓴다. 강진

사는 한치각의 평일 행동을 짐작하는 터이라 확실히 믿지는 못하나 설마 이번에야 목석이 아닌 사람인데 거절을 할까하는 희망을 가슴에 품고 광희정 자기 집으로 돌아오게 되었다.

시간은 그럭저럭 열시나 가까이 되었다. 눈은 그저 개지 아니하고 인제는 바람은 자고 함박눈이 되어 하늘이 자욱하게 쏟아져 온다. 강진사는 아침도 못 먹고 눈보라 치는 속을 십리나 걸어와서 조이는 마음으로 돈 말을 하였다가 결국 그것도 얻지 못하고 빈손으로 돌아오게 되니 마음은 탕개가 탁 풀린 것처럼 힘이 없이 되고 전신은 추위와 눈바람에 부대끼어 걸음을 옮겨놓을 힘이 없다. 그러나 강진사는 낙심이 된 중에도 집의 일이 궁금하여 아니 걸리는 걸음을 감작하여 집으로 향하였다.

×   ×

강진사집 어린애는 그동안 또 여러 차례나 동상이 되었으나 하여간 숨기는 그저 붙어있다. 대문소리가 찌걱 나며 강진사가 들어오는 기척이 나며 방안에 있던 강의 마누라는 천사나 맞는 듯이 반기며

"대관절 어찌되었소? 돈은 얻어가지고 오시우?"

강진사는 자기 마누라의 묻는 대답은 아니하고

"어린애가 그저 관계치 않은가?"

하며 방문으로 들어갔다. 마누라는 어린애를 무릎에 뉘인 채로 강진사의 얼굴을 쳐다보며

"돈 가져왔거든 얼른 의사를 부르도록 합시다. 애가 지금 아주 혼동해졌소."

강진사는 차마 돈을 못 얻었다는 대답을 내일 수는 없다 주저주저하며 어린애를 들여다보고 섰다.

"어서 말 좀 해요. 돈은 어딨소?"

"……."

강진사는 차마 말이 나가지 아니한다. 마누라는 얼굴에 낙심빛이 떠

돌며 원망스런 눈으로 강진사를 쳐다보며

"못 얻은 모양이로구려. 그럼 어떡하우?"

마누라의 눈에서는 더운 눈물이 핑 돈다. 강진사는 힘이 풀린 어조로

"돈은 곧 보내마 그랬어."

"언제 그럴 때가 있소. 아주 얻어 가지고 오지요. 평생 헐개가 늦어서."

"없다는 걸 어쩌나."

"환약도 안가지고 왔소?"

"그것도 없답디다."

강진사는 한숨을 내쉬며 얼음장 같은 찬 방바닥에 몸을 던지듯이 드러누웠다. 준성과 용희는 그 옆에 웅크리고 앉아 근심스런 눈으로 자기 아버지를 들여다본다.

31회 최후의 한숨

강진사는 추위와 허기에 몹시 피로한 중에 한줄기 희망을 가지고 한 치각에게 돈을 얻으러 갔다가 그것조차 거절을 당하게 되어 집에 들어오자 정신을 잃은 것처럼 쓰러지고 다시 일어날 줄을 모른다. 경기에 탈진이 된 어린애는 때때로 고사리 같은 손을 힘없이 내두르며 눈은 반만 뜨고 눈동자는 영채가 없이 부유스름한 채로 움직이지도 아니한다. 그의 마누라는 두 눈의 눈물이 끊일 사이없이 흐르며 무릎 위에 축 늘어져 안기어 있는 어린애의 가늘고 힘없이 쉬는 숨소리만 듣고 있다. 새근새근하는 숨소리가 들리다가는 때때로 숨이 막히는 것처럼 나오는 숨이 끊어졌다가는 두서너 번씩 몰아치는 숨을 다시 길게 내쉰다. 아무리 생각하여도 어린애는 벌써 숨이 기운 모양이나 그의 마누라는 마음이 점점 쓰리어 온다. 방안에는 찬바람이 휘돌며 아침도 못 얻어먹은 준성의 남매는 노란 얼굴을 쳐들고 달달 떨며 웅크리고 강진사집 방 안에는 죽음과 추위와 근심이 서리어 인간 사회의 가장 참담한 광경을 이

루어 있다. 그러나 마음과 몸이 극도로 피로하여 쓰러져 누워 있는 강진사의 눈에는 몇시간 전에 백 원짜리 십 원짜리의 지전이 한치각의 손끝에 뭉치로 잡히어 마치 모래를 뿌리듯이 끼얹듯 그 풍성 광경도 목격하였다. 그러나 불과 돈 몇 원이면 강진사집에는 광명의 한 줄기가 비출 것인데 그것조차 그의 집에는 절망이다. 육백 원짜리 은여우털 목도리, 백 원짜리 지전 약 한 첩 없이 닥쳐오는 어린애의 죽음 이것들이 이 사회에 있는 현실의 무도舞蹈이다. 그와 마누라의 마음은 시커먼 흔적을 내며 각각으로 타들어 간다. 그의 심장에는 슬픔과 원망의 피가 가득하게 물리어 터질 듯이 팽창하였다. 눈은 멈추었다. 시커멓게 쩔은 창문에는 누르캐한 힘없는 저녁 때 볕이 비친다. 찬 공기를 울리며 눈 위로 굴러오는 면축 공장의 기적소리는 강진사의 집 방안을 울린다. 햇발은 벌써 기울어졌다. 지금 불고 있는 기적은 오후 세 시를 알리는 것이다. 한치각이 말하던 돈은 입때까지 소식이 없다. 그동안 몇차례나 준성이를 대문 밖에 내보내어 사람 오는 것을 기다렸으나 빈 무밭 모퉁이에 외따로 매달려 있는 강진사의 집 대문 근처에는 사람의 자취가 아주 끊어진 듯이 지나가는 사람도 없다. 마누라는 한숨을 또 쉬었다.

"벌써 세 시 뚜~를 부는데 이때껏 웬일인가 집을 못 찾는 것이 아닌가."

혼잣말로 웅얼거리며 드러누운 강진사의 몸을 흔든다.

"여보 좀 일어나오. 무슨 잠이 온단 말이요. 이 심난 중에 아마 한참봉 집 하인이 집을 못 찾나 보구려."

강진사는 "응, 응" 소리만 내며 일어나지 않는다. 강진사는 피로가 극도에 이르러 정신을 잃고 축 늘어진 것이다. 입에서는 거품침이 흘러내리고 눈자위는 쑥 들어갔다. 마누라는 또 강진사를 흔든다.

"글쎄 일어나요. 문 밖에나 좀 나가보오. 한참봉 집에서 사람이 입때 아니오니 웬일이오. 어서 일어나오."

마누라는 강진사가 이 참담한 중에 무책임하게 씩씩 자는 것을 한편으로 밉살머리스럽게 생각하여 나중에는 힘껏 흔들었다. 강진사는 그 바람에 놀란 사람처럼 벌떡 일어나며 외마디 소리로

"무어 죽었어?"

하며 어린애의 얼굴을 들여다본다.

"어떻게 됐어? 그저 한 모양인가?"

"한참봉 집에서는 사람이 아니 와서. 집을 못 찾아서 그런가, 웬일이오."

마누라는 강진사의 부숙부숙한 얼굴을 들여다보며 묻는다.

"입때 아니 왔지. 집을 모르기는 왜 몰라. 상놈 만돌이도 몇 번이나 왔다가고 구종들도 아는데. 그 사람이 친구의 일에 무슨 성의가 있는 사람인가. 그래도 이번에야 설마하고 왔더니 역시 몰인정한 자식이군."

강진사의 눈에는 핏줄이 섰다.

"어쩌면 천량이 있는 사람들이 그렇게 인정들이 없단 말이오. 모르는 터이 아닌데."

무릎 위에 누웠는 어린애는 별안간에 또 경련이 일어나며 최후의 슬픈 절명이 닥쳤다. 강진사의 내외는 깜짝 놀라며 이마를 한 대 대이고, 어린애를 들여다본다. 어린애는 턱을 몇 번 상하로 흔들더니 잿불 꺼지듯이 숨이 끊어졌다. 마누라의 더운 눈물은 숨이 끊어진 어린애의 가슴 위에 떨어지며 어린애의 귀에 입을 대고 "아가, 아가" 하며 부른다. 강진사는 눈물 방울이 얼굴에 굴러 내리며 입술이 떨린다. 준성의 남매는 물끄러미 자기 어머니의 얼굴을 들여다보고 있다.

32회 헛생색

한치각은 강진사에게 곤히 자던 잠을 깨이게 되어 어린애가 죽느니 사느니 하고 한참동안 성이 가심을 받다가 성이 가신 그 자리만 피하려

고 돈을 나중에 변통하여 보낼 터이니 그대로 돌아가라고 강진사를 쫓고서는 그대로 잠을 계속하여 얼마동안을 잤는지 잠이 저절로 깨게 된 때는 오후 네 시가 훨씬 지난 저녁 때였다.

보통 사람의 인정 같으면 날마다 오는 친구의 그러한 급한 사정을 듣고 그 자리에 그대로 잠이 들 사람은 없을 터이나 한치각은 자기 자신이 아프게 되었다면 모르거니와 그 밖에는 자기 주위에 어떤 처참한 사정이 일어났을지라도 도무지 마음을 쓰는 일이 없다. 그러한 남의 사정을 살피지 못하는 것이 호화롭게 자라난 부유집 자식들이 가지고 있는 한 항례이나 그 중에서 한치각은 자기 조부가 살아있을 때부터 늦게 본 외손자라* 하여 모든 자유와 모든 호강을 다 하여 길러내인 까닭에 말할 수 없는 자만심이 생기고 어렸을 때부터 마음을 쓰는 일이라고는 하루에 몇 차례씩 한문을 읽는 것이 가장 마음의 고통이었다.

이와 같이 세상을 떠나서 자유의 천지인 자기 가정에서 생긴 채로 자라난 그 성미가 그대로 관습이 되어 사십이 넘은 오늘까지도 마음을 괴롭게 무엇을 생각한다든지 남의 어려운 사정을 듣고 거기에 마음을 움직이려 하는 생각은 조금도 없다. 그의 성질은 차다는 것보다 아무 감각이 없는 돌이나 나무 등과 같이 마비되었다. 이 때 이와 같은 무관심한 성질을 가진 한치각이 강진사의 애원을 잊어버리고 잠을 계속 잔 것이 그다지 놀랄 사실은 아니다. 강진사가 덧문 밖에서 목에 침이 말라서 애원하던 때에도 돈이 없어서 거절한 것은 아니다. 양복 주머니에는 천 원에 가까운 현금이 있었지만은 십 원을 주자니 너무 많고 또 자다가 일어나 몸을 움직이자니 귀찮고 해서 도무지 성이 가신 생각으로 거절한 것이었다. 그러나 한치각이 제풀에 일어나서 생각하니 인정은 고사하고 체면상 그대로 내버려 둘 수는 없다고 생각하였는지 상노를

---

* 외동 손자.

불러 십 원짜리로 해태표 몇 갑을 사고 그 거슬러 온 돈에서 삼 원을 집 었다가 다시 일 원을 꺼내고 일 원짜리 두 장을 명함과 같이 봉투에 넣 어 만돌을 강진사의 집으로 보내었다. 그 때는 벌써 해가 뉘엿뉘엿 넘 어갈 때였다. 만돌은 전등불이 들어온 뒤에 강진사 집을 다녀왔다. 그 러나 한치각이 보낸 돈 이 원을 넣은 그 봉투는 뜯지도 아니하고 그대 로 가지고 돌아왔다. 상노 만돌은 그 편지를 한치각에게 드리며 강진사 집안에서는 곡성이 들리고 강진사가 대문간에 나와 편지도 뜯어보지 아니하고 그대로 돌아가라고 하던 말을 전한다. 만돌이 전하는 말씨를 들으면 어린애가 필시 죽은 것은 사실 같다. 그러나 한치각은 역시 아 무 말이 없이 그 편지를 도로 받아 앞에 놓으며 얼굴에는 도리어 비웃 는 기색이 내보인다. 사랑에는 판에 박은 듯이 모이는 소위 병정들이 옹기종기 늘어앉았다. 한치각은 봉한 편지를 들고 여러 사람들에게 자 기의 한숨 비스듬이 말한다.

 "여보게, 이런 맹랑한 일 좀 보게. 아까 강횃대가 와서 어린애가 앓느 니 죽느니 하기에 일껏 돈을 보내었더니 편지도 뜯지 아니하고 그대로 돌려 보냈으니 그 사람이 별안간에 무슨 수가 생겼단 말인가. 나 도무 지 알 수 없는 일인데."
하며 사실의 일부만 들어 말한다.

 좌중의 사람들은 한치각의 말을 그대로 통째 믿지는 아니하지만은 하 여간 한치각의 앞에서는 자기들의 존재를 잊어버린 사람들이라 여러 사 람의 입에서는 주인 한치각의 비위에 맞도록 응대를 아니할 수는 없다.

 "글쎄, 그것이 웬일이야."
 "그 사람이 미쳤나."
 "아닐세. 이따금 그 사람이 되잖게 못된 짓을 한다네."
 "그러게 여북해 별명이 횃대가 아닌가."
 "아주 싱거운 사람이 아닌가."

이러한 무책임한 인정 없는 말을 함부로 떠들어 한치각의 비위를 맞추고 있다. 한치각은 기고만장하여

"그 사람이 돈은 그대로 돌려보내고 나중에는 남의 허물을 할 테지. 참 이상한 사람이야. 제까짓 것이 틀리면 누가 무서워 하나. 제멋대로 놀라지. 참 별일이야."

한치각은 상용 수단인 헛생색만 번지르하게 꾸며 놓는다.

그러나 그들은 한치각의 헛선전을 처음 듣는 것이 아니기 때문에 여러 사람의 머릿속에는 다 각각 편지의 도로 온 원인을 생각하고 있다.

33회 수전노 한승지

한치각은 태양이 비치는 밝은 세상은 더웁게 불 때인 침침한 침방 안에서 복잡한 세상과 인연을 끊고 늦잠으로 그 날을 다 보내고 검푸른 밤이 와서 전등불이 번쩍 거리기 시작하면 비로소 몸을 움직이어 쓰러져 가는 고주 대문을 벗어 나간다. 마치 여름 날 땅거미 때에 우중충한 광구석에서 박쥐들이 날라 나오듯이 기왓골의 바위 옷이 덕지덕지한 자기의 골동 가옥을 떠나서 분바른 계집들이 값싼 웃음을 던지는 나라로 걸음을 옮긴다. 만일 이 세상에 한치각과 같이 단순한 생활을 가진 사람들만 있다하면 구태여 머리를 짜내어 복잡한 시설을 하여 놓을 필요가 없다. 다만 여성이 있을 뿐인 쪽하고 그 다음에는 여성을 매매하는 술이 약간 있으면 고만이다. 한치각의 이러한 동물에 가까운 생활을 계속 하는 동안에 그의 주위에 있던 여러 사람은 점차로 그의 생활에 침을 뱉고 돌아섰다.

한치각이가 미국에서 돌아왔을 처음에는 그가 돈이 있고 또 하여간 외국에서 새로운 공기를 마시고 오니만큼 여러 사람들이 많은 기대를 가지게 되었었다. 혹은 사회사업으로 무엇을 의논하여 볼까 혹은 식산사업을 권하여 볼까 혹은 교육사업에 이용을 하여 볼까 하고 여러 방면

의 뜻있는 사람들이 그의 주위에 가까이 하며 모든 의논을 하여 보았다. 그러나 한치각은 그러한 데에는 도무지 귀를 기울인 적이 없다. 철저한 색마성 외에는 모든 것에 관심이 없는 터이라 여러 사람들은 혹은 2~3개월 혹은 반년 또 그 중에 끊기 있게 쫓아다니는 사람은 수년 동안을 두고 한치각을 권하였으나 결국을 하나도 성공한 사람은 없다. 그리하여 한치각의 집 사랑에는 생활 의식을 가지고 있는 사람들의 자취는 차차 없어져 가고 지금까지 남은 것은 은근짜를 발견하기에 필요한 사람, 기생집 심부름에 필요한 사람 외에는 발을 들여 놓는 친구가 없다.

강진사는 아들을 죽인 뒤로는 한치각의 사랑에 나타나지 아니하였다. 한치각의 사랑 병정으로는 가장 무용하였으나 자기로서는 아직까지 조금 생활 의식이 남아 있다고 생각하는 강진사까지 마지막으로 한치각의 집을 떠나게 되어 소위 사직영문에는 또 한 사람이 축이 났다. 노주인 한승지는 한 집에 있는 자기 아들이지만은 주야를 바꾸어 움직이는 한치각과는 하루에 한차례로 변변히 대면할 기회가 없으나 모든 것을 제풀로 방관하는 까닭에 별로 섭섭하다든지 또는 자식의 도리를 아니 지킨다든가 하는 생각은 조금도 없다. 벌써 터 밖에 벗어져 나간 자기 아들을 다시 자기 주먹 안으로 휘어 넣기는 도저히 안 될 일이라고 아예 세음밖에 두고 아무쪼록 돈이나 적게 축을 내도록 모든 예방선을 늘어놓아 그것을 방비할 뿐이다. 그러나 오늘은 한 푼 돈에 치를 떠는 한승지 규모에 가슴이 털썩 내려 앉는 큰일을 당하였다. 한승지는 오전께부터 안으로 바깥으로 들락날락 하다가 상노를 불러서 한치각의 동정을 살피고 있다.

"나으리는 그저 안 일어났니? 참 귀찮은 자식이다. 하고한 날 오정이 넘도록 늦잠만 자고 그게 나중에는 무엇이 된단 말이야! 어서 좀 일어나라고 그래."

한승지는 화에 바쳐서 담뱃대를 놋재떨이에 땅땅 떨며 큰 사랑 아랫목의 떨어진 보료 위에 앉았다. 상노 만돌은 작은 사랑까지는 한승지의 분부대로 왔으니 한치각의 성미를 아는 터이라 차마 문을 열지 못하고 덧문 밖에서 큰 사랑에서 부른다는 말을 전하였다. 한치각은 자기 잠을 깨는 상노를 마음껏 쥐어박고 싶은 홧증이 복받치지만은 체면상 성미를 그대로 부릴 수는 없고 꽁꽁 안간힘을 쓰며 일어났다.

"왜 부르시더냐? 무슨 큰일이나 났니? 지금 올라갑니다라고 여쭈어. 응. 또 단잠을 깨이게."

한치각은 독살이 머리끝에까지 올라서 옷을 입고 일어섰다. 한승지는 그동안에도 마음이 초조한 것을 참지 못하고 또 상노를 부른다. 한치각은 술내가 입에서 물큰물큰 나며 눈에는 핏줄이 서고 머리는 까치집 같이 어수선하게 일어선 채로 한승지 앞에 나타났다. 한승지는 반백이 넘는 툭툭한 수염 끝이 위로 거슬러 오르며 한치각을 쳐다본다.

34회 오천 원 수형

한승지는 양 미간에 잔뜩 주름살이 잡힌 얼굴을 들어 한치각을 쳐다보며

"너는 무엇을 하길래 한 가(家) 안에 있으면서도 얼굴을 며칠째 볼 수 없으니 그런 자식이 있더란 말이냐."

한치각은 윗목에 서 있는 채로 주저주저 하며 말이 없다. 한승지는 계속하여

"거기 좀 앉아라. 오늘은 네게 물어볼 말이 있다."

"……."

한치각은 아무 말도 아니하며 역시 미간에는 불평의 주름이 모이여 그 자리에 웅크리고 앉는다.

"금년에 집의 형편이 어떻게 되었는지 네가 아느냐? 추수한 볏값이

작년보다 거의 반이나 떨어져서 작정하였던 모든 일들이 다 틀려 버렸다. 너는 그것저것 상관치 아니하고 허구헌 날 돈만 퍼다 내버리니 어찌하잔 말이냐."

한치각은 비로소 입을 열어

"볏값이 떨어진 건 나도 알아요."

한승지는 성을 버럭 내인다.

"그럼 정신을 왜 못 차려! 이 자식아. 집의 것이 다 네 것이냐? 그걸 정신을 못 차린단 말이냐. 돈이라는 것이 한정이 있는 물건이다. 너처럼 함부로 갖다 내버리면 그대로 생기는 것이 아니야. 작년에 만 원을 썼으면 올해는 집에 들어오는 돈이 줄었으니 그 반을 쓴다든가 해야지 집을 버팅기고 살지. 어떻게 하잔 말이냐."

한치각은 고개만 숙이고 앉았다.

"네가 미국 가 있네 하고 몇 해 동안 날라다 내어 버린 돈이 이십만 원이 넘지 아니하냐? 그래도 다녀 나온 뒤에는 지각이 좀 났나 하였더니 그 후로도 5~6년 동안에 명색 없이 퍼버린 돈이 삼십만 원이 된다. 그 전은 고만 두고라도 불과 십 년 내외에 네가 버린 돈이 오십만 원이 넘어 된다. 그것을 예전 돈 풀이로 하면 가만히 있거라……, 이천오백만 냥이다. 듣기에도 끔찍한 돈이 아니냐. 예전에는 조선서는 별로 들어보지 못한 소리다. 그 돈을 지금까지 모아 두었더라면 조선에서 몇째 안가는 부자 하나가 또 생겼을 것이다. 아무리 네가 모은 돈이 아니기로 돈을 귀한 것을 모르고 그렇게 함부로 내다버려? 글쎄, 이 지각없는 자식아! 네가 십여 년 동안을 두고 쓴 돈이 ○○○○○○○○○○ 사랑에 모이는 친구란 것은 귀한 천 량을 다 까먹은 난봉자식들뿐이요 집에 식구가 늘은 것은 기생첩을 몰아다 넣고 늙은 아비에게 그 치다꺼리만 하라니 난들 살 수가 있느냐! 네게만 달린 첩이 지금 세 집이 아니냐? 그 식구가 이십 명이나 된다. 그것들은 거저 사는 줄 아느냐? 다달이 한 집에 아무리 적게 보내어도 백 원씩은 가져야 산다하니 그것만 해도 삼백 원, 그래도 날마다 무엇이 없네, 병이 낫네 하고 돈을 가지러 오니 난들 어디서 그렇게 무한정으로 돈이 난단 말이냐. 매달고 있는 계집이 넷이나 있는데 그래도 무엇이 부족하여 밤마다 요릿집에서 기생을 불러가며 방탕한 짓을 하니? 너는 대관절 어떻게 생긴 자식이기에 그렇단 말이냐?"

한치각은 점점 눈살을 찌푸려 가며 때때로 한승지의 얼굴만 엿본다. 한승지는 벼르던 끝에 오늘은 무슨 끝을 내려는 것처럼 점점 언성을 높이며

"그건 다 그만 두고라도 작년부터는 네 마음대로 네게 맡긴 것이 아니 있느냐? 수원서 받는 일천오백 석은 내가 아주 상관을 아니할 터이니 그것은 작전하여 네가 어떻게 내어 버리든지 다시는 내게 돈 달라 소리를 하지 말라 하였지. 일천오백 석이면 지금 헐한 볏값으로도 이만 원에 가까운 돈이다. 그 많은 돈을 불과 칠팔삭 동안에 다 내다버리고 그래도 모자라서 오천 원짜리 수형을 또 써서 돈을 얻어 써? 이 자식아, 오늘 은행에서 지불 통지가 왔으니 저것을 장차 어떻게 한단 말이냐?"

한승지는 화가 머리 끝까지 올라서 담뱃대를 재떨이에 땅땅 떤다. 한치각은 수형 소리에 비로소 깨달은 듯이 정신이 번쩍 났다. 모든 것을 마음에 거둬두지 않는 그는 벌써 그 수형의 기일이 닥쳐 왔나 하고 놀래었다. 한승지는 또 말을 계속하여

"그래, 그 수형은 또 얼마나 제하고 쓴 것이냐? 그래 내 도장은 어디서 갔다가 찍었단 말이냐? 참 집안을 결단 내일 자식이다. 늙은 아비가 한 푼이라도 모으려고 열쇠 꾸러미를 차고 다니며 애를 쓰는 것도 모르고."

한승지는 분노가 변하여 얼굴에는 다시 슬픈 빛이 나타나 긴 한숨을 내쉰다.

제35회 마마님이 불러

한치각은 오래간만에 자기 아버지에게 또 골치가 아픈 걱정을 듣고 자기 사랑으로 돌아왔다. 상노 만돌이가 사랑을 치우는 중에 날마다 모이는 병정들은 하나씩 둘씩 들어와서 어제와 같은 면면들이 늘어 앉았다. 한치각이 나오는 것을 보고 좌중 사람들은 일어서는 사람, 고개만 끄덕이는 사람도 있어 인사를 마치었다. 약밥 정주사는 주인의 얼굴을 쳐다보더니 "오늘은 주인 대장의 얼굴이 환한데그려. 오래간만에 구진이 어떻든가?"

심참봉은 옆에서 말깃을 달아

"무어니 무어니 해도 엊저녁은 다 ○○○의 덕일세. 오래간만에 번특주 마마님하고 운우지락을 이루게 된 경사의 제일 일등상은 이 심참봉 나으리께서 타셔야 할 걸."

한치각은 두 사람의 회담이 귀에 들어오지 아니하는 태도로 아무 말도 없이 아랫말 안석에 몸을 턱 기대며 앉는다. 연통 안의관은 재떨이 옆에 놓인 해태표갑에서 궐련을 꺼내어

"대장이 엊저녁에는 오래간만에 아주 뽕을 빼셨나? 왜 오늘은 저렇게 후줄근해?"

하며 한치각의 얼굴을 쳐다본다. 한치각은 조금 짜증이 들었는지

"쓸데없는 소리로 떠들지들 말어. 남의 입때 큰 졸경을 치르고 나왔는데."

채플린 박주사는 말끝을 채어

"왜? 큰 사랑 노대장이 또 설교를 해 계신가?"

한치각은 픽 웃는다.

"아따 노대장도 그만 체면은 아는 터인데 기생집에서 하루 잤다고 물색없이야 굴었겠는가?"

약밥 정주사는 크게 실룩거리며 웃는다.

"그런데 요새 일지매는 아주 행적이 없어졌으니 전남이 아주 집어 삼켜 버렸나?"

채플린 박주사는 다른 화제를 꺼내인다.

"전남이라니?"

연통 안의관이 묻는다.

"아따, 저렇게 말귀가 어두운 건 처음 봤네. 전라도 남가 말이야"

"으응 진흙 부랑자 말이로군."

"또 진흙은 무어야?"

"자네도 이목이 몹시 어두워그려. 발뒤꿈에 진흙이 덕지덕지 붙은 시골 부랑자란 말이야."

"여보게 남가는 진흙커녕 향수 냄새만 물큰물큰 나네."

"향수를 바르면 뭐해? 서울 사람 같이 오입맛을 알아야지."

"여보게 그 말 말게. 전후 멋은 남쪽 사람들이 더 안다네."

"그건 기생 말이지. 기생이야 남쪽 것이 구수하지. 웅숭깊은 맛이 있고."

"그런데 횃대는 오늘도 결석일세그려. 어린 것을 죽였다더니 아주 낙심이 되었나."

"그 사람도 요새는 진대를 않는 모양인데."

하루에도 몇 백 몇 천 마디의 쓸데 없는 회담을 하고 있는 그들 중에는 어제와 마찬가지로 기생이야기가 끝이 나더니 강진사가 또 새로운 화제가 되었다.

"이 사랑에는 주인 대장이 하꾸라이니까 관계치 않지만 큰 사랑 노대장은 책력만 뒤지보고 앉았는 땐데 참척을 보고 곧 올 수가 있나 달이나 가셔야지."

"여보게 노대장이 요새는 백인한테 사주 보러 아니 다니나? 작년 이맘때는 연회 털중나무 지팽이를 두르며 대를 서더니."

채플린 박주사의 말소리에 한치각은 무엇을 생각하고 있다가 별안간 빙그레 하며 웃는다. 여러 사람들이 말하고 있는 진사의 이야기는 한마디도 그 진상을 추측하는 사람이 없다. 강진사는 눈 오는 날 아침에 한치각의 집에 발을 들여 놓은 것이 아주 마지막이 된 것을 아는 사람은 없다. 한치각은 여러 사람들이 회담을 하는 중에 자기 아버지에게 들을 말을 다시 생각하며 잊었으나 그것이 한두 번이 아니라 그다지 새롭게 마음을 찌르는 것도 없거니와 자기 집 재산 정도가 아직까지도 넉넉히 쓸 것이 남아 있을 터이라고 믿는 까닭에 마음에 박힐 일은 없다. 그저 몇십 분 동안 자기 아버지에게 듣기 싫은 걱정 몇 마디를 듣고 난 대신에 오천 원짜리 수형을 떠넘기게 된 것만 마음에 도리어 시원하게 생각할 뿐이다. 이 때 안으로 통한 복도문이 열리며 계집 하인이 나와서 급한 어조로 한치각에게 안으로 들어오라고 말한다. 한치각은 눈이 휘둥그레 해서 벌떡 일어서며 안으로 들어갔다.

앞마루 끝에는 죽첨정에 있는 한치각의 셋째 첩의 집 계집애 하인이 섰다가 한치각이 들어오는 것을 보더니 급한 일이 생긴 듯이

"곧 마마님 댁으로 오시라고 그래요."

하며 하인은 불안에 싸인 얼굴로 한치각을 쳐다본다.

36회 투기가 시작

한치각은 원래 모든 것에 끊기가 없이 조금만하면 권태를 느끼는데다 더구나 여성에 대하여는 더욱 심하다. 처음에는 불 같은 욕심을 가지고 덤비다가도 그 계집에게 자기의 목적을 달한 다음에는 불과 며칠만 지내면 그만 염도가 식어지고 나중에는 얼굴을 대하는 것도 싫증이 나게 생각하는 성미를 가진 극단의 사람이다. 죽첨정 마마라는 것도 치가를 벌써 5~6년이나 되었지만은 급한 병이나 생겼다고 청하러 오면 마지 못하여 한번씩 들여다볼 뿐이다. 이렇게 한치각의 코에서 냄새가

나게 된 죽첨정 마마라 하는 여성은 원래 모 극단에서 배우 생활을 하던 여자로서 한치각이 한참 동안을 엎으러져서 다니다가 겨우 금전의 힘으로 자기 것을 만들어 겨우 한달 동안 밖에 살림을 아니하고는 나중에 싫증이 나서 내박차는 것을 그의 친정에서 들고 일어나서 강경한 담판을 하는 통에 어찌할 수 없어 지각 있는 한승지가 가로 맡아서 무마를 시킨 것이다. 그런 뒤에 한치각은 그의 집에 일 년에 몇 번씩 발을 들여 놓을 뿐이고 시량범절을 다 한승지가 대어 살림을 시키고 있다. 말하고 보면 막말 같지만은 자기 아들의 첩이라는 것보다 살림살이에 관계해보면 한승지 첩이라는 것이 도리어 합당한 말이다.

그 여성은 아직 나이 25세밖에 되지 않았는데 무슨 청승으로 빈 집을 지키고 과부 같은 쓸쓸한 생활을 계속 하는가를 의심할 만치 정조를 지키고 있다. 그는 사람 앞에 얼굴이 화끈화끈해서 못 나다닐 숫보기 처녀도 아니요, 전등불이 찬란한 무대 위에서 수백 명 수천 명 관중들의 시선받이가 되어 뛰놀던 여배우가 무슨 까닭으로 날마다 계집을 갈아들이는 한치각을 바라고 죽은 말 지키듯이 앉았는지 아무리 생각해 보아도 알 수 없는 일이다. 그러나 그 여성의 주위에는 그를 쓸쓸한 그 자리에 스스로 얽어 매일 몇 가지 원인이 있다. 한치각은 계집하인이 하는 말을 듣더니 눈살을 찌푸리며

"무슨 일이 별안간에 또 생겼니? 지금은 사랑에 손님이 많이 오셔서 못가니 이따 저녁 때나 간다고 그래라."

하인이 이 말을 듣더니 깜짝 놀라며

"아니예요. 급한 일이 생겨서 그러시나 봐요."

"대관절 무슨 일이 생겼어? 급한 일이라는 것이 무슨 일이냐?"

"마마님께서 별안간 병환이 대단하세요. 얼른 좀 올라가 보셔요" 하며 계집하인 눈에서는 눈물이 핑 돈다.

한치각의 마누라는 그 하인이 무슨 말을 전하나 하고 분합 안에 몸을

피하여 듣고 섰다. 한치각은 병이라는 말을 듣고는 항상 자기를 불러 올리려는 수단을 또 쓰는구나하고 생각하면서도 한편으로는 계집 하인이 눈물을 흘리고 섰는데 일종의 불안이 생기어

"어디가 어떻게 아프단 말이냐? 왜 계집년이 쪽쪽 울고 섰어?"

"아주 대단하신 모양이야요. 저는 방에도 아니 들어갔었으나 마마님 친정마나님이 나으리께 급히 여쭈어 오라고 하셔서 그래서 왔어요."

한치각은 계집 하인이 말하는 모양이 아무리 보아도 전에 하던 빛과는 다르다 생각하며 주저주저 하는 중에 분합 안에 섰든 한치각의 마누라가 썩 나서며

"여보 얼른 올라가서 좀 보고 오구려. 무슨 급한 일이 생겼나보오." 하며 한치각을 동독하다가 다시 계집하인에게

"그래 마마가 어데를 아프냐? 별안간에 병이 났단 말이야?"

"웬일인지 몰라요. 아마 대단하신가 봐요."

한치각은 아무 말도 아니하고 한참 동안을 그대로 섰다. 그의 마누라는 얼굴에 약간 비웃는 빛이 나타나며

"글쎄 얼른 가보구려. 언어 들일 때는 좋았지요?"

한치각은 홧증을 버럭 내며

"왜 내가 얻어들었나?"

"그럼 누가 얻어 들였길래?"

"쓸데없는 소리 좀 말어."

한치각과 그의 마누라 사이에는 질투의 끝이 차차 풀리며 할 즈음에 한치각은

"지금 올라간다 그래라" 하며 안방으로 들어가서 세수를 재촉한다.

상노는 자동차를 부르러 달음질을 치며 밖으로 나간다.

37회 안나의 자살

죽첨정에 있는 안나의 집은 그 근처에서 가장 산뜻한 집모양을 가지고 있다. 크도 적도 아니한 십여간쯤 되는 조선 기와집이나 뒤로는 백여평의 과목 밭이 있고 집의 좌처는 조금 높은 데 있으나 좌우에 돌려 박인 납작한 초가집들과는 훨씬 ○○○ 마치 화초 밭 가운데 만들어 놓은 비둘기장 같이 뽀얀 양회로 전면을 바르고 중앙에는 높도 얕도 아니한 평대문이 달리어 있다. 이 집에는 식구가 조붓함으로 평시에는 드나드는 사람도 적고 또 번화한 사회를 떠나서 숨어사는 주인 안나는 날마다 하는 일이 없기 까닭에 손심부름하는 춘예를 데리고 봄과 여름에는 화초나 숭상하고 그 다음에는 날마다 춘예를 시켜 앞뒤 뜰이나 쓸리는 것이 한 운동이요 겸하여 그의 일과이다. 안잠자기가 날마다 조석 두 때에 티끌을 쓸리는 것 외에는 집의 안팎이 언제나 티끌 하나 없이 정결하고 집안은 마치 산중에 있는 암자와 같이 조용하고 한가하다. 한치각은 자동차 속에서 여러 가지로 안나의 병이 났다고 호출한 신상을 연구하며 안나의 집 골목밖에서 자동차를 내리어 안나의 집으로 들어갔다. 대문이 열리는 소리에 안나의 친정 어머니는 쫓아 나왔다. 환갑이 가까워온 안나의 모친은 주름살이 거미줄 같이 얽힌 눈가에 눈물이 글썽글썽하며 한치각을 맞았다,

"나으리 오십니까? 한 성중에서 그렇게 발그림자를 아니하신단 말이요. 어서 방으로 들어가십시다. 큰일이 났나 봅니다."

하며 한편으로는 원망, 또 한편으로는 불안이 섞인 그의 말에 한치각은 어떻게 대답을 하여야 옳을는지 몰라서 아무 말이 없이 방안으로 들어섰다. 방안에는 덧문을 닫힌 채로 병풍으로 문을 막아 두른 그 안에 안나는 들어 누웠다. 한치각은 병풍 한 켠을 밀어 치며

"어디 아파서 그래?"

하며 컴컴한 방에서 안나의 누워있는 것을 들여다본다. 안나는 자는지

깨었는지 천정을 향하여 반듯하게 드러누워 얼굴을 이불 동정에 파묻고 죽은 듯이 드러누워서 아무 대답이 없다. 안나의 친모가 한치각의 말을 가로 맡아서

"지금은 잠이 좀 들었나봐요. 아까는 한참 동안 토하며 구역질하며 가슴이 아프다고 자반뒤집기를 한창 하더니 조금 전에 진정이 되었어요. 그런데 대관절 이것이 무슨 약이어요? 이 약을 잠이 온다고 밤마다 먹었는데 어젯밤에는 한 병 다 먹고."

한치각은 약이라는 소리에 정신이 번쩍 나서 손을 내밀어 약병을 빼앗듯이 당기며

"약이라니? 무슨 약을 먹었어? 어디 좀 봅시다."

한치각의 가슴은 적지 아니하게 놀랐다, 수일 전에도 안나가 무어라고 그리 길게 썼는지 닷발이나 되는 편지를 춘예에게 보낸 것을 수상히 여겨 보지도 않고 버려두었는데 별안간 약이라니 '독약자살' 이런 생각이 번개 같이 한치각의 머리를 쳤다. 안나의 친모는 한치각의 기색이 황황하게 나타나는 것을 보며 지금까지 큰 의심 중에 있는 약이 확실히 독약인 줄을 알게 되어 별안간에 몸이 번민하여 하늘로 올라가는 듯한 놀라움을 느끼었다.

"그게 독약이지요? 많이 먹으면 죽지요? 저를 어찌하나. 요새는 웬일인지 날마다 죽고 싶다는 타령만 하는 때에 내가 듣기가 싫어서 못 견디겠더니 저런 짓을 하려고 네가 그런 것이구나. 불쌍해라! 저것이 아주 죽으면 어찌하나."

하며 안나의 친모는 새삼스럽게 놀라며 운다. 한치각은 약병을 창문 가까이 들고 가서 보았다. 조청빛 같은 갈색, 한 유리병에 붙어 있는 파란 딱지에는 담배씨 같은 로마 글자로 '아루날'이라고 써 있다. 한치각은 안나에게 무관심하던 그 책임을 일시에 느끼게 되며 가슴이 섬뜩하였다. 아루날이라는 약은 최면제이나 요사이 날마다 신문지상에 나타나

는 자살기사 속에 이 아루날이 가장 독하다는 것을 안 한치각은 마음이 울렁거리며

"어서 의사를 불러와야겠군. 이 약을 먹었단 말이지. 그럼 안나는 잠을 자는 모양인가?"

하며 안나가 덮고 있는 이불자락을 치워 들며 한치각의 얼굴은 놀람에 핼쑥하여졌다.

38회 애닲은 일생

한치각은 놀라는 마음으로 병풍 한 자락을 급히 밀치며 안나가 누워 있는 자리 옆으로 가까이 갔다. 안나는 착 짜부러진 몸을 천정을 향하여 반듯하게 누워 핼쑥한 얼굴이 우중충한 병중 안에서 선뜻 한치각의 시선과 마주칠 때 한치각은 별안간에 등에 냉수를 끼얹는 듯한 섬뜩한 느낌이 일어나며 가슴이 울렁거린다. 한치각은 이불 자락을 들치던 용기는 순간에 어디로 사라졌는지 손을 내밀어 안나의 몸에 가까이 할 용기는 다시 없이 되었다. 안나의 어머니는 한치각이 약병을 검사한 뒤에 태도가 황황하게 변한 것을 보고 따라서 놀라게 되어 한치각의 동정만 살피고 있다가 한치각이 안나 옆으로 가까이 가는 것을 보고 한데 겨우 묻어서 그 옆으로 다가 앉았다. 한치각의 눈에는 안나가 자고 있는지 아주 숨이 끊어졌는지 얼른 분간할 수 없이 안나의 숨은 가늘게 계속되어 있다. 한치각은 한참 동안 안나의 얼굴을 정신없이 들여다보고 있다. 얼마 있다가 안나는 비로소 머리를 좌우로 움직이며 가볍게 입맛을 다신다. 한치각은 송장 같이 누웠는 안나의 몸이 움직이는 것을 보고 정신이 번쩍 나서 안나의 어깨에 손을 대어 가볍게 흔들며

"안나, 안나, 여보게 정신을 좀 차리게. 나야, 나일세. 이게 무슨 잠이야?"

한치각의 어조는 부드러움과 애조가 섞여 나온다. 옆에 앉았는 안나

의 어머니는 몸을 일으키어 한치각의 등 뒤에서 안나를 내려다보며

"애, 애, 참봉이 오셨다. 얼른 일어나거라."

안나는 두 입술을 움직이여 두어번 입맛을 다시더니 눈을 뜨지 아니하고 그대로 또 혼수 상태에 빠졌다. 한치각의 놀라는 마음은 안나의 입맛 다시는 동작 한 번에 비로소 가라앉게 되었다. 안나와 한치각의 사이에는 세상에 보기는 사랑에 쌓인 첩이라 할 터이나 실상은 안나의 친정 아버지가 한치각의 재산에 애착이 있어서 한번 휘어잡고 그 언턱걸이를 기회 있으면 다시 이용하자는 어떠한 책략에서 나온 것이다. 간단하게 이 두 사람 사이에 관계를 말하자면 한치각의 돈을 한몫 빼앗자는 첫 연극이 실패된 까닭에 마음이 컴컴한 안나의 아버지는 안나의 일생을 한치각에게 그대로 매달아 놓고 어떠한 기회가 오기만 기다리고 있는 터이다. 그러나 이러한 계획이 있는 것은 꿈에도 알지 못하는 한치각은 끝에서 끝으로 옮기는 나비와 같이 안나의 입술에 담겼든 달디단 꿀은 다 빨아 먹은 다음에 또 다시 새 꽃으로 사랑을 옮겼으나 속담에 있는 말과 같이 내가 먹자니 싫고 남을 주자니 아깝다는 세음으로 자기 아버지가 시량 범절을 대어주는 대로 그대로 첩이라는 관계를 가지고 있는 터이다.

말하자면 한치각의 이러한 무책임한 태도와 또 안나의 아버지의 컴컴한 생각이 애닯은 안나의 일생을 눈물겨운 운명에 억지로 매어 놓은 것이다. 만일 안나가 혼몽 상태에 빠진 이 자리에서 다시 일어나지 못하게 되면 안나의 일생은 마치 바위 위에 피었던 이름 없는 꽃 한 송이가 심술궂은 왕벌에게 여지 없이 침해를 당하여 소리 없이 그 자리에 사라져버리는 꽃과 똑같은 비참한 운명의 여성이 될 것이다. 처음에 한치각의 마음을 놀라게 한 것은 안나의 죽음에 대한 느낌이 아니었다. 안나의 자살로 말미암아 자기 신변에 어떠한 불명예스러운 데가 생기지 아니할까하는 그 염려가 먼저 한치각의 머리를 울리게 한 것이었다.

그러나 하여간 안나의 아직 살아있는 것을 겨우 알게 됨에 한치각은 놀라던 마음이 차차 가라앉게 되며

혼몽 상태에 있는 안나를 그대로 둘 수는 없다고 생각하여 곧 의사를 부르게 하였다. 그러나 만일 그 근처에 있는 뜨내기 의사가 왔다가는 안나가 약 먹은 것이 소문이 날 염려가 있으므로 한치각은 얼른 명함을 꺼내어 ××의원이라고 쓰고 행랑 것을 불러서 광교 천변에 있는 ××의사 집으로 보내었다. 이러는 동안에도 안나는 깨었는지 자는지 아무 소리가 없이 사방을 둘러싼 병풍 속에 흔적 없이 누워있다. 안나가 이러한 상태에 빠진 그 원인은 다만 안나의 머리 맡에 놓여 있는 아루날의 약병이 막연한 추측을 일으키게 할 뿐이요 그 진상을 아는 사람은 없다. 사람과 초목이 다 함께 깊은 잠 속에 묻혀 있는 밤중에 새로 두시에 시작된 일종의 무언극이다. 밤마다 최면약을 먹어야 잠을 이루게 된 안나에게는 함부로 추측을 내리기 어려운 큰 문제이다.

39회 의사의 진찰
한치각은 생각지 아니한 소동에 적지 아니한 놀라움을 느끼었다. 다행히 안나가 아주 죽지는 아니한 것을 알게 되어 마음이 후련하게 되어졌으나 대관절 안나가 무슨 까닭으로 그렇게 최면약을 함부로 먹었는지 그 원인은 도무지 알 수가 없다. 무엇을 비관하고 혼자 마음으로 자살을 하려고 그렇게 최면약을 많이 먹었나하면 이 세상을 아주 떠나는 사람이 유서 한 장 없이 그렇게 싱겁게 죽을 리도 없고 또 설령 약의 분량을 할 듯하였다 하였더라도 한두 번 먹는 약이 아니요, 그의 어머니 말을 들으면 밤마다 먹었다 하니 그렇게 대중없이 많이 먹을 터도 아닌데 아무리 생각하여도 추측으로 알아 내이기는 어려운 문제이다. 한치각은 의사를 부르러 보낸 뒤에 안나의 누워있는 머리맡을 비롯하여 유미까지 자세히 살피었으나 아무 별다른 흔적이 없다. 한치각은 마음 속

에 불행 중에 다행이라고 생각하며 하여튼 안나의 행동이 자살을 표시한 흔적이 없으니 설령 안나가 자살을 할 뜻으로 이러한 짓을 하였다 할지라도 이 자리에서 자살이라는 문제는 통이 입에 오르내리지 아니하도록 하는 것이 예방을 하는 것이 가장 득책이라고 생각한 한치각은 안나의 어머니에게 책망 비스름하게

"안나는 다행히 죽지는 아니한 모양이오만은 대관절 이 약은 어디서 나온 것이요? 이런 독한 약을 함부로 먹게 한단 말이요? 큰일날 뻔하였소. 사람들이 무식한들 이런 위태한 짓을 하도록 내버려 둔단 말이오."

안나의 어머니는 안나가 죽지는 아니하였단 한치각의 말에 적이 안심이 되었으나 한치각의 책망에는 다시 대답할 말이 없다.

"글쎄 누가 압니까? 그 약은 갸가 어디서인지 늘 사다가 두고 밤에는 잠이 아니 와서 애를 쓰다가는 그것을 좀 먹고 잠이 들고 하였어요. 벌써 그 약을 시작한 지가 올 여름부터인데 입때 아무 탈이 없더니 어제는 얼마나 먹었는지 오늘 아침에는 이 소동이 일어났어요. 그럴 줄 알았더면 왜 내가 그 약을 먹이겠습니까?"

안나의 어머니는 변명의 말이라는 것보다 사실대로 대답하였다.

"그게 무슨 위태한 짓이란 말이요? 안나가 아직 나이 젊으니까 그만하지, 만일 원기 없는 늙은이가 먹었더라면 종내 깨이지 아니하고 그대로 죽었을 것이에요. 아루날이라는 약은 최면약 중에는 그 중 독한 약인데 참 큰일 날 뻔하였소. 요사이 신문에 나는 것도 못 보았소. 여자의 자살은 거의 이 약을 먹고 죽는 사람이 많소."

자살이라는 한치각의 말에 안나의 어머니는 무슨 기미를 보았는지

"갸가 그렇게 된 것도 누가 아나요. 나이 어린 젊으나 젊은 것을 그대로 내버려 두고 당췌 발 그림자를 아니 하시니 그것이 누구를 바라고 산단 말씀이오? 금년 가을부터는 갸가 무엇을 생각하는지 한숨만 쉬고 죽는단 말이 입에 아주 달리다시피 날마다 쳐들고 있었지요. 약을 부러

그렇게 많이 먹었는지도 모르지요."

안나의 어머니는 긴 한숨을 쉰다. 한치각은 깜짝 놀라며

"원 별말을 다하는구려. 무엇이 부족하여 그렇단 말이요. 먹고 사는 것이 걱정이 있어, 입는 것이 남만 못하오. 요새 같은 돈 귀한 세상에 이만큼 넉넉하게 사는 사람이 얼마나 있다고 그러우? 그런 딴 말은 남이 듣기도 상스럽지 못하니 입에 내지도 말우."

한치각은 어조를 힘 있게 눌러서 안나 어머니 말 끝을 탁 질러 버리었다. 밖에서는 대문이 열리는 소리가 나며 ××의사가 앞을 서고 인력거꾼이 가방을 들고 앞마당으로 들어선다. 한치각은 마루로 나아가 의사를 맞으며

"여보게 수고하네그려. 얼른 올라오게."

의사는 모자를 벗으며 "그런데 누가 병환이 나셨나?"

한치각은 의사를 데리고 방으로 들어갔다. 한치각은 의사에게 간단하게 최면약의 분량을 잘못하여 많이 먹었다는 설명을 한 뒤에 의사는 청진기를 꺼내들고 안나의 진찰을 시작한다.

40회 죽은 사람

의사는 안나가 혼수상태에 빠져서 정신없이 누운 몸에 청진기를 대이고 가슴과 심장을 이리저리 자세히 진찰한 뒤에 말하였다

"아주 대단히 위험하였습니다그려. 지금은 맥과 심장의 활동이 겨우 회복되어 가는 모양이올시다마는 약의 분량이 원체 많았던 까닭에 아직도 체내에 약기운이 그래도 남아서 이렇게 혼수상태에서 방황하는 것이외다. 우선 심장이나 보호해야 할 테니 강심제 주사나 놓고 차차 치료를 할 수밖에 없습니다" 하며 의사는 청진기를 귀에서 떼이며 말하였다.

한치각과 안나의 어머니는 그 옆에서 의사의 눈치만 보고 있다가 안

나의 어머니가 먼저 입을 열어 "그래 죽지는 않겠습니까?" 양미간에 근심스러운 빛이 가득하여지며 묻는다.

"글쎄올시다. 아직 같아서는 생명은 잘하면 붙잡겠습니다마는 원기가 점점 약하여 가니까 만일 별안간에 심장마비가 일어나면 큰일이지요. 아루날이라는 약은 다른 최면제와는 아주 심한 작용이 있으니까요. 어쨌든 주의하지 않으면 안됩니다."

의사의 말은 아직까지도 마음을 놓을 수 없다는 것을 표시하였다. 한치각은 어쨌든 아직 살아 있는 것만 다행으로 생각하며

"그러면 우선 강심제나 주사를 하도록 하여주시오. 지각들이 없이 그런 약을 함부로 먹고 이 소동을 일으키니 사람이 견딜 수가 있나?"

한치각은 어디까지 안나가 최면약의 분량을 잘못한 것을 표시하기에 힘을 쓰고 있다.

"그런데 이 최면약을 언제부터 시작하셨나요? 최면약의 관계인지는 모르나 신경이 극도로 쇠약하신 듯한데 하여간 운동이 부족하신 부인네들은 불면증이 따라 다니는 예증이지요. 수면이 부족하면 자연 신경이 흥분되어 신경쇠약증이 생깁니다 그러나 아루날을 오래 사용하시기 때문에 그만큼이라도 지속하고 계십니다. 만일 누구든지 처음으로 그 약 한번만 다 먹었다하면 불과 두시간 안에 심장마비가 일어날 것입니다. 하여간 이번 일은 불행 중 다행이 되었습니다."

"글쎄 그도 그랬는지 모르지요."

한치각은 의사의 말을 그대로 듣고 앉았기로 너무 심심하다고 생각하였는지 아무 긴장한 맛도 없는 어조로 말대답하였다. 의사는 가방에서 주사기와 강심제 주사약을 꺼내어 주사할 준비를 하며

"그런데 아직까지도 약이 얼마쯤 위 속에 남아있는 모양인데 그대로 두었다간 아니 될 터이요. 어찌할까요? 아주 위세척을 하였으면 좋겠는데 기계를 가져올 수도 없고."

의사는 자기 병원에 입원을 시켰으면 하는 듯한 어조로 말한다.

한치각은 입맛을 다시고 있다가

"그러면 하여간 환자를 치료하기 적당하도록 하게 하시지요. 만일 입원을 하여야 할 필요가 있으면 곧 그렇게 하지요."

"글쎄요. 오늘밤과 내일 하루는 혼수상태가 계속 될 듯하니 심장관계도 있고 어쨌든 내가 때때로 진찰을 해야만 될 터이니 그럼 입원을 하시도록 하시지요."

"그러나 지금 환자가 저렇게 혼수 상태에 빠져 있는데 몸을 움직이어도 관계 없을까요? 만일 길에서 딴 변동이나 생기지 아니할까요?"

"아니올시다. 그 염려는 조금도 없습니다. 길이 그다지 험하지 않고 또 다소간 찬공기를 쏘이는 것이 얼마쯤은 환자에게 필요합니다."

"그럼 곧 입원을 하도록 하여 주시지요."

"그러나 요사이 하도 남의 말거리를 만들기 좋아하는 세상이니까 또 약을 먹었느니 어쨌느니하고 소문이나 나면 공연히 까닭 없이 창피하니 하여간 소문은 일절 아니나도록 하여 주시지요."

"천만에 말씀이지요. 그거야 부탁하실 필요도 없습니다. 아무 염려 마시지요."

의사는 단연 한치각의 집에 드나드는 관계로 한치각의 성미와 그의 모든 행동을 아는 터이라 한치각의 비위에만 맞도록 얼러 맞췄다. 안나는 강심제 주사를 한 다음에 호송차에 담기어 광교 천변 ××의원으로 몸을 옮기게 되었다. 안나는 안방에서 여러 사람들이 한데 덤비어 몸을 운반하는데도 조금도 감각이 없는 듯이 척 늘어진 채로 죽은 사람 같이 옮기어 갔다.

41회 화려하던 무대

안나는 열일곱 살 먹던 해 봄에 동대문 안에 있는 어떤 종교학교를

졸업하고 나서 직업을 구하려고 이리저리 일자리를 찾는 중 그 학교에 음악을 가르치러 다니는 선생이 말하기를

"안나의 외양과 목소리가 보통사람보다 매우 뛰어나니 장래 오페라 여배우가 되었으면 꼭 성공하겠다"고 안나의 아버지에게 많이 권하였다.

안나의 아버지는 원래 충청도 태생으로 젊었을 때는 서울로 과거를 보러 올라왔다가 과거에는 낙방을 하고 서울서 이집 사랑 저집 사랑으로 돌아다니며 작객을 하다가 필경은 잡기판에 몸을 적시어 아주 노름꾼이 된 사람이다. 원래 그는 이와 같이 절제 없는 생활을 계속하던 터이라 집안 살림에 책임을 느끼는 사람도 아니오, 안나를 학교에 보내어 졸업이라고 맡게 된 것도 전연히 안나 어머니의 힘으로 된 것이다. 이와 같이 가정에 대한 책임을 도무지 느끼지 아니하는 안나의 아버지는 자기 딸이 학교를 졸업하였다고 별안간 그 딸의 장래를 걱정할 정성이 생길 리는 없었다. 음악 선생이 몇 번 와서 권하는 바람에 그대로 맡기어 버리게 된 것이다.

이러한 관계로 안나는 그 때 새로운 조직되던 ××극단에 비로소 참가하게 되어 그해 여름부터 공개한 무대 위에 안나의 화려한 모양이 나타나게 되었다. 원래 외양이 반듯하고 또 나이가 여자의 황금시대인 열칠팔세 때이라 안나의 이름은 여배우로서의 기술보다 미인이라는 것이 한층 더 높게 선전이 되었다. 여러 신문사의 젊은 사회부 기자들은 다투어 안나의 사진을 얻어다가 신문에 드러내고 거기에 붙여서 달콤한 칭찬의 기사를 연속하여 나게 되었다. 심리생활에 주린 서울청년들은 밤이면 안나가 출연하는 ××극장으로 떼를 지어 몰리고 날마다 젊은 사람들이 모이는 사랑에는 안나의 미인예찬이 한 이야기거리가 되어 안나의 이름은 자못 높아졌다. 이때이다.

한치각은 미국서 돌아와서 며칠 동안은 사직골 자기 사랑에 근신을 하고 있었으나 원래가 남보다 몇 갑절이나 불한不汗 기분을 더 가진 사

람이라 서울 천지가 뒤떠드는 안나를 한번 구경 아니 할 수는 없었다. 입으로는 조선에 있는 배우가 허잘 것 있으랴고 냉소를 하였으나 어느 날 저녁에 한번 안나의 화려한 모양을 무대 위에서 발견한 그는 병적에 가까운 색마싸움이 불 같이 일어나서 날마다 저녁이 되면 ××극장에 걸음을 옮겨 놓게 되었다. 많은 관중들은 찬란하게 입은 안나의 의상과 선녀 같이 고운 화장에 안계가 황홀하여 모두 술에 취한 사람들처럼 몽롱하게 무대를 바라보고 있을 때 오직 한 사람의 눈에는 안나의 입은 의상을 지내어 안나의 육체만 보인다. 뽀얀 가슴에 오동통하게 솟긴 젖통이 대리석 인형처럼 미끈하게 빠진 그 대리석 허리 아래 둥글게 턱을 지은 그 방광이 눈에 어리며 가속도의 힘을 가지고 한치각의 육감을 일으키었다. 한치각은 참다 못하여 결국 여러 방면으로 사람을 놓아서 안나의 몸을 사기에 적지 아니한 금전을 허비하고 자기의 소유를 만들게 되었으나 두어달 지낸 뒤에 한치각은 어느덧 그의 특징인 싫증이 생기기 시작하여 열흘에 한번 오던 것이 나중에는 한 달에 한 번도 안나의 집에 발을 들여놓지 않게 되고 따라서 생활비조차 아니 줄 지경에까지 이르게 된 것을 안나의 아버지가 소송 문제를 꺼내는 바람에 지각 있는 한승지가 가로 맡아서 지금까지 표면의 관계를 그대로 계속하고 있는 것이다.

안나의 전신은 누구나 다 배우생활을 하던 허영의 여자라 할 것이나 안나의 성질이라든지 그의 행동으로 보면 안나도 여염집 규중에서 자라난 그 때가 그대로 남아 있는 말하고 보면 변통성이 없는 여성이다. 그만한 외양을 가지고 또 그만한 젊은 여자가 한달에 얼마 아니되는 생활비에 몸이 얽매여서 그림 같이 수절을 하고 있는 것을 누구나 다 고이하게 생각하지 아니할 수는 없다. 그러나 세상에 무서운 것이 없이 막다른 험악한 생활에 몸을 던진 그의 아버지는 안나의 몸을 자기 노름 밑천으로 알고 또 쌍뒤주로 생각하는 이상에 그의 허락이 없어서는 자기의 몸을 빼쳐날 수가 없다. 안나의 이러한 생활의 이면을 아는 사람들은 누구나 동정을 아니할 수 없을 것이다. 안나가 지금 최면약을 먹고 혼수상태에 빠졌다는 소문이 만일 세상에 드러난다 하면 안나의 신세를 짐작하던 사람들은 서슴치 아니하고 자살이라는 판단을 내릴 것이다.

안나는 과연 자살일까? 실수일까?

42회 푸른 달빛 아래

안나는 과연 자살일까? 실수일까? 큰 의문을 세상에 던지고 서려운 아침에 코스모스의 가련한 꽃가지와 같이 전신이 축 늘어진 몸을 환자 수송차 위에 담기어 ××의원으로 옮기어 왔다. 벌레 먹은 꽃, 찬 거리에 늘어진 가지, 이것은 자연계의 한 희롱이요 또 형벌이다. 그러나 안나는 그의 반생을 통하여 이러한 희롱을 받을 만한 생활의 번화함도 없었다. 또 참혹한 형벌을 받을 어떠한 허물도 없다. 안나의 반생은 그의 피어나려는 얼굴에 쓸쓸하고도 무거운 근심의 흔적을 떠날 때가 없었다. 학교에 다니든 학생 시대나 또 모든 여성들의 마음에 뛰놀며 이성의 품 속에 안기는 즐거운 결혼의 장면도 없었다. 노름 밑천에 몸이 달아서 시뻘건 눈동자를 이리저리 굴리며 집안을 들뒤지는 그의 아버지가 안나의 책 보자기를 꺼내어 문밖으로 내던지며 난폭을 부리던 학교 시대를 겨우 벗어난 뒤에는 방년 여자의 아리따운 태도를 자랑할 만한 여유도 없이 무서운 색마의 손에 잡히게 되었다. 두 눈을 가리운 맹목의 여자이면 세상이 그런 것이라고 단념을 할 수도 있을 터이나 사회에 눈을 뜨게 된 안나는 자기 앞에 닥쳐오는 희생의 그림자를 그래도 운명이라고 받아들일 수는 없었다. 그러나 애정, 체면, 염치 이 모든 사람 사회에서 다 같이 지키고 있는 그 체면을 아주 벗어나서 허욕의 나라로 정신을 빼앗긴 아버지는 무서운 눈으로 인정없는 꾸지람으로 안나를 누르고 있는 까닭에 안나의 머릿속에 떠도는 자유의 시계는 다만 이상의 나라에 멀리 보이는 한 그림에 지나지 아니하였다.

"한참봉(치각)은 조선에 둘도 없는 부자의 아들이다" 하는 그의 아버지 말 한마디가 안나의 몸에 벗어날 수 없는 속박의 짐이었다. 세상에는 부자의 사랑, 다시 노골적으로 말하면 돈에게 사랑을 팔려고 값싼 화장을 하고 신경이 움직이지 않는 헛웃음을 던지며 어두운 세계를 찾아다니는 여성도 많이 있지만은 안나의 사랑은 아직까지 한번도 사 본 사람은 없다. 한치각과 안나의 사이는 첩과 주인이다. 그러나 한치각은 안나의 사랑을 산 것이 아니요, 안나의 아버지의 허욕이 흘러나오는 무서운 웃음을 산 것이다.

이와 같이 눈물겨운 청춘을 죽첨정 동산에서 보내는 안나는 봄이 와서 뒷동산 과목밭의 꽃송이들이 분홍입술을 방긋방긋하며 안나를 맞을 때나 이슬방울이 영롱한 유리알 같이 뜰 앞 잔디에 어렸을 여름 아침에도 안나의 입에는 웃음이 없었다. 안나의 마음에는 상쾌한 흔적이 없었다. 뒷영창으로 비쳐 들어오는 가을 달 맑고도 적막한 그 빛, 바람 속을 굴러오는 낙엽소리, 다만 그것만이 안나의 쓸쓸한 마음의 그림자이다. 안나는 꽃이 피나 잎이 지나 똑같은 적막하고 서글픈 세계가 계속하였을 뿐이다. 이러한 쓸쓸한 생활 속에서 안나는 한숨의 흔적이 가슴에 박히고 하염없는 눈물이 고개를 적시는 동안에 그의 신경은 여지 없이 쇠약하게 되어 밤이면 잠을 못 이루게 된 지가 오래이다. 구식가정에서 더구나 시골서 생장한 그의 어머니는 안나의 깊어가는 신경쇠약증에도 아무 관심이 없이 젊은 애가 잠도 아니 잔다는 책망을 듣는 때도 많았으나 안나는 자기 몸에 그러한 병이 왔다고 변명도 아니하고 모든 것을 희생해 바치는 마음으로 말이 없이 지냈다.

안나가 약을 먹은 날 밤에 안나의 신변에 어떠한 사건이 있던 것도 물론 아는 사람은 없다. 안나는 밤이면 잠을 못자는 까닭에 한방에 거처하던 그의 어머니를 건넌방으로 보내고 이 겨울부터는 안방 장지 안에서 안나가 혼자서 자리에 들었다. 스무날이 지난 밤중에 달이 서창에 비추었을 때 안나는 가슴 속에 번민증이 또 일어나기 시작하여 자리 속을 벗어나서 옷을 주워 입고 문밖으로 나아갔다. 잎이 떨어진 과목 가지에 찬 달빛이 걸리어 서릿발이 번쩍거리는 동산가으로 안나는 한참동안 실신한 사람처럼 돌아다니었다. 사람소리, 전차소리, 자동차소리가 한데 어울려져서 혼잡을 계속하는 서울 천지는 아무 소리도 없이 고요하게 그치고 모든 것이 깊은 잠나라에 잠기어 있을 때이었다. 안나는 창백한 얼굴에 푸른 달빛을 쏘이어 마치 나무 그늘에서 방황하는 귀신 같이 과목밭 속으로 이리저리 걸음을 옮겨 놓고 있었다. 안나의 입에서는 뽀얀 입김이 옅게 흐르며 깊은 한숨이 때때로 나왔다. 안나의 몸이 과목밭에서 떠난 지 몇분 아니되어 안나의 손에는 아루날의 약병이 쥐어 있었다.

43회 안나는 살려는가

광교 천변에 있는 ××의원은 비록 개인이 경영하는 작은 병원이나 얼양재로 지은 가옥이 아직 깨끗한 채로 있고 의료기구라든지 입원실까지 있어 내과 환자는 수용하기에 적당한 설비가 되어 있다. 안나는 그 중에 제일 좋은 일등실로 입원을 시키게 되었다. 어느 곳이나 돈이 제일 빛이 나는 것이나 더욱이 병원 같은 데는 더구나 돈의 유무가 헌수히 나타나는 곳이다. 안나의 사정을 보아서 그런 것이 아니라 배후에 한치각이라는 재산에 주인이 있기 때문에 다시 여러 말을 부탁할 것도 없이 안나는 일등 대우를 받게 되었다. 안나의 힘없이 늘어진 몸은 혼수상태를 계속한 채로 하얀 침대 위에 누워 있다. 한치각과 안나의 어머니는 그 옆에서 두 눈을 감은 채로 말없이 누워있는 안나의 창백색이 떠도는 얼굴을 들여다보고 있다. 의사는 힘을 다하여서라도 구해 내려는 듯이 두 팔을 부르걷고 능청능청 흔들리는 고무관을 손에 들고 안나의 위세척을 할 준비를 하고 있다. 그 옆에는 뽀얀 옥양목 족도리를 머리에 얹고 통통하게 반볼이 진 두 뺨에 붉은 사과 빛을 띤 간호원은 약물를 조제하고 있다. 안나의 어머니는 이상스런 기계들이 모아지는 것을 보고 눈이 휘둥그레지며

"저것은 다 무엇을 하는 기계인가요? 수술을 하게 되나요?" 하며 의심이 가득 찬 눈으로 의사를 바라보며 묻는다.

의사는 그 말에 픽 웃으며

"아니올시다. 수술은 아니합니다. 이 기계들은 위를 씻는데 사용하는 것들입니다. 쉽게 말하면 밥통이라 할까요? 약이 아직 뱃속에 남아 있으니까 그 약기운을 다 씻어내려고 그러는 것이올시다. 수술은 아니합니다. 아무 염려 마시지요."

"아, 저 굵은 줄을 배로 들여보내어? 저것이 아파서 견딜 수가 있나."

배 안의 치료를 잘 모르는 안나의 어머니는 모든 것이 다 몸을 ○혀내는 기계와 같이 보여 마음이 쭈뼛쭈뼛 씌인다. 한지각은 너무나 주책없이 나오는 것을 듣고 한편으로 우습기도 하고 또 한편으로는 밉살스러운 생각도 나서 안나의 어머니를 윽박는 어조로

"조선 여편네들은 아무 병에든지 병원으로 데리고만 오면 모두 떼고 베이고 하는 줄만 알어. 내과가 무언지 외과가 무언지 도무지 분간이 있어야지. 너무들 상식이 없어서 참 딱한 일이야."

안나의 어머니는 말 한 마디를 모르고 했다가 창피하게 핀잔을 받고 멀쑥하여져서 부끄러운 얼굴을 안나의 편으로 돌리었다. 안나의 입에는 고무관이 목 속까지 깊이 들어가고 길다란 쇳대 위에 매달린 양수박 같은 유리병에서는 약물이 고무관을 통하여 안나의 윗속으로 흘러들어간다. 안나는 정신을 잃은 중에도 목구멍으로 고무관이 들어가며 약물이 윗속으로 점점 흐르게 됨에 비로소 상체를 움직이며 구역만 몇 번

할 뿐이요, 눈은 감은 채로 있고 때때로 힘없는 손을 들려 하다가는 그대로 풀없이 침대 위에 내어뜨린다. 기다란 유리병에 담기었던 약물이 반이나 흘러 들어가더니 안나의 입부리와 두 코로는 노란 물이 넘치어 나온다. 안나의 어머니는 불안한 빛이 얼굴에 가득하여 안나의 때때로 흔들리는 손을 붙잡고 있다. 의사는 고무관의 허리를 조이고 약물을 조절하고 있다가 거의 다 되었는지

"이제 그만 하지. 뱃속에는 매우 많이 약이 남아 있는 모양인데 아주 아루날 냄새가 코를 찌르는군."

하며 고무관을 안나의 입에서 꺼내었다. 안나의 어머니는 겨우 안심이 된 모양으로

"이제는 낫겠어요?" 하며 의사의 얼굴빛을 살피어 보았다.

"네 이제 약기운이 다 씻겨 나왔으니까 차차 정신이 돌아올 터이죠. 염려하실 것이 없습니다" 하며 의사는 안나의 힘없이 늘어진 손목을 쥐어 맥을 보다가

"아주 아까보다는 맥이 퍽 돌아왔습니다."

의사는 자신이 생긴 듯이 한치각을 바라보고 힘있게 말한다.

한치각은 의사의 말에 양미간에 찌푸렸던 주름살이 다소 풀어지며

"이제는 확실히 돌렸나요? 공연한 짓들을 해가지고 남을 이렇게 놀라게 해."

"이제 딴 증만 아니 생기면 차차 깨어나지요."

한치각은 앉았던 걸상에서 비로소 몸을 일으켜

"그럼 나는 선생만 믿고 집으로 돌아가겠소이다" 하며 모자를 쓴다.

44회 마누라의 폭백

안나의 아버지 군침이는 자기 집에서 귀한 딸이 독약을 먹고 거의 죽게 된 것도 도무지 알지 못하고 비밀 속에서 옮기어 다니는 노름판으로

돌아다니고 있다. 그는 젊었을 때부터 놀음판에서 불리든 군침이라는 자가 그대로 굳어서 영주라는 관명이 있지만은 이름은 부르는 사람이 없고 군침이라는 것이 아주 원이름 같이 되어 그 이름을 아는 사람들은 노름판에서는 물론이요, 기타의 친구들까지도 모두 자만 부르게 되었다. 군침은 자기 몸을 담아있는 데는 역시 죽첨정 자기 딸의 집이라 하겠으나 닷새에 한번 어떤 때는 열흘도 되고 한달이 되어도 집에를 찾아 들어오는 사람이 아니기 때문에 집의 사람들은 애당초에 식구로도 치지 아니할 만치 자기 집을 벗어난 사람이다. 안나가 병원으로 담겨가서 하룻밤을 지낸 뒤에 군침이는 마침 노름판에서 밑천을 아주 잘리게 되어 뒷통수를 지고 자기 집으로 노름 밑천을 변통하러 왔다가 비로소 자기 딸이 그 모양이 된 것을 알게 되었다. 안나의 어머니는 병원에서 안나가 딴증이나 생기지 아니할까 염려하여 아침 내 옆에서 뜬눈으로 염려하여 침대 옆에서 뜬 눈으로 밤을 새이고 집에 일이 궁금하여 아침에 잠깐 돌아오자 마침 군침이를 만나게 되었다. 그래서 마누라는 폭백를 퍼붓고 영감은 노름에 몸이 단 끝에 서로 이우러져서는 밀다툼이 한참 일어나는 중이다.

"여보, 어쩌면 사람이 그렇게 집 생각을 아니한단 말이오. 나간 지가 벌써 열흘이나 넘었는데 집에 사람이 궁금도 않더란 말이오? 잘 되었소. 밤낮 돈만 얻어오라고 성이 가시게 굴던 딸자식 하나는 아주 죽게 되고 이제는 잘되었소. 그게 다 무슨 까닭으로인 줄을 알고 있소?"

군침이는 안나가 독약을 먹었다는 통에 처음에는 가슴이 털썩 내려앉으며 몹시 놀랐으나 마누라의 폭백이 빠져나오는 통에 원래 곱지 못한 성미가 불끈 일어나서 눈방울을 이리저리 굴리며 심술이 머리끝까지 올라왔다.

"나다니는 것이 그렇게 새삼스러워 이 야단이야? 한 집에서 밤낮 지키고 있는 것들이 독약 먹는 것도 모르고 무엇을 하고 있었어? 저희들이 그렇게 만들어 놓고 왜 남의 탓은 해? 그년이 왜 나 때문에 그랬나? 돈 많은 부자의 아들에게 시집을 보낸 준 것도 잘못됐단 말이야?"

"잘했어, 잘했어, 참 시집을 잘 보내었소. 소위 양반의 딸자식을 남의 첩으로 주고 세상에 부끄럽지도 않소?"

"첩? 먹을 것이 없으면 무엇 못할까? 다 망한 세상에 나만 그런가? 떠들지 말어. 창피하게."

"그래도 남 부끄러운 생각은 있나보구려."

군침이는 성이 난 중에도 첩이라는 소리에 용기가 착 까부러졌다.

돈 천 원이나 손에 쥐어주는 통에 눈이 어두워 다만 딸 하나 있는 것을 한치각의 첩으로 주고 나서 몇 사람의 가깝던 친구조차 비웃는 것 같아서 말을 끊게 되고 노름판에서도 가끔 그 문제로 창피를 당하는 터이다. 마누라의 그 말 한마디에 고만 군침이는 고개가 수그러졌다.

"그러한 쓸데없는 혓부리만 놀리지 말고 대관절 의사 말은 어떻다고 해? 죽지는 않겠단 말이지?"

군침이는 흥분되었던 마음이 차차 가라앉는데 따라서 뉘우치는 마음이 돌아온다. 만일 죽으라고 약을 먹은 것이라 하면 그 책임은 자기가 질 수밖에 없다고 생각하였다.

"왜? 죽었으면 좋겠소?"

마누라는 군침이가 수그러지는 기색을 보더니 점점 더 기승하여지며 폭백을 계속한다.

"어느 천지에 제 자식이 죽었으면 좋다고 생각하는 놈이 설마 있을라고? 차삯이나 있거든 내어 놓아. 병원이나 가보게. 그동안 정신이나 깨어났는지."

군침이는 다시 안나의 소식이 궁금하여 병원으로 얼른 갈 생각이 치밀어 오른다.

"돈을 밤낮 벌러 다닌다면서 전차삯도 없소?"

하며 폭백을 쏟아놓던 험악한 얼굴은 어느 듯이 풀어지며 치맛자락을
들어 떨어진 귀주머니에서 십 전짜리 두 푼을 꺼내어 준다.

"나는 그럼 집안이니 치고 갈 터이니 먼저 가보구려. 광교 남쪽 천변
으로 내려가면 큰 대문이 달린 병원입디다."

"나도 자세히 알아요. ××병원이라지?"

군침은 노름 밑천을 변통할 생각은 아주 잊어버린 것처럼 마누라가
주는 이십전을 받아가지고 병원으로 향하였다.

45회 뉘우치는 마음

군침이는 애닲은 마음과 책임감을 느끼며 ××병원으로 왔다. 한 옆
에 있는 대합실에는 어린애를 앉은 여자, 목을 붕대로 감은 남자, 얼굴
이 누렇게 뜬 사람들이 약병을 손에 들고 모여 들었다. 군침은 안면 신
경이 굳어진 애교 없는 간호원에게 안내를 받아서 안나가 입원한 방으
로 들어왔다.

간호원은 도어를 열며 "환자가 아직 정신이 들지 아니하였으니 환자
의 몸에는 손을 대지 말도록 하시지요" 하며 밖으로 나아갔다.

군침은 흰 침대 위에 홑이불을 덮고 반듯하게 누워있는 안나의 모양
을 얼른 보매 마치 죽은 사람 같이 생각이 되어서 가슴이 덜썩 내려앉
는다. 모자를 손에 든 채로 침대 앞으로 가까이 갔다. 핏기가 다 빠진
안나의 얼굴은 두 눈을 감은 채 아무 동작이 없다. 군침은 손을 가만히
들어 안나의 코 밑에 대어 보았다. 손등에 맞치는 안나의 숨은 있는지
마는지 하고 다만 입김이 겨우 있을 뿐이다. 군침은 다시 손을 옮기어
안나의 맥을 짚어 보았다. 가늘고 자주 뛰는 맥박은 다행히 계속되어
있다. 군침은 긴 한숨을 내쉬며 안나의 머리를 만졌다. 병을 상징하는
열기는 조금도 없고 써느런 이마에 식은땀이 손에 끈적거린다. 군침은
고개를 축 늘이고 안나의 얼굴을 들여다보며 눈에는 더운 눈물이 떠오

른다. 집에서 마누라에게 대개의 사정을 들었으나 과연 안나가 잠을 자려고 약을 먹은 것인지, 아주 죽어버릴 생각으로 그런 짓을 하였는지 도무지 판단을 할 수 없기에 마음이 어지러워 온다. 집을 내던지고 처자를 돌아보지 아니하고 날마다 노름판으로 돌아다니는 동안에 그러한 참혹한 일이 생겼을 뿐 아니라 아무것도 모르는 것을 꾀이는 말로 달래어 가며 한치각에게 내어 맡긴 것이 이러한 원인이나 되지 않았나하는 생각도 일어난다. 안나가 점점 지각이 나면서는 자기를 때때로 원망하게 되었으나 딴 생각을 아주 먹지 못하도록 불평의 눈치가 보일 때마다 여기를 질러서 윽박질러 오던 것이 새로 마음에 걸린다.

군침이는 자기 딸에게 그러한 몹쓸 압박을 주어 얻은 것이 가지가지로 생각이 나며 마치 예배당에서 모든 죄악을 참회하는 사람처럼 머리를 안나의 누운 앞에 숙이고 뉘우치며 있다. 이러한 불의의 참담한 일을 당하면 사람마다 머릿속에 잠들어 있는 한 조각의 다른 마음이 움직이기 쉬운 것이나 군침이 같은 평생에 눈물을 모르고 지내어 오든 그 마비된 마음에도 가슴이 미어질 듯한 불쌍한 마음이 떠오른다. 물론 안나의 몸을 그와 같이 비참한 구멍으로 들이밀기는 자기의 바르지 못한 허욕에서 나온 것이나 자기의 마음을 뉘우치는 한편으로는 한치각의 무책임한 태도가 다시 미워온다. 군침이는 이러한 참회를 느끼며 우뚝한 이 걸상에 걸터 앉아서 핼쓱한 안나의 얼굴만 들여다 보고 있는 중에 도어가 열리며 흰 치료복을 입고 금테 안경을 코허리에 걸은 의사가 쑥 들어온다. 군침이는 깜짝 놀라며 걸상에서 일어섰다. 의사는 송충이 같은 웃수염을 움직거리며

"환자의 어르신네가 되신다지요? 별안간에 뜻밖의 일이 생기어 놀라셨겠습니다. 아직은 큰 염려는 없습니다마는……"

군침이는 의사의 얼굴을 쳐다보며

"그렇습니다. 매우 놀랐습니다. 마침 내가 집에 없는 때여서 더욱 놀

랐습니다마는 그런데 또 선생님께 큰 수고를 끼치게 해서 미안합니다."

"별로 수고랄 것도 없지요. 의사란 원래 환자를 치료하는 것이니까요."

입에서 나오는 겸사의 말과는 조화되지 않는 냉정한 태도로 의사는 말한다.

"그런데 갸가 먹은 약이 대관절 무슨 약이오리까?"

군침이는 집에서 마누라에게 대강은 들었으나 의사의 입에서 나오는 자세한 말을 들으려고 다시 물었다.

"원래는 잠을 자게 하는 최면약이나 요사이는 자살 아니 매우 독한 약이외다."

의사는 무심코 자살이라는 말을 하려다가 한치각의 부탁한 말이 문뜩 머리에 번쩍이기 때문에 말끝을 얼른 돌려 버렸다. 군침은 의사의 말뜻이 허둥거리는 것을 보고 별안간 의심이 부쩍 생기어 의사의 얼굴을 주시하며

"그래 그 약은 잠자는 데만 먹는 것이오니까? 그런 독한 것을요?"

"원래는 최면제로 쓰는 것이지요마는 분량을 잘못하면 죽기도 허지요."

"그러면 먹는 분량은 다 자세히 쓰여 있겠지요? 약병에."

"물론 그렇지요."

"그런데 그것을 죽도록 먹었어?"

군침이는 혼잣말 같이 중얼거리며 무엇을 생각하였는지 별안간 눈자위가 이상스럽게 변하였다.

46회 얽혀드는 여학생

안나는 입원을 한 지 며칠이 지나도록 깨어나지는 아니하고 날마다 하루 몇 번씩 강심제를 주사하여 겨우 심장을 보호하고 있다. 한치각은 안나가 입원하던 그 날과 그 이튿날 저녁에 잠깐 병원을 들여다본 다음

에는 날마다 한번씩 상노 만돌을 보내어 안나의 동정만 알아볼 뿐이었다. 한치각의 집 사랑에는 날마다 모이는 소위 사직병정들이 오늘도 그대로 모이어 회담과 계집 이야기로 시간을 보내고 있다. 그 중에 빠졌던 연통 안의관이 저녁때에 끼어들더니 무슨 큰일이나 생긴 것처럼 황황히 방으로 들어와 모자를 벗을 사이도 없이 아랫목 안석에 기대어 앉은 한치각을 쳐다보며

"대장 오늘은 내가 큰 상을 타야할 일이 있는데 어떡하려우?"

입을 벙글거리며 희색이 가득하여 보인다. 좌중 사람들은 모두 어떤 영문을 몰라서 물끄러미 안의관을 쳐다보는 중에 약밥 정주사가 먼저 입을 열어

"또 무슨 풍을 떨려고 저래. 내가 잘 알어. 연극의 내용을 다 알어."

"알기는 무엇을 알어? 초란이 코를 알어?"

"나는 그렇게 똑똑한 것은 처음 보았는데."

연통 안의관은 아래턱을 손으로 문지르며 앉았다.

채플린 박주사는 장기를 두고 앉았다가 쑥 나며

"그렇지 또 풍 재료가 생긴 것이로군. 어디서 무엇을 보았단 말이야? 종로 큰 길에서 전차가 가는 것을 보았단 말이야?"

"자네는 빠질 차렐세. 가만히 있게. 한번 보면 침이 개흐를 터이야. 대장 우리 한번 꼭 가봅시다."

안의관이 풍을 치는 대상은 무엇이라고 말하기 전에 눈치 빠른 그들 사이에는 벌써 짐작하게 되었다. 한치각은 비스듬이 기대 앉아서 입술 끝에 웃음이 나타나며

"어디 그런 것이 있어? 아, 요전에 초전골서 보던 까마중이 같은 것을 말이야? 이젤랑 그만큼 오래 하였으니 좀 똑똑한 것을 소개해. 밤낮 이류삼류만 몰아오지 말고."

연통은 한치각의 말에 항복치 아니한다는 태도를 보이며

"남의 흉만 보지 말고 이따가 가봅시다. 공연히 놀래지 말어요."

"이것은 제물목침(트레머리를 그들 사이에는 이렇게 말한다)인데 아주 손때도 아니 묻은 새것이야."

한치각은 두 눈이 가늘게 좌우로 풀리며

"아아 여학생이란 말이야? 뎀뿌라(뎀뿌라는 가짜 여학생이라는 말)란 말이야?"

"아니 천만에 ××여학교의 4년생이라는데 이것은 참 새물 청어야. 두말 말고 있다가 탐험이나 하러 갑시다."

한치각은 원래 새 계집이라는 말만 들으면 정신이 번쩍 하는 사람이라 지금 연통에게 여학생이란 말 한 마디에 죽어가는 안나의 생각은 사라지고 거기에 또 정신이 쏠렸다. 연통 안의관은 입에 침이 없이 칭찬을 하며 조끼 주머니에서 사진 한 장을 꺼내인다.

"우선 선을 좀 보고 이야기 합시다. 이만하면 다시는 없지요. 사진하고 또 입을 맞추지 마오."

한치각은 연통의 손에시 잡아 닥치듯이 사진을 빼앗아 보며 눈이 점점 풀리어 온다.

"참 똑똑한데 그런데 집이 어디야? 대관절?"

"글쎄, 남만 앞장을 세워요. 별문제 없으니 내 뒤만 따라오구려. 그런데 이것은 좀 문제가 다르니까 연극을 잘 해야 할 것이오. 그렇게 드러내놓은 것이 아니라 재목을 고른다는데."

연통의 이야기를 들으며 우두커니 앉았던 약밥 정주사는

"제일 어려운 조건이로군. 처녀가 시집을 가는 것이 아니라 사위를 고른다? 참 수수께끼에 나올 말인데?"

약밥은 코를 실룩 거리며 비웃는다.

"남의 말을 좀 새겨 들어. 처녀의 어머니가 사위를 고른단 말이야. 참 그래 그건 그렇다고 하고, 우리는 혼인술이나 어서 땡기도록 하여야 하겠군."

약밥과 연통이 말희롱질을 하는 동안에도 한치각은 사진을 이리저리 들여다보며 빙그레 웃고 앉았다.

47회 악마의 손길

음력 그믐에 임박한 종로 네거리는 연등이 찬란하게 번쩍거리며 울긋불긋한 깃발들이 상점 처마 끝에서 풀풀 날리고 돈이 마른 조선 시가에도 서울경기가 와서 종종 걸음을 치는 사람의 떼가 들어섰다. 해룡피의 외투 동정을 귀 위까지 치켜올린 한치각이 종로네거리 정류장에서 전차를 내린 뒤에는 후줄근한 임바네스를 입은 연통 안의관이 따라 내렸다. 두 사람은 공평동 뒷골목으로 들어서서 가는 목소리로 이야기를 시작한다.

"아까도 말하였지만 이것은 현재 ××여학교를 다니는 것인데 아범은 없고 과부의 그 모가 덕이나 좀 보려고 부자의 첩장가 곳을 찾던 것인데 너무 야단이 해서는 안 될 것이니 처음에는 소곤소곤 달래야 할 걸."

연통 안의관은 한치각에게 미리 주의를 시킨다.

"또 울지는 아니할 것인가?"

한치각은 웃으며 말한다.

"나이 열여덟 살이라 하니까 설마 울기야 하겠소만. 어쨌든 초대니까 좀 달래야할 걸. 하여간 잘 다뤄보구려. 그러나 판에 박힌 밀가루 같이 한두 번 상관하고 내밀기는 좀 어려운데."

"무어 돈 백 원이나 주면 그만이겠지."

이러한 이야기를 계속하는 동안에 한치각과 연통은 이문을 넘어서 사동으로 빠져 나왔다. 연통은 여기서부터 걸음을 재우쳐 한치각보다 앞을 서서 서동 어떤 골목으로 들어섰다. 한치각은 수십간이나 되는 거리를 사이에 두고 뒤로 떨어져서 연통 안의관의 그림자만 주시하며 올라간다. 조금 있다가 연통 안의관은 골목 밖으로 나오더니 손짓을 하여 한치각을 부르더니 두 사람은 골목 안에 대문이 납작한 기와집으로 들어갔다. 집은 불과 육칠간쯤 되는 모양이나 기둥이 쏠리고 마룻들이 내려앉아서 어지간히 오래된 집이다. 컴컴한 안방 미닫이 안에서 중년 여자의 목소리로

"건넌방으로 들어가시지요."

하는 안내의 말이 들린다. 연통이 앞을 서고 한치각은 그 뒤를 따라서 방으로 들어갔다. 단칸 방에는 윗목에 시꺼먼 옛장롱이 놓이고 아랫목 창밑에는 좁다란 책상이 놓여 그 위에는 여학교 교과서가 쌓여 있다. 두 사람이 들어서자마자 주인 마누라는 안의관을 불러내어 무어라고 하는지 수군수군하고 있더니 연통의 목소리로

"아따 부사 한승지집 모르시오? 사직골 있는 그로 그의 아들 되는 한참봉이예요. 염려 마시오. 내가 담보할 터이니."

이런 말소리가 들리더니 안의관이 건넌방으로 들어온다. 오래 얼마 안 있다가 문이 열리며

"들어가 뵈어라. 학교에 다니는 것이 그렇게 부끄러우냐?"

주인 마누라의 소리와 함께 검정 치마에 옥색 저고리를 입은 날씬한 여학생이 들어왔다. 한치각은 아랫목에 웅크리고 앉았다가 자리를 피하며

"이리로 들어오구려."

하며 여학생을 쳐다보았다. 들어온 여학생의 키는 날씬하나 신체는 한치각의 딸만치 발달이 되지 못하여 보인다. 앉지도 않고 문 옆에 섰는 여학생은 안의관은 치마를 잡어 다니며

"저 아랫목으로 내려가구려. 학생이라면서 저렇게 부끄럼타서 어떻게 선생한테 글을 배운단 말이요?"

여학생은 한참 방색을 하다가 한치각의 옆으로 할 수 없이 걸어가서

앉았다. 전등불을 마주대한 여학생의 얼굴은 부끄러움에 취하여 두 뺨에는 불그레한 도화색이 떠올랐다. 한치각은 여학생의 흥분된 얼굴이 마주치매 말할 수 없는 육감이 일어난다. 한치각의 손은 여학생의 몸으로 차차 가까이 접촉하기 시작한다. 여학생의 치마에 손을 대었다가 다시 옮기어 그 무릎으로 나중에는 뺨으로 그의 손길은 악마의 손톱 같이 여학생의 곱고 정한 육체로 점점 지어 들어간다.

한치각의 손이 몸에 닿을 적마다 여학생은 몸을 소스라치며 피한다. 몇십 명이나 몇백 명의 귀한 정조를 유린하던 한치각의 손은 또 악착하게 피어나는 꽃봉오리를 꺾으려 한다. 한치각은 몸에 침이 마르도록 마음이 흥분되어 두 눈은 실낱 같이 가늘어진다.

"그래 어느 학교요? 다니는 데가? 공부 잘 하오?"

한치각은 말을 시켜보려고 여학생의 무릎을 툭툭 치며 묻는다. 그러나 여학생은 쪼인 병아리처럼 구석으로 몸을 피하여 아무 말이 없다. 조금 있다가 연통 안의관은 벌떡 일어서며

"담배나 한 갑 사와야겠군" 하며 밖으로 나간다.

여학생의 몸은 전신이 육감에 떨리는 한치각의 앞에 홀로 놓였다.

48회 가련한 과부의 딸

연통 안의관은 과연 큰 발견을 하였다. 한치각은 안의관에게 안내를 받아서 여학생을 한번 본 뒤에는 원래가 여성이라면 눈에 황홀하여지는 사람이라 한치각은 그 여학생이 첫눈에 들게 되어 그의 특성이라 할까 어쨌든 그의 항상 여성에 대한 강렬한 충동이 또 여지없이 그의 정신 전부를 지배하게 되었다. 키가 작고 얼굴은 조금 가름한 편이나 오똑한 코와 은행 껍질이 가로 놓인 듯한 두 눈과 가무스름하고 긴 속눈썹 사이에서 영채있게 구르는 눈맵시가 한치각의 마음을 여지 없이 빼앗게 되었다. 한치각은 기름 냄새를 맡은 고양이처럼 밤이면 자정이 넘

도록 여학생의 신변을 노리며 좁고 구중중한 그 건넌방에서 보금자리를 치고 있다. 이 여학생은 한치각의 사랑 사람들의 입에서 떠도는 뎀뿌라 여학생은 아니다. ××여학교를 이 봄에 마치고 장차 조선 여자계의 새로운 여성이라는 이름을 가지고 활동할 소질을 얻게 된 여성의 한 사람이다. 한치각이 만일 가정에 책임을 느끼는 사람 같으면 자기 딸이 다니는 학교의 학예회나 운동회 같은 데에서 자기의 딸과 같이 어깨를 한데 대이고 학교 마당을 왕래하는 그 여학생의 모양을 보았을 것이다. 그러나 자기 자질의 교육은 고사하고 여성과 술의 냄새가 없는 곳에는 도무지 인연이 끊어진 그는 일찍이 ××학교에 발을 들여놓은 일이 없으므로 안의관이 소개하기 전에는 그 여학생을 볼 기회는 없었다. 한치각은 그 여학생이 자기 딸과 같은 학교에 다니는 것을 알게 되었으나 철저한 색마성을 가진 한치각에게는 그 우연치 아니한 사실이 발견되었을 때에도 순간적으로 마음에 어떠한 체면의 권리는 그림자가 슬쩍 지나갔을 뿐이요, 한치각의 불 같은 욕정은 가속도로 진행을 하고 있을 뿐이다.

화류병의 모든 독균이 체내에서 춤을 추고 있는 한치각의 독한 손에 걸리게 된 여학생은 세상에 둘도 없는 과부의 유복녀로 태어나서 그의 어머니가 이집 저집으로 어린 것을 끼고 돌아다니며 침모 노릇을 하여 키운 딸이다. 보통학교를 졸업시킨 다음에는 차차 처녀의 모양이 바뀌게 되어 잠자리도 불편한 남의 집으로만 데리고 다닐 수도 없게 되어 ××여학교에 입학을 시키면서는 애면글면하여 모았던 밑천으로 집을 얻어 가지고 독립한 살림을 하게 된 것이나 원래가 밑천이 넉넉지 못한 과부이라 딸이 학교에 가면 그의 어머니는 문을 잠그고 역시 남의 집 바느질로 품을 팔아서 학교의 모든 치다꺼리를 하여온 것이다.

이와 같이 유복녀를 약한 과부의 외손으로 키우는 동안에는 그의 어머니의 고독하고 가련한 생활 속에는 하염없는 눈물과 무거운 한숨이 어리었었다. 따라서 모든 촉망을 그 딸에게 바치어 세월을 보내어 왔다. 그러나 그 어머니의 촉망은 그다지 크지는 못하였다. 다만 자기 늘그막에 몸을 편하게 쉴 만한 가정을 이루어 가지고 안온한 생활을 하자는 것이 그의 큰 목적이다. 그런 생각이 앞을 서서 자기 딸이 차차 학교를 졸업하게 됨에 사위 재목을 고르려고 이곳 저곳에 말을 던져 둔 것이다. 그의 어머니의 사위를 구하는 표준은 형색만 있으면 초혼은 물론이요 그렇게 않으면 천량이 덤썩 있는 남의 재취로라도 무방하다는 생각을 가지고 있다. 십여 년 동안을 두고 남의 집 침모로 돌아다니던 그의 생각은 이러한 단순한 욕망을 벗어나서 테 밖에 있는 사회를 생각할 여지는 없었다.

이러한 생각을 가지고 사위를 고르는 중이나 연통 안의관이 소개한 한치각은 물질의 조건만은 풍부하다 할지나 그의 어머니가 생각하는 혼인이라는 의미로는 너무나 거리가 멀다. 한치각은 물론 자기의 일시적 정욕을 채울 한 희롱거리로 생각하고 덤빈 터이라 혼인이나 재취장가니 하는 거북살스러운 문제는 염두에도 두지 아니한다. 서로 혼인하는 문제가 일어난다 하더라도 그것을 한치각의 넷째 첩이라는 명목으로 집이나 한 채 얻어가지면 큰 성공이요 그렇지 아니하면 자기 딸의 순결한 처녀 몸에 무서운 화류병의 독균만 받아들인 다음에 돈 몇 백원에 다시 어쩔 수 없는 벌레 먹은 꽃이 되고 말 것이다. 그의 어머니는 일생 공 바치며 길러 낸 자기 딸이 한치각의 이러한 마수에 걸린 것은 미처 생각지 못하고 날마다 드나드는 안의관의 풍치는 소리에 모든 정신이 돈 그림자를 따라서 황홀하게 비칠 뿐이다. 다른 신여성들을 타락의 구멍에 몰아놓던 돈의 환영이 세상을 모르는 가련한 과부의 눈에 번해진다.

49회 돈으로 얽어매

무서운 색마인 한치각의 손에 잡히어 마치 배암에게 다리를 물린 개구리처럼 순결한 처녀의 몸이 각각으로 녹아들어가며 날카로운 색마의 이빨에 나긋나긋한 허리로 가슴으로 박혀 드는 참혹한 희생의 앞에서 춤추는 그 여학생은 ××여학교의 사 년 동안을 다니게 되었기 때문에 황숙자라하면 일반 학생은 다 알 뿐 아니라 그 중에 책상을 나란히 하고 가까이 앉았는 한치각의 딸인 한복희하고는 날마다 한 반에서 얼굴을 대하느니만큼 더욱 숙친한 사이다. 그러나 한치각의 집은 구식 가정을 그대로 계속하여 지내는 집이라 자녀들은 학교에는 보내도 같은 학교 동무끼리 이리저리 몰려다니는 것을 좋아하지 아니하는 한승지는 손녀의 신변에 아무쪼록 다른 여학생들과 상종에 없도록 단속하고 있는 까닭에 황숙자와 한복희 사이에도 서로 가정의 왕래가 없는 터이다. 따라서 황숙자는 요사이 자기 집에 오게 된 한참봉이 한복희의 아버지가 되는 것은 전연히 알 기회가 없었다. 황숙자의 어머니 되는 오과부는 일찍이 자기 남편을 이별한 뒤에는 가까운 친척도 없고 또 고독한 고아 과부를 위하여 돌보아줄 친지도 적었다. 자기 남편의 먼 촌 일가라고 가끔 찾아오는 황치삼이라는 중년 남자 하나가 있으나 상당한 직업도 없이 시골로 서울로 돌아다니며 토지중개나 하는 말하고 보면 천량 만량을 입으로 부르며 주머니에는 돈 한 푼 없이 탑골공원을 사랑삼아 늘어 앉았는 난봉패의 한 사람이나 고적을 느끼는 오과부는 탐탁하게는 생각지 아니하지만은 발 널리 사방으로 다니는 것을 잘 아는 터이라 어느 날 지나는 말 같이 자기 딸 숙자의 혼처 이야기를 한 것이 연줄을 따라 필경은 한치각을 연통 안의관이 소개한 것이다. 오과부는 한치각이 한번 선을 본 뒤에 밤마다 찾아와서 너무나 난잡하게 자기 딸을 다루는 눈치를 보고 한편으로는 의심이 생기기 시작하였다. 과부의 몸으로 정절을 지켜오던 오과부는 밤마다 한치각이 와서 건넌방에서 잡담을 하며 보금자리를 치고 있는 것을 마음에 불유쾌하게 생각하는 한 편으로는 한참봉이라는 사람이 과연 장가들 사람인가를 의심하게 되어 될 수 있는 대로 한치각의 옆에는 숙자를 가까이 하지 않도록 주의를 하던 터에 어디서인지 술이 얼근히 취한 연통 안의관이 들어왔다. 마당에서 기침소리를 내며

"우리 수양딸이 저녁을 먹었나? 오늘은 석달 그믐날 밤인데 왜 이렇게 불도 안 켜놓고 캄캄해. 이 집은 제례를 하나? 수양따님 황숙자양. 하, 내가 오늘은 세찬을 많이 가지고 오는데."

마당을 들어서며 부러 떠드는 소리가 들린다. 안방에서 마침 밥상을 받고 모녀 두 사람이 저녁밥을 먹다가 오과부가 미닫이를 열며

"마침 잘 오십니다. 그렇지 않아도 내가 오늘은 좀 보이려 하였는데요. 건넌방으로 들어가시지요."

"마님이 나를 보시고 싶을 리야 있겠습니까마는 한참봉이 보고 싶으시겠지요. 한참봉은 참 사위감으로는 이 세상에서 단벌이지요. 조선에서는 다시 없습니다. 첫째 돈이 많고요 또 성품이 곱고요 집채도 좋고요 외양이며 남자가 아닙니까? 내가 딸이 없는 것이 큰 유감입니다. 그런 사위 재목은 또 다시 없지요. 해가 바뀌거든 아주 실행을 해버리지요."

안의관은 혼잣말을 늘어놓고 건넌방으로 들어간다.

오과부는 먹던 밥을 마치고 건넌방으로 안의관을 찾게 되었다.

"날이 별안간에 또 추워집니다그려. 그런데 여러 번 말씀은 들었습니다마는 한참봉께서 정말로 장가를 들 의향이 계신가요? 나 보기에는 그런 장래의 생각은 아니하시는 것 같은데요."

오과부는 마루로 통한 장짓문을 등지고 앉아서 치마 끝을 손으로 훑으며 말을 내인다. 연통 안의관은 의외의 말을 들은 듯이 시뻘건 얼굴을 내두르며

"원 천만에 그럴 리가 있습니까? 그 사람은 여기서 공부를 한 사람도 아니요, 서양서 학문을 닦아 체면을 지키는 사람인데 혼인할 생각이 만일 없다하면 애당초에 이 집에를 두 번도 아니올 사람입니다. 그런 걱정은 두 번도 마시고 이거나 좀 받으시오. 한참봉이 보내는 세찬이 올시다."

하며 연통 안의관은 네모가 진 서양봉투를 내어 놓았다.

50회 무서운 세찬

오과부는 연통 안의관이 세찬이라고 하며 자기 앞에 내어놓는 흰봉투를 보고 마음이 섬뜩하여졌다. 자세히는 세찬이라는 말을 들으니 그 속에 든 것이 돈일 터인데 돈과 자기 딸을 연결하여 생각하면 그 돈이 자기 딸을 잡어 메는 줄이라는 생각이 머릿속에 번쩍 떠올라 왔다.

그래서 "그것이 무업니까?" 하며 오과부는 봉투에 시선을 던졌다.

"이거요? 세찬이지요. 왜 세찬은 먹는 것만 보내는 법인가요? 한참봉이 마음먹고 보내는 것이니 받아 두십시오그려. 세찬은 아는 사람 사이에는 다 주고 받고 하는 것이 아닙니까? 그 봉투 속에는 댁 같은 조붓한 식구로는 몇 해나 설을 쇨 돈이 들었습니다. 우리 같이 가난한 사람에게는 눈이 번쩍 뜨이는 큰 돈이지만은 한참봉의 돈쓰는 풍수로 말하면 그저 몇 푼에 지나지 않는 돈이지요."

안의관은 어쨌든 한치각의 돈 많다는 자랑은 하여 돈에 평생을 주리던 오과부의 마음을 움직이려고 생각한다. 오과부는 정색을 하며

"돈이야요?"

"네 돈입니다."

"더구나 돈 같은 것을 무슨 명목으로 지금 받습니까? 모처럼 보내신 것이지만은 그대로 도로 갖다 전하시지요."

하며 오과부의 말끝은 힘이 맺히었다.

"참 어수룩하신 이 노인네, 세찬으로 보내는 돈을 아니 받으셔요? 그런 거북살스런 연설 말씀은 고만 두시고 얼른 받아두시지요. 하하 내가 어련히 알고 가지고 왔겠습니까? 이것을 납채로 알고 받으시라면 생각하실 여지도 있겠습니다마는 아무 다른 의미가 없는 세찬이 아니오니까? 무슨 딴 생각을 하실 필요가 있어요?"

안의관은 언제든지 자기가 가지고 온 책임을 면하는 동시에 그 돈으로 벗어나지 못하도록 황숙자에게 굴레를 씌우자는 것이 목적이다. 안의관이 권할수록 냉정한 얼굴빛을 지으며 오과부는

"그렇지만은 아직 그런 돈 같은 것을 받을 수는 없어요. 아무리 세찬으로 주시는 것이지요마는 중간에 혼인 이야기가 연관이 되었으니."

"저런 딱하신 말씀 있나? 혼인과 세찬이 무슨 관계가 있습니까? 이 돈은 딴 조건은 아무것도 없어요. 한참봉이 세시 때가 되어 섭섭하다고 보내는 것을 무얼 그렇게 여러 말씀을 하십니까?"

안의관은 오과부의 태도가 냉정한 것을 보고 자기도 거짓 안색을 굳히며 어조를 높이었다.

"그래도 나는 다른 것과 달라서 그것은 못 받겠습니다."

오과부는 눈을 내리깔며 어디까지 냉정한 태도로 앉았다.

안의관은 별안간에 성을 낸 듯이 언성을 높이어

"그 왜 그리 고집을 부리십니까? 그럼 이것을 날더러 어떡하라는 말씀이오? 점잖은 사람이 보낸 것을 손 부끄럽게 도로 갖다 줄 수도 없고 대관절 중간에 든 내 처지가 곤란하지 않소?"

안의관이 언성을 높이어 담판 비스름하게 누르는 바람에 오과부의 냉정하던 태도는 얼마쯤 누그러져 온다. 안의관은 곁눈으로 오과부의 얼굴빛을 엿보며 말을 계속한다.

"이것이 누구를 속이자는 것도 아니오. 말하고 보면 단순한 정의에서 나온 세찬인데 남의 정의를 막으면 내 체면은 무엇이 된단 말이오. 그

리고 한참봉의 낯도 좀 봐야지요."

오과부는 아무 말도 없이 고개를 숙이고 앉았다.

안의관은 일이 예정대로 차차 되어가는 것을 속으로 웃으며 다시 어조를 부드럽게 고치어

"글쎄 아무리 세상일을 모르시는 부인네지마는 그렇게 외곬수로만 나가시면 어떡합니까? 서로 미흡하신 생각이 있더라도 나의 체면을 보아서라도 이것은 받아두시게 하시지요. 원래 이 돈과 혼인이야기는 딴 문제이니까 아무 염려도 하실 것이 없습니다. 또 그뿐만 아니라 한참봉 같은 사윗감은 다시 없습니다. 무얼 생각하실 여지가 있습니까? 내가 딸이 있다면 한참봉 같은 사위는 두 손으로 떠받들어 모시겠습니다. 하하."

안의관은 너털웃음을 웃으며 오과부가 수그러진 기회를 이용하여 돈 봉투를 오과부 앞으로 들이밀었다.

51회 연애 모르는 처녀

오과부는 한참봉이 세찬으로 보낸다는 돈을 무한히 거절하여 보았으나 결국은 말솜씨 좋은 연통 안의관에게 강권을 당하여 부득이 받아 두게 되었다. 그러나 안의관이 말하듯이 혼인문제와는 상관이 없고 다만 세찬이라는 명목으로 뒤를 단단히 박고 받게 되었으나 마음에는 매우 찜찜지 못하여 마치 궂은 고기를 먹은 것처럼 뒷일이 걱정이 되어 안의관을 돌려 보낸 후에 오과부는 안방으로 건너와서 자기 딸 숙자와 마주 앉아서 안의관이 두고 간 그 봉투를 뜯어보았다. 봉투 속에는 아직 서슬도 아니 가신 십 원짜리 지전이 숱은 얼마 아니 되어 보이나 세어 보고 오과부와 숙자는 놀래었다. 그 봉투 속에는 요새 이 같이 돈 귀한 때에 오백 원이라는 적지 아니한 돈이 들어 있었다. 평생을 두고 모갯돈을 못 보던 그들이 놀랄 것은 정한 일이다. 돈 액수에 깜짝 놀래인 오과부는 지전을 손에 든 채 입을 벌리며

"얘 이것 좀 보아라. 이것이 모두 십 원짜리지? 쉰 장이나 들어 있다."
하며 오과부는 손에 들었던 지전을 숙자의 얼굴 앞으로 쑥 들이 밀었
다. 숙자는 자기 어머니가 놀라는 바람에 따라서

"그럼 오백 원이나 되게?"

"글쎄 말이다. 우리는 처음 보는 돈이다. 이런 큰 돈을 남한테 무슨
명목으로 받는단 말이냐. 내일이라도 안의관이 오거든 곧 돌려보내야
지. 그게 납채돈이라는 말이냐. 납채라 하더라도 그렇게 많지는 아니할
터인데"

오과부는 찐덥지 않은 그 돈이 더구나 액수가 많음을 보고 의심된 마
음이 더욱 깊어 간다. 숙자는 아무 생각도 없이

"그럼 도로 보내구려. 돈만 아니 쓰면 고만이지요."

"그렇지? 그대로 두었다가 돌려보내 버리자"

오과부의 마음에는 안의관이 오기만 하면 두 말 없이 그 돈은 도로
보내려 작정하였다. 숙자는 얼마 아니면 학교를 졸업하고 세상에 나오
게 된 여자이나 원래가 성품이 안존한데다가 사나이 내음새가 없는 과
부 어머니의 그늘에서만 자라난 까닭에 보통 여학생들이 그 나이에 충
동을 받는 남성의 그림자는 아직 숙자의 머릿속에는 없다. 같은 반의
학생들이 연애이니 애인이니 하고 값싼 연애 소설을 옆에 끼고 다니며
틈틈이 들여다보고 있는 것도 숙자의 눈에는 심상하여 보이었다. 연애
란 것이 물론 이성 사이에 일어나는 정적 관계인 줄은 짐작하지 않는
바는 아니나 원래가 늦되는 여자일 뿐 아니라 또 다른 가정 같이 부부
가 한데 섞이어 지내는 환경을 보지 못한 사람이라 나이는 열여덟 살이
나 되었지만은 입때까지 젊은 남성의 얼굴을 의미있게 쳐다본 일은 없
다. 숙자는 아직까지도 자기 홀어머니의 따뜻한 품을 벗어나지 못한 처
녀이다. 이와 같이 남성에 대한 깊은 이해가 없고 다만 자기 어머니에
게 모든 것을 의뢰하고 있는 터이라 물론 혼인문제 같은 것도 자기의

표준이 없는 이상 자기 어머니에게 맡길 수밖에 없었다. 그리하여 숙자는 자기의 혼인 문제가 일어난 뒤로는 자기 어머니가 하라는 대로 부끄러움에 취하여 얼굴에 모닥불을 담아 붓듯이 화끈화끈한 것을 참아가며 두어 사람의 남성과 한방에서 마주 대한 일이 있었으나 그 하나는 한참봉이었다. 그러나 아직 남성에 대한 깊은 이해는 없지만은 처음 한치각과 마주 대할 때에 무엇이라고 꼭 집어낼 수는 없으나 마음이 섬뜩하며 머리를 누르는 듯한 이상한 느낌이 일어났다.

다시 말하면 숙자는 한치각을 대하던 첫 눈에 무서운 생각을 느끼게 된 것이다. 그러나 한참봉이라는 사나이와 혼인을 완정한 것도 아니요 숙자 마음에도 가까이 하는 것이 싫은 생각이 나서 될 수 있으면 한참봉을 피하려는 차에 불의에 안의관이 와서 세찬이라고 하며 받지 않는다는 돈 오백 원을 억지로 두고 가게 되어 숙자와 오과부 두 사람은 적지 아니한 걱정을 맡아 가지고 있게 되었다. 돈을 세어본 뒤에 오과부는 얼른 그대로 돌려 보내기로 작정하였으나 안의관이 집에 오기까지 그 돈을 맡아두어야 할 터인데 사나이 하나 없는 집안에 너구나 섣달 그믐날 밤에 큰돈을 집에 두게 되어 오과부는 쓸데없는 마음이 졸이게 되었다. 오백 원이 들어 있는 돈봉투를 들고 오과부는 이리저리 방안을 헤매이며

"에이 이것을 어디 두면 좋으냐?" 하며 돈 감출 곳을 찾는 중에 대문이 찌꺽하며 열리었다. 오과부는 소스라치게 놀라며 외마디소리로 "누구요?" 하며 물었다.

문밖은 철벽 같이 캄캄한데 아무 대답이 없다.

52회 노랑수염자리
안의관이 오과부에게 아니 받는다는 돈 오백 원을 억지로 떠맡기고 돌아오는 길에 취하였던 술이 거의 다 깨게 되어 찬바람이 목 뒤로 돌

며 으스스한 추위를 느끼어 오는 판에 종로 뒷골목을 들어서니 목로 술집 안에는 연기가 자욱한데 양복쟁이, 조선옷 입은 사람들이 뿌듯하게 들어서 있고 포장 밑으로 쏟아져 나오는 안주 굽는 냄새가 코를 찌른다. 술의 포로가 되다시피한 안의관은 게다가 오늘은 한치각의 중대한 심부름을 하게 된 샀으로 돈 십 원이나 얻어 넣은 것이 주머니에서 춤추고 있는 판이라 그 술집 앞을 그대로 지날 수는 없었다. 마음에는 속히 돌아가서 오과부집의 전말을 한치각에게 보고해야 되겠다고 생각은 하나 술집 앞에서는 두어 번 주저하더니 어느 덧 안의관의 시뻘건 얼굴은 모여선 사람을 헤치고 술청 앞에 나타났다.

"한 잔 따뜻하게 데워 내오" 하며 주모가 "어서 옵쇼" 하는 소리와 같이 내미는 일본 젓가락을 받아 들었다. 술청로 봉당 바닥에는 젓가락 부러진 것, 빨다버린 뼈다귀들이 발부리에서 이리저리 구르며 둘씩 셋씩 짝을 지어 두 볼을 움직거리며 안주를 먹는 사람, 술잔을 손에 든 채로 배를 내밀고 부라질을 치는 사람, 문어발을 가로 들고 두 손으로 집어 다니는 사람, 김치 깍두기를 부르는 사람들이 어깨를 부비며 술청 앞으로 들고 나고 하는 중에 안의관의 눈에 낯익은 얼굴이 선뜻 뜨인다. 안의관은 술국 대접을 손에 든 채 그 얼굴을 따라서 저 편 도마 앞으로 가더니

"여보게 자네 웬일인가? 땅 흥정 붙이러 시골 갔다더니 언제 올라 왔어?" 하며 안의관은 헌 두루마기가 회색빛이 되도록 더러운 옷을 입은 노랑수염이 난 사람의 소매를 탁 친다.

"아, 나는 누구라고. 연통일세그려. 그래 요새 재미 좋은가?"

노랑수염자리는 두 볼을 우물거리며 안의관의 얼굴을 마주 바라본다.

"연통이 다 무어야? 에라 버릇없이 굴지 마라."

"버릇은 요모양에? 너 요새 물이 바짝 올랐구나. 어느 구멍을 또 찾아다가 대령했니?"

"예라 실없는 소리 마라. 그런데 요전에 자네가 말하든 오씨가 왜 그렇게 딱정테야. 내가 아주 골치가 아파서 죽을 뻔했네. 아주 생노지데 그려"

안의관의 말을 미처 못 알아듣는지 노랑수염자리는 고개를 기울이며

"오씨라니 누구 말이야?"

"아따 자네하고 어떻게 된다는 오과부 말일세."

노랑 수염자리는 비로소 생각이 난 듯이

"으응 숙자의 어머니 말이야? 내가 요전에 숙자의 혼인 말을 했더니 요새는 또 그 구멍을 파는구나. 아서라! 걔는 내 조카뻘이 되는 애다."

노랑수염자리는 가볍게 놀라는 얼굴을 지었다. 안의관은 그것저것 상관 않는 듯이

"고만은 무얼 고만이야. 돈 만 원이나 생기면 평생을 편하게 지낼 텐데 무엇이 걱정이야? 그렇지 않아도 자네 손을 좀 빌려고 그랬더니 여기서 잘 만났네. 하여간 하꾸라이하고 잘 맞춰 노면 자네도 해롭지는 아니히리."

처음에는 놀라는 빛을 띄우든 노랑수염자리는 안의관의 해롭지 아니 할 터이라는 말에 솔깃하여진 듯이

"그렇지만 그런 숫보기를 하꾸라이에게 찍어다 드리는 것은 너무 불쌍한데. 그리고 대관절 하꾸라이가 어디 돈이나 많이 쓰는가?"

"지금 자그만치 이것을 갖다주고 오는 길인데그래."

하며 안의관은 다섯 손가락을 열어 보인다. 옆에 서서 술을 먹던 사람은 곁눈질을 하며 안의관을 본다. 노랑수염자리는 안의관의 손을 보며

"오십 원을 벌써 약조금으로 걸었단 말이지?"

안의관은 입을 삐죽하며

"오백 원은 좀 못 쓰고?"

"오백 원? 정말이야?"

"그래 서슬이 시퍼런 십 원짜리 쉰 장이 겨우 세찬 대신이라네. 돈은 얼마든지 내 가무려 내일게. 자네는 오씨만 잘 주무르게."

노랑수염자리는 오백 원이라는 소리에 깜짝 놀라며

"그래 지금 자네가 막 갖다주고 오는 길이라는 말이지?"

노랑수염자리는 무언가 별안간에 생각하는지 입을 다물고 저편으로 얼굴을 향하였다. 그 노랑수염자리는 황숙자의 먼 촌 일가라고 다니는 황치삼이었다.

53회 무서운 참모

한치각은 원래가 한편으로 기울어지면 헤어나올 줄을 모르고 열중하는 성미를 가진 데다가 더구나 첫눈에 든 황숙자의 숫적은 태도가 말할 수 없이 마음에 당기어 선을 본 뒤에는 밤마다 오과부집 좁은 건넌방에서 체면도 돌아보지 아니하고 보금자리를 치고 있으나 숙자는 내놓은 계집이 아니요, 상당한 학교를 다니는 숫처녀라 마음대로 주무를 수도 없고 또 너무 함부로 다루다가는 일이 성공 못되어 타박을 맞을 염려가 있으므로 다소간 주의를 하며 다니는 중이나 오과부의 눈에는 벌써 자기의 본성이 간파가 되었는지 요사이 며칠 동안은 숙자를 잘 보이지도 않고 오과부의 냉정한 태도가 나타나게 된 까닭에 한치각은 연통 안의관을 참모를 삼고 돈으로 환심을 끌려고 세찬이라는 명목을 부치어 돈 오백 원을 보내고 마침 섣달 그믐날이라 오늘은 자기 아버지의 이르는 대로 집에 몸을 붙이고 들어앉아 있다. 그러나 원래가 밤이면 박쥐 모양으로 밖으로 떠돌던 사람이라 마음이 가라앉지 못하여 갑갑증이 나는 판에 사랑 대문 소리가 나더니 안의관이

"에, 추워! 추워!"

하는 말소리가 드리며 들어온다. 한치각은 안의관이 채 들어오지도 아니하여

"안인가? 무얼하게 입때 있었어?"

하며 오과부 집에 소식을 궁금하여 묻는다.

안의관이 미닫이를 열고 들어오더니 술내가 물큰 끼치며 연상 옆으로 한치각을 향하여 털썩 앉는다.

"무얼 했느냐가 다 무어요? 내가 아주 골치가 아파서 못 견딜 뻔했소. 당췌 돈을 받아야지. 이 핑계 저 핑계하고 돈을 아니 받는 것을 마치 어린 중 전국 먹이듯이 꾀어서 간신히 주고 왔어."

"그래 주기는 정녕 주었나?"

"그럼 그 돈을 내가 먹었겠소? 하하."

요사이 황숙자 바람에 한치각의 신용을 회복한 안의관은 가장 큰일이나 하는 듯이 활기가 가득하여졌다.

"또 오다가 술 먹었구나."

"세상 일이 다 먹자는 것인데 아니 먹고 무얼 한단 말이요"

"그런 쓸데없는 말은 고만 두고 대관절 돈은 분명히 주었단 말이지?"

"그거야 내가 간 이상에야 범연히 하고 왔겠소. 돈은 오과부에게 진하고 굴레는 단단히 씌워 놓고 그리고 왔지요. 흐—."

한치각은 술냄새에 얼굴을 얼른 저편으로 피하며

"아주 모주 내가 나는구나. 술주정만 말고 이야기를 좀 자세히 해요."

한치각은 안의관의 횡설수설하는 주정의 말에 불쾌한 빛이 얼굴에 나타났다. 안의관은 술이 취하여 고개를 늘이고 부라질을 치다가 힐끗 곁눈으로 한치각의 미간에 암상살이 잔뜩한 것을 보고 딴 정신이 생긴 듯이 고개를 번쩍 들며

"참 술이 너무 취하는데. 하여간 오백 원은 봉투에 넣은 채로 틀림없이 오과부에게 맡기고 왔소. 그런데 오과부가 무슨 명목으로 돈을 받느냐고 하는데는 나도 그 대답에 좀 곤란하였었는데 그렇지만 내가 굴레를 만들어 가지고 간 이상에야 범연히 하고 왔겠소."

"그래 대관절 오과부의 눈치는 어떻든가?"

"원래가 숫보기라 매우 조심하는 모양입디다마는 일하기에야 손톱이 쑥 들어가지요."

"그런 헛장담만 말고 힘을 써요."

"그것은 염려 마시오. 우리 대장의 명령대로 틀림없이 황숙자를 씻어 바치도록 만들 터이니 아무 말씀도 마시고 이 참모의 하는 대로만 맡기시오. 그리고 군자금만 넉넉히 대주어요."

"돈이야 좀 들더라도 상관 없지만 나중에 돈만 물리고 뒤통수를 치게 되면 그런 창피가 있나?"

"만일 성공을 못하거든 내 목을 바치리다. 염려마오. 그런데 내가 지금 오는 길에 또 술을 먹게 된 것도 다 까닭이 있는 술이여. 알고 보면."

"무슨 까닭?"

안의관이 취담을 하는 중에도 새말이 나온 데에 한치각은 귀가 번쩍 띄어 채쳐 물었다.

"우리 연극에 가장 중요한 활동을 할 협성을 초대하고 오는 길이야요."

"그것이 누구란 말이야?"

"황숙자의 일가 되는 사람인데 조그만치 군자금을 쓰면 다 이용할 수가 있지요. 그저 모든 것을 내게만 맡기구려."

한치각은 황숙자의 일가라는 말에 한편으로는 도리어 불안을 느끼었다.

54회 의심스러운 사람

황숙자의 집은 원래가 모녀 두 식구만 사는 집이라 정초가 오나 추석이 되나 일찍이 명절을 명절답게 지낸 본 일은 없었다. 세상이 다 설 준비를 하느라고 밤을 새워가며 앞집 뒷집에서는 사랑에 불을 켜놓고 도마 소리가 요란하게 들리며 사방에 불을 켜놓고 도마 소리가 요란하게 들리며 세찬을 장만하느라고 분망한 모양이나 황숙자의 집에는 그러한 풍성풍성한 환경을 떠나서 지극히 고요하고도 쓸쓸한 밤이었다. 설빔이라고 할까 황숙자의 입던 나들이 옷이나 고쳐 짓고 과부 어머니의 때 묻었던 치마 저고리나 빨아 지으면 설빔은 손을 떼는 셈이요 초하룻날 끓여 먹을 흰 떡가래나 하고 고기 근이나 사들이면 황숙자의 집 과세할 준비는 다시 더 장만할 것은 없었다. 이렇게 간단한 숙자의 집 정경을 조용하게 본다면 더 지낼 수 없는 한적한 집이라 할 수 있으나 일 년 한 번씩 맞이하는 즐거운 기분을 이 집에서만 빼앗긴 것 같은 쓸쓸하고 처량한 생각이 황숙자와 오과부의 마음을 해마다 얻게 하였다. 이웃집에서는 둥절둥절하는 사나이 말소리, 아이들의 재미있게 깔깔거리는 웃음, 이것이 다 새해의 즐거운 전주곡이 되어 흘러나오나 숙자의 집 쓸쓸한 방안에는 마음이 공연히 서글퍼지는 누가 보아 그늘에서 핀 가련한 꽃 같은 황숙자의 고아, 과부 두 여성이 가벼운 한숨을 지으며 가는 해의 마지막 밤을 보내는 것이 항이었다.

그러나 해마다 쓸쓸한 그믐날을 지내는 오과부의 서글픈 마음에도 한편으로는 자기 딸 숙자가 점점 커가는 것을 신통하고 또 마음에 든든히 생각하여 모든 희망을 거기에 붙이고 있었다. 금년에도 집안은 쓸쓸하나마 고요한 마음에 아무 거리낌 없이 그믐날 밤을 지내게 되었던 오과부의 집에는 생각지도 아니하던 돈 오백 원이 들어오게 되어 그들의 해마다 맑고 고요하게 지나가던 그믐밤이 별안간에 이 집 평온하던 공기를 소란케 하였다. 돈으로 모든 즐거움을 사들이는 섣달그믐날 밤에 황숙자의 집에는 돈으로 하여 도리어 마음을 무겁게 하는 심상치 아니한 일이 생기었다. 오과부는 그 이튿날이라도 연통 안의관이 오기만 하면 돈 오백 원을 그대로 한참봉에게 돌려보내고 아주 숙자와 이야기되는 혼인 일판을 딱 거절을 하려고 생각하고 오백 원을 봉투에 넣은 채로 벽장 속에 놓인 손궤 속에 깊이 감추고 밤을 지내었으나 그 이튿날에도 연통 안의관은 오지 아니하였다. 궂은 고기를 먹은 것 같은 기분을 계속하며 오과부는 초하룻밤을 지내었다. 그러나 안의관의 행적은 도무지 보이지 아니하였다. 이튿날 아침에 생각지도 아니한 황치삼이 전에 못 보던 새 양복에 존존한 외투를 입고 뛰어 들었다. 항상 때가 꾀죄죄 흐르는 조선 옷을 입고 으스스하게 달겨들던 황치삼의 모양이 오늘은 생각지도 못할 만치 훌륭한 신사가 되어 들어왔다.

"금년에는 세배를 일찍이 왔습니다. 과세나 안녕히 하셨습니까?"

황치삼은 노랑 수염을 들썩거리며 매우 유쾌한 모양을 나타낸다. 오과부와 황숙자는 마음에는 탐탁치 아니하나 정초에 찾아온 사람을 그대로 돌려보낼 수는 없고 안방으로 인도를 하여 들인 다음에 숙자는 조카 항렬이라는 계단이 있으니 일 년에 한 번씩 하는 세배를 아니 할 수도 없었다.

인사를 마친 뒤에 황치삼은 숙자의 얼굴을 한참 쳐다보더니

"숙자가 작년 동안에 아주 훨씬 자랐는데? 그리고 얼굴이 아주 환하게 피었어. 새해에는 부잣집으로 시집을 가겠는걸? 하하. 그런데 소문을 들으니 숙자의 혼처가 좋은 곳이 있어서 언론이 돈다드니 아주 완정을 했나요?"

오과부와 숙자는 황치삼의 혼인 말을 미처 다 듣지도 아니하여 공연히 마음에 선뜻하여진다. 어느 때인지 지나가는 말로 숙자의 혼처나 하나 구해 달라고 실없는 말을 한 일이 어렴풋하게 생각에 남아 있으나 원래가 탐탁하게 믿을 사람이 못 되는 까닭에 물론 마음에 두지도 아니하고 있었지만은 지금 황치삼의 입에서 나오는 혼인 이야기는 또 한참봉을 가리키는 것은 아닌가 하고 오과부의 모녀는 마음이 선뜻하였다.

55회 속이기 내기 후

몇 달에 한번씩 잔돈푼이나 뜯어갈 일이 있어야 오던 황치삼이가 정

월 초 이튿날 아침부터 뛰어들게 된 것도 예기치 아니한 일이나 그 중에 더구나 황치삼 입에서 숙자의 혼인 이야기가 나오는 것을 들으니 원래가 사람이 많은 오과부는 불안과 의아한 생각이 한꺼번에 떠올라와서 황치삼이 무슨 말을 하나하고 주의스런 눈으로 그의 동정만 살피고 있다. 황치삼은 큰 발견이나 한 듯이 얼굴에는 기쁜 빛이 나타나며 피존갑을 꺼내어 궐련을 부친다.

"아주머니께서는 오랫동안 홀어머니의 외손으로 숙자를 저만치 키우셨으니 고생살이는 다 지나갔습니다. 인자는 숙자의 덕으로 편하게 지내실 때가 머지 않았습니다. 그런데 소문을 들으니 신랑편에서는 첫 눈에 꼭 들어서 곧 혼인을 지낼 의향이라는 말이 있다는데 아주머니께서는 어떻게 생각을 하시고 계신지요?"

황치삼은 숙자의 혼인 이야기를 어지간히 자세히 아는 말눈치이나 말을 장황히 늘어놓기만 하고 신랑이 누구라는 말은 종시 입에서 내지 아니한다. 오과부는 황치삼의 말눈치가 필경 한참봉을 가르쳐 하는 말고는 짐작이 되있으나 당치 아니한 일에 또 말썽꾼이 뛰어 들었다는 생각도 있고 또 한편으로는 한참봉을 아주 거절하려고 작정한 일이라 자기 입으로 경솔하게 한참봉의 관계를 말할 까닭도 없다고 생각하여 어쨌든 황치삼의 입으로 혼인의 상대자가 누구라고 파임을 내기까지 그대로 듣고만 있다. 황치삼은 무슨 연극을 꾸미려는지 누구라는 말은 아니하고 다만 혼인 이야기를 끌어내어 아무쪼록 오과부의 입으로 한참봉이라는 말이 쏟아져 나오도록 자아내고만 있다.

"그런 좋은 곳을 또 얻어 만나기는 쉽지 아니한데 아주머니께서는 무엇을 아니하시나요?"

황치삼은 오과부의 입이 열리도록 대답을 재촉하는 말을 부치고 있다. 오과부는 여러 번 묻는 말을 어떻게든지 대답을 아니할 수는 없게 되어 간신히 입을 열었다.

"어디 아직 그렇게 탐탁하게 언론이 있는 데도 없고요. 또 학교도 얼마 아니면 졸업을 시킬 터이니까 좋은 데가 있더라도 학교나 마치고 혼인을 완정하려고 합니다."

오과부의 말도 역시 희미하게 대답을 하였다. 황치삼은 오과부가 종씨 한참봉과 언론이 있다는 것을 바로 토설치 아니하고 두리뭉수리로 대답을 하는 것을 보고 한 방 콕 찔러보자는 생각이 나서

"탐탁한 곳이 없다시면 봉치돈을 왜 받으셨어요?"

황치삼은 입의 모양이 일그러지며 비웃는 빛을 보인다.

오과부는 봉치돈이라는 소리에 깜짝놀라서

"봉치라니뇨? 어디서 그런 이야기를 들으셨어요?"

오과부는 마음에는 적지 아니한 놀라움을 느끼었으나 거짓 평심스런 태도를 지으며, 황치삼의 얼굴을 쳐다보았다. 황치삼은 기가 막힌 듯이 천장을 쳐다보며 껄껄 웃더니

"그저 부인네라는 것은 참 말못할 이들이야. 그렇게 딴청을 하면 내가 모릅니까? 그리고 왜 아주머니께서 나를 속이실 까닭이야 무엇 있습니까. 옛적부터 이르기를 좋은 일에는 남이요 궂은 일에는 일가라 하지 않습니까? 댁에 다른 일가가 또 어디 있습니까? 넓은 장안에 댁붙이라고는 나 하나가 있지 않습니까? 나는 아주머니 모녀분이 고적하게 사는 것을 얼마 쯤 보호하여 드리려고 이렇게 찾아다니지 않습니까?"

말품을 팔아먹는 황치삼의 번지르한 그 말에 오과부는 어떻게 대답을 해야만 좋을는지 말문이 콱 막히었다. 황치삼은 오과부가 곤경에 빠진 듯이 앉았는 모양을 곁눈으로 흘끔흘끔 건너다보며

"그러지 마시고 말씀을 자세히 하시지요. 내가 설마 아주머니를 위해서 힘을 쓰지 타처부지의 모르는 사람의 두둔이야 하겠습니까? 어려운 일이 있거든 턱 믿으시고 내게 말씀을 하시지요. 더구나 혼인이라는 것은 인륜의 대사라는데 큰일이 아니오니까?"

오과부는 황치삼이 여러 번 말을 묻는 것을 종시 그대로 대답이 없이 지낼 수는 없게 되어

"아, 그렇지요. 혼인이 평생을 정하는 것이 아닙니까?"

오과부는 겨우 입을 열었다. 황치삼은 오과부의 말문이 겨우 열리는 것을 보고 이 기회에 한참봉의 이야기가 쏟아져 나오도록 또 말을 계속한다.

56회 꽃 먹는 벌레들

오과부는 자기 입으로 말을 아니하려고 작정하였던 숙자의 혼인 상대자가 한참봉이라는 말을 참다 못하여 입 밖에 내이게 되었다. 황치삼의 입에서 나오는 말눈치가 어디서인지 내용을 자세히 듣고 와서 묻는 것이 분명하다고 생각하여 오과부는 한참봉과의 관계를 자초지종까지 폭발을 하고 돈 오백 원을 세찬거리라고 하여 억지로 두고 갔다는 것까지 황치삼에게 말하였다. 황치삼은 한치각과의 관계를 모르는 것이 아니요 인동 안의관에게 대개를 들었을 뿐만 아니라 한치각에게까지 소개가 되어 오과부를 잘 무마하여 황숙자를 자기 손에 들어오도록 일을 만들라는 부탁을 받고 한치각에게서 적지 아니한 운동비까지 손에 쥐이게 되었으니 오과부에게 새삼스럽게 내용을 물어볼 필요는 없지만은 자기 입으로 한치각이라고 먼저 말을 내이는 것보다 아무쪼록 오과부의 입에서 나오도록 만드는 것이 일을 꾸미는 데에 손이 쉽겠다고 생각한 까닭이었다. 황치삼은 우선 첫번 시험에 오과부를 손에 넣게 되어 마음에 만족을 느끼어

"나도 대강은 듣고 와서 말씀을 하는데 그렇게 모르쇠를 부르시면 어찌합니까? 참 딱도 하시오. 아주머니도. 하하하!" 하며 너털웃음을 내놓는다.

오과부는 황치삼에게 꾀에 떨어져서 비밀을 말하게 된 것이 한편으

로는 부끄럽기도 하고 또 한편으로는 황치삼이 중간에 뛰어 들어서 말
썽스러운 일이나 아니 생길까 염려한다.

"한참봉에게는 잠깐 선을 보였을 뿐이니 아직 정혼 여부가 있었나
요? 그리고 그이는 마음에 그리 당기지 아니해서 아주 그만두고 돈을
도로 보내려 하는 중인데 입때까지 중간에 들었든 사람이 아니 와서 그
대로 있는 중이야요."

오과부는 일이 점점 터져가는 것처럼 생각이 되어 마음이 매우 불안
하여졌다.

"고만 두다니요? 혼인을 아주 거절한단 말씀이야요?"

황치삼은 거짓 놀라는 빛을 띄며 묻는다. 오과부는 모든 것이 귀찮은
듯이 힘없는 어조로

"네. 그 자리는 고만 두겠어요."

"왜 그러시오? 나는 자세히 모르나 듣기에는 아주 참한 곳으로 보이
는데요. 첫째 신랑이 얌전하고 재산이 조선서 몇째 아니가는 부자라는
데 무엇이 마음에 맞지 아니하신가? 나는 한참봉이 부자라는 말만 들
었지 자세히는 알지 못하니까 함부로 말할 수는 없습니다마는 큰 탈만
없으면 그대로 내 맡기시지요."

황치삼은 자기가 한참봉이라는 인물을 잘 아는 체를 하면 나중에 일
이 거북하게 될 염려가 있으므로 오과부의 앞에서는 모든 태도를 소문
으로 들은 것처럼 꾸미고 있다.

"돈이 많으면 나를 다 줍니까? 그렇게 덜썩 큰 부자도 바라지는 아니
해요. 집이나 아니 굶고 신랑이나 똑똑하면 고만이지요."

오과부는 한치각이 너무 난잡하게 구는 것이 아주 눈에 벗어나 보여
서 다시 한치각에게 관심을 두지는 아니하게 되었다. 황치삼은 이 자리
에서 억지로 한치각을 강권하는 것이 득책이 아니라는 것을 생각하고
오과부의 말하는 태도에만 주의를 하고 있다.

"그도 그렇지요. 돈만 많다고 함부로 귀한 따님을 내어 줄 수는 없지요. 하여튼 내가 다시 한참봉이라는 신랑의 위인을 잘 조사하여 볼 터이니 그리 아시고 너무 급하게 두지는 마시지요. 아무 흠절도 없는 좋은 혼처라 하면 공연히 급히 내어 박찼다가 나중에 후회를 하게 되는지 누가 압니까? 모든 것을 내게 맡기시고 좀 기다리게 하시오."

"한참봉이라는 이는 돈은 많은지 모르나 너무 난잡하게 굴어서 장가를 들 사람 같지는 보이지 아니하던 걸요."

"난잡하다니요? 어떻게 하였기에 그러셔요?"

"선을 보던 날부터 숙자를 주무르며 너무 실없이 굴더라고 애도 아주 싫다고 하는 걸 어쩝니까?"

한치삼은 오과부의 말이 너무도 우습게 들리는 것처럼 너털웃음을 쏟아놓으며

"그건 홀어머니로 오래 계시든 아주머니의 눈으로 보시니까 서툴러 보이지요 재취 장가를 가려고 하는 사람이 어린 신랑 같이 그렇게 수줍은 사람이 어디 있습니까? 침 딱하신 말씀이군 그래. 그깃이 첫눈에 들지 않더란 말씀이지 하하하!"

황치삼은 문제거리도 안되는 것처럼 웃어버렸다. 그런 다음에 황치삼은 혼인 이야기는 더 꺼내지 아니하고 세배를 하러 왔다가 우연히 말이 된 것처럼 보이고 그대로 돌아갔다.

57회 선머슴의 장난들

황숙자의 집 맞은편에는 영업패는 붙이지 아니하였으나 항상 오륙명의 학생들이 기숙을 하고 있다. 딸 하나 과부 하나가 사는 숙자의 집은 때로는 그 맞은 편 집에서 학생들이 번화하게 떠드는 것이 고적한 가정에 든든한 믿음도 주지만은 얼마 아니하여 시집을 보내게 된 딸을 데리고 있는 오과부는 쓸데없는 사렴을 할 때도 많았다. 그러나 복잡한 성

중에서 집 처마들을 맞대고 살게 된 도회처이라 이웃집에 불편하다고 일일이 떠나다닐 수는 없는 일이요, 또 숙자의 집 사정으로 말하더라도 집을 이리저리 좋은 데로 골라다니며 이사를 할 수는 없는 사정이라 오 과부는 은근히 자기 딸은 단속할 뿐이었다.

한참 혈기 방장한 그들의 학생은 숙자를 괴롭게 하는 장난이 때때로 생겨나왔다. 어느 날은 아침에 오과부가 대문을 열러 나갔다가 분홍 봉투가 떨어져 있는 것을 보고 어디서 긴한 편지나 왔나하고 숙자를 보이어 얼굴을 붉히게 한 일도 있었다. 이러한 연애 편지를 한 주인이 과연 건너 집에 있는 학생이라고 집어 내어 말할 수는 없지만은 하여튼 날마다 숙자가 그 집 창 앞으로 지낼 때마다 자케트 입은 학생들에게 시선의 총공격을 받으며 또 어떤 때는 숙자가 골목 어귀로 들어오는 것을 발견한 학생이 소리를 치며 방안 학생들을 모두 추근하여 가지고 좁은 길목에 늘어서서 숙자의 통행을 희롱하는 일도 가끔 있었다. 기숙하는 학생들의 이러한 장난이 선머슴 때에는 있는 그들의 단순한 희롱 기분에서 나오는 때가 많다 할지나 하필 숙자가 지날 때에만 이러한 장난이 일어나는 것을 보면 그들의 작희가 보통 장난 이외의 어떠한 의미를 가진 것이라고 볼 수 있으나 숙자는 어느 때이든지 고개를 푹 숙이고 학생들의 틈으로 종종 걸음을 치며 싹 빠져 나가는 것이 항례이었다. 뾰로통하게 내밀린 입과 아래로 내리 뜬 눈에는 적은 불만이 나타날 뿐이었다. 이십 전후에 한참 혈기가 약동하는 그들이 힘있게 남성의 멜로디를 반사하는 데에도 숙자는 아무 감촉을 느끼지 않았다. 원래가 늦되는 여성에다가 더구나 어렸을 때부터 홀어머니만 있는 승방 같은 가정에서 자라난 사람이라 아직 이러한 젊은 남성들의 유도를 느끼지 못하였다. 이러한 발육상 관계와 숙자의 환경을 이해치 못하는 장난꾼의 학생들은 가엾게도 숙자에게 한수석寒水石이라는 별명을 붙였으니 과연 숙자가 어느 때까지 이 별명에 만족할는지 모르나 하여튼 희롱에 부치게 된 학생은 숙자를 가르쳐 찬물에 돌이라고 또 불리게 되었다. 그들 학생은 숙자에게 할 수 없이 이러한 별명을 붙이고 따뜻한 감촉은 아주 단념하게 되었지만 들창 앞으로 하루 몇 번씩 지나다니는 젊은 여성을 그대로 잊어버리기는 어려웠다. 그들은 마치 청요리집 앞을 지날 때 코에 맡히는 기름 냄새 같이 맞은 편 숙자의 집에서 나오는 담담한 여성의 냄새가 코에 어리어 그들은 이유 없이 맞은편 창을 열고 막연한 생각으로 숙자의 모양을 그리며 냄새를 맡고 있다.

이러한 보초병이 숙자의 집 맞은 편에 있는 것을 모르는 한치각은 기탄없이 숙자의 집을 드나들게 되어 부르주아의 기분을 발산하는 해룡피의 외투가 말썽꾼인 그들 학생에게 극도로 악담을 사게 되었다. 원래 방약무인한 한치각의 태도가 어디서든지 거만한 느낌을 주지만은 새 세상에 뛰놀려 하는 혈기방장한 학생의 눈에 거칠게 보일 것은 물론이어니와 그 중에 더구나 밥을 지키고 있는 호랑이처럼 건너보고 앉았는 숙자의 집에 돈을 겉에 바르고 거만한 걸음으로 드나드는 한치각을 심상히 지나칠 리는 없었다. 그 중에 짖궂은 두 학생은 한치각이 숙자의 집에서 다녀나오는 것을 지켜 섰다가 길을 막고 희롱까지 한 일이 있었으나 다행히 활극은 없었다. 그러나 속담에 심리상에 자라는 새움으로 학생 사이에는 때때로 숙자를 중심으로 한 한치각의 이야기가 벌어졌다.

학생 1 "밤이면 기어드는 그 놈이 대관절 원 놈이야! 참 건방진 놈이던데. 그 놈을 그저 방망이로 엉덩이가 가뿐하게 한번 때렸으면 좋겠더라."

학생 2 "나는 그 놈의 해룡피 외투가 욕지기가 나대. 엉덩이는 왜 그렇게 내두르는지 참 마뜩치 않던 걸. 그놈이 돈으로 숙자를 꾀이러 다니는 놈이지, 아마."

학생 3 (활동사진 변사의 어조로) "아아! 가련하다. 벌레 먹는 꽃이여! 황숙자여! 철권남아들아! 숙자를 구원해라! 악마를 물리쳐라!"

이러한 실없는 여운이 그들의 저녁을 마침 식탁가에서 연출이 되었다. 그 중에는 장난을 지나서 막연한 공분을 느끼는 학생도 몇 사람 있었다.

58회 결혼? 행복? 눈물?

황숙자는 세상 아이들이 모두 즐겁게 뛰노는 정초가 다 지나가도록 낮이면 학교에나 다녀오고 쓸쓸한 방에서 나이보다는 몹시 겉늙은 자기 어머니가 돋보기안경을 쓰고 버선짝을 꿰매는 그 옆에서 학과를 복습하는 외에는 정초라고 말 한 마디 재미있게 붙이는 동무도 없다. 이웃집에서는 날마다 아이들이 떠들며 윷노는 소리, 언 땅을 울리며 철썩철썩 널뛰는 소리, 깔깔거리는 계집애들의 웃음소리, 정초 놀이의 번화한 멜로디다. 달 아래의 찬 공기를 울리며 담을 넘어 들린다. 어린 시대를 거의 다 보내도록 한 번도 정초답게 지내본 일이 없는 숙자는 이웃집에서 재미있게 정초 놀이를 하는 것이 자기 집과는 멀리 떠난 딴 나라의 광경 같이 들리었다. 남과 같이 새 비단을 턱턱 끊어다가 설빔을 해 입을 처지도 못 되려니와 설혹 그러한 유렴이 있다 할지라도 다른 사람들 같이 설빔을 자랑하여 세배 다닐 곳도 없었다. 해마다 똑같은 쓸쓸한 정월을 지내왔지만은 이 해의 정초는 숙자 모녀에게 너무나 서글픈 느낌을 주었다. 오과부의 마음에는 숙자가 한 살을 더 먹게 되고 또 금년 봄에는 학교를 마치게 되어 한편으로는 든든한 생각도 있으나 이렁성저렁성한 혼인 문제도 있고 장차 자기 딸은 누구에게 줄지 금년에는 매어 맡겨 버릴 남의 사람이다는 생각이 가까워 오는 까닭에 든든한 뒤에도 막연한 고적을 느끼게 되었다. 숙자가 아침에 학교를 갈 때에 일 가는 것처럼 자기 어머니가 "오늘은 정월 대보름날이다. 내가 너 좋아하는 떡볶이나 하여 놓을 터이니 학교 파하는 데로 일찍이 돌아오너라" 하며 이른 대로 숙자는 일찍 집에 돌아와서 이른 저녁상을 마주 받고 자기 어머니가 마음먹고 해놓은 떡볶이를 달게 먹었으나 그 밖에는 특별히 대보름을 위하는 아무 변화도 없었다. 뒷집 담 아래서는 한참동안 젊은 여자들이 깔깔대는 웃음소리가 벌어 졌더니 또다시 철썩거리는 널 소리가 난다.

써느런 공기가 떠도는 방 안에서 희미한 십촉 전등을 내리 달고 숙자와 그 어머니는 마주 앉았다. 숙자는 복습하던 책을 갖고 자기 어머니의 버선 깁는 것을 물끄러미 보더니 새삼스럽게 생각이 난 듯이 "어머니 오늘도 바느질을 하시오? 보름날이라면서 왜? 명일날에 바느질을 하면 가난해진다고 안 그러셨소?"

"참 그렇구나, 깜빡 잊었구나. 발뒷꿈치가 뚫어져서 성이 가시기에 막아 신으려고 했더니 참 오늘은 보름날이구나."

하며 꿰매던 버선에 바늘을 꽂은 채 옆으로 치워 놓으며 뉘우치는 듯이

"참 깜빡 잊어버렸구나. 가난하다기로 다 산 나야 무슨 상관이 있냐마는 너나 시집을 잘 가야지. 그러나 저러나 저 원수의 돈은 어쩌면 좋으냐? 벌써 보름이 넘도록 안의관이라는 이는 오지도 아니히니 웬일인지 모르겠다."

"그냥 내버려두구려. 자기들이 억지로 떠맡기고 간 것을 어쩐단 말이요. 언제든지 내주면 고만이지."

세상의 유형을 아직 모르는 숙자는 한치각을 물론 마음에 당기지 않는 위인이라고 생각하나 돈 문제에는 그다지 걱정이 되지 않았다. 언제든지 그 돈만 그대로 돌려보내면 한치각과의 혼인 이야기는 아주 사라져 버리려니 하는 단순한 생각 밖에 없었다.

"애, 세상이 하도 무서우니까 또 나중에 무슨 일이 생길는지 아니? 그것으로 마음이 꺼림칙해서 못 견디겠다."

"어머니는 걱정도 많소? 요새 세상에 남이 싫다는 것을 억지로 데려갈까? 돈은 왜 누가 돈 달랬나?"

"글쎄 말이다. 일이 하 이상스러우니까 걱정이지. 그런데 너는 그이한테로 시집가기는 싫지?"

오과부는 다시 눈을 찡그리며 숙자를 들여다본다.

숙자는 눈을 흘기는 것처럼 오과부를 쳐다보며

"어머니도 딱하시오. 벌써 몇 번째나 물어 보시오? 그리 늙은이한테 누가 간단 말이오?"

오과부는 자기 딸에게 가벼운 퉁명을 받고 힘없는 소리로

"글쎄 말이다."

오과부는 얼마 있다가 팔을 대고 들어 눕더니 종일 일한 곤함이 많았는지 어느덧 코를 고는 소리가 들린다. 숙자는 턱을 팔로 고이고 전등 앞에 홀로 앉았다. 흔히 남녀의 행복, 청춘에 한번 피는 꽃, 눈물, 이러한 결혼에 대한 막연한 생각이 고요한 숙자의 머릿속에 떠올라 온다. 윗집 담 안에서는 널머리에서 깔깔거리는 계집애들의 웃음소리가 또 들린다.

59회 안나는 미쳐가나

안나는 자살인지 과실인지 의문 중에 독한 최면약 아루날 한 병을 한 번에 다 먹고 혼수상태에 빠진 채로 ××병원에 입원을 하게 되어 한치각의 집 단골 의사이니만큼 원장이 성력을 하여 치료를 하는 중이었으나 입원한 지 삼주일이 지나도록 특별한 효과는 생기지 못하였다. 한치각은 입원하던 날과 그 다음날 저녁 때 ××병원에 형적을 잠깐 나타낸 뒤에는 다시 한 번도 발을 들여 놓은 일이 없다. 며칠에 한 번씩 상노를 보내어 안나의 동정을 물어보던 것도 나중에는 별 동정이 없다고만 들리는 데에 한치각은 아주 염증이 나서 눈살을 찌푸릴 뿐이요, 다시 안나를 적극적으로 치료를 시켜보겠다는 생각도 없고 그대로 내버려 두고 있다.

안나의 치료를 장담하고 맡은 의사는 그 동안 별 수단을 다 하여 회생케 하도록 애를 써 보았으나 안나의 정신 상태는 아직까지 몽롱한 모양이었다. 입원하던 날부터 모든 고가의 약을 다 써서 심장을 보호하며 영양주사를 계속 하기 까닭에 생명은 그대로 붙잡아 가는 모양이나 의식은 아직까지도 혼미한 상태에 있다. 입원한 삼 주일에 효험이 났다고 할는지 또 악증이라고 할는지 안나는 혼수상태를 계속 하다가 때때로 감았던 눈을 번쩍 뜨며 몸을 소스라쳐 놀라는 새 증세가 생기게 되었다. 침대 옆에서 밤이나 낮이나 떠나지 아니하고 간호를 하는 안나의 어머니는 안나가 수일 전부터 이러한 증세가 생기게 된 것을 보고 어두운 마음에 또다시 새로운 슬픔을 거듭하게 되었다. 안나는 핼쓱한 얼굴을 힘없이 베개 위에 던지고 있다가 별안간 손을 번쩍 들고 혼자 눈자위만 활동하는 그 눈으로 물끄러미 천정을 쳐다보다가 어린애가 마치 경기를 하는 듯이 몸을 떨며 소스라쳐 놀라는 그 모양을 볼 때에 안나의 어머니는 가슴이 덜썩 내려앉으며 머리끝이 쭈뼛하는 놀라움을 느끼었다. 스무 날이 넘도록 입을 열지 아니하는 자기 딸이 눈을 뜨는 기회에 말이나 한 마디 들어 보려고 그러한 발작들이 일어날 때마다 안나의 어머니는 안나의 어깨를 흔들며

"얘, 얘, 왜 그러니?"

하며 눈물이 어린 눈으로 안나를 들여다보며 일깨웠으나 안나의 두 눈은 감각이 있는지 없는지 몽롱한 시선을 던지고 있을 뿐이요 말 한마디가 없다. 안나 어머니의 생각에는 이러한 새 증세가 미쳐가는 시초나 아닌가 하여 마음이 새로 캄캄하여졌다. 그러나 의사는 알고 그러는지 또 환자의 친척을 위로하려고 그러는지는 모르나 그 증세는 염려할 거 없다고 말한다. 약 기운에 마비되었던 신경이 차차 활동을 시작하느라고 그러한 동작이 생긴 것이라고 설명을 하나 아무것도 모르는 안나의 어머니의 마음에는 종시 의사의 말이 믿어지지 아니하였다. 하여간 심

상치 않은 증세로 보여서 다시 마음이 타들어가게 되었다. 안나의 아버지 군침이는 자기의 귀한 딸이 극약을 먹고 생사를 판단치 못할 지경에 있는 중에도 며칠씩 집을 벗어나서 비밀 중에서 옮기어 다니는 노름판으로 돌아다니고 있다. 말 한 마디 의논을 하여 볼 데가 없는 안나 어머니는 날마다 송장 같이 드러누운 자기 딸을 애타는 마음으로 지키고 있다. 이따가나 좀 나을까 내일이나 무슨 공덕이 있을까 하는 막연한 희망을 가지고 그 날을 보내고 있으나 안나의 증세는 덜리어 가지는 아니하고 하루 이틀 지날수록 안나는 점점 죽음 길로 가까워만 가는 것처럼 보이어 두 눈에 눈물이 마를 새가 없었다. 기울어진 석양빛이 병실 한 모퉁이로 힘없는 누르께한 광선을 던질 때에 의사는 겨우 진찰을 하러 들어 왔다. 처음에는 하루에 몇 번씩 드나들던 의사가 요사이는 싫증이 났는지 하루에 한 번씩 진찰도 해 다 넘어갈 때야 비로소 안나의 병실을 찾게 되었다. 포켓트에서 청진기를 꺼내어 안나의 가슴을 헤치고 진찰하는 모양이나 모든 것이 그저 형식 같이 보였다. 의사도 안나의 치료에는 흥미를 느끼지 않는 모양이다. 처음에는 간단한 치료로 곧 소생할 줄로 믿었던 것이 종시 돌리지를 아니하고 질질 끌고 있는 중에 더구나 며칠 전부터 정신이상 증세 같은 것이 때때로 발작이 되어 의사는 적지 아니한 실망을 가지게 되었다. 의사의 진찰하는 것을 들여다보던 안나의 어머니는 날마다 판에 박은 듯이 나오는 말로 또 물어 보았다

"좀 어떻습니까? 아주 죽지는 않겠습니까?"

희망에 어린 눈으로 의사를 쳐다보았다.

의사도 날마다 묻는 말에 새로 대답을 하여줄 아무 재료도 없다.

"네, 별일은 없습니다. 차차 낫겠지요."

힘없는 말을 던지고 의사는 나아갔다.

안나의 어머니는 또 실망에 쌓여 한숨을 쉬며 안나를 들여다본다.

60회 안나는 어찌되나

의사가 염려하는 안나의 증세는 과연 정신 이상의 발작을 확연히 드러내게 되었다.

"아니요."

피골이 상접한 몸을 침대 위에 별안간 일으키어 두 손을 버티고 천정을 쳐다보며 깔깔 웃다가 다시 자신의 머리를 두 손으로 함부로 집어 뜯으며 울기도 한다. 어젯밤에 자정을 지내면서부터 별안간 이러한 별증이 생기어 침상 옆에서 어렴풋하게 잠이 들었던 안나의 어머니는 안나가 별안간에 외마디 소리를 치며 침대 위에 벌떡 일어앉아서 머리를 풀어 삼발하고 동자가 똑바로 선 두 눈을 혹 뜨고 깔깔거려 웃는 것을 보고 그 자리에 까무러치듯이 놀랐다. 흰 이불 속에 착 까불어진 몸을 파묻고 핼쑥한 얼굴을 천정에 향하여 죽은 듯이 누웠던 것이 벌써 수십일이나 되어 안나의 동작을 거의 잊어버리게 되었던 그의 눈에는 침대 위에서 그러한 괴괴한 동작을 하는 것이 도무지 안나 같이 보이지 아니하였다. 그 순간에 안나 어머니의 눈에는 어떠한 귀신이 달려들어 춤을 추며 안나의 신변을 침노하는 것 같이 보여 깜짝 놀라는 바람에 부지중에 소리를 치며 몸을 벌벌 떨리었다.

병실 옆방에서 잠이 들었던 간호원은 안나 어머니의 고함치는 소리에 잠이 깨어 결국 의사까지 병실에 모이게 되었으나 의사 역시 그 광경을 보고 입맛만 다스릴 뿐이요 별 방도는 없이 보였다. 간호원과 같이 침대 위에서 일어앉은 안나를 다시 누이고 응급수단으로 최면제의 주사를 놓았을 뿐이다. 의사는 자기의 책임 상 그대로 있을 수 없다고 생각하고 곧 한치각의 집으로 전화를 걸었으나 한치각은 어디인지 출타를 하고 역시 집에는 없었다.

의사가 다녀나간 뒤에 안나의 어머니는 마음이 떨리고 무서움증이 생겨서 자기 혼자는 병실에 있을 수가 없이 되어 간호원의 힘을 빌려

밤을 밝히었다. 안나는 한참동안 쌕쌕 숨을 쉬며 잠을 자듯이 누웠다가는 때때로 벌떡 일어나서 괴상한 동작을 계속하였다. 안나의 어젯밤부터 발생한 변태는 누가 보든지 미친증이라고 아니할 수 없이 되었다. 안나의 이러한 병증이 발작될 때에는 그 파리한 몸을 가지고 어디서 그런 새 기운이 생겼나 의심이 될 만치 동작이 기운차 보이었다. 그러나 손발을 비롯하여 모든 동작을 하는 중에 다만 입을 열어서 말을 도무지 아니한다. 입술을 싸서 겹쳐 물고 무언중에 그러한 기괴한 동작을 계속할 뿐이었다.

안나의 어머니는 밤새껏 안나의 놀라운 증세를 옆에서 보며 가슴을 어여내는 슬픔을 느끼었다. 안나는 모든 것이 의문이었다. 당초에 약을 먹은 것도 안나 한 사람 외에는 다시 알 길이 없는 큰 의문이요 또 의사가 장담하고 소생시키겠다고 모든 방법을 다하여 치료한 것이 도무지 효과는 없고 이러한 별증이 생긴 것도 알 수 없는 큰 의문이다. 담당 의사는 자기가 치료를 맡은 책임상으로든지 또 의사의 항례 상 견해로 보아서라도 어떠한 원인으로 그러한 병증이 생기었냐고 설명을 하여야만 될 문제이나 보통 사람이 최면제를 먹은 데에 응급 치료를 하는 일반 치료법은 물론이요 매일 머리를 짜내어 연구한 모든 치료법이 도무지 한 가지도 맞지 아니하다가 나중에는 이러한 별증을 보게 되었으니 그는 의사로서 변명할 여지가 없게 되었다. 그러나 의사가 병을 치료하다가 못 고친다고 일일이 책임을 질 수는 없지만은 원인이 단순하니만큼 의사의 처지로는 매우 난처하게 되었다.

의사도 이리 저리 머리를 짜내어 가며 그 원인을 연구하다가 결국은 최면제를 먹기 이전에 안나의 신경 상태를 추구할 수밖에 없이 되었다. 의학상으로 보면 최면제를 먹은 환자가 그 분량에 따라서 사망하거나 또는 체내에 독소가 침체 아니하면 응급 치료에 소생할 수도 있고 만일 독기가 뇌수를 범하였다 하면 뇌수의 활동을 쇠약하게 하는 일은 있다

할지나 별안간 기괴한 동작을 일으키게 된 안나의 변태는 보통으로 보아서 설명할 수 없는 의외의 증상이다. 의사는 연구타 못하여 결국은 안나의 약 먹던 이전의 정신 상태가 다시 재현된 것이라고 설명을 붙일 수밖에 없이 되었으나 안나가 약 먹기 전에는 일찍이 그러한 정신 이상의 상태는 한 번도 없었다. 안나의 병상에는 의사도 알 수 없는 병기가 또 생기어 의문 속에 의문을 싸고 있다.

61회 안나의 깔깔 웃음

××병원에서는 안나의 병세가 돌변한 까닭에 원장은 이른 아침부터 한치각의 집으로 전화를 걸며 안나의 어머니는 계집아이를 보내어 한치각을 청하였다. 한치각은 오정 때나 가까이 되어 불만이 가득한 얼굴로 겨우 병원을 찾게 되었다. 한치각은 병실에 들어가기 전에 먼저 원장이 있는 방에 들어갔다

"별안간에 딴증이 생겼다니 대관절 어떠한가요?"

한치각은 말을 붙였다. 의사는 미안한 모양을 지으며

"뜻밖의 별증이 생겨 그 원인을 도무지 알 수 없는데요."

의사는 마음이 무거웠다.

"정신에 이상이 생긴 거라니 그게 웬 까닭인가요?"

"글쎄올시다. 그러한 듯하외다. 의학상으로는 그런 변칙이 별로 없는데."

의사는 대답에 매우 주저하는 빛이 보였다. 보통 환자 같으면 자기가 생각한 대로 획획 설명하여 버릴 터이나 근래에 영업하는 의사의 처지로는 한치각이 같은 두둑한 단골을 그렇게 가볍게 취급할 수는 없었다. 한치각의 불만족한 빛을 얼굴에 나타내며

"닥터가 모르신다면 그럼 누가 안단 말이요?"

한치각은 샐쭉한 두 눈초리에는 가벼운 멸시가 떠돈다.

420 김정진

"책임은 내가 질 수밖에 없지요마는 예측 못한 병증이 생겼습니다."

의사는 얼굴을 숙이며 말에 힘이 없었다. 조금 있다가 의사는 한치각을 안내하여 안나의 병실로 들어갔다. 의사의 뒤에서 한치각의 형적이 나타나자 안나의 어머니는 미친 사람처럼 두 손을 벌리어 한치각의 외투 자락을 부여잡고 목이 메인 소리로

"나으리, 안나가 아주 미쳤습니다. 저를 어찌하면 좋습니까?"

안나 어머니 두 눈에서는 더운 눈물이 쏟아져 내린다. 한치각은 잔뜩 찌푸린 양미간에 어두운 빛이 가득하였다. 안나는 조금 전에 침대 위에 벌떡 일어서서 두 팔을 공중에 들고 의미 모르는 웃음을 한바탕 웃더니 다시 침식이 되어 죽은 듯이 드러누웠다. 한치각은 모자를 손에 든 채로 무서운 물건을 대하는 것처럼 서먹서먹하는 걸음으로 침대 옆 가까이 갔다. 한치각의 두 눈에는 놀라는 빛은 없고 다만 험악한 분위기만 들리어 있다. 약 냄새가 가득한 병실 안에는 한참동안 무거운 침묵에 잠기어 있다. 한치각은 서먹서먹한 마음으로 안나의 핏기 없고 두 눈자위가 푹 꺼진 얼굴을 물끄러미 들여다보고 있을 때 안나는 무엇을 생각하였는지 별안간 외마디 소리를 치며 또 상체를 벌떡 일으켰다. 정신없이 안나의 얼굴을 내려다보고 있던 한치각은 몸을 움찔하도록 물러서며 정식이 아뜩하도록 놀래었다. 침대에서 몸을 일으킨 안나는 헝클어진 머리털이 얼굴을 덮은 사이로 동자를 똑바로 세운 두 눈을 누이며 옆에 섰는 한치각을 쏘아본다. 한치각의 시선이 안나의 그 무서운 눈과 마주칠 순간에 마음이 서늘하여 지며 무서운 독기를 뿜는 것같이 느끼었다. 안나의 똑바로 뜬 그 눈은 용이 다른 편으로 옮기지는 아니하고 날카로운 끝으로 찌르는 듯한 시선을 계속 하다가 얼굴을 들어 다시 천정을 쳐다보며 찬 기운이 뚝뚝 드는 소리를 내어 깔깔 웃는다.

한치각은 그 웃음소리가 머리 쭈뼛하며 등에 찬물을 끼얹는 듯하였다. 이러한 의외의 광경을 본 한치각은 놀라기도 어지간히 놀랐지만은

찬바람이 나게 껄껄대는 안나의 웃음에 평생에 당하여 보지 못한 자기의 자존심에 침해를 당한 것같이 생각이 되어 마음이 가라앉음에 따라 한편으로는 가벼운 흥분을 느끼었다. 만일 안나의 정신 이상을 예기치 아니하고 그런 웃음을 당하였다면 한치각의 손은 번개 같이 안나의 뺨을 쳤을 것이다. 돈으로 모든 여성을 정복하려는 한치각의 앞에서는 그러한 냉소가 도저히 용납될 수가 없었다. 그것은 자기의 행동이 부자연하니만큼 이면에는 그러한 여성들의 냉소가 있을 것을 항상 예측한 까닭이다. 안나의 웃음이 일종의 미친증에서 나온 것이지만은 한치각에게는 미친증 이상의 어떤 자극을 준 것이다. 안나는 여러 사람에게 부축을 당하여 두 눈을 꽉 감고 침대에 드러누웠다. 의사는 미안한 빛을 내며

"저러한 악증이 생겼으니 내 병원에서는 완전한 치료는 못하게 되었습니다."

의사는 손을 놓았다는 의미로 말한다. 한치각은 말없이 머리를 숙이고 침묵에 쌓여 있다.

62회 인정 없는 사람

한치각은 한 달을 멀다하고 새 계집을 갈아 들이는 성질을 가진 사람이라 안나에게 애착이 떨어지기는 벌써 오래 전부터요, 수년 전부터는 안나에게 대하여 아무 관심조차 없는 사람이니 안나가 별안간에 실성을 하였다 할지라도 그렇게 크게 놀라울 것은 없지만은 당장 자기 눈앞에서 불쌍해서 차마 볼 수 없는 그런 가련한 의식 없는 동작을 하는 것을 보게 되어 마음이 어두워졌다. 그러나 한치각의 이러한 마음의 그림자는 극히 가벼운 그림자이다. 쉽게 말하면 길가에서 간질병을 가진 행인이 쓰러져서 공중을 허위대면 불쌍한 동작을 하는 것을 지나가는 사람이 보고 곁눈으로 보고 막연한 동정을 느끼는 것 같은 충동, 더 깊은

느낌은 없었다.

안나가 그러한 가련한 상태에 빠진 원인이 말하고 보면 자기 무책임한 관심에서 생긴 것이니 보통 인정을 가진 사람 같으면 자기 스스로가 양심의 가책을 받아 쓰릴 터이나 원래가 환경에 지배를 받지 아니하는 특종의 개인주의를 가진 사람이라 마음에 한 구석에 다만 어두운 그림자를 남기게 되었으나 그것은 안나에 대한 따뜻한 동정감에서 나온 것은 아니다. 자기와는 아무 관계도 없는 돌발 사건이 쓸데없이 생겨나서 자기를 공연히 그 와중에 끌어넣게 되었다는 번루가 한치각의 마음을 어둡게 한 것이다. 한치각은 보통 사람이 상상치 못할 만치 극도의 이기주의에 기울어진 사람이다. 세상에는 감정에 세례를 받지 못한 자기 마음대로 자기 행동에 최대한 자유를 가지고 사회를 등지려 사람도 있지만은 물질의 조건이나 개성에 냉정함이 한치각과 같은 인물은 드물 것이다. 이러한 한치각의 개성과 태도를 어느 점으로 보아서는 철저하다고 할 수도 있으나 그의 반면에 나타난 행동으로 보면 여성에게만 향하여 적극적이고 다른 방면에는 지극히 소극적이다. 다만 그의 풍부하게 가진 색마성이 극도로 한편으로 기울어지기 때문에 그 반동을 받아서 다른 방면에는 무관심한 상태를 가지게 된 것이요, 따라서 극도의 이기주의 같이 보이는 것이다. 한줄기 가련한 희망을 가지고 자기 딸을 살려 내려고 단잠을 못 자며 안나의 침대 옆에서 간호를 하던 안나의 어머니는 별안간 안나가 미친증을 시작하게 되어 눈앞에서 끔찍끔찍한 동작을 하는 안나의 모양이 애처롭기도 할 뿐 아니라 죽을 날이 가까워 오는 자기 내외의 고독한 신세를 생각하면 앞길이 캄캄하여졌다. 안나의 어머니는 울다 못하여 원망에 쌓인 포악이 복받쳐 올라올 때도 있었다. 의사의 입에서 결국은 자기 병원에서는 어찌할 수 없다는 선고를 들은 안나의 어머니는 가슴이 딱 막히어 한참 동안 벙벙히 섰다가

"병원에서 저 병을 못 고치면 어떡하나요?" 안나의 어머니는 말이 떨

리어 목이 메었다.

한치각은 말이 없이 양 미간만 찌푸리고 섰다. 안나의 어머니는 다시 외투에 손을 대이며

"나으리. 어떡하면 좋아요?"

한치각은 몸을 피하며 "낸들 어찌하란 말이요? 자기들이 주의를 아니하여 이러한 일을 만들어 놓고 나더러 어떠하란 말이야." 한치각의 어조는 동정의 그림자는 고사하고 짜증이 똑똑 든다.

안나 어머니는 기가 막힌 것처럼 한치각의 얼굴을 쳐다보더니 두 눈에는 원망의 핏줄이 내솟았다.

"나으리는 안나가 저렇게 된 것도 불쌍하지 않소? 당초에 누구 때문에 약을 먹었는데요? 아무리 인정이 없는 이이기로……."

안나 어머니의 두 입술은 떨리었다. 눈동자는 날카롭게 곤두섰다. 옆에 섰는 의사는 안나 어머니의 별안간 변한 심상치 않은 태도를 보고 한치각에게 눈짓을 하며

"내 방으로 가시지요" 하며 한치각을 동독하여 병실을 나아갔다.

안나의 어머니는 두 손을 안나의 몸 위에 펴서 던지고 목을 놓아 운다.

의사와 한치각은 원장실에 마주 앉아서 안나의 처치를 의논하게 되었다.

"저 증이 생기면 크게 요란해질 터인데 참 성가신 일도 많군. 저 지경이 되고 질질 끌게 되면 사람이 성이 나서 견딜 수가 있나."

한치각의 말은 그대로 자기 감정의 그림자를 쏟아 놓았다.

"참 모든 것이 미안하게 되었습니다. 인제는 별도리가 없게 되었습니다. 댁으로 퇴원이나 하여 가지고 안정하게 자연요법이나 하여 보는 수밖에는 없을 줄로 생각합니다."

의사는 두 손을 비비며 미안타는 표정을 한다.

63회 양심을 속이는 그들

의사와 한치각은 원장실에 마주 앉아서 안나의 병에 대한 치료보다도 장차 어찌하면 소문이 밖에 나가지 아니하고 그대로 지나갈까 하는 방법을 연구하고 있다. 의사의 말은 자기의 처지를 현명히 하기 위하여 안나를 다시 한 번 대학 병원 정신과 같은 데서 입원을 시켜서 정신에 감정을 하여 보는 것이 좋겠다고 말하였으나 한치각은 응낙치 아니하였다. 한치각의 생각에는 도무지 안나의 사건이 어두운 이면에서 밝은 데로 폭로가 되는 것을 꺼리기 때문이었다. 원래 안나가 약을 먹은 원인에도 큰 의문이 있을 뿐만 아니라 어떠한 동기로 안나의 입에서 그 비밀이 나올는지도 모르기 까닭에 안나를 자기 손 밖에 내어놓기를 염려한다. 한치각의 인정 없는 태도에는 의사도 적지 않은 놀라움을 느끼었다. 한치각은 안나가 벌써 폐인이 된 이상 섣불리 문제를 세상에 던져서 남의 의심을 끌게 하느니 보다 인정에는 차마 못할 일이나 깊은 방이나 치우고 그 속에 감금해 두었다가 다행히 그 병이 완쾌하면 좋고 그렇지 아니하면 안온하게 죽기를 기다릴 수밖에 없다는 인정에 벗어나는 타산적인 생각이 앞을 서기 때문이다. 성욕에 첫 욕심을 차리고 불 같이 타오르는 한치각의 색마성은 자기 목적을 달한 다음에는 다시 차돌 같이 냉정하게 변하는 것이 그의 특수한 태도이다. 안나에 대한 이런 몰인정한 처치가 그다지 놀랠 것은 없거니와 설마하고 한치각의 마음을 믿고 있는 안나의 부모가 한치각의 내심을 만일 들여다본다 하면 이를 갈고 한치각을 복수코자 할 터이다. 한치각의 이러한 몰인정한 태도가 결단코 그대로 나타나올 리는 없다. 따뜻한 어떤 가면을 쓰고 나올 것이니 이것이 이른바 세상 사람이 권모술수라 하는 일종의 눈가림이다. 한치각과 의사가 이야기를 계속 하는 중에도 두어 번이나 안나의 섬뜩한 외마디 소리가 두 사람의 귓가를 스치며 지나간다. 안나의 아버지는 어느 놀음판에 파묻혔는지 며칠이 지나도록 행적을 나타내지 아니한다. 한참 동안 이야기를 계속하던 한치각은 손 사이에 끼어 있던 여송연을 재떨이에 던지며 일어난다.

"그러면 곧 죽첨정 집으로 퇴원을 하도록 주선을 하여주시오" 하며 한치각은 옆에 놓였던 모자를 쓴다.

의사도 따라서 일어서며

"그러면 말씀하신 대로 주선을 하지요. 그러나 아직 같아서는 발작증이 그다지 맹렬치는 아니하니까 그대로 지낼 수도 있겠습니다마는 만일 증세가 폭발적으로 변한다면 밖으로 뛰어나갈 염려도 없지 아니합니다. 간호는 특별히 주의를 하여야 될 터인데 그 댁에는 힘써 간호할 이도 없는 듯하니 여기서 당분간 간호원을 하나 준비해 보낼까요?"

의사는 자기 병원에서 오랫동안 치료를 시키던 관계 상 미안한 책임을 느끼며 이러한 말을 하였다.

"그러한 무엇이 보입니까? 밖으로 뛰어나가게 되어서는 큰일인데."

한치각의 얼굴에는 양 미간에 또 불안한 주름살이 보였다.

"아직은 모르겠습니다마는, 저런 증세가 나중에는 폭행까지 발작이 되는 데가 많이 있습니다."

"참, 사람이 성이 가셔서, 언제든지 좋도록 주선을 하도록 하지요. 나는 머리가 아파서 집으로 돌아가겠습니다."

한치각은 모든 것이 성이 가신 모양으로 한 시각이라도 빨리 병원을 벗어나가는 태도로 서성이고 있다가 원장실을 나가 집으로 돌아갔다. 의사는 한치각이 돌아간 뒤에 안나의 병실에 들어와서 무거운 어조로 안나의 어머니에게 퇴원할 준비를 일렀다. 안나 어머니는 별안간 놀랐다.

"여기서는 아주 고칠 수 없게 되었습니까?"

안나 어머니는 낙망의 얼굴로 의사를 쳐다본다.

"아주 그런 것도 아니지마는 우선 댁으로 데리고 나서 조용한 방에서 편안하게 치료를 하는 것이 도리어 나을 듯합니다. 그리고 한참봉께서 차차 동정을 보아서 다른 병원으로 입원을 시키시라 말씀하셨으니 다시 염려하실 것은 없소이다."

　의사는 한치각의 따뜻한 가면을 쓴 충실한 대언인이었다. 안나의 어머니는 의사의 말을 믿지 아니할 수는 없었다. 절망 중에도 한참봉이 잘 치료를 하게 한다는 말에 한줄기 희망을 가지고 그날 저녁에 가련하게 미쳐버린 자기 딸 안나를 운반하여 죽첨정 집으로 퇴원을 하였다.

64회 여점원에게 팔려서

　한치각은 병원의 대문을 벗어난 것이 마치 고약한 술에 취하였다가 깨인 것 같은 시원함을 느끼었다. 쓸데없는 구중중한 번루가 자기 몸을 괴롭게 하던 그 구덩이를 벗어나게 되어 마음이 거뿐하여졌다. 한치각의 머리에는 병원 대문에서 발을 내어놓자 안나의 그림자는 사라져 버렸다. 나중에는 어찌 되었던지 안나의 일은 이것으로 한 단락을 지었다고 생각이 되는 것이 아니라 그렇게 자기 마음을 작정하여 버렸다. 한치각의 머릿속에는 요사이 황숙자의 숫적은 모양이 큰 선을 지어 꾸물거리는 중이라 그는 병원을 떠나며 또 숙자의 그림자가 머릿속에 떠돌았다. 병원에서 마음에 없는 성가심을 받던 불유쾌한 흔적이 머릿속에 남아있는 중에 한 달이나 두고 침만 바르고 목적을 달지 못한 숙자의 일이 슬그머니 심증이 나게 되어 중간에서 활동을 하고 있는 안의관에 대한 불만이 생기게 되었다. 한치각은 날마다 대령하라는 분부를 내린 안의관과 황치삼이 자기 집에 와서 있을 것을 짐작하고 곧 집으로 돌아가려 하다가 종로 네거리에서 다시 생각하고 화신상회로 들어가 전화를 걸게 되었다. 그럭저럭 저녁 네 시가 되어 그는 매일 밤 빛 따라서 여성이 웃음을 던지는 화류장으로 발을 향할 때가 가까워 오는 까닭에 안의관과 황치삼을 불러내어 오늘은 강경한 담판을 할 예정으로 전화를 걸게 된 것이다. 해룡피 외투를 두 어깨에 턱 접어치우는 한치각의 태도는 누가 보나 돈냥이나 있는 사람으로 아니 볼 수는 없었다. 화신상회 아래 위층에 푸른 사무복을 입고 틈틈이 늘어선 여점원들은 한치각이 지날 때마다 뽀얀 얼굴을 들어서 자기를 주시하는 것이 마음에 무상히 유쾌한 느낌을 주어 어떠한 조그만 승리를 얻은 것처럼 스스로 만족하였다. 한치각은 이리저리 전화통을 찾다가 3층 한 모퉁이에 얼굴이 둥그스름하고 눈이 쌍꺼풀진 여점원이 손으로 턱을 괴고 고객을 기다리고 섰는 자리미에 매달린 전화통을 발견하였다. 구태여 여점원이 섰는 그 전화통을 빌어서 하는 목적은 아니지만은 여점원의 얼굴에 눈을 팔리게 된 한치각은 여점원의 얼굴과 동시에 다행히 전화통까지 시선이 들어오게 되어 결국 그 전화를 빌리게 된 것이다. 한치각의 두 눈초리는 가늘게 좌우로 열리며 여점원 앞으로 뚜벅뚜벅 걸어갔다. 입에는 의미 없는 미소가 나타나며

"전화 좀 빌리우?"

한치각의 입에서는 보통 사람이 사용히는 경어는 용이히 니오지 이니하였다. 그러나 어조는 상대가 여성이니만큼 두렵기도 하려니와 끈적끈적하였다.

여점원은 서비스의 웃음을 던지며 몸을 일으키어 "예, 어서 하십시오."

한치각은 다시 여점원의 말하는 얼굴을 들여다보며 전화통을 떼어들고 자기 집에 전화를 하였다. 안의관과 황치삼을 비롯하여 사랑에 모이는 소위 병정들은 여전히 늘어앉았는 모양이다. 한치각은 전화통을 들고

"아, 누구야? 심인가? 안하고 좀 바꿔주게."

"응, 안의관인가? 오늘은 무슨 새 동정이나 있나? 없어? 쓰잘데가 그렇게 없고 무얼 한단 말인가? 거기 황도 있지? 그러면 곧 황하고 진고

개에 강호천으로 오게. 알지? 내가 지금 그리 갈 터이니 곧들 나오게. 자네하고 둘이만 강호천으로 와."

한치각의 전화는 옆의 사람이 물끄러미 바라볼 뿐이요, 내용을 아는 사람은 없다. 한치각은 마치고 또 내용도 의미도 모르는 미소를 여점원에 던졌다.

"전화를 잘한 대신에 그 값으로 물건이나 사가지고 갈까?"
하며 또 여점원을 쳐다본다. 한치각의 물건을 살 생각은 전화를 빌어 한 보상인 것보다 솔직하게 말하면 어딘지 차밍을 가진 그 여점원의 냄새를 좀더 맡자는 목적에서 나온 것이다. 한치각은 여점원을 데리고 진열상에 시선을 던지며 돌아다니었으나 반드시 사야만 할 물건은 없었다. 결국은 양말 한 켤레를 사가지고 이리저리 그 옆을 거닐다가 진고개로 향하였다.

65회 일본 요릿집의 밀의
한치각은 고객을 부르는 여점원의 서비스 웃음에 마음에 끌려서 필요치도 아니한 양말을 사가지고 "안녕히 가십시오" 하는 여점원의 앳된 소리를 귓가에 남기며 화신상회를 나와 진고개로 향하였다. 그는 날마다 되풀이를 하는 여성 탐방이 마치 한 사업 같이 되어 하루라도 피할 수 없는 사무이다. 양편에 늘어선 상점들의 높은 지붕이 머리 위에서 입을 맞추게 된 좁은 진고개 길에는 행인들의 어깨를 부비며 좁은 개천의 물 내려가듯이 몰리는 복잡한 사람의 틈으로 한치각은 포도나무 뿌리 단장을 두르며 완보를 던진다. 많은 사람들은 다 각각 자기 일에 바쁜 듯이 또 추위에 몰리는 듯이 고개를 숙이고 종종 걸음을 치며 지나가는 중에 오직 한치각 한 사람은 추위도 모르고 바쁜 일도 없는 사람 같이 거만한 시선을 무겁게 좌우편으로 던지며 강호천으로 향한다. 한치각의 형체가 강호천에 나타나매 신발지기는 대끝으로 찌르는 듯한 땡땡한 소리를 쳐서 하녀를 불렀다. 중년하녀는 소리에 걸묻어서 종종 걸음으로 나오며 선웃음으로 한치각을 맞는다. 한치각이 비밀실 같이 정하고 다니는 요릿집이라 현관에 앉은 신발지기를 비롯하여 요리집 모든 하녀들은 한치각과 어지간히 두터운 안면이 있다. 하녀는 한치각을 안내하여 이층으로 올라가다가 한치각의 등을 툭 치며 한손을 들어서 새끼손가락을 까딱거려 보인다. 하녀의 이런 암시는 물론, 오늘도 계집이 오느냐를 묻는 것이었다. 한치각은 빙그레 웃으며 고개를 좌우로 흔들었다.

한치각은 이 요릿집의 가장 구석에 있는 휘모진 팔방을 거의 맡아 놓다시피 하고 다니는 터이다. 하녀는 다시 묻지도 아니하고 우중충한 그 방으로 안내를 하였다. 얼마 있다가 연통 안의관과 요새 새 병정으로 등장하게 된 황치삼이 중밥에 매와 같이 달려들었다. 그리하여 황숙자의 고기를 억지로 매매하려는 악마의 연극은 장차 개막하게 되었다.

한치각은 그들에게 위압을 보일 필요가 있다고 생각하는 때는 반드시 고가의 굵다란 여송연을 먼저 피어 무는 것이 항례라 상좌에 앉아서 몸을 기대었던 한치각이 은갑에서 여송연을 꺼내자 연통 안의관은 두 손을 분주하게 활동을 하며 허둥지둥 성냥불을 켜 대었다. 한치각은 이 좌우 구비로 하얀 연기를 솔솔 흘리며 비쭉한 여송연의 한 끝을 입술 새에 끼우고 말을 내이기 시작한다.

"여보게, 안 그래, 아주 소식이 없다는 말이야? 이거 속담의 상말로 동네 새악시 믿고 장가 못 가는 격인가? 참, 우스운 일도 많군."

한치각의 말은 약간 회담이 섞이었으나 보통 때와는 어조가 무거웠다. 안의관은 신경이 움직이지 아니하는 웃음을 억지로 입가에 나타내며

"원, 조급하게도 구시오. 우물에 가서 숭늉 찾겠소."

한치각은 안의관의 말이 채 끝나지 아니하여

"또 기다리라는 말이야? 벌써 이태나 걸쳤어. 그래도 나쁘단 말이

지? 시간이 모자라거든 숫제 항복을 하고 내놓지. 남의 헛애만 먹이지 말고."

한치각과 안의관이 말이 두어 번 왕래하는 것을 듣다가 황치삼도 역시 그 모사 중에 극한 사람이라 잠잠히 앉았을 수는 없었다.

"숙자는 처지가 다르니까 그렇게는 쉽게 못 다룹니다."

황치삼도 입을 열었다. 한치각은 안의관이 권고하는 대로 숙자를 자기 손에 넣자면 일가가 된다는 황치삼의 손을 비는 것이 첩경이라 생각하고 모든 활동을 황치삼에게 맡긴 것이나 병정으로 부리게 된 일자가 아직 얕은지라 안의관 같이 마구 다루기는 좀 서먹서먹한 생각도 있기 때문에 맞은 편 꼬집기로 안의관만 좁혀대는 중이나 실상은 황치삼에게 실권이 있는 것을 짐작하는 까닭에 이 자리에서도 공연히 안의관을 족쳐서 한편으로는 황치삼의 행동을 동독하려는 것이다.

"숙자는 다르다니? 그럼 숫새악시는 시집도 아니 간단 말이오?"

한치각은 황치삼을 말을 비비꼬는 모양으로 이렇게 반문을 하고 황치삼의 얼굴을 보았다. 황치삼은 허둥지둥하며 "아니올시다. 그런 말씀이 아니라, 논다니 계집과는 다르다는 말씀이지요."

"그러기에 돈을 오백 원이나 봉치 싼 세음으로 보내지 않았소. 그리고 마음에 합당만 하면 내가 장가를 들기라도 할 터인데 무슨 상관이 있소?"

황치삼은 한치각의 장가를 든다는 말의 의미를 미처 알아듣지 못하는 모양으로 앉았다.

66회 눈을 어리는 뒷모습

우중충한 방 안에서 악마의 선웃음 같은 소리가 흘러나오는 강호천 팔방에는 술병과 유리 접시가 상에 가득히 늘여 놓았다. 두 눈이 풀려오는 안의관이 여원 뺨에 도화색이 질린 황치삼, 여송연을 입술 흔드는 한치각의 세사람이 정종, 왜전골 냄새가 한데 엉클어져서 담배 연기 위에서 춤을 추는 그 안에서 식탁을 에워싸고 숙자의 이야기가 계속되었다.

"황은 우리 집에 다닌 지가 얼마 아니 되니까 자세히 모르겠지마는 내가 그렇게 박한 사람은 아니요. 설혹 숙자를 내게 맡긴다 하더라도 결단코 염려할 것은 없소. 신식 살림을 하겠다면 양옥집도 있고 또 조선식으로 살겠다면 큰 기와집에 긴 치마를 입혀서 사인조까지도 대어 줄 터인데 무슨 걱정이 있소? 여보게, 그렇지 않은가?"

한치각은 계집의 마음을 미혹케 하는 전래의 수단인 돈 자랑을 또 시작한다. 안의관은 그저 지당하다는 듯이 고개를 끄덕거리며

"암, 그렇고 말고. 지금 재산으로 하든지 인품으로 하든지 다시는 없지. 말을 해 무얼 해? 치삼이도 물론 짐작을 할 터이지만."

황치삼은 천의 하나도 성공에 자신이 없는 토지 중개를 하느니보다 한치각에게 이런 기회에 잘 매달리면 큰 수나 생길 것 같이 마음이 솔깃하였다.

"그야 다시 말씀할 것도 없지요마는 원체 과부살이를 오래 하던 이가 너무 외곬스레 나가는데 아주 질색을 하겠어요. 그러나 한참봉께서 그렇게 마음에 드신다면 전력을 다해서라도 숙자는 바치도록 하지요."

황치삼은 장담한다는 뜻을 보인다. 한치각은 입가에 정욕을 연상하는 웃음이 흐르며

"글쎄 말로들만 장담을 하면 뭘 하오? 얼른 성공을 해야지. 오과부가 종시 안 들으면 낭패가 아니오." 한치각은 말을 마치고 황치삼을 쳐다보며 대답을 계속한다.

황치삼은 마치 계획이 아니 생긴 것처럼 "글쎄요" 하며 이마에 손을 대고 고개를 숙였다. 안의관은 대답에 몰리는 황치삼을 두고 하는 것처럼

"참봉도 딱하오. 그렇게 찬밥 먹듯이 쉽게 될 수야 어디 있소? 시집

을 가고 장가를 드는 일류 대사인데. 하하."

안의관은 말끝을 너털웃음으로 돌려서 좌중에 급박한 공기를 완화시키려 한다. 가는 주름살이 얼킨 중년 하녀는 술병을 가지고 들어오더니 세 사람의 얼굴을 휘휘 둘러보며 웃음이 섞인 말로

"오늘은 왜 이렇게 얌전들 하신가? 사나이 냄새만 나고 하하."

하녀가 던지고 나간 이러한 일본말의 의미를 다 알아 듣지 못하는 안의관은 눈이 휘둥그레서 하녀의 나가는 뒷모양을 바라보고 있다.

한치각의 대답을 독촉하는 말은 또 황치삼의 가슴을 찔렀다.

"황, 여보, 그럼 이 자리에서 아주 작정해서 말을 하오. 어느 날 된다는 것을 최소 기한을 두고 아주 단정을 해서 말을 좀 해요."

한치각은 웃음을 띠고 황치삼의 옆으로 가까이 당겨 앉으며 황치삼의 무릎을 손으로 흔들었다. 황치삼은 눈을 깜빡거리며

"글쎄요, 날짜는 작정할 수 없는데요."

한치각은 또 황치삼의 무릎을 손으로 흔들며 마치 어린애가 조르듯이

"그러지 말고 꼭 좀 되도록 해주어요. 내 운동비는 얼마든 쓸 터이니."

한치각은 양복 뒷주머니에 앞 돈으로 집어넣었던 백 원짜리 지전 봉지를 꺼내어 황치삼의 얼굴 앞에 내밀었다. 황치삼의 눈에는 별안간에 시뻘건 욕심의 핏줄이 가로 질렀다. 안의관은 한치각의 주머니에 돈뭉치가 춤을 추는 것을 보고

"그렇게 빛만 뵈지 말고 아주 두둑히 운동비를 맡기구료."

한치각은 안의관의 말이 끝나기도 전에 쾌활한 어조로

"그야 물론이지. 속히 성공만 하면야 이백 원 삼백 원 같은 돈이야 어느 때든지 내놓지 하하."

황치삼의 머릿속에는 어떻게 계획이 생긴 듯이 고개를 두어 번 *끄덕 끄덕* 하더니

"한참봉께서 그렇게 마음을 쓰시는데 날마다 술만 얻어먹고 다니기

만 할 수 있습니까? 그렇다면 숙자의 일은 일주일 안에 꼭 성공을 하도록 힘을 쓰지요."

황치삼은 대단한 결심을 한 듯이 말하였다. 한치각은 얼굴에 만족한 빛을 나타내며 소리를 쳐서 웃었다.

67회 괴이한 집알이

오과부의 큰 걱정거리던 안의관이 무리로 떠맡기고 간 오백 원 문제는 날이 갈수록 심상히 내버려 두게 되었다. 날마다 안의관이라는 사람이 오기만 기다리고 있는 오과부는 그 후에 한치각의 편에서는 무슨 까닭인지 발을 똑 끊게 되어 일종의 의문으로 지나는 중이다. 그 돈 오백 원은 과연 안의관이 말한 듯이 순전하게 세찬으로 보낸 것인가 하고 오과부는 세상에 후한 사람도 있다 하는 생각으로 그대로 지나는 중이다. 돈에는 도무지 손을 대지 아니하고 벽장 손궤 속에 깊이 간수하여 두었다. 비록 세상 일에는 단련이 적은 오과부이나 그 돈을 함부로 썼다가는 나중에 거북한 일이 생길까 하는 의심이 마음에 생기기 때문에 그내로 둔 것이다.

정월이 거의 다 지나가게 된 이때에 철 늦게 눈이 와서 좁은 마당이나마 혼자 손에 쓸 새가 없어서 남겨 두었던 눈을 오과부는 모지라진 비로 쓸어붙이는 중에 생각지도 아니한 황치삼이 뛰어 들었다. 황치삼의 모양은 어디서나 수가 생긴 듯이 요사이 차리고 다니는 것이 전보다는 매우 깨끗하여 보인다. 오늘은 양속 두루마기에 노랑빛 새 구두를 신고 항상 궁기가 더럭더럭하는 그의 얼굴은 어쩐 일인지 겁기가 걷고 매우 밝아 보인다. 황치삼은 앞마당으로 들어서자 정이 뚝뚝 떨어지는 어조로 흥감을 떨며

"아이고, 아주머니께서 이 추위에 손수 마당을 쓰시네. 대체 부지런도 하셔. 숙자도 잘 있고 다른 연고는 없습니까?"

황치삼은 마루 끝에 앉는다.

"네. 별일 없습니다. 아주버님 댁에도 다 무고하신가요?"

오과부는 수줍은 여인들이 간단히 치르는 인사의 말을 겨우 하였다.

"아주머니는 손도 안 시리시오? 눈을 내가 쓸어 드리리다" 하며 마루 끝에서 황치삼은 다시 몸을 일으키어 오과부의 옆으로 가까이 가며 오과부의 손에 든 비를 빼앗으려 한다.

오과부는 자기 혼자만 있는데 황치삼이 별안간 달려 들어서 자기 몸으로 가까이 붙는 것이 마음에 싫은 생각이 나서 몸을 피하며 "고만 두셔요. 다 쓸었는데요" 하며 사양을 한다.

"오늘은 아마 토요일이지요? 오래지 않아 숙자도 곧 돌아오겠군요."

황치삼은 이상스럽게 오과부가 몸을 피하는 것을 보고 멀쓱하니 몸을 마루 끝에 앉으며 딴 이야기를 꺼내었다.

"네, 오늘은 학교에 무슨 기념 날이라나요? 공부는 안 한다니까 곧 오겠지요."

오과부는 고개를 숙인 채로 눈을 쓸어붙이고 있다.

황치삼은 조끼주머니를 들썩하더니 시계를 꺼내어 보며

"아이고, 벌써 오정이나 되었네. 오늘은 오래간만에 숙자를 데리고 가서 집알이나 시키려고 했는데."

오과부는 숙자를 데리고 간다는 황치삼의 말에 놀랐으려니와 집알이라는 것도 이상하게 들리어

"집알이라니요? 누구의 집알이에요?" 오과부는 마루 끝에 무릎을 세우고 앉았는 황치삼을 쳐다본다.

"네, 제가 작년 섣달에 이사를 했습니다."

"어디로 떠나셨어요?"

"저 동소문 밖에요. 어떤 친구가 가지고 있던 정자인데 당분간 들어 있으라고 해서, 그래, 이사를 했습니다. 내 집은 아니지마는 기와집이

사오십간 되고 정원이 좋은데요."

황치삼의 말에 오과부는 놀라는 듯이

"네, 참 잘되었습니다그려. 그래서 요새는 살림이 좀 나셨지요?."

"그리고 작년 섣달에는 땅 흥정을 하나 붙였더니 돈 백 원이나 생겨서 정초를 잘 지냈습니다."

"아, 운수가 차차 틔시나 보외다. 어쩐지 신수가 전보다 아주 훨씬 나으신 걸요."

"나으면 뭐합니까? 손에 묻은 밥풀이지요."

"그래도 차차 형편이 나아가시면 좋지요."

"그런데 오늘은 막내 놈의 돌날이라나요? 집에 마누라는 숙자를 본 지가 오래 돼서 한번 보고 싶다고 애를 쓰기에 겸두겸두해서 내가 왔습니다. 온 집안들이 어찌 고적한지 서로 찾아다닐 집도 없다고 마누라는 아주머니 댁 이야기뿐이지요. 오늘도 모처럼 왔으니 숙자를 하루 빌리시지요."

황치삼의 말은 어두운 구석이 없이 술술 풀렸다. 오과부는 무엇을 생각하는지

"글쎄요, 이따가 숙자가 오거든 의논해서 데리고 가시지요."

황치삼은 너무나 사려가 많다는 듯이

"의논 여부가 무어 있습니까? 아주머니도 딱도 하시오. 일갓집에 가는 것을 의논해 볼 건 무엇이 있습니까?"

황치삼과 오과부의 사이에 이야기가 벌어진 중에 숙자가 들어왔다.

68회 마음에 없는 방문

숙자는 뜻밖에 황치삼이 와서 앉았는 것을 보고 어쩐 일인지 마음에 선뜩하였다. 그러나 그것은 무엇이라고 집어내서 말할 수는 없는 일종의 막연한 느낌이었다. 깨나 자나 사나이의 형적이 없고 모녀 두 사람

만 사는 가정에 별안간에 눈 서툴러 보이는 남자가 마루 끝에 걸터앉은 것을 보니 그러한 순간의 충동을 느끼게 된 것은 큰 의문은 아니었다. 숙자가 방으로 들어가서 옷을 바꿔 입은 다음에 비로소 오과부는 황치삼을 안내하여 세 사람이 안방으로 들어가게 되었다. 추운 겨울에 자기 집으로 찾아온 사람을 곧 따뜻한 방으로 안내하는 것이 보통 인정이나 전형적 과부 생활을 해오던 오과부는 나이는 오십이 불원하였지마는 아무도 없는 방 안에서 남자와 마주 앉아서 수작을 하는 것이 마치 무슨 죄나 짓는 것 같이 생각이 되어 황치삼을 이때까지 마루에 앉힌 것이었다. 황치삼은 숙자와 마주 앉아서 궐련을 피우며 숙자의 두 뺨에 불그스름하게 익어가는 것이 나타나는 것을 쳐다보며

"숙자도 이제 아주 새악시 티가 딱 박혔는데. 내가 여기를 다녀가면 반드시 숙자의 커 가는 이야기를 하니까 마누라는 하도 보고 싶어서 애를 쓰는 모양이야. 오늘은 아저씨가 마중을 왔으니 집알이 겸해서 한 번 가지? 지금 어머니께도 청을 하였지만은 일갓집에 서로 찾아다니는 데에 무슨 상관이 있나? 그리고 우리 집 산정 사랑은 내다보는 경치도 좋거니와 공부를 하기는 아주 맞춘 방이야. 종일 가야 사람의 소리 하나 아니 들리고 시험공부 같은 때에는 참 훌륭한 방이지. 그래, 한 번 가서 집 구경도 하고 마음에 들거든 그 방에서 시험공부도 하는 것이 좋지 않은가."

황치삼은 아무쪼록 숙자의 호기심을 끌려고 모든 이야기를 늘어놓고 있다. 숙자는 별안간에 무슨 말인가 하고 듣고만 앉았는 중에 오과부는 처음에 황치삼이 말하던 일장을 되풀이 하여 결국 숙자를 데릴러 왔다는 것을 설명하였다. 자기 어머니에게 자세한 말을 들은 숙자는 가보고 싶은 호기심도 없지 아니하나 또 한 편으로는 서먹서먹한 생각도 나서

"글쎄, 어머니 어떡할까?" 숙자는 주저하는 빛을 나타낸다.

황치삼은 이 기회에 바짝 채치자는 듯이

"내일이 공일이고 한데 시원한 바람도 쏘일 겸해서 나하고 같이 가자
꾸나. 요사이 학생들은 먼 데를 다 다니는데 일갓집 가는 것이 그렇게
어려워? 참 숙자는 너무 옛날 새악시야. 저대로 부끄러워서 시집을 어
떻게 가노? 하하."

황치삼은 의미 없는 너털웃음을 내놓았다. 숙자와 오과부는 아무 말
없이 서로 얼굴만 쳐다보고 앉아 있다. 두 사람의 마음 가운데에 황치
삼이 일부러 와서 일가라고 하면서 한번 오라는 것을 까닭 없이 거절할
수 없고 또 함부로 내놓지 않던 자기 딸을 보내기도 마음에 놓이지 아
니하였다. 오과부는 얼른 말을 내지 않고 숙자 역시 황치삼이 같이 가
자는 것이 어쩐 일인지 마음에 끌리지 아니하여 두 사람이 먹먹히 앉은
것이었다. 황치삼은 선선한 대답이 나오지 않는 것을 조금 부족하게 생
각하는 듯이 안색을 고치며

"아주머니도 퍽은 사려도 하시오. 숙자를 데리고 가서 내가 어디다가
팔아를 먹는단 말씀요? 참 너무 심하게 구시는구려. 넓은 서울서 서
로 한 집안 일가라고 우리는 믿고 있는데 왜들 그리 서운하게 구신단
말씀이오?" 황치삼은 얼굴에 미흡한 표정을 나타낸다.

오과부는 황치삼이 성을 내며 권하는 바람에 차마 뗄 수가 없어서

"아저씨께서 모처럼 그러시니 그럼 잠깐 갔다가 오려무나. 집이 하도
좋다니 집 구경도 하고."

황숙자는 마음에는 당기지 아니하나 자기 어머니가 그렇게 허락을
한 이상에 황치삼의 앞에서 차마 반대를 할 수는 없었다. 황치삼은 오
과부의 허락하는 말을 듣더니 다시 얼굴빛이 부드럽게 변하였다. 숙자
는 나들이옷을 꺼내어 가지고 건넌방으로 건너갔다. 그러나 숙자는 옷
을 갈아입으면서도 어쩐 일인지 마음이 울렁거리며 가기 싫은 마음이
나서 건넌방에서 한참동안 주저하였다. 황치삼은 벌써 마루로 나오면서

"아주머니께서 기다리실 터이니까 얼른 다녀와야지. 그러나 만일 늦

게 되면 또 내가 데리고 올 테니까 아무 염려 마십시오." 황치삼은 숙자를 재촉하여 앞에 세우고 대문 밖을 나섰다. 오과부는 대문간에 서서 염려하는 마음으로 숙자가 대문 밖으로 형적을 감추기까지 바라보고 섰다. 이 날은 황치삼이 한치각에게 한을 한 일주일의 마지막 날이었다.

69회 귀신이 춤추는 마궁

황숙자는 마음에 그다지 당기지는 아니하나 황치삼의 앞에 서서 사동 큰 길로 나왔다. 나들이라고는 별로 다녀보지 못하던 숙자는 어쩐지 마음이 놓이지 아니하는 가벼운 불안을 느끼면서도 한편으로는 황치삼이 자랑에 말하는 그의 집이 과연 얼마나 경치가 좋은가 하는 호기심이 없지도 아니하였다. 황치삼은 당초에 의심하였던 숙자를 기어코 끌어내어 계획한 연극이 거의 성공에 들어섰다는 믿음성이 생기었다. 숙자는 전찻길에 나서며 걸음을 주저하였다. 황치삼의 집이 동소문 밖이라고 말을 들었지만은 전차를 타야 할는지 또 버스를 타게 되는지 황치삼이 인도하는 대로 따라갈 수밖에 없이 된 숙자는 황치삼의 안내를 기다리게 된 까닭이다. 황치삼은 숙자가 앞에서 머뭇거리는 것을 보고

"숙자, 오늘은 아저씨가 자동차 한번 태워줄까?" 황치삼은 숙자의 옆으로 가까이 다가서며 숙자의 얼굴을 쳐다보았다. 숙자는 자동차라는 말에 얼른 버스를 타자는 의미인 줄 알고 "그럼 공원 앞으로 가야 버스 정류장이 있지요."

하며 걸음을 공원 편으로 옮겨 놓으려 한다. 황치삼은 급히 "아니야 버스는 왜? 아저씨가 훌륭한 독 자동차를 태워 준다니까. 아마 숙자는 독자동차는 못 타보았을 걸? 그럼, 우리 요 위로 올라가서 택시를 불러타고 가지" 하며 황치삼은 숙자를 데리고 종로 편으로 향하여 올라가려 하는 즈음에 마침 빈 자동차 한 채가 지나가는 것을 불러서 황치삼과 숙자는 올라탔다.

숙자는 황치삼이 말하듯이 택시를 타보기는 첨이다. 자동차 안에서 남자와 나란히 걸터앉아서 가는 것이 마음에 부끄럽기도 하고 또 서먹서먹한 생각도 있어 고개를 숙이고 한편 옆에 몸을 감추어 앉았다 자동차는 전차 선로를 옆에 끼고 동대문 편을 향하여 아스팔트 위로 바퀴를 구르며 달아난다. 숙자는 버스를 탔을 때 현기를 느꼈을 때에 자동차 속에서 또 그런 이상한 기분이 일어나지 않을까 염려하였으나 택시를 타는 기분은 전연히 딴판이었다. 얼음위에 팽이 돌아가듯이 바퀴는 소리조차 아니 들리고 좌우에 늘어선 시간은 물 흘러가듯이 지나친다. 숙자는 의외의 상쾌한 맛을 느끼었다. 자동차는 통안병문을 지나서 한참 달아나더니 다시 성벽을 끼고 성북동 송림 새로 휘어 들었다.

숙자는 비로소 입을 열었다.

"여기도 자동차 길이 생겼어요? 참 퍽은 변했네. 뜰도 많아지고."

숙자는 수년 전에 학교에서 원족을 왔을 때에 보던 것과는 많이 변한 것을 놀랐다.

황치삼은 무엇을 정신없이 생각하고 있다가 숙자의 말소리에 얼굴을 숙자 편으로 휙 돌리며

"숙자도 언제 여기 와 보았나? 아주 전과는 딴판이지. 해마다 양옥집들이 늘어가고."

"아주 퍽 변했어요. 연전에 원족을 왔을 때와는 아주 딴 세상이 되었는데요?"

"암 그렇고 말고 해마다 달라 가는데 학교에서 원족을 이리로 왔더란 말이지?"

"네, 1학년 때 왔었어요." 자동차 안에서 두 사람의 이러한 이야기가 계속 되는 동안에 자동차는 성북동 장찬 골짜기를 다 지나여 청룡암 앞을 들어가는 돌다리 앞에 이르자, 운전수는 불만이 섞인 어조로 "퍽은 들어왔다. 이제는 더 못 갑니다. 이 차는 또 어떻게 돌려?" 하며 자동차

를 멈추고 운전대에서 내렸다.

황치삼과 숙자도 내렸다. 황치삼은 택시 값을 치른 다음에 숙자를 앞에 세우고 돌다리를 건너서 송림이 우거진 새로 좁은 길을 따라 들어섰다. 눈 위로 들어서는 바람은 아직까지 겨울 추위가 남아있으나 도회를 떠난 찬 사이에서 흘러나오는 신선한 공기는 숙자의 머리를 가볍게 하였다. 성북동 초입에는 어지간히 많은 집들이 늘어섰더니 깊이 들어올수록 집들이 희소하여 돌다리를 건너면서는 전에 보던 쓸쓸한 시골 모양이 그대로 남아 있다. 숙자는 산 속으로 깊이 들어갈수록 점점 마음에 불안을 느끼게 되었다.

"퍽은 먼데요? 이제 얼마나 더 남았어요?" 하며 숙자는 물었다.

황치삼은 비로소 깨달은 듯이

"왜? 왜 그래? 다리가 아픈가? 이제는 다 왔어. 저 골짜기에 나무 새로 보이는 기와집이 있지? 바로 그 집이야" 하며 황치삼은 손을 들어 건너편에 산골을 가리켰다. 숙자의 눈엔 우중충한 골짜기에 외따로 떨어져 있는 쇠락한 기와집이 마치 아귀들이 들썩거리는 마궁 같이 보여서 마음이 쭈삣하였다.

70회 이상한 휘파람 소리

숙자는 황치삼의 뒤를 따라서 아무 말도 없이 묵묵히 걸어간다. 산기슭이 매달린 좁은 길을 지나 얼음위에 모진 돌이 쭉쭉 내밀은 시내를 건너서 두 다리가 힘이 풀리도록 얼마를 걸어왔다. 자동차를 내리던 곳에서 황치삼이 가리키던 그 정자는 빤히 보이면서도 어지간히 먼 거리에 있었다. 숙자는 시골길을 걸어본 경험이 없는 까닭에 좁은 산길에 울퉁불퉁 내밀은 돌부리에 함부로 부딪혀서 새로 신은 구두는 앞부리가 모두 벗어졌다. 숙자는 중간에서 다시 집으로 돌아갈 수도 없고 이마에 진땀이 흐르도록 힘을 다하여 황치삼의 뒤를 따라간다. 황치삼은 숙자가 헐떡거리는 것을 애처로워 하는 듯이 때때로 걸음을 멈추고 숙자를 위로한다.

성북동의 깊은 골짜기를 다 지나서 큰 산이 앞을 탁 막은 아주 막다른 골까지 들어왔다. 시커먼 바위들이 정면을 둘러싼 그 위에 퇴락한 옛날 기와집 한 채가 나타났다. 이것이 황치삼이 말하던 자기가 빌어들었다는 정자이다. 숙자는 돌다리 목에서 거진 5리나 되는 거리를 걸어 들어오는 동안에 잡목 새로 납작한 초가집이 군데군데 끼어 있는 것은 눈에 띄었으나 사람의 형적은 도무지 보이지 아니하여 무시무시한 생각이 나던 중에 썩은 고목들이 앞뒤로 둘러싼 우중충한 그 속에 퇴락한 집이 우뚝 서 있는 것을 보니 더구나 마음이 서늘하고 머리끝이 쭈뼛하는 무서움을 느끼었다. 장승 같이 늘어선 바위 앞에서 황치삼은 걸음을 멈추고 가쁜 숨을 내쉬는 것처럼 퇴락한 정자 편을 향하여 긴 휘파람을 내불었다. 마치 산적들이 군호를 하듯이 두어 번이나 그런 휘파람을 불었다.

황치삼이 휘파람 소리에 놀랐는지 정자집 히름한 큰 대문 안에서는 바짝 마른 중강아지 한 마리가 짖으며 내닫는다. 뾰족한 입을 하늘로 쳐들고 컹컹 짖는 개소리가 고요한 산골을 울리어 건너편 언덕에 마주친다. 숙자는 황치삼의 휘파람 소리가 나자 강아지가 내달음을 짖는 것을 보고 그것이 개를 부르는 군호인 줄 알았다. 그러나 숙자의 이러한 간단한 해석은 결국 개를 길러보지 못한 경험 없는 사람의 해석이었다. 숙자는 자기 집에서 먹이는 개가 주인을 보고 짖지 아니하는 개의 지감은 도무지 모르는 해석이었다. 황치삼의 이상한 휘파람은 그 이면에 어떠한 사건을 보고하는 한 군호이었다. 개가 짖더니 그 뒤를 따라서 열 살 쯤 되어 보이는 계집아이가 대문짝에 몸을 감추고 숙자를 건너다보더니 다시 얼굴을 감추었다. 숙자는 그 어린애가 황치삼의 딸인가 생각하였더니 황치삼을 반가이 맞이하지 않고 그대로 들어가는 것을 보니

다시 이상한 생각도 없지 아니하나 오늘이 그 집 아이의 돌 지내는 날이라 하니 다른 집에서 손으로 온 아이 같이도 보여서 별로 마음에 두지도 아니 하였다. 얼마 동안 의미없이 걸음을 멈추고 서성거리던 황치삼은 다시 바위 끝에 걸터 앉았던 숙자를 데리고 바위틈에서 시내를 건너서 퇴락한 정자로 들어갔다. 큰 대문을 들어서니 집은 몇 백 년이나 묵은 고옥 같이 보이나 집 전체는 어지간히 넓은 모양이다. 동남 편으로 둘린 행랑채를 지나서 다시 중대문 안에도 넓은 정원이 있고 두어 개나 넘는 층계 위에는 우뚝한 사랑채가 있다. 좌편에는 안으로 통하는 안대문이 있어서 앞에서 황치삼이 안내를 하는 대로 숙자는 따라 들어간다. 집은 굉장히 큰 모양이나 모두 비어서 마치 빈 집간을 들어가는 것 같이 쓸쓸하여 숙자는 다시 무서운 생각이 났다. 그래서 이때까지 침묵을 계속하던 숙자는 겨우 입을 열어 "이렇게 큰 집에서 아저씨 댁 식구만 살으셔요?" 하며 숙자는 이상스러운 듯이 물었다.

황치삼은 대답이 막힌 듯이

"으응, 아니 우리 집은 저 정자 뒤 산정채에서 살고 이 안채에는 또 딴 사람이 빌어 들었으나 그 사람은 정자지기야." 황치삼은 허둥지둥 말대답을 하며 허술한 집안을 이리저리 돌아서 점점 후미진 뒤 채로 들어간다.

숙자는 문짝이 떨어진 협문을 나와 다시 복도를 돌아서 마치 도깨비한테 홀린 사람 같이 끌려가는 중에 마음이 울렁거리며 머리끝이 쭈뼛쭈뼛하여 무서운 생각이 각각으로 깊어간다. 때는 그럭저럭 석양에 가까웠는지 산 밑에 있는 퇴락한 정자집 속에는 밝은 태양빛도 벌써 지나갔다. 숙자의 마음은 무서운 어둠에 쌓였다

71회 빈 집에서 나오는 남자

황치삼은 넓은 정자 안을 어떻게 돌아 들어가는지 숙자를 데리고 한

참 걸어 다니더니 정자의 맨 뒤에 따로 떨어져 있는 뒤로는 깎아 세운 듯한 병풍바위가 둘러 있고 앞은 두어 길이나 넘어 층계 위에 매달린 그 집 앞에 오더니 황치삼은 비로소 이 집이 자기가 들어있는 산정채라 가르치며 층계 아래에 걸음을 멈추었다. 넓은 집안을 한참 동안 끌려 다니었으되 모다 덧문을 척척 걸어 잠근 빈 채 뿐이더니 그 채 하나만은 문창호가 하얀 등 위로 발라 있고 덧문이 열리어 있다. 그러나 십여 간이나 되어 보이는 그 채에도 사람이 거처하던 형적은 별로 보이지 아니한다. 숙자의 마음은 울음이 금방 쏟아져 나올 만치 무거움과 고적함을 느끼었다. 이곳에서 곧 다른 짓이라도 하여 집으로 돌아가고 싶은 생각밖에 없었다.

황치삼은 앞에 서서 층계를 올라가며

"자 이제는 다 왔어 어서 저 방으로 들어가서 우선은 다리나 쉬지."
하며 황치삼은 먼저 층대에 올라서서 양 미닫이를 좌우로 열어젖혔다.

숙자는 마치 귀신한테 홀린 것처럼 머리가 띵 하고 다만 무서운 생각밖에 없었다. 그러나 다른 데로 도망을 할 수도 없고 횡치삼이 인도하는 대로 또 층대를 올라왔다. 미닫이를 열어젖힌 방 안에는 사람도 없고 세간도 없고 중앙에 다만 똑 떨어진 질화로 한 개가 놓여 있을 뿐이다. 숙자는 마음에 또 새로운 의심이 생겼다. 살림을 한다는 집에 세간 하나가 없는 것이 다시 괴이하게 보였다.

황치삼은 먼저 방으로 들어가서 숙자를 청해 들였다.

"집이 넓고 쓸쓸해서 이상스럽지? 이 채는 내가 사랑을 겸해서 쓰는 집이요. 요 뒤에 우리가 살림하는 채가 또 있으니 여기서 우선 다리를 쉬어가지고 차차 내가 또 안내를 하지" 하며 황치삼은 뒤로 통한 복도 면을 바라본다.

숙자는 모든 것이 도무지 알 수 없고 다만 두려운 생각뿐이었다. 눈이 휘둥그레서 사방을 둘러보았으나 넓은 방안에는 찬바람만 서려 있을 뿐이다.

"그래 아주머니는 또 딴 채에 계세요? 그럼 나는 그리로 가겠어요."
숙자는 인적 없는 빈 집에서 황치삼의 옆에 혼자 있는 것이 마음이 아
니 놓여서 몸을 피하려 하였다.

황치삼은 숙자를 보더니 얼른

"아니, 조금 있다 가지, 안에는 남모르는 남자도 왔을는지 모르니까
우선 내가 먼저 다녀오지. 그럼, 마누라는 곧 불러올 터이니 잠깐만 여
기서 기다리지. 숙자가 왔다는 소리를 들으면 신도 못 신고 뛰어 올 것
일세. 그럼 내 불러 오지" 하고 황치삼은 일어서서 나서며 열려 있는
미닫이를 다시 닫는다. 숙자는 혼자 빈 방에 떨어져 있는 것이 더욱 무
시무시해서 황치삼의 뒤를 따라서 안채라는 데로 가고 싶었으나 남의
집에 손으로 온 사람이 체면 없이 쫓아갈 수도 없고 미닫이 앞에 웅크
린 채로 앉아서 무서움이 가득한 눈으로 방 안을 이리저리 둘러보고 앉
았다. 황치삼의 발자취는 귀신의 형적 같이 어디론가 사라져 버렸다.

금방 무엇이 나올 듯 나올 듯 하는 무서운 생각이 전신을 떨리게 하
여 숙자는 마음이 한줌치 만해서 앉았는 중에 별안간에 장지 밖 뒷방에
우르르하는 소리가 들렸다. 숙자는 깜짝 놀라며 머리가 서늘하여졌다.
가슴은 두근거리고 호흡은 급하여 정신없이 그편만 바라보고 무엇이
나왔는가 하여 놀라 앉았는데 떨어진 반자 위에서 다시 찍찍거리는 쥐
소리가 들리었다. 곧 다녀 나온다던 황치삼도 아니 오고 뛰어올 터이라
던 그의 마누라도 도무지 보이지 아니한다. 숙자는 황치삼의 하던 말이
정말인지 의심을 일으키게 되었다. 대관절 이러한 깊은 골짜기에서 외
따로 떨어져서 살림을 하고 있다는 것도 믿을 수 없는 말이요 자기의
마누라가 보고 싶다고 청하여 온 사람을 오는 대로 대면을 시키지도 아
니하고 이러한 빈 채로 안내를 하는 것이 도무지 이상스럽게 생각이 되
어 사면이 무시무시한 공포에 휩싸여 숙자는 더욱더 무거운 불안을 거

듭하게 되었다 황치삼의 말이 모두 거짓말이라 하면 대관절 무슨 까닭으로 자기를 꼬여서 이러한 산골에까지 끌고 왔는지 일을 이어 일어나는 의문이 점점 마음을 두렵게 하였다. 마음이 두릿두릿하여 사방을 이리저리 둘러보고 앉았는 중에 뒤로 통한 복도에서 뚜벅뚜벅 걸어 나오는 사람의 자취가 들리더니 별안간 뒷장지가 와르륵 열리며 검은 양복을 입은 남자가 들어선다. 숙자는 깜짝 놀라며 몸을 피하려 하였다.

72회 통 안에 든 새

황숙자는 황치삼의 흉악한 수단에 빠져서 악마가 시뻘건 입을 벌리고 달려드는 성북동 마굴 속에 들어왔다. 황치삼이 숙자의 집에 찾아와서 감언이설로 숙자를 꾀이는 말은 모두 터무니도 없는 거짓말이었다. 자기가 성북동으로 이사를 하였다는 것도 꾸며대는 말이거니와 또 자기 아들의 돌날이라는 것도 숙자를 꾀어내자는 한 계책이었다. 한치각이 당초에 연통 안의관을 참모로 하고 돈 오백 원을 오과부에게 세찬으로 보내어 어디까지 돈의 힘으로 숙자를 농락코자 하였으니 원래 의심이 많은 오과부는 한치각의 이러한 불순한 규제에 버쩍 의심이 들게 되어 한치각을 경계하게 된 까닭에 그 비밀을 알게 된 연통 안의관은 오과부의 집에는 일절 발그림자를 끊어 버리고 다시 황치삼을 중간에 넣어 새로운 계책을 꺼내어 숙자를 성북동에 있는 한치각의 정자까지 꾀어내게 된 것이다. 그리하여 황치삼은 한치각에 관한 냄새는 조금도 내지 아니하고 별안간에 없던 정의가 생긴 것처럼 오과부의 집을 방문하고 그와 같이 거짓말을 하여 숙자를 달고 나온 것이었다. 오과부와 숙자는 황치삼을 그다지 탐탁한 일가로 믿지 아니하나 이면에 이러한 흉악한 일이 있을 줄은 생각도 아니한 바이다.

그리하여 아무것도 모르는 숙자는 굶주린 맹수가 밥을 노리고 있는 그 앞으로 걸어 들어가는 양처럼 정욕이 타오르는 한치각의 입에 처녀의 알몸뚱이를 던지게 되었다. 숙자는 자기를 정자집 후미진 뒤채의 텅빈 방에 혼자 앉혀 놓고 황치삼이 나아간 뒤에 도깨비 굴속에 잡히어앉은 것 같이 몸이 거뿐해지며 머리끝이 쭈뻣쭈뻣하여 금방 어느 구석에서 무서운 것이 튀어나올 듯한 공기를 느끼고 있는 중에 별안간에 뒷장지가 드드륵 좌우로 열리며 악마 같이 나타난 것이 한치각이다. 숙자는 마음에 저릿저릿하며 앉았던 판이라 "에그" 하는 소리를 치며 문 밖으로 몸을 피하려고 미닫이에 손을 대어 열어젖히려 할 즈음에 마치 기계의 고동을 튼 듯이 밖에서 좌우 덧문짝이 덜컥하여 일시에 닫혀졌다. 숙자는 다시 몸을 피할 구멍도 없이 되어 소스라치며 방구석으로 달아났다. 한치각은 방 가운데 우뚝 서서 입가로는 비웃는 웃음이 흐르며 두 눈가에는 정욕의 불길이 타올라 오는 얼굴로 한참동안 숙자를 물끄러미 바라보더니

"오래간만이로군. 그렇게 놀랄 것은 없는데 왜 나를 몰라서 놀란단 말이야? 숙자가 날마다 너무 공부만 한다는 소문을 듣고 오늘은 모처럼 밖에 신선한 공기를 쏘이고 산보를 하라고 청해왔는데 그렇게 놀랄 것이 무어 있나? 그렇지 않어?" 하며 설렁설렁 걸어서 숙자의 옆으로 온다. 숙자는 별안간에 와르륵 장지를 열며 들어왔을 동작에 놀랐을 뿐만 아니라 생각지도 아니하였던 한치각이 귀신 같이 허술한 뒷방 구석에서 튀어나온 것을 보매 놀라운 가슴에 다시 무거운 위험을 느끼었다. 숙자는 인사 여부도 없이 몸을 바짝 오그리고 한편 구석에 서서 마음을 떨고 있을 뿐이다.

한치각은 숙자의 옆으로 바짝 달겨들며 손을 들어서 숙자의 어깨 위에 얹는다.

"왜 사람이 그렇게 수줍어? 학교에 다닌다는 사람이 오늘은 나하고 여기서 이야기나 하다가 놀다가 들어가지" 하며 숙이고 있는 숙자의 얼굴을 들여다본다.

숙자는 한치각의 손을 어깨에서 물리치며 "저리 가세요, 남을 속여서 이게 무슨 짓이에요?" 하며 숙자는 다시 몸을 피하여 한치각의 옆에서 빠져 나가려 한다.

한치각은 두 손을 벌려 숙자의 몸을 막으며 하하 웃는다.

"어디로 달아날 텐고? 누가 숙자를 어쩌나? 사람도 하하."

한치각은 새장 안에 갇힌 새를 놀리듯이 숙자의 앞을 이리저리 막지르며 넓은 방을 돌아다닌다.

숙자는 처음에는 무서움과 위협을 느끼어 마음이 울렁거릴 뿐이었으나 한치각이 자기를 이리저리 막지르며 놀리는 것을 당하니 어린 생각에도 한편으로는 반항의 기분이 일어나게 되어 앳된 소리로 "왜 이러셔요? 나는 집으로 갈 테예요. 사람을 속여서 이런 데로 끌고 나와서" 하며 한치각의 앞을 휙 지나서 미닫이를 또 연다.

한치각은 얼굴에 비웃는 웃음을 나타내며 또 숙자의 옆으로 덤비어 든다.

숙자는 힘을 다하여 덧문을 내밀었으나 문짝은 조금도 움직이지 아니한다.

73회 숙자는 함정에 빠졌다

인가를 멀리 떨어진 성북동 퇴락한 정자 집 속에서는 숙자의 순결한 처녀의 몸이 정욕에 날뛰는 색마 앞에서 최후의 가련한 무도를 계속하고 있다. 성북동 깊은 골에는 벌써 밤빛이 둘리어 온다. 한치각은 어두워 오는 빈 방안에서 솔개가 병아리를 쫓듯이 숙자의 몸을 쫓으며 밤빛을 따라서 춤을 추는 악마 같이 한치각의 두 눈에는 시뻘건 정욕의 핏줄이 서고 입에는 침이 마르고 인간이 가진 모든 이지는 점점 사라져 간다. 한치각의 체내에는 다만 불길 같이 치미는 성욕의 충동만이 움직이고 있을 뿐이다.

숙자는 숨을 헐떡이며 이 구석 저 구석으로 한치각의 무서운 손길을 피하여 다닌다. 숙자의 운명은 어두워 오는 밤빛과 함께 앞이 캄캄해질 뿐이다. 숙자의 맘은 각각으로 타들어 울렁울렁 떨린다. 소리를 질러서 울고 싶었다. 두 손을 벌리고 숙자의 앞을 막는 한치각은 점점 직접 행동을 하게 되어 몸을 끼어 안고 숨을 헐떡거리며

"왜 그리 야단이야? 내 말을 잘 들으면 곧 집으로 돌려보내 준다니까 그래" 하며 한치각의 얼굴은 숙자의 뺨에 맞대었다.

숙자는 고개를 흔들며 몸을 부비어 한치각의 몸에서 빠져나가려 하며 "에그 왜 이러셔요. 나는 소리를 지를 테예요" 하며 숙자는 흥분과 반항이 섞인 어조로 소리를 높인다.

방안에서는 이러한 활극이 일어나서 장지에 부딪히는 소리, 방고래가 울리는 소리가 고요한 산골의 공기를 울리고 있으나 방 밖에는 사면이 다 죽은 것 같이 아무 소리가 없다.

"소리를 지르면 무어해? 이 산골에 누가 있나? 공연히 쓸데없는 생각은 말고 내 말을 잘 들어. 이쁜 사람이 왜 그래? 자, 이리 오라고 응?"

한치각은 숙자를 끼어 안고 뒷방으로 들어가려고 한다.

숙자는 흥분에 취하여 "아저씨, 아저씨 이리 좀 오셔요" 하며 울음이 섞인 목소리로 고함을 질렀다. 숙자가 이렇게 부른 것은 황치삼에게 응원을 청하는 것은 아니다. 물론 황치삼의 꾀임에 빠져서 이 지경을 당하는 것은 알지만은 다만 고함을 질러서 자기의 급한 경위를 알리자는 것이다. 어머니를 부를 수도 없고 그저 얼떨결에 아저씨이었다. 그러나 힘을 다해서 부르짖은 숙자의 소리는 사람 없는 산골의 맑은 공기를 울리어 흩어질 뿐이요, 아무 반향이 없다. 숙자는 또 찢는 듯한 쨍쨍한 소리로 "아이고, 사람 좀 살려 주셔요 아무도 없어요?" 하며 부르짖었다. 그러나 역시 아무 대답이 없다. 숙자는 마음이 탁 까부라지도록 몸이 지쳤다.

한치각은 숙자의 부르짖는 소리에 점점 흥분을 느끼는 듯이 씨근거리며

"글쎄, 왜 이리 야단이야? 누가 죽이나? 여기서 암만 떠들어야 소용이 없어. 자, 좋은 사람이지? 그러지 말고 내 말을 좀 들어봐요 응? 응?" 하며 숙자를 달랜다.

"무슨 말을 들어요? 나는 집으로 갈 테예요. 어서 보내 주셔요."

숙자는 여러 번 고함을 쳐서 구원을 청하여보았으나 아무 소용이 없다. 한치각은 숙자가 잠시 반항을 쉰 틈을 타서 숙자를 껴안고 뒷방으로 얼른 들어갔다.

숙자는 몸을 흔들며 때치고 나오려 하였으나 한치각의 전력을 다하여 두 팔로 끼어안은 그 한계를 벗어날 수는 없었다. 숙자를 안고 들어간 그 뒷방에는 삼면이 두꺼운 벽으로 둘러싸인 한층 더 깊은 방이다. 어두운 방 아랫목에는 누가 준비를 했는지 비단 이불이 펴 있었다. 한치각의 직접 행동은 더욱 더 맹렬하여졌다. 숙자의 두 손목을 당기어 이불 위로 끌었다. 숙자는 힘을 다하여 한치각의 손을 뿌리치려 하나 한치각의 열 손가락은 쇠테 같이 조여들어 용이히 벗어날 수 없었다. 한치각의 땀이 내솟은 미끈미끈한 얼굴은 숙자의 뺨으로 숙자의 입가로 함부로 들어 덤빈다. 숙자는 얼마동안 맹렬한 저항을 계속하는 중에 몸은 극도로 피로하였다. 나중에는 몸을 빼칠 수도 없고 한치각에게 안겨서 이불 위로 겨우 고개만 좌우로 두르며 한치각의 맹렬한 키스의 공격을 피하고 있을 뿐이다. 숙자는 기력이 탈진하여 겨우 이러한 소극적 반항을 지속하고 있는 동안에 한치각은 최후로 치미는 정욕의 불길에 두 팔이 떨리며 숙자를 이불 속으로 끌어 들였다.

숙자는 최후의 함정에 빠졌다.

74회 흰 비단에 먹점 같이

숙자는 황치삼의 흉악한 계교에 빠져서 성북동에 있는 후미진 정자 속에서 이 세상에서는 다시 찾을 수 없는 순결한 처녀의 자랑거리를 빼앗겨 버렸다. 정욕이 타오르는 한치각의 그 순간에 나타난 무지한 행동은 도저히 숙자의 힘으로는 저항을 할 수가 없었다.

그 순간에 숙자는 고함을 질렀다. 또 어린애처럼 어머니를 불러서 소리를 쳐서 울었다. 그러나 사람의 자취가 끊어진 빈 정자 속에는 가련한 숙자의 피를 토하는 부르짖음에도 아무 반향이 없었다. 남녀의 관계를 깊이 이해치 못하는 숙자에게는 그 순간에 무어라고 형용하여 말할 수 없는 공포만 느낄 뿐이었다. 두억시니가 함부로 자기를 짓누르고 시뻘건 흰 혀를 내두르며 얼굴을 핥는 것 같은 무서운 꿈속을 지난 것처럼 아득한 공포만 느낄 뿐이다.

숙자의 치마는 허리가 떨어지고 폭이 터지고 머리는 풀어져서 미친 계집 같이 이불 속에서 뛰어 나왔다. 한치각은 입가에 만족과 비웃음이 섞인 웃음을 흘리며 따라서 일어났다. 숙자의 얼굴은 극도로 놀라서 핼쑥하여지고 터진 머릿속으로 번쩍거리는 두 눈에는 새파란 독기가 띠어 있다. 숙자는 매무새를 고치는 동안에도 분하고 원통한 생각이 치밀어서 머리를 쥐어뜯고 그저 울고만 싶었다. 자기의 순결한 몸에 박힌 흔적— 뽀얀 비단결 위에 먹물이 떨어진 것처럼 시커멓게 박힌 그 흔적은 영원히 씻을 수는 없게 되었다. 자기 어머니가 청춘에 과부가 되어 모든 유혹을 물리치고 고독한 생활을 계속하여 온 것도 결국은 정조를 지키려는 그 한가지 마음에서 나온 것이었다. 항상 자기 어머니는 자기의 굳게 지켜온 그 결심을 때때로 자랑하며 자기를 경계하던 것이 일시에 다 허사가 되었다. 숙자는 이러한 생각이 머릿속에 떠올라오며 원통에 복받치는 울음이 쏟아져 나와서 벽을 향하여 흑흑거리며 울고 섰다. 밤빛은 이미 깊어져서 높은 들창으로 희미한 회색 광선이 겨우 비칠 뿐이요, 방안은 캄캄하였다.

한치각은 어린애를 달래듯이 숙자의 어깨를 가볍게 흔들며

"왜 울기는 이렇게 울어. 누가 어쨌나? 그러게 당초부터 내 말을 잘 들으라니까 그래. 울지 말어, 응?" 하며 숙자를 달래고 있다.

숙자는 한치각의 몸을 구석으로 와락 떼밀며 "저리 가요. 남을 속여도 분수가 있지요." 숙자의 말은 울음에 섞이어 나왔다.

한치각은 다시 숙자의 옆으로 달려가며 "속이기는 누가 속여? 우리가 여기서 처음 만났나? 숙자의 어머니도 나를 잘 아는데 속이기는 누가 속여?"

"그럼 이것이 속인 것이지 무어예요? 악마들 같으니." 숙자의 목소리는 울음에서 반항으로 변하여 지르는 듯하였다.

한치각은 의미 모르는 웃음을 또 "하하" 웃으며 "그래, 그러지 말어. 그렇게 성을 내어 무엇하나? 내가 인제 무엇이든지 숙자의 하고 싶은 것은 다 해줄 걸. 비단 옷도, 양장도 무어든지 다 해줄 터이요. 또 돈도 쓰고 싶은 대로."

"그만 두어요. 나는 다 싫어요. 누가 그런 것 달랬나? 나는 집으로 갈 테에요" 하며 숙자는 문을 열고 나간다. 문을 열면서도 숙자는 세상이 부끄러워서 자기 집을 갈 길이 캄캄하였다.

정욕을 채운 한치각은 비로소 숙자를 해방하며 그 뒤를 따라 나오며

"옷이나 좀 꿰매 입어야지" 하고 손바닥을 올렸다. 숙자가 힘을 다하여 고함을 외칠 때에는 아무 반응이 없던 것이 얼마 있더니 텁수룩한 정자지기가 손에 촛대를 들고 복도로 들어왔다.

숙자는 황치삼이 오거든 야료를 치려고 벼르고 있었으나 황치삼의 형적은 어느 구석으로 사라졌는지 다시는 보이지 아니하였다. 조금 있다가 숙자는 반짝거리는 초롱불을 앞에 세우고 힘없는 걸음으로 산길을 걸어 나온다. 그 뒤에는 해룡피 외투로 두 뺨을 폭 싼 한치각이 완보

를 떼어 놓으며 따라 온다. 숙자는 몸이 거뿐하고 발이 땅에 닿는 것 같지 아니하였다. 자기 몸에 엉키어 있던 모든 힘이 일시에 다 없어진 것 같은 느낌밖에 없었다. 집에 돌아가 자기 어머니를 대하는 것이 부끄럽기도 하려니와 어떻게 대답을 해야 좋을는지 도무지 앞길이 캄캄하다. 분한 마음 같아서는 들어가는 동소문턱에 파출소에서라도 곧 발설을 해서 한치각을 욕이라도 보이고 싶으나 자기는 아직 학교에 다니는 학생이요 앞길이 창창한 처녀인데 그 흉악한 소문이 세상에 드러나면 그야말로 얼굴을 들고 다닐 수도 없는 치욕이 아닌가 하는 생각도 한편에 있어 세상 물정에 어두운 숙자는 다시 생각이 어지러워졌다.

75회 순결한 어머니 사랑

오과부는 학교를 보내는 외에는 별로 내놓지 아니하는 숙자를 황치삼의 집에 보내고 밤이 되도록 돌아오지 아니하여 대문간을 몇 번이나 드나들며 별별 사렴을 다 일으키어 마음을 졸이고 있는 중에 숙자가 돌아오게 되었다. 대문간에서 골목 밖을 향하고 기다리고 섰던 오과부는 어두운 골목 안에 숙자의 형용이 잡아들자 반가운 소리로

"숙자냐? 왜 그렇게 늦었어? 그래, 돈은 잘 차렸든?" 하며 어린애를 사랑하는 것처럼 숙자의 어깨에 손을 얹어져 맞아들인다.

숙자는 자기 어머니의 목소리가 들리매 별안간에 가슴 속에 뭉치었던 원통함과 설움이 일시에 치밀어 입술은 떨리고 서러워 울음이 금방 쏟아져 나올 것을 억지로 참고 그대로 집으로 뛰어 들어왔다. 오과부는 숙자의 대답이 없는 것을 고이하게 생각하며 뒤를 따라 들어왔다. 숙자는 전등불이 미닫이 밖으로 비치는 마룻끝에 힘없는 몸을 걸치고 구두를 벗는다. 숙자는 자기 얼굴을 차마 밝은 빛에 내놓을 용기는 없었다.

오과부는 숙자의 동작이 이상히 보여서 연해 들여다보며 "왜 치삼이 아저씨가 데려 온다더니 너 혼자 왔니?"

숙자는 말이 없다. 오과부는 점점 의심이 깊었다.

"왜 어디가 아파서 그러니? 오다가 무엇에 놀랐니?"

숙자는 또 대답이 없다. 오과부는 마음에 캄캄하여졌다. 모녀 단 두 식구 밖에 아니 사는 쓸쓸한 가정이라 숙자가 학교에 갔다가 저녁때 집에 돌아올 때는 항상 어린애 같이 어리광이 섞인 어조로 대문간서부터 어머니를 부르며 들이닫던 것이 오늘은 웬일인지 말을 물어야 대답도 없고 고개를 축 늘이고 들어오는 그 동작이 오과부의 마음을 어둡게 하였다.

"왜 대답도 아니 하고 그러니? 어서 방으로 들어가자, 저녁은 벌써 해놓은 지가 언제인데 다 식었겠다."

오과부는 숙자의 얼굴을 들여다본다. 숙자는 차마 전등 앞으로 얼굴을 내놓을 수 없었다. 오과부의 시선은 숙자의 얼굴을 따라다니며 주시한다. 숙자의 얼굴은 핏기가 없이 핼쑥하여지고 두 눈가는 부숙부숙하였다.

"얘가 왜 이래? 왜 울었니? 머리기 헙수룩하고 어디서 무엇을 만났니?"

오과부는 점점 마음이 놀라서 대좇아 묻는다.

숙자는 한치각에게 흉악한 위협을 당하였다는 것을 차마 입에 낼 수는 없었다. 그러나 두 눈에 근심한 빛이 가득한 자기 어머니에게 무엇이라 대답을 아니할 수는 없었다. 겨우 입을 열어 "별안간에 몸이 아퍼서 그 집에서도 한참 누웠다 왔어요." 숙자의 대답은 어린 생각에 이밖에 더 꾸며대일 말은 없었다.

"별안간에 어디가 그렇게 아프단 말이냐? 그저 내 마음에도 꺼림하던 것을 보내더니 그예 탈이 났구나. 그래 대관절 어디가 아프단 말이냐?" 하며 오과부는 다시 숙자를 들여다보았다.

숙자는 또 얼떨결에 "배가 아파서 그랬어요." 어린애 같은 거짓말로 자기 어머니를 속이고 아랫목에 벽을 향하여 드러누웠다. 오과부는 얼굴에 쓸쓸한 빛이 떠돌며 손으로 숙자의 이마를 만졌다. 숙자는 그저 자기 어머니의 손길을 꽉 붙잡고 실컷 울고 싶었다.

"무엇이 체했나 보구나. 우선 환약이라도 좀 먹어 보자" 하며 오과부는 그릇에서 영신환을 꺼낸다. 숙자는 아무것도 모르고 공연히 애를 태우는 자기 어머니 모양이 측은하게 보여 눈물이 핑 돌았다.

"어머니 고만 두세요. 이제 차차 나아가요. 아까는 몹시 아프더니 거진 났어요" 하며 약을 만류하였다.

"그래도 못 쓴다. 체증을 아주 풀어야 한다. 거기서 무얼 먹었길래 그랬니?" 하며 오과부는 영신환을 숙자의 앞에 꺼내놓고 물을 뜨러 나갔다.

숙자는 아무 말도 없이 벽을 향한 채로 누워서 두 눈에는 더운 눈물이 흘러 앞이 보이지 아니한다. 이때까지 한 번도 자기 어머니를 기인 일이 없는 숙자는 잠깐 동안이라도 얼토당토 아니한 거짓말을 해서 어머니를 속이는 것이 큰 죄악 같이 생각되었다. 그러나 한치각에게 당한 그 흉악한 사실을 차마 알릴 용기는 나지 아니한다.

76회 큰 죄악과 적은 복수

한치각은 두 달 동안이나 두고 모든 흘개를 다 써가며 숙자를 손에 넣으려하던 그 야심을 채우게 되어 마음에 큰 성공이나 한 것 같은 만족을 느끼며 인사동 어귀에서 자동차를 멈추고 숙자를 내려 들여보내고 자기 집으로 들어 왔다.

황치삼은 숙자를 꾀어 내서 한치각에게 대면을 시키고 정자집 뒷채 부근에서 동정을 살피고 있다가 방안에서 한치각이 최후의 행동을 한 기미를 알자 곧 옆길로 빠져서 한치각의 집 사랑으로 들어와서 한치각이 돌아오기를 기다리고 있던 중이다. 당초에 황치삼과 한치각 사이에 성립되었던 흘개는 여하튼 숙자를 그 정자까지 꾀어내서 한치각과 대면을 시키는 것이 약속의 초점이었고 그 다음에 한치각이 숙자를 어떻게 다루는지 거기까지는 황치삼의 책임이 없었다.

　이러한 두 사람의 사이의 약조로 말하면 황치삼은 숙자를 완전하게 한치각의 앞에 꾀어내게 되었으니 약조한 일을 다 이행한 셈이나 당초부터 그러한 죄악의 중계자가 된 것도 다른 것이 아니라 강호천 일본 요릿집에서 한치각이 꺼내어 광을 치던 지전 뭉치에 정신이 끌려서 모든 이지를 잊어버리고 그러한 악마의 행동을 하게 된 것이니 지금 황치삼의 머릿속에 남은 것은 한 시각이라도 속히, 또 한푼이라도 많은 보수를 기다리고 한치각의 집 사랑에 와서 기다리는 것이다. 돈이 사람을 살리고 돈이 사람을 죽이는 것이 물론 새로운 사실은 아니다. 그러나 황치삼이 행한 악착 같은 계책은 귀신이라도 오히려 주저할 참혹한 일막이었다. 만일 한치각에게서 건너올 보수가 얼마 아닌 금액에 지나지 못한다 하면 황치삼은 자기의 욕심을 채이지도 못하고 다만 죄악만이 남아있을 뿐이다. 한치각의 집 사랑에는 주인이 없는 까닭에 모이던 빙정들도 오늘은 오지 아니하고 다만 황치삼 한 사람이 빈방에 우뚝하니 앉아있다. 한치각은 황치삼이 와서 있는 것을 알고 바로 사랑으로 들어왔다. 황치삼은 몸을 일으키어 마치 악당들이 비밀굴에서 그 수두를 맞아들이듯이 반기며 그러나 무엇인지 무시무시한 기분에 눌리는 듯이 맞아 들였다. 한치각의 얼굴에는 가벼운 기쁨이 띄어 있다.

　"벌써 들어 왔소? 숙자는 잘 들여보냈지. 아주 어린앱디다그려" 하며 아랫목으로 앉는다. 황치삼은 무어라고 대답을 해야 좋을는지 대답할 말을 찾지 못하였다.

　"온 지 한참 되었어요" 하며 한치각의 얼굴을 흘끔흘끔 쳐다본다.

　"나는 키가 술명하고 나이가 열여덟 살이나 되었다고 하길래 어지간할 줄 알았더니 나중에는 울음을 내놓는데 한참 혼이 났는데? 하하" 하며 숙자에게 가압한 일면을 서슴지 아니하고 말한다.

황치삼은 자기의 공로는 조금이라도 더 크게 하느라고 "그러게 앞에 일에 힘이 들었지요? 키는 엄부렁해도 아직 숫보기예요. 참 한참봉께서 그렇게 애를 쓰시기 까닭에 내가 힘을 썼지 그렇게 할 일이란 말씀이요. 더구나 일가집 아이를……."

황치삼의 말 속에는 자기의 행동을 뉘우치는 어조가 섞여있다. 그러나 이것은 참된 뉘우침은 아니다. 자기가 장차 받을 보수의 값을 올리려 하는 한 시위운동이었다.

"일가면 어때? 못할 일을 하였나? 가난한 과부집 딸이 나 같은 사람과 접촉이 된 것만 불행 중 다행이지."

한치각은 어디까지 돈으로 토대를 지은 그 교만한 말이 또 나온다.

"그야 참봉께서 오래도록 사랑만 하신다면 아, 숙자도 셈이 펴이는 폭이지만은."

황치삼은 아무쪼록 한치각의 비위에 맞도록 하고 있다.

"오래가 될는지 얼마가 될는지 그것은 내 다 생각을 하여둔 뒤에야 할 말이지."

한치각은 그의 본성이 또 노골로 드러나게 되었다. 여성을 한 번 상관한 뒤에는 불이 꺼진 듯 하는 그 무책임한 색마성이 번뜩이어 이러한 대답을 하였다. 그러나 황치삼은 그 말을 거스를 수는 없었다.

한치각은 다시

"황이 중간에 들었으니까 별 문제는 없겠지만은 철 모르는 것이 또 문제라 아니 일으키도록 주의를 해주오."

"그거야 내가 나중에 잘 무마를 하지요."

"그러면 적을는지 모르나 우선 이거나 넣어두구려" 하며 한치각은 뒷주머니에서 지전을 꺼내서 황치삼을 주었다.

77회 동무의 동정

한치각이 숙자에게 ××를 한 지 며칠이 지난 일이다. 한치각의 딸 복희가 그날은 학교에서 당번이 되어 숙자와 같이 학교에서 교실을 소제하고 집에 돌아와 안방에 벗어 내던진 자기 아비의 옷을 개이던 중에 조끼 주머니에 무슨 두터운 종이 같은 것이 들어 있어서 뻣뻣하게 손길이 맞히는 것이 있었다. 어른의 주머니 속에 함부로 손을 치는 것이 불경한 짓인 줄 알지만 돈지갑 같아 보이지는 아니하고 사진 같은 감촉이 있으므로 복희는 일종의 호기심이 일어나서 그것을 꺼내 보았다. 과연 그것은 사진이었다. 복희는 그 사진을 펴보고 깜짝 놀랐다. 그래서 자기 눈에 그렇게 어리어 보이는 것이나 아닌가 하고 다시 밝은 미닫이 앞으로 들고 가서 또 보았다. 사진에 나타난 인물은 틀림없는 황숙자의 얼굴이었다. 몇 십분 전에 자기와 같이 교실을 소제하던 그 숙자가 분명하다. 자기 아버지가 한 달에도 몇 사람씩 계집을 갈아들이고 종종 조끼 주머니에서 이상한 여자의 사진이 튕겨지지마는 이번 사진은 전연히 의외의 것이었다.

복희는 그 사진을 손에 들고 한참 동안이나 놀람에 잠기어 있었다. 날마다 자기와 책상을 맞대이고 공부를 하는 숙자의 사진이 대관절 어쩐 원인으로 자기 아버지의 주머니에 들어 있을까? 숙자는 학교에서 품행이라든지 모든 동작이 담임 선생까지도 칭찬을 하는 터이요, 자기가 보기에도 아직 숫적은 동무로 보이는데 별안간 그 사진이 자기 아버지의 손에 들어 있다니 참, 뜻밖의 일이다. 물론 자기 집과도 서로 내왕이 없는 터이니 자기 아버지가 숙자의 집을 알 까닭도 없을 것은 사실일 터인데 하여튼 생각해 낼 수 없는 한 의문이었다. 금년에 학교를 마치는 학교 동무끼리 사진을 한번 박이자는 공론은 일전에 한 일이 있었지만은 숙자가 혼자 가서 사진을 박일 그런 용기도 없는 아이인데 좀 괴상한 일이다. 설혹 숙자가 자기 혼자 사진을 박였다 할지라도 그 사진이 무슨 까닭으로 자기 아버지의 손에 들어와 있을까? 복희의 머릿속에 지금 이러한 여러 가지의 의문이 뒤를 이어 일어나는 중에 방문이 열리어 자기 어머니가 들어왔다.

복희는 손에 들었던 숙자의 사진을 얼른 옆으로 감추었다. 복희가 놀라며 사진을 감춘 것은 자기가 골똘히 사진을 들여다보고 있는 중에 별안간 인기가 나니까 놀라기도 하였으려니와 항상 자기 아버지의 방탕한 생활 때문에 집안에 때 아닌 풍파가 일어나고 더구나 그러한 사진이 들춰난 때에는 자기 어머니의 눈살이 좋지 않아지고 나중에는 자기 아버지와 말다툼이 일어나는 것이 항례이었기 까닭에 그 사진을 얼른 감춘 것이었다. 그래서 복희는 자기 아버지의 옷을 차방으로 들어 가지고 가며 사진을 그 속에 한데 어물어물 파묻었다. 그러나 복희의 의문은 해석을 얻을 길이 없었다. 자기 아버지의 품행을 잘 아는 터이라 한편으로는 숙자에게 대한 동정의 마음이 일어나게 되었다. 숙자의 사진이 어떠한 경로를 따라서 굴러왔는지, 자기 아버지 손에 들어온 이상 결국 좋은 일이 아닌 것은 짐작할 수 있다. 현재에 자기의 서모라는 곳이 세 집이나 있으되 자기 아버지는 발길을 던지지 않고 마치 옥 속에 갇힌 죄인처럼 날마다 밥이나 얻어먹고 사는 가련한 신세들의 사람이 아닌가. 숙자의 사진이 자기 아버지 손에 잡힌 이상 이미 그 손에서 벗어날 수는 없는 일이요 처녀의 몸을 망친 다음에 다른 서모들처럼 눈물겨운 생활에 빠질 터이니 참 가련한 일이라고 생각하였다. 그러나 거미줄에 걸린 나비 운명에 있는 숙자의 운명을 어찌하면 구할까 하는 생각은 채 떠돌지 아니한다. 대관절 어느 방면으로든지 숙자의 사진이 과연 어떤 경로를 더듬어서 무슨 관계로 자기 아버지 손에 들어간 것을 먼저 알기 전에는 이 일을 생각해낼 터가 잡히지 않았다. 복희는 차방 한 구석에서 머릿속에서 여러 가지 생각을 괴롭게 하고 있다. 자기 아버지에게 그 내용을 직접 물을 수도 없고 그렇다고 또 숙자에게 그 사진 이야기

를 할 수도 없으나 하여튼 숙자를 위해서 자기 아버지 손에서 벗어나
도록 행동을 하여볼 생각은 간절하였다. 복희의 동정은 물론 한 학교
에서 몇 해 동안 같이 공부하던 그 정의에서 나왔을 뿐 아니라 새로 학
문을 배운 신여성의 처지를 위해서 동정을 아니 할 수는 없다고 생각
한 것이다.

78회 엄격한 정조의 가면

　복희는 자기 아버지 조끼 주머니에서 의외의 황숙자의 사진을 발견
하게 되어 놀라기도 하였을 뿐 아니라 자기 아버지의 평일에 하던 품행
을 아는 터이라 숙자의 가엾은 운명이 눈 앞에 어른거려서 밤새도록 머
리를 괴롭게 하며 숙자를 자기 아버지 손에서 구하여 내려고 모든 생각
을 다 하여 보았다. 자기 아버지에게는 걱정을 듣더라도 정면으로 쏘아
볼까 하는 생각도 났었으나 자기 아버지의 천성으로 타고난 방탕한 행
동은 가정에서 그 중 위력을 가지고 있는 자기 조부도 금제치 못하고
그대로 방임하여 내버려 두게 될 터이니 지금 자기가 아무리 긴곡히 말
을 하더라도 도저히 그 말을 용납할 터라도 없고 도리어 걱정만 들을
것이니 아무 소용이 없겠다고 생각하였다. 복희는 혼자 자리 속에서 잠
을 이루지 못하고 이리저리 연구를 해 보았으나 결국 명안은 찾지 못하
였다.

　하여튼 숙자는 날마다 학교에서 만나는 터이니 숙자의 동정을 보아
서 차차 어떠한 방법으로든지 경계를 하도록 일깨워 주는 것이 가장 적
당할 것이라고 생각하고 그 이튿날 아침에 학교를 갔다. 날마다 아침밥
이 늦어서 학교 시간에 바쁘게 되는 복희는 그날도 학교 대문 앞을 막
당도하자 상학 종소리가 들려서 허둥지둥하며 교실로 들어갔다.

　한 줄을 걸러서 있는 책상에는 벌써 숙자가 먼저 와서 앉았다. 복희
눈에는 누구보다도 숙자의 얼굴이 먼저 비쳤다. 그럴싸해서 그렇게 보

이는지 모르나 숙자의 얼굴은 전보다 화기가 감한 것 같고 눈은 아래로 깔고 힘없이 앉았는 것이 무슨 근심에 빠진 사람 같이 보였다.

조금 있다 얼굴에 마마자국이 군데군데 있는 오십이 넘어 보이는 수신 선생이 교과서를 들고 단 위에 나타났다. 이 수신 선생은 원래 동방 윤리를 전문으로 연구하는 교사이라 항상 수신 시간에도 동양 역사에서 수신 교과를 많이 인용하기 때문에 결국은 수신 시간이 동양 윤리의 연장 시간이 되는 때마다 선생은 교단 위에서 부드러운 얼굴에 미소를 띄우며 강연을 시작한다. 그의 강연은 어느 때나 활기가 없어서 뒤에 앉았는 학생들은 한풀이 지나 책상에 머리에 이마를 부딪히며 졸고 있는 학생도 있었으나 오늘은 특별히 졸업생들에게 마지막으로 가르치는 시간이라고 화두를 내고 환연한 빛이 선생의 얼굴에 돌자 감정이 예민한 여학생들은 가벼운 서글픔을 느끼며 교실 안이 긴장하여졌다. 복희와 숙자도 눈가에 눈물이 어리었다.

선생은 "며칠 후에는 학교 대문을 나아가서 가정의 한 부인이 될 사람이니 내가 오늘은 특별히 여러 학생들이 명심하여 둘 몇 가지를 말한다" 하며 여자의 정조를 강연하게 되었다.

숙자는 선생의 정조라는 강제가 귀에 들어오자 가슴은 선뜻하여지고 고개는 힘없이 수그려졌다. 복희는 강연을 듣는 중에도 때때로 곁눈질을 하여 숙자를 보았다. 그러나 숙자의 시선과는 한 번도 마주치지 아니하였다. 어쩐 일인지 숙자의 얼굴은 사람을 피하는 것처럼 앞으로 숙이고만 있는 것이 복희에게는 심상치 아니하게 보였다. 선생의 강연은 전에 못 보던 긴장한 빛이 있었다. 조선 역사에 기록되어 있는 모든 열녀와 효부의 실화를 한참 동안 이야기하다가 선생은 나중에 큰 논제를 학생에게 던졌다.

"여러 학생은 어떻게 생각을 하는지 이 문제의 경중을 대답해 보오." 하며 칠판에 '열녀를 취하겠느냐? 효부를 취하겠느냐?' 라는 문제를 써

놓았다. 여러 학생들은 모두 칠판만 바라보며 아무 대답이 없다. 선생도 물론 그 자리에서 여러 학생에게 구태여 대답을 구코자 한 것은 아니다. 다만 정조에 대한 관념을 깊이 굳세게 지도하자는 성의에서 나온 한 수단이었다. 선생은 한참 있다가 "학생이 대답 안하면 내가 하겠소. 나는 효부보다 열녀를 취하겠소. 왜 그러냐 하면 열녀에게는 사나이보다 한 가지 더 가지고 있는 정조라는 것이 있기 때문이오. 다른 조건은 물론이요. 정조까지도 완전히 지켜야만이 열녀가 되는 것이니 참 어려운 일이오. 옛날이나 지금이나 정조는 여자의 생명이니 명심해 두도록 하오." 동양 윤리에 머리가 젖은 선생의 강연은 이러한 교훈을 내리고 끝을 마쳤다.

숙자는 강연을 듣는 동안에 얼굴이 화끈거리고 가슴이 울렁거려서 고개를 들지 못하였다. 두 눈에는 심장에서 흘러나오는 원통한 피눈물이 맺혔다.

79회 복희의 동정

수신 선생의 시간을 마치고 교실 문 밖으로 나가자 학생들은 와글와글 떠들며

"얘, 오늘 수신 시간은 퍽 재미있었지? 그런데 선생님의 말씀하던 효부보다 열녀가 낫다는 것은 잘 알 수가 없어. 효부도 부모에게 진심을 다해서 효도를 해야만 효부가 되지 않니? 그럼 열녀도 마찬가지지. 남편한테 전심을 다하여야만이 열녀가 되는 것이 아니야? 그러면 둘이 다 마찬가지 아니냐?"

"마찬가지는 마찬가지이지만 여자는 남편에게 극진히 하고도 또 그 외에도 정조를 지켜야 열녀가 되는 것이니깐 한 가지가 더한 셈이 아니냐?"

"오— 오 남편에게 힘을 다해서 섬기고도 또 정조를 지켜야 해?"

"옳지, 옳지, 참 한 가지가 더하구나. 그렇지만 요새 세상에 정말 열녀 노릇을 하려고 하는 여자도 있을까?"

"그야, 무슨, 또, 우리 학교에서도 수신 선생님의 강연을 듣고 열녀될 사람이 생길는지 누가 아니?"

교실 안에서 이러한 이야기가 젊은 여학생 사이에 벌어져 있는 중에 숙자는 어느 틈에 교실 밖으로 몸을 감추었다. 복희는 숙자에게 어떻게 사진 물어 봐야 할까 하는 묘방은 못 생각하였지만은 시간이 파하거든 숙자를 데리고 후미진 곳으로 가서 말을 비춰 보려고 하던 차에 어느 틈에 숙자가 교실에서 형적을 감추게 되어 이리저리 찾아다니다가 운동장 한 편에 있는 걸상에 몸을 기대고 혼자 앉아서 있는 숙자를 발견하였다. 복희는 그 곳으로 뛰어 갔다. 숙자는 두 눈에는 눈물이 어리어 힘없는 볕발을 향하고 앉아서 한치각에게 당한 그 흉악한 꿈을 연상하며 앉았다가 복희가 오는 것을 보고 얼른 눈물을 씻고 일어섰다.

복희는 숨을 헐떡거리며 "너 여기 있었구나. 나는 어디로 갔나 하고 한참 찾아 다녔다" 하며 복희는 숙자의 얼굴을 들여다 보았다.

숙자는 복희의 시선이 너무 정면으로 쏘이는 것이 좋지 않아서 얼굴의 반면을 저편으로 돌렸다.

"왜 나를 찾았어?"

숙자는 복희가 그렇게 일부로 찾아온 것이 마음에 따뜻한 느낌을 주게 되었다.

한치각에게 ××을 당한 후 학교에를 오기도 서먹서먹한 생각이 나서 며칠 동안은 결석을 하다가 학교 대문을 들어서니 모든 동무들이 이상히 보는 것 같아서 마음에 스스로 고독함을 느끼던 중이라 숙자는 그 반동으로 복희가 찾아온 것을 따뜻하게 받았다.

"오늘은 수신 시간은 참 재미가 있었지? 언제든지 졸음이 오던 최 선생님의 시간이 오늘은 퍽 재미가 있었어. 너도 재미있든?" 하며 복희는 숙자의 옆으로 앉아 숙자의 얼굴을 들여다 본다. 복희는 무심히 한 말이라 숙자는 마음이 떨렸다.

"글쎄. 나는 머리가 아파서 잘못 들었어." 숙자는 간신히 이렇게 대답을 하였다.

"왜 머리가 아퍼? 애, 요새 못된 감기들이 돌아다닌다더라. 어디 머리 좀 만져보자."

복희는 숙자의 이마에 손을 대었다.

"참 머리가 덥구나. 언제부터 아프냐?"

복희의 말은 인사치레가 아니라 참된 동정이 섞이어 있었다. 그 음성이 만일 한치각과 피가 인한 그 딸의 것인 줄 알았다면 숙자는 복희의 손길을 여지없이 물리쳤을 것이다. 그러나 복희가 한치각의 친딸인 것을 전연히 모르는 숙자는 어두운 길에서 동무를 만난 것처럼 마음이 든든하였다

"어쩐 일인지 요새는 날마다 머리가 아파서."

숙자는 말끝은 채우지 못하고 힘없이 고개를 숙였다. 복희는 걱정스러운 어조로

"왜 그리 아프냐? 무슨 걱정이 있어 그러니?"

"걱정도 있고 몸도 아프고."

숙자의 말은 도무지 활기가 없었다. 복희는 한편으로는 이상스럽게도 보이나 또 한편으로는 동정의 생각도 나서 위로를 해주려고 별안간에 하하 웃으며

"무엇이 그렇게 걱정이 되니? 또 누구 모양으로 연애를 하는 게로구나? 하하."

복희는 가볍게 숙자의 어깨를 쳤다. 숙자는 연애라는 말에 깜짝 놀랐다.

80회 숙자의 번민

복희는 사람이 없는 운동장 걸상에 앉아서 숙자와 이야기를 하게 된 기회에 사진의 출처를 물어 보려고 이리 저리 말끝을 끌어내게 되었다.

"숙자야. 너 언제 독사진 박은 것 있니? 우리가 이제 얼마 아니면 졸업을 하고 다 헤어질 터인데 기념으로 나 한 장만 주라. 내 사진도 한 장 줄 터이니. 우리 한 장씩 바꾸어 가지자."

복희는 이렇게 사진 이야기를 끌어냈다.

숙자는 복희에게 이러한 이면의 조사가 있는 것은 도무지 알 길이 없는 터이라 무심히

"사진을 바꾸어?"

"그래 우리 한 장씩 나누어 갖자."

"지난 동짓달에 혼자 박은 것이 있는데 잘 안 됐어. 내 얼굴보다 퍽 뚱뚱하게 박여져서 내 마음에 들지 않지만 그래도 내일이라도 갖고 오마. 너 꼭 한 장 주어야 한다."

"암, 주고 말고 내 것은 작년 봄에 박인 것이야. 그 때 그 사진은 무슨 옷을 입고 박인 것이냐?" 복희는 자기 아버지 조끼에서 발견한 사진이 숙자의 얼굴이 분명하지만은 그래도 혹시나 딴 사람의 것이나 아닌가 해서 다시 숙자의 옷을 물었다.

"그 때? 무엇 입었든가? 옳지, 널뜨랗게 대문(큰무늬) 돋은 회색 양복이 있지. 요새 유행하는……."

"응, 응, 모직 같이 된 것 말이야?"

"그래, 그 저고리 하고 검정색 치마를 입고 박였지."

숙자의 대답에 복희는 다시 의심을 낼 여지가 없다. 사진 속에 나타난 숙자는 분명히 대문 돋힌 저고리였다. 그러나 그 사진이 무슨 까닭으로 자기 아버지 손에 들어와 있는가는 차마 물을 수가 없었다. 그래서 복희는

"그런데 애 숙자야. 그 사진은 왜 박였니?"

복희는 숙자의 사진 박은 동기를 물었다. 숙자는 픽 웃으며

"그건 왜 묻니?"

"글쎄, 말이야."

복희는 말이 오락가락 하는 동안에 그 단서를 얻자는 것이었다. 숙자는 또 웃으며

"그건 그렇게 왜 물어? 일을 하나 쓸 데가 있어서 박였단다."

"으음, 그럼 짐작하겠다. 혼인 준비하려고 박였구나? 신랑하고 먼저 사진 교환을 하고 그 다음에 정말 대면을 하려고. 참 요새들은 많이 그런다더니 너도 그 준비로 박였구나."

복희는 어쨌든 숙자의 많은 말을 끌어내자는 것이 목적이므로 자기가 추측한대로 서슴지 아니하고 말을 했다.

숙자는 또 웃으며 "그건 그렇게 알어 무얼하니?"

"오라, 오라, 그렇구나. 혼인 준비로 박였지? 그래, 집에 몇 장이나 남아있니? 석 장이 다 그래도 있지는 아니할 터이지? 아바."

"두 장은 그대로 있다."

"그럼 한 장은 약혼처로 가져 갔구나."

복희의 한 마디에 숙자의 얼굴은 붉어졌다. 그 중에서 한 장은 황치삼이가 혼처를 구해주마 하고 가지고 간 것을 짐작하는 까닭이다. 그러나 그 사진이 다시 연통 안의관의 손을 거쳐서 한치각의 손에 들어가게 된 것은 전연히 알 길이 없었다. 다만 혼처를 구하기 위해 가져간 것이 사실이기 때문에 숙자의 얼굴이 조금 붉어진 것이다. 복희는 숙자의 얼굴이 붉어지는 것을 보고 과연 그 사진이 혼처를 구하려고 나돌리다가 결국 자기 아버지 손에까지 들어오게 된 것을 추측할 수 있게 되었다.

그러나 당면한 문제는 숙자를 얼른 자기 아버지의 손에서 빼어 놓아야 할 터인데 그 일을 장차 어떻게 꾸미면 성공할 것인가 복희는 얼마

동안 묵묵히 생각하고 있다. 자기 아버지가 여성을 속이는 데는 돈과 수단이 많은 터인데 그 동안 어떠한 관계로 벌써 숙자에게 손을 대지나 아니하였나 하는 의문도 나나 하여간 한시라도 속히 숙자를 빼어놓는 것이 상책이라고 복희는 생각하였다.

"숙자야, 네가 아까 걱정이 있다고 하더니 그럼 혼인에 대한 걱정이로구나."

복희는 숙자의 얼굴빛을 살피며 물었다. 숙자는 심장을 찌르는 듯한 복희의 말에 가슴이 선뜻하였다. 그러나 억지로 태연한 빛을 보이며

"아니란다. 또 딴 걱정이 있단다."

"무슨 걱정이 있니? 우리가 한 학교에서 4년 동안이나 같이 있었으니 속 이야기를 좀 하려무나."

복희는 숙자의 이야기를 자아내려고 이렇게 말하였다.

숙자는 한숨을 쉬며 아무 말이 없다. 별안간에 상학 종소리가 교실 머리에서 울리어 나온다. 두 사람은 다시 교실로 뛰어 들어갔다.

81회 의외의 승리

한치각은 자기 체내의 특유한 변태 성욕의 충동을 받아서 황숙자를 한번 희롱한 다음에는 마음이 풀어져 버렸다. 계집을 많이 접촉한 한치각에게는 아무 정욕도 느끼지 아니하고 어린애 같이 울고만 있는 숙자에게는 아무 인력이 않게 되어 요사이 며칠 동안은 진골에 있는 어떤 밀매음녀에게 또 흥미를 가지게 되어 밤이면 그 계집을 데리고 일본 요릿집으로 청요릿집으로 달고 다니며 방탕한 시간을 보내다가 오늘도 오전이 지나서 겨우 아침잠을 깨어 막 일어 앉았는 판에 안내도 없이 리민영이라는 사람이 찾아왔다.

리민영이라는 사람은 한치각의 신착립 때부터 교제가 있는 친구이나 한치각과는 아주 딴 방면의 생활을 하고 있는 까닭에 근래 몇 해 동안

은 서로 상종이 끊어진 사이다. 리민영도 한치각과 거의 비등하던 재산을 자기 아버지에게 물리어 학교를 설립하느니 사회 운동을 하느니 하여 그 많던 재산을 다 패하고 지금은 광희문 밖에서 ××사립학교를 맡아가지고 그 부근의 가난한 집 아이들을 모아서 보통학과를 가르치고 있는 교장 겸 선생이다. 리민영은 오히려 한치각 보다는 두어 살 아래되는 사람이나 당시의 머리에는 소위 양반의 집 재산이라는 것이 턱없이 모은 것이라는 생각이 떠돌아서 시대가 다른 이때에 그 재산을 아무쪼록 유용하게 다 없애자는 것이 그의 주견이었다. 당초부터 세상에 나아간 출발점이 이와 같이 한치각과는 정반대의 방면에 섰기 때문에 서로 교제가 끊어질 것은 피치 못할 사실이다. 한치각은 리민영이가 안내도 없이 방으로 썩 들어선 것을 보고 마음에 이상한 위압을 느꼈으나 몸을 피할 수도 없이 되어 어물어물하며 리민영은 팔꿈치가 다 떨어진 양복을 입고 얼굴은 기름때가 다 빠져서 그 모양은 누가 보든지 가난한 학교의 선생으로 얼른 알 수가 있을 만치 궁기가 띠었다. 리민영은 눈을 비비면서 한치각과 모를 꿰어서 보료 위에 앉았다.

"여보게, 참 오랜 만일세. 나는 문 밖으로 이사를 한 후로는 별로 문 안 출입도 없고 해서 오래 못 찾았네" 하며 리민영은 인사의 말을 내었다.

한치각은 원래 자기가 이 세상에 아무 것도 구할 것이 없다는 생각이 그의 교만심을 기르게 된 사람이라 누구를 보든지 별로 다정한 인사를 하지 않는 사람이다. 리민영에게 대하여도 그다지 탁탁한 인사는 아니하였다.

"나도 별로 하는 건 없네만은 자연 오래 못 만났네" 하며 한치각은 궐련갑을 리민영의 앞으로 내밀었다. 일찍부터 대령한 황치삼과 안의관은 윗목에 동그마니 앉은 채로 리민영을 이상하게 바라보고 있다.

"그런데 오늘은 오래간만에 자네도 찾아볼 겸 또……." 리민영은 말이 잘 나오지 않는 것처럼 끝을 잘 아무르지 못하고 웃목에 앉은 안의관과 황치삼을 흘끗 보았다. 한치각은 리민영의 입에서 무슨 좋지 못한 말이 나오나 하고 경계의 눈으로 리민영을 쳐다보고 있다.

"그런데 일본에서는 기어이 연맹에서 탈퇴를 하게 되는 모양이야. 뒷일이 어떻게 될는지." 리민영은 자기가 목적하고 온 말이 차마 입에서 나오지 아니해서 쓸데없는 시사 문제를 꺼내 놓았다. 한치각은 평생에 신문 한 장을 아니 들여다보는 사람이라 세상에 떠도는 연맹 문제도 실상은 어떻게 됐는지 모르는 까닭에 그저 어물어물 해 넘기려고 "글쎄" 하며 흥미 없는 대답을 한다. 리민영은 또 윗목의 두 사람을 흘끔 보았다.

"벌써 2월이 반이나 지났는데 요새는 다시 추워가니 괴상한 일이로군. 나 같은 사람을 위해서는 얼른 온기가 더워져야할 터인데." 리민영은 또 다른 화제를 꺼내어 혼잣말 같이 중얼거렸다.

한치각은 리민영의 얼른 갈 생각도 아니하고 쓸데없는 말을 꺼내놓는 것이 좋지 않아서

"자네는 늘상 바쁜 사람인데 오늘은 한가한가?" 하며 한치각은 정면으로 바라는 말은 아니지만은 자기의 말을 깨닫고 리민영이 얼른 일어섰으면 하는 생각으로 이러한 말을 하였다.

82회 양반들의 조문

한치각은 먹고 싶지도 아니한 담배를 피우고 리민영의 가기만 기다리고 앉았으나 리민영은 문칫문칫 하고 자리를 뜨지 아니한다. 얼마 있다가 리민영은 결심을 한 듯이

"여보게, 참봉. 오늘은 내가 급한 일이 있어서 왔네. 어쩔 수 없는 사정이 있어 자네에게 청을 하나 하러 왔네" 하며 리민영은 한치각의 얼굴을 쳐다보았다.

한치각은 리민영에게 돈을 빼앗겨본 일은 없지만은 가끔 돈을 얻으

러 오는 사람을 만나는 터이라 리민영의 말씨가 그러한 청구를 하는 사람의 그것과 같이 들려서 즉각적으로 리민영이가 자기에게 돈을 얻으러 온 것을 알았다. 마음에 또 귀찮은 생각이 일어나며 이맛살이 찌푸려졌다.

"청이라니? 자네가 내게 무슨 청이라는 말인가?" 한치각은 비웃는 것 비스름하게 대답하였다.

"그게 무슨 말인가? 자네 같은 훌륭한 처지에 있는 사람에게 청할 것이 한두 가지이겠는가? 그런데 참 말하기는 미안하나 나 돈 오백 원만 취해 주게."

리민영은 얼굴이 빨개지며 노골적으로 자기가 온 목적을 말했다. 한치각은 이미 예측한 바이라 그다지 놀라지는 아니하였다. 그뿐만 아니라 속마음에는 오백 원은 고사하고 단 돈 오십 원이라도 취해주지는 않겠다고 생각을 결정한 까닭에 아무런 충동도 받지 아니하였다.

"나보고 돈을 취해 달라고? 말은 좋은 말씀일세만은 내가 시하 사람이 무슨 돈이 그렇게 있나? 돈 많은 우리 아버님께 하게."

한치각은 어려운 친구를 거절하는 한 전례가 되어 있는 자기 아버지에게 또 미뤘다.

"암, 그야 대권은 춘부장께 있겠지. 그러나 오백 원, 천 원 같은 돈이야 자네가 언제든지 술 사먹는 돈이 아닌가? 내가 돈 오백 원을 갖다가 옷을 해입자거나 밥을 지어먹자는 것이 아닐세. 내가 맡아하는 ××학교가 있지 아니한가. 그 학교에 가난한 어린 것들을 위해서 청하는 말일세."

리민영의 기름기 쫙 빠진 얼굴에는 창연한 빛이 나타났다.

한치각은 리민영의 얼굴을 정면으로 보는 것이 마음에 꺼려서 고개를 숙이고

"글쎄, 일은 매우 좋은 일일세마는 어디 내가 돈을 마음대로 쓸 수가

있나?"

한치각은 리민영의 곡진한 말에 아무 감각도 없는 것처럼 겉으로 발린 인사의 말을 내일 뿐이었다.

"아닐세, 그것은 자네의 겸사이지 그럴 리가 있나? 내가 문 밖에 있어도 가끔 자네 소식은 듣고 있네. 자네 요새도 더러 술을 사먹으러 다닌다데그려? 그 주용에서 좀 빌려주게. 오백 원만 가지면 석탄을 사서 교실에 불을 피우고 우선 밥을 굶는 선생 몇 사람에게 쌀도 됫거리나 나누어 주면 차차 날도 더워질 터이니까 학교는 그대로 유지해 가겠네. 자네가 알다시피 내가 언제 남에게 구차한 소리 하던 사람인가? 그러나 이백 명이나 되는 어린 학생들이 이 추위에 달달 떨고 있으니 그것을 차마 눈으로 보겠는가? 그래서 생각다 못해서 자네를 찾아 왔네."

리민영은 성의가 얼굴에 가득하고 말을 마친 다음에 긴 한숨을 내쉰다.

한치각은 식은 무쇠 덩이처럼 냉정한 빛으로 앉아서

"자네가 아까부터 나의 술 사먹는 이야기를 하네만은 그거야 얼마 되는 금액도 아니요 나의 자유가 아닌가?"

한치각은 리민영의 입에서 술 사먹는다는 소리가 나오는 것을 듣고 자기의 방탕한 것을 비웃는 것처럼 들려서 이렇게 말하였다.

리민영은 뉘우치는 듯이

"참 내 말에 어폐가 있어서 자네에게 이상하게 들렸네마는 악의를 가지고 한 말은 아니네. 하여튼 오백 원쯤은 자네 용돈에서도 돌릴 수가 있겠다는 말이었네. 오해하지 말게" 하며 리민영은 사과의 말 비스름하게 하였다.

"오해가 아닐세마는." 한치각은 어물어물한 대답을 한다.

"하여튼 이번에 돈 오백 원만 주게. 여기서 이야기할 말은 아니나 소위 우리 양반들이라는 것이 무얼 해 놓았나. 자네부터 어떻게 들을는지 모르나 돈푼이나 있는 양반의 집 자식들은 주색잡기에 재산을 탕폐하고 참 애달픈 일이 아닌가. 나도 아무 것도 해놓은 일은 없네만은 선인한테서 물려받은 재산을 그럭저럭 사회로 도로 돌려보낸 셈일세. 원래 조선 양반들의 재산이라는 것이 땀을 흘려 모은 것이 아니니까 쓸 적에나 좀 유익하게 써야 보상이나 되지 않나. 나는 그러한 주변으로 재산을 파헤쳤지만은 결국 한 사업은 하나도 없네. 자네도 생각을 좀 다시 먹고 오백 원만 나를 주게."

리민영의 사리가 곡진한 권고에도 한치각은 아무 느낌이 없는 듯이 일을 핑계하고 그 자리를 일어섰다.

83회 술취한 청년패

한치각은 권농동 어떤 고등 밀매음녀의 집에서 밤이 으슥하도록 독한 술과 썩은 정욕 속에 몸을 적시었다가 사지가 느른한 신체를 일으켜 그 집 대문을 나섰다. 마치 쓰레기통에서 썩은 고기쪽을 더듬어 먹고 배를 채운 야견野犬처럼 붉은 혀를 내밀어 타들어 가는 아래 위 입술을 핥아가며 헛놓이는 걸음으로 대문을 나왔다. 밤은 깊었다. 경칩이 지난 이때이언마는 행낙뒷골로 불어오는 밤바람은 아직도 겨울 추위가 그대로 남아있다. 그러나 술이 아직 다 깨지 아니한 한치각의 화끈거리는 얼굴에 스치는 그 바람은 추위보다는 오히려 선뜻선뜻한 상쾌함을 느끼었다. 권농동 돌다리를 건너서 한치각은 동구 안 네거리를 나오는 길이다. 보름에 가까운 달은 벌써 서편으로 기울어지고 행낙뒷골의 울퉁불퉁한 기와지붕에는 서릿발만 번쩍거리며 사면은 죽은 것 같이 고요하다. 어디서인지 아득하게 야경 도는 딱딱이 소리가 들린다. 한치각은 취한 발길을 이리저리 떼어놓다가는 때때로 걸음을 멈추고 몸을 전후로 흔들며 걸드란 침을 내뱉는다. 전등불이 희미하게 비치는 들창 안에서는 태엽이 다 풀린 괘종이 둔한 소리를 울리며 두 시를 친다.

한치각은 '벌써 두 시야.' 혼잣말로 중얼거리며 가슴을 헤치고 금시계를 꺼내 보았다. 과연 자기 시계도 뻔쩍거리는 금테 안에서 검은 시침이 뽀얀 사기관 위에 가는 줄 위에 각도를 그리어 두 시를 가리키고 있다. 한치각은 취한 중에도 별안간에 가벼운 불안을 느끼었다. 좁은 행낙뒷골에는 달빛이 이미 지나서 우중충한 흑선이 길게 끼치고 사람의 흔적은 아주 끊었다. 시꺼먼 굴뚝 뒤에 우뚝 서 있는 시멘트 연통이 사람의 형상 같이 보여서 한치각은 몇 번이나 걸음을 멈추었다. 큰길로 나아가서 얼마 아니 걸어가면 택시가 있을 것이라고 생각하고 한치각은 정신을 차려서 좌우를 둘러보며 곡선의 골목을 돌아서 장차 큰길로 나서려 할 세음에 골목 밖에서 두런두런하는 사람의 소리가 들리더니 검정 외투를 입은 사오인의 청년패가 자기의 앞을 향하여 그 골목으로 잡어 들어온다. 한치각은 지금 호젓한 길에서 불안을 느끼며 나오는 중이라 별안간에 사람의 소리가 들리매 처음에는 섬뜩했으나 들어오는 사람의 자체가 하나가 아니요 여럿인 것 같이 들려서 적이 마음이 놓였다.
　"여보게, 인제는 그 지긋지긋하던 학교도 아주 끝이 났네. 우리도 세비루만 장만하면 훌륭한 신사일세. 그리고 또 이상적 연애결혼이나 하면 아주 쩍말없는 행복이라는 말이지."
　"얘, 그 값싼 현실주의에만 동경들을 하지 말고 너희 생활도 이제부터는 초월한 생활을 좀 해. 이건 밤낮."
　"아따 초월? 초월은 다 무어냐? 활동사진 광고 모양으로 초, 초, 초특작의 유니버샬은 아니고 그 쓸데없는 소리는 그만두고 또 박 군이나 처먹으러 가자. 이 몸이 요새는 느른하더라. 신혼여행에 아주 뽕을 빼는지 얼른 가지. 그 놈이나 우리 잡어내서 카페나 가세."
　사오인의 청년들은 어지간히 술이 취한 어조로 이렇게 떠들썩하며 점점 한치각의 앞으로 닥쳐 들어온다. 한치각은 그 패들이 술 취한 말소리와 활개에 넘치는 발자취 소리에 다시 위압을 느꼈으나 한편으로는 그들이 어깨를 겨누고 방약무인하게 골목 안을 휩쓸며 들어오는 것이 괘씸하게도 생각이 들어서 앞에 탁 마주치자 눈을 흘기며 몸을 피하려 하는 즈음에 청년 중에 키가 그 중 우뚝하고 체격이 실팍한 한 사람이 물끄러미 한치각의 얼굴을 들여다보더니 몸을 한치각의 편으로 턱 막으며 다른 청년들을 들여다보고

"여보게들 만났네, 만났어, 바로 그 해룡피 외투일세."

"아? 그 놈이 그 놈이야? 앗다! 그 능글능글하던 그 놈 말이지?"

"그래그래, 그 돈 냄새를 피우고 다니던 그 자일세."

"어디 얼굴이나 자세히 볼까?" 하며 사오인의 청년들은 좁은 골목 안에서 마치 길을 막 지르며 어린애를 놀리듯이 한치각의 몸을 에워싸며 들이덤비었다.

84회 철권의 제재

한치각은 별안간에 좁은 골목 안에서 의외의 술취한 청년패에게 포위를 당하여 도저히 저항할 힘은 없고 몸을 빼치려 하였으나 철통 같이 둘러싼 그 패를 벗어날 수는 없었다.

한치각은 주저주저하며 "남의 앞을 이렇게 막아서야 사람이 다닐 수가 있소?" 하며 한치각의 어조는 평일에 보지 못하던 부드러운 어조이었다. 그러나 한치각의 태도는 그의 몸에 오랫동안 습관이 되어있는 남 보기에 교만한 그대로 나타났다.

그 중에 한 청년이 "뭬야? 길은 네가 막았지, 우리가 막았니?" 하며 힘있는 주먹으로 한치각의 가슴을 내질렀다.

한치각은 여지없이 몸을 뒤척거리며 뒤로 밀려났다.

"아, 봉변이로군, 아무도 없나? 이거 큰일 났군" 하며 한치각은 얼굴이 핼쓱하여졌다.

그 중에 가장 실팍한 한 청년이 또 한치각의 멱살을 움켜쥐고

"이놈아, 봉변? 봉변이라는 말이 어디다가 쓰는 말이냐? 여보게 우리의 신성한 철권을 한 번씩 내리세" 하는 소리가 들리자 사오인의 주먹이 벌떼 같이 덤비어 한치각의 머리로 옆구리로 가슴으로 함부로 들어 닥친다.

한치각은 두 손을 벌리며 이리저리 막으려 하나 도저히 당할 수가 없었다. 몸은 벌벌 떨리고 가슴은 울렁거리며 "여보, 이게 무슨 난폭한 행동이오? 지나가는 사람도 없소? 사람 좀 살려주오" 하며 주검에 빠진 사람처럼 앞길이 아득하고 정신이 없다. 최후의 한치각의 머리 위에서 번쩍하는 청년의 주먹이 한치각의 뒤통수에 번갯불 같이 떨어지자 한치각은 "응!" 하는 외마디 소리를 치며 장대가 탁 뒤로 자빠졌다.

청년들은 한치각이 힘없이 쓰러지는 것을 보더니 "승리! 승리! 승리!" 하며 깊은 권농동 골목으로 일시에 형적을 감추어 버렸다. 골목 안에서 한참동안 이렇게 활극이 일어났으나 청년패가 형적을 감춘 뒤에는 그 부분은 폭풍우가 지나간 해변처럼 다시 죽은 세계 같이 고요하다.

좁은 개천에 허리를 걸치고 쓰러진 한치각은 얼마동안 지나도록 몸을 움직이지 아니하고 꾸부러진 시체와 같이 언 땅 위에 축 늘어져 있다. 얼룩점이 박힌 도둑고양이는 새파란 눈을 혹 뜨고 건너편 수채 구멍에서 혹 튀어나와서 한치각의 머리 위로 획 지나가며 밥을 찾는 소리를 친다. 한치각이 쓰러진 부근에는 모자와 양복 단추, 외투 주머니에서 튀어나온 구두주걱, 담배곽, 수건들이 희미한 달빛 밑에 어수선하게 늘어놓였다. 얼마 있다가 어디서 나온 사람인지 검정 두루마기에 흰 수건으로 머리를 질끈 눌러 동이고 목출 모자로 얼굴을 깊이 가린 남자 하나가 큰 길 편에서 날랜 걸음으로 골목 안으로 들어서며 이상하게 번쩍거리는 눈으로 좌우를 이리저리 둘러보다가 한치각이 쓰러져 있는 그 앞에서 깜짝 놀라며 걸음을 멈추고 한참 물끄러미 들여다본다.

"여보시오, 술이 취했소?" 하며 그 이상한 행인은 한치각의 몸에 손을 대어 가볍게 흔들었다. 그러나 한치각은 죽은 사람 같이 아무 반향이 없었다. 이상한 행인은 분망하게 시선을 사방으로 던져 사람의 기척을 살피다가 번개 같이 손을 넣어 한치각의 몸을 뒤지고 있다. 마침 이때 곡선으로 꺾인 실골목 안에서는 쿨럭쿨럭하는 기침 소리가 나며 사람의 자취가 들리었다. 한치각의 몸에 손질을 하고 있는 이상한 행인은 급히 몸을 빼서 골목 밖으로 달아났다. 그 기침 소리의 주인은 강진사였다. 강진사는 조석을 변변히 끓이지 못하고 어린 자식들과 굶주리고 들어앉았다가 그날 밤은 권농동 사는 어느 친구가 자기의 친기親忌 날이라고 일부러 사람을 보내어 청한 까닭에 그 집에서 오래간만에 제삿밥에 배가 부르고 술이 얼근히 취해서 광희정 자기 집으로 돌아가는 길이었다. 강진사는 돈값어치라고는 몸에 잡히는 것도 없으려니와 솜이 비죽비죽 터져 나오게 된 두루마기에 떨어진 고무신짝을 끌고 지내는 형편이라 밤이 깊었으나 별로 마음에 거리낄 것이 없이 태연하게 골목을 돌아 나오는 길이다. 강진사는 골목을 꺾어서 나오며 길옆에 시커먼 무슨 물체가 넘어져 있는 것이 눈에 선뜻 띄자 걸음을 멈칫하고 그 물체를 한참 들여다보았다.

85회 의외의 구호

강진사는 한편으로는 무서운 생각이 나서 오던 길로 돌아서며 그 윗골목으로 빠져나가려 하였으나 달빛에 희미하게 보이는 것이 사람 같기도 해서 혹시 술에 취한 사람이 쓰러진 것이나 아닌가하고 몸을 다시 돌려서 서먹서먹한 걸음으로 가까이 들어왔다. 쓰러진 것은 과연 사람이요 달빛이 반사를 받아서 번쩍거리는 털외투가 눈에 익어서 바짝 달려들며 그 얼굴을 들여다보는 순간에 강진사는 깜짝 놀라며 몸은 소스라쳤다.

쓰러져 있는 사람은 과연 해룡피 외투를 입은 한치각이었다. 강진사의 머릿속에는 수월 전에 참혹히 거절을 당한 그 감정은 어디로 사라지고 다만 한치각에 대한 불 같은 우정이 치밀어 올라왔다. 강진사는 그 순간에 다른 생각을 용납할 여지가 없이 한치각의 몸에 두 손을 대며 안아 일으키며

"여보게, 참봉, 이게 웬일인가? 글쎄 이 추운 밤에 여기 쓰러져 있다니? 술에 취했나? 정신을 좀 차리게. 크, 큰일날 뻔했네" 하며 정신을 잃은 한치각을 일으켰다.

한치각은 거진 한 시간 동안이나 정신없이 혼도하였다가 강진사가 일으키는 바람에 정신이 깨었는지 눈을 번쩍 뜨며 "으―, 누구냐! 이놈들 사람을 함부로 때려? 아아, 죽겠다" 하며 한치각은 얼빠진 사람처럼 두 손을 내두르며 헛소리를 한다.

강진사는 어떤 영문인지 몰라서 "이 사람 이게 웬일인가? 때리다니 누가 때렸단 말인가? 어서 정신을 차리게. 날세 나일세 강이야, 강현필일세." 강진사는 한치각을 뒤로 안은 채 몸을 뒤로 흔들어 정신을 일깨운다.

"응응? 강이라니? 강이 누구야?" 하며 한치각은 강진사의 얼굴을 물끄러미 쳐다본다. 한치각은 청년 한사람에게 뒷통수를 몹시 맞아 가벼운 뇌진탕을 일으켜 정신을 잃고 쓰러졌다가 강진사의 따뜻한 보호에 차차 정신이 돌아오게 되었다.

"나야, 나를 잊었나? 강현필일세. 대관절 이게 웬 까닭인가?"

강진사는 한치각의 손을 잡고 다시 앞으로 마주 앉았다. 한치각은 점점 정신이 나는 듯이

"응, 강인가? 자네 여긴 웬일인가? 나를 때리던 놈은 벌써 다 어디로 도망을 했나?"

한치각은 무시무시한 꿈에서 깬 사람 같이 힘없는 눈을 두리번거리

며 사방을 둘러본다.

"대관절 어떻게 된 일인가? 나는 요 뒷골목에 있는 어느 친구 집에서 놀다가 지금 막 집으로 돌아가는 길일세. 하마터면 큰일날 뻔했네. 그래, 어떤 놈들이 이렇게 때렸단 말인가? 어디 상한 데나 없나?" 하며 강진사는 한치각의 사지를 주무른다.

"나도 어쩐 일인지 모르겠네. 술 취한 학생 같은 놈들이 별안간에 골목 안으로 달려들더니 길을 막고 시비를 걸다가 함부로 덤벼서 때리니 이 세상에 경찰도 없나. 아이고 가슴이 걸리네. 좀 붙잡아 주게. 일어나겠네." 한치각은 강진사에게 부축을 받으며 일어섰다.

"많이 다친 겔세그려. 저래서야 걸을 수가 있나? 여기서는 창피도 할 뿐더러 얼른 더운 방에 가서 몸을 풀어야지. 그럼 자넬랑은 여기 잠깐 서서 기다리게. 내가 얼른 요 아래 자동차부에 뛰어 내려가서 택시를 불러 옴세" 하며 강진사는 골목 밖으로 나아간다.

"여보게, 강군. 자동차도 부르려니와 네거리 파출소에 얼른 말해서 그 놈들을 잡게 하어주게." 한치각은 평생에 처음 당한지라 아프기도 하려니와 분한 마음이 치밀어서 입술이 떨렸다.

"여보게 파출소에 말을 하면 그 놈들이 이때까지 이 근처에 그대로 있겠나? 다 달아났지. 경찰서엔 말은 나중에 하고 우선 자동차를 불러 올게 얼른 집으로 돌아가서 치료를 하도록 하게" 하며 강진사는 달음박질을 치며 골목 밖으로 뛰어 나갔다. 조금 있다가 자동차 소리가 나며 강진사가 자동차 속에서 뛰어 내려서 한치각을 부축하여 자동차에 태워 보내고 강진사는 동구 안 큰 길에서 광희정 자기 집으로 향하였다.

86회 형사의 출장

한치각은 의외의 봉변을 당하여 추위가 심한 권농동 길가에서 하마터면 참혹히 동사를 하게 되었던 위태한 생명을 강진사의 따뜻한 보호를 받아서 자기 집으로 돌아오게 되었다. 한치각은 자기 집에 돌아와서 큰 소동을 일으키었다. 평생에 그런 무시무시한 광경을 당해본 일이 없는 한치각은 집안사람들을 솔발을 쳐서 일으키어 "양의를 불러 오너라, 한방 의사를 청해 오너라" 하고 한참 법석을 일으키었다. 그러나 한치각의 부상한 정도는 그다지 중상은 아니다.

원래 그를 때리던 청년패들은 한치각을 구태여 몹시 해코자하는 어떤 계획에서 나온 것은 아니다. 젊은 혈기에 또 술이 얼근하게 취한 판에 눈에 거칠게 보이던 해룡피 외투를 입은 한치각이 거만한 태도로 집 길 앞에 서성거리는 것이 밉살스러워서 한 패의 장난 겸하여 철권의 제재를 준 것이니 한치각의 몸에 큰 상처가 있을 까닭은 없다. 그러나 한치각은 사십이 넘도록 남에게 손찌검이라고 당해보지 않은 사람이라 그것을 보통 사람 같이 한 때의 횡액으로 단념하고 마음을 가라앉을 수는 없었다. 한치각은 마치 대가집 장정이 종의 자식에게 뺨이나 얻어맞은 것 같은 모욕을 느끼어 곧 경찰서에 전화를 걸어 그 청년패들을 잡아달라고 말하려 하였으나 자기 아버지와 그의 딸 복희가 극력으로 만류하였다.

한승지 생각에는 원래 자기 아들이 형세가 단정치 못한 것을 잘 아는 터이라 만일 그런 일이 세상에 드러나면 도리어 창피한 일이라고 만류한 것이다. 그 이튿날 아침에 한치각은 흥분이 차차 가라앉게 되어 자기의 몸 세간을 조사해 보고 다시 크게 놀랐다. 미국에 갔을 때 삼백 원을 주고 산 금시계와 현금 팔백 원이 들어 있는 돈 지갑이 없어진 것을 발견하였다. 한치각은 철권의 제재 외에 물질의 손해도 적지 아니하게 되었다. 자기 아버지와 자기 딸이 만류하는 바람에 그럭저럭 되었던 경찰서의 제출 문제는 결국 실행할 수밖에 없이 되었다. 방탕한 생활을 하는 그지만은 물질에 대해서는 상상 이상의 애착을 느끼는 한치각은 팔백 원의 현금과 삼백 원짜리 금시계를 한 때의 손재수로 돌리고 말

수는 없었다.

한편으로는 자기 집에 발을 뚝 끊었던 강진사가 그 밤중에 어디서 툭 튀어 나와서 자기를 안아 일으키며 없던 정이 뚝뚝 덮게 간호를 하던 것이 이상스럽게 생각이 되어 연통 안의관을 동독하여 ××경찰서에 도난계를 제출하게 되었다. 한치각의 주머니의 든 돈은 뒷돈으로 굴러 들어가든지 한치각의 용도보다는 반드시 금전의 가치를 발휘할 것이나 한치각은 자기 생활의 독소를 짓는 그 돈 팔백 원이 한없이 아까웠다.

안의관이 나아간 뒤 약 한 시간 쯤 지나서 방한모에 회색 외투를 입은 키가 후리후리하고 눈방울이 부리부리한 사십 전의 남자가 안의관의 뒤를 따라서 한치각의 집 파란 대문을 들어섰다. 그 남자는 사랑 뜰에 올라서며 명함을 꺼내서 안의관에 전하고 밖에 기다리고 섰다. 안의관은 명함을 한치각의 앞에 내밀며

"경찰서에 가서 말을 했더니 본인을 만나겠다고 서원이 따라와서 지금 밖에서 기다리고 있는데 곧 들어오라고 할까?" 하며 안의관은 한치각 의향를 물었다.

한치각은 처네를 덮고 드러누운 채로 이맛살을 찌푸리며

"따라올 것은 무어 있소? 왜 나가 있는 대로 말을 자세히 했으면 고만이지 더 조사할 것은 뭐람? 자네가 또 말을 분명히 못한 것이지?" 한치각은 형사를 대하는 것이 마음에 좋지 않아서 공연히 죄 없는 안의관에게 꾸지람 비슷하게 나무란다.

"말을 다 자세히 했지만 나더러 피해자 본인이냐고 묻기에 아니라고 했더니 그럼 본인을 데리고 오라 하기에 방금 본인은 몸이 불편해서 누웠다고 했더니 그러면 현장의 자세한 이야기를 들어야 한다고 서원이 쫓아 오는 것을 거절할 수가 있소?" 하며 안의관을 자기를 변명하였다.

한치각은 명함을 든 채로 한참동안 무엇을 생각하고 있다. 어젯밤에 당한 것을 현장 광경대로 이야기 하는 것은 별 관계가 없지만은 형사의

조사가 그렇게 간단할 리는 없을 터이요 이 끝 저 끝을 끌어서 뒤를 캐물을 터이니 만일 대답을 잘못하면 자기의 생활 내면이 폭로가 될 터이니 함부로 대답도 할 수도 없고 오히려 큰 걱정거리를 샀다고 생각하며 마음이 불안해졌다.

87회 도적이 제 발이 저리어

한치각은 할 수 없이 덮었던 처네를 한편으로 밀어치고 형사를 맞아들였다. 형사는 방에 들어오자 한치각에게 머리를 약간 숙여서 인사의 뜻을 나타내고 외투를 벗어 윗목 구석으로 던지며 번쩍거리는 눈동자를 이리저리 굴리어 방안을 살피며 한치각을 대하여 마주 앉았다.

"나는 ××서에서 왔습니다. 원래 도난계 피해자 본인이 경찰서에 출두하여 제출하는 법이지만은 몸이 불편하다기에 내가 일부러 출장을 하였소이다. 어젯밤에 피해를 당하시던 현장의 이야기를 자세히 하시지요" 하며 형사는 날카로운 시선을 던져서 때때로 한치각의 얼굴을 쳐다본다. 한치각은 형사의 힘있게 쏘이는 그 시선을 이리저리 피하며

"일부러 이렇게 찾아주시니 미안합니다. 어젯밤에 당한 일은 내 생전에는 처음 당한 봉변이었습니다." 한치각의 어조는 힘이 빠진 부드러움뿐이었다.

"그러면 몇 시나 되었던 때인가요? 권농동 뒷골에서 청년 4~5명이 작당을 해서 덤볐다지요?"

"네, 아마 두 시는 좀 넘었지요. 내가 막 좁은 골목을 돌아서 큰 길로 나오려 하는데 별안간에 큰 길에서 떠들썩한 소리가 나더니 내가 나오려하는 그 골목으로 술이 취한 4~5인의 청년패가 들어오더니 길을 막고 시비를 하다가 함부로 덤비어 구타를 하는 통에 나는 그만 정신이 아득하여 그 자리에 쓰러져 혼절을 했었습니다" 하며 한치각은 그 때의 광경을 자세히 말하였다.

형사는 한치각의 얼굴을 쳐다보고 고개를 가볍게 끄덕거리며 듣고 있다가

"그러면, 그 패들이 댁에 보기에 무엇을 하는 사람들 같이 보이던가요? 옷은 무엇을 입구요?

"네, 옷은 학생복을 입고 검정 외투를 입었는데 연령으로 보면 이십은 다 넘은 듯하고 말씨들이 어느 전문학교를 졸업하게 된 학생들 같았어요."

"네, 그런데 그자들이 덤비어 떠밀 때에 몸에 손을 넣어서 무엇을 꺼내려 하던 형적은 없었나요?"

"자세히 생각은 나지 아니하나 그자들의 주먹을 함부로 내 몸에 들이닥쳤으나 무엇을 꺼내려 하던 형적은 없었어요. 내가 정신을 잃고 쓰러진 뒤에는 어쨌는지 그 전에는 그자들의 손길이 내 몸에 수상하게 닿지는 아니했어요."

"네, 그러면 차셨던 시계와 현금은 그 때에 빼앗겼던 것은 아니지요?"

"글쎄요, 나를 때리던 자들은 하여튼 불한당이나 도적 같지는 않아봬요. 그저 난폭한 불량학생들 같던 걸요. 그러나 내가 정신을 잃었던 동안에 그자들이 꺼냈는지도 모르지요."

"그런데 새로 두 시나 지냈으면 닭이 울 땐데 어디를 다녀오시다 그 골목을 지나셨던가요? 거기는 요릿집도 없는 데인데." 형사의 말뜻은 차차 한치각의 생활 뒷면에 그 날카로운 부리가 닥쳐오기 시작하자 한치각은 대답이 궁색하게 되어 주저하며

"어, 어느 친구 집에서 놀다 오던 길이었지요."

"뉘 집이던가요?" 형사는 한치각이 주저하는 눈치를 보고 무엇이나 딴 발견을 한 듯이 채쳐 물었다. 한치각은 바로 밀매음녀의 집에서 놀고 오던 길이라고는 창피해서 말할 수가 없고 말문이 막히어 허둥허둥

하며

"저, 저, 전부터 친한 사람인 그 집에서 놀고 오던 길." 한치각의 어조는 분명치 못하였다.

형사는 다시 한치각의 얼굴을 쏘아 보며 "그 집 주인의 성명이 무어냐 말이에요?" 형사의 말은 힘있게 채쳤다.

한치각은 고개를 숙여 형사의 시선을 피하여 얼른 성명을 대려하였으나 꺼내일 성명이 선뜻 머리에 돌지 아니하여 "그것까지는 조사할 필요가 없지 않습니까?" 하며 용서하라는 것처럼 말하였다.

형사는 무슨 일인지 한치각이 약점을 드러낸 것을 보고 점점 더 급히 추적한다.

"그 사람 성명을 구태여 비밀로 하실 건 무어 있소? 대관절 못 갈 데를 갔었더란 말이오? 당신이 갔다 온 처소를 자세히 알아야 사건의 단서를 얻지 않소? 만일 당신이 종내 말을 아니 한다면 나는 직권을 가지고 조사할 필요가 있소" 하며 형사의 태도는 진정인지 거짓인지는 모르나 처음과는 돌변하여 마치 죄인을 다루는 태도가 나타났다.

한치각은 흥분과 공포에 몰리어 얼굴이 핼쓱하여졌다.

88회 은혜를 칼로 갚아

형사의 조사는 한치각의 자존심을 여지없이 강압하였다. 한치각은 조사를 받는 동안에 형사의 태도가 너무 괘씸하게도 보이고 또 한편으로는 날카로운 송곳 끝 같이 자기의 어두운 생활이면을 찌르는 형사의 태도가 마음에 공포를 느끼게도 하여 경찰서에 말한 것을 후회하고 있다. 한치각은 형사가 직권으로 갔던 곳을 조사하겠다는 바람에 할 수 없이 밀매음녀 집에서 놀고 왔다는 것을 바로 토설하였다. 형사는 의외의 흥미가 풀어진 것처럼

"요새 돈냥이나 있는 재산가들은 당신뿐이 아니라 모두 그런 어두운

구석에나 찾아다니며 풍속을 문란케 하는 것이 한 일이지요. 그럼 최후에 당신을 보호했다는 그 사람은 누구인가요?"

"네, 강현필이라는 사람인데 원래부터 알던 사람이었으나 얼마 전부터 내게 무슨 감정을 가졌는지 별안간에 발을 똑 끊고 아니 다니다가 공교하게 어젯밤에 그 현장에서 만났소이다."

"몇 살이나 된 사람인가요?

"나이는 거진 오십이나 되었지요."

"그는 무얼 하는 사람인가요? 그리고 생활은 넉넉한 사람인가요?"

"하는 것은 아무것도 없지요. 생활은 말할 수 없이 가난한 사람이기 때문에 내가 가끔은 돈 냥이나 주어 살리다시피 하던 터인데 몇 달 전에 염치없이 또 돈을 달라길래 거절을 했더니 그 후로는 발길을 똑 끊고 아니 오다가 어제 비로소 그 자리에서 만나게 되었소이다."

한치각은 양심이 허락지 아니하는 거짓말을 하여 가장 자기가 강진사를 후하게 살리던 터인데 인정을 모르고 일시의 감정으로 자기를 배반한 것 같이 강진사를 몰아부쳤다. 한치각은 자기가 인정 없이 냉정한 것은 뉘우치지 않고 다만 강진사가 자기를 배반하였다는 인간을 멸시하는 우월감을 가지고 있던 중에 이 기회를 가지고 한 번 복수를 하자는 생각이 치밀었다. 한치각은 인적이 끊어진 길가에서 사지가 얼어드는 참혹한 동사의 위협을 구호해준 그 따뜻한 우정을 느끼지 아니하고 양 같이 유순한 강진사에게 독한 칼날을 던지려 한다. 형사는 한치각의 말에 어떤 힌트를 얻은 듯이

"그러면 강현필이라는 사람은 일종의 무직자이군요. 무얼 먹고 사나요?"

"글쎄, 모르지요. 내 집을 배반한 지가 벌써 몇 달 동안이나 되니까 알 수 없어요."

한치각의 말은 점점 형사의 의문 자료를 제공한다.

"네, 그럼 그 사람의 집이 어디오니까? 얼굴은 어떻게 생기구요?" 형사는 거의 무슨 단서를 얻은 듯이 얼굴에 밝은 빛이 나타난다. 한치각은 강진사의 키가 크고 얼굴이 멀쑥하다는 모습을 비롯하여 그의 모양을 자세히 말하였다. 형사는 수첩을 꺼내서 강진사의 주소 성명과 또 분실된 돈지갑, 시계의 특점을 기록한 다음에

"그러면 현장 이야기는 자세히 알았소이다. 그 외에 현장을 떠나서 최근에 댁에 무슨 다른 일은 없었나요? 혹 어느 방면으로 돈의 청구를 받았다든지 한 일은 없습니까?"

형사는 어떠한 사상방면에서 직접 행동이나 한 것은 아닌가해서 또 이렇게 물었다.

"별로 그런 일은 없었으나 아니, 옳지, 이런 일은 있었습니다."

"네 무슨 일이 있었어요?"

"수일 전에 리민영이라는 사람이 찾아와서 별안간에 돈을 오백 원 기부하라던 일이 있었지요." 한치각은 리민영은 구태여 이 사건 중에 끌어넣을 생각은 없지만은 원래부터 자기와 성미가 맞지 않은 사람이요, 또 구태여 사건을 숨길 필요도 없어서 리민영과 수작하던 전말을 대강 말하였다.

"리민영이라니요? 광화문 밖에서 학교를 하는 사람 말이지요?" 형사도 리민영을 짐작하는 듯이 이렇게 말한다.

"네, 그 사람이 왔어요. 마침 수중에 돈이 없어서 그대로 섭섭히 돌려보냈지만 매우 좋지 않은 기색을 띠고 간 일이 있소이다."

"네, 그런 일이 있었어요?" 형사는 고개를 끄덕거리며 그만하면 사건의 단서를 얻었다는 것처럼 활기를 띠며 돌아갔다.

89회 청천의 병력 같은

광희정 강진사의 집에서는 어린 딸 용희와 그 아들 준성이가 어제 저

녁도 못 얻어먹고 오늘 아침에도 열 시가 넘도록 밥을 지을 가망이 없
어 막막하게 앉았는 저희 어머니를 조르며 밥을 달라고 보채는 중에 강
진사가 어젯밤에 제삿밥을 얻어먹고 온 그 친구 집에서 또 반기飯器 상
을 보내었다. 강진사의 마누라는 질화로에 타다 남은 숯 부스러기를 모
아서 불을 피우며 두 아이들은 반기상을 둘러앉아서 실과들을 손에 들
고 누르뚱뚱한 얼굴에 만족한 빛을 나타내며 좋아서 입은 벙글벙글한
다. 오늘 아침에도 또 어린 것들을 속이어 고픈 배를 참게 할 수밖에 없
어서 강진사의 마누라는 눈가에 가벼운 눈물 흔적이 떠돌고 강진사는
서늘한 방 위에서 솜이 삐어져 나오는 이불을 뒤집어쓰고 잠이 깨어 둥
실둥실 하던 차에 자기 어려운 사정을 짐작하는 친구의 집에서 반기 상
을 보내어 주어 생각지도 아니한 한 끼의 요기 거리가 들어오게 되어
강진사의 집 안에는 이 찰나에 가련한 한 줄기의 환희가 불러 있을 때
이다.

대문 밖에서 낯 서투른 목소리로 "이리 오너라" 하는 소리가 반기 상
을 둘러앉은 강진사의 집 방 안에 울렸다. 그 부르는 소리는 목소리가
굵고 몹시 거세었다.

강진사의 마누라는 깜짝 놀라며 아랫목 이불 속에 있는 강진사를 바
라보며 "여보 밖에 누가 왔나 보오" 하며 강진사를 일깨웠다.

전유어를 한 쪽 손에 들고 두 볼에 메어지게 우물거리고 있는 두 아
이들은 일시에 들어서 자기 어머니를 바라보며 이상스러운 불안에 싸여
있다. 대문 밖에서는 또 이때에 "이리 오너라" 하는 소리가 들리었다.

강진사의 마누라는 "여보 누가 찾아왔소. 누가 와 찾소. 얼른 나가 보
오." 강진사는 마침 잠이 들려 하다가 얼른 일어나서 대님을 매며 허리
띠를 두르며 분주히 대문 밖으로 나아간다. 강진사가 미처 대문까지 나
아가기 전에 검정 외투를 입은 남자가 앞마당으로 썩 들어온다. 강진사
는 깜짝 놀라며 서로 마주쳤다. 들어오던 검정 외투자리는 날카로운 시

선으로 강진사를 쏘아 보며 "당신이 이 집 주인이오? 당신 성명이 이봉실이 아니오?" 하며 강진사를 턱 막았다. 강진사는 별안간에 무슨 영문인지 몰라서 눈이 휘둥그런하며 "아니요, 나는 강현필이오. 집을 잘못 찾았나 보오" 하며 검정 외투자리를 쳐다보며 불만의 빛을 나타냈다.

그 사람은 강진사의 입에서 강현필이라는 말이 나오자 "당신이 정녕 강현필이오?" 하며 강진사를 쳐다보았다. 강진사의 눅진한 성미에도 일종의 모욕을 느끼는 감정이 일어나서 "그래요, 내가 강현필이예요. 밖에 붙인 문패도 못 보았소?" 강진사는 얼굴에 노한 기색을 띠며 검정 외투자리를 쳐다보려 할 즈음에 그 사람은 다른 손으로 번개 같이 강진사의 팔을 붙잡고 오른손으로는 "나는 ××서에서 왔다. 복상, 얼른 시작하지?" 하며 대문 밖으로 군호를 하였다. 그 소리와 동시에 인바네스 입은 사람, 양복 입은 사람들 사오 인이 앞마당으로 몰려들어 서며 "우리들은 모두 ××서에서 왔다. 너희 집의 가택 수색을 할 터이다" 하며 형사들은 신발을 신은 채 마루 위로 올라섰다. 강진사는 ××서라는 소리에 정신이 아뜩하게 놀라서 우두커니 섰는 동안에 강진사의 굵다란 심줄이 내솟은 손목은 저항할 힘도 없이 한 대 포개지며 포승줄에 얽히었다.

"이게 웬일이에요? 대관절 내가 무슨 죄가 있어서?" 강진사는 몸이 떨리며 말이 떨리며 가슴이 울렁거렸다. 방 안에서 제사 반기를 먹던 아이들과 강진사의 마누라는 일시에 놀라서 미닫이를 열고 얼굴이 핼쓱해서 떨고 섰다. 형사들은 안방으로 마루로 건넌방으로 일시에 손을 나누어서 뒨장질을 친다. 마당에 묶여 섰는 강진사는 정신이 아득한 중에도 까닭을 몰라서

"이게 웬일이에요? 평생에 죄라고는 모르는 사람인데" 하며 형사에게 애원하는 듯이 묻는다. 형사는 널따란 손길을 쫙 펴가지고 번개 같이 강진사의 뺨을 얼러친다.

"이놈아, 뻔뻔하게 무슨 잔소리냐? 경찰서 가면 다 안다" 하며 두 눈을 부라리며 섰다.

방 안에서 마루로 쫓겨나온 두 어린애는 강진사를 때리는 바람에 "아버지!" 하고 소리를 치며 울고 있다. 강진사 마누라는 "아이고 저를 어째" 하며 마당으로 뛰어 내려왔다. 강진사의 집에는 한 때의 밥을 만나서 주림을 채우려 하던 즈음에 때 아닌 벽력이 떨어졌다.

90회 무서운 경찰서

강진사는 두 손을 묶인 채로 팔자에 없는 자동차를 타고 ××경찰서로 잡혀 갔다. 눈이 벌개서 강진사 집을 수색하던 형사대는 그 결과 의외의 실망을 하게 되었다. 방에 놓인 것이라고는 헌 농짝 장식이 떨어진 부담 상자들의 우중충한 세간뿐이요, 결국 형사대의 손에 잡힌 것은 오래 전에 당국에서 압수한 낙길이 된 조선 역사책을 두어 권 찾아내었을 뿐이다. 강진사 집에는 강진사가 있기로 살림을 보태일 아무 활동은 없지만은 쌀이 없어도 강진사를 쳐다보고 어린 것이 아프다 해도 강진사만 바라보고 있는 한 집안의 가장이 경찰서로 잡혀간 뒤에는 넋을 잃은 세 식구는 배고픈 것보다 가장의 운명이 걱정이 되어 차돌 같이 차디찬 강진사의 가정에는 다시 시꺼먼 공기가 둘러 있다. 강진사의 마누라는 강진사가 잡혀 가는 뒤를 따라서 큰길까지 쫓아 나왔으나 큰길 모퉁이에 기다리고 있는 자동차는 강진사를 집어 삼키고 짐승같이 달아나는 바람에 다시는 쫓아갈 수도 없고 부인不人 밭머리에서 그 자동차의 형적이 뵈지 아니하도록 서서 행주치마자락으로 눈을 씻으며 얼마 동안 섰다가 할 수 없이 집으로 들어왔다. 준성이와 용희는 좌우에서 치맛자락을 붙잡고 매달리며

"어머니 아버지는 어디로 갔어?" 하며 울고 있는 가련한 형상을 보매 강진사 마누라는 앞길이 캄캄하였다. 대관절 무슨 까닭에 그렇게 무시

무시한 시위를 하며 집 안까지 뒨장질을 치고 잡아가는지 도무지 알 수가 없었다. 자기 남편의 성미와 행동을 잘 아는 그에게는 도저히 상상으로는 짐작할 수가 없었다. 마음이 유순하고 성미가 눅은 사람이 남하고 시비를 할 리도 없고 오십이 되도록 돈 한 푼 주변성이 없던 사람이 별안간에 남을 속이어 재산을 탐낼 위인도 아닌데 경찰서에서 육칠 인씩이나 와서 큰 죄인을 잡아가는 듯이 시위를 하는 것이 도무지 알 수가 없었다. 시체의 사리를 아는 사람 같으면 딴 길을 뚫어서라도 경찰서에 그 내용을 탐문해 볼 수도 있겠지마는 순연한 구식 가정의 여인이라 그러한 주변도 없어서 한참 동안 떨리는 가슴을 움켜지고 맥맥하게 섰다가 두 어린 것을 달래서 집을 보게 하고 강진사 마누라는 살이 부러진 목양산을 꺼내 짚고 ××경찰서를 찾아 갔다. 평생에 처음 가는 곳이라 그에게는 어떤 곳이 경찰서인지 알 길이 없었다. 이 사람 저 사람에게 물어서 겨우 ××서 앞에까지 왔다. 돌층계 위에 시뻘건 벽돌집이 높다랗게 서 있는 그 대문 앞에 젊은 순사가 칼자루를 움켜쥐고 장승 같이 서 있다. 강진사 마누라는 쳐다보기만 해도 몸이 떨릴 만치 무시무시하였다. 층대에는 올라갈 용기가 나지 않아서 턱 아래에 세운 게시판 앞에서 서성거리고 섰다. 나오고 들어가는 사람들이 모두 양복을 입은 사람뿐이요 조선 사람 같아 보이지는 아니하여 말을 붙일 수도 없었다.

얼마 동안 서성거리고 있는 중에 흰 두루마기를 입은 사람이 그 대문 안에서 나오는 것을 보고 강진사의 마누라는 "여보세요, 여기 잡혀온 사람을 어떻게 해야 해요?" 하며 얼굴에 근심이 가득한 빛으로 물었다. 무심히 나오던 그 사람은 별안간에 걸음을 주춤하며 "글쎄요, 나도 자세히 모르겠는데요. 저 위에 있는 순사더러 물어 보시지요" 하며 지나갔다.

강진사의 마누라는 마음을 다스려 먹고 층층대를 한 걸음 두 걸음 올라 디디며 파수 보는 순사의 눈치를 보고 올라왔다. 대문 앞에 와서는 또 차마 말이 나오지 않아서 기웃기웃하며 그 안을 들여다보는 중에 별안간 "뭐요? 무슨 일이 있소?" 하며 파수 선 사람은 소리를 쳤다. 강진사 마누라는 깜짝 놀라며 "여기 찾아볼 사람이 있어서 왔어요."

"누구? 누구 찾어?"

"네, 강현필이라는 사람이에요" 하며 강진사 마누라는 자기 남편을 찾아볼 구멍을 얻게 되었다고 생각하며 물었다.

"누구 찾나? 모호는 사라무 마루야?" 순사는 서투른 조선말로 다시 묻는다.

"저, 저, 조금 전에 여기 잡혀온 사람이요."

"모우? 자부어온 사라무? 안도이우. 조리 갓소" 하며 순사는 눈을 똑바로 뜨고 손짓을 하며 강진사 마누라를 내리몰았다.

강진사 마누라는 할 수 없이 다시 쫓겨 층대 아래로 내려 왔다. 층대 아래에는 어디서 몰아오는지 자동차 한 대가 질풍 같이 들이닥치며 검정 양복 위에 검정 시무복을 입은 사십 가량 되어 보이는 사람이 손목에 수갑을 채우고 여러 사람들에게 에워싸여서 자동차에서 내리더니 덜미를 잡혀서 층대를 올라간다. 강진사 마누라는 또 마음이 선뜻하여 한편으로 피해섰다.

91회 지옥 같은 지하실

한치각의 머리에 가한 여러 진(眞) 청년들의 철권은 썩어 들어가는 이 사회의 국부수술을 의미한 것이었으나 그 파동은 도리어 반대의 방면으로 진행하게 되었다. 한치각이 분실한 현금 팔백 원과 삼백 원짜리 금시계가 의문의 열쇠를 쥐고 인적이 끊어진 권농동 골목에서 그 형적을 감추게 되어 의문을 싸고 도는 경찰의 수사는 한치각을 중심으로 하고 거미줄 같이 늘어놓았다. ××경찰서에서 광희정 강진사의 집을 수색하는 동시에 형사의 한 반은 또 광화문 밖에 있는 ××학교를 습격하여 리민영을 체포하였다. 리민영은 원래부터 사상이 불온하다는 혐의를 받아 소관 ××경찰서에서는 주의 인물로 경계를 하던 차에 사건이 일어나기 수일 전에 한치각의 집에 와서 오백 원 기부를 청한 사실이 있기 때문에 경찰서에서는 그러면 어떠한 직접 행동이나 있지 아니한가하여 리민영을 체포한 것이다. ××서의 활동은 두 자동차에 나누어 강진사 집과 리민영 집을 동시에 습격하였으나 거리가 가까운 강진사가 먼저 체포되어 오고 그 다음에 강진사 마누라가 경찰서 문안에서 어른대고 있을 때에 돌아 들어오던 그 죄인이 리민영이었다. 강진사와 리민영의 두 사람은 별안간에 형사의 습격을 당하여 ××서에 잡혀 왔으나 어떠한 사건이 자기들을 그렇게 옭아 넣었는지 그 내용은 도무지 알길이 없었다. 리민영은 ××학교에서 마침 교실에 들어가서 어린 학생들에게 학과를 가르치고 있는 중에 번개 같이 달려드는 형사들에게 참혹하게 두 손목을 묶여 끌려 나오는 것을 보고 어린 학생들은 놀라며 울고 쫓아 나왔다. 리민영이 체포되던 찰나의 광경은 비극 중에도 가장 심각한 비극의 한 장면이었다. 난로불도 못 켜고 달달 떨고 앉았는 어린 학생에게 추위를 참게 하느라고 여러 가지 위로의 말을 하여가며 모지라진 분필 도막을 손에 쥐고 눈물이 맺히는 교수를 하던 중이었다. 별안간에 교실의 좌우 문이 일시에 열리더니 우르르 몰려들어오던 형사들은 인자한 아버지 같이 쳐다보고 있는 교장 선생님을 교단에서 잡어 내려서 덜미를 치며 끌고 나가는 그 찰나에 교실에 가득 하던 어린 학생들은 몸을 소스라쳐 놀라며 울고 부르짖었다.

두 손을 묶인 채 고개를 숙이며 힘없이 운동장을 걸어 나가며 벌떼같이 좌우를 둘러싸며 쫓아 나오는 학생에게 "나는 아무 죄도 없으니 학생들은 놀라지 말고 공부나 잘 하고 있으렴" 하며 젖먹이 어린애를 떼어 놓고 가는 어머니처럼 학생들을 자주 돌아보며 잡혀가던 광경은 보는 사람에게 눈물을 자아냈다.

강진사는 잡혀오자 허리에 포승을 물린 채로 지하실로 들어갔다. 바윗돌 같은 시멘트 천장은 머리를 내리 누를 듯이 무겁게 달려 있고 핏빛 같이 시뻘건 벽돌담은 철통 같이 둘러 있다. 강진사는 다시 머리가 선뜻하여 마음이 울렁거리고 앞이 캄캄하여졌다. 오십이 되도록 그런 무서운 곳을 못 본 강진사는 몸이 떨리었다. 두붓모 같은 철창 같은 곳에서 희미하게 보이는 광선은 겨우 정면에 있는 물체를 나타낼 뿐이요, 우중충한 쉰내에 둔탁한 공기가 시큼한 흙냄새를 흔들어 코에 스친다. 저편 구석에서는 같은 운명에 매달린 사람이 흙바닥에 꿇어앉아서 무서운 문초를 받고 있다. 강진사는 형사가 시키는 대로 흙바닥에 웅크리고 앉았다. 형사는 손바닥에 쥐었던 포승 끝을 홱 채치며

"이놈아, 꿇어앉아! 남이 앉은 것도 못 보니?" 하며 제일착으로 강진사의 혼을 빼앗았다. 강진사는 별안간에 무슨 영문을 몰라서 눈을 두리번거리며 두 무릎을 흙에 대이고 꿇어앉았다. 조금 있다가 손에 회초리를 들고 새카맣게 웃수염을 기른 복장한 순사 부장이 층층 소리를 내며 지하실로 내려왔다. 강진사는 또 몸이 떨리었다. 복장을 입은 순사는 구석에 놓였던 의자를 끌어 놓고 앉으며

"네가 강현필이냐?" 하며 강진사를 내려다본다. 강진사는 얼떨결에 "네" 하는 소리가 나왔다.

"네 집이 어디야?"

"광희정." 강진사는 말이 떨려서 말끝을 마무를 수가 없었다.

"이놈아, 말을 똑똑히 해. 광희정 몇 번지냐?" 물으며 순사 부장은 발을 탁 굴렀다. 강진사는 또 깜짝 놀랐다.

92회 무죄한 두 사람

강진사와 리민영은 ××경찰서에서 제 일차의 엄혹한 취조를 받았

다. 그 중에 강진사는 가장 수치스러운 절도의 혐의로 취조를 받았다. 무쇠 궤짝 같은 지하실에서 서너 시간이나 무시무시한 광경을 겪었다. 모른다면 때리고 아니라면 쥐어박혀서 강진사의 귀뺨은 연감 같이 부풀어 올랐다. 그러나 한치각을 현장에서 보호한 것은 사실이나 그 이외의 사건은 전연히 모르는 강진사는 무어라고 대답할 말이 없었다. 팔백원의 현금과 삼백 원짜리 시계가 없어졌다는 사실은 경찰서에서 비로소 들은 말이요 강진사에게는 생각지도 아니한 난문제이다. 이러한 문제에 얽혀들 줄을 알았다면 우정도 아무것도 돌아보지 아니하고 그대로 내어버려 둘 것을 공연한 일을 했다고 강진사는 뉘우쳤다. 강진사는 해가 거의 질 때 지하실에서 유치장으로 또 끌려갔다.

"네가 종시 토설을 아니하면 얼마 동안이라도 경찰서에 가둬두고 날마다 무서운 광경을 당할 터이니 다시 생각을 하고 내일은 정말을 해라." 강진사는 두 눈을 부라리며 취조하던 순사 부장의 이러한 무서운 말을 듣고 물 속에 빠졌다가 다시 불 길 속으로 들어가는 공포를 느끼며 유치장으로 들어갔다. 리민영도 별실에서 엄혹한 취조를 받았다. 사실은 물론 한치각에 관한 것이나 취조하는 방면이 강진사와는 달랐다. 그는 한치각에게 오백 원을 강청한 위협죄와 사상 방면에 대한 어떠한 비밀결사의 문초를 받았다. 리민영에게는 전연히 모르는 사실이었다. 강진사와 리민영을 취조한 결과 별로 발견한 단서는 없었다. 경찰서에서도 당초부터 확실한 증거가 있어서 두 사람을 검색한 것이 아니요, 한치각의 대답하던 말눈치와 형사가 상례로 활동하던 제 육감이 강진사와 리민영을 그와 같이 검색하게 된 것이나 처음 취조에 아무 단서를 발견치 못하게 되어 취조하던 주임들은 다시 머릿속에 의문이 떠돌았다. 그러나 한 번 취조에 두 사람을 무관계자라고 방송할 이는 없었다. 강진사와 리민영은 어두운 유치장에서 앞길이 캄캄한 하룻밤을 지내게 되었다. 아무리 민활한 경찰서의 활동이라 할지라도 사건의 진상은 용이히 탐정할 수 없게 되었다. 현장에서 일어난 사건은 인적이 끊어진 좁은 골목에서 마치 여름 하늘에서 별똥이 바다 위로 떨어지듯이 아무 흔적도 없이 지나간 사실이다. 귀신이 아니고서는 도저히 상상키 어려운 비밀이다. 그 날 저녁에 경성 안의 여러 신문은 일제히 한치각의 봉변한 기사를 보도하였다. 어떤 신문에는 주먹 같은 큰 활자로 '한 부호의 아들을 습격'했다는 제목을 첫 머리에 쓰고 한치각이 철권의 제재를 받던 그 현장의 사실을 치밀하게 목도한 것 같이 보도한 신문도 있고 또 어떤 신문에는 '모 학교 교장의 부호 협박'이라는 제목 밑에 리민영을 진범처럼 만들어서 어떠한 비밀 결사원들이 한치각을 습격한 것 같이 보도한 신문도 있어 한치각의 습격사건이 그 날 여러 신문의 사회면을 번화하게 하였다. 이와 같이 여러 신문이 모두 신문기자들에게 육감에서 나온 기사를 보도하고 있는 중에 오직 ××신문만은 거의 진상에 가까운 기사를 보도하였다. '방탕아의 말로'라는 제목 밑에 한치각의 색마성을 자세히 기재하고 그 끝에는 '사회가 제재한 통쾌한 철권'이라고 보도하였다. 여러 신문에 기재된 한치각의 사건은 ××신문이 가장 그 진상에 가까운 보도를 하였다. 그러나 그 ××신문사에서만 특별히 현장의 광경을 본 것은 아니지마는 한치각의 평일의 행동을 세밀히 조사한 결과가 이와 같은 진상을 보도하게 된 것이다. 평소에 신문을 들여다보지 않던 한치각은 그 날에 비로소 신문을 손에 들게 되었다. 몸에 큰 중상은 없지마는 사지가 늘씬해서 자리 속에 누웠던 한치각은 상노 만돌을 동독하여 여러 신문을 모아놓고 자기의 기사를 들여다보고 있는 중이다. 안으로 통한 복도 문이 빠끔히 열리며 자기 딸 복희가 들어온다. 복희의 손에는 ××신문을 들고 있다. 사랑에는 한치각이 며칠 동안 정양을 하게 되어 모이던 병정들도 다 돌아가고 한치각한 사람만 아랫목에 누워 있다. 복희는 한치각의 누운 앞으로 앉으며

"아버지, 어디가 아프시지는 않아요?

"글쎄."

"그때, 퍽 놀라셨지요?" 하며 한치각을 들여다보는 두 눈에는 눈물이 어려 있다.

93회 순진한 마음으로

복희는 그날 석간신문들이 자기 아버지의 기사를 일제히 보도한 중에 ××신문이 가장 혹독한 붓을 들어 자기 아버지의 방탕한 행동을 논파하며 한 점의 동정이 없이 써 있는 것을 보고 처음에는 원망하는 마음이 떠돌았다. 그러나 보도된 기사는 자기 아버지가 사회에 끼친 해독을 그대로 폭로한 것이었다. 비록 자기 아버지의 일이지마는 부정할 수 없는 사실이었다. 신문을 보는 중에 복희는 가슴이 막히는 슬픔을 느끼었다. 재산으로나 또 처지로나 자기 아버지는 이 사회에서 동정을 받을 만한 지휘에 있으면서도 항상 방탕한 생활에 빠져서 그런 원통한 언론의 제재를 받게 되니 참 애닯은 일이라고 생각하였다. 자기 아버지를 아무리 두둔하여 생각하더라도 ××신문에 보도된 기사를 원망할 수는 없었다. 밤을 낮으로 이어서 부랑한 구멍으로 구덩이로 돌아다니던 자기 아버지다. 이번에 당한 신문의 논박에 눈을 떠서 정당한 생활로 돌아왔으면 하는 희망이 복희의 마음을 움직이게 하여 오늘은 그것을 기회로 하여 자기 아버지에게 애원을 할 생각으로 사랑에 손이 없는 틈을 타서 나온 것이다. 황숙자의 사진을 발견한 뒤로는 복희는 자기 아버지의 행동이 더욱 마음에 키어서 아무도 모르는 가슴을 태우고 있던 터이다. 여러 신문을 다 읽고는 한치각은 얼굴에 약간 흥분된 빛이 나타나며

"망할 자식들, 신문에 낼 것도 없나? 이런 기사로 반¾면이나 떠들어 댈 것이 무어야?" 하며 불만이 얼굴에 가득하였다.

복희는 이 기회를 잃지 말자는 듯이 "오늘 신문에는 맨 아버지께서 봉변한 기사뿐이에요. 어떻게 그렇게들 소문을 빨리 들어서 누가 그런 걸

알려 주길래 신문에 내지요?" 하며 한치각의 얼굴을 곁눈으로 보았다.

"다른 것은 몰라도 남의 험담은 빨리 듣는단다. 망할 자식들!" 하며 한치각은 불평이 변하여 신문의 공격으로 나왔다.

"그런데 여러 신문 중에 ××신문에는 아주 고약하게 났어요. 아버지를 여지없이 공격하지 않았어요?" 하며 복희는 차마 면구하여 자기 아버지의 얼굴을 쳐다볼 수가 없었다.

"그러게 말이다. ××신문은 소위 민중 신문이니 무엇이니 하고 남의 약점을 들춰내는 신문이란다. 그런 신문은 당연히 제재를 해야지. ××신문은 명예훼손으로 고소를 하겠다" 하는 한치각은 흥분된 기색이 다시 얼굴에 나타났다.

"고소는 어떻게 하는 것이야요?" 복희는 처음 듣는 듯이 의미를 묻는다.

"여학교를 졸업한 것이 입때 그것도 모르니? 학교에서는 무엇을 배웠단 말이냐?"

"그런 법률에 대한 것은 아직 배우지 않았어요."

"쉽게 말하면 신문사를 걸어서 재판을 하는 것이란다."

"그럼 어떻게 돼요?"

"재판에 지면 신문사는 벌금을 물게 되는 것이지."

"그럼 보도한 기사가 잘못 되었으면 신문사에서 지구요"

"그렇지 신문사에서 지지."

"만일 신문에 내인 기사가 정말이라면 어떻게 돼요?"

복희는 상식으로도 짐작할 평범한 일이지만 자기 아버지가 과연 어떠한 생각을 가지고 있나 하고 이렇게 물었다.

한치각은 양미간에 주름을 잡히며 "그거야 할 수 없지. ××신문에 난 기사가 너는 모두가 정말로 아니?" 하며 한치각은 화증을 버럭 내었다.

복희는 고개를 숙이고 대답이 없다.

"그놈들에게 돈의 자유를 주어만 봐라. 그 놈들은 계집을 아니할 터이냐?"

한치각은 피우던 담배를 재떨이에 던지며 벽을 향하여 돌아누웠다.

복희는 자기 아버지가 종시 뉘우치는 마음이 없이 썩은 자만심을 가지고 사회에 대항코자 하는 것이 말할 수 없이 애닯았다. 또 슬펐다. 두 눈에 눈물이 핑 돌며 "아버지, 아버지, 다시 생각을 하셔요. ××신문을 원망하시지 말고." 말소리가 울음에 떨려 눈물방울이 장판 위에 뚝뚝 듣는다.

한치각은 벽을 향하고 누웠다가 몸을 홱 돌리며 "뭐야? ××신문이 어째? 이년, 너까지 아비를 원망하니?" 하며 복희의 숙이고 있는 머리 위에 노기가 가득한 시선을 던졌다.

복희는 대답이 없이 느끼어 운다. 어디서인지 두부 장사의 힘없이 외는 소리가 고요히 들린다.

94회 처녀 가슴에서

복희는 자기 아버지의 품행이 너무나 명예롭지 못한 까닭에 학교 동무들 사이에도 때때로 면난한 경우를 당하는 일이 있고 가정에서도 자기 부모가 걸핏하면 말다툼을 일으키어 평화한 때가 없이 지내는 것을 항상 마음에 애닯게 생각하는 중에 자기 아버지의 기사가 각 신문에 실린 기회를 봐서 자기 아버지의 마음을 돌이키게 하려고 눈물을 흘리며 간청을 하였으나 원래가 타락한 생활에 마음이 마비된 한치각은 말이 적고 순진한 정의로 만류하는 복희가 피가 맺히는 애원에도 아무 변화하는 빛이 없었다.

"아무것도 모르는 계집 아이년이 무얼 안다고 그러느냐?" 하는 자기 아버지의 불호령을 받고 복희는 안으로 쫓겨 들어왔다. 자기 아버지가 마음을 뉘우쳐서 부드럽게 나오거든 차차 황숙자의 사진까지 알아보고 또 황숙자를 위하여 자기 아버지의 손을 끊도록 하자는 애정이 호령 한마디에 다하여 버리고 말았다. 복희는 자기 방으로 돌아와서 책상에 얼굴을 대고 얼마 동안 울었다. 자기 아버지의 개심은 도저히 바랄 수 없는 일이라고 생각하며 한편으로는 원망스러운 마음이 떠돌았다. 자기 아버지의 난봉은 모두 돈에서 나오는 타락이다. 돈이 자기 아버지의 수중에 있을 때까지는 그런 행동이 계속 될 터이니 참 애닯은 일이라고 생각하였다. 돈, 돈, 돈을 바라는 사람이 이 세상에는 얼마든지 있으련마는 자기 집에는 돈 한 가지가 자기 아버지의 죄악을 기르는 한 거름이 되어 있으니 세상에는 알 수 없는 일도 많다고 생각하였다. 남자, 돈, 그렇게도 굳세고 또 자유스러운 것인가? 여자를 함부로 눌리고 또 돈으로 그 죄악을 파묻게 하는 이 세상이 과연 얼마나 오래까지 계속될 것인가? 자기 집에 만일 돈이 없었다면 또 어떠한 비극이 일어났을지는 모르나 그 비극은 결단코 죄악을 세상에 던질 비극은 아니었을 것이다. 다만 배가 고프고 몸에 부딪히는 혹독한 추위에 떨고 있을 그것뿐이 아니었을까 차라리 우리 집에 돈이나 없으면 하는 돈을 원망하는 생각이 났다. 복희는 아무도 없는 빈 방에서 이러한 생각을 계속 하고 있다가 다시 한편으로는 황숙자의 그림자가 머릿속에 떠올라 왔다. 학교에서 마지막 학과를 하던 날 숙자를 만난 뒤에 졸업식을 하는 날에도 숙자는 출석을 아니하여 그 후로는 도무지 만나볼 기회가 없었다. 숙자를 자기 아버지 손에서 떼어 놓으려고 이 생각 저 생각을 다하여 보았으나 별로 명안이 나서지 아니하여 그대로 두었으나 항상 마음에는 염려를 하고 있었다. 마치 어린애가 우물가에서 놀고 있는 것 같이 또 그 동안에 자기 아버지 손에 걸려들지나 아니했나 하여 마음을 태우고 있었다. 오늘 자기 아버지의 태도를 보건대 좀처럼 양심을 불러일으킬 수는 없으니 자기가 생각하던 최후의 수단으로 숙자를 구할 수밖에 없다고 결심하고 편지종이와 철필을 꺼내어 책상 위에 놓았다. 섣불리 자기 아버지에게 간청하는 것보다 직접으로 숙자에게 경고를 하는 것이 도리어 낫겠다는 생각이 나서 편지를 쓰게 되었다. 그러나 복희는 철필을 들고 주저하였다. 숙자는 경고를 하려면 자기 아버지의 말을 비추지 아니 할 수는 없고 또 자기 아버지의 말을 쓴다하면 숙자에게 경계를 하리만큼 자기 아버지의 결점을 쓰지 아니하면 안 될 것이니 자식이 되어 자기 붓으로 그 아버지의 비평을 쓰는 것이 큰 죄나 짓는 것 같이 생각이 되어 복희는 손으로 턱을 고이고 한참 동안 생각이 막히어 앉았다. 한편을 구하면 한편은 쓰러지고 그것이 더구나 자기 아버지가 아닌가. 복희의 붓은 용이히 움직이지 못하였다. 얼마 있다가 복희는 무슨 묘안이나 발견한 듯이 철필를 들고 편지를 쓰기 시작하였다. 복희의 오동통한 주먹은 철필을 흔들어 매끈매끈한 편지 종이 위에서 만벌이 같이 부닐고 있다. 세 손가락에 끼인 철필촉은 좌우로 흔들리며 검은 실 끝을 풀어 놓듯이 흰 종이 위에 글자를 나타낸다. 한 장 또 한 장 복희의 그 편지는 숙자의 운명을 구하려고 순진한 처녀의 가슴속에서 풀려 나온다.

95회 무서운 의사의 선고

황숙자는 황치삼의 교묘한 수단에 빠져서 한치각에게 순결한 몸을 더럽힌 뒤로는 전에 보던 순진하고 맑은 기분은 어디로 사라졌는지 날마다 어두운 빛이 얼굴에 가득하고 근심과 원망에 쌓인 날을 보내고 있다. 그의 어머니 되는 오과부는 말할 수 없는 신고를 다해가며 숙자를 길러서 이제는 학교까지 마치게 된 것이 마음에 든든하고도 남에 없는 큰 보배나 가진 듯이 귀여운 생각이 더욱 깊어 가는 이때에 숙자가 별안간에 무슨 근심이나 생긴 것처럼 얼굴에는 화색이 없어지고 며칠 동안은 우중충한 방속에 앉았다 누웠다 하며 울적하게 지내는 모양을 보고 오과부는 숙자에게 여러 번 물어 보았다. 그러나 숙자는 몸이 좀 불편하다는 것이 이유이요 다른 말은 도무지 입을 떼지 아니한다. 단 두 식구가 사는 집안에 더구나 집의 주인이요 또 탐스러운 꽃송이 같이 날마다 사랑스럽게 들여다보고 있는 숙자가 무엇에인지 웃음을 빼앗기고 수심에 쌓여 있게 되니 집안에는 맑은 빛이 아주 끊어져 버렸다. 오과부는 마음을 태우며 여러 가지로 위로를 하였다. 자기 경험으로 보면 젊었을 때에 깊은 겨울이 다 지내고 나뭇잎이 피어나는 따뜻한 봄날에는 해마다 얼마 동안은 공연히 마음이 서글퍼지며 까닭모르는 울음이 나오던 일이 있었지마는 그것은 자기가 홀로 된 마음에 느끼던 일이다. 옛날 말에도 여편네는 봄철이 슬프고 사나이는 가을이 슬프다는 말도 있으나 요사이 숙자의 모양은 마치 자기가 청춘과부 때에 느끼던 그것 같이도 보였다. 그러나 아직 어린애 같은 숙자가 그러한 양춘의 깊은 느낌을 알 때도 아닐 터인데 도무지 괴이한 일이라고 오과부는 생각하였다.

이와 같이 십여 일을 지나는 동안에 숙자의 몸에는 완연히 병의 흔적이 나타나게 되었다. 머리가 몹시 아파오고 때때로 아랫배가 띵기미 몸이 무거워졌다. 숙자는 한치각을 원망하며 순결하던 자기 처녀의 몸에 더러운 흔적이 박힌 것이 한없이 원통하여 마음을 괴롭게 하고 있는 동안에 몸에 어떤 고장이 생겼나 하고 심상히 며칠 동안은 내버려 두었으나 병 증세는 날마다 심하여 어제 저녁에는 아랫배가 아파서 밤을 반짝 새웠다. 오과부는 별안간에 놀라서 허둥지둥하며 체증 약을 지어 달이느니 한약을 먹이느니 한참 동안 법석을 한 다음에 조금 진정이 되었으나 오늘 아침에도 또 심하게 복통이 일어나서 오과부는 할 수 없이 숙자를 인력거에 태워 가지고 의전병원으로 가서 처음으로 양의의 치료를 받게 되었다. 내과 진료실로 부인과 진찰실로 두 군데를 거쳐서 평생에도 처음 되는 수치를 다 당해가며 부인과 의사에게 받은 진단으로 마치 재판장에서 사형 선고를 받는 찰나의 죄수 같이 숙자의 정신은 아뚝하게 놀랬다. 숙자의 병은 세상에 부끄럽고 또 가장 더러운 임독성 ××염이라는 진단을 받았다.

아, 처녀의 파열이다. 여자의 씻을 수 없는 치욕이다. 숙자는 학교에서 생리학 시간에 선생에게 참고로 듣던 그 무서운 병균이 자기 체내를 파먹으며 꿈질거리고 있는 생각을 하니 몸이 썩은 시궁창에 빠진 것 같고 당장이라도 칼이 있으면 병균이 파먹어 들어가는 그 곳의 살점을 척척 베어내고 싶었다. 오과부는 병원 대합실에서 이 사람의 얼굴을 무의미하게 쳐다보고 있다가 숙자가 핼쓱한 얼굴로 진찰실에서 나오는 것을 보고 급히 숙자의 옆으로 가서 물었다.

"그래 무슨 병이라고 하든? 대단한 병은 아니겠지?" 하며 오과부는 마음을 졸이며 물었다. 그러나 숙자는 고개를 숙인 채로 두 눈에서는 더운 눈물이 쏟아지며 아무 대답이 없다. 오과부는 더욱 마음이 타서 또 재우쳐

"왜 우니? 병을 못 고치겠다드냐? 왜 그래? 그래 대관절 무슨 병이라디? 배가 아픈 병이니 체증이 아니면 횟배겠지 무어란 말이냐?"

오과부는 숙자의 태도에 마음이 울렁거렸다. 단순히 배앓이가 아니면 무슨 병인가? 대답이 없이 벽을 향하여 울고만 있는 숙자의 어깨에 손을 대어 흔들며

"글쎄, 무슨 병이라더냐? 말을 좀 하려무나. 참 이상스러운 애도 있다. 젊은 애들이 병이 좀 났기로 무얼 울고 있단 말이냐?" 하며 오과부는 숙자를 위로하는 듯이 물었다. 숙자는 차마 그 무서운 더러운 병이 자기 몸에 생겼다고 말할 수는 없었다.

96회 깊은 봄소식에 슬픈 사랑

숙자는 병원에서 의사에게 조롱 비스름한 "아직 새카맣게 젊은 학생이 어디서 그런 고약한 병을 받았어?" 하는 소리를 듣고 얼굴에 모닥불

을 끼얹는 것 같은 부끄러움을 당하여 그 곳에서 당장 없어졌으면 하는 생각이 났다. 의사의 말은 속히 수술을 하지 아니하면 나중에 생산을 하지 못하는 것은 둘째요 오래두면 생명까지 위태한 병이라고 주의를 하였다. 그러나 숙자는 고통이 없이 차라리 죽었으면 하는 생각까지 났다. 자기 집에 병원에 들어가서 치료를 할 금전의 저축도 없으려니와 아직 시집도 아니 간 숫처녀가 그런 창피한 병을 가지고 이곳저곳으로 치료를 하러 다니는 것이 말할 수 없이 부끄러워서 차라리 그대로 내버려 두고 싶은 생각도 났다. 그러나 때때로 아랫배가 치밀어 올라오며 진땀이 바작바작 나도록 아파오는 데는 그대로 참을 수는 없었다. 당한 치욕도 바로 말할 수가 없었는데 더구나 그 더러운 병균을 옮아온 것은 도저히 입을 열 수가 없었다. 뱃속에 적 같은 병이 생겨서 그렇게 때때로 복통이 났다고 그럴듯하게 거짓말을 하여 자기 어머니를 속였으나 숙자의 마음에는 비록 자기가 만들어지은 죄는 아니라 할지라도 자기 하나만 믿고 사는 그 어머니를 속이는 것이 큰 죄악같이 생각이 되었다. 그리나 그러한 불싱스러운 내막을 말하여 자기 이미니까지 놀라게 하느니보다 자기 혼자만 마음을 괴롭게 하는 것이 도리어 낫겠다는 생각도 있었다. 요사이 며칠 동안은 일기가 아주 풀어서 푸근한 바람이 마당가로 떠돌며 담 밑에 수북하던 눈덩이도 어느덧이 반이나 넘어 녹았다. 봄빛은 다시 때를 찾아서 숙자의 집 마루 끝에 따뜻한 햇살을 던졌다. 숙자는 마음을 괴롭게 지내다가 다시 몸에까지 몹쓸 병이 덤비어 조석도 아니 먹고 힘없는 몸을 이불 속에 던지고 봄빛을 등진 컴컴한 방속에 드러누웠다. 오과부는 숙자의 병이 근심이 되어 손에 일도 잡히지 않고 마루 끝에 걸터앉아서 하염없이 먼 데를 바라보고 앉았다가

"애, 숙자야, 인제 좀 아픈 것이 진정되니? 몸이 조금 웬만하거든 이리 좀 나오려무나. 오늘은 아주 늦은 봄날 같이 따뜻하다. 기동을 좀 하여 보려무나" 하며 오과부는 숙자가 죽치고 들어만 누운 것이 애석해

서 이렇게 불러냈다. 충충한 방 속에서 숙자의 가벼운 한숨 소리가 들리더니

"어머니, 거기서 무얼 하시오? 바깥이 그렇게 따뜻하오?" 하며 숙자는 힘없는 소리로 묻는다.

"따뜻하고 말고. 아주 꽃 필 때 같다. 좀 나와 봐라."

"어머니 지금 2월 그믐이지? 음력으로는 참 오래 전에 꽃 필 때가 됐어. 그러나 꽃이 피면 뭘 해? 어머니 난 요새 웬일인지 죽고만 싶어." 숙자는 말끝이 힘없이 사라지며 긴 한숨 소리가 미닫이 밖에 들린다.

오과부는 무서운 참언이나 들은 것처럼 마음이 선뜻해지며

"원 도섭스런 소리도 한다. 계집애년이 그런 방정맞은 소리를 왜 한단 말이냐? 병석에 있으면서." 오과부는 숙자의 말문을 콕 쥐어 질러버리듯이 막아버렸다.

"세상이 다 귀찮으니까 말이지" 하며 숙자는 방 속에서 슬픈 어조로 수수께끼 같은 말을 물었다.

"귀찮다니? 무엇이 귀찮단 말이냐? 이제 학교도 졸업장을 맡았으니 고만이고, 참한 대로 시집이나 가면 좀 좋으냐? 무슨 걱정이 있니? 앞에 남은 것은 이제 기쁜일밖에 없다. 그런데 너를 내놓고 내가 혼자 무슨 낙으로 산단 말이냐? 사위를 얻어도 한 집에서 살 사위를 얻어야지. 왜, 과부 어미를 내버리고 너 혼자 시집을 가고 싶으냐?"

"아니 나는 시집가기도 싫어. 세상이 그저 귀찮은 생각만 나서." 숙자의 눈에는 미지근한 눈물이 어리어 있다.

"네가 아마 봄을 타나보다. 젊었을 때에는 봄이 되면 사지가 노곤하고 공연히 서글픈 생각이 나느니라. 나도 그런 때가 있었다. 아무 생각도 말고 약이나 잘 먹고 얼른 병이나 나았으면 좋겠다." 오과부는 숙자의 머릿속에 엉클어진 번민도 모른다. 또 숙자의 체내를 각각으로 더럽히며 파먹어 들어가는 병균도 모른다. 다만 지극한 애정으로 숙자를 위

로할 뿐이다.

숙자와 오과부는 봄소식을 느끼며 이러한 이야기를 하는 중에 대문 밖에서 별안간에 "편지 받으우" 하는 소리가 들렸다.

97회 아, 정다운 편지

오과부는 편지 받으라는 소리에 놀라 대문간으로 곧 나아가보니 하얀 좁드란 봉투가 대문 안 흙바닥에 떨어져 있다. 글자를 알아보는 사람 같으면 우선 어디서 온 것인지 먼저 피봉을 보았을 것이나 겨우 언문자밖에 모르는 오과부는 다만 봉투 머리에 붉은 우표가 붙었으니 체전부가 떨어뜨린 편지인 줄만 알 뿐이요 그 밖에 더는 알아볼 지식이 없었다. 오과부는 편지를 손에 들고 방으로 들어갔다. 이 집에는 일년을 지내야 별로 편지 한 장 들어오지 않는 집이라 글자를 모르는 오과부에게는 한편으로는 가벼운 역류와 또 한편으로는 이상한 호기심이 떠돌았다. 이불 속에 누웠던 숙자는 손을 내밀며

"이디시 편지가 왔소? 누가 내게 편지 할 사람은 없는데? 이리 주시오" 하며 오과부의 손에서 편지를 받아서 봉투에 전면을 보니 분명한 자기의 이름이 있다. 철필로 가늘게 쓴 획이 분명히 여자의 필적인데 어디서인지 많이 보던 글씨 같아 보이어 얼른 봉투를 뒤집어서 후면을 보았다. 후면에는 '××여학교 동창생이 올림'이라고 있을 뿐이요 발신인의 주소도 없고 성명도 없다. 이따금 달짝지근한 문자를 늘어놓은 소위 연애편지가 들어와서 자기 어머니 앞에서 공연히 얼굴을 붉히는 일이 가끔 있었으나 이번 편지는 분명한 여자의 필적이요 또 동창생이라고 쓰여 있으나 또 어느 전문학교 남학생이 희롱하는 편지나 아닌가 하고 의심하며 봉투의 웃머리를 뜯었다. 편지는 참깨 같은 잔글자로 수면지에 쓴 것이 다섯 장이나 되었다. 긴 사연을 읽어보기 전에 숙자는 마음이 궁금하여 다시 맨 끝장을 펴서 발신인의 성명을 먼저 살펴보았

으나 역시 피봉과 같이 동창생이라고만 써 있을 뿐이다. 그러나 편지에 나타난 글자는 분명히 눈에 익은 글자다. 숙자는 미닫이 베개를 옮겨 놓고 밝은 빛을 향하여 편지를 읽는다.

　나의 경애하는 숙자 아우님.

　내가 나의 이름을 드러내지 아니하고 이 편지를 올리는 것을 용서하시오. 나는 아우님의 감정을 염려하여 지금 철필촉이 춤을 추며 나의 이름의 먹 흔적을 내려 하는 붓대를 억제하였습니다. 나의 이름을 감추지 아니하면 아니 될 나의 쓰린 가슴을 미루어 생각하시고 부디 용서하여 주시오. 그러나 만일 나의 글씨를 보시고 이 편지의 주인을 짐작하시게 된다 하면 나는 도리어 다행으로 생각합니다.

　나의 경애하는 아우님.

　우리가 한 교실에서 4년이라는 긴 세월을 지내며 같이 뛰고 같이 웃고 또 같이 배우던 정든 여러분이 졸업장을 손에 들고 교문을 나갈 때에 나는 기쁨보다 슬픔이 많았습니다. 더욱이 졸업식장에서 아우님의 반가운 얼굴이 보이지 아니하여 나는 아우님을 영원히 잃어버린 것 같이 마음에 섭섭하고 또 슬펐습니다.

　나의 경애하는 숙자 아우님.

　나는 스스로 부끄러운 얼굴을 내 손으로 가리고 한 마디 충고를 아우님께 올립니다. 우리는 장차 가정의 사람이 될 희망 많고도 또 위험이 많은 두 길에 있는 것을 깊이 생각지 않을 수 없습니다. 현명하신 아우님이 어련하실 것은 아니지만 우리들의 앞에 닥친 결혼 문제는 참으로 신중히 생각할 필요가 있습니다. 우리가 학교에서 마지막으로 학과를 마치던 수신 시간에 선생님이 말씀하시던 여자의 정조에 대한 위협기가 왔습니다. 결혼을 앞두고 춤추는 허영의 꾀임, 코 앞에 아른거리는 거짓 연애의 달콤한 내음새가 우리들을 꾀이려고 웃고 속살거리며 있습니다. 참 우리는 위

험한 시기에 당하였습니다. 우리는 다 같이 이 시기를 경계하여야 될 것
은 물론이나 더욱이 아버님을 잃으신 고독하신 아우님을 위하여 나는 주
제넘은 한 말씀을 드립니다. 나는 날마다 집안에서 가정의 비극을 눈물로
보고 있습니다. 결혼의 중요 요소는 재산이 아니겠지요? 나는 재산이 너
무나 가정을 어지럽게 하는 실례를 보고 있습니다.

　나의 경애하는 아우님.

　내가 이 편지를 올리는 직접 동기는 어떠한 의외의 사실을 보고 놀랐기
때문입니다. 아우님의 사진을 뜻밖의 처소에서 발견하고 나는 몹시 놀랐
습니다. 설마 아우님의 결혼을 의미하는 사진은 아니겠지요? 나는 이 간
단한 사실 외에는 더 쓸 수는 없습니다.

　나의 경애하는 황숙자 아우님께 동창생이 올림.

이라고 써 있었다.

98회 때는 이미 늦었다

　숙자는 참깨 같이 잘게 쓴 편지를 두어 번이나 되풀이하여 읽었다.
편지 끝에 이름은 없으나 글자에 나타난 특색이 점점 명료하게 드러나
서 처음부터 눈새 익은 글씨는 과연 동창생인 한복희의 글씨인 것을 짐
작하게 되었다. 복희와 특별한 교제는 없었지마는 한 교실에서 더구나
가까운 자리에서 4년 동안을 같이 지내게 되어 어느덧 정이 들었었고
또 복희는 다른 학생들 같이 나대지를 아니하는 까닭에 숙자와는 성격
상으로 공명되는 점이 많았다. 숙자는 편지를 본 다음에 무서운 선고나
받은 것 같이 마음이 떨리었다. 자기가 마음 속에 깊이 감추고 고민으
로 지내는 그 비밀을 벌써 짐작하고 한 편지나 아닌가 하는 생각이 나
서 마음이 울렁거렸다.

　한참봉? 한복희? 두 사람의 집이 똑같은 사직골이 아닌가? 숙자의

머리에는 이러한 의심이 떠돌며 다시 복희의 모습과 한치각의 모습을 비교하여 생각하니 악마 같이 덤비던 한치각과 비스듬하게도 생각이 난다. 그러면 이때까지 한 학교에서 이마를 맞대고 공부를 하던 복희가 그 무시무시한 색마의 딸이었던가? 편지 사연에는 재산으로 해서 집안의 어지러운 실례를 눈으로 보고 있다는 그 사실이 자기 집을 가리킨 게 아닌가? 한치각을 말한 것이 아닌가? 아, 분명히 한치각의 딸이다, 복희는 자기의 처녀 몸을 더럽히고 몹쓸 병균까지 옮겨 준 그 악마의 딸이다, 이러한 생각이 머리에 떠올라 오며 숙자의 두 손은 성북동 빈 정자의 안에서 떨리듯이 또 떨리어 온다. 두 눈에는 원망의 빛이 번뜩 거린다. 한치각은 나의 일생에 참혹한 파멸을 준 원수이다. 이 편지는 그 원수의 피를 이은 그 딸의 편지이다 하는 분노가 일시에 가슴에 치밀어 올라왔다. 숙자는 손에 들었던 복희의 편지를 발기발기 찢어 버리고 싶었다. 그러나 다시 마음을 가라앉히며 복희가 무슨 까닭으로 전혀 아니하던 편지를 일부러 자기에게 할 필요가 있나 이것이 흥분의 초점을 누르며 떠올라 오는 큰 질문이었다. 만일 한치각이가 자기를 더럽힌 사실을 일렀다 하면 자기의 아버지가 비밀이 행한 죄악을 복희가 편지까지 하여 내게 경고를 할 필요가 없지 아니한가 아무리 생각하여도 숙자는 복희의 편지가 던진 의문을 해독할 수 없었다. 복희 편지에 자기의 사진을 의외의 처소에서 발견하였다고 또 그것이 이 편지를 쓰게 된 동기라 하니 자기 사진을 한치각에게 준 일은 없는데 참 괴이한 일이라고 생각하며 오과부에게

"어머니 작년 가을에 박인 독사진은 다 그대로 집에 있지?" 하며 물었다.

오과부는 정신없이 숙자의 편지 보던 것을 기다리고 있다가

"그건 왜 묻니? 한 장은 그 언제이던가, 치삼 아저씨가 혼인 준비한다고 가져가고 두 장은 그대로 있다." 숙자는 황치삼이가 자기의 사진

을 가져 간 사실을 전연히 모르고 있다가 오과부의 말에 깜짝 놀랐다. 동시에 그 사진이 한치각의 손에 들어간 경로를 짐작하게 되었다. 숙자의 머리에 서리었던 의문은 차차 풀리게 되었다. 그 동시에 자기의 사진을 함부로 내돌린 자기의 어머니가 원망스러웠다.

"왜 남의 독사진을 그렇게 함부로 내주었소? 그 이가 무엇이 그렇게 얌전한 이라고? 어머니도 참 딱하시오." 가벼운 원망의 눈을 오과부에게 던졌다.

"왜? 그 편지가 사진 때문에 온 것이냐? 사진 때문에 무슨 일이 생겼니?" 오과부는 다시 걱정이 가득한 얼굴로 편지를 들여다보았다. 숙자는 모든 비밀을 가슴에 묻고 태연한 낯으로

"아니 이 편지는 그런 게 아니지만은 별안간에 사진 생각이 나서 그저 물어 봤지요. 남아있는 두 장일랑 다른 데 주지 마시오."

"그래라, 잘 간수하여 두마. 그런데 그 편지는 어디서 왔니?"

"학교 동무한테서 왔어. 졸업을 하고 다 각각 헤어지게 되었다고 섭섭하다는 인사편지라오" 하며 숙자는 한숨을 길게 내쉬었다. 자기 어머니 앞에는 모든 비밀을 감추었으나 머릿속에 얼크러진 의문은 복희의 편지를 또다시 읽게 하였다. 복희의 편지는 전문을 통하여 따뜻한 동정의 빛이 가득하였다. 자기를 파멸케 한 원수의 딸이지만은 그 편지는 성의의 충고로 받아들일 수밖에 없었다. 복희의 편지가 만일 자기 아버지를 경계하라는 뜻으로 보낸 것이라며는 때는 벌써 늦었다고 생각하며 마음이 다시 슬펐다.

99회 반가운 눈물 뿐

며칠 동안 따뜻한 봄빛이 쏘이더니 좁은 골목에 쌓였던 눈더미와 개천에 엉기어 붙었던 얼음장이 다 녹아버리고 양지를 향하여 서 있는 버드나무는 벌써 싹눈이 봉긋봉긋하게 솟아올랐다. 깊은 겨울 내 오랫동

안 감금을 당하고 있던 서울 사람들은 따뜻한 바람으로 불러내는 봄빛을 따라서 큰 길 거리에는 벌써 이유없이 거니는 사람들 떼가 물결같이 쏟아져 나왔다. ××여학교 졸업생들은 학교를 하직하는 마지막 모임을 겸하여 동대문 밖 영도사에서 사은회를 열게 되었다. 여학교 사은회이니만큼 장소의 선택이 매우 문제가 되었으나 봄빛이 이미 두터웠으니 야외의 산보를 겸하여 조용한 절로 모이는 것이 좋다고 결정이 되어 졸업생과 선생들은 오정을 표준으로 영도사로 모이게 되었다. 복희는 자기 집에서 나다니는 것을 허락지 아니하지만은 이유 없이 결석하면 시비를 듣는다고 핑계하고 복희도 참가하게 되었다. 복희는 사은회보다 자기가 편지를 하여 경고를 한 숙자에게서 일주일이 넘도록 아무 회답이 없기 때문에 오늘은 외출할 기회를 타서 숙자를 찾아보고자 하는 것이 도리어 긴한 용무이었다. 집에는 출석 시간을 에누리하여 열한 시까지라고 속이어 아침을 재촉하여 먹고 집을 나섰다. 숙자는 복희에게 편지를 받고 무어라고 답장을 하려고 생각도 해 보았으나 복희가 자기 이름도 쓰지 아니하고 비밀 편지를 한 모양인데 불쑥 답장을 그 집에 들이미는 것이 위험하게 생각이 되어 그대로 내버려 둔 것이다. 숙자는 오늘도 아침에 한참 동안 아랫배가 아파서 신고를 하다가 그대로 이불 속에 누워 있다. 복희는 수첩에 적은 동창생의 번지에서 숙자의 집 번지를 찾아 대문 앞에서 어른거리다 안으로 들어왔다. 복희는 서먹서먹한 발길을 들여 놓으며 "숙자! 숙자! 집에 있어?" 하며 안마당으로 들어섰다.

시커멓게 절은 미닫이를 닫고 우중충한 방안에 누웠던 숙자는 귀에 익은 목소리가 들리는데 정신이 번쩍 나서 "누구요? 어머니 밖에 누구 왔소. 얼른 나가 보시오" 하며 오과부를 재촉하였다. 오과부는 마루에 나아갔다.

"숙자 있어요? 나는 학교 동무예요" 하며 복희는 오과부를 쳐다본다.

방안에 누웠던 숙자는 몸을 일으키어 미닫이를 열며 병색이 깊은 핼쑥한 얼굴을 내놓았다.

"아이고, 나는 누구라고. 복희군. 참 반가워. 어떻게 우리 집을 찾았어?" 하며 숙자는 한치각의 일과 또 복희의 편지를 보며 생각하던 모든 번뇌는 일시에 사라지고 다만 눈물이 핑 도는 반가움만 가슴에 가득하였다. 복희의 얼굴은 두 뺨이 불그레하게 흥분이 되어 반가운 빛을 나타냈다.

"그런데 졸업식 날에도 아니 오길래 앓는 줄은 알았지마는 얼굴이 저렇게 못했어? 어디가 아파서 그러니?" 복희는 놀랜 듯이 숙자의 얼굴을 쳐다보았다.

"얼른 방으로 들어와. 응, 복희야 참 반가워. 나는 배가 좀 아파서 그래. 옮는 병은 아니니 염려 말어. 방에 들어오기 싫거든 그럼 내가 마루로 나가지" 하며 숙자는 일어서려 하다가 아랫배가 켕기어 다시 앉는다. 복희는 권하는 대로 방으로 들어갔다. 복희와 숙자가 얼굴을 마주대고 앉게 되니 두 사람의 머릿속에는 다시 이상한 서먹서먹한 기분이 떠돈다. 복희의 머릿속에는 자기가 부친 편지의 글씨를 알아보았나 하는 생각으로 있나 하는 것이 궁금하였다. 또 숙자는 전에 그런 특별한 교제를 아니하던 복희가 편지를 하고 일부러 찾아까지 오니 고맙기는 하거니와 그러면서 또 무슨 새 사실이 있지 아니한가 하는 의심도 있었다. 그러나 깃발 부러진 듯한 고독한 자기를 일부러 찾아 주는 것이 몹시 고마웠다.

"오늘은 어떻게 나왔어?" 숙자는 복희의 손길을 힘 있게 쥐며 반가운 눈물이 두 눈에 어리었다.

100회 진정으로 묻는 말
오과부가 실과를 사러 나간 동안에 숙자와 복희는 마주 앉아서 학교에서 졸업식을 하던 때 광경과 선생들에 대한 논평이 한참동안 계속되더니 그 이야기에도 어느덧 흥미가 풀어졌다. 복희는 숙자의 입에서 이때나 편지의 이야기가 나올까 또 숙자는 복희가 먼저 그 이야기를 꺼냈으면 하는 생각으로 얼마 동안을 서로 눈치만 살피며 앉았으나 좀처럼 복희의 입에서는 편지를 자기가 했다는 것을 말하지 않는다. 숙자는 기다리다 못해서 먼저 입을 열었다.

"내가 잘못 알았는지는 모르나, 아니 잘못 보았는지는 모르나, 저…… 저…… 네게 물어볼 것이 있어."

숙자는 말을 하기가 거북하고도 또 부끄러워서 주저하였다. 복희는 숙자의 말눈치와 얼굴빛을 보고 즉각적으로 자기가 한 편지의 이야기가 이제야 나오는구나하고 생각하였다. 그러나 숙자의 입에서 분명히 말이 다 나오기까지는 그대로 모르는 체를 하려고 여전히

"무엇이야? 무엇이 이상한 일이 있니?" 하며 복희는 숙자의 얼굴을 다시 보았다.

"왜 너도 생각이 날 터인데 속이지 말고 먼저 네가 말을 좀 해. 응?" 하며 숙자는 네가 한 편지가 아니냐 하는 암시를 주었다. 복희에게는 숙자의 이 말이 정면으로 자기의 대답을 얻자는 말인 줄 알아들었으나 그래도 모르는 체하고

"무엇 말이야? 나는 아니 나는데" 하며 복희는 미소를 띠었다.

"그럼 내가 잘못 알았나? 그럴 리가 없는데. 얘, 너무 속이지 말고 속이 시원하게 말을 좀 해라. 내가 요새 걱정이 많아서 이렇게 병이 다 났단다. 너 접때 내게 편지했지? 내 사진은 어디서 보았니?"

숙자는 참다 못하여 정면으로 물었다. 복희는 구태여 끝까지 속이자는 것이 아니라 자기 아버지와 상관되는 일이기 까닭에 편지에는 이름을 나타내지 아니하였으나 정면으로 묻는 데야 바른 대답을 아니 할 수 없었다.

"응. 편지 말이야? 그래. 그 편지는 내 했어. 내가 했다. 편지에 사정이 잘 안 폈지? 그러나 나는 마음으로 퍽 걱정이 돼서 그런 편지를 했었다. 네 사진이 어디로 굴러왔는지 우리 아버지 조끼 주머니에 있는 것을 보고 깜짝 놀랐어."

복희는 사실대로 말하였다. 숙자도 이미 짐작은 한 일이지만은 복희의 말에 다시 섬뜩한 놀람을 느끼며

"무어? 내 사진이 너의 아버지 주머니에 있었어?" 하며 복희 말을 되풀이하며 물었다.

"그래 내가 우리 아버지의 벗어놓은 옷을 개키다가 발견하곤 깜짝 놀랐다. 그래 그 이튿날 학교 운동장에서 네게 사진 한 장 달라고 말하지 않았니? 바로 그 전날이야. 나는 뜻밖에 네 사진을 보고 그래도 또 같은 사람일 것이나 아닌가 하고 물어보았었다."

복희의 말을 들으며 숙자는 손가락을 꼽아 무엇을 헤고 있다. 숙자는 한치각에게 욕을 당하던 날짜와 복희가 사진을 발견한 날짜를 꼽아 본 것이다. 복희의 편지기 좀 더 일찍이 왔더라면 하는 생각이 나서 그렇게 날짜를 헤어 본 것이다. 사진을 발견했다던 날짜는 역시 한치각에게 욕을 당한 며칠 후이었다. 복희는 별안간에 숙자가 말이 없이 묵묵히 앉았는 것이 이상스럽게 보였다.

"대관절 네 사진이 어째서 우리 아버지 손에 들어왔니?"

"나도 웬일인지 모르겠다. 언제인가 우리 일갓집에서 한 장을 가져가더니 아마 그것이 너희 아버지에게로 굴러들어갔나 보다. 나는 너희 아버지와 얼굴도 모른다"하며 숙자는 얼굴이 붉어졌다. 복희의 시선이 자기의 비밀을 들추어내려는 듯이 정면으로 쏘이는 것이 마음에 두려웠다.

"그러게 말이야. 우리 아버지를 만날 까닭도 없으려니와 네 독사진을 보낼 리도 없어서 웬일인가 하고 놀랬었다. 우리 아버지는 아주 큰 난

봉이란다. 내 서모가 지금 셋이나 되고 그래도 우리 아버지는 날마다 기생집으로만 다닌단다. 그래서 나는 네 사진을 보고 누가 혼인 중매나 드나 하고 놀랐었다. 우리는 학교를 졸업한 신여성인데 아무쪼록 시집을 골라가야 아니하니? 우리 집은 재산은 많단다. 그렇지만 돈만 있으면 무얼하니? 우리 아버지는 돈으로 계집을 사는 이란다. 그래서 혹시 네가 속지나 아니할까 염려하여 그런 편지를 한 것이다. 너 우리 아버지는 정말 한 번도 못 보았지?"

복희가 진정을 다하여 이렇게 묻는 말에 숙자는 무어라고 대답을 해야 옳을지 가슴이 답답하였다.

101회 말 못하는 붕우

복희는 숙자와 같이 앉아서 이야기를 하는 동안에 여러 가지로 의심을 생기었다. 숙자가 자기 아버니를 한번도 못 보았다는 말이 정말이겠지만은 말하는 눈치가 웬일인지 이상스럽게 들리기도 하고, 또 사진이 자기 아버지에게로 굴러들어온 경로를 변명하는 숙자의 말도 역시 모호하게 들리었다. 일갓집에 보낸 사진이 그렇게 굴러들어온 것이라고는 말하나 숙자의 변명이 어디인지 정말 같이는 아니 들리는 점도 있었다. 그래서 복희는 마음에 부쩍 의심이 생기며 숙자의 얼굴을 다시 유심히 들여다보았다. 숙자는 복희의 시선이 너무나 자주 자기의 얼굴을 엿보는 것이 마음에 두려워서

"왜 그렇게 남의 얼굴을 유심히 보니? 내 얼굴이 아주 변했지? 아마" 하며 숙자는 자기의 얼굴을 너무 보지 말라는 것처럼 경고 비스름하게 말하였다.

"아니야, 그동안에 퍽 얼굴이 못해보여서 쳐다보았다. 그런데 어디가 아파서 그러니? 벌써 여러 날이 됐는데. 의사의 진찰은 해 봤니? 애, 요새에 마마도 많고 또, 못된 병들이 돌아다닌다더라. 이제 얼마 안되

면 꽃도 필터인데 얼른 일어나야지. 꽃이 피거든 우리 동물원에나 한번 가자." 복희는 숙자를 위로하는 어조로 말하였다.

숙자는 자기 병을 추구하는 것이 몹시 부끄러웠다.

"아마 뱃속에 '적'이 생겼나봐. 때때로 아랫배가 캥겨서 일어날 수가 없어."

얼토당토 아니한 이런 거짓말을 꾸며대었으나, 마음에는 부끄럽기도 하려니와, 한편으로는 너희 아버지가 흉악한 병을 옮겨주었단다, 하는 원망도 일어났다.

"적이라는 병은 옛날에 한방 의사가 하던 말이란다. 학교에서도 생리학 선생님이 말씀하지 않든? 여자의 병은 특별히 주의하지 아니하면 아니된다고. 자궁에 병이 있어도 배가 아프게 된다고. 그런 것을 한방 의사들은 다 회적이 농간하는 병이라고 했어. 해서 함부로 약을 쓰기 때문에 나중에는 큰 봉변을 하는 일이 많다고 그러시지 않든. 얘, 너도 얼른 대학병원 같은데 가서 진찰을 해 보아라. 나중에 딴 병이 생기면 큰일 난다."

복희는 무심코 이렇게 한 이야기가 숙자의 가슴에 쓰린 고통을 주고, 얼굴에는 화끈하는 부끄러움을 끼었었다.

"나는 의사도 보기가 싫다. 요새 같아서는 죽고 싶은 생각만 나서 세상이 다 귀찮아 못견디겠어" 하며 숙자는 수심이 쏟아져 나오는 한숨을 쉰다. 복희는 가벼운 웃음을 던지며 "너 무슨 비밀 있구나? 누구하고 연애를 하니? 하하." 복희는 손을 들어 가볍게 숙자의 어깨를 치며 웃는다.

"아니란다. 남의 속도 모르고. 그래, 연애가 다 뭐냐. 난 그런 시체일은 모른다."

"그럼 무슨 걱정이 있어 그러니? 결혼 문제가 일어났니?" 복희는 실없는 말을 하면서 숙자의 태도를 살피고 있다. 숙자의 얼굴은 무엇인지 깊은 근심에 쌓여있는 것 같아 보여서 자기 아버지와 숙자를 연결하여 그런 면에 어떠한 비밀이 엉켜있지나 아니한가 하는 의심이 머릿속을 떠나지 아니한다.

"결혼이 다 무엇이냐. 나는 시집갈 생각이 없다. 시집을 가면 무얼 하니. 나 같은 사람이" 하며 숙자의 말소리는 힘없이 커진다.

복희는 숙자의 태도가 비판을 나타낼수록 의심이 깊어가며

"무슨 걱정이 있어 그러니? 부모에게는 못할 말이 있어도 동무에게는 할 수가 있단다. 이야기를 좀 하려무나. 우리가 같이 4년 동안이나 지내지 아니했니. 나는 여러 동무를 떠나게 된 것이 참 섭섭하더라. 우리들이 각각 사방으로 흩어져서 시집을 가게 되면 다시 만나게 될 기회가 또 있을는지 누가 아니. 속말을 좀 하려무나. 내가 오늘은 너의 소식이 궁금해서 일부러 찾아왔다" 하며 복희는 정성껏 물었다.

복희의 생각에는 그동안 자기 아버지의 세상을 더럽히는 색마의 많은 독소가 이미 숙자의 몸에까지 덤비지나 아니하였나 하는 의심이 마음을 충동케 하여 이와 같이 숙자의 비밀을 물었다. 숙자는 복희의 친절한 말에 눈물이 핑 돌았다. 순간에 자기의 품고 있는 모든 고민을 그대로 토설할 생각이 치밀었다. 그러나 그 딸 앞에서 차마 그의 아버지에게 몸을 더럽히었다는 말을 할 용기는 없었다. 숙자는 떨리는 손길로 복희의 손길을 덮고 눈물이 두 눈에서 펑펑 쏟아졌다. 이때 오과부는 실과 목판을 들고 문을 열었다.

102회 유치창에도 봄빛

××경찰서 유치장에서 열흘 밤이나 지난 강진사와 리민영은 좀처럼 풀려나갈 가망이 없었다. 오늘도 강진사는 지하실에서 리민영은 형사실 뒷방에서 엄혹한 취조를 받았다. 강진사는 집에서 사식을 들여보낼 형세가 못되어 대팻밥에 싼 일본 무짠지 두 쪽이 박혀있는 고두밥을 아

침저녁으로 얻어먹고 날마다 오전에 한번, 오후에 한번씩 가슴이 써늘한 취조를 받고 있다.

리민영은 학교일이 걱정되어 유치장 안에서도 마음이 조금 한가하여질 때에는 머릿속을 괴롭게 하고 있다. 마침 학기 때가 되어서 졸업생들도 내어보내야 할 터이요 또 신입생도 모집을 해야 될 터인데 모든 것이 마음이 쓰여서 하루바삐 유치장을 벗어나가야 되겠다고 생각도 간절하나 날마다 문초만 하고 조련이 끝나지 아니되어 어떤 때는 홧증이 나서 취조하던 형사에게 말씨를 잘못했다고 눈에 불이 나도록 뺨을 얻어맞기도 하였다. 그러나 유치장 안에도 요사이 며칠은 등이 화끈거리게 일기가 풀려서 어디 학생들이 불도 못 피는 교실에서 달달 떨고 앉았던 그 참혹한 비극은 이제 다 지나갔다고 따뜻한 봄바람을 느끼며 그것이 리민영의 마음을 얼마쯤은 가볍게 하였다.

리민영은 유치장 속에서 한치각을 원망하였다. 자기가 기부를 청하기는 하였으나 물론 강권은 한 일도 없고 작당해서 한치각을 습격했다는 얼토당토 아니한 일에 얽어 넣어서 이 고생을 시키나 하는 생각을 할 때에 리민영은 살이 떨리고 이가 갈렸다. 오늘도 허리에 열십자로 꿰어진 칼집이 번쩍거리는 고등계의 형사주임이 리민영을 끌어내어 컴컴한 뒷방에서 심문을 시작하였다. 주임형사는 휘청휘청하는 등나무 단장을 들고 널빤지 의자에 걸터앉아서

"너는 소위 교육자라면서 그렇게 자각이 없느냐. 네가 자백을 하면 형벌에 감등이 있을 것을 짐작할 터인데 교육이 없는 무식한 사람 같으면 모르거니와. 네가 불량학생들을 모아서 한치각을 습격했지? 응? 그랬단 말이지?"

주임형사의 말소리는 좁은 방의 천정을 울렸다.

"아니오, 천만에. 나는 그런 일을 부탁할 학생도 없거니와 또 그 사람을 그렇게 해할 생각을 가지고 있지 않소. 한치각은 어려서부터 친하던

친구인데 그럴 리가 있소."

"이놈아 무슨 딴소리야. 그러면 네가 왜 한치각의 집에서 기부를 청하다가 위협은 어째했어? 바로 말해."

하며 손에 들었던 등나무 단장이 공중에서 핑— 소리를 치며 리민영의 어깨에 떨어졌다. 리민영은 몸을 움찔하였다.

"위협을 하다니요. 그런 일은 없소이다." 리민영은 어깨가 쓰리어 몸을 흔들었다.

"여봐라. 그러면 너 무슨 까닭으로 요새 같이 돈이 귀한 이때에 오백원이나 되는 거액의 금전을 남에게 함부로 기부를 청하러 다녔니? 기부허가증을 가졌었니?"

"허가증은 없었으나 그 사람과는 친한 터이니까 기부가 아니라 도움을 청하러 갔었소이다."

"이놈이 웬 딴소리야. 아까는 기부라 하더니 이제는 취하러 갔어? 이놈! 흉악한 놈! 경찰을 속이려고. 뻔뻔한 놈 같으니."

주임형사는 발을 탁 구르며 쥐었던 등나무 단장이 또 공중에서 핑 소리를 내며 리민영의 어깨에 떨어졌다. 리민영은 몸을 또 움찔하였다.

"이놈아! 네가 종시 아니 부나. 네 몸이 당하나 해보자. 네가 만일 끝끝내 아니 불면 현장에서 압수한 증거품을 내 놓을 터이다. 그때는 아주 너는 죽을 터이다. 네가 이렇게 딴 말을 하면 그대로 내보낼 줄 아니? 어리석은 놈 같으니. 그러지 말고 순순히 물을 때에 바로 말해."

주임 형사의 말은 불 같이 노기를 띠었다가 다시 부드러워지며 임의로 변하는 형사의 태도는 단연 단련된 제2의 천성을 유감없이 나타낸다. 그러나 리민영은 형사의 수시로 변하는 그 태도에 넘어갈 사람은 아니었다. 또 그뿐만 아니라 실제 아무것도 모르고 별안간에 잡혀온 그에게는 대답은 다만 모른다고 나올 수밖에는 없었다. 심문하는 형사는 눈을 노리고 일어나며

"네가 불지 않으면 네 입에서 나올 때까지 유치장에 둘 터이다. 오늘부터 다시 구류 명령을 내렸다. 이놈, 어디 견뎌봐라" 하며 리민영을 끌고 나갔다. 리민영은 열흘 동안의 구류 처분이 또 연장이 되었다.

103회 곽호라는 호걸

금강산 구룡연 뒷골짜기에 퇴락한 암자를 자기의 근거지로 하고 인적이 끊어진 산속에서 중도 아니오, 속인도 아닌 이상한 생활을 하고 있는 50가량이나 되어 보이는 남자 한 사람이 있다. 이 사람은 경성에서 몸을 감춘 지가 벌써 다섯 해나 되지만은 아직도 세상 사람들의 머릿속에는 그의 기억이 사라지지 아니하고 번갯불 같이 없어진 그의 종적이 때때로 일부 사람들의 이야기 거리가 되어 있다. 만일 이 사람의 본 이름을 들으면 일시에 조선 법조계에서 유명하던 쾌남이라고 놀랄 사람이 많겠지마는 산 속에서 부르는 곽청송이라면 한 처사에 지나지 못하는 사람이다. 곽청송이라는 은명을 가진 이 사람은 원래 동경 ××대학의 법과를 졸업하고 조선에 들어와서 변호사를 개업하였던 사람이나 이 사람에게는 개업이라는 문자가 도리어 망발이었다. 돈을 받고 변호를 하는 것이 아니라 자기 돈을 들여가며 남의 변론을 하여주기로 유명하던 곽호라고 불리던 명 변호사이요 또 당시에 한 쾌남아였다. 특별히 형사 변호에 특장이 있던 그는 ××운동 때에 피고들의 변론을 하다가 당국으로부터 영업 정지의 처분을 받고 즉시 어디로인지 귀신 같이 형적을 감추어 버린 사람이다. 본래부터 보통사람과는 여러 가지 특색이 있던 곽호는 그 중에도 무처無妻주의가 한 특색이었고 또 술을 많이 먹던 것과 남의 일을 가로막기 잘하던 특색이 있어서 그의 활동은 모두 혈기에서 나오는 남자의 큰 용기이었다. 그래서 경성에서 칠팔 년 동안 명 변호사 쾌 변호사로 이름을 올리었었다. 그러나 그는 무엇을 비관하였는지 금강산 속으로 종적을 감추게 되었다. 교제를 널리 하던 그는 여러 친구에게도 아무 말이 없이 경성을 떠났으니 오직 리민영이라는 한 사람에게는 자기의 거취를 알리었었다. 곽호는 원래 리민영과 어려서부터 가까운 이웃에서 자라났을 뿐만 아니라 장성해서도 리민영과 사상에 가까운 점이 많아서 매우 친밀히 지내던 이다. 더욱이 리민영이 자기 아버지에게서 물려받은 많은 재산을 땀 아니 흘린 양반의 재산이라고 사회사업에 퍼흩고 있던 그 용단에 곽호는 큰 충동을 받아서 리민영을 좋은 친구로 믿고 있었다. 곽호는 눈과 얼음과 바위와 나무 속에서 깊은 겨울을 지내고 오래간만에 외금강을 나왔다. 주막거리에서 우연히 신문축을 손에 들고 호요한 세상 소식을 찾아보다가 리민영이 피검되었다는 기사가 눈에 뜨이게 되었다. 곽호는 다른 동명의 사람이나 아닌가 하여 기사 전부를 자세히 읽어 보았으나 틀림없는 리민영의 사실이었다.

곽호는 놀라는 바람에 손에 들었던 신문을 내던지고 그 자리에서 곧 장전으로 향하였다. 그의 오랫동안 체내에 잠자고 있던 협기는 일시에 머리에 치밀어 주먹을 불끈 쥐고 장전으로 통한 신작로로 걸어 나온다. 그의 몸에는 마치 순사들이 어느 때든지 수첩 속에 일 원씩은 넣고 다니듯이 서울 갈 노자는 꼭 지니고 있었다. 몸은 진세를 떠났으나 그의 마음은 아직까지도 세상에 조그만 애착이 남아 있기 까닭이었다. 구지레한 무명 두루마기에 짚 미투리를 신고 땟국이 흐르는 납작 모자를 머리에 얹고 곽호가 청량리에서 차를 내릴 때에 밤은 이미 열시나 되었었다. 곽호는 오랫동안 산 속에 묻혔다가 전등이 번쩍거리는 도회에 발을 던지니 모든 것이 딴 세상 같이 보였다. 곽호는 그 밤으로 곧 리민영의 집을 찾으려 하였으나 주인도 없는 집에 밤중에 들어가는 것이 미안해서 그대로 동대문 안 어떤 주막에서 몸을 쉬었다. 분한 마음에 서울까지 올라왔으나 장차 어떠한 방법으로 리민영을 구해낼까 하는 것이 큰 문제이었다. 신문기사를 보면 한치각이라는 부호의 아들을 협박하였다고 써 있으나 그 사실은 도저히 믿을 수 없는 사실이다. 리민영의 성격으로 보아도 그러한 직접 행동을 할 리는 없다고 생각하였다. 더구나 자기가 변호사로 있을 때부터 돈 냄새를 피고 다니던 한치각이 그 상대자라 하니 사건은 비교적 간단한 어떤 혐의에서 생긴 것이 분명하다고 곽호는 생각하였다.

104회 봄빛에 묻힌 술상

산등성이에는 아직 남은 눈이 푸른 나무 사이로 희끗희끗 보이고 시냇물에 덜 녹은 얼음장은 안고 있는 조약돌을 힘없이 내던지고 모래 위에 착 까부라져 지나간 겨울의 잔해들을 남기어 있으나 뚝 위에 섰는 버들은 따뜻한 봄빛에 어느덧 봉긋봉긋한 싹이 비쳤다. 경쾌한 봄 양복을 입은 사람, 두터운 겨울 외투를 벗어서 어깨에 얽매인 사람들이 둘씩 셋씩 짝을 지어 청량리 숲 새로 봄빛을 찾아 거닐게 되었다. 청량리 ××관 요릿집은 추운 겨울을 눈 속에서 지내고 새봄을 맞아 앞뒤 뜰은 정세하게 쓸고 닦아 새 주점으로 일신하게 화장을 고치어 야외에 날로 깊어오는 봄빛을 기다리며 푸른 송림 사이에 선명하게 서 있다. ××관의 떨어져 있는 별실채에는 연못을 향하여 장지가 열려 있고 방안에는 술상을 중간으로 중년 남녀의 두 사람이 마주 앉아 있다. 술은 시작한 지가 이미 오래였는지 남자의 얼굴은 두 뺨이 찐 대춧빛 같이 검붉게 되고 여자는 몸의 중심이 풀려서 힘없이 고개가 흔들리며 눈자위가 풀려 있다. 여자는 손가락에 끼었던 궐련을 술상머리에 놓고

"인제는 선생님이 잡술 차례예요. 아니래도 그래요. 내가 금방 먹지 않았소. 선생님이 변했구려. 술을 다 사양하시구" 하며 술을 따른다.

"아니 천만의 말이지. 내가 비록 쇠했다 할지라도 아직 술을 사양할 생각은 없는데, 다 된 세상에 술은 안 먹고 무얼하게? 그러나 이 잔은 아마 자네 차례인 듯한데? 하하" 하며 남자는 검붉은 얼굴을 들어 호걸스

런 웃음을 내놓는다. 때는 벌써 오후 여섯 시나 되었다. 숲 새로 떠올라 오는 마을 집에 저녁연기는 희미한 석양빛 속에서 안개 같이 흩어진다.

"선생님, 어서 잔을 내시오. 그래야 또 내가 먹지요."

"나더러 잔을 내라고? 그러지. 내가 한 잔을 더 먹는 셈 치고 잔을 내지. 오래간만에 서울술을 입에 대니까 참 유쾌한 걸? 그러나 술은 좋지만 서울에 발을 들여 놓으니까 또 화증이 나는 걸? 보기 싫은 눈들은 우연히 그대로 살아들 있군. 하하" 웃으며 그 남녀는 주전자를 들어서 술을 따랐다

"이 잔는 내 잔이지요? 그럼 먹지요만은……" 하며 여자는 술잔을 든 채로 몸을 앞뒤로 흔든다.

"여보게, 아까운 술이 다 엎질러지네. 저, 저, 치마 다 버리네."

"버리면 또 해입지요? 내가 단물은 다 빠졌지마는 그래도 몇 놈쯤은 아직도 농락할 수 있으니까 내 치마는 또 그놈들이 해주겠지. 하하." 웃으며 여자는 눈초리가 풀린 눈으로 남자를 바라본다.

"여보게, 자네를 만난 지가 벌써 다섯 해나 되었는데 그다지 변하지 않았네. 그러나 자네 같은 협기 있는 기생을 십 년 동안이나 화류계에 그대로 내버려 둔다는 것은 참 세상이 너무나 눈이 멀었는데? 내가 만일 자네에게 요새 문자로 연애를 했다면 벌써 모셔갔을 터이지만 그러나 나는 전부터 여자와는 담을 쌓은 사람이니까 말할 건 없고 그러나 그 동안 술 동무나 많이 사귀었나? 내가 자네의 술과 그 협기에 반하듯이 그러한 친구나 더러 있던가? 하하."

"선생님도 참 딱하시오. 서울 천지에 계집 먹는 색마는 많아도 정말 술 취미를 알고 먹는 사람은 어디 있습니까? 오래간만에 오늘은 선생님을 만났으니 한 번 취하도록 먹겠습니다. 선생님이 서울을 떠나신 뒤에 나는 마음으로 퍽 섭섭했습니다. 벌써 다섯 해가 됐지요. 세월이 덧없이 가는 동안에 나도 인제는 삼십이 지나서 요새는 요릿집에서 마누

라 기생이라는 별명을 듣게 되었습니다. 그러나 나는 원래부터 어여쁜 자태를 팔려 하는 기생은 아니니까 늙어도 좋고 안 불러 주어도 좋구요. 하하."

입에서는 웃음이 떨어지나 두 눈에는 감개에 넘치는 엷은 눈물이 어리었다.

"하, 자네가 벌써 삼십이 지났어? 꽃다운 봄이 덧없이 지났네그려. 하하." 남자는 풀귀암 같은 북덕 수염을 쓰다듬으며 또 호걸웃음을 내놓는다. 옅은 봄빛이 어린 고요한 ××관 별실에서 봄 술잔을 주고받고 하는 두 사람은 금강산 선경에서 다시 티끌 세상으로 몸을 나타내인 곽호와 또 한 사람은 경성 화류계에서 협기 있는 기생으로 유명한 한국향이다.

105회 호걸이 느끼는 공분

이른 봄의 석양은 소리 없이 지나가고 송림 사이에 묻힌 ××관 요릿집은 시대를 등진 난롯불이 이지리운 술상을 비추어 있다. 곽호와 중년 기생 한국향은 술이 이미 만취가 되어 잔은 쉬고 다시 이야기가 시작되어 있다. 곽호의 구레나룻이 검붉은 두 뺨을 덮고 콧날이 우뚝한 사나이다운 얼굴에는 취한 빛이 가득하며 그의 호걸풍이 섞인 웃음소리는 때때로 고요한 산 사이의 공기를 울리어 나온다.

"여보게, 국향이 자네도 술이 취했나? 나는 오래간만에 자네를 만나서 참 유쾌한 술이 취했네. 그럭저럭 밤이 되었네그려. 사방이 고요한 것을 보니 아마 이 집에 왔던 손들도 다 돌아간 모양일세. 우리도 차차 가볼까? 인적이 희소한 송림 사이에서 남녀 두 사람이 밤이 깊도록 부인不人 정자에 있으면 남이 괴이하게 여길 것도 같고 차차 돌아가도록 할까? 나는 남에게 어떤 치의를 받든지 상관없지만은 자네야 아직도 돈을 벌어야 할 터이니까. 하하." 곽호는 또 호걸웃음을 웃는다.

"천만에, 나도 아무 관계 없습니다. 기생질하는 년이 무슨 상관있습니까? 한 시간에 일 원 오십 전씩 돈을 내고 부르는 사람에게 그 값어치의 소리를 팔면 고만이지요. 나는 기생 노릇을 하지만은 세상이 다 우스꽝스럽게 보여서 아무 기탄이 없습니다. 밤이 깊거나 날이 새거나 술 먹고 싶으면 술 먹구요 또 춤추고 싶으면 춤추지 무슨 딴 일이야 있습니까? 선생님 그렇지 않습니까?" 한국향은 눈이 몽롱하게 풀린 얼굴을 들어 곽호를 쳐다본다.

"그야, 그렇지. 자네가 이름은 기생이지만은 다른 기생 같이 그렇게 세상 없이야 대접하겠나? 돈 모르는 기생, 협기 있는 기생, 또 술 잘 먹는 기생, 자네는 참 풍류랑이라야 비로소 자네를 알아보지. 요새 같은 서울 화류계에야 어디 그런 멋쟁이가 있나. 하하. 그러나 내가 아까 이야기한 것은 자네가 힘을 빌려줄 터이지."

곽호는 다시 일깨우는 듯이 국향을 바라보며 말한다.

"선생님 두 번 물어보실 건 무엇 있소? 무슨 일이든지 이 국향이가 한 번 대답한 것을 아니 시행한 때가 있었나요? 나중에는 목이 부러진다 할지라도 한 번 힘을 써보겠다고 담당한 이상에야 어디까지 실현하지요. 그건 두 번 염려 마십시오. 말씀하신 그 심부름은 꼭 틀림없이 해드리지요." 국향은 입가에 긴장한 빛을 띠며 대담하게 말한다.

"그렇지, 물론 그렇겠지. 내가 두 번 다지니만큼 내 마음이 다심하여졌나 보네그려. 그것도 아마 내가 늙은 까닭이지. 하하. 그러나 자네도 알다시피 리민영 군이 좀 좋은 사람인가 그 사람이 자기 아버지에게 물려받은 그 재산을 그대로 가지고 있다하면 지금은 서울서도 몇 째 아니 가는 부자일세. 그러나 리민영 군은 그러한 비열한 남자가 아니야. 소위 양반의 재산이라는 것은 땀 아니 흘리고 모은 것이라고 그것을 아무쪼록 유용하게 써야겠다는 생각이 좀 사나이다운 생각인가. 그래서 그가 벌써 십여 년 동안을 두고 적으나 크나 조선 사람을 위하여 좀 많은 사업을 했나? 현재에도 그 가난한 학교를 맡아가지고 소매동냥을 하다시피 모든 고통을 다 받아가며 애를 쓰고 있는 중인데 그 사람은 그 고마운 사람을 경찰서에 얽어 넣다니, 참 고약한 놈들도 있어. 이 세상에 법률이라는 것이 우리 사회인의 생명 재신을 보호한다고 떠들기는 하지만 도덕상으로 보면 여간 불안한 것이 아니지. 한치각 같이 세상에 해독을 끼치는 놈을 도덕상으로 볼 것 같으면 물론 큰 제재가 있어야 할 것 같은데 그런 놈은 엄연히 세상에서 활개를 치고 다니고 리민영 군 같은 좋은 사람은 강제 기부를 청하였다는 혐의로 철창 안에서 고초를 겪게 받게 되다니 참 세상은 암흑일세. 나는 우연히 신문에 난 리민영의 기사를 보고 공분에 떨려서 오직 하직했던 서울에 또 올라왔네. 한치각 같은 놈을 이 세상이 벌하지 않는다면 내가 힘은 미약하지만은 사회를 대신하여 한치각에게 한 번 제재를 주려고 생각하네. 자네도 아까 리민영 군을 위해서 매우 공분을 느끼데만은 이번에 자네의 힘은 꼭 빌려주게." 곽호의 얼굴에는 술 빛이 흩어지고 두 주먹에는 공분에 떨리는 신경이 돌 같이 뭉쳤다.

"나도 리민영 씨의 일에는 참 공분을 느끼고 있습니다. 부탁하신 일에는 내가 무슨 방법으로든지 꼭 시행하겠습니다." ××관 요릿집 희미한 난롯불 밑에서 두 사람의 이야기는 어떤 비밀을 통하여 굳은 약속이 성립되었다.

106회 의외의 편지
한치각은 꽃을 재촉하는 호탕한 봄빛을 따라서 경쾌한 봄 양복으로 몸을 단장하고 밤이면 오색 전등이 찬란한 카페로 낮이면 분바른 계집을 좌우에 안고 자동차를 달리어 오늘은 동대문 밖 내일은 오류동 온천으로 돌아다니며 봄바람을 자아내는 호탕한 기분을 유감없이 나타내고 있다. 그러나 창 밖에 밝은 봄빛이 비칠수록 철창 안이 더욱 우중충하여 오는 유치장 안에는 봄빛을 등진 강진사와 리민영의 두 사람이 어두운 운명에 싸여있다. 이 사회에는 어느 때나 이러한 비극이 끊일 새 없지마는 강진사와 한치각의 봄맞이는 너무나 모순의 극도이다. 한치각은 곤한 봄날을 겨우 깨어 사지가 자릿자릿하는 가벼운 피로를 느끼며 이불 속에서 몽롱하게 누워 오늘은 또 어디로 어느 계집을 데리고 갈까 하는 그 날의 놀음을 생각하고 있는 중에 상노 만돌이는 꽃 그린 분홍 봉투를 한치각의 앞에 놓고 나간다. 한치각에게는 일 년에 몇 차례씩 각 지방 마름에게서 문안 편지가 오는 외에는 남자의 편지라고는 좀처럼 볼 수 없으나 책상 서랍이 가득하게 모여 있는 것은 모두 웃음을 매매하는 여자의 달착지근한 편지뿐이다. 한치각은 분홍빛 봉투에 나비가 꽃송이를 물고 희롱하는 야비한 그 편지를 조금도 부끄러운 생각이 없이 손에 들었다. 정면에는 겨우 한문으로 겨우 자획만 가리어 한치각의 성명과 주소만 쓰고 후면에는 '주을온천에서 아실 듯'이라고 언문으로 써 있다. 한치각은 한번 보고 직각적으로 여자에게 온 편지인 줄은 알았으나 내용이 궁금하여 얼른 봉투를 떼었다.

북방에 있는 주을 산중에도 따뜻한 봄이 왔습니다. 고독한 몸으로 산중에 종적을 감추고 있는 저에게는 소리 없이 찾아오는 봄소식이 다만 슬픔을 자아내일 뿐이외다. 온천 앞 시내에는 굳게 얼었던 얼음이 다 풀리고 고요한 밤에 흐르는 물소리가 잠 못 이뤄 전전하는 이 가련한 사람의 베개를 울립니다. 인적이 희소한 산 속에도 장차 새가 울고 이름 모르는 꽃이 필터이지요. 아 인생에는 기쁨도 많으려니와 슬픔이 더 많은 것 같습니다. 더욱이 저 같은 화류계의 생활을 하는 사람에게는 오직 슬픔만이 있는 것 같습니다. 제가 영감께 여러 가지로 마음에 없는 실례를 많이 했습니다. 영감께서는 아마 괘씸한 년이라 노하셨을 듯하나 자유롭지 못한 저의 몸이 더 욕심 많은 어머니의 강제를 받아 어찌할 수 없이 영감께 여러 가지로 괘씸한 일을 많이 하였습니다. 그러나 화류계의 사정을 자세히 짐작하시는 영감께서는 깊이 용서하실 줄 믿고 이 편지를 올립니다. 영감은 재산으로나 또 문벌로나 또 학식으로나 어느 점으로든지 세상이 다 우러러 뵈올 분이 아니오니까. 제가 비록 천한 기생질을 하오나 영감께 대한 지위와 명망은 늘 흠모하고 있습니다. 그러나 아무 이해도 없는 늙은 어머니는 목전에 번쩍거리는 돈푼에 눈이 가려서 전라도 남자를 억지로 제게 강잉하였사오나 저는 처음부터 아무 사랑도 느끼지 아니하였습니다. 그저 사로잡힌 군사처럼 남씨에게 끌려 다녔을 뿐이외다. 그러나 수일 전에 저의 일신에는 큰 놀라운 일이 생기어 이제는 어찌할 수 없이 몸을 피하여 이곳에 종적을 감추고 있습니다. 전라도 남씨와 전생에 무슨 업원이 있었길래 마다는 저를 구태여 데려가려 하는지 실로 까닭 모를 일입니다. 남씨가 이번에 돈 오천 원을 가지고 와서 몸값이라고 어머니에게 맡기고 저를 데리고 고향으로 내려가겠다고 하기에 저는 놀라는 마음에 이곳으로 몸을 피하였습니다. 저는 지금 극도로 비관에 빠져 있습니다. 어찌하여 좋사올지 앞이 캄캄하여 이 편지를 올립니다. 깊이 통촉하시고 가련한 인생을 한 번 찾아주시기 바랍니다. 저의 주소는 사정이 그러하와 자세히 말씀 못하오나 차 시간마다 정거장에 나아가 영감 오시기를 기다리겠습니다.

—4월 2일 일지매.

한치각은 의외의 일지매의 편지를 보매 한편으로는 전에 받은 냉대가 괘씸스럽게도 생각이 드나 또 한편으로는 체내의 어느 구석에 묻히었던 애착이 다시 머리를 들어 일지매의 포근포근한 얼굴이 눈앞에 어른거린다.

107회 수상한 청년

한치각은 좁은 경성 안에서 날마다 똑같은 값싼 환락장에 발길을 던지는 것이 어느 틈에 싫증이 나기 시작하여 화창한 봄바람을 따라서 색다른 처소의 화류장을 찾아볼까 하는 생각이 있던 중에 뜻밖의 일지매의 편지를 보고 평양으로 놀러가려는 예정을 변경하여 경함선 열차를 타게 되었다. 그의 항상 자랑거리 하나이던 구라파 유명한 도회에 있는 파리 여관에서 광고의 막을 처덕처덕 붙여준 소위 하꾸라이 가방 속에는 필요도 없는 야회복과 서양 자리옷 등을 비롯하여 이상스런 서양 세수기구를 잔뜩 쓸어 넣어가지고 오후 열 시에 경성역을 떠나는 청진행 이등 열차에 올랐다. 자기 집에는 다만 북선 지방을 여행한다는 간단한 말을 남겨 놓았을 뿐이다. 그 아버지 한승지는 날마다 하는 일도 없이 돈만 내다버리는 것이 마음에 쓰려서 자기 아들이 차라리 돈 안드는 시골이나 갔으면 하던 차라 별로 만류도 아니하고 또 얼른 돌아오라는 부탁도 없었다.

기차는 어두운 밤빛 속에서 넓은 들, 잠든 촌락, 또 시커먼 산 밑을 지나며 북선 지방으로 달아난다. 한치각은 침대 위에 몸을 던졌으나 밤을 낮으로 알고 지내던 그에게는 아직도 잠이 들 시간은 멀었다. 그의 머릿속에는 몇 시간 후면 만나보게 될 일지매의 얼굴을 그리며 속살이 포근포근한 일지매를 끼고 온천탕에서 단 두 사람이 희롱하게 될 근질근질한 장면을 연상하고 있다. 한치각의 머리에는 일지매에게서 온 편지에 대하여는 어떤 의심을 불러일으킬 아무 재료도 없다. 구태여 생각하자면 남씨와의 관계를 의심할 수 있지마는 그것은 화류계에 있는 기생들이 한 편이 떨어지면 다른 '나지미'를 잡아당기는 항상 하는 상용 수단이니까 일지매가 한 편지의 내용이 거짓말이라 할지라도 남씨하고 사이가 좀 벌어지게 된 것은 짐작할 수 있는 사실이라고 생각하였다. 하여튼 자기가 일지매를 영원히 자기의 물건으로 만들 야심이 없는 이상 설혹 속는다 할지라도 당분간 온천에서 체재하려는 여관비와 또 서울로 돌아오는 여비 같은 돈 몇 푼 아니되는 돈의 손해밖에 없을 것이라고 한치각은 생각하였다.

기차는 하룻밤과 또 하루 낮을 쉬지 아니하고 달아오다가 그 이튿날 저녁 아홉 시에 주을 정거장에 도착하였다. 한치각은 가방을 내리려고 아까보를 불렀으나 대답이 없다. 부르다 못하여 주체스러운 가방을 들고 차에 내리며 시선을 사방으로 돌려서 일지매를 찾아보았다. 그러나 중간역에서 타던 촌사람 이삼 인이 내린 다음에는 쓸쓸한 홈에는 고구라 양복을 입은 역부들이 왔다갔다 할 뿐이었다. 한치각은 한편으로는 일지매의 편지를 의심하여 어두운 홈에서 가벼운 불안을 느끼었다. '일지매가 정거장까지 나온다 하였는데 웬일인가? 아마 사람의 이목이 번다한 역내를 피하여 출찰구 밖에 어느 구석에서 기다리지는 아니한가?' 생각하며 원수스럽게 무거운 가방을 이손 저손에 번갈아 들며 문밖으로 나왔다. 한치각이 출찰구를 나오자 회색 수목 두루마기를 입고 운동모자를 쓴 이십 가량이나 되어 보이는 시골 청년이 모자를 벗으며 한치각에게 공손히 인사를 한다.

"서울서 오시는 한참봉이십니까?" 청년이 묻는다.

한치각은 일지매를 찾던 중에 얼토당토 않는 청년이 쑥 나온 것을 이상히 쳐다보며

"그렇소. 당신은 누구요?" 하며 물었다.

그 청년은 주저주저하며 "네, 나는 편지를 가지고 심부름을 왔어요."

"편지라니? 누구의 편지란 말이오?"

"저 서울서 와서 있는 여인네의 편지를 가지고 왔어요. 오늘 정거장에 와서 마중을 할 터인데 마침 병이 나서 못 나온다고 나더러 모시고 오라고 그래서 나왔어요."

청년이 이렇게 전하는 말에 한치각은 선뜻 깨달았다. 일지매가 보낸

사람이 분명하다고 생각하며 청년이 전하는 편지를 받아들고 불빛이 밝은 대합실로 들어갔다. 편지의 필적은 자기 집에 온 글씨와 한 글씨요, 사연은 별안간 병이 나서 못 나아가니 청년을 따라서 자기의 처소로 오라는 말이 적히어 있다. 한치각은 비로소 마음이 놓여서 청년이 인도하는 대로 주을역을 떠나서 일지매의 처소로 향하게 되었다. 기차가 지나간 산골 역에는 인적이 끊어지고 다만 어두운 밤빛이 어리어 있을 뿐이다.

108회 알 수 없는 편지

주을역에서 차를 내린 한치각은 수상한 청년이 안내하는 뒤를 따라서 일지매가 있다는 처소로 가는 중이다. 청년은 한치각의 무거운 가방을 어깨에 메고 사발등으로 좁은 산길을 비치며 아무 말도 없이 걸어간다. 한치각은 십 년 전에 주을 온천에 왔던 일이 있어 그 때의 기억이 어렴풋하게 나기는 하나 과연 어느 방향에 온천이 있는지 자세한 기억은 나지 아니한다. 그러나 교통이 발달된 이때에 온천 다니는 자동차 같은 것이 분명히 있을 터인데 하는 생각이 나서 주을역을 떠날 때에 청년에게 물어보았으나 청년의 대답은 모호하였다.

"자동차는 있으나 일지매가 유숙하는 데는 온천장이 아니라 온천 못 미쳐 동리이기 때문에 걸어가는 것이 빠르다" 하며 안내하였다. 한치각은 자기의 기억이 몽롱하니만큼 청년의 대답을 반대할 수는 없었다. 그뿐만 아니라 일지매의 편지에도 이목을 피하여 비밀히 와 있다 하였으니 필경 온천 가까운 동리의 어느 여염집에 묵고 있을 듯도 하여 그다지 의심할 필요도 없이 피로한 걸음을 옮겨 놓으며 청년의 뒤를 따라간다.

하늘만 빤하게 쳐다보이는 깊은 산 속에는 시커먼 송림이 우거지고 산비탈에서 내려 부는 바람은 때때로 낙엽을 굴리며 나뭇가지를 흔들어 고요한 산 속의 공기를 울린다. 이마 앞에 딱 닥치는 바위를 보고 무엇이 뛰어 나오는 것 같은 선뜻한 놀람을 느낄 때도 있다. 그러나 앞에 서서 씩씩한 걸음을 떼어 놓으며 우줄우줄 걸어가는 청년은 조금도 무서운 기색이 없이 태연히 길을 인도한다. 한치각은 자기 뒤에 무엇이 쫓아오는 것 같은 무시무시한 생각이 나서 차라리 앞을 서서 가는 것이 든든할 듯도 생각하였으나 처음 가는 길의 방향을 찾을 수도 없고 점점 불안을 느끼며 따라간다. 한치각의 머리에는 일지매에 대한 의심은 조금도 없고 밤이 점점 깊어 가는데 무서운 산짐승이나 나오지 아니할까 하는 염려만 느끼어 버썩하는 소리만 들려도 머리끝이 찌빗하여지며 가슴이 선뜻하다.

"이렇게 거리가 먼 줄 알았으면 아주 주을역에서 자고 왔더라면 좋을 걸 그랬구려. 얼마나 남았소?" 한치각은 숨을 헐떡거리며 묻는다.

"네 거진 다 왔습니다. 인제 저 고개를 지나서 산 하나만 더 넘으면 그만이올시다." 청년은 지극히 쉽게 대답한다.

"저 큰 고개를 지나서 또 산을 넘어요? 이것 큰일났구려. 나는 벌써 다리가 아파서 더 못 가겠는데."

"아직 십리 남짓하게 왔는데 그러십니까? 우리는 줄창 다녀서 그런지 주을역 같은 데는 한 동네로 알고 놀러 다니는데 그러시고. 그러면 좀 쉬어 갈까요?" 하며 청년은 가방을 내리어 마른 잔디 위에 놓고 그 옆에 철썩 앉는다. 한치각도 따라서 옆에 앉았다.

"그러면 지금 가는 데가 주을 정거장에서 몇 리나 된단 말이오?" 하며 한치각은 양복 호주머니에서 수건을 내어 이마의 땀을 씻는다.

"서울 양반이 묵는 동리에서는 아마 이십 리나 될 것이오. 그러나 여기 사람들은 정거장을 아침저녁으로 놀러 다니는데요?" 청년도 조끼 주머니에서 마코 궐련을 꺼내서 부친다. 바윗돌 위에 얹히었던 얼음장이 봄바람에 녹아내리는지 한치각이 앉아있는 머리 위에서 '철썩!' 하는 소리를 내며 떨어진다. 두 사람은 모두 몸을 소스라치게 놀랬다.

"그게 무슨 소리요?" 하며 한치각은 자리 뒤를 둘러보았다.

"아마 얼음들이 녹아떨어지는 것이지요? 여기는 겨우 수일 전부터 녹기 시작하였는데요. 인제 차차 가십시다" 하며 청년은 가방을 등에 메고 일어섰다. 한치각도 어쩔 수 없이 따라 일어섰다.

"그런데 서울 손님은 정말 여자 하나만 와서 있습니까?" 한치각은 정거장에서도 물어 보았으나 다시 의심이 나서 다져 물어 보았다.

"네 한 분뿐이야요."

"그 손님이 별안간에 병이 났다니 몹시 앓지는 않소?"

"그리 대단하지는 않은가 봐요. 오늘 아침 차에 정거장에를 갔다 오더니 몸살이 났나 봐요." 청년은 의심 없이 대답하였다. 한치각은 아픈 다리를 끌며 산을 넘어서 또 골짜기로 들어섰다.

109회 청년의 희롱

한치각은 출생한 후에 처음 되는 고생을 당하였다. 안내하는 청년이 말하던 이십 리쯤 되던 길은 인정 없이 멀었다. 밤은 점점 깊어 가는데 시커먼 송림 새로 마치 귀신에 홀린 사람처럼 아무 정신이 없이 따라간다. 산을 넘고 또 골짜기를 빠져서 방향도 모르는 길을 4~5시간이나 걸어왔다. 그와 같이 장거리를 지나는 동안에 인가라고는 도무지 볼 수가 없었다. 한치각은 발가락이 부르트고 기력이 탈진하여 산길 가에 몇 번이나 털썩털썩 주저앉았다.

"여보, 대관절 어디로 가는 셈이오? 주을 온천이 정거장에서 이십 리밖에 아니 된다 하더니 몇 시간 동안을 걸어와도 끝이 아니나니 웬일이란 말이오? 나는 발이 부르트고 기운이 없어서 거진 쓰러질 지경이오." 한치각은 불평인지 원망인지 모르는 말을 청년에게 던졌다.

"그러지 말고 좀더 따라 오오." 산으로 깊이 들어온 뒤로는 한치각을 조롱하는 언사가 가끔 튀어 나온다.

"여보, 서울 손님이고 다 무어고 나는 아주 다리가 아파서 죽겠소. 그런 쓸데없는 말은 좀 그만두고 나를 좀 업고라도 갑시다." 한치각은 팽팽하던 성미가 어디로 들어갔는지 다리를 질질 끌며 거의 쓰러질 만치 피로하였다.

"업고 가요? 당신 같은 이를 업고 가요? 무엇을 그렇게 고맙게 해서 당신을 업는단 말이요? 그런 호강스런 말은 고만두고 어서 갑시다. 보아하니 당신은 돈도 많은 사람인 듯하오마는 이런 산골에는 돈도 소용이 없지요. 주먹이 튼튼하고 다리 힘이 많은 사람이 아마 당신보다 승하지요? 당신이 못 가겠다면 이 가방은 내가 먼저 가지고 서울 손님한테로 갈 터이니 당신은 천천히 오시구려. 여기는 함경북도 중에도 갓이오. 그렇게 걸음을 못 걷고도 이 바쁜 세상에 살려고 그러시오? 인제 얼마 남지 아니하였소이다. 좀 참으시오. 조금 있으면 서울 손님이 반갑게 맞아 드리오리다. 참고 따라오시오."

청년의 공손하고 부드럽던 어조는 처음보다 대단히 달라졌다.

"여기는 산길 장협한 산 속인데 때때로 호랑이 마리가 나오는 데이지요. 그럼 따라올 수가 없거든 내가 먼저 가리까?" 청년은 한치각이가 엉기며 따라오는 것을 보고 희롱하듯이 이렇게 말하였다.

한치각은 다리가 아픈 중에도 청년의 태도가 점점 완만하여 가는 것이 괘씸해서

"여보 누구를 조롱하는 말이오? 이 산 속에 나더러 혼자 오라니 그게 무슨 농담이란 말이오? 당신이 처음에는 그렇지 않더니 무인지경에 들어왔다고 나를 놀리는 모양이요?" 한치각은 화증이 발끈 나서 청년을 꾸짖듯이 말한다.

"서울 손님이 화가 나신 게로군? 여기서는 당신이 횟증이 나야 별 도리가 없을 것 같소. 당신의 가방은 내가 여기까지는 메고 왔지만은 나

도 이제는 팔이 아프고 어깨가 얼쩍지근하니 여기서부터는 좀 당신이 들고 갑시다" 하며 청년은 산비탈에 가방을 집어 던졌다. 야회복이 들어있는 하꾸라이 가방은 비참하게도 나무등걸에 부딪히며 가죽이 벗겨지고 재넘이를 치며 사구로 쓸어박혔다. 청년의 난폭한 행동을 보자 한치각은 별안간에 마음이 선뜻하여 청년의 손길이 금방 자신의 뺨에 닥치는 듯한 위협을 느끼며 한편으로는 일지매 편지가 위조이었던가하는 의심이 머릿속에 번쩍 치밀었다. 그와 동시에 청년이 강도나 아닌가? 하는 공포를 느끼게 되었다. 그래서 한치각은 얼마 동안 놀라움에 울렁거리는 가슴을 움켜 안고 아무 말도 없이 우두커니 선 채로 청년을 바라보고 있다. 희미한 등불에 비치는 청년의 얼굴에는 비웃는 빛이 나타나 있다가 껄껄 웃으며

"서울 손님이 매우 놀란 모양이로군. 아직 그렇게 놀랄 것은 없소이다. 내가 남의 돈이나 물건을 빼앗을 사람은 아니오. 그러나 당신의 태도가 거만하기에 잠깐 장난을 해 본 것이오. 당신은 참 딱한 사람이오. 그 무거운 가방을 남에게 들리우고 몇 시간을 오면서 무거우냐, 수고스럽소이다하는 말 한마디가 없으니 어디 그런 법이 있단 말이오? 당신의 형세 본을 좀 고쳐야겠소" 하며 청년은 어린애를 꾸짖듯이 말한다.

한치각은 생전에 처음 당하는 공포와 또 한편으로는 분노를 느끼었다.

110회 산중에서 봉변

한치각은 깊은 밤중에 인적이 없는 첩첩한 산중에서 청년에게 조롱을 받아가며 따라온다. 한치각은 길에서 당하던 분노와 공포가 마음을 어지럽게 하나 가도 오도 못하게 된 절박한 산속이라 어찌할 수 없이 그 청년이 하는 대로 따라올 수밖에 없었다. 돈을 등지고 호기롭게 자랑하던 한치각의 모든 자유는 주을역을 떠나는 그 때에 아주 없어지고 말았다. 한치각은 마음이 여러 가지로 갈리었다. 첫째는 무거운 공포를

느끼며 그 다음에는 청년의 하는 태도가 위험하고도 이상한 느낌을 일으키었다. 그 청년은 분명히 일지매의 편지를 가지고 온 사람인데 정거장에서 하던 태도와 산속에 들어와서 하는 태도가 그렇게 변한 것은 무슨 까닭인가? 강도인가? 강도 같으면 인가가 떠난 지가 몇 십리나 되는데 그 중간에서 물건을 빼앗든지 하였을 것이 아닌가? 청년이 수작하는 말씨로 보면 경성 근처의 사람인데 자기를 데리고 가는 길은 과연 어디인가? 일지매가 촌집에서 묵고 있다하니 그 말이 정말인가? 이러한 여러 가지의 생각이 머릿속에 복잡하게 얽히어 한걸음 한걸음씩 점점 위험한 구덩이로 들어가는 것 같았다.

청년의 말이 마지막으로 넘는다는 깎아지른 듯한 준령을 넘어서니 큰 산이 사방으로 둘러싼 깊은 골짜기 밑에서 반짝거리는 불빛이 아득하게 보인다. 청년은 그 불을 가리키며 저 마을에 일지매가 유숙한다고 말한다. 한치각은 그 집에 과연 일지매가 있는지는 모르나 몇 시간을 걸어오는 동안에 인가라고는 눈에 띄지 아니 하더니 처음으로 불빛을 보매 마음이 좀 후련하였다.

"저 동리에 정말 서울 손님이 있단 말이지요?" 한치각은 어리석은 사람 같이 물어보았다. 청년은 어쩐 일인지 마을 집의 불을 본 뒤로는 다시 태도가 유순하여졌다.

"네, 그 집이 바로 마을의 첫집인데 서울 손님이 거기서 유하고 있지요."

"그 동네는 몇 호나 되오?"

"네 산골짜기니까 호수는 많지는 아니하지요. 거기는 집이 서너 채 있고 고 아래 산모퉁이에 큰 동네가 있습니다" 하며 청년은 한치각의 마음을 눅이느라고 하는 말인지 어조는 매우 부드러워지고 태도는 다시 공손하여졌다.

"그 동네는 순사 주재소가 있소? 온천은 어느 편으로 있소?" 하며 한치각은 마음이 적이 밝아지며 이렇게 물었다.

"주재소는 왜 묻습니까? 무슨 일이 있습니까? 내가 아까 산에서 가방을 내던졌더니 또 주재소에 말씀을 하려고 그리 물으시오? 바로 고 아래 모퉁이에 주재소가 있습니다. 그러나 내가 아까 좀 골을 낸 것은 삯전이나 더 주실까 하고 그랬지요. 주재소에 그런 말씀은 마세요." 청년은 빌붙는 듯이 이렇게 한치각에게 청하였다. 한치각은 청년의 태도가 점점 수그러지는 것을 보고 분명히 그 근처에는 주재소가 있는 것을 믿었다. 그와 동시에 종로에서 당하던 일이 다시 분하게 생각이 되었다.

"손님의 짐을 가지고 다니면서 공손해야 삯전을 많이 받지요? 남의 짐을 그리 함부로 내던지고 무슨 삯전을 많이 달라오? 그 가방은 여기서는 살 수도 없는 비싼 가방인데 나무 등걸에 걸켜 메어서 결단이 나지 않았소? 다시는 그런 짓일랑 하지 마오." 한치각은 주재소가 있다는 발언에 다시 용기가 나서 조금 전과는 정반대로 청년을 꾸짖었다. 청년은 어두운 밤빛에 비웃는 웃음을 소리없이 나타내며

"네 아까는 너무 어깨가 아파서 그랬어요. 모두 용서하시고 삯전이나 많이 주셔요. 삯전만 많이 주시면 온천 안내는 날마다 내가 잘 해드리지요" 하며 별안간에 공손이 뚝뚝 듣는 말을 하고 있는 청년의 얼굴에 조소하는 빛이 가득하고 입의 전형은 한편으로 일그러지며 소리 없는 냉소가 떠돈다. 뒤에서 따라 오는 한치각의 눈에는 청년의 이러한 표정은 볼 수가 없었다. 한치각은 어느덧 서울서 부리던 그 자만스러운 태도가 다시 말에 또 몸에 나타나며

"여보, 당신 같은 삯꾼은 처음 보았소. 손님을 조롱하며 손님의 짐을 팽개치는 삯꾼이 어디 있더란 말이오?" 한치각의 얼굴에는 우월감을 느끼는 교만한 빛이 드러났다. 청년은 또 소리 없는 조소를 밤빛 속에 던졌다.

한치각은 청년이 함부로 꾸며대는 말에 마음이 아주 화평하게 누그러졌다. 잡목이 우거진 시냇가로 창문에 비친 불빛을 따라서 일지매가 유숙하고 있다는 집에 당도하였다. 시내를 앞에 놓고 기암을 등지고 우뚝하게 서있는 집을 밤에 보아도 그다지 작은 농가는 아닌 것 같이 보였다. 비록 일자집이나 네 귀가 번듯하고 눈어림에 칠팔간은 되어 보이는 외따로 떨어진 집이다. 그러나 사방을 둘러보니 인가는 다시 없고 머리를 내리 누를 듯한 장산이 사방에 둘러있고 고개를 어깨에 젖혀 붙이고 하늘을 쳐다보게 된 깊은 함속 같은 골짜기에 다만 집 한 채가 있을 뿐이다. 청년은 어깨에 메었던 가방을 그 집 쪽마루에 턱 내려놓으며

"서울 손님 오십니다" 하며 인기를 한다. 쪽마루 앞에 서있는 한치각은 금방 일지매가 내달으며 맞을 듯한 생각이 치밀었다. 연연한 일지매의 목소리가 들릴 듯 들릴 듯하다. 그러나 한치각이 바라는 일지매의 형용은 내닫지 아니하고 문 안에서는 거센 남자의 목소리로

"얼마나 고생을 했나? 쓸데없는 일에 너무 수고들 하네그려" 하며 삼십 가량이나 되어 보이는 중년 남자가 문을 열고 나온다.

"어서 방으로 들어가세. 그래, 손님은 같이 왔나?" 하며 그 사람은 마루 끝에 서있는 한치각에게 시선을 던졌다. 문이 열려있는 방 안에는 술상을 앞에 놓고 북덕수염이 험상스럽게 난 남자가 앉아 있다. 한치각은 주저주저하며 청년을 향하며

"서울서 와 있는 손님은 어느 방에 있소?" 하며 물었다. 한치각의 생각에는 일지매가 어느 딴 방에나 있는 것 같아서 이렇게 물었다. 청년과 그 집 사람은 거의 동시에 같은 말이 나왔다.

"이 방으로 들어가면 아시지요?" 한치각은 다시 이상한 생각이 들어 주저주저하다가 방으로 들어섰다. 방안에서는 시큼한 막걸리 냄새가 코를 찌른다. 한치각이 방안으로 들어가자 술상을 받고 앉았던 남자는 송

충이 같은 굵드란 눈썹 밑에서 번쩍거리는 시선을 한치각에게 던졌다.

"저 분이 한치각이라는 분인가? 자네는 쓸데없이 남의 일에 매우 고생을 했지?" 하며 청년에게 말한다. 한치각은 다시 눈이 휘둥그레지며

"여보, 여기 서울 손님이 묵는 방이 어디란 말이오?" 하며 안내하던 청년에게 묻는다.

"이 방이 그 방입니다."

"그럼 손님은 어디 갔소?" 하며 한치각은 일지매를 찾느라고 시선을 사방에 던졌다.

"당신을 찾는 사람은 나요. 서울서 와서 묵는 손님이라는 사람도 역시 나요" 하며 술상을 받았던 남자는 거만이 뚝뚝 떨어지는 태도로 말한다.

한치각은 귀신에 홀린 사람처럼 정신이 어찔하였다.

"당신은 누구시요? 대관절 나를 찾다니요?" 하며 다시 공포를 느끼며 물었다.

그 남자는 껄껄 웃으며 "내가 일지매라면 믿지 못하겠소? 하하" 하며 또 웃는다.

한치각은 비로소 속은 것을 깨달았다. 그러나 이 깊은 산중에 수상한 남자들이 모여 있는 이 집이 과연 무슨 집인지 모르겠다. 강도들이 모여 있는 집인가? 아무리 봐도 산골에서 농사를 짓고 사는 사람 같이 보이지 아니하여 무엇이라고 가리를 잡아 추측할 수가 없다. 한치각의 눈에는 모두 귀신 같이 보인다. 정거장에서 청년을 만나서 컴컴한 밤빛 속에 산을 넘고 골을 지나서 결국 이곳에서까지 온 것이 모두 꿈속에서 지낸 일 같고 무엇에 홀린 것 같이만 생각이 든다. 안내를 하던 청년은 뒷방으로 몸을 감추어 버리고 한치각의 앞에는 처음보다 험상스러운 얼굴을 가진 두 남자밖에 없다.

"여보게, 우선 손님이 시장도 할 듯하니 조밥이라도 좀 대접하는 것

이 도리에 옳지. 우리가 그렇게 몰인정한 일을 할 수야 있나? 밥상을 가지고 나오게" 하며 술상을 받은 남자는 손으로 벽을 울렸다. 한치각은 무섭기도 하려니와 정신이 몽롱하여 한편 구석에 웅크리고 앉은 채로 아무 말도 못한다.

112회 통쾌한 장면

한치각은 산 속 외따른 집 안에 잡혀앉아서 장차 앞으로 어떤 두려움이 자기 앞에 닥칠 것인가 하고 마음이 울렁거릴 뿐이다. 술상을 받았던 남자는 남은 막걸리를 푸르데데한 사기대접에 가득 따라서 유쾌하게 벌떡거리며 마신 뒤에 상을 옆으로 밀쳐놓고 북덕수염을 한 번 쓰다듬더니 한치각을 향하여

"여보 이리 좀 나와 앉구려. 당신이 돈이 많으니 만큼 우리를 의심할 터이나 우리는 남의 재물을 탐내는 불량한 사람은 아니오. 그러니 구태여 마음을 졸일 것이 없거니와 당신의 용서치 못할 그 죄악에 대하여는 정당한 제재를 받아야 할 것이오" 하며 그 남자는 주기를 띤 부리부리한 두 눈망울이 번쩍거리며 시선이 한치각을 몸을 쏘았다.

한치각은 이때까지 무슨 일인지를 몰랐다가 죄악이라는 소리에 필경 어떤 주의자 방면에서 자기를 꾀어낸 것 같이도 생각이 났다. "죄악이라니요? 내가 무슨 죄를 졌단 말씀이요?" 한치각은 힘없는 어조로 이렇게 반문하였다.

그 남자는 별안간에 옆에 놓인 술상 머리를 팍 울리며

"이놈 네가 한치각이지? 네가 세상에 그러한 큰 죄악을 짓고도 깨달음이 없단 말이야? 이놈 네 죄는 마땅히 만인이 별좌한 그 자리에서 목을 베어야 쾌할 터인데 이러한 산 속까지 불러내게 된 것은 도덕이 퇴폐한 까닭이다" 하며 언성을 높이어 한치각을 꾸짖기 시작한다.

한치각은 깜짝 놀래어 몸이 오그라졌다.

"내가 너 같은 고약한 놈을 종로 네거리에서 제재를 못하고 비열한 미인계를 써서 여기까지 너 같은 놈을 불러내게 된 것을 나는 말할 수 없는 수치를 느끼고 있다. 나의 이름을 말하면 너 같은 놈의 귀에도 다소간 귀에 남아 있을 것이나 나의 얼굴을 자세히 보아라. 나는 곽호라는 사람이다" 하며 소리를 질렀다. 한치각은 과연 듣던 이름이다. 일시 변호사로 억강부약抑强扶弱의 호협한 기운을 가졌던 인물인 것을 알게 되었다. 한치각은 곽호의 호통 소리에 고개가 앞으로 축 늘어지고 그 위압에 몸이 눌리어 자기 몸이 빈꺼풀 같이 거뿐하여졌다.

곽호는 공분에 떨리는 주먹을 불끈 쥐고 다시

"내가 기생의 이름을 빌고 여자의 꾀를 빌려서 거짓말로 너를 속여서 이 산 속까지 꾀어내인 것은 그 행동이 남자로서는 차마 못 할 비열한 행동이다. 남자가 공분을 느낀다면 몸을 나타내고 이름을 드러내서 당당하게 제재를 하는 것이 대장부의 일이나 그러나 나는 한 사람의 좋은 친구를 위해서 이러한 비열한 행동을 한 것이고 너는 원래의 계집이 아니면 몸을 움직이지 않는 색마이기 때문에 그러한 비열한 방법으로 너를 꾀어낸 것이다. 이놈 네가 리민영이라는 친구를 알지? 그 사람이 이 사회에 얼마나 고마운 것도? 네가 대강은 짐작할 터인데 너희 집에 가서 기부를 청한 것이 그렇게 괴롭더냐? 이놈 천하의 목을 베일 놈 같으니 사회를 위하여 재산을 탕진하고 사회를 위하여 전신의 힘을 다 쓰는 그러한 훌륭한 리민영 군을 무슨 혐의로 경찰서에 얽어 넣어? 너의 무고 한마디 때문에 리민영 가족은 날마다 눈물을 지고 수백 명 어린 학생들은 선생을 잃고 방황하는 그 비참한 광경이 네 눈에는 보이지 않느냐?" 하며 곽호의 떨리는 주먹은 한치각의 어깨를 쳤다.

한치각은 몸을 피하려 하였으나 미처 어쩔 수 없이 곽호의 주먹 밑에 쓰러졌다. 옆에 앉았던 남자는 또 재쳐 들어 덤비어 한치각의 뺨을 쳤다. 교만과 금전으로 세상 사람을 멸시하던 한치각은 너무나 여지없이도 구타를 당하며 몸을 벌벌 떨었다.

힘없는 목소리로 "사람을 이렇게 함부로 때리면······ " 하며 한치각은 말이 떨렸다.

"이놈! 너는 인정도 모르고 사상도 없고 체면도 모르는 다만 성욕만 아는 동물이니까 언어가 소용이 없다. 이론이 네 귀에 들릴 리가 없다. 네게는 다만 너의 육체를 괴롭게 하는 철권의 제재밖에는 없을 것이다. 이놈아!" 하며 곽호는 또 주먹으로 한치각의 등을 친다.

한치각은 곽호의 철권 밑에서 몸이 오그라졌다.

113회 너의 행동은 독와사

한치각은 곽호의 호령하는 소리에 비로소 자기가 속은 것을 깨달았다. 그러나 때는 이미 늦었다. 일을 알게 되니 자기가 어림없이 알지매의 편지 한 장을 믿고 산중까지 따라온 것이 어리석은 사람이라고 자탄하였다. 그러나 곽호라는 사람이 오랫동안 경성에서 종적을 감추었다는 것은 소문에 들었으나 별안간에 함경북도 산 속에 묻혀있는 것도 괴상한 일이려니와 대관절 일지매와 자기와의 관계가 있는 것을 이용한 그 이면에 묻힌 사실은 알아낼 수가 없었다. 당초 곽호가 외금강에서 신문에 난 리민영의 기사를 보고 공분의 피가 끓어서 그 길로 서울로 올라와서 한치각에게 복수를 하려고 여러 곳으로 한치각의 동정을 탐문하다가 결국은 전에 친하던 한국향이라는 협기 있는 기생을 만나게 되어 한국향의 계책으로 한치각이 욕심을 갖고 있는 일지매의 편지를 위조하여 그렇게 꾀어내게 된 사건의 내막은 한치각이 알 기회가 없다. 한치각을 교묘하게 알아낸 것은 전연히 한국향의 묘책에서 나온 것이다. 며칠 전에 곽호와 한국향, 두 사람이 동대문 밖 청량리 ××요릿집에서 술상을 중간에 놓고 마주 앉아서 모든 설계를 꾸민 연극이 경성과 천여 리 떨어진 함경북도 산 중에서 그 막이 열리게 된 것이다. 지금 한치각이 잡혀 있는 그 집은 산중에서 화전을 일어서 농사를 하던 화전민의 집이 었던 것을 곽호의 부하처럼 지내는 신철이라는 사람이 청진항에서 어떤 사상운동의 혐의를 받고 그 산골로 몸을 피하여 내외 두 사람이 숨어있는 곳이다. 안내하던 청년은 역시 신철의 친척 되는 사람인데 잠시 삼촌의 집에 몸을 의탁하고 있는 중이었다. 청년이 말하던 동리라 하던 것도 역시 이 집을 가리킨 것이요, 산 위에서 한치각에게 말하던 주재소가 있고 동리가 여러 집이라던 것도 그 청년이 아무렇게나 한치각이 묻는 대로 만족한 대답을 하여 한치각의 마음을 조롱하자는 데에 지나지 못하는 한 장난이었다. 주을역에서도 오십리나 가까이 되는 고산지대에 그렇게 큰 동리가 있을 리도 없고 더군다나 주재소가 있다는 것도 전연히 거짓말이었다. 앞에는 태산, 뒤에는 준령이 깎아지른 듯이 둘러싸이고 마치 우물 속에 들어앉은 것 같이 머리 위에 하늘의 한복판이 쳐다보일 뿐이다. 한치각은 소리를 쳐야 구해줄 사람도 없고 자기를 그 자리에서 죽인대도 아무 흔적도 남을 것 같지 않았다. 한치각은 간이 콩알만치 졸아 붙고 마음이 조릿조릿하여 살아있는 것 같지 않았다. 곽호는 창문이 허옇게 밝아 오도록 한치각을 꾸짖고 있다.

"이놈아, 너는 소위 양반의 자식으로서 또 서양까지 갔다 왔다 하는 놈이 사회에 해독만 끼치고 다닌단 말이냐? 돈을 낚싯밥으로 순량한 여성을 더럽히고 밤이면 요릿집, 낮이면 교만한 태도로 시가를 방황하며 사회에 해독을 흘리는 것이 날마다 하는 일과란 말이야. 그래 리민영 군을 어떤 까닭으로 경찰서에 얽어 넣었느냐? 바로 말해라! 지금 리민영 군은 아무 죄도 없이 ××경찰서에서 혹독한 신문을 받고 있다. 이놈 너는 여기서 사회라는 무서운 힘의 제재를 좀 받아 보아라. 만일 이 사회의 도덕이 법률 같이 직접 처단을 한다면 너 같은 놈은 묻지 아니하고 사형이다. 너는 돈에서 나온 놈이요, 또 돈에서 자란 놈이니 돈의 힘을 못 쓰는 공평한 이 자연 속에서 사회의 제재를 좀 받아 보아라."

곽호는 허리를 펴고 엄연한 태도로 앉아서 한치각을 토죄한다.

한치각은 머리를 숙인 채로 "내가 사회에 무슨 큰 죄를 졌다고 하십니까?" 하며 한치각은 생전에 처음 당해보는 외짝 호령을 들으면서 자기는 곽호에게 말공대를 아니 할 수 없었다.

"이놈아, 네가 하고 다니는 것이 모두 죄악이 아니고 무엇이냐? 네가 스스로 너의 일을 생각해 보아라. 이놈아, 너로 말미암아 정조를 더럽힌 여자가 수백 수천으로 셀 수가 있다. 너의 집 재산이 수백만 원이라 하나 그 많은 재산은 모두 이 사회의 해독을 끼치는 원료이다. 너의 병통은 이 사회에 큰 독기를 뿜는 독와사이다. 너 같은 놈은 다시 세상에 내놓을 수는 없다. 이 산속에서 화전이나 파먹다가 죽을 날이나 기다리고 있거라" 하며 곽호는 재판장이 선고를 내리듯이 말하고 북덕수염을 흔들며 껄껄 웃었다.

창 밖에는 날이 새어 시냇가에서 산새들이 찍찍거리는 소리가 들린다.

114회 전당국의 활극

강진사와 리민영의 두 사람은 ××경찰서에 갇히어 한달이 넘도록 날마다 혹독한 신문을 받고 있으나 두 사람은 판에 박은 듯이 아무것도 모른다는 것이 그들의 일관한 대답이었다. 경찰서에서는 두 사람이 좀처럼 사실을 자백치 아니하므로 한편으로는 진범인이 아닌가 하는 의심이 생기기 시작하여 수사 방면을 딴 방면으로 전환을 하게 되었다. 수일 전부터 경성 시내에 있는 전당국과 고물상에게 한치각이 분실한 몸시계와 돈 지갑의 특색을 자세히 설명하고 만일 그러한 물건이 발견되거든 곧 경찰서에 전화로 밀고하라고 엄중한 주의를 내리어 두었다.

남극에서 오는 봄빛은 날마다 깊어지며 자욱한 안개 속에서 실낱 같은 봄비가 고요하게 내린다. 오랫동안 추위에 떨고 있던 초목은 마음껏 힘껏 봄비를 마시며 다시 자연계의 즐거운 춤을 준비하고 있다. 찬 서리에 잎이 떨어지고 무거운 눈에 가지가 힘없이 늘어지던 초목들은 소리 없이 내리는 봄비의 그 한 방울 두 방울이 잎을 다시 재촉하여 꽃을 부른다. ××경찰서 유치장에서 밝은 봄빛을 등지고 어두운 운명에 매달린 강진사와 리민영은 오늘도 또 사법 주임 앞에 무시무시한 신문을 당하고 있다.

사법 주임은 무거운 어조로

"네가 종시 자백을 아니하면 검사국까지 넘어서 이 년도 과요, 삼 년도 과이다. 몇 해나 예심에서 고생을 한 뒤에 너는 나중에 증거가 드러나서 결국은 징역을 하고야 말리니 그렇게 앙탈만 말고 얼른 자백하면 죄도 얼마쯤은 가벼워질 터이니 깊이 생각하여 내일 신문 받을 때는 자백하도록 하여라." 사법 주임은 강진사에게 또 이러한 꼬이는 말을 하였다.

그러나 강진사는 그가 날마다 신문 받을 때면 대답하는 아무것도 모른다는 말이 사실인 이상 자백을 하라는 것은 무엇을 의미하는 것인지 알 수가 없었다.

사법 주임이 강진사의 신문을 마치고 자기 처소로 돌아와서 의자에 앉으려 할 즈음에 테이블 위에 놓인 탁상전화가 급한 사명을 띤 것 같이 종을 울렸다. 사법 주임은 수화기를 떼어 들고 고개를 끄덕거리며 두 눈에는 별안간에 긴장한 빛이 나타났다. 전화를 마친 사법 주임은 허둥지둥하며 형사실로 내려가서 무엇을 분부하였다. ××경찰서 대문 앞에 자동차가 들이 닿자 사복 순사 4~5인이 자동차에 올라타며 질풍 같이 탑골 공원 편을 향하여 달리었다.

탑골 공원 뒤에 새로 지은 ××전당포 앞에는 회색 세루 두루마기를 입은 이십오륙 세나 되어 보이는 남자가 전당 사무를 취급하는 동그란 철창 밖에 서서 수상스런 시선을 사방에 던지며 "여보 전당을 잡으려면 얼른 돈을 주거나 싫거든 시계를 주거나 하구려. 바쁜 사람을 붙잡고 벌써 얼마 동안이오?" 남자는 발이 공중에 떠있는 것처럼 쉴 사이 없이 이리저리 부라질을 치며 재촉하고 있다. 철창 안에는 일본 옷을 입은 주인이 안경을 코서리에 걸고 시계의 뒤딱지를 떼어 들고 기계를 조사해보고 있다가

"조금 기다리시오. 무르고(물건)를 자세 보아야 돈을 주지요?" 전당포 주인은 서투른 조선말로 대답을 하며 가끔 시선을 문 앞에 던진다.

"그렇게 의심이 나거든 시계를 이리 내주. 다른 데나 가보겠소. 이십 원만 달라는데 금시계가 설마 그 값어치가 아니 될까 봐서 그러우? 얼른 이리 내주어요" 하며 그 남자는 무엇에 놀란 사람 같이 손을 철창 안으로 쑥 들이밀어 시계를 집으려 할 즈음에 앞문이 펄쩍 열리며 검정 양복을 입은 두 중년 신사가 쑥 들어서자 남자는 다시 시계를 빼앗아 손에 쥐고 문 밖으로 나아가려 하였으나 이와 동시에 밖에서 들어오는 두 신사의 어깨에 밀리어 그 남자는 전당국 안으로 다시 밀려들었다. 새로 들어온 양복 신사는 전당국 주인에게 이상한 시선을 던졌다. 그와 동시에 전당국 주인은 턱을 그 남자 편을 향하여 눈짓을 했다. 순간에 두 양복 신사는 그 남자의 좌우로 갈라서며 마치 기계나 닫혀지는 듯이 일시에 그 남자의 두 팔은 두 양복 신사의 손에 잡히어 앞으로 오그라졌다. 그 남자는 미처 몸을 삐칠 새 없이 두 손목에는 어느덧 포승줄이 얽히었다.

115회 강진사의 자탄

강진사는 ××경찰서에 죄 없이 잡히어 밝은 세상을 등지고 한달이 넘도록 고초를 맡고 있는 동안에 입고 들어온 솜옷은 올이 보이지 않도록 때를 묻히고 따뜻한 봄바람이 유치장에 높은 철창으로 넘어 들어오는 것에 한낮에는 등에 땀을 흘리게 되어 차디찬 경찰서 안까지 공평하게 불어오는 봄바람의 더움을 느끼었다. 강진사는 남과 같이 자기 집에

서 차입을 해줄 형세가 없는 것은 물론이어니와 하루에 두 번씩 경찰서에서 소위 간식이라는 것을 먹게 되어 어쨌든 아침저녁으로 밥을 보게 되니 그 밥이 달거나 쓰거나 자기 한 사람은 연명을 하여갈 수가 있으나 아무데도 의지할 곳이 없이 마치 부인 벌판에 내버리듯이 떼치고 들어온 자기 집 가족이 마음에 걸리어 세상에서 가장 비참한 간식을 손에 들 때마다 영양이 부족한 누리께한 자기 마누라의 얼굴과 턱을 쳐들고 밥상을 반기는 어린 자식들의 가련한 형상이 눈앞에 떠돌았다. 이틀 동안이나 더운 숭늉 한 모금을 못 얻어먹고 있다가 의외의 친구의 집 제사 반기가 들어와서 어린 것들은 얼굴에 밝은 빛이 나타나며 제사음식을 둘러싸고 주린 배를 채우려는, 비참한 속에도 실낱 같은 희망이 어린 것들의 머리에 떠돌고 있을 그 순간에 자기 손목에 별안간에 포승이 걸리며 잡혀오던 그 때의 광경을 생각하니 강진사의 마음에는 지금까지 자기 집 식구들이 그저 목숨을 보존하고 살아있을 것 같이는 생각되지 않았다. 광희정 벌판에 외따로 떨어져 있는 납작한 자기 집 방안에는 창자가 말러 붙은 세 식구가 머리를 한데 대이고 쓰러져 있는 비참한 형상이 때때로 눈앞에 어리었다.

몸을 포개 다섯 사람이 일자로 드러누운 좁은 유치장 안에는 여러 사람들의 훈김과 옆에 높인 ×통 냄새가 한데 얼크러져서 숨이 막히는 무거운 공기 속에서 강진사는 또 집에 있는 가족들의 소식을 아득하여 잠을 이루지 못하였다. 굵다란 철창살이 늘어선 높은 창에 희미하게 비치는 달빛을 쳐다보며 강진사는 두 눈에 더운 눈물이 흘렀다. 세상에 횡액이 있다는 말을 들었지마는 남을 구해준 것이 도리어 죄가 되어 이렇게 한 달이 넘도록 유치장을 벗어나지 못하고 있으니 이 세상은 참 위험한 세상이라고 생각하였다. 자기는 아무 염려도 아니 하고 다만 길가에 넘어진 친구를 구했을 뿐이지마는 자기의 이러한 따뜻한 정의가 도리어 꾀에 걸리게 되었으니 세상은 참 암흑이라고 생각하였다. 경찰서에 이렇게 오랫동안 매달렸다가 또 어느 목에 걸리어 감옥으로 넘어가게 되면 자기 집 가족들은 영원히 살 길이 없다고 생각하였다. 가족을 염려하는 마음이 머릿속에서 북적거리는 중에 잠을 번놓고 이리저리 몸을 번덕이며 밤을 반짝 새웠다. 칼소리를 절꺽절꺽내며 숙직 순사는 유치장 복도로 걸어오더니 관장 문을 두드리며

"일어들 나거라. 여섯 시나 됐다. 어서들 일어나. 어떤 놈이 코를 이렇게 야단스럽게 골고 있니? 앗다, 그놈은 유치장이 제집 아랫목보다 편한 게로구나. 네게는 이놈 유치장이 맞췄다. 그놈, 그 코고는 놈부터 일으켜라" 하며 숙직 순사는 유치장을 들여다보는 쪽들창을 열었다. 유치장 안에는 별안간에 큰 소동이 일어났다. 불에 데인 사람처럼 깜짝 놀라며 머리를 드는 사람, 눈을 비비며 꿇어앉는 사람, 옆구리를 찔러 일으키는 사람, 모든 활극이 잠시 동안 계속된 다음에는 좁은 유치장 안에는 두 손을 무릎 위에 놓고 꿇어앉은 미결수들이 일렬로 늘어앉아서 순사를 향하고 아침 인사를 올렸다. 묵묵히 꿇어앉은 그들의 밝은 날새 운명을 점치는 시선이 일시에 순사의 얼굴을 보았다. 그러나 순사의 얼굴에는 차디찬 기운이 떠돌 뿐이다. 강진사는 오늘도 또 컴컴한 지하실로 끌려 내려가서 '채찍!' 소리가 머리 위에서 쫙쫙 들리며 무서운 눈방울을 굴리는 사법 주임 앞에서 취조를 받을 일이 다시 아뜩하였다.

116회 강진사는 살았다

탑골 공원 뒤에 있는 ××전당국에서 체포된 수상한 청년은 ××경찰서에서 엄중한 취조를 한 결과 그 청년이 한치각의 시계와 돈지갑을 훔친 사실이 판명되었다. 시계를 ××전당국에서 돈으로 바꾸려 하다가 체포된 청년은 절도 상습자로 여러 번 감옥을 치른 소위 전과를 가진 춘돌이라는 절도이었다. 사건의 단서는 물론 한치각이 가졌던 유명한 삼백 원짜리 시계로 말미암아 드디어 ××경찰서에 잡히게 된 것이

나 춘돌이가 한치각의 시계를 훔친 경로는 역시 한치각이가 권농동 골목에 넘어졌을 때에 마침 그 근처에 어느 집에서 도적질을 하려고 방황하던 춘돌이가 그것을 발견하고 술이 취하여 쓰러진 사람인 줄로만 알고 한치각의 몸에서 시계와 돈지갑을 훔친 것이다. 그러나 춘돌은 훔친 돈은 그 동안 신정 유곽과 경성 변두리에 있는 값싼 카페 집으로 돌아다니며 팔백 원이라는 금전은 다 써버리고 나중에 손에 남아있는 시계를 또 돈으로 바꾸려 하다가 필경은 ××경찰서에 잡히게 된 것이다. 춘돌이가 잡힌 운명은 세상에서 그 전례를 많이 보는 절도의 말로이지마는 춘돌이가 한치각의 돈과 시계를 훔친 극히 적은 사건이 일시 성안에 큰 파동을 일으키어 무죄한 교육자를 얽어놓고 순진한 강진사에게 예기치 아니한 간식을 얻어먹게 된 것이다.

선과 악의 서로 꼬리를 물고 어지러이 춤추고 있는 이 사회이라 그다지 놀라운 사실은 아니지마는 인생을 위하여 참된 마음을 가지고 있는 리민영과 마음이 너무 순진한 까닭에 자기 재산을 남에게 빼앗긴 강진사 같은 사람을 혐의자라는 한 마디의 간단한 말로 어두운 유치장에 한 달이 넘도록 가두어 두는 것은 너무나 참혹한 일이다. 절도 춘돌을 취조한 결과 그 이튿날 오후에 강진사는 겨우 백방에 처분이 내리게 되었다. 강진사는 처음부터 단순한 절도의 혐의로 잡힌 사람인 까닭에 진범이 체포된 이상 더 유치할 까닭이 없었다. 오후 세 시 가량이나 되어 날마다 강진사를 끌어내던 얼굴에 칼흠이 번쩍거리는 형사가 유치장 문을 덜컹 열고 들어왔다. 강진사는 또 무시무시한 신문을 당할 때가 되었나하고 마음이 선뜻하며 소스라쳐서 놀랐다.

유치인 명부를 손에 든 형사는

"27방 27방" 하며 부른다.

강진사는 꼬아 앉은 채로 고개를 들며

"네" 하는 대답 소리가 떨렸다.

"네가 강현필이지?"

"네."

"이리 나오너라" 하며 형사는 강진사를 불러내어 데리고 사법계 주
임실로 갔다. 강진사는 날마다 이때면 취조실로 가는 것이 벌써 수십
번이나 지낸 경험인데 오늘은 형사가 사무실 안으로 끌고 들어가니 강
진사는 또 무슨 큰 형벌이나 새로 당하게 되나 하는 생각이 머리에 떠
돌며 몸이 떨렸다.

사법 주임은 걸상에 허리를 뒤로 펴고 앉아서 "너는 오늘 백방이 되
었다. 그러나 이 다음에는 주의하여 그러한 일이 없도록 하여라" 하며
강진사에게 설유를 하였다.

사법 주임의 이러한 까닭 모르는 설유의 말을 자세히 듣고 보면 도리
어 웃음이 나올 만치 모순되는 말이지마는 강진사는 그 순간에 생각이
다른 방면으로 활동할 데가 없었다. 귀에 선 듯 백방이라는 소리가 들
리자 강진사는 무서운 꿈에서 깨인 것 같이 번쩍 정신이 나며 두 눈에
는 까닭 모르는 눈물이 핑 돌았다. 그와 동시에 햇정에서 나오는 목소
리로

"네 고맙습니다" 하는 소리가 따라 나왔다.

형사는 때가 묻은 손수건에 쌓인 강진사의 주머니 세간과 모자를 테
이블 위에 놓으며

"이것이 내가 맡은 물건이다. 가지고 나가거라."

"네" 하며 강진사는 주저주저하였다.

사법 주임은 다시 "너는 이제 아주 백방이 되었으니까 아무 염려 말
고 집으로 돌아가거라."

강진사는 허리를 굽히어 인사를 하며 사무실을 나서 경찰서 층대를
허둥지둥 걸어 내려왔다. 다리는 떨리고 머리 위에서 쏘이는 햇빛은 눈
이 부시었다. 강진사는 딴 세계에 온 사람처럼 사방에 시선을 던지며

광희정 자기 집으로 향하였다. 강진사는 이와 같이 다시 청천백일를 보게 되었으나 리민영에게는 아직도 아무 처단을 내리지 않았다. 리민영은 당초부터 금전을 분실한 데에 혐의가 있는 것보다 한치각에게 철권 제재를 한 그 혐의가 깊었기 때문에 다시 사건이 전개되기까지는 나올 가망이 없다.

117회 비극의 장면

세상을 원망하며 몸을 버리고 깊은 방에 들어 누웠던 황숙자는 닥쳐오는 죽음의 운명을 두 손을 벌려 안아들일 만치 생에 대한 애착을 잊어버린 사람이나 참을 수 없이 치개는 고통은 억제할 수 없었다. 내용은 모르고 다만 사랑하는 딸의 병고를 눈물로 근심하는 숙자의 어머니는 세상에 모든 즐거움을 다 빼앗기고 다만 어두운 운명에 울고 있을 뿐이었다. 숙자는 순결한 처녀 몸에 깊이 못 박힌 병고를 참다못하여 의전병원에 입원을 하고 국부수술을 하게 되었다. 몽혼약을 먹이어 정신을 빼앗고 예리한 칼을 들어 몸의 연한 살을 베어 내는 듣기만 하여도 몸 소름이 끼치는 수술을 결심한 황숙자는 병을 고치자는 것이 목적이 아니요, 그러한 위태한 지경을 지내는 동안에 어떠한 고장이나 일어나서 자기의 몸이 부지 중에 이 세상을 떠나게 되었으면 하는 보통 사람이 가지지 아니하는 슬픈 죽음을 맞이하자는 한 악착한 생각으로 수술대에 오르게 된 것이다.

그러나 수술을 받은 결과는 숙자가 바라는 바와는 정반대의 효과를 내었다. 자궁에 대수술을 한 지 불과 이주일이 다 못 되어 숙자는 병원 침대에서 머리를 들고 일어앉게 되었다. 숙자의 치료가 이렇게 좋은 성적을 얻게 된 것은 물론 주치의의 고명한 치료방법이 그 효과를 내게 한 것이나 그런 면에는 자기의 목숨을 같은 수술대에 걸어놓고 전심을 다하여 간호하던 숙자 어머니의 피에 맺힌 정성과 그 외에 자기 아버지가 끼친 악을 대신하여 따뜻한 정성과 뉘우치는 마음으로 숙자를 구하자는 복희의 기도가 숙자의 병상에 얽히어 있기 때문에 그 수술 결과는 매우 순조로이 진행된 것이다. 그러나 날카로운 메스가 숙자의 생명을 구하였으나 여자로서의 가장 변화로운, 또 가장 귀한 자궁은 숙자의 몸에서 앗기게 돼 아깝게도 메스 머리에 분류가 되었다. 숙자는 그 수술로 말미암아 남성에 가까운 여성이 되었다. 오과부가 항상 가슴 속에 품고 있는 외손자의 얼굴은 영원히 볼 수가 없게 되었다. 이러한 여자로서의 중요한 능력을 망친 숙자가 앞으로 닥쳐오는 긴 세월에 얼마나 많은 고독을 느낄는지 모르거니와 세상에 해독만을 끼치는 인간을 볼 때에는 한편으로 가벼운 위안을 느낄 수도 있다. 이틀에 한 번이나 늦어도 사흘에 한 번씩 문병을 오는 복희는 오늘도 빨간 보자에 숙자가 좋아하는 초코레트을 싸가지고 병원을 방문하였다. 하얀 침대 위에 일어앉아서 부인 잡지를 손에 들고 있는 숙자는 도어가 소리 없이 열리며 복희가 들어오는 것을 보고 여윈 얼굴에 힘없는 미소를 나타내며

"아이고, 복희 오는구나. 그러잖아도 오늘은 내가 올 듯해서 이때까지 기다리고 있던 중이야" 하며 손을 내밀어 복희의 손길을 잡았다. 복희는 손을 잡힌 채로 침대에 몸을 의지하며

"오늘은 기분이 어떠냐? 얼굴은 접때보다 퍽 화기가 많아진 것 같다. 인제 며칠만 더 있으면 퇴원이 될 터이지? 참 기쁜 일이다. 나도 퍽 염려를 하였지만 너의 어머니께서는 네가 수술을 하고 깨어나지 않을 때 나를 붙잡고 울고만 계셨다. 네가 이렇게 얼른 회복이 되어 다시 웃는 얼굴을 보게 된 것이 나는 참 반갑다."

복희의 말은 세상에서 늘상 같이 사고 팔고 하는 형식의 말은 아니었다. 깊은 심장에서 흘러나오는 따뜻한 참말이다. 숙자는 복희를 한치각과 피가 인한 그 딸이라고는 생각도 할 수 없었다. 복희의 진정에서 흘러나오는 그 태도는 친형제로도 믿지 못할 만치 따뜻한 정이 어리었다.

숙자는 또 복희의 손을 쥐고 가슴에서 치밀어 올라오는 감사의 느낌이 가볍게 한숨으로 변하여 엷은 입술을 울린다.

"내가 수술대에 올라 설 때에는 다시 살아나려고는 생각지 아니하였어. 참말이 죽었으면 하는 생각밖에 없었다. 그런데……."

숙자는 말끝이 희미하게 풀리며 두 눈에는 눈물이 어리었다. 복희도 따라서 한숨을 쉬었다.

"애, 인젤랑은 그런 비관의 말은 우리 고만두기로 하자. 병도 잘 낫고 바깥에는 꽃이 핀다고 야단들이다. 어서 일어나서 우리 구경이나 다니자."

"글쎄, 그러나 구경은 하면 무얼 하니? 나는 병원에서 그대로 늙었으면 좋겠다."

숙자의 입에서는 가벼운 한숨이 또 나왔다. 석양빛이 소리 없이 비치는 창 밖에는 참새의 지저귀는 소리가 들린다.

118회 남성은 악마?

한복희는 성심을 다하여 숙자를 돌보아 주었다. 숙자의 집 형세로 말하면 과부의 손으로 남의 바느질 가지나 간신히 지내가는 상말로 젓국 같은 살림이다. 숙자가 그 병으로 죽게 되기로 사오백 원이나 넘는 수술비와 입원비용을 주선하여 얼른 병원에 데려갈 형세는 못된다. 그러나 다행히 한복희라는 학교 동무가 지성으로 돌보아 주는 힘으로 의전 병원에 입원을 하게 된 것이다. 병은 한치각으로 말미암아 얻은 것이나 그 병을 고치게 된 것은 또 그의 딸 한복희의 힘으로 된 것이니 이것은 참 기구한 인연이라고 할 수 있다.

복희는 숙자가 병이 급하여진 것을 보고 의사를 부르고 또 의사의 지휘대로 곧 병원에 입원을 시키게 되었으니 숙자의 병이 어떤 것인 것과 그 병이 무슨 까닭으로 생긴 그 대강 내용은 다 짐작하게 되었다. 숙자의 입으로 다 토설은 아니 하였으나 복희는 자기 아버지가 숙자를 이미 더럽힌 결과 그렇게 된 것까지 물론 짐작하게 되었다. 그래서 복희는 자기 아버지의 그 죄악과 무책임한 행동을 한편으로는 원망하며 그와 같이 숙자에게 친절한 두호를 한 것이다.

숙자의 편으로 말하면 같은 학교에서 4년이나 지냈으나 남 유달리 가깝게 추축하던 일이 없는 복희가 자기의 병이 생긴 이후로 그와 같이 친절하게 하는 것을 보면 복희가 자기 아버지를 대신하여 어떠한 의무로 느끼는 것이라고 짐작치 않는 것은 아니지마는 복희의 따뜻하고도 순진한 정의를 다하여 자기 신병을 두호하겠다는 것을 보면 복희의 친절한 그 도움을 한치각을 대신하는 행동이라고 생각하기는 싫었다. 악마 같은 한치각의 행동과 천녀 같은 순결한 복희의 정서를 연결하여 생각하기는 마음이 허락지 아니하였다. 숙자는 어디까지든지 복희는 자기를 사랑하는 친형제나 또는 가까운 학교의 동창생으로 생각하여 영원히 복희의 친절한 도움을 잊지 아니할 굳은 결심이 생겼다. 복희가 사가지고 온 초콜레트를 서로 떼어 먹으며 당직 의사가 회진을 마치고 나간 뒤에 숙자와 복희는 또 이야기를 계속하고 있다.

"나는 오늘 오다가 길에서 옥희를 만났는데 부산에 있는 어떤 사립학교의 교사로 간다더라. 너도 병이 다 낫거든 선생으로 가고 싶지는 않으냐?"

복희는 무슨 의미가 있어 물은 것은 아니다. 오는 길에서 일어난 한 이야기 거리로 이러한 말을 하였다. 그러나 숙자는 자기 몸을 망친 것이 이 세상에서 모든 자격을 빼앗긴 것 같이 생각이 되어 그런 명예스러운 희망은 아주 단념한 까닭에 복희의 말이 이상한 슬픈 감정을 일으켰다.

"교사? 교사는 선생님이 아니냐? 내가 무슨 자격이 있어서 그런 것을 바라겠니? 선생은 첫째로 품행 아니 인격이 있어야 한단다."

숙자는 품행이라는 말이 나오다가 가슴에 선뜻한 느낌을 일으키어 얼른 그 말뜻을 쳐서 인격이라고 불리며 가벼운 한숨을 쉬었다.

"인격은 왜? 네가 어때서? 마음이 안존하고 꼭 선생감으로는 마침인데 왜 그러니? 어떤 사람은 무슨 별 재주가 있나?"

복희는 숙자의 겸손한 말을 보통의 말로는 듣지 않았다. 자기의 몸에 깊이 못 박힌 흔적을 뉘우치는 것인 줄은 짐작하였으나 일부러 이렇게 동독하는 말을 하는 것이다.

"그래도 내가 남의 선생 노릇을 할 자격은 없어. 나는 인제 아무 짓이라도 하겠다. 간호부 노릇이나 할까? 그것보다 절에 가서 여승 노릇이 하고 싶어."

"예, 그런 도섭스러운 말은 그만 둬라. 너의 어머니는 너 하나만 바라고 사시는데 네가 중노릇을 하러 가면 어떡하니? 얘 나는 그럴 생각은 없더라. 여승이 되면 정말 순결한 여승으로 지내게 된다더냐? 우리 집에도 가끔 젊은 여승들이 동냥을 얻으러 들어오는 때가 있었지만 얼굴이 좀 똑똑한 것이 들어오면 사나이 하인들이 덤벼서 놀리며 야단을 치더라. 너 같은 어여쁜 여승이 혼자 다녀봐라. 무지한 사나이들이 퍽은 그대로 두겠다. 역시 보통 여자들은 남과 같이 그대로 가정생활을 하는 수밖에 없어요."

복희의 말은 현실을 믿는 보통 철학이었다.

"세상에는 악마 같은 남자들이 많으니까."

숙자는 말을 마치고 고개를 숙였다.

복희도 부지중에 고개가 수그려졌다. 복도에서는 간호부의 신발 소리가 들린다.

119회 부인 영문

한치각이 북선 지방으로 여행을 한다고 막연한 말을 하고 집을 떠난 뒤에는 한치각이 쓰던 소위 '사직영문'이라는 별칭을 가진 작은 사랑은 첩첩이 닫혀 있다. 따라서 일없이도 모이던 소위 병정이라는 사람들은 자리를 붙일 데가 없이 되어 종로 큰 길로 바쁘지 아니한 걸음을 걸어 떼어 놓으며 시간을 보내기도 하고 길에서 서성거리다 다리가 아프면 탑골 공원 육모정 댓돌에 헌 신문지를 깔고 봄볕을 향하여 앉았기도 한다. 이러한 여러 사랑 사람의 통합엔 아무 호조도 없으나 한치각의 집 사랑문이 열려 있으면은 연통 안의관, 약밥 정주사 같은 사람에게는 한때의 구락부가 되는 것인데 한치각이 집에 없기 때문에 그들은 적지 아니한 괴로움을 느끼고 있다. 한치각을 만나고 싶어서 그런 것은 아니나 자기들이 갈 바가 없으니까 그 사랑에 모이던 사람은 아침에 밥을 얻어먹으면 하루에 한 번씩은 한치각의 집 대문을 들어서는 것이 일과이다. 오늘도 오정을 중심으로 하고 먼저 채플린이 한치각의 집을 왔고 그 다음에 연통 안의관, 약밥 정주사 등에 몇 명이 모두 모이어 덧문을 닫힌 사랑마루 끝에 앉아서 그들의 한 장기인 입씨름을 하고 있다.

"참봉은 영영 형적을 감추었으니 그야말로 물 속으로 탐방 빠져버렸나? 벌써 열흘이나 가까워 오는데 아무 소식이 없으니 이게 웬일이야?" 하며 약밥이 말을 꺼낸다.

"이 사람 사직영문 대장이 아닌가? 대장이 이런 문란한 때에 그대로 집에만 있겠나? 만주로 출전을 간 것이지."

연통은 앞 아새로 멀건 침을 쭉 깔기며 이렇게 말한다.

"앗게, 그 쓸데없는 말들은 좀 그만두게. 북선 지방을 여행하셨다니까 지금은 아마 주을온천 같은 데서 숭글숭글한 시골 기생을 끼고 온천탕에서 젓을 담고 있는지 누가 아나? 노자나 있어야지 쫓아가지? 요새 일기는 따뜻하고 몸은 노근한데 온천 같은 데 가서 들어 누웠으면 참 신선 같겠네. 우리는 그런 호강을 다시 하여 보나?" 채플린은 조끼 주머니에서 토막 담배를 꺼내서 불을 붙인다.

"그런데 얘, 횃대는 풀려 나왔다더라?"

"횃대라니?"

"아, 벌써 잊어 버렸어?"

"아, 강횃대 말이냐?"

"응, 뱀장어 말이야. 그래 강현필이 말이다. 얼떨결에 좋은 구경하고 나왔구나. 유치장에 입적이나 하고 큰 영광인데? 그러나 저러나 요전에 신문에 난 것을 보니 이 집 주인 한이 권농동에 쓰러져 있을 때에 돈지갑을 훔쳤다고 잡혔다더니 나온 것을 보면 그 돈은 아마 딴 놈이 훔쳤던 것이지?"

"사람이 진딧물이 앉게 되면 그런 횡액이 덤비는 것이다. 너희들도 주의를 해. 이 사랑에 놓인 물건이 모두 쓰레기통 감이니까 상관은 없지마는 돈푼 값진 거나 이래 버려 봐라. 우리는 그런 횡액을 아니 당할 줄 아니? 이 집 주인은 참 어림없는 사람이다."

"누가 모른다나? 이 사람 자네가 설명을 아니 하여도 다 아네. 강현필이가 잡힌 것을 적으나 가엽게 생각한다며는 주인이라도 경찰서에 애매하다는 말을 해서 빼어놓을 것이지 그게 무슨 무책임한 일이야?"

"아, 이 집 주인이 그런 사정을 아는 사람일래? 쓸데없는 말은 그만두어. 그 내용을 알고 보면 강현필은 이 집 주인이 말을 모호하게 하여 얽어 놓은 것이라네."

이와 같이 그들은 강현필의 이야기를 하고 있으나 강현필이 횡액에 걸려서 참혹한 고생을 한 것에는 아무 동정이 없었다. 날마다 같이 모여서 놀던 친구의 한 사람이 경찰서에서 풀려 나왔다는 말을 듣고도 강진사의 집 대문을 찾은 사람은 하나도 없다. 이와 같이 재산이나 정신이나 체면이나 모든 것을 청산한 그들에게는 친구를 생각하는 따뜻한 마음이 아주 마비된 것이다.

"그런데 이 집 주인은 참 어디를 갔어? 아주 누가 집어가 버렸나? 세상에 뒤숭숭한데 돈냥이나 있다고 누가 모셔 가지나 아니했나?"

"글쎄, 그래 이제 온다는 말도 없다니 아주 함흥차사인가?"

여러 사람이 이렇게 입씨름을 하는 중에 상노 만돌이가 들어 왔다.

120회 아들 사랑하는 마음

연통 안의관을 비롯하여 한치각의 집 사랑에 모이던 사람들이 한치각이 쓰는 사랑 마루 끝에 걸터앉아서 주인 한치각의 이야기를 하는 중에 상노 만돌이가 들어온 것을 기회로 여러 사람들은 한치각의 소식을 묻기 시작한다. 무슨 일이든지 먼저 참여하는 약밥 정주사가

"얘, 나으리는 어느 시골을 가셨니?"

"모르겠어요. 함, 함경도를 가셨다던가요?"

"함경도라니? 삼수갑산으로 가셨단 말이냐? 어디란 말이야? 그래 입 때 편지도 아니 왔니?"

"나으리께서 어디를 가시면 언제 댁에 편지를 하시나요? 돌아다니시다가 돈이나 떨어지면 돈 보내라는 전보나 들어오지요. 서양이나 상해로 몇 해를 돌아다니신 때도 댁에는 노 영감이 계시건만 일 년에 편지 한 번을 아니 하셨는데요."

"그래 혼자 가셨니? 누구하고 같이 가셨니?"

"모르겠어요. 떠나시던 전 날 어디서인지 분홍 봉투의 편지가 한 장 들어왔는데 그 이튿날 별안간에 떠나셨으니까 누구를 데리고 가셨는지도 모르지요."

이러한 만돌의 말을 듣더니 여러 사람은 제 생각과 추측하는 말을 내놓는다.

"그러면 그렇지 혼자야 갈 리가 있나? 또 이것을 달고 산 속으로 들어갔네."

하며 연통 안의관은 새끼 손가락을 까딱거려 보인다.

"그러게 아까 내가 무어라든가? 숭글숭글한 계집을 끼고서 온천에 젖을 담갔다고 그러지 않던가? 그 사람이 언제 계집 냄새 없이 하루나 지내던 사람인가? 여보게 지금쯤은 주을 온천에서 일본 네마끼를 입고 만판 농탕을 치고 있겠네."

하며 약밥 정주사는 코를 씰룩 거렸다.

"그런데 그 분홍 봉투의 주인은 누구란 말인가? 기생이란 말인가? 밀가루란 말인가? 대관절 누구란 말인가?"

"이 사람 경제속이 뻔한 그 사람이 시간채 받는 기생을 데리고 갔을 성 부른가? 돈 아니 드는 밀가루 데리고 갔지. "

"밀가루라면 누구란 말인가? 여보게 연통, 자네도 모르나?"

"연통이라니 이놈아 남의 직함을 그렇게 함부로 부르니? 나도 모르 겠다. 요새는 어디서 또 신혈을 발견했나 보데. 아마 그것을 데리고 간 게이지."

"아, 밀가루 전문가가 그것도 몰라?"

"요새는 빠질 차례라네. 주임 대장이 그야말로 자력갱생을 하려는지 전문가도 소용이 없다고 혼자만 살살 다닌다네."

"그럼 너도 이제는 딱 낙방거지로구나. 요새 문자로 아주 룸펜이 되 었구나."

채플린은 소복한 노랑 수염을 씰룩거리며 이런 농담을 하고 있다.

여러 사람들이 한참 흥미 있게 농담을 주고받고 하는 중에 작은 사랑 중문이 열리더니 먼지가 묻어서 회색빛이 된 탕건을 정수리에 붙이고 길다란 담뱃대를 손에 든 노 주인 한승지가 쑥 들어선다. 마루 끝에 걸 터앉았던 여러 사람들은 별안간에 노 주인이 들어오는 것을 보고 우둥 우둥 일어서며 몸을 피하려고 비슬비슬한다.

한승지는 사랑 마당에 걸음을 멈추고 서더니

"여보게, 자네들도 요새는 사랑 주인이 없어서 심심들 하겠네. 그런데 참봉은 집 떠난 지가 벌써 열흘이나 되는데 입때 아무 소식이 없으니 웬일인지 모르겠네. 자네들은 혹 소식을 알고 있나?" 한승지의 얼굴에는 어두운 빛이 나타났다.

여러 사람은 주저주저하며 대답이 없다.

"아닐세 그렇게들 속일 것은 없네. 자네들은 날마다 만나서 놀던 터이니까 그 소식을 짐작할 듯해서 묻는 것일세. 구태여 말을 안 할 것은 없으니 혹 짐작하거든 일러주게. 아까 ××경찰서에서도 시계를 찾아가라고 통지가 나왔는데 본인이 아니면 아니 된다고 하데? 그 자식이 집에 있기로 하는 일이 있네마는 오래 소식이 없으니 궁금하이그려."

여러 사람은 다만 주저주저할 뿐이요 대답하는 사람은 없었다.

"자네들도 모르나? 도무지 어디를 갔는지?" 하며 한승지는 여러 사람을 쳐다보았다.

그 중에 정주사가 겨우 입을 열어 "네, 알 수 없습니다."

"요새는 세상이 하도 험하니까 염려가 되어 그러네" 하며 한승지는 얼굴에 또 어두운 빛이 나타났다.

121회 회개하는 편지

주을 산 속에 사구류를 당하고 있는 한치각은 강진사와 리민영이 ××경찰서에서 받는 고초보다 못지 아니한 고생살이를 하고 있다. 사면은 절벽이요 멀리 보이는 것은 파란 하늘의 복판뿐이다. 경찰서에서 심문을 받듯이 한치각은 날마다 아침으로 감자밥을 먹은 다음에는 험상스러운 얼굴을 가진 곽호의 앞에 꿇어앉아서 소위 회개라는 무서운 명목 아래에서 무서운 심문을 받고 있다. 가방에 넣어 가지고 온 야회복은 물론 당초부터 자랑거리에 지나지 않는 물건이었지마는 날마다 필요한 서양 세수제구조차 꺼내 쓸 자유가 없었다. 먼동이 겨우 터오는 이른 새벽부터 잡아일으키어 서릿발이 뽀얀 앞 시냇가로 끌려 나가서 손끝이 자릿자릿한 찬 시냇물에 세수를 하지 않으면 큰 벌이 내렸다.

자유, 자유, 자유, 자유, 자기 신변에 있는 모든 자유를 그대로 펴던 한치각은 무참하게도 그 많던 자유를 빼앗겨 버렸다. 마치 감옥살이를 하는 죄수와 같이 아침은 오전 여섯 시, 저녁은 오후 일곱 시에 꼭 같은 감자와 마삼을 뭉갠 범벅을 먹고 오전 회개시간을 마치면 그 집에 있는 청년의 뒤를 따라서 화전 밖으로 나아가 발을 붙일 수 없는 산비탈에서 화전을 파기에 진땀이 흐르고 두 손은 콩멍석 같이 부풀어 올랐다.

오늘도 화전 일을 가기 전에 곽호 앞에 꿇어앉아서 회개의 시간을 치르고 있다. 곽호는 물푸레 채찍을 들고 엄연히 앉아서 심문을 한다. 이러한 곽호의 계획이 물론 장난 같은 일이나 곽호는 한치각에게 그러한 고통을 주는 동안에 사람으로서의 가진 한 조각의 양심이 그 동기로 말미암아 싹이 돋아나오기를 바라는 바이다. 한치각의 행동은 물론 세상을 해독케 할 뿐이요 한 가지라도 사회에 유익한 일은 없지마는 만약 그 비행을 뉘우치고 양심에 돌아오면 한치각도 역시 사람이 될 것이라는 깊은 생각을 가지고 곽호가 이렇게 한치각을 괴롭게 하는 것이다. 곽호의 앞에 꿇어앉은 한치각은 서울서 올 때와는 그 모양부터 아주 딴판이 되어 있다. 몸에 붙였던 경쾌한 봄 양복은 어디로 빼앗기고 굵드란 수목 바지저고리 새 짚신을 신고 얼굴은 한 며칠동안 까맣게 그을러서 얼른 보기에는 화전을 뒤집어 먹는 그 농민과 다름이 없이 되었다.

"내가 어제 저녁 회개시간에 이른 말을 그대로 기억하고 있겠지?"

곽호는 한치각에게 심문을 시작한다. 한치각은 고개를 숙인 채 아무 대답이 없다.

"왜 말이 없어? 회개하는 편지를 아직까지도 쓸 생각이 나지 않는단 말이지?"

"쓸 생각이 없소이다. 리민영은 내가 얽어 넣는 것이 아니니까. 내 양심에 부끄러울 것은 없어요." 한치각은 약간 악이 바친 태도로 이렇게 말하였다.

"그러면 어찌하여 리민영 군을 경찰서에서 잡아가게 되었어?"

곽호는 ××경찰서의 사법 주임이 리민영을 심문하는 그 태도와 꼭 같았다.

"그건 경찰서에서 어째 그 사람을 잡아갔는지 모르지요. 내가 일부러 청한 것은 아니니까 알 수 없어요."

곽호의 눈이 씰룩하며 노기가 나타나더니

"그러면 어째 그 사람은 나와 친한 사람이라는 말을 아니 하고 잡혀 간 것을 알면서 그대로 두었어? 이 몰인정한 사람 같으니."

곽호는 소리를 높였다.

"그것은 내가 미처 생각지 못하여 그렇게 되었지요."

"그러면 리민영 군에게 미안하게는 생각을 한단 말이지?"

"네."

"그러면 어째서 편지를 못 쓰겠단 말이야? 리민영 군이 애매하게 경찰서에서 고초를 받고 있는 것을 그대로 어느 때까지 내버려 두겠다는 말이야? 한 군이 기어이 아니 쓰겠다면 내가 강제로라도 씌울 수가 있지마는 나는 구태여 남의 마음을 압박하기가 싫어서 자유에 맡긴 것이니 내일 안으로 쓰도록 하지. 한 군의 편지 한 장이면 리민영 군은 곧 백방이 될 것이니 깊이 생각하여 얼른 쓰도록 하지."

곽호는 얼굴이 다시 부드러운 빛이 나타났다. 한치각은 고개를 숙인 채 말없이 앉았다.

122회 자유 없는 선경

한치각은 사구류를 당한 지가 열흘이나 되었으나 졸연히 그 지옥을 벗어날 수가 없었다. 대장 격인 곽호가 잠이 든 깊은 밤에 그 집을 벗어나서 도망하려 하였으나 사방을 굳게 닫힌 판장문을 열다가 들키어 마치 탈옥을 꾀하다가 발각된 죄수와 같이 고초를 몇 번이나 받았다. 곽호의 말은 자기가 이곳에 있을 동안은 한치각을 다시 세상에는 아니 내보내고 이곳에서 신선이 되도록 잡아 두겠다 하나 그것이 물론 희롱하는 말이겠지마는 모든 자유를 빼앗기고 해보지 못하던 화전 파기에 전신이 결리는 고초를 받고 있으니 한 시각이 일년 같은 지긋지긋한 생각이 나서 목을 매서 죽기라도 하고 싶으나 많은 재산과 어여쁜 여성들이 우글우글하는 산 밖에 있는 환락장을 연상하면 차마 죽을 수는 없었다. 곽호와 그 집에 있는 사람들은 한치각의 이러한 세상에 대한 애착을 가지고 있는 그의 심중을 잘 짐작하는 까닭에 한치각이 망령되이 자살 같은 것은 아니하리라고 믿는 때문에 다만 한치각이 그 산중을 벗어나지만 못하도록 감시를 할 뿐이다.

"그래, 편지를 종시 못 쓰겠단 말이지? 그러면 한 군도 이 깊은 산 속에서 영원히 번화한 세상을 단념하고 아주 신선이 되겠다는 말이야? 자기의 죄가 없는 이상 리민영 군을 함부로 죽이지 아니할 터이니까 그럼 고통은 될지라도 한 군이 마음을 뉘우칠 때까지 기다리기로 할까? 그러나 경찰서에 잡혀 있는 유치장 생활과 여기서 한 군이 지내고 있는 생활과 비교하면 한 군의 생활은 많은 자유가 있으니 오늘부터는 경찰서에 잡혀 있는 리민영 군을 생각하여 기도를 올리는 시간을 또 정할 수밖에 없군. 하하하."

곽호는 꿇어앉은 한치각을 쳐다보며 희롱하는 웃음을 던졌다.

"남을 너무 희롱만 말고 얼른 돌려보내 주시오. 내가 리민영 군을 잡아 가둔 것이 아니니까 그 책임은 내가 질 수 없소이다. 그러나 좌우간에 리민영 군을 나오게 한다 하더라도 내가 서울을 가야 운동을 하겠으니 내일은 나를 내보내 주시오."

한치각은 처음 날은 곽호의 주먹 밑에서 몸이 떨리었으나 벌써 여러 날을 시달리고 있었기 때문에 마음에 긴장한 것도 어느덧 풀어지고 몹시 단련이 되어 수작하는 말도 이렇게 보통 어조로 돌아왔다. 곽호는 한치각이 내어 보내 달라는 말을 듣더니 북덕 수염을 흔들며 껄껄 웃었다.

"이런 좋은 선경을 벗어나고 싶어? 맑은 시냇물이 앞뒤로 흐르고 수목이 창창한데 사랑스런 산새들은 마당가에서 노래를 하는 이러한 선경이 싫다는 것은 참 더러운 속인의 말이로군. 이제 며칠 아니면 가벼운 봄바람이 앞뒷산에 꽃방석을 펴놓을 터인데 이런 선경이 싫다는 말이지? 하하하."

곽호는 진정으로 이런 말을 하는지 희롱으로 하는지 한치각에게는 도무지 그 분간이 나서지 아니한다.

"경치요? 그것은 나의 자유를 가지고 보아야지 좋은 감상을 느끼죠. 남을 억지로 잡아 앉히고 그런 강권을 하면 무슨 재미가 있소?"

한치각은 불평스런 어조로 이렇게 말한다.

"자유? 한 군은 이때까지 너무 자유가 많았으니까 그 보상으로 인제부터는 그 자유를 될 수 있는 대로 제재를 해야지. 한 군의 자유는 하나님이 주신 정당한 자유가 아니라 세상에 해독만을 끼치는, 자유가 아니라 죄악이니까 그것을 제재하는 것이 이 사회를 위하여 적기는 하지마는 역시 한 가지 일이야. 지금 만일 한 군을 세상에 내어 보낸다 하면 그거야말로 독와사를 도시에 발산하는 것과 같으니까 내보낼 수는 없어. 서울서는 요사이 더구나 꽃이 피네 달이 밝네 하고 세상을 더럽히는 불량분자들이 한참 죄악을 발산하고 다닐 때인데 더구나 한 군을 내어 보내 달란 말이야? 도저히 아니 될 말이지. 하하하."

곽호는 또 껄껄 웃으며 한치각을 조롱하였다. 한치각은 발끈하는 그의 특성이 치밀었다.

"내가 무슨 죄악을 세상에 그렇게 끼쳤단 말이오?" 하며 숙이고 있던 고개를 번쩍 들며 톡 쏘는듯이 말한다.

그 옆에 앉았던 청년은 별안간에 바윗돌 같은 주먹으로 한치각의 뺨

을 붙이며

"이놈아 네가 죄를 아니 졌단 말이냐? 뻔뻔한 놈."

한치각은 두 눈에서 분노에 넘치는 더운 눈물이 쏟아졌다.

123회 아 참혹한 여인

가벼운 봄바람이 땅으로 불어오는 좁은 죽첨정 골목 안에는 얼었던 땅 밑에서 올라오는 지기와 좌우에 복잡하게 늘어선 오막살이 집 수채 구멍에서 흘러나오는 더러운 시궁창 물이 길 바닥까지 넘치어 질퍽거리는 땅 위에 어린 아이들이 이 구석 저 구석에 수십명씩 뭉텅이가 져서 의복에 흙물이 튀는 것도 모르고 이리저리 소동을 친다.

"애, 애, 저기 온다! 미친년이 쫓아온다! 얼른 달아나자! 얼른들 오너라" 하며 어른 아이들은 좁은 골목 안에서 복대기를 친다.

아이들이 몰려 내려오는 그 뒤에는 하얀색 치마에 분홍저고리를 입은 나이 아직 젊은 여자가 양머리로 쪽진 그 끝이 풀려서 한 끝이 어깨 내리덮이고 두 눈은 이상하게 동자가 곤두서 보기만 하여도 선뜩한 느낌을 주는 한 여자가 쫓아 내려온다.

"요, 요, 요놈의 자식들! 어디로 달아나니? 요자식" 하며 아이들이 몰리는 편으로 쫓아간다. 쫓겨가는 아이들은 그 여자가 발을 멈추고 섰는 것을 보더니 다시 여자의 편으로 돌쳐서 조약돌을 던지며 놀린다. 그 여자는 또 아이들을 쫓아가다가 길 가운데 우뚝 서서 하늘을 향하고 깔깔대며 웃는다. 그 여자의 얼굴은 상당히 화장한 빛이 보인다. 얼굴의 전형으로나 살갗을 보면 미인의 타입이다. 골목을 지나던 사람들은 아이들이 놀리는 것을 제재하며 한참씩 서서 그 여자를 물끄러미 보다가

"아까운 미인이 미쳐 버렸군. 그 어느 집 여편네인지 가여운데? 아직 나이도 스물 너덧밖에 아니 되어 보이는데 어쩌다 저렇게 미쳤을까? 방 속에 가두어 두지나 아니하고 큰길에 내놓았어?"

지나는 행인들은 이러한 말을 중얼거리며 그 여자에게 동정을 하고 있다. 때때로 그 여자의 하늘을 쳐다보며 깔깔대며 웃는 얼굴에는 세상을 저주하는 독한 빛이 띠어 있다. 한참 동안을 좁은 골목 안에서 아이를 쫓으며 아이들이 던지는 조약돌에 맞아서 이마를 맞고 어깨를 함부로 얻어맞으며 돌아다니는 중에 아이들을 헛치고 숨을 헐떡거리며 쫓아오던 노파는 그 여자의 손목을 잡아끌며

　"이게 무슨 망칙한 짓이냐? 세상에 남도 부끄러운 줄 모르고 길로 뛰쳐나가서 이게 무슨 해거냐? 어서 집으로 들어가자."

하며 그 노파의 얼굴에는 금방 통곡하여 쏟아져 나올 것 같은 비통한 빛이 가득하다. 그러나 그 여자는 고개를 좌우로 흔들며 노파가 쥐고 있는 손을 뿌리친다.

　"글쎄, 싫은 것이 다 뭐냐? 참 미쳤구나. 저 아이를 보아라. 남 부끄럽지도 않냐?"

하며 그 노파는 또 그 여자의 손목을 잡아끈다. 아이들 틈에서 별안간에 주먹 같은 돌덩이가 "응!" 소리를 치며 그 여자의 이마에 부딪히자 이마에서는 시커먼 피가 줄줄 흘러내린다.

　노파는 발을 구르며 "이 망할 자식들! 누가 돌멩이를 이렇게 던졌니?"

　악을 쓰고 쫓아가려다가 여자의 이마에서 흐르는 피를 손바닥으로 막으며

　"아이 가엾어라, 아주 깨졌구나! 몹쓸 놈의 자식들도 있다. 그러게 집으로 얼른 들어가자니까 이게 무슨 참혹한 꼴이냐?"

　노파는 치맛자락으로 눈물을 씻는다. 이마에서 피가 줄줄 흐르는 그 여자는 아픈 감각도 없는 듯이 우두커니 서 있기만 한다. 노파는 다시 그 여자의 겨드랑이를 끼고

　"어서 집으로 가요. 또 아이들이 돌멩이를 던진다. 어서 가요, 글쎄."

여자를 어깨로 밀며 끌고 가려 하나 그 여자는 고개를 또 좌우로 흔들며 몸을 빼쳐서 벗어 난다.

"그럼 어떡하자는 말이냐? 네가 이렇게 길로 뛰어 나오다가는 아이들에게 맞아 죽는다. 그렇게 아무 정신도 없니? 봄이 되더니 네 병이 점점 심해오는구나. 너의 아버지나 얼른 들어왔으면 끌고 가겠다마는 참 딱한 일이다. 길에 이러고 섰으면 어쩌잔 말이냐?"

노파는 또 눈물을 씻는다. 아, 모든 의식을 잊어버리고 좁은 골목 안에서 참혹하게 아이들의 돌팔매를 맞게 된 그 젊은 여성은 한치각의 독한 손에 걸리어 드디어 정신 이상을 일으킨 안나의 눈물겨운 말로이다.

124회 참혹한 낙화

안나는 불면증이 생기어 최면약을 먹다가 어떤 날 밤에는 별안간 한 병을 한 번에 다 먹고 거의 죽게 되어 ××개인 병원에서 응급 치료를 받은 결과 겨우 생명은 붙잡았으나 그 후에 정신에 이상이 생기게 되어 집으로 돌아와서 정양하였으나 병은 낫지 아니하고 여성들의 마음을 이상케 하는 봄이 깊어감을 따라서 안나의 병은 아주 미친 증세를 드러내게 되었다. 안나가 당초에 그와 같이 최면약을 많이 먹은 것도 자살을 목적하고 그렇게 한 것인지 약을 먹은 뒤에는 도무지 의식이 명료치 못하여 그 진상은 아직까지도 큰 의문 속에 있는 일이나 하여튼 최면약을 먹지 아니하면 잠을 못자기까지 신경이 쇠약하여진 것은 물론 한치각의 무책임한 데서 나온 것이 원인이요 더구나 안나가 자살할 목적으로 그렇게 약을 몹시 먹었다하면 역시 한치각을 원망하는 죽음길이라고 아니할 수 없다. 한치각의 색마성은 순결한 여성을 한 번 더럽힌 다음에는 아무 책임도 느끼지 아니하고 그대로 내버려 두는 것이 그의 버릇이다. 안나도 독한 손에 걸리어 오랫동안 고민을 참다 못하여 독약을 먹고 나중에는 정신이상까지 일으키게 된 것이다.

봄을 자랑하는 한때의 꽃 같이 번화한 무대 위에서 미인 여배우로 이름을 올리던 안나가 머리를 풀어 흐뜨리고 대로상에서 아이들의 놀림감이 되어 비참하게도 미쳐 날뛰게 되었으니 사람의 운명은 참 기약치 못할 일이다. 죽첨정 좁은 골목 안에서 벌떼 같이 덤비는 아이들에게 둘러싸여서 미친 안나와 늙은 그의 어머니는 집으로 끌거니 싫다거니 하며 일상의 비극이 일어난 중에 순행하던 순사가 그 앞으로 닥쳐왔다.

"길에서 무슨 장난질이야?" 순사는 칼자루를 쥐고 우뚝 섰다.

아이들은 손가락으로 안나의 모녀를 가리키며 "미친년이에요. 저것이 미치어 뛰어 나왔어요" 하며 아이들은 재잘거리며 떠들고 있다.

순사는 그제서야 눈치를 채었는지 "웬 사람이요? 웬 길에서 이렇게 야단이야?" 하며 안나를 물끄러미 바라본다.

안나의 어머니는 어쩔 줄을 모르고 안나의 손목을 잡고 섰다가 "얘가 병이 생겨서 그렇게 뛰어 나왔답니다. 집으로 들어 가재도 듣지 아니하고 아이들이 돌멩이를 던져서 이마를 저렇게 깨뜨렸어요. 참 몹쓸 자식들도 많어요." 안나의 어머니는 순사에게 애원하듯이 이렇게 말한다.

순사는 모여서 섰는 아이들을 노려보며 "요놈들, 어떤 놈이 돌질을 했니? 어떤 놈이야?" 하며 소리를 지른다.

아이들은 순사의 소리에 물결 갈라지듯이 뒷골목으로 몰려 달아났다. 순사는 다시 안나 어머니를 보고 "정신 이상이 생겼단 말이지. 집이 어디요?" 하며 수첩을 내들었다.

"저 윗동리에요."

"죽첨정 ××번지예요."

"그런데 미친 사람을 집에 가두어 두지 아니하고 왜 이렇게 길가로 내보낸단 말이오? 길에서 이런 짓을 하면은 교통 방해도 되려니와 미친 사람이 무슨 짓을 할지도 모르는데 곧 데리고 집으로 돌아가오."

순사는 수첩에 집 번지를 기록하다가 "이 사람 이름은 무어요?"

"애 말이에요? 애는 안나예요."

"안나라니? 이름이 안이란 말이야? 무슨 글자야?"

"알 수 없어요. 글자는. 서양 글자니까 언문으로 써왔어요."

"응, 서양 이름이야? 그런데 무엇을 하는 사람이요?"

"여염집에서 살림을 하는 사람이에요."

"근데 호주는 누구요?"

"호주라니요?"

"아따 집주인말이요"

"애의 남편 말이요?"

"그렇소."

"애의 남편이 저……."

안나의 어머니는 한치각의 성명을 말하기가 서먹서먹하였다.

순사는 또 "누구란 말이요? 얼른 대답을 하오."

"네 저 한참봉이에요."

"한참봉? 이름은?"

"한치각이에요."

"응 한치각? 그럼 사직골 사는 한부자 아들 말이오?"

순사는 한치각을 짐작하는지 고개를 끄덕거리며 수첩에 무엇을 기록하고 있다.

순사가 이렇게 조사를 하는 동안에도 안나는 몇 번이나 하늘을 쳐다보며 깔깔대고 웃었다.

125회 약한 사람들

안나는 좁은 골목 안에서 무수한 아이들에게 돌팔매를 맞아가며 비참한 광녀의 한 장면을 일으키다가 순행하던 순사의 조력을 얻어서 그의 어머니가 손목을 끌어 겨우 죽첨정 자기 집으로 데리고 돌아 왔다.

당초에 병원을 나올 때부터 주치의는 여러 가지로 주의를 시키며 한치 각에게 대학병원 정신과에 입원을 시키도록 권하였으나 한치각은 듣지 아니하였다. 한치각의 생각에는 이미 자기의 마음에서 떠나게 된 안나에게 비용을 들여가며 그렇게까지 정양을 시킬 정의는 도무지 없었다. 만일 안나가 한치각에게 몸을 허락지 아니하고 한치각에게 그 아리따운 미력에 교제를 하던 처음 같으면 안나에게 수백 원 수천 원의 금전을 아깝게 아니하고 무슨 치료라도 선선히 하였을 것이나 어쨌든 한 번 자기의 만족을 채운 다음에는 아무 책임을 느끼지 아니하는 한치각은 안나가 어떠한 비참한 지경에 빠지든지 다시 돌아 볼 성의는 없다. 이러한 몰인정하고 세상에 책임감을 느끼지 아니하는 사람들의 신뢰는 부호계급에서 많이 보는 바이지마는 그 중에도 한치각 같은 극도로 기울어진 사람은 다시 없을 것이다. 이와 같이 한치각의 책임이 없게 된 것은 재산이라는 폭력이 그 이면에 있는 것은 물론이어니와 한편에는 세상 사람들의 값싼 타협이 그들의 교만심을 자라게 한 것도 또한 큰 원인이다.

몸을 망치고 정신이 미치게 된 안나도 역시 잠깐 타협에서 한 걸음을 더 나아가지 못한다. 한 달에 쌀 몇 섬, 돈 몇십 원이 안나의 집 생명선이요, 또 그 값싼 타협 조건에 만족하는 까닭이다. 안나를 자기 집 건넌방에 밀어 넣고 그의 어머니는 덧문을 밖으로 척척 걸어 잠갔다. 마치 맹수를 잡아서 철책 속에 가두듯이 덧문 밖에는 다시 막대기로 버티며 새끼로 동이는 등 안나는 참혹한 옥 속에 갇히게 되었다. 안나의 어머니는 안나가 다시 집 밖으로 뛰어 나가게 되어 무지한 아이들의 돌에 얻어맞는 것도 불쌍하려니와 순사가 엄하게 주의를 한 까닭에 그와 같이 참혹한 감금을 하게 된 것이다. 방 안에서는 비단을 찢는 듯한 안나의 부르짖는 소리가 창밖으로 쏟아져 나온다. 안나 어머니가 이마에 땀을 흘리며 겨우 안나를 방 속에 잡아넣고 힘없는 몸을 마루 끝에 걸치고 앉았는 중에 오군침이 돌아왔다. 어느 노름방에서 며칠이나 밤을 새웠는지 두 눈에는 시뻘건 핏줄이 서고 입은 옷은 손때가 쪼르르 흘러서 누가 보든지 노름꾼으로 알아낼 만치 그의 모양은 이상하였다. 안나 어머니는 군침이 들어오는 것을 보더니 두 눈에는 원망하는 빛이 눈물에 섞이어 나타났다.

"무슨 정신으로 집은 찾아오구려? 안나가 오늘은 밖으로 뛰어 나가서 아이들에게 돌팔매를 맞고." 안나 어머니는 목소리가 울음에 막혔다. 두 눈에는 더운 눈물이 쌍줄로 쏟아졌다.

군침이는 서먹서먹한 마음으로 자기 집으로 발길을 돌려놓자 이러한 광경을 보니 가슴이 콱 막히는 것 같았다.

"뛰어나가다니? 미친 채로 나갔단 말이야?" 하며 건넌방 덧문 얽은 것을 본다.

"그럼 성해서 뛰어 나갔겠소? 집안에는 미친 자식을 내버려 두고 어디로 그렇게 돌아다닌단 말이오?" 안나 어머니는 치맛자락으로 눈물을 씻는다.

군침은 덧문에 얽은 새끼를 끄르며 "문에다 새끼를 얽어 놓다니? 아무리 뛰어나가기로 그게 무슨 짓이야?" 군침은 방 속에 갇혀 있는 안나의 행동이 눈앞에 어른대며 마음이 쓰리었다.

"그럼 어떡하오? 집에는 나 혼자만 있는데 또 뛰어나가든지 하면 어떻게 끌어들인단 말이오? 순사가 길에서 보고 야단을 하고 집에까지 와서 다시는 밖으로 내보내면 안 된다고 방에 가두어 두라 하고 갔다오. 이제는 집에 좀 붙어 있어서 안나를 데리고 있구려. 밤낮 붙잡고만 있을 수도 없고."

"대관절 한참봉이라는 자식은 그 후에 한 번도 아니 오니 그런 인정 없는 자식 있단 말인가? 인제는 세상에 다시 볼 것도 없고." 군침의 눈에는 한치각을 원망하는 저주가 가득하다. 방안에서는 안나의 깔깔대며 웃는 소리가 문창호를 지나 나온다. 군침과 그의 마누라는 가슴이 서늘하여지며 서로 얼굴을 쳐다본다.

126회 최후의 담판

군침은 세상 사람들의 눈을 기어가며 비밀 속으로 옮겨 다니는 노름 판을 며칠 동안 쫓아다니다가 결국은 밑천까지 털리게 되어 눈에는 핏줄이 서고 한참 흥분을 느끼며 집에 돌아와 보니 안나는 집 밖에까지 뛰쳐나가서 아주 미친 사람의 최후의 참극을 일으켰단 말을 들으니 군침의 흥분된 마음은 안나에 대한 불쌍한 생각보다 한치각을 원망하는 감정이 극도에 달하였다. 군침은 좀처럼 발길을 들여 놓지 아니하던 한치각의 집을 찾게 되었다. 군침의 흥분된 마음에는 한치각이 눈앞에 있으면 주먹으로 쥐어지를 듯한 분원을 느끼었다. 오늘은 무슨 일이 나든지 최후의 담판을 하기로 작정하였다. 온 집 사람들이 모두 경멸하는 눈으로 맞아들이는 한치각의 집 대문을 들어서 군침은 곧 작은 사랑으로 들이가려 하였으니 문이 굳게 걸리어 있기 때문에 얼마 동안 사랑 중문 밖에 서성거리는 동안에 상노 만돌이가 나왔다. 만돌이는 비웃는 낯으로 군침을 쳐다보며

"오늘은 웬일이십니까? 꽃이 피게 되니까 꽃구경을 오셨습니까?" 하며 이상스러운 말로 인사를 한다. 군침은 만돌의 태도와 인사에 가슴 속에서 무언가 꿈틀하고 치미는 흥분을 느끼었다. 그러나 그 흥분을 상노에게 발로하기에는 너무나 어리석은 것을 뉘우쳤다.

"내가 언제 꽃구경 다니더냐? 쓸데없는 말만 나불나불 하지 말고 사랑문이나 열어라."
하며 군침는 독기가 내쏘는 시선으로 만돌을 쏘아 보았다

"사랑에는 누가 계시다고 문을 열어요?:

"나으리는 어디 가셨니?"

"나으리요? 시골 가신 지가 벌써 한달이나 되었는데 입때 모르십니까?"

하며 만돌은 또 비웃는 말씨를 던졌다.

"아, 어느 시골을 가셨단 말이야? 온천이란 말이냐? 어디란 말이냐?"

군침의 머리에는 계집과 한치각을 연상하며 이렇게 말이 쑥 나왔다.

"모르지요 온천을 가셨는지 대국을 가셨는지. 집 나선 지가 한 달이나 됐는데 편지 한 장이 아니오니까 웬일인지 알 수 없어요. 또 영감께서도 요새는 걱정을 하고 계시대요."

만돌의 이러한 허황한 말을 들은 군침은 그것이 사실 같지는 믿어지지 아니하였다. 안나의 병이 심하게 된 후로는 될 수 있으면 몸을 피하려는 태도를 가진 한치각이 상노에게 그러한 거짓말을 일러 자기 집 사람을 거절하는 것이나 아닌가 생각하며

"이놈아, 거짓말 말고 문을 열어. 나으리가 가시다니 어디를 가셔? 그저께 내가 뵈었는데 시골 가신 지가 한 달이라니 거짓말 말어."

하며 군침은 만돌의 덜미를 집어서 이렇게 말했다.

"아, 무어 어쨌어요? 댁 나으리를 그저께 봤어요? 참 용하십니다. 시골 가신 지 한 달이나 된 나으리를 보셨어요? 거짓말씀 그만 두셔요. 댁 나으리는 함흥을 가셨어요. 참 잘도 보셨겠습니다. 함흥 가시면 만나시지요?"

만돌이는 군침이가 거짓말로 넘겨짚는 것인 줄 알고 일부러 이렇게 눌렀다. 의심 중에 있던 군침은 함흥을 갔다는 말에 얼마쯤은 사실 같이도 보여서

"그래, 정말 함흥을 가셨어? 누구하고 가셨니? 전동 마님하고 가셨니?"

군침은 한치각이 비교적 자주 다니는 그의 둘째 첩을 말하였다.

"모르지요. 누구를 데리고 가셨는지. 그러나 전동 마님 댁에는 벌써

아니 다니신 지가 일 년이 되는데 그 마마님 하고 가셨을까요? 댁 나으리의 마마님이 한두 분인가요? 날마다 새 마마님이 생기는데 모르지요. 또 어떤 새 마마님을 데리고 가셨는지."

상노 만돌의 말은 한치각을 비웃는 듯이 또 군침의 귀에는 자기를 비웃는 듯이 들렸다. 그러나 만돌의 말눈치를 보면 한치각이 어느 시골을 간 것은 사실 같았다. 그와 동시에 최후의 담판을 굳게 결심한 흥분은 어느덧 풀어졌다. 그러나 좁은 방안에 갇히어 비통한 소리를 치며 부르짖는 안나의 정경을 생각하면 그대로 돌아설 수는 없었다. 군침의 마음은 흥분이 가라앉을수록 안나의 여윈 얼굴의 비단을 찢는 듯한 미친 웃음소리가 눈에 귀에 어리었다.

127회 수상한 편지

날마다 따뜻한 볕이 내리 쪼일 때 푸근한 봄바람이 부는 동안에 어느덧 꽃은 웃었다. 종일토록 웃음소리를 듣지 못하던 ××경찰서에도 봄을 자랑하는 개나리꽃이 맥주병에 꽂히어 사법 주임 책상 위에서 소리 없는 봄 웃음을 던지고 있다. 노랑 꽃송이들이 늘어진 가는 가지에 다닥다닥 들어붙어서 무서운 죄수의 서류를 만드는 사법 주임의 땀을 희롱하고 있다. 세상에 가장 무서운 표정을 얼굴에 한꺼번에 나타내며 리민영을 취조하던 사법 주임은 오늘도 아무 단서를 듣지 못하였다. 리민영의 대답은 역시 아무것도 모른다는 것이 그전부터였다. 리민영의 신문 조서에는 오늘도 역시 같은 기록이 몇 장 더 늘었을 뿐이다. 사법 주임은 한치각의 사건에 대하여 거의 흥미를 잃어버릴 만치 마음이 느지러졌다. 찬바람이 가득하던 경찰서 안에도 따뜻한 볕이 흘러 들어오며 가볍게 얼굴을 스치는 봄바람에 실내에 앉았는 여러 경관은 분하여하던 긴장이 풀어져 이 구석 저 구석에서 하품 소리가 들리는 오후 네시에 가까웠다. ××경찰서 대문에 체전부가 들어서자 얼마 아니 되어 서장의 책상 위에는 ××경찰서장 전前이라고 쓴 편지가 놓였다. 서장은 자기에게 오는 사신인가 하고 얼른 봉투를 떼려 하다가 다시 의심이 떠돌았다. 피봉에는 자기 직함은 분명히 쓰였으나 만일 친지에게서 온 편지 같으면 자기의 성명을 써서 보낼 것인데 하는 의심이 났다. 서장은 봉투 윗머리에 접은 구멍을 내어 편지를 찢었다. 서장의 편지를 취급하는 방법은 보통사람이 생각지도 못할 만치 주의가 깊었다. 봉투 밖에 나타난 편지에 서장의 시선이 지나자 책상 모에 놓인 초인종을 눌렀다. 사법 주임은 옷 저고리에 단추를 급하게 끼우며 서장실로 들어왔다.

"이 편지가 지금 온 것은 좀 이상하지 않은가? 더구나 발신인이 여행 중이라 하였으니 무슨 까닭이 있는 것이 아닐까?"

서장은 사법 주임을 쳐다보며 편지를 내밀었다. 사법 주임은 눈이 휘둥그레 그 편지를 받아 들고 한참 읽어 보더니

"글쎄요? 내용은 이상한데요? 오늘도 엄중한 취조를 하였으나 혐의자는 도무지 모른다고 부인만 하고 있습니다. 그리고 혐의자의 신변 조사도 매우 엄중히 하였으나 근래에는 사상 단체와 만남이 없는 모양인데 취조는 매우 곤란한 중이올시다."

사법 주임은 편지를 몇 번이나 다시 되풀이하여 읽었다.

"그러나 당초 현장의 광경을 조사한 보고서에 보면 사건 원인과 혐의자 사이에는 감정이 좋지 못한 것 같더니 글쎄 이러한 탄원서가 들어온 것은 매우 이상한 일이 아닌가? 그뿐만 아니라 본인이 만일 이 편지에 나타난 것 같이 혐의자를 동정한다면 당초부터 그런 모호한 말을 할 까닭이 없을 터이지."

서장은 의자에 손결을 끼고 깊은 의문에 빠졌다.

"혐의자의 조사에는 지금까지 아무 단서도 못 얻었습니다. 그러나 사건 본인과는 어려서부터 친지였던 것은 사실인 듯 하고 또 이러한 동기

로 되었는지 사건 본인과는 다시 무슨 감정이 생긴 것도 짐작할 수 있습니다. 그런데 돌연히 이 편지가 들어온 것은 매우 의심스러운 일입니다. 더구나 여행 중에 있다는 것이 이상합니다. 편지의 일부인은 부산이라 찍혔습니다그려" 하며 사법 주임은 편지 겉봉을 다시 살피고 있다.

"음, 일부인은 부산이 분명하나 그것이야 그렇게 믿을 수가 있나. 하여튼 그 사건이 큰 문제는 해결이니까 별로 급하지는 아니하나 아직도 남아 있는 문제가 있으니까 될 수 있으면 정밀히 조사할 필요가 있어. 그런데 사건 본인은 정말 여행 중인가? 과연 부산에 있는 중인가?"

"여행을 한 모양입니다. 요전에 출두를 하라고 명령하였더니 북선지방 여행 중이다라고 출두치 아니하였는데 그 동안에 또 부산에 갔는지는 모르겠습니다. 일자로 말하면 집에 돌아 왔다가 부산에 다시 갈 날짜가 충분하지요마는."

따뜻한 봄날 오후에 권태가 가득하던 ××경찰서 안에는 수상한 편지 한 장이 다시 긴장한 충동을 주었다.

128회 놀라는 한승지

××경찰서에 돌연히 수상한 편지 한 장이 들어와서 봄날 오후에 모든 신경이 늘어졌던 서장과 사법 주임은 다시 긴장한 심신의 충동을 받게 되었다. 그와 같이 봄 졸음을 일시에 파하게 한 편지는 한치각이 붙인 일종의 탄원서이었다. 편지 내용은 다른 것이 아니라 ××경찰서에 강제 기부의 혐의를 받고 유치되어 있는 리민영을 석방하여 달라는 의미가 기록되어 있다. 석방하라는 탄원의 이유는 리민영이 기부를 간청한 것이 아니요 또 한치각 자기를 권농동에서 구타한 것도 리민영과는 아무 관계가 없다는 것을 자세히 기록한 편지이었다. 그날 저녁 때에 ××경찰서에서는 민활한 형사 두 사람이 사직골 한치각의 집을 방문하였다. 그러나 한치각은 여행 중이므로 노주인 한승지가 한치각을 대

신하여 고등계 형사와 대면을 하게 되었다. 노인 한승지는 큰 사랑 아랫목에 앉고 형사는 그 옆에 두 사람이 나란히 앉아서 조사를 하는 중이다.

한승지는 약간의 공포를 느끼는 모양으로 "네 편지에 써 있는 글씨는 분명히 걔의 글씨와 같습니다. 그런데 무슨 또 사건이 생겼나요?" 한승지는 말하는 중에도 여러 번 두 형사의 눈치를 살피며 불안한 빛이 얼굴에 가득하였다.

"아니올시다. 별일은 없습니다. 자제가 집에 있지도 아니한 모양인데 이러한 편지가 왔기 때문에 좀 이상한 점이 있어서 여쭈어 보는 것이올시다. 그런데 언제 부산으로 가시었나요? 요전에 호출을 할 때에는 북선지방에 여행을 하였다더니 그 동안 돌아 왔다가 다시 부산으로 갔나요?" 형사는 한승지 앞에 놓았던 편지를 다시 손에 들고 들여다본다.

"네 처음에는 북선지방으로 여행한다고 떠났는데 간 지가 달포가 되도록 통신이 없더니 어제 오후에 청진항에서 배를 타고 부산으로 왔다는 편지가 와서 적이 마음이 놓였소이다."

한승지의 이러한 말을 듣는 두 형사는 무엇이나 발견한 듯이

"네, 댁에도 편지가 왔어요? 역시 부산서 편지가 왔다는 말씀이지요?" 하며 한승지를 이상한 눈으로 쳐다보았다.

"네, 부산에 도착하였다는 편지가 왔소이다."

"그러면 부산에서 어느 여관에 유숙한다는 편지가 있었겠지요?"

"아니요, 그런 자세한 소식은 없고 부산에 도착하였다는 간단한 편지 뿐이요. 언제 돌아온다는 말도 없소이다. 그 자식이야 평생을 어디에 다녀야 집에 그런 자세한 통지를 통하는 애가 아니니까 나도 그 점에는 단념을 하고 있지요. 하여튼 몸은 성하기에 제 손으로 쓴 편지가 왔지요."

"네, 어디서 유숙하는 통지도 없어요? 그러면 댁에서도 그 편지를 보

고 비로소 부산으로 가게 된 것을 아시게 되었습니다그려"

"네, 그렇소이다. 그런데 오늘은 또 경찰서에서 이렇게 와서 물으시는 것을 보니 부산에서 무슨 사건이 생긴 모양인 듯한데 과연 무슨 일이 생겼나요?" 하며 한승지는 얼굴빛이 어두워졌다.

"아니올시다. 다른 일이 생긴 것이 아니라 리민영을 석방하여 달라는 편지가 왔기에 조금 이상해서 오는 것이올시다."

"네 그래요? 리민영은 원래 집 아이와 신착립 때부터 친하던 터이니까 마음에 가여워서 그런 편지를 한 것이지요. 좌우간 다른 일은 없다하니 다행이외다."

"그렇게 자제하고 친하다면 리민영 군이 처음 피착되었을 때에 그런 탄원을 하지 않고 한 달이나 된 지금 와서 이렇게 서면을 보내는 것이 좀 이상치 아니 합니까?" 형사의 말은 어디까지 의문을 추궁코자 한다.

"그야 처음에는 무슨 일인지 몰랐을 터이요. 또 곧 석방됐는지도 알 수 없어 그대로 둔 것이겠지요. 그러나 누구든 집을 떠나면 자연 고적한 생각이 나는 법이니까 오랫동안 혼자 여행을 하는 중에 리민영 군의 처지를 간절히 느낀 것이지요. 모르겠으나 나는 그런 사정으로 ××경찰서에 편지를 한 듯하외다" 하며 한승지는 될 수 있으면 이 기회에 리민영을 나오게 하여 자기의 아들과 연결된 문제를 얼른 청산하는 것이 옳다고 생각하였다.

129회 알 수 없는 편지

한승지는 자기 아들이 집을 떠난 뒤에 한 달이 넘도록 소식이 없다가 부산으로 갔다는 편지가 들어와서 겨우 소식을 듣게 되자 그와 동시에 ××경찰서에서 또 형사가 쫓아와서 수상한 조사를 받게 되어 어쩐 영문인지 도무지 갈피를 잡을 수가 없었다. 자기 아들이 당초에 북선지방을 여행한다고 말하던 것이 별안간에 부산에서 편지가 온 것도 이상하려니와 같은 날짜로 ××경찰서에 리민영을 석방하여 달라는 탄원서를 한 것도 의심이 가는 일이다.

한치각은 원래가 어떤 규모의 행동을 지키는 사람이 아니라 환경에 따라서 시시로 변하던 까닭에 북선지방에서 또 무슨 마음이 내켜서 부산으로 갔는지 가정에 대한 깊은 관념이 없는 사람의 일이라 그다지 관심할 바는 없지마는 리민영을 내보내 달라는 탄원서까지 한 것은 의심할 여지가 충분히 있었다. 만일 리민영에게 조금이라도 동정하는 마음이 있으면 당초 ××경찰서에 피착되어 각 신문에 떠들어 냈을 그 때에 좌우간 무슨 처치를 하였을 것인데 지금까지 내버려 두었다가 경찰 서장에게 탄원을 한 것은 매우 수상한 일이다. 그러나 탄원서를 쓴 글씨나 또 한승지에게 온 편지에나 필적은 의심 없는 한치각의 것이요, 편지 종이와 봉투까지도 집에서 항상 쓰던 서양 편지지이었다. 한승지는 마음에 여러 가지로 의심되는 점도 없지는 아니하나 형사가 출장하여 무슨 일인지 조사를 하는 마당에 모호한 점을 보이기는 싫고 해서 될 수 있는 대로 태연한 태도로 대답하고 있다.

"그런데 자제가 댁을 떠날 때 돈을 얼마나 가지고 갔나요? 노자 이외에 많은 금액을 가지고 떠나지는 아니하였나요?" 형사는 또 이렇게 물었다.

"글쎄요, 자세히는 모르나 큰돈이야 아니 가지고 갔겠지요. 떠날 때에 별로 돈 말은 듣지 못했으나 저의 용돈에서도 몇백 원은 가지고 갈 수가 있으니까 알 수가 없소이다. 그러나 만일 큰돈을 가지고 갈 필요가 있었다면 내게 무슨 말이 있었을 터인데 그대로 떠난 것을 보면 큰돈은 몸에 지니지 아니한 듯하오. 그것은 왜 물으시오? 길에서 혹 도적이나 만났나요?" 하며 한승지는 새로운 염려가 또 생긴 듯이 물었다.

"아니올시다. 그런 것이 아니라 댁에도 돌아오지 아니하고 객지에서 그대로 부산으로 갔다 하니까 얼마나 돈을 넉넉히 가지고 갔나 해서 여쭈어 보았습니다."

"네, 원래 규모가 헤픈 자식이니까 돈 쓰는 것은 말할 것도 없지마는 항상 몇백 원씩이야 몸에 있겠지요."

"그야 댁은 재산가이시니까 용돈이야 얼마든지 있겠지요. 그러면 자제가 큰돈은 아니 가지고 떠났습니다그려."

"네 아마 그다지 많은 돈은 아니 지녔을 듯하외다."

"부산에는 자제의 친구나 혹 척분되는 댁이 없습니까?"

"자식의 친구는 모르지만 과갈 되는 집은 없소이다."

두 형사는 한승지에게 이 끝 저 끝을 찔러대며 조사를 하였으나 별로 의심날 것은 없었다. 구태여 의심을 하자면 때가 지난 지금 와서 새삼스럽게 리민영을 석방하여 달라는 것이 괴이하지 않은 것은 아니나 한 승지 말과 같이 한치각이 오랫동안 여행을 하는중에 마음에 고독함을 느끼어 그러한 측은한 생각이 나왔는지도 모를 것이요, 또 북선지방에서 여행을 마치고 기선으로 동해의 경치를 구경하며 부산에 돌아왔다는 것이 하등 의심할 것은 없었다. 도리어 꽃이 되는 봄날에 부지의 아들도 그런 여행을 하는 것이 저그나면 있을 일이라고 생각하였다. 조사를 마친 두 형사는 수첩을 호주머니에 집어넣고 한치각의 집을 나왔다. 한승지는 형사가 돌아간 뒤에 한치각에게서 온 편지를 손에 들고 또다시 읽어 보았다. 그러나 친필로 함부로 끄적거린 글씨는 분명히 자기 아들의 글씨이었다. 그러나 부산으로 왔다는 것은 무슨 까닭인지 추측하기 어려웠다. 한승지는 담배 서랍에서 부스러기 담배를 대롱에 담으면서 깊은 추상에 빠졌다.

130회 소리 없는 웃음

한치각에게서 온 편지, 그 글씨는 분명한 한치각이 손으로 쓴 것이나 한치각의 자의에서 나온 편지는 아니었다. 주을 부근 깊은 산골에 잡히어 갇힌 한치각이 날마다 곽호에게 무서운 위협을 견디다 못하여 곽호가 청구하는 대로 ××경찰서에 리민영을 석방하라는 탄원서를 제출하는 동시에 자기 집에도 편지를 부치게 된 것이다. 말하고 보면 그 두 가지의 위신은 곽호의 위협에서 나온 것이다. 배를 타고 부산으로 왔다는 것도 물론 행적을 비밀히 하자는 거짓 통지이다.

한치각이 자유를 빼앗기고 산중에 감금되어 있는 사실을 만일 경찰에서 알게 되면 한치각의 사회에 끼친 죄악은 어찌되었든지 일신을 감금하였다는 법률문제가 일어날 터이므로 한치각의 종적을 감추기 위하여 그러한 탐정극 같은 연극을 꾸민 것이다. 그러나 한치각이 주을 산중에 잡히어 있는 것이 사실인데 편지에 나타나 일부인은 부산 우편국이라고 분명히 찍혀 있으니 경찰의 눈이 천리안이 아니어든 어찌 주을산 속에서 보낸 것이라 알 수 있으랴. 그 편지 자신은 모든 비밀을 지나서 ××경찰서와 한승지 손에 도착하였을 터이니 입이 없는 편지는 말할 자유가 없었다. 다만 삼 전짜리 우표가 봉투에 붙이어 체전부 가방 속에 담기어 두 처소에 들어왔을 뿐이다. ××서장의 머리에 번개 같이 지나간 의심은 이면에 숨어 있는 사실의 단서를 가르치는 한 예민한 충동이었으나 조사한 결과는 필경 그 미묘한 끝을 얻지 못하였다. 한승지를 조사한 고등 형사들의 보고를 들었으나 아무 의심을 깊게 하는 단서가 없기 까닭에 리민영은 그 이튿날 아침에 우선 자기 집으로 내어 보냈다. 한치각의 사건으로 말하면 현금 팔백 원을 분실한 것이 주요 사실인데 그 돈을 절취한 진범인이 이미 체포되어 사실을 자백하였고 남은 것은 다만 한치각을 구타한 범인이나 그 사실 역시 사건 본인으로부터 탄원서가 들어온 이상 리민영을 구태여 잡아들일 필요가 없다하여 ××경찰서에서는 리민영에게 집에 나아가 근신하라는 주의를 붙여서 석방하였다. 그러나 서장을 비롯하여 사법 주임, 기타 고등계 형사의 머리에는 한치각의 탄원서가 어디인지 의심이 되는 점이 있는 것 같이 생각이 되어 부산 경찰당국에 한치각의 행동을 조사해 달라는 통첩을 하게 되었다.

　리민영은 달포 만에 다시 세상을 구경하게 되니 안개가 모두 딴 세계 같이 보인다. 길가에 눈과 얼음이 덕지덕지하고 길에 다니는 행인들은 외투 속에 머리를 파묻고 종종걸음을 치던 그 추운 세상이 어디로인지 물러가고 시가에는 꽃분을 싣고 다니는 구루마, 금붕어롱을 메이고 다니는 사람, 홑적삼바람으로 이마에 땀을 흘리고 다니는 노동자들이 화창한 봄날 아침에 넓은 시가에 해방되어 있다. 리민영은 모든 것이 꿈 속 같았다. 자기가 아무 까닭도 모르는 일에 잡혀 갇혀서 우중충한 유치장에서 지옥 같은 생활을 하던 것과 한 걸음을 나온 경찰서 문 밖에는 어느 덧이 평화로운 봄이 무르녹아 길가에 널린 사람들은 따뜻한 태양 밑에서 마음껏 활개를 치고 다니는 것이 모두 꿈 속의 일 같이 보였다. 리민영은 '인생은 도시 꿈'이라는 옛말을 실제로 느끼었다. 캄캄하던 유치장, 만화가 만발하는 봄동산, 이것이 천당과 지옥을 이 세상에 벌여 놓은 것이라고 생각하였다. 리민영이 자기 가정과 똑같이 마음을 쓰고 있는 학교 아이들은 리민영의 핼쑥한 얼굴이 학교 운동장에 나타나자 기쁨이 넘치는 소리를 치고 좌우로 에워싸며 맞아들인다. 마치 친아버지가 먼 지방에 여행이나 하고 온 것처럼 순진한 기쁨을 다해서 맞아 준다. 리민영은 그 순간에 큰 승리를 얻은 것 같이 마음이 만족하였다. 리민영의 마음에는 물질의 ○과를 당하여 그런 무서운 고초를 받고 나왔으나 그것이 그다지 부끄럽지는 않았다. 학교 마당에서 수백 명의 아이들이 탄성을 부르며 자기를 맞아주는 그 참된 성의는 도저히 물질로는 값을 칠 수 없는 큰 만족을 느끼었다. 리민영은 어린 학생들의 머리를 만지며 눈에는 감격에 넘치는 눈물이 어리었다. 그와 동시에 리민영의 마음에는 한치각의 행동을 소리 없이 웃었다.

131회 추상하는 친구

리민영은 ××경찰서에서 잡아가는 대로 그대로 끌려갔었고 또 풀려 나올 때도 역시 경찰서에서 나아가라는 대로 집에 돌아왔으나 그 중간에 어떤 일이 있는 것은 물론 알 길이 없었다. 속담에 새끼에 매인 돌과 같이 끌려 다니는 동안에 경찰의 힘이 까닭 없이 위대한 것만 느낄 뿐이다. 경찰서에서 취조를 받을 때에 한치각의 이름이 튀어나오고 기부 강청이라는 죄목도 취조하는 주임의 입에서 처음으로 들었을 뿐이요, 도무지 리민영 자신에게는 아무 관련이 없는 일이었다. 그러나 취조를 받는 동안에 스스로에게 깨닫게 된 것은 한치각에게 학교 기부를 청하였던 일이었다. 간단한 말 한마디 때문에 그와 같이 오랫동안 고초를 겪고 나오니 세상은 참 맹랑한 데라고 놀래었다. 그러나 자기가 생으로 걸려 들어갔다 할지라도 자기를 경찰서에서 체포한 직접 원인은 한치 각인 사건의 당사자가 중간에서 무슨 말이든지 자기를 얽어 넣을 만한 말이 있었을 것이라고 생각하고 있던 차이다.

경찰서에서 풀려나오면서 곧 한치각을 방문하려 하였으나 학교 사무가 급하여 미처 집을 떠나지 못하고 있던 중에 그 이튿날 오후에 인력 거꾼이 편지 한 장을 들이밀었다. 그 편지는 여자의 글씨로 쓴 언문 편지인데 발신인의 이름은 한국향이라고 씌어 있고 편지의 내용은 화류계에 있는 천한 여성이라 감히 신성한 학교 대문을 들어가기 황송하니 인력거꾼을 따라서 잠시 시간을 빌려 달라는 의미가 씌어 있었다. 리민영의 기억에는 한국향이라는 이름이 그대로 남아 있었다. 곽호가 경성에 변호사로 남아 있을 때에 호협한 기생이라고 칭찬을 하며 때때로 술상을 같이하던 그 기억이 아직도 새로웠다. 그뿐만 아니라 한국향에 대하여는 비록 화류계에 있는 한 기생이나 그 협기에는 리민영 자신도 적지 아니한 경외를 가지고 있던 터이라 마음이 곧 끌리어 리민영은 그 인력거꾼을 따라서 한국향을 찾게 되었다. 인력거꾼이 안내하는 대로 리민영은 안정사 어떤 초막에 들어갔다. 과연 한국향은 리민영을 기다리고 있다가 반겨 맞았다. 리민영은 한국향의 얼굴을 대하는 순간에 머릿속 한 편에는 북덕수염이 거칠게 난 곽호의 얼굴이 떠올랐다. 장독대 밑에 개나리꽃이 노랗게 피어있는 마당을 향하여 거친 화류계 풍상에 어느덧 이마에 잔주름이 물린 한국향과 유치장에서 여윈 리민영이 마주 앉았다.

"선생님 횡액에 걸려 고초를 받고 나오시더니 얼굴이 더 못하셨네."
하며 한국향은 리민영의 얼굴을 유심히 들여다본다.

"하하" 웃으며

"이 악착한 세상에서 살아가려면 더러 그런 단련도 좀 받아야지. 그러나 유치장이라는 데는 이 세상과는 너무나 다르던데? 하하."

리민영은 웃으며 담배를 붙인다.

"나오셨다는 말씀을 듣고 곧 댁으로 가서 뵈오려 하였으나 댁이 학교 안에 있어서 못 가 뵈었어요. 기생이라는 것은 세상에서 버린 물건인데 어디 학교 대문을 들어갈 수가 있어요. 그래서 황송한 걸음을 걸으시게 했지요."

"그야 무슨 기생이라고 못 다닐 것이 있소? 세상 여자가 모두 한 군 같으면 큰일을 하겠지만 나는 한 군을 기생으로는 대접하기 싫소. 적어도 깃대 있는 지사로 대접을 해야지. 그러나 어떻게 한 군을 만나보니 우리 구우(옛날 친구) 곽호 군의 생각이 간절한데 이따금 곽호의 안부나 듣소?"
하며 리민영은 서글픈 빛이 얼굴에 나타난다.

"네, 곽 선생 말씀이오?"

"아따 그 술 잘 먹고 웃기 잘하는 곽호 군 말이야."

"네, 차차 이야기 해 드리지요. 곽 선생님은 그동안 서울 출입을 하셨다 내려가셨습니다."

"옳지, 옳지, 내가 경찰서에 갇혀 있는 동안에 우리 집에도 왔더라고 하더군. 그래 만나서 잘 먹는 술이나 한번 먹었소? 이번 왔던 기회에 나도 좀 만나 보았더라면 좋았을걸? 참 섭섭한데? 그래 금강산 자리는 어떻다고 합디까?" 리민영은 가벼운 한숨을 지으며 노랑꽃이 어우러진 개나리 포기를 내려다본다.

"오늘은 그러잖아도 곽 선생님의 이야기를 하려고 선생님을 청하였습니다."

리민영은 한국향의 말한다는 곽호의 소식이 듣기 바빴다.

132회 이면에 묻힌 우정

광화문 밖 안정사에는 이곳 저곳에 상화, 신이화들이 피어 있고 잔풍한 봄날이 고요하게 오후의 볕을 던졌는데 호박싹이 뾰족뾰족 솟아나오는 밭머리에서 봄나물을 뜯고 있는 아이들의 피리 소리가 아연하고도 한가하게 들린다. 티끌 하나 없이 정쇄하게 쓸어놓은 마당을 향하여 미닫이를 열어 놓은 초막집에 오래간만에 자유로운 세계에 해방된 리민영과 봄 술이 두 뺨에 불그런하게 취한 한국향 두 사람이 마주 앉아서 이야기를 계속한다. 앞뒷산에 봄빛은 무르녹았으나 아직 성한 사람들의 자취가 없는 안정사에는 두 사람이 한가한 이야기를 하기에는 모든 조건이 구비하였다. 처소도 고요하려니와 때때로 꽃향기를 띄운 연한 바람이 두 사람의 얼굴을 풀솜 같이 가볍게 스치며 지나간다. 리민영은 달포 동안을 유치장에서 어두운 생활을 하다가 맑은 봄 공기를 마음껏 마시니 무겁던 머리는 별안간에 거뿐하고 정신이 쇄락하여 오래 앓고 있던 병인이 소생하는 듯한 상쾌함을 느끼었다. 리민영은 원래 술을 먹지 못하는 사람이라 취흥에 따라 두어 잔 마신 술이 얼굴 전체를 홍당무와 같이 붉게 칠했다.

"아, 나는 몹시 취하는데? 그래 곽호 군이 나 갇히었다는 신문을 보고 뛰어 올라왔더란 말이지?" 하며 리민영은 취한 얼굴을 한국향의 편으로 돌렸다.

"선생님은 술 못 잡숫는 것이 한갓 병이야. 그것을 육체적인 티라고 할까? 꽃이 웃고 새가 노래하는 이 무르녹는 봄동산에서 술을 못 잡숫다니 참 유감이외다. 하하" 하며 한국향은 웃는다.

"나도 술의 취미는 잘 알지마는 내 취미와는 딴 행동을 하는 내 신체를 원망하는 수밖에 없어. 그건 그렇다 하고 곽호 군이 나의 일 때문에 또 공분을 느끼어 올라왔더란 말이오?"

"곽 선생님이 올라 왔을 뿐만 아니라 지금 역시 선생님의 일 때문에 애를 쓰시고 계시지요. 선생님이 그렇게 속히 나온 것도 아마 곽 선생님이 주선이지요."

"주선이라니? 곽 군이 운동을 해서 나를 속히 나오게 했단 말이지?"

"나와 곽 군과는 성이 다르고 이름이 다르니까 딴 사람과 같이 말하고 보면 형제 아니 형제보다도 더 가까운 터이지. 그래 어떤 방면으로 운동을 하였더란 말인가? 그 사람이 고고하게 경찰 당국에는 청을 하지 않았을 터인데" 하며 리민영은 두 눈에 곽호를 추모하는 빛이 나타났다.

"그렇지요 곽 선생님이 비열한 운동이야 하셨겠습니까마는 하여튼 곽 선생님의 신출귀몰한 연극이 있었기 때문에 선생님께서 풀리신 것은 사실입니다."

"신출귀몰이라니? 어떤 운동을 하였단 말이야? 나는 달포 동안 유치장에 갇히어 있기 때문에 세상일을 모르고 있었지만 대관절 무슨 연극이 있었던가?"

"글쎄, 그 자세한 이야기를 하지 말라고 곽 선생님께 부탁을 받았으니 말씀은 할 수 없지마는 어쨌든 그만치만 아시지요" 하며 한국향은 이야기의 부리만 따고 내용은 말하지 않는다. 리민영을 석방하라는 탄원서와 청진항에서 다시 부산으로 갔다는 한치각의 편지는 비록 한치각의 친필이나 주을 산중에 갇히어 한치각이 곽호의 명령하는 대로 그 편지를 써서 서울 있는 한국향의 손을 거쳐서 다시 부산으로 보내어 부산에서 한국향의 심부름을 하는 어떤 사람의 손으로 우편국에 던지게 된 것이니 그 편지 도장에 찍힌 일부인이야 물론 부산 우편국에서 찍은 것이 분명할 것이다. 당초에 한치각을 주을까지 달아내인 일지매의 편지도 한국향의 묘책에서 나온 것이요, 한치각의 탄원서가 들어온 경로도 모두 한국향이 꾸민 연극이다. 그러나 곽호와 한국향은 당초부터 리민영 사건의 공분을 느끼는 의협심에서 나온 것이기 때문에 그러한 비밀한 내용을 구태여 리민영에게까지 알릴 필요가 없다고 생각한 까닭에 리민영과 마주 앉은 이 좌석에서도 한국향은 다만 곽호가 리민영을 위해서 애를 쓰고 있다는 것만을 입 밖에 내일 뿐이다. 그러나 리민영을 만난 이 자리에 만일 곽호가 있더라면 그만한 변호까지도 발로치 아니하였을 것이다. 한국향은 여자이니만큼 곽호의 따뜻한 우정을 너무나 깊이 감추는 것이 애석하여 그러한 경로를 말한 것이다.

133회 따뜻한 자연의 품 속

주을 산중에도 봄빛은 두터워졌다. 시냇가에 얼어붙었던 두터운 얼음장들도 어느덧 다 녹아 버리고 앞산 양지 바른 곳에는 두견화가 피기 시작하였다. 한치각의 매일 하는 일과는 아침에 조밥을 먹은 다음에 베수건에 점심 조밥을 싸서 허리에 차고 청년의 뒤를 따라서 화전 밭으로 올라가서 두메 괭이로 산전을 파고 있다. 처음에는 손이 부르트고 사지가 결리도록 피로함을 느끼어 밭머리에 그대로 주저앉아서 어린애와 같이 울어보기까지 하였으나 그 사정 저 사정 보지 아니하고 곽호가 강제로 우겨대는 데에는 한치각도 그 명령대로 복종치 않을 수는 없었다.

모든 자유를 일시에 빼앗기고 먹물로 짠 듯한 규칙 있는 생활을 계속

하는 동안에 한치각의 고통은 단련을 받으며 차차 가벼워온다. 지금은 화전을 파기에도 그다지 힘이 들지 아니하고 시커먼 베수건에 뚤뚤 뭉친 군은 조밥 덩이도 맛있게 먹게 되었다. 그뿐만 아니라 따뜻한 봄볕이 고요한 산 속에 내리쪼이고 시내에 수정 같은 맑은 물이 흐르는 냇가의 탕평하게 깔린 반석 위에 앉아서 나무젓가락으로 조밥 덩이를 쪼개 먹는 풍치는 복잡한 도회에서는 일찍이 맛보지 못하던 것이었다. 신선하고 자연스런 그 풍치를 얼마쯤은 느끼게 되었다. 처음에는 밤마다 껄끄러운 삿자리에 몸을 던지고 잠을 이루지 못하여 멀리 경성의 번화한 화류계를 동경하던 그 생각도 어느덧 엷어졌다. 대자연이 무궁한 변화를 가지고 소리 없이 끌어 들이는 그 힘에 한치각의 추악하던 속셈은 점점 자취를 감추게 되었다. 한치각은 오늘도 따뜻한 태양을 등에 지고 자연을 노래하는 산새들의 음악을 들어가며 종일토록 화전을 파다가 해가 서편에 기울어질 때에 처소로 돌아왔다. 앞내에서 몸을 씻고 상쾌한 기분으로 쪽마루에 걸터앉았다. 곽호는 마당에서 청년과 한치각을 맞았다.

"허, 오늘도 많이 수고를 하였지. 더구나 한 군은 몸이 피로하였을 터인데. 그러나 밥 먹고 일하고 또 생각하는 것이 우리 사람들의 살아가는 한 의무이겠지. 한 군도 요새는 환경이 고요하니만큼 잡념이 얼마쯤은 없어졌을 터이지. 하하." 곽호는 웃음이 섞인 말로 한치각을 위로한다.

"네, 나도 차차 신선이 되어 가는 모양인데요. 요새 같아서는 이곳에서도 참고 있을 수가 있지만." 한치각은 그 동안 단련이 되었는지 곽호의 말에 감정 없이 받아들이게 되어 이렇게 대답한다.

"참을 수가 있다니? 무엇을 참는다는 말이야? 딱한 사람이로군. 이러한 위대한 자연 속에서 날마다 마음껏 그 자연의 따뜻한 품속에 묻혀 있는 낙원 생활을 하게 된 사람이 무엇에 또 다른 동경이 있나? 지금 한 군의 생활은 가위 천당 생활이지. 한 군으로 말미암아 어두운 유치장에서 신음하는 리민영과의 생활과는 가위 천당과 지옥이지. 이제는 리민영 군에게 사과하는 생각이 들겠지? 내가 비록 한 군을 이렇게 자유를 억제하고 잡아둔 것은 한편으로는 리민영 군의 복수를 하겠다는 적은 생각도 있었지마는 그보다도 나는 이 세상에 해독을 끼치는 분자를 제어하자는 것이 목적이니까 한 군도 그 점은 양해하겠지. 자기의 과거 생활이 얼마나 세상을 더럽혔던가를 차차 깨달을 터이지"하며 곽호는 날마다 가르치는 학과 같이 또 이런 말을 하였다.

한치각은 고개를 돌린 채 아무 말이 없다. 한치각은 날마다 묻는 곽호의 말이 차차 자기의 마비되었던 신경을 불러일으키는 듯하였다. 날마다 한 가지 두 가지씩 자기의 양심에서 잊어버렸던 무엇인가를 찾게 되었다. 돈, 술, 여성 이것이 과연 얼마나 긴 환락의 시간을 가졌을까? 이러한 의심이 한치각의 머릿속에 떠돌게 되었다. 한치각은 쪽마루 끝에 걸터앉아서 소리 없이 저물어 가는 앞산을 바라보고 있다.

134회 추측의 진상

한승지는 경찰서에서 자기 아들의 일을 다시 조사하고 간 뒤에 무슨 일이 또 생겼나 하며 사려하는 마음으로 며칠 동안을 지내었으나 부산에 와서 부친다는 한치각의 간단한 편지가 한 장이 들어온 뒤에는 또 소식이 끊어졌다. 창경원 내에는 행화가 만발하여 경성 부근의 시골 사람들은 찻삯을 할인하는 바람에 토요일, 공일 같은 때에 진흙 먼지가 더덕더덕 겉에 묻은 시골 양반들이 이상한 단체의 표를 가슴에 붙이고 뭉텅이가 져서 서울 길에 널려 있다. 한치각의 집에도 요사이는 시골 손님이 적지 아니하게 드나들게 되었다. 먼촌 일가 되는 사람 혹은 마름 보는 사람, 심지어 소작인들도 서울 지주댁이라고 찾아오는 사람이 많았다. 늙은 한승지는 매일 그 치다꺼리가 적지 않은 고통인데 그 중에 젊은 일가 사람들이 때때로 올라와서 자기 아들을 찾는 데에는 그

대답에 성이 가실 지경이다. 자기 아들이 만일 어디에서 이때에 서울에 있었더라면 기생을 자동차에 싣고 밤낮으로 달려 돌아다니며 몇 천 원이나 또 탈을 냈을 터이니 경제상으로 보면 적이 도움이 되나 서울서 한참 놀기 좋은 이때를 버리고 지방으로 막연히 돌아다니는 자기 아들의 행동이 아무리 생각하여도 수상하였다. 그래서 오늘 아침에도 한승지가 밥을 먹다가 문득 아들의 생각이 나서 그 옆의 상을 받고 있는 손녀 복희에게 물었다.

"너희들에게도 아비의 소식이 없느냐? 요새는 봄 누런 꽃구경이 좋다고 시골 사람도 많이 서울로 올라오는데 너희 아비는 입때 아니 돌아오니 매우 궁금하다. 부산으로 왔다니 거기서 무얼 하고 있기에 아니 온단 말이냐?" 하며 한승지는 복희를 바라보았다.

"저희들에게도 아무 편지가 없어요. 언제 아버지가 집에 무슨 생각이 계신가요? 그러나 가신 지가 달반이나 넘었는데 웬일인지 모르겠어요. 요새 세상에는 위태한 일이 퍽 많은데 만주서는 부자를 잡아다 가두고 몸값으로 돈을 청구한다는 소문이 날마다 신문에 나는데 설마 그런 염려는 없겠지만 아주 궁금해서 못 견디겠어요."

복희는 먹던 밥을 정지하고 얼굴에 어두운 빛이 나타났다.

"조선 안에서야 아직 그런 것은 없지마는 하여튼 나도 요새 며칠째는 마음이 매우 키어서 밤에 잠을 못 잔다."

"조선 안에서는 아직 잡아가는 일이 없지마는 아버지가 떠나실 때에 북선지방을 가신다고 하셨는데 거기서 간도로 가셨는지 아나요? 간도는 마적들이 들썩거린다는데요."

"간도는 아니 갔기에 부산에서 편지가 온 것이지. 그것이야 걱정할 것도 없다마는 속히 돌아와야 내가 마음을 놓겠다."

"아이고, 할아버님도. 간도서는 왜 부산에서 보내는 편지 모양으로 꾸미지는 못하나요? 탐정 소설 같은 것을 보시면 깜짝 놀라시겠네."

"탐정 소설이라니? 무슨 소리냐?"

"도둑놈 이야기 말씀이야요. 그런 소설에 쓴 것을 보면 별별 기괴한 것이 다 있는데요. 그까짓 편지 같은 위조를 못해요?"

"그래? 그 부산서 온 편지도 믿을 수가 없다는 말이지? 접때 경찰서에서 조사하러 온 형사들은 편지는 부산에서 온 것은 분명하다고 그러더라. 겉봉에 찍힌 도장이 부산 우편국에서 찍은 것이니까 편지는 부산서 온 것이 분명타고 그러더라."

"암만 그래도 그것도 믿을 수 없어요. 아무 데서나 편지를 써서 부산으로 보냈다가 그 편지를 다시 부산 우체통에 넣으면 그 도장이 찍히지 않아요? 어쨌든지 며칠만 더 기다려 봐서 소식이 없거든 경찰서에 말해서 보호처분이라도 하는 것이 좋아요."

"네 말도 그럴 듯하다. 그러나 못된 놈들의 손이라 하면 돈을 청구든지 무슨 통지가 있을 터인데 아무 까닭이 없으니 그럴 염려는 없겠지. 그러나 좌우간 무슨 변통이라도 해서 알아볼 도리를 해야겠다."

한승지의 길게 패인 미간에는 어두운 근심 빛이 나타났다. 복희는 고등여학교를 졸업하니만큼 상식에서 우러나온 막연한 추측이나 지금 한 치각의 신변에 당한 광경을 어지간히 짐작하였다.

135회 복수? 타락?

황숙자는 병원에서 나와서 며칠 동안 자기 집에서 정양한 결과 건강은 다시 회복되었으나 숙자의 신체에는 큰 혁명을 일으키었다. 병원에서 숙자의 생명을 구하려는 수술대의 메스는 드디어 숙자의 몸에 있는 여자로서의 기능을 여지없이 베어 버렸다. 그와 동시에 의사는 인정도 없는 언도를 내렸다.

"당신은 생산을 하기는 어렵소" 하는 의사의 말이 숙자의 일생을 저주하는 것처럼 들렸다.

숙자는 신체에 이러한 결함이 생기게 된 동시에 정신상에도 큰 변혁을 일으키었다. 학교에서 날마다 가르침을 받던 선생에게도 무엇을 물으려면 얼굴부터 붉어오던 수줍고도 얌전하던 숙자의 태도가 병원에서 나온 뒤에는 돌연히 변하였다. 한치각을 원망하는 마음이 드디어 일반 남성을 원수로 대하게 되었다. 그리하여 될 수 있으면 자기는 모든 남성에게 복수전을 하겠다는 생각이 굳어졌다. 세상에 많이 있는 신려와 같은 남자에게 침해를 당한 연약한 여성이 최후로 독기를 품듯이 일반 남성에 대한 적개심이 숙자의 전형적 조선 여자의 성격을 여지없이 파멸하였다.

숙자는 어려서부터 청상과부로 남자를 피하여 살아오던 그 어머니에게서 받은 모든 교훈은 일시에 저버리게 되었다. 여자는 좋은 대로 시집가서 아들 낳고 딸 낳고 잘 사는 것을 최고 이상으로 말하던 오과부의 희망은 다만 막연한 이상에 그치게 되었다. 숙자는 자기 일생을 망치게 한 것도 원통하려니와 자기 어머니가 고독한 일생을 통하여 자기에게 모든 희망을 걸었던 그 많은 정성이 더구나 애처롭게 생각 되었다. 자기 일생의 불행은 운명에 붙이고 단념할 수도 있으려니와 아무리해도 가엾은 어머니의 실망하는 태도는 차마 눈으로 볼 수는 없었다. 숙자의 앞 집 담안에 서 있는 행화는 벌써 지기 시작하여 바람에 몰려오는 낙화가 숙자의 집 마당에, 마루에 어지러이 떨어진다. 오과부와 숙자는 볕을 향하여 마루 끝에 걸터앉았다.

"어머니 살구꽃이 벌써 지는구려. 인제 열매가 앉았겠지 아마?" 하며 숙자는 무엇을 생각하는지 가벼운 한숨을 내쉰다.

"참 세월은 빠르기도 하다. 엊그저께 꽃이 피더니 벌써 지는구나. 나무에도 햇꽃이 있지마는 저 살구나무에는 해마다 굵드란 살구가 열리더라." 오과부는 담뱃대를 물고 하염없이 앉아서 눈발 같이 날리는 낙화를 보고 있다.

"나는 꽃들이 떨어지려고 할 때에 화판 밑에 뾰족뾰족하게 열매들이 맺히는 것을 보면 어찌 신통한지 몰라."

"그렇단다. 그것이 다 세상 이치란다. 꽃이 피고 열매가 맺고 하는 것이 사람으로 이르면 아들 낳고 딸 낳고 하는 것과 마찬가지란다. 그런데 너는……" 하며 오과부는 말이 막히고 한숨이 나왔다 숙자도 따라서 한숨을 쉬었다.

오과부와 숙자의 머리에는 또 같은 실망이 떠돈 까닭이었다.

"어머니, 나는 아까 그 사람에게 아주 허락하고 왔어요. 거기서 통지할 터이니 기다리라고 했으니까 아마 일간이라도 누가 데리러 올는지도 몰라요. 어머니도 이제 그렇게 아시오" 하며 숙자는 염려스러운 빛이 얼굴에 가득하며 오과부를 쳐다보았다. 오과부는 의외에 놀란 듯이

"아주 작정을 했단 말이냐? 접때는 왜 간호부인가 무엇인가로 가겠다더니 그러니? 나는 간호부가 도리어 나을 것 같더라. 여염집 계집애가 그런 사내들이 들썩거리는 번잡한데 가서 어떻게 있으려고 그러니?"

오과부의 얼굴에는 어두운 빛이 나타난다.

"사내들이 있으면 어때요? 나는 이제 사내들이 무섭지 않아요. 그까짓 자식들 술이나 먹여서 돈이나 뺏으면 고만이지요" 하며 숙자는 입술을 앞니에 제쳐 물고 얼굴에 긴장한 빛이 가득하다.

"원 도섭스러운 소리도 한다. 시집도 아니 간 새악시 년이 그게 무슨 망측스런 소리냐? 남이 들으면 흉본다." 오과부의 귀에는 평생에 처음 듣는 해괴망측한 소리였다. 자기 딸의 입으로 그러한 험상스러운 말을 듣기는 참 뜻밖이었다.

136회 오색 전등
사쿠라 꽃이 필 때를 이용하여 장충단 공원에 새로 지점을 내인 카페

명월에는 봄이 깊어 옴에 따라서 손의 자취가 늘어 가더니 꽃이 만발한 작금에는 밤마다 만원의 성황을 이루었다. 사쿠라 꽃이 흰 눈 같이 사방에 둘린 꽃밭 속에 붉은 전등, 푸른 전등, 노란 전등이 찬란하게 번쩍거리며 오색 불빛 속에서 흘러나오는 재즈 소리는 곧 꽃에 취한 봄 사람의 춤을 자아낸다. 오늘 밤에도 이 카페에는 소위 모던 청년들이 남은 자리 없이 점령하였다. 맥주, 양주, 일본 술, 여급들이 발산하는 애로, 담배 연기들이 한대 얼크러져서 흥분된 젊은 남성의 정신을 여지없이 미혹케 하는 큰 활약상을 이루었다. 여급의 허리를 끼어 안고 댄스를 하는 체하는 청년, 여급을 무릎에 앉히고 함부로 주무르는 사람, 술을 부르는데 소리를 지르는 바보, 여급의 앳된 재즈 노래, 이것이 카페 명월에 전개된 한 장면이었다.

수십 명이나 되는 여급들은 하나도 노는 사람이 없이 손님을 맡아 가지고 접대하기에 분망한 중에 오직 한편 구석에 쪼인 병아리처럼 떨어져 앉았는 여급 하나가 있다. 이 여급은 어제부터 견습으로 오게 된 춘지라는 여급이다. 지금은 아무것도 모르는 소위 꾸어다 놓은 보릿자루와 같이 아무런 기능이 없지마는 엷은 살갗과 해맑은 얼굴이라든지 몸맵시가 명월 카페에서는 장차 스타 자격이 충분하다. 이 새로 나온 여급은 황숙자이다. 숙자는 처음에는 간호부가 되어 일생을 마치려 하였으나 마음에 맺힌 남성에 대한 원망이 드디어 어떠한 복수의 수단을 취하게 되었다. 그리하여 자기 어머니의 만류하는 것도 듣지 아니하고 이러한 타락의 구덩이로 들어오게 된 것이다.

숙자는 지금까지 카페라는 데가 어떠한 곳인지 자세한 이야기도 못 들었다가 실제 장면을 보니 마음이 서늘할 만치 놀래었다. 그러나 남성에 대한 복수의 수단으로 이러한 직업을 찾게 된 이상 주저할 것은 없다고 생각하였다. 세음할 때에 청년들이 여급에게 던지는 돈은 마치 한 치각이가 자기 집에 돈을 억지로 떠맡기는 그것을 다시 연상케 하여 모든 손들의 얼굴이 한치각과 같이 밉게 보였다. 황숙자는 여급 사회에서 통용하는 이름을 춘자로 하였다. 춘자라고 지은 것이 무슨 의미가 있어 그런 것이 아니라 봄에 나온 여급이라는 뜻으로 춘자라 한 것이었다. 춘자는 아직 테이블을 맡지 못하였다. 일주일 동안 견습을 마친 다음에는 상당한 선전도 할 터이요, 테이블도 여러 개를 맡기어 소위 지식 계급의 모던 보이들을 유인할 방침이 내정되어 있다. 과연 카페 주인이 생각하는 것처럼 숙자가 여급으로 그런 수완이 있을는지 의문이나 하여튼 숙자는 남성에 대한 어떤 복수의 수단으로 이러한 직업에 몸을 던지게 되었으니 그 결과는 자못 흥미 있는 문제이다. 술이 취해서 소리를 치며 떠들던 주정꾼 한 패가 풀려 나가자 다시 뒤를 이어 전문 학생 패들이 몰려 들어왔다.

"오이? 정자는 어디 갔어? 정자 좀 불러와. 정자의 테이블이 어디던가?"

"아따 이놈아, 정자는 찾아 무엇하니? 건방진 놈."

구두로 마루를 중중 구르며 레인코트를 입은 육칠 인의 학생 패가 휩쓸며 들이닥쳤다. 그 중에서 선봉을 서서 들어오는 학생이 춘자를 보더니,

"여보게, 이리 들어오게. 여기 유인(부인) 한 분이 계시네. 이리들 와." 하며 소리를 쳤다. 숙자는 몸을 얼른 빼쳐서 또 사무실로 들어갔다. 학생들은 와글와글 떠들며 숙자가 앉았던 테이블로 모였다.

"맥주 가져와. 테이블 주인은 어디로 도망을 쳤어?" 하며 소리를 치는 바람에 다른 여급들이 몰려왔다.

"여기 앉았던 사람은 어디로 갔어? 그 여급을 불러와요." 하며 학생들은 춘자를 찾아오라고 야단법석을 치는 동안에 다른 여급들이 둘러싸고 학생들과 악수를 하며 무마하는 틈에 맥주병과 고뿌가 테이블에 늘어 놓았다.

"아, 술 안 먹어. 지금 여기 있던 여급을 불러와야 술을 먹지, 그렇잖으면 아니 먹을 테야." 학생들은 또 와글와글 거린다. 춘자는 사무소에 몸을 감추고 그 광경을 바라보고 있다.

137회 타락의 첫 길

황숙자의 환경은 극단에서 극단으로 바뀌어 버렸다. 남자의 그림자도 없는 고요한 과부집 가정에서 아무 풍파도 모르고 자랐던 숙자의 환경은 너무나 극단으로 변하였다. 독한 술에 인간성을 파멸한 다만 동물 같은 성욕의 충동만을 발로하는 카페의 현장은 모든 것이 숙자의 심정을 놀라게 하였다. 처음 보는 청년들에게 희롱하는 말을 던지며 사나이 무릎 위에 털썩털썩 걸터앉아서 남자의 거센 뺨에 얼굴을 비비며 깔깔대어 웃는 여급들의 천박한 그 행동을 보는 숙자는 가슴이 두근거릴 만치 놀랍기도 하고 또 망측한 일이라고 생각하였다. 그러나 어떠한 청년 남녀들의 뻘건 고깃덩이들이 뛰노는 광경을 며칠 동안 보고 있는 사이에 숙자는 자기 체내에서 활동하던 순진한 처녀의 양심이 나날이 희미하여 가는 것을 느끼었다. 다른 여급들의 이야기 하는 말을 들으면 그들이 육체의 유혹이 남성의 돈주머니를 빼앗는 유일한 무기라고 한다. 사나이의 얼굴에 뺨을 부비며 사나이 무릎에 걸터앉아서 따뜻한 여성의 체온을 남자의 체내에 보내는 것이 이론을 초월한 서비스의 묘당이라 한다. 카페의 전술은 남성들의 가장 요구하는 육체의 어떤 부분을 해방하는 것이 강화 담판인 동시에 또 섭리라 한다. 이러한 카페의 철학을 숙자는 때때로 여러 여급에게 들었다. 세상에서 말하는 에로 서비스라는 것은 결국 직업화한 어떠한 수단이라고 한다. 부인과 의사가 젊은 여성들의 국부를 주무르는 것이 직업이라 하면 여급들의 남성을 희롱하는 에로 서비스도 역시 한 직업이다. 카페 명월에는 이러한 철저한 직업의식을 가지고 있는 여급들도 많았다. 숙자는 날마다 남녀가 극도로 해방된 이 세계에서 며칠을 지내는 동안에 어지간히 단련이 되어온다. 숙자는 자기의 일생을 무지한 남성에게 여지없이 유린당한 그 복수로 이러한 직업을 구하였으나 한편으로는 자기 실제 생활에 대하여도 어떠한 물질의 수입이 있어야 할 것은 사실이다. 어려서부터 홀어머니 손에서 자라나서 남과 같이 여학교까지 마치게 된 이상 그 이상 더 자기 생활을 그 어머니의 약한 손에 의지할 수는 없었다. 숙자는 어떠한 운명이 자기 앞에 있든지 자기 손으로 늙어가는 어머니 여생을 받들지 않으면 아니 될 처지이나 하고 많은 직업 중에 생각지도 않은 여급이라는 이상한 직업에 몸을 던지게 된 것은 오직 한치각이라는 악마가 숙자의 전도를 저해한 까닭이다. 숙자는 어젯밤에도 새로 두 시나 되어 겨우 돌아와서 과부 어머니의 가슴을 적지 아니 태우게 하였다. 그의 어머니는 숙자가 카페 다니게 된 것을 극히 반대하였다. 오늘도 해가 오전이나 되어 자리에서 일어난 숙자가 경대를 앞에 놓고 전에 없던 이상한 화장품을 얼굴에 발랐다 지웠다 하는 것을 보고 마음이 이상하게 불편하여졌다.

"애, 얼굴에 바르는 것은 그게 다 무엇들이냐? 요새는 별별 것이 다 있구나."

하며 오과부는 마음에 못마땅한 어조로 말하였다.

"이거요? 이것은 새로 난 도화분이라오. 요새는 모두 이런 것을 발라요."

숙자는 자기 어머니 말에 약간 부끄러운 생각이 들었다.

"그게 다 무어냐? 얼굴이 시뻘겋게 칠을 하니 저러고 대낮에 문 밖에를 어떻게 나가니? 꼭 술 취한 년 같구나."

"그런 데를 다니면 나중에는 무엇이 되니? 오늘랑은 아주 그만 둔다는 말을 하고 일찍이 집에 돌아오너라. 무엇을 못해 먹어서 그런 고약한 데를 다닌단 말이냐?"

오과부의 말에는 가벼운 노기가 섞이어 있다.

"아이고 어머니도 딱하시오. 당초에 허락을 하고 벌써 일주일이나 다녔는데 지금 고만 둔다는 말을 어떻게 해요? 그리고 왜 어째서 그러셔요? 다른 사람들도 다 하는데 나만 못할 것 있어요? 돈만 많이 생기면 좋지요."

"돈이 다 무어냐? 너더러 돈 벌어 오라더냐? 학교 졸업까지 한 것이 그런 술 파는 데가 아니면 돈 벌 데가 없어서? 네가 병원에서 몹쓸 수술을 하더니 마음에 무슨 귀신이 씌었나 보다. 참 이상한 일도 많다."

오과부는 한숨을 지으며 담뱃대를 떨었다. 숙자는 아무 말 없이 화장을 하고 있다.

138회 처음 시련

숙자는 여급의 견습 기한을 마치고 오색 전등이 찬란한 카페 명월의 스타 여급으로 한 자리를 점령하게 되었다. 손님을 조정하는 수단이라든지 남자의 약점을 가장 민첩하게 농락하는 기능으로는 숙지의 선생이 될 만한 여급이 많이 있지마는 숙자의 여학교를 졸업하였다는 이력과 아직 나이가 어리고 또 외양이 얌전한 그 점이 다른 여급보다 흥미를 얻게 된 까닭이다. 카페에 술을 마시러 가든지 또 차를 마시러 오는 손님들의 호기심이 여급에 있을 것은 사실이나 그 중에도 어떠한 특색을 가진 여급에게는 술이나 차를 사먹는 데는 필요치도 아니한 어떠한 딴 호기심을 가지고 덤비는 사람이 많다. 술을 따르고 차를 권하는 여급이 외양이나 똑똑하고 서비스나 친절히 하면 그 이상 더 요구하는 것은 없을 것 같으나 조선에서는 어떤 학교 출신이라면 누구든지 딴 호기심을 가지고 그 여급을 경쟁하는 이상한 경향이 있기 때문에 카페 명월에서도 학교출신이라는 이력을 가진 숙자가 모든 여급을 누르고 우뚝하게 스타의 지위를 점령하게 된 것은 사실이다.

숙자의 가슴 속에 맺힌 복수의 날은 왔다. 그와 동시에 숙자를 타락 구덩이 위에 세우게 되는 위기도 일시에 닥쳤다. 숙자의 일생을 점치는 여급 생활의 첫걸음, 과연 이 날은 숙자의 일생을 통하여 가장 중요한 날이다. 장충단 넓은 벌판에 백설 같이 피었던 사쿠라 꽃은 늦어가는 봄빛을 흔드는 석양 바람에 꽃발이 어지러이 날리며 카페의 화락을 부르는 밤빛이 깊어옴을 따라서 호탕한 봄 기분에 취한 청년들은 카페 명월로 떼를 지어 들어온다.

광선이 필요하고도 또 필요치 않는 오색 찬란 전등의 그 밑만이 사람의 눈을 어지럽게 하는 카페 명월 안에는 이곳 저곳에 붙이어 있는 '새로 나온 인테리 여급 춘자를 사랑해 주시오' 하는 삐라가 놀러오는 손들의 시선을 빼앗았다. 숙자는 이때까지 몸에 걸쳐도 보지 못하던 황홀한 무늬가 돋힌 옷감으로 산뜻하게 조선옷을 해 입고 머리는 미용원에서 가장 신식을 찾아서 인두로 지지고 약물로 빛을 내어 소위 모던 걸로 차렸다. 숙자는 마음이 얼얼하였다. 부끄럽기도 하고 또 슬프기도 하고 또 서먹서먹도 하였다. 숙자는 지나본 경험은 없지마는 처녀들이 시집을 갈 때에 이러한 이상한 기분이 떠오르지 않나 하는 생각도 있었다. 그러나 결혼이라는 것은 누구나 많은 희망을 가지고 맞이하려니와 숙자의 오늘 밤 첫 무대는 희망이 없는 다만 저주의 마음을 가지고 나아가는 길이니 결혼 날의 기분과는 비할 것이 아니라고 생각하였다. 숙자는 2층에 있는 가장 좋은 자리의 테이블을 담당하였다. 박스석 1호가 즉 숙자의 서비스를 받게 된 자리이다. 카페 안에는 밤이 얼마 아니 되어 거진 만원의 성황을 이루었다. 이 구석 저 구석에서 술이 취한 청년들의 떠드는 소리가 장내를 어지럽게 하였다.

"여보, 여보, 춘자 좀 불러와요. 얼굴이나 좀 봅시다그려. 인테리 여급이라니? 대관절 어떻게 생겼어? 오이 하루꼬, 오이 하루꼬 구쪼구이"

물색없이 일본말로 떠드는 사람도 있어 춘자의 이름은 이곳 저곳에서 다투어 부르는 성황을 이루었다. 숙자는 별안간에 자기에게 붙인 춘자라고 부르는 이름이 이상스럽게 들리어 처음에는 즉각적으로 자기 심경을 찌르지는 아니하나 장내가 뒤떠들며 춘자를 찾게 됨을 따라서 정신이 어지러워지고 얼굴이 화끈화끈하여 사무실 안에서 취한 사람같이 서서 있다. 숙자가 맡은 테이블에도 벌써 청년의 한 패가 점령하고 맥주를 먹기 시작하였으나 그 청년들의 행동이 너무 난폭하게 보이기 때문에 단련된 다른 여급들을 대신 보내어 서비스를 하고 있다.

"아, 이 테이블이 새로 나온 춘자의 것이라는 말을 듣고 우리들이 왔는데 아, 당신이 춘자란 말이야? 아, 이런! 이 여급이 처음 나온 여급이야? 어서 춘자를 불러와요. 이건 새로 나온 여급은 낮가려보이며 서비스를 하나? 아니 불러오면 우리들이 다 갈 테야."

하며 4~5인의 청년들은 술이 얼근하게 취한 판에 단장으로 테이블 머리를 두드리며 주정을 하고 있다. 사무실에 숨어 있는 춘자는 떠드는 소리와 술 냄새에 머리가 띵하고 가벼운 현기를 느꼈다.

139회 환심을 사는 미끼

숙자는 카페 명월의 여급으로 이름이 높아 가는 동시에 다른 여급들이 지키는 모든 의무를 이행치 아니할 수는 없었다. 카페 명월도 비록 조선 사람이 경영하는 곳이나 모든 관습이 엄연하게 서 있다. 소위 도방이라는 날은 일찍이 와서 늦게 돌아가는 신체를 구속하는 규정이 있다. 춘자도 다른 여급과 같이 밤이 밝아서 집에 돌아가는 때도 있어서 그의 홀어머니는 마음을 태웠다. 마음에 없는 미소, 서투른 노래, 쓴 담배, 이 모든 훈련이 춘자에게는 어지간히 곤란하였다. 마음에도 서먹서먹하려니와 그보다 남자를 다루는 그 묘방이 얼른 나서지 아니하여 일껏 수단을 부리어 손님의 환심을 사려던 행동이 어떤 때는 도리어 물색없이 좌석을 파흥케 하는 일도 많았다. 그러나 사람에 치이고 술 냄새에 신경이 마비하는 춘자는 나날이 젊은 남자를 농락하는 수단이 단련되어감을 느끼었다.

신록이 깊어가는 장충단 공원에 희미한 달빛을 따라서 방황하는 청년들은 카페 명월에서 찬란하게 던지는 오색 전등빛과 여급들의 손을 유인하는 노랫소리에 맑은 정신을 빼앗기고 마치 지남철 끝에 쇳가루들이 딸려 오듯이 뭉텅이들을 번지어 들어온다. 춘자는 반드시 남자들의 돈을 빼앗는 것만이 목적은 아니지마는 며칠 동안 자기 수중에 들어온 것이 구구한 월급 생활을 하는 사람들의 한달치가 넘었다. 남자들을 농락하는 그 이면에 이러한 큰 수입이 있는 것은 참 예기치 못한 큰 발견이다, 춘자는 이러한 생각을 하였다. 남자의 주머니를 털어서 내놓는 그 돈이 물론 여급들의 환심을 사려고 하는 그 낚싯밥이겠지마는 붕어가 낚싯밥만 따먹고 걸리지 않으면 결국은 어리석은 일이 아닌가 하는 생각이 들기 시작하였다. 춘자는 이러한 생각이 날로 늘어가는 동시에 남자들의 약점도 차차 눈에 비치게 되었다. 칵테일 몇 잔에 정신이 몽롱하여 아랫입술을 쳐뜨리고 야차와 같이 어지러이 화장한 여급의 얼굴을 쳐다보고 있는 그들의 모양이 어리석게도 보였다. 2층 박스석에는 오늘도 어둡기 전부터 몇 패의 청년들이 달려들었다. 아래층 구석에서도 춘자를 찾는 청년들의 부르짖는 소리가 때때로 울린다. 카페 명월의 모든 인기를 한 몸에 실은 춘자는 자기 테이블만 접대할 수는 없었다. 때때로 하루꼬상, 전화라고 하며 다른 여급들이 전화가 왔다고 불러내어 이 테이블 저 테이블의 손에게로 끌려 다닌다. 춘자가 맡은 자리 옆에는 초저녁부터 4~5인의 양복한 청년이 진을 치고 춘자를 노리고 있었다.

"여보게 한 군. 자네도 이제는 좀 활발하게 놀게. 오늘 카페 맛이 어떠한가? 모던 여급들이 선녀 같이 왔다갔다하는 이 낙원의 광경을 자네도 좀 기억해 주게. 하하."

"송 군. 그렇지 아니한가?"

그 중의 한 청년은 카페를 예찬하는 말을 하며 맥주잔을 마신다. 한韓 군이라는 이십이삼 세 되는 청년은 아직 카페에 흥미를 느끼지 아니하는 듯이 한 구석에 끼어 앉아서 얼굴에는 수줍은 빛이 나타났다.

"여보게. 오늘도 춘자의 서비스는 졸연히 맛보지 못하겠네그려. 나는 오늘까지 벌써 다섯 번이나 왔는데 여간해서는 춘자를 점령할 수는 없는데 특약 선약이 어찌 그리 많은지 춘자의 테이블에서는 오래잖아서 은행을 세우겠는데? 참 대단한 인기로군. 여보, 당신도 미인 여급이지만 춘자 좀 따와요. 이렇게 야멸차단 말이요?"

옆 테이블에 앉았는 청년패 중에서 한 청년이 이러한 말을 하며 춘자의 테이블을 바라보았다.

"오케이! 잠깐 기다려요. 춘자가 지금 아래층에 전화 걸러 갔어요." 하며 청년의 무릎 위에 앉아서 몸을 앞뒤로 끄덕거리던 여급은 궐련재를 발 밑에 떨었다. "이건 밤낮 오케이만 찾지 말고 가서 춘자를 데려와요."
하며 다른 청년은 그 여급의 허리를 손길로 밀었다. 여급은 몸을 소스라치며

"아이고 아파요" 하는 말소리와 같이 청년의 어깨에서 여급의 손길이 부딪히는 철썩하는 소리가 났다.

140회 수줍은 청년

춘자는 밤마다 술, 노래, 에로, 이 모든 것으로 정신을 어지럽게 하는 카페 시간을 거듭하여 가는 동안에 자기의 환경은 점점 복잡하게 되었다. 처녀의 일생을 망치게 한 그 복수의 불길이 타올라서 모든 남자를 적대시하려는 결심이 마음 속에는 굳게 뿌리가 박혀 있지마는 아직까지 남자를 농락할 만한 수단이 생기지 못한 춘자는 걸핏하면 도리어 남

자의 그 억센 주먹 아래 휘어들어가는 때도 많았다. 여급들을 손 위에 올려놓고 공기와 같이 희롱하는 소위 카페 마와리를 만날 때에는 춘자는 여지없이 희롱을 받게 되어 얼굴빛을 붉히며 마음에 떨리는 때도 있었다. 남자를 누르려다가 도리어 남자에게 놀림을 받게 되는 그 분원을 느끼는 때도 많았다. 입에서는 술 냄새가 코를 찌르게 발산하는 청년들에게 함부로 허리를 끼어 앉혀서 몸을 빼서 내려고 애를 쓰는 그 가련한 광경을 볼 때에 누가 춘자의 마음 속에서 타오르는 복수의 불길을 보아 주리요. 다른 사람의 눈길에는 역시 남자의 희롱을 받고 있는 한 여급으로밖에 보이지 아니할 것이다. 그러면 자기가 모든 사람이 만류하는 것도 듣지 아니하고 대담하게 여급이 된 것이 도리어 실책 아닌가 하는 후회도 났다. 그래서 밤마다 수십 명씩 번갈아 드는 청년 중에 가장 숫보기 남자를 찾아서 자기 마음대로 놀리는 것이 그날 밤의 큰 유쾌이었다. 며칠 전부터 4~5인의 청년이 계속하여 다니는 그 청중에 아직 학생 티가 그대로 남아 있는 한 청년이 있으니 그 청년은 처음 나온 춘자에게도 능히 농락을 받을 만한 수줍은 청년이었다. 춘자는 오늘도 그 청년이 오기를 기다리며 주정꾼들의 만수받이를 하고 있다. 아래층에서 '꼬안나이'를 하는 소리가 들리더니 층대를 쿵쿵거리며 여러 사람이 몰려 올라온다. 선봉을 선 청년의 눈에 얼른 춘자의 모양이 비치자

"여보, 춘자 씨 오늘은 좀 사귑시다그려. 당신의 모양이 그리워서 밤이 되기를 주리 참듯 참아가며 기다리는 당신의 사랑을 데리고 왔소. 하하."

하며 춘자의 손목을 잡으려 한다. 춘자는 한편으로 몸을 피하여 올라오는 청년을 살펴보았다. 그 청년 패는 과연 한 군이라는 수줍은 학생을 데리고 올라섰다. 춘자는 여러 사람들에게 고개를 숙이어 인사를 하다가 그 중에 수줍은 청년에게는 특별히 입을 열어서

"어서 오십시오."

하며 춘자는 미소를 던졌다. 여러 사람들을 제쳐놓고 춘자가 그 수줍은 청년에게 특별히 미소를 나타내며 맞으려는 이면에는 춘자가 생각하는 농락할 청년이라는 딴 의미가 있지마는 그 미소를 받는 청년은 가슴이 울렁거릴 만치 굳센 인력을 느끼었다.

여러 청년들은 두 손을 공중으로 쳐들며

"한 군 만세! 오늘도 한 군의 승리구나."

하며 떠들었다. 한 군이라는 청년은 여러 사람들이 놀리는 바람에 얼굴이 붉어졌다. 그 중에 한 청년은 입을 비죽거리며

"한 군의 얼굴에는 돈 그림자가 비쳤나?"

하며 춘자가 한 군이라는 청년에게 친절한 표정을 하는 것을 시기하였다.

"아이, 이 사람 벌써 앗게. 못질을 하나? 우리가 어쨌든 여기에 온 목적이 다하였으며는 고만이 아닌가? 한 군의 덕택이든지 또 내 덕택이든지 하여튼 이 집의 스타로 번쩍거리는 춘자만 점령하였으면 고만이 아닌가? 어서들 이리 앉게. 춘자 여왕은 아주 한 군 옆으로 가두어 버리세."

하며 그 청년패의 가장 활발한 사람이 자리를 안내하였다. 숙자는 여러 청년에게 둘러 싸여서 와글와글하는 동안에 박스 안으로 밀려들어가서 한 군의 옆에 앉았다. 한 군이라는 청년은 춘자에게 몸을 감히 대이지 못하고 박스의 한 구석으로 피하여 간다. 춘자는 한 청년이 고개를 들지 못하고 수줍은 태도로 앉아 마음에 유쾌하였다. 속으로는 이러한 남자만 세상에 있으면 자기가 결심한 남자의 복수는 마음껏 승리를 얻을 것 같이 생각되었다.

141회 춘자의 포로

카페 명월 안에는 향기 없는 가화가 매달린 사꾸라 나뭇가지들이 어수선하게 늘어진 그 밑에서 춘자는 4~5인의 청년들에게 둘러 싸여 앉

아서 술을 권하고 있다. 술을 따라보지 못하던 춘자는 맥주병의 좁은 구멍으로 흘러나오는 거품이 술잔 위에서 춤을 추며 넘치는 그 배경을 짐작할 수 없었다. 한잔 가득히 따라 놓았던 맥주가 별안간에 반잔으로 내려가기도 하고 또 어떤 때는 그 잔에 채우려 하다가 테이블 위에 맥주의 홍수를 내는 일도 있어 여급 생활에 아직 경험이 없는 춘자는 때때로 조롱을 받았다.

"이건 술도 따를 줄 모르는 여급이 어디서 왔어?"

"여보게 앗게, 그런 서투른 수작에 우리들이 반하여 온 것 아닌가? 그것은 즉 춘자 씨의 인기를 집중한 큰 원인이라네. 정자 같이 저렇게 빤질빤질하게 닳아빠진 여급이야 우리 손으로 함부로 주무를 수가 있나? 하하."

"닳다니? 어느새 닳아요? 여급노릇한 지가 겨우 칠 년밖에 아니 되는데. 그래도 나는 아직 숫보기 여급이라오. 아래층에 있는 하나꼬는 겨우 십 년째라나요?"

"그럼 오래잖아서 은급이 붙게."

"아, 이건 햇수만 채우면 제일인가? 연설 말씀은 고만 두고 맥주나 따라요."

이러한 잡담을 주고 받고 하는 청년들 틈에 끼어 앉아서 춘자는 의미 없는 시간을 보내고 있다. 춘자의 수단과 말솜씨는 아직도 그 청년들을 대항할 수 없었다. 말 한 마디 내이면 이 끝 저 끝을 잡아서 조롱하는 그들을 도저히 대적할 수는 없었다. 그러나 그 청년패들 중에서 춘자의 힘으로 농락할 만한 사람은 오직 한 군이라는 청년 하나뿐이었다. 그래서 춘자는 그 한 군이라는 청년을 다른 후보자가 발견되기까지 자기 포로로 정하였다. 춘자는 이러한 치욕을 의미하는 배후가 그 내용은 물론 한 청년을 모욕하는 것이나 표면에 나타난 친절한 춘자의 태도는 도리어 한 청년에게 무서운 매력을 미쳤다. 한 청년은 춘자의 말 한마디에 얼굴이 붉어질 만치 수줍은 청년이나 춘자가 자기 옆을 떠나지 아니하고 부니는 것이 마음에 만족하였다. 한 청년의 체내에서 뛰노는 피는 춘자의 손길이 닿을 적마다 구비를 친다.

"여보게, 한 군. 오늘은 만족하자. 춘자를 독점하고 옆에만 앉히고 있으니 소원이 다 풀렸지? 하하."

웃으며 다른 청년은 한 군을 조롱하였다. 한 청년은 얼굴이 붉어지며 "미친 자식" 하며 고개를 숙였다.

옆에 앉았던 다른 청년은 한 군의 숙인 고개를 손길로 떠받쳐 일으키며

"아, 부끄럽단 말이지? 얼굴을 들고 춘자를 보아. 내가 당신을 연애합니다하는 소리를 좀 못해? 이런 수줍은 자식, 집에서는 춘자만 찾더니 춘자를 대면하니까 어안이 벙벙해서 말이 안 나오니? 처음 연애에는 누구나 얼굴이 붉어지고 가슴이 울렁거리느니라. 하하."

하며 한 군의 몸을 춘자의 옆으로 밀쳤다. 한 군은 또 얼굴이 붉어지며

"실없는 자식, 연애가 다 무어야?"

한 군의 입에서는 이러한 말끝이 불쑥 나왔으나 가슴 속에는 춘자의 매력에 타오르는 불길이 춤을 추고 있다. 여러 사람들이 한 청년을 조롱하는 이야기를 듣고 있는 춘자는 마음 속에서 소리 없이 웃었다. 한 군이라는 청년의 태도를 보든지, 그들이 농담하는 것을 들으면 그것이 한때의 농담만이 아니라 한 청년이 얼마쯤 자기의 매력에 끌려드는 것이 사실 같아 보였다. 춘자는 대담하게

"그렇게 놀림을 받고 아무 말도 못하시오? 무어라고 대항을 하시구려."

하며 한 청년을 역성하는 듯이 충동이는 듯이 말하였다. 이 순간에 여러 청년들은 소리를 치며 한 군 만세를 부르고 떠들었다. 춘자는 처음부터 어떠한 충동을 일으키려고 한 말이나 예기 이상의 소동이 일어나

는 판에 얼굴이 화끈거렸다. 한 청년은 여러 사람이 소리를 치며 떠드는 그 틈을 타서 춘자의 얼굴을 정면으로 바라보았다. 한 청년의 시선이 춘자의 얼굴에 쏘이자 춘자는 미소를 나타내며 그 시선을 받았다. 한 청년은 다시 고개를 숙이며 마음이 울렁거렸다.

142회 자연은 공평하다

황숙자가 춘자라는 딴 이름을 가지고 카페 명월에 여급으로 나오자 첫 날부터 우연히 한 군이라는 청년이 그 카페에 발을 들여놓게 되었다. 한 청년을 끌고 들어온 청년패들은 여급을 다루는 것이라든지 모든 행동이 카페 출입에 많은 관련이 있는 소위 부랑 청년들의 한패이나 그 중에 한 군이라는 청년은 춘자가 그날 밤에 비로소 여급생활을 내딛은 거와 같이 한 청년도 역시 화류장의 첫 걸음을 카페 명월에 들여놓게 되었다. 한 청년은 나이 이십이 넘도록 일찍이 화류장에 발을 던진 일이 없었다. 그의 품행이 단정한 까닭이라고 말하겠지마는 한 군이라는 청년은 원래 성격이 수줍은 사람이라 번화한 장소에 가까이 하기를 즐겨하지 않는 것도 한 원인이다. 이러한 성격을 가진 것을 세상에서는 옹졸한 사람이라고 부르나 그는 성품이 졸한 것만이 아니라 원래 졸한 성격을 가진 중에 자기 가정에서 날마다 일어나는 부자연한 풍파가 그에게 어떠한 결심을 굳게 한 것이다.

한 청년은 재산가로 유명한 한승지의 손자요 색마로 유명한 한치각의 아들이다. 근래 청년들의 해방된 자유로나 또 그의 집 재산으로나 한 청년이 이십이 넘도록 카페의 유혹을 모르고 있다는 것은 도리어 한 기적이라고 하겠다. 그러나 한 청년은 그의 성격이 졸한 것도 물론 한 원인이려니와 자기 아버지의 부랑한 생활이 가정 안에는 풍파를 일으키고 사회에는 해독을 끼치게 되어 그 좋지 못한 영향이 직접 간접으로 자기 생활에까지 미쳐 오는 것을 깨달은 한 청년은 마음 가운데에 어떠한 경계가 생기게 된 것이다. 그러나 자기 아버지의 그러한 성욕의 썩은 부랑 생활을 쫓게 할 힘이 없는 한 청년은 자기 아버지를 아주 단념하고 속담에 대문 밖으로 내버려 두고 자기나 스스로 경계하자는 생각이 있어서 한번도 화류장에 발을 아니 들여놓은 것이다.

한치각의 딸 복희와 그의 아들 한 청년은 성격 상으로 보아서 한치각보다 그의 어머니를 많이 닮았다. 만일 한 청년이 한치각의 색마의 피만은 그대로 받았더라면 이십이 넘도록 카페에 발을 아니 던졌을 수는 없다. 열세 살 먹던 해에 어디서인지 끌어다 맡긴 그 아내가 결단코 자기 마음에 만족한 것은 아니지마는 한 가정의 남편을 같이 한 계집이 셋씩 넷씩 있어서 날마다 으르렁거리며 싸우는 그 부자연한 광경을 보고 있는 까닭에 자기만은 그 추태를 나타내지 않겠다는 결심이 스스로 생긴 것이다. 한 청년의 이러한 태도로 말미암아 그 가정에는 두 분파가 생기게 되었다. 한승지와 한 청년이 한 패가 되고 그 반면에는 부자사이가 점점 벌어져서 한치각과 청년과는 한 솥에서 밥을 같이 먹을 뿐인 텀텀한 가족에 지나지 아니하다. 한치각이 나가나 들어오나 한 청년에게는 아무 관계가 없고 그와 마찬가지로 한 청년이 학교에서 낙제를 하나 우등을 하나 그것도 역시 한치각에게는 아무 관심이 없다.

한 청년은 사립 고등 보통학교를 삼 년 전에 마치고 해마다 대학 이과의 입학 시험을 치러 보았으나 두 번이나 낙제를 하고 금년 봄에도 또 시험에 낙제가 되어 다시 입학할 곳이 없게 되었다. 한 청년은 재산가에 태어나서 물질의 덕은 풍부하나 그와 반대로 타고난 재질은 도리어 보통사람에도 믿지 못할 둔재이다. 만일 금전으로 사람의 뇌수를 살 수 있다하면 낙제의 비운을 세 번이나 당한 청년이 구태여 비관할 까닭은 없지마는 물질과 사람의 뇌수와는 거리가 너무 멀리 떨어져 있는 조물주의 약속을 돈으로 좌우할 수는 없었다. 두뇌를 시험하는 학교 대문 같아서 한 청년은 지전 뭉치를 들고서 울 뿐이다. 자연은 어디까지 공평한 것이다. 한 청년에게 많은 돈을 차지하듯이 그에게 또 영민한 두뇌를 같이 주었더라면 한 청년은 모든 것을 정복할 큰 용사가 되었을 것이나 그에게는 그의 재산에 반비례 되는 우둔한 뇌수 밖에 주지 않았다. 한 청년은 금년에 또 낙제를 하고 세 번째 비운을 당하고 마음이 부끄러웠다. 고등 보통학교를 같이 졸업한 동창들은 모두 전문학교로 대학으로 점점 자기 앞을 서서 나아가는데 세 번이나 낙방거지라는 조소를 듣게 된 한 청년은 자기의 우둔한 두뇌를 원망할 수밖에 없었다. 그와 동시에 한 청년은 자기를 비관하는 나머지 타락의 길로 기울어졌다. 한 청년이 우연히 카페 명월에 발을 던진 것도 그것이 한 원인이었다.

143회 포로를 시험

카페 명월에는 여학교 출신인 춘자가 큰 광고거리가 되어 날마다 손들이 빌새 없는 대번창을 이루었다. 과부의 외딸로 외인을 꺼리며 학교를 다녀온 뒤에는 자기 집 깊은 방 속에서 규중처녀의 명색을 하고 있던 춘자가 대담하게 선머슴들이 뛰노는 카페에 몸을 해방케 된 것도 예측키 어려운 돌발 상황이나 춘자가 처음으로 테이블을 맡아 가지고 손님을 접대하게 된 그날 밤에 한 청년이 그 카페에 발길을 던지게 된 것도 우연한 일이다. 이 두 사람이 카페에서 만나게 된 동기에는 비록 아무 연락은 없으나 춘자로 말하면 한치각에게 여자의 일생을 망치게 되어 남성을 원망하는 마음이 가슴에 맺혀서 그것을 복수하려는 수단으로 어리석은 남성을 찾아서 카페에 몸을 나타내게 된 것이다. 이러한 남성에 대한 독기가 가슴 속에 묻히어 있는 춘자의 눈에는 제 일착으로 한치각의 피를 받은 한 청년이 발견되어 원망의 불길이 타오르는 춘자의 포로가 된 것은 참 소설적이요 또 기구한 찬스이다. 넓은 세상에는 여러 가지 사회상이 부착되어 있지마는 춘자의 한 청년과의 대면은 세상에 드문 희극이요 또 큰 비극이다. 그러나 이 두 사람 사이에는 그 이면에 이러한 운명적 희롱이 있는 것을 알 길이 없다. 춘자는 자기가 당한 비극의 흔적을 가슴 속 깊이 감추고 있을 뿐이요 한 청년은 화류장에 첫걸음을 들어놓게는 되었으나 아직까지 순결한 양심이 번득이는 까닭에 자기의 신분을 용이하게 드러 낼 리는 까닭은 없었다. 한 청년은 오후 한 시가 되기를 기다리어 카페 명월에 들어왔다. 오늘은 특별히 춘자의 부탁하는 대로 일찍이 아무 동무도 아니 데리고 혼자 들어왔다. 밤과 낮을 바꾸어 지내던 명월에는 아직 손이 모이지 아니 하였다. 춘자와 청년은 춘자가 맡은 이층 박스석에서 처음으로 조용한 이야기를 하게 되었다. 이것이 카페 여급들의 숫보기 청년을 유혹하는 한 수단이다. 춘자는 어느 틈에 다른 여급들이 비방으로 쓰는 그 수단을 배우게 되어 전날 밤에 한 청년이 카페를 나아갈 때에 연필로 쓴 편지를 한 청년의 주먹에 쥐어 주었다. 한 청년은 그 편지를 받아 가지고 얼굴이 붉어지며 주저주저하였으나 가슴에는 기쁜 희망이 뛰달았다. 한 청년은 과연 춘자의 편지대로 오늘 한 시에 온 것이다. 춘자는 한 청년과 박스 안에 나란히 걸터앉아서 제일착으로 발견한 포로를 시험하게 되었다.

"나는 벌써 아까부터 기다리고 있었어요." 춘자는 다른 여급들이 말을 하듯이 맵시 있는 말을 발견하기는 어려웠다.

"한 시로 썼기에 지금 왔는데 무엇이 틀렸소?"

한 청년이 사실을 말하는 어조는 듣기에는 퉁명스러운 말 같지마는 그 밖에 다른 적당한 대답을 생각할 여지는 없었다. 춘자의 생글생글 웃는 그 얼굴의 앞에 대하니 가슴이 울렁거리고 공연히 취하는 것 같아서 태연히 앉아 있을 수는 없었다. 일없이 주머니의 휴지를 꺼내서 구두를 닦아 보기도 하고 양복 주머니에 손을 넣다 뺏다 하며 수줍은 빛이 얼굴에 가득하다. 그러나 한 청년의 심장은 춘자의 매력에 고조로

뛰고 있다. 춘자는 서먹서먹한 마음을 억제하고 대담하게 손길로 한 청년의 무릎을 탁 치며

"한 시만 됐어요? 이십 분이나 지났는데 이십 분이나 지각을 하고……."

춘자의 말은 아직까지도 학교에서 쓰던 용어가 그대로 입에서 나왔다.

"지각이라니? 여기가 학교인가? 학교 출신이라더니 학교에서 하듯이 하는군."

하며 한 청년은 또 궐련을 붙인다. 한 청년의 입에서는 궐련이 떠날 새 없이 계속 피어 있다. 이것이 수줍은 마음을 완화하는 한 무기이었다.

"이젤랑은 사람들이 들썩거리는 밤에 오지 말고 날마다 이맘때에 오셔요. 그래야 조용한 이야기도 하지."

춘자는 다른 여급들이 소위 나지미라는 것을 불러내서 꾀이듯이 말은 그대로 하였으나 제 이단으로는 또 어떠한 방법으로 어떠한 연극을 해야 할는지 생각이 나지 아니한다.

"날마다 와도 관계치 않소? 그러나 다른 사람이 보면 이상하게 보게?"

한 청년은 자기를 오라는 그 말이 무엇보다도 만족하였다.

144회 가족 회의

한치각은 곽호에게 사구류를 당하다시피 주을 산 속에 갇히어 날마다 산전을 파는 노동에 땀을 흘리고 지내는 중이나 봄이 깊어 갈수록 인적이 드문 깊은 산중의 경치가 대 자연의 변화를 따라서 꽃이 지고 잎이 나오며 수정 같이 맑은 물이 흐르는 시냇가에는 이상한 산새들이 영롱한 소리로 자연을 노래하는 낙원에 묻히어 있는 동안에 한치각의 주색에 웃처진, 그 체내에 잠들었던 양심이 때때로 머릿속에서 번득이게 되었다. 전등이 찬란한 도회지의 땅을 연상할 때에 화류장 여자들의 붉은 입술과 분바른 얼굴이 그립지 않은 것은 아니지마는 안개가 자욱

한 이른 아침에 맑은 공기를 마음껏 마시며 시냇가에서 얼굴을 씻는 것도 그의 정신을 상쾌케 하였다. 곽호는 한국향의 편지를 보고 ××경찰서에 간히었던 리민영이 그 동안 무사히 석방된 사실을 알게 되어 한치각에 대한 공분도 어지간히 사라졌다. 그래서 차차 한치각의 동정을 보아서 자기 집으로 돌려보내려고 생각하는 중이었다.

그러나 이면에 어떠한 사정이 있는 것을 모르는 한치각의 집에서는 부산에 도착하였다는 간단한 한치각의 편지를 본 다음에 또 한 달이 넘도록 아무 소식이 없기 때문에 그 집 가족들은 무거운 심려에 쌓여 있다. 한치각의 생일이 며칠 남지 아니하였는데 어디 있는 것조차 막연하여 한승지는 여러 가지 사려가 머릿속에 떠돌아서 밤이면 잠을 못자고 있는 터이다. 오늘 아침에도 한승지가 밥상을 대하고 여러 가족들이 모여 앉은 것을 기회로 하여 한치각의 이야기가 벌어졌다.

"너의 아비는 부산 왔다는 편지가 한 장 오더니 다시는 소식이 없으니 어디로 가서 있는지 걱정이 된다" 하며 한승지는 얼굴빛이 어두워졌다. 가족들은 먹던 밥을 중지하며 일시에 한승지에게 시선을 보냈다.

"아버지 생신이 며칠 남지 않았는데 입때 아무 소식이 없으니 웬일인지 모르겠어요. 부산으로 가신다니까 또 일본으로 가시지나 않았는지 모르겠어요."

복희도 걱정되는 빛이 나타나며 이렇게 대답하였다. 한치각의 아내는 그 옆에서 이야기를 듣고 있다.

"일본으로 가다니? 집에는 편지 한 장도 아니 하고 갔단 말이냐? 그리고 소문을 들으니 다른 데에서는 돈을 변통한 형적이 없고 집에서 가지고 간 노자도 얼마 아니 되는 모양이니 만일 일본으로 갈 생각이 있으면 어째 돈 말을 아니 할 리가 있느냐? 아무리 생각하여도 의심나는 일이다. 그런데 준성이라는 놈은 오늘도 아침을 아니 먹으러 들어오니 웬일이냐?"

한승지는 한치각의 소식이 궁금한 중에 요사이는 치부꾼으로 믿고 있는 자기 손자 준성이가 밤출입을 하는 것을 알게 되어 또 한 가지 걱정이 새로 생기었다.

"오라비도 요새는 어디로 다니는지 집에는 별로 없어요. 세 번이나 낙제를 하더니 홧증이 나는 모양이에요."

복희는 자기 오라버니 되는 준성에게 동정하는 말로 이렇게 대답하였다.

"세 번이나 낙제를 하였으니 저도 면목은 없겠지마는 학교를 졸업하면 그것으로 벌어먹겠느냐? 이제 집에서 한문자漢文字면 고만이지. 그것은 걱정 아니 된다마는 밤에 출입이 잦으면 못된 곳에도 발을 들여 놓기 쉬운 일이니 그러다가 또 너희 아비 꼴이 되면 걱정이다. 오늘도 아침을 아니 먹으러 들어오는 것을 보니 엊저녁에 늦게 돌아 온 모양이로구나. 그것만은 집안을 지킬 자식 같더니 또 어떻게 되는지 모르겠다"

하며 한승지는 양 미간에 주름살이 모여들었다.

"오라비가 설마 그렇게야 될라구요. 수줍기가 짝이 없고 굳기가 어떻게 굳은데요. 설마 아버지 모양으로 그렇게 허랑한 데 빠질라구요."

복희는 자기 오라버니를 굳게 믿고 있는 모양이다.

"수줍은 것도 믿을 수 없고 굳은 것도 믿을 수 없다. 너희 아비는 굳지를 않아서 그런다더냐? 다른 데에는 푼돈에 치를 떠는 자식이지마는 계집에게 엎드러지면 그런 정신이 없어지니까 알 수 있니? 수줍은 준성이라는 놈이 한 번만 반해 보아라. 걷잡을 새가 없다."

"설마 그럴라구요? 아버지가 하시는 일을 날마다 보고 있는데요. 또 오라비까지 그런 짓을 할까요?"

복희는 자기 오라비를 두호하여 말한다.

145회 진상에 가까운 추측

한승지는 가족이 모인 안방에서 아침 밥상을 받고 앉아서 한치각이 있는 곳을 찾을 의논을 하다가 중간에서 말이 갈리어 준성이가 밤출입을 하게 된 것이 한참 이야기 거리가 되었으나 결국은 다시 한치각의 이야기로 돌아왔다.

"준성이 놈은 아직 큰 걱정은 아니지마는 대관절 너희 아비를 찾아야겠다. 집을 떠난 지가 벌써 석 달이 가까워 오는데 집 사람들은 어디 있는 것도 모르고 있으니 걱정도 큰 걱정이다마는 남이 묻는 대답에도 창피할 지경이니 이때에 수소문을 하든지 찾아보아야겠다. 부산에서 편지가 온 뒤에 아무 소식이 없으니 내 생각에는 부산에 있는 듯도 하다. 그러니까 작은 사랑에 놀러 다니는 사람 중에 누구를 하나 불러서 부산까지 보내보았으면 소식을 알 듯하다" 하며 한승지는 이러한 발론을 하였다.

한승지의 발론이 이렇게 나왔으나 가족 중에서 얼른 대답할 사람은 복회 하나뿐이다. 한승지의 며느리나 또 손자 며느리나 한승지의 앞에 얼른 내달아서 말 참여를 할 처지도 못될 뿐 아니라 아무것도 모르는 구식 가정에서 생장한 부녀들이라 좋은 생각이 떠돌지도 아니한다. 요즘 복희 하나가 한승지의 큰 참모 격이다.

"사람을 보내는 것도 좋겠지요. 그러나 어디 가서 어떻게 찾을 수가 있을까요? 그것보다 이렇게 했으면 어떨까요?" 하며 복희는 말하였다.

한승지는 그 말을 듣고 귀가 번쩍 띄었다.

"어떻게?"

"경찰서에 비밀로 부탁하여 아버지 주소를 조사해 달라는 것이 어떨까요?" 하며 복희는 한승지의 얼굴빛을 엿보았다.

한승지는 깜짝 놀라며

"원 천만에, 경찰에다 말을 하다니? 잡아달라는 청을 한단 말이냐?"

하며 한승지는 놀래어 복희의 제안을 거절하였다.

옆에 섰던 가족들은 한승지가 놀라듯이 복희의 경찰서라는 말 한마디에 일시에 놀랐다.

"잡아 달라기는 왜요? 경찰서에 청원을 하는 것도 여러 가지가 있어요. 수색청원도 있고 또 보호청원도 있답니다. 보호청원을 하면 서울 경찰서에서 다른 경찰서로 문의를 해서 보호를 하여주는 법이에요. 왜 경찰서에서는 잡아가기만 하나요?" 하며 복희는 자기 말에 놀라는 가족에게 이렇게 설명 비스름한 말을 하였다.

그러나 한승지의 머릿속에는 경찰서가 무서운 곳만으로 생각이 되어 "보호인지 수색인지 그 격식은 자세히 모르겠다마는 나는 경찰서에 말을 하는 것이 도리어 일을 만드는 것 같다. 만일 경찰서에 청원을 하면 순사, 별순검들이 집에 들락거리며 이 끝 저 끝 캐어묻고 그 성가심을 누가 받는단 말이냐?"

한승지는 원래가 '사무송' 한 주의를 가지고 있는 까닭에 복희의 말을 용이히 찬성치 아니한다.

"할아버지께서도 참 딱하십니다. 경찰서에서 온다기로 무슨 관계가 있어요? 우리 집에서 죄를 짓고 사나요? 조사를 하러 오면 좀 어떱니까? 아버지께서는 필경 조선에는 아니 계신 것 같아요. 부산에 그저 계시면 돈이라도 청구하는 편지가 있을 터인데 아무 소식이 없는 것을 보니 결국은 경찰서에 의뢰하는 것이 가장 빠르겠어요. 아버지가 지지난 달에 권농동 그런 봉변을 하신 것도 우연한 일은 아닌 듯해요. 돈은 딴 도적놈이 꺼내가고 때린 사람은 학생패라 하였으니 그 중간에 무슨 일이 있었는지 알 수가 있어요? 그런지 얼마 아니 되어 아버지는 별로 볼 일도 없는 북선지방에를 별안간에 떠나시고 그 후로는 소식이 없지 않습니까? 필경 무슨 딴 까닭이 있는 것인가 봐요."

복희는 자기 아버지 한치각이 봉변하던 그 사실과 또 평일에 자기 아버지가 사회에 어떤 해독을 끼치며 다니는 것을 짐작하는 까닭에 머릿속에는 이러한 진상에 가까운 추측이 떠돌았다.

"그래 네 말도 그럴 듯하다마는 나는 경찰서에 말하는 것이 긴치 않을 것 같다" 하며 한승지는 복희의 말에 차차 쏠리게 되었다. 이러한 의론이 얼마 계속 되다가 결국은 복희의 주장대로 한치각의 보호 청원을 소관 경찰서에 제출하기로 결정이 되었다.

146회 세상을 원망하는 불장난

한승지와 가족들이 한치각의 소식을 알고자 여러 가지 상의한 결과 필경은 복희의 제안을 채용하게 되었다. 그리하여 소관 ××경찰서에 보호청원을 하기로 정하고 그 일은 거진 낙착이 되어 한승지가 사랑으로 나아가려 할 때 상노 만돌이 들어와서 손님이 왔다고 말한다. 한승지는 담뱃대를 들고 사랑에 나아가 보니 찾아온 사람은 안나의 아버지 즉 한치각의 첩장인이었다. 아직 구식을 지키고 지내는 한승지쯤이라 아들의 첩장인을 손님으로 대접할 까닭은 없지미는 안니의 이비지 군침은 원래가 반종이니만큼 한승지는 체면을 찾아서 손님으로 취급하는 터이다. 그러나 원래 연기가 군침은 훨씬 젊은 까닭에 언어 동작은 눈 아래 사람으로 대접하고 있다. 한승지는 군침이가 온 것이 반가운 일은 아닌 것을 여러 번 경험에 짐작하였다.

"여보게 자네 왔네그려. 갸(안나)의 병은 좀 어떠한가? 요전에 들으니 집 밖으로 뛰어 나가기까지 한다니 그 동안은 좀 침식이 되어 있나?" 하며 한승지는 군침을 방으로 맞아 들였다.

군침은 얼굴에 어두운 빛이 가득하여 들어 왔다.

"그 병은 졸연히 나을 병이 못 되니까 낫기야 바라겠습니까마는 갈수록 큰일을 저지르게 되니 딱합니다" 하며 군침이는 사랑 윗목에 웅크리고 앉았다.

한승지는 깜짝 놀라며 "큰일을 저지르다니 무슨 일을?" 한승지의 미간에는 주름살이 잡히었다.

"집에서 야료를 치는 것이야 병으로 그런 것을 어찌할 수 있습니까마는 성냥을 가지고 다니며 남의 집에 불을 넣기 시작하니 그것을 죽일 수도 없고 큰 봉변이올시다. 어젯밤중에도 어느 틈에 뛰어 나갔는지 그 동리 남의 집 처마에 성냥을 그어대서 큰 소동을 일으키고 겨우 불은 잡았으나 경찰서에서 순사가 와서 병원으로 보내든지 사지를 결박하여 두라고 딱딱 으르고 갔습니다. 참 큰일났어요" 하며 군침은 한승지를 쳐다보았다.

한승지는 잠깐 동안 아무 말이 없다가

"불을 넣기로 시작이 되면 그것을 당할 수가 있나. 참 큰 봉변이군."

"그러게 말씀이올시다. 당초에도 의사는 병원으로 보내라 하는 것을 그대로 집으로 다만 가두어 두니 그 병이 낫겠습니까? 더군다나 성한 사람도 갑갑증이 생길 이때에 좁은 방 속에다 가두어 두니 미친 것이 어째 뛰쳐나가지 않겠습니까? 댁에서도 너무 심하시오. 당초에는 그렇게 야단을 하다가 사람이 떨어졌다고 도무지 돌보지를 아니하니 세상에 그런 심한 일이 어디 있단 말씀이옵니까? 그런데 자제는 어디를 갔기에 입때 돌아오지를 아니하니 무슨 일이 있나요?" 군침의 얼굴에는 불평이 점점 나타난다.

"글쎄, 어디를 갔는지 부산으로 갔다는 엽서가 한 통 온 다음에 또 소식이 끊어졌네."

"자제가 있기로서는 무슨 성의가 있겠습니까마는 그것이 불을 놓고 돌아다니게 되었으니 그러다가 만일 남의 집을 태우든지 하면 그 담책은 어디로 돌아갑니까? 저는 미친 것의 아비가 되니까 물론 책임을 지겠습니다마는 댁에서도 세상에 대한 면목이 없지 아니합니까? 동리 사람들도 다 누구하고 사는 것을 알 뿐 아니라 경찰서에서 자세히 조사를 하여 갔으니 나중에 큰 문제가 일어나면 댁에도 관계가 있을 것은 정한 것이 아니오니까?"

"그야 물론 관계가 있을 터이지. 어쩌다가 미치게까지 되었는지 집안이 뒤숭숭하려니까 별일이 다 생겼어." 한승지의 얼굴에는 어두운 빛이 가득하다.

"사세가 이렇게 되었으니 불가불 오늘이라도 곧 병원으로 데리고 가야 터인데 돈 한 푼이 있습니까? 원, 참 딱한 사정이올시다. 정신병원으로 데리고 가면 하루에 삼 원씩만 내면 입원을 시킨다하니 우선 한 달치만 변통을 하여 주시면 곧 입원을 시키겠습니다."

"글쎄, 나도 딱하지 않은가? 그것이 하루 이틀에 나을 병도 아니요, 또 내게 무슨 돈이 있나? 좌우간 오늘은 그대로 돌아가게. 하여튼 참봉이나 돌아오거든 차차 의논하여 보도록 하겠네." 한승지는 무엇보다도 돈이 아까워 이렇게 핑계하였다.

군침은 한승지의 말을 듣고 불평이 불끈 치밀어 얼굴이 붉어졌다.

147회 도덕을 마멸하는 돈

안나의 병세가 점점 악증을 나타나게 되어 자기 집 건넌방에 홀로 갇히어 깔깔대며 웃다가 또 소리를 내며 울기도 한다. 부모의 눈으로는 차마 볼 수 없는 제반 악증을 다하여 길고 화창한 늦은 봄날의 하루를 미친 짓으로 지내다가 밤이 되면 아무 소리도 없이 잠이 들어 자는 것이 수 일전부터는 밤이 깊고 바람 소리가 들리면 머리가 풀어져 얼굴을 뒤덮은 안나가 희미한 달빛을 따라서 방을 벗어나와 불 놓기를 시작하였다. 그래서 군침이는 동네 사람에게 구설도 여러 번 들었거니와 또 요사이는 노름 밑천까지 똑 짤려서 이 핑계 저 핑계하고 한승지에게 돈을 청구하러 온 것이다. 그러나 굳기로 유명한 한승지는 모든 것을 자기 아들에게 밀고 용이히 돈을 내지 아니하여 군침이는 감정이 폭발하였다. 군침의 감정은 돈도 조건이었거니와 자기 딸이 미쳐서 그러한 악증까지 하게 되었다는 말을 하여도 한승지는 아무 인정이 없이 목석 같이 핑계만 대고 있는 것을 보니 나중에는 돈보다도 한치각의 집 가족들의 몰인정한 그 태도에 더욱 흥분이 되었다.

"그래 모든 것을 자제에게만 미시니 자제는 댁 사람이 아니고 딴 나라 사람이란 말씀이오니까? 자제가 당할 입원비용도 결국은 영감께서 즉 영감 주머니에서 나오는 돈이 아니오니까? 그저 남에게로 미실 일은 못되지 않습니까? 입원비용을 못 내시겠다면 영감을 치고 뺏어 가겠습니까마는 그러나 댁에서도 너무 몰인정합니다" 하며 군침의 언성은 높아졌다.

한승지는 당황한 모양으로 묵묵히 앉았다.

"그년이 당초 미치게 된 것도 누구를 원망한 까닭인 줄 아십니까? 댁 자제가 너무 인정 없는 짓을 한 까닭에 미치게 된 것이에요. 나도 천하에 죄진 놈이지요. 돈 몇백원에 눈이 어두워서 자식 하나를 저 모양으로 만들었거니와 댁에서도 너무 심한 일이 아니오니까? 자제는 이 사회에서 큰 제재를 받아야 할 사람이지요" 하며 군침 말에는 독기와 원망이 흘렀다.

"당초의 일까지 말할 것이야 있나? 어찌하는가, 이렇게 된 이상에야."

한승지는 자기의 아들을 너무 책망하는 것이 마음 속에 분하였다.

"그러게 말씀이야요. 이렇게 된 이상 좌우간 책임은 댁에서 질 것이 아니오니까? 그런데 영감께서는 자제에게만 밀으시니 너무 몰인정하지 않습니까? 미친 것은 밤이면 뛰어 나가서 남의 집에 불을 놓고 돌아다니니 시각이 급하지 않습니까? 만일 그러다가 바람이 부는 날에 댁에 와서 불을 놓으면 어쩌실 테예요?" 하며 군침은 독한 시선으로 한승지를 내다보았다.

한승지는 그 말 한마디에 가슴이 선뜻하며 모진 그 말(참언)이 자기 집을 금 밖에 묶는 것 같았다.

"자네가 방자를 하는 말인가? 내 집에 무슨 원망이 있어서 불을 놓는 단 말인가? 그런 고약한 말은 입에 내지 말게" 하며 승지는 경계하였다.

"무슨 원망이라니요? 그 년이 미쳤기는 누구 때문에 미쳤는데요? 다 자제가 미치게 하였지요. 모르겠소이다. 그 년이 불을 놓거나 죽거나 군침이라는 노름꾼의 딸이요 한치각이라는 부자 아들의 첩이니까 나중에는 그 책임이 어디로 가는지 모르지요. 댁에서 입원비를 못 낼 형세라 하면 세상에서도 용서를 하겠지요. 그러나 한달에 백 원쯤 되는 비용을 아껴서 장안에 큰 화재를 내었다면 세상에서는 그대로 있지는 아니할 터이지요" 하며 군침의 입에서는 자주 타오르는 말끝이 한승지 가슴을 찌른다.

한승지는 담배만 풀썩풀썩 피우며 묵묵히 앉았다. 그러나 한승지의 마음에는 무서운 공포가 들려 올랐다. 자기 집에 불을 놓는다는 말도 몸소름이 끼칠만한 선뜻한 참언이나 또 만일 안나가 다른 집에 불을 놓아 그것이 원인으로 큰 화재를 내게 되면 그야밀로 세상에 대할 면목이 없게 될 터이라고 생각하며 무거운 공포에 싸였다. 그러나 백 원이라는 적지 아니한 돈을 얼른 내어주기는 용이한 문제가 아니었다. 한승지는 생각다 못하여 침방 안에 놓인 금고 궤짝에서 돈 삼십 원을 꺼내 들고 나왔다

"여보게, 내게 있는 것이 지금 이것밖에 없네. 우선 가지고 가서 오늘이라도 곧 병원에 데려다주게."

십 원짜리 석 장을 군침의 앞에 내놓았다. 군침은 돈을 보자 노름판에서 골패를 접는 소리가 또 귀에서 떠돌았다.

148회 다시 취급하는 경찰의 손
소관 ××경찰서에는 한치각의 보호 청원서가 들어오게 되어 일단락

을 지었던 한치각의 사건이 다시 경찰의 활동을 일으키었다. 당초에 리민영을 석방할 때에 부산에서 들어온 한치각의 탄원서가 서장의 의심을 사게 되었던 터이라 ××서장은 자기의 명민하게 활동하던 제 육감을 마음 속에 스스로 자랑하여 고등계의 민활형사를 독려하여 급히 사방으로 수사의 줄을 늘어놓았다. 우선 부산 경찰서에 비밀 조사를 의뢰하였으나 한치각이 당초부터 부산에 발을 들여놓지 아니한 것이 판명되었다. 서장은 사법계 주임과 고등계 주임을 서장실에 모아 놓고 비밀 회의를 열게 되었다.

"당초에 리민영을 내어 보낼 때에 들어온 한치각의 탄원서다. 몹시 수상 하더니 필경은 그것이 위조인 것이 확실히 드러나게 되었군. 부산에서 경찰서에서 온 회답을 보면 한치각은 당초에 부산에 발그림자를 한 사실이 없다고 하지 않았어? 이것을 좀 보아" 하며 서장은 부산 경찰서에서 온 종이를 내보였다.

사법계와 고등계 의무주임은 그 서류를 번갈아 읽어보며

"한치각이 부산에 간 적이 없다하면 요전에 왔던 탄원서는 필경 중간에서 어떠한 딴 놈들이 한 짓인 듯하니 수사 방면을 결정하여 그것으로 전력을 쓰도록 할 수밖에 없습니다. 본인이 원래 사상 방면에는 관계가 없고 화류계에 굉장히 돌아다니던 자이니까 그 방면으로 정찰을 하는 것이 유리할 듯하외다."

고등계 주임은 침착한 태도로 이렇게 말했다.

"그럼 우선 리민영을 또 조사할 필요가 있으니 지금이라도 곧 잡아오도록 하지요."

사법 주임은 이러한 제의를 하였다.

그러나 서장은 "물론 리민영을 중심으로 일어난 사건인 듯하니까 그자의 행동과 그 주위에 부니는 인물들을 조사할 필요는 있으나 리민영을 또 구류하면 그 주위 인물들이 경계를 하게 될 터이니 리민영은 그대로 두고 그 행동만 감시하는 동시에 리민영과 접촉하는 인물을 비밀히 정찰하는 것이 좋을 듯한데⋯⋯" 하며 서장은 고등계 주임을 쳐다보았다.

"그렇습니다. 지금 리민영을 건드리면 단서를 얻기가 도리어 어려울 듯합니다" 하며 고등계 주임은 서장의 말을 찬성한다.

"그런데 한치각이 당초 권농동에서 구타를 당한 것이 다만 불량소년들의 소위인 줄만 알았더니 일이 이렇게 곤란하게 되고 보니 그 구타하던 패가 이면에서 또 어떠한 농락을 하여 한치각을 감금한 것이나 아닐까?"

서장은 머릿속에 떠도는 여러 가지 추측을 종합하여 이렇게 말하였다. 그러나 한치각이 북선지방으로 여행을 한다고 집을 떠날 때에 여행 제구를 준비하여 가지고 갔다 하니 그자들의 소위라고 하면 매우 교묘한 트릭을 사용한 듯하니 그 트릭이 무엇인지 알 수가 없는데요."

고등계의 주임은 눈을 깜빡거리며 추상에 쌓였다.

"그거야 물론 트릭이 있을 터이지. 그러나 그 트릭은 아마 계집을 써서 달아낸 것이 십상 팔구일 걸? 이러한 음모를 하는 자들이 본인의 성격을 물론 이용하였을 것이니까 필경 트릭은 계집을 사용했을 듯한데."

이러한 서장의 추상은 경험이 깊으니만큼 두 주임의 추리를 앞서서 활동한다.

"서장 말씀이 사실일 듯합니다. 본인과 연락 있는 사회는 화류계밖에 없으니까 필경 그것을 이용하였겠지요. 그리고 다른 사회에는 몸을 피하는 자이니까 분명히 어떤 계집의 수단으로 달아낸 것일 듯하외다. 그러면 그 방면으로 활동을 개시하도록 하겠습니다."

고등계 주임은 서장에게 그 의견을 물었다.

"물론 그 방면에 정찰을 해야지. 그러나 그 이면에는 될 수 있는 대로 표나는 활동은 하지 말고 극비밀 중에 활동을 하지 않으면 실패하기가 쉬울 터이니 관계 본인들과는 멀리 떨어져서 활동을 하는 것이 좋아"
하며 서장은 방침을 말하였다.

××경찰서 서장실에서 세 사람이 머리를 대이고 한치각의 신변을
수사하는 의론이 점점 진상에 가까워 옴을 따라 주을 산중에 깊이 묻힌
곽호의 은거지에는 위험이 찾아온다.

149회 수상한 고물 장사

×× 경찰서의 활동은 극비밀 중에 한치각의 주위를 둘러싸며 날카
로운 정탐의 손길은 조금만 하면 그 진상을 잡을 듯하는 미묘한 지경으
로 들어간다. 한치각의 사랑에 모이던 약밥 정주사, 연통 안의관을 비
롯하여 소위 사직 영문 병정들에게도 경찰의 손길이 닥쳐왔다. 저녁밥
도 얻어먹지 못하고 허기진 몸을 떨어진 이불 속에 푹 묻고 들어 누웠
다가 밝지도 아니한 첫 새벽에 경찰서로 끌려가는 사람 혹은 자기 집
부근에 이상한 사람이 붙어 앉아서 행동에 감시를 받는 사람도 있었다.
그러나 한치각의 집 사랑에 모이는 사람에게는 별로 신통한 단서를 얻
지 못하였다.

한치각이 북선 지방으로 여행하던 그 때의 내용을 아는 사람은 하나
도 없었다. 다만 상노 만돌이가 전하는 분홍 봉투의 편지 한 장이 들어
오던 그 이튿날 한치각이 떠났다는 사실이 발견될 뿐이었다. 이 간단한
사실이 보통사람에게는 그다지 중대일 같이는 생각되지는 않지마는 제
육감의 역할의 활동이 민첩한 고등계 형사 머리에는 어두운 밤에 번쩍
하는 번갯불 같은 감촉을 주게 되었다. 분홍 봉투의 편지! 이것이 이 사
건의 모든 열쇠를 쥐고 있을 것이라고 생각한 최형사는 그 편지를 발견
하기에 전력을 다하였다. 한치각의 사랑을 수색하였으면 불과 몇 십 분
이 아니 되어 그 편지를 찾아내겠으나 서장의 명령이 아무쪼록 수사방
법을 이면으로 진행하라고 하였으니 표면에 드러내놓고 가택 수색도

할 수 없고 최형사는 그 편지를 어떡하면 손에 쥘까 하는 방침을 연구하는 중에 문득 방안이 머릿속에 번뜩이었다. 최 형사는 급히 자기 집으로 돌아와서 벽장 속에 두었던 찌들은 맥고모자를 쓰고 헌 망태와 저음(젓가락)을 들고 고무신에 동저고리 바람으로 차렸다. 한 달에 몇 번씩 변하는 최형사의 모습은 누가 보든지 서투르지는 않았다. 시커먼 얼굴에 찌들은 맥고모자를 씌고 망태를 매인 그 모양은 남의 집 대문을 엿보며 휴지를 모으러 다니는 사람과 조금도 다르지 않았다. 최 형사는 사직골 한치각의 집 큰 대문 안을 들어서서 이리 저리 기웃거리며 상노 만돌이가 나오기를 기다리고 있다.

"헌 잡지나 수저, 신문이나 옛날 그릇 깨진 조각이나 파실 것 없습니까?"

하며 최 형사는 고물 장사들이 하는 것처럼 외쳤다. 상노 만돌이는 골목 구석에서 동네 아이들과 돈을 치고 있다가 휴지장사가 외이는 소리를 듣고 모아 두었던 신문을 팔려고 뛰어 들어왔다.

"여보, 휴지 상사, 신분도 사 가오?"

하며 만돌은 물었다. 최 형사는 속마음에는 '연극이 차차 맞아들어 오는구나' 하며 가벼운 웃음을 가슴속에 흘렸다.

"암, 사구 말구요. 신문뿐이 아니라 편지, 휴지 봉투 껍데기, 명함 나부랭이 무어든지 종이조각은 다 사갑니다. 네 그저 무엇이든지 많이 가지고 오세요" 하며 최 형사는 흥감을 떨며 늘어놓았다.

"편지 휴지도 사가요?"

"암, 사가고 말고요. 편지 휴지라도 불겅이 파랑이 분홍이 같은 무색 편지 휴지는 그 중에도 몇 곱절쟁이씩 비싸게 사갑니다. 어서 가지고 오시오. 오늘은 처음 나오는 개시날이니까 다른 장사보다 엄청나게 비싸게 살 터이니 어서 가지고 나오시오" 하며 최 형사는 편지 휴지를 사는 것이 목적이었기 때문에 이렇게 무색 편지를 가져오도록 충동이었다.

상노 만돌은 야마(일본도박)와 돈 치기에 몸이 달던 참이라 제 방에 모아 두었던 신문 뭉텅이를 들고 나왔다.

"이 신문을 먼저 사가오. 요새 신문은 한 장에 얼마요?" 하며 만돌은 답을 물었다.

최 형사는 실제 신문값이 얼마인 것도 모르나 하여간 비싸게 산다고 하여야만 편지 수집까지 나올 것을 짐작하던 터이라 "네, 네, 다른 사람은 얼마에 사 가는지 모르거니와 나는 처음 나온 마수거리인 때문에 한 관에 사십 전씩 치지요. 그러나 무색 편지 휴지는 무게로 따지지 않고 보아서 그 중에 좋은 것은 한 장엘 얼마씩 쳐서 가져가겠소이다" 하며 최 형사는 지갑에서 은전 지전을 수북하게 꺼내어 세는 체하고 돈광을 쳤다.

만돌이는 신문 한 관에 오 전밖에 안 되는 지금 시세에 사십 전에 산다는 말을 듣고 어수룩한 휴지장사에게 한 몫을 떼어 먹으려고 한치각의 사랑으로 들어가서 무색 편지를 찾게 되었다.

150회 비밀의 열쇠

최 형사는 상노 만돌이가 한치각이 쓰는 사랑으로 들어간 뒤에 궐련을 피워 물고 상노 방 툇마루에 걸터앉아서 과연 단서를 얻을 만한 편지 휴지가 튀어 나올까 하는 생각으로 기다리고 있다. 얼마 만에 만돌이는 신문지에 꾸린 편지 뭉치를 옆에 끼고 들고 왔다. 최 형사는 무엇이나 발견한 듯이 그 편지 뭉텅이를 빼앗다시피 급히 받아서 뒤적거려 보았다. 상노 만돌이는 최 형사가 기탄없이 편지 휴지를 툇마루에 버려 놓고 고르는 것이 마음이 타서 초조하게 되었다. 돈푼이 아쉬워서 사랑에 있던 편지를 모두 가지고 나왔는데 그 중에는 필경 밖에 내어놓지 못할 편지도 있을 터이니 만일 노주인 한승지에게 들키었다가는 큰 걱정이 내릴 것이라고 생각하니 만돌의 마음은 초조하였다.

"여보시오 고를 것은 무어 있소. 그대로 사가구려. 손님이나 오시면 모양이 창피하니 저리 가지고 갑시다" 하며 만돌이는 휴지 장사 최 형사를 끌고 뒷골목 구석으로 갔다.

최 형사는 만돌이 시키는 대로 따라가서 편지 뭉텅이를 또 상고하여 본다. 최 형사는 편지 휴지가 필요한 것이 아니라 그 중에서 분홍빛 봉투 한 장만 발견하면 목적을 다할 것이다. 그러나 만일 그런 편지가 그 중에 들어있지 아니하면 또 무슨 방법으로든지 만돌을 꾀어서 목적한 편지가 나오도록 할 생각으로 유유한 태도로 최 형사는 편지를 뒤적거리고 있으나 상노 만돌은 마음이 조마조마하였다. 최 형사가 찾으려 하는 분홍 봉투는 과연 그 속에서 튀어 나왔다. 최 형사는 눈이 번쩍 띄어서 그 편지를 꺼내어 들고 앞뒤에 씌인 글씨를 자세히 살펴 보았다. 피봉에는 여자의 글씨로 한치각의 주소, 성명이 씌어 있고 봉투에는 꽃가지의 희롱하는 나비가 그려있다.

최 형사는 입가에 미소가 흐르며 "무색 봉투는 이것밖에 없소? 또 있으면 얼마든지 살 터이니 더 가지고 나오구려. 이런 무색 봉투는 한 상에 십전씩이라도 사겠소" 하며 최 형사는 만돌의 얼굴을 살펴보았다.

"인제는 백 원씩에 산대도 더 없어요. 나으리가 계시면 그런 편지가 가끔 들어오지마는 시골을 가시고 아니 계시니까 편지 아니 들어오는 걸요. 이 다음에 또 오시오. 내가 모아 두었다 당신한테 팔 터이니" 하며 아무 내용도 모르는 만돌이는 큰 단골이나 장만한 듯이 신이 나 말하였다

"네, 이 다음에도 가끔 가끔 들릴 터이니 잘 모았다 주오. 그런데 이 댁 젊은 주인은 어디를 가셨소?"

최 형사는 만돌의 입에서 무슨 참고 될 말이나 들을까 하여 물어 보았다.

"알 수 없지요. 첫 번에는 함경도에 가셨다더니 집에 편지에는 또 부

산으로 가셨다던가요? 그 외에는 소식이 없어서 집안 식구들이 지금 끌탕으로 지낸다오. 그런데 그것은 왜 묻소?" 하며 만돌은 무엇을 이상케 보았는지 이렇게 반문하였다.

"아니요. 젊은 주인께서 댁에 계시면 편지 휴지가 많이 모인다기에 그래서 물어본 것이요" 하며 능청스럽게 변명하였다.

"그 양반만 계시면 무색 봉투의 편지는 가끔 들어오지요. 휴지로 쓸 것은 없지마는 색색의 봉투를 모을 수는 있지. 어쨌든 자주 들리시구려."

"오늘은 첫 날이니 돈을 많이 드리지요. 신문 값 무어 할 것 없이 일 원만 드리리다. 물건이 그 값어치가 돼서 그런 것이 아니라 이 담에 단골을 해서 다닐 터이니까 특별히 많이 드리는 것이오." 형사는 일 원짜리 지전을 만돌에게 주었다. 만돌은 의외의 돈 일 원을 손에 쥐게 되어 입이 저절로 벌어지며 웃음이 흘러 나왔다. 최 형사는 쓸데도 없는 신문지와 편지휴지를 한데 뭉쳐 망태에 넣어서 메이고 자기 집으로 돌아왔다.

최 형사의 예리한 탐정술이 어디까지 성공할는지는 아직 의문이다. 하여튼 목적한 분홍 편지는 발견하였다. 한치각이 당초 주을로 떠날 때에 일지매에게서 온 편지를 가방 속에 넣어 가지고 가려하다가 수선한 중에 보료 밑에 둔 채 그대로 잊어버린 것이다. 활동이 예민한 최 형사에게 발견된 일지매의 분홍 편지는 잠자던 모든 비밀을 다시 흔들어 일으키게 되었다.

151회 능청스런 노파

××경찰서 최 형사는 휴지 장사로 변장하고 한치각의 집에 상노로 있는 만돌을 속이어 편지 휴지를 끌어 내인 그 뭉치 속에서 목적한 분홍빛 봉투를 발견하게 되어 마음에 만족을 느끼며 자기 집으로 돌아 와서 편지의 내용을 읽어 보았다. 그 분홍빛 편지는 과연 한치각을 주을

온천으로 불러 내인 기생 일지매의 편지이었다. 최 형사는 그 편지를 보고 여러 날 머리를 괴롭게 하며 생각하던 한치각의 사건은 이제야 해결 단서를 얻었다는 자신이 생기는 동시에 마음이 상쾌하였다. 한치각이 처음에 북선지방으로 여행을 갔다는 것은 그의 집에서 조사할 때 이미 드러난 사실이요, 그 중에 의문에 싸여 있는 것이 한치각이가 떠나게 된 동기인데 분홍빛 편지에서 일지매가 주을 온천으로 불러 내인 것까지 알게 되었으니 한참 동안 고등계원을 총출동하여 수사하던 한치각의 사건이 불과 수일 안에 진상이 세상에 드러나게 되었다. 최 형사는 얼굴에 만족한 빛이 가득하여 다옥정 일지매의 집으로 향하였다. 해는 그럭저럭 오후 일곱 시에 가까웠을 때이다. 일지매는 전라도 남주사에게 독점을 당하다시피하여 서너달 동안이나 온천으로 금강산으로 끌려 다니다가 그 전날에 겨우 경성으로 돌아 왔으나 남주사는 그저 떨어지지 아니하고 오늘 저녁에는 활동사진을 구경 가자는 약속이 있어서 일지매는 일찍부터 몸치장을 하고 있던 중이다. 기생집에 발이 서투르지 아니한 최 형사는 일지매의 집 대문을 들이시시 기침소리를 내며 거침없이 앞마당으로 들어섰다.

장죽을 물고 마루 끝에 걸터앉았던 일지매의 어머니는 최 형사의 모양이 눈앞에 나타나자 가슴 속에는 별안간 무거운 압박을 느끼었으나 그의 능갈친 외교 수단은 부자연한 미소를 뻐드러진 잇새로 흘리며 "어드레 그렇게 안 왔소이까? 어서 이리로 올라오소" 하며 일지매의 어머니는 최 형사를 맞았다

"우리 같은 돈 없는 사람이 그렇게 자주 와서는 도리어 방해가 될 듯해서 한참동안 참았지요" 하며 최 형사는 마루 끝에 앉아서 사방을 둘러보았다.

"돈? 돈은 무엇에 쓰겠기에? 언제 나리더러 돈 달라 합드니까?"

"그래도 돈 많은 사람이 자주 와야지. 그런데 일지매는 어디 갔소?"

하며 최 형사는 방을 들여다보았다.

"그 동안 고향에 갔다가 어제서야 돌아왔소이다" 하며 일지매의 다녀온 곳을 고향으로 속여 버렸다. 그 이유는 상대자가 형사인 만큼 손하고 같이 다니는 것을 구태여 드러낼 필요가 없다고 생각한 까닭이다. 그러나 최 형사의 귀에는 고향이라는 말이 몹시 거치어 들렸다.

"고향이라니? 고향이 어딘데? 평양이 아니오?" 하며 급히 물었다.

최 형사의 머릿속에는 일지매의 편지 속에서 발견한 주을 온천과는 너무나 방향이 틀린다는 생각이 떠돈 때문이다.

"그럼 우리 고향이 어드메인 줄 알았겠소?"

하며 일지매의 어머니는 최 형사의 얼굴을 엿보았다.

"글쎄? 평양인지는 알았지만 그래 언제 갔다가 언제 돌아왔소?"

"저 지난 달에 갔드랬지요."

"그럼 꽤 오래 있었구려. 그래 그 동안에 평양에만 있었다 왔소? 어디 다른 데에도 구경하고 왔답디까?"

"귀경은 무슨 귀경. 고향에 가면 찾을 사람도 많고 하니까 두어 달 아니 걸리겠소?"

"그래 혼자 갔었소? 동무하고 갔다 왔소?"

"동무는 무슨 동무 혼자 갔었드랬지. 어드레 이리 묻소? 우리 애는 인기 기생 같이 힘든 짓은 아니 시킵니다. 그리 묻지 마소" 하며 일지매의 어머니의 손길로 가볍게 최 형사의 어깨를 치며 어울러 넘기는 수작을 내놓았다.

최형사는 속마음에 능청스러운 노파가 주을 갔다는 말을 속이는 줄 알고

"온천에 갔단 말을 들었는데 온천에 갔다면 무슨 상관있나? 영업장이 뚜렷하게 있는 기생인데. 공연히 속이지 말고 바로 좀 일러 주어요" 하며 최 형사는 덜미를 집었다.

일지매의 어머니는 대답이 몰리어 어물어물한다.

152회 최 형사의 추구

최 형사는 일지매의 어머니에게 실없는 언사를 섞어가며 이 끝 저 끝을 끌어서 일지매가 다녀온 곳을 캐물었으나 주을 온천에 갔던 눈치는 보이지 아니한다. 그뿐만 아니라 한치각이가 일지매를 따라서 같이 갔었다하면 일지매 한 사람만 놓아 보낼 리가 없을 터인데 하는 의심이 들기 시작하여 최 형사는 일지매의 어머니를 조사하던 것을 그만 정지하고 직접으로 일지매, 본인을 불러서 또 물어보기로 하였다. 그러나 이때까지 조사하여 온 사건을 속이고 엄벙하는 태도로 있던 사람이 별안간에 얼굴빛을 고치며 일지매를 정식으로 심문할 수도 없고 그 장면이 적이 어색하게 되어 최 형사는 얼른 한 꾀를 생각하였다.

"여보게, 일지매, 황금정 모퉁이에 내 친구가 찻집을 내었는데 오늘이 개점을 하는 날이라고 청하였으니 우리 차나 먹으러 가려나? 자네 같은 손님을 아무쪼록 많이 청해 가지고 오라는 부탁을 받았네. 우리 같이 가세" 하며 최 형사는 일지매를 끌어내려고 이렇게 말하였다.

일지매는 마음에 당기지 않는 표정을 하며 "지금 요릿집에서 부르러 왔다 갔어요. 다음 날에나 가지요" 하며 거절한다.

일지매의 어머니는 옆에 앉았다가 "지금 고대 왔댔어요. 그래 세수를 하던 중인데" 하며 말깃을 달아서 일지매의 처지를 응원하였다.

"아, 어느새 요릿집에서 와? 해도 안 져서 그게 누구란 말이야? 아는 손님이게? 그렇게 일쯔거니 불렀지."

"아니야요. 아는 사람도 아닌 모양인데 초저녁부터 불렀어요."

"남의 영업이야 방해 하겠나? 그럼 나아가는 길이니 나하고 같이 가서 차나 한잔 먹고 가게그려. 인력거꾼을 그리 오라면 그만이지" 하며 최 형사는 또 권했다.

일지매는 자기 모와 시선을 맞추며 잠시 대답 없이 앉았다.

최 형사는 "아, 내가 모처럼 차를 한잔 사준다니까 내 차는 먹기가 싫단 말이야? 그야 돈 많고 얼굴 이쁜 화이트칼라가 사주는 것처럼 비위에 당기지는 않겠지마는 오늘은 내가 한가히 찾아 왔으니 그 대접도 좀 하게그려" 하며 최 형사는 한편으로는 비꼬는 듯이 또 한편으로는 간청하는 듯이 이렇게 말하였다.

일지매는 또 시선을 던져서 그의 어머니의 의향을 물었다. 그 어머니는 최 형사의 비꼬아 하는 말이 모가 박일 듯이 생각이 되어 손짓을 하며 눈으로 같이 가라는 군호를 하였다. 일지매는 남주사와 활동사진에 가기로 약속하였지마는 아직 시간도 있고 또 최 형사가 간청하는 것을 그대로 빼치기는 마음에 꺼림한 생각이 나서 같이 따라나섰다.

황금정 모퉁이에는 과연 전에 못 보던 새로 난 찻집이 있었다. 시간이 이른 것과 새로 생긴 찻집이라 아직 사람의 자취가 없었다. 최 형사는 일지매를 데리고 이 층으로 올라가서 구석에 있는 박스에 마주 앉았다.

"새로 난 찻집이라 매우 깨끗하지? 또 이 집에서는 커피차를 유명하게 달이는 뽀이가 있어서 차맛이 상당히 좋다는데?" 하며 최 형사는 아무 의미 없는 말을 늘여 놓으며 일지매를 건너다보았다.

일지매는 최 형사가 하는 대로 그저 고개를 끄덕거리고 앉았다. 흰 상의를 입은 뽀이는 커피 냄새가 코를 찌르는 찻잔을 앞에 준비해 놓고 내려갔다.

최 형사는 찻잔을 앞으로 당기어 놓으며 "여보게 그 동안에 자네 고향을 갔다 왔다더니 권번에서는 딴 소문이 났으니 그게 웬일인가? 권번에서 하는 말은 그럼 거짓말인가?" 하며 최 형사는 일지매의 얼굴빛을 엿보았다.

일지매는 대답에 궁색한 듯이 "무어요? 무슨 말이야요?" 하며 일지매는 차를 들어 마신다.

"자네가 그 동안에 사직골 한 부자 아들하고 온천에 놀러 갔더란 말이 들리던데? 그래서 나는 이제 일지매가 큰 수가 나나 보다 그랬는데?"하며 최 형사는 정면으로 뚫었다.

일지매는 가볍게 놀라서 "온천은, 누가 그런 거짓말을 해요? 천만에! 한참봉 말이지요? 그이는 만난 지가 벌써 반년이나 되는데? 어쩌면 그런 거짓말들을 해?" 하며 일지매는 냉과리 같이 뛰었다.

최 형사는 호주머니에서 분홍빛 편지를 꺼냈다.

153회 닥쳐오는 경찰의 손

최 형사는 일지매를 데리고 찻집 2층에서 실없는 농담을 하는 척하고 한치각의 사건을 물어보았으나 일지매에게는 아무 감각이 없는 듯이 헛청에서 나오는 대답만 하고 있었다. 그래서 최 형사는 마음에 하도 고이하여 결국은 증거물인 분홍 편지를 내어 놓고 나중에는 얼굴빛을 고치며 정식으로 심문을 하다시피 하였으나 일지매는 역시 모르는 사실이었다.

"아, 자네가 이러한 편지까지 하고 모른다 하면 나를 너무 희롱하는 것이 아닌가? 이러한 증거가 있는데 모른다는 것이 웬 소리야? 사실을 바로 말하면 무슨 상관이 있나? 아는 터이라고 실없이 했더니 사람을 속이려고만 해?" 하며 최 형사는 얼굴빛을 붉혔다.

일지매는 그 편지를 보고 가슴이 선뜻하며 놀래었다. "아 이게 웬일일까? 나는 도무지 이런 편지를 한 일이 없는데? 누가 이런 장난을 했어? 참 이상한 일도 많아. 그래 대관절 이 편지는 어디서 나왔어요? 나는 당초에 그이에게는 편지라고는 한 일이 없는데 참 알 수 없는 일일세" 하며 일지매는 얼굴이 핼쓱하며 변명하였다.

"그래, 이것이 자네가 쓴 글씨가 아니란 말이야?" 하며 최 형사는 일지매의 행동을 날카로운 시선으로 감시하고 있다.

"아니고 말고요. 얼토당토 아니한 편지야요. 나는 그런 편지를 한 일은 없어요. 아마 일지매라는 기생이 또 있나 봐요. 그렇지 않으면 누가 내 이름을 위조한 것이지요."

일지매는 한치각이 무슨 큰 사건을 일으키었는지 그것도 모르나 그 총중에 자기 이름이 끼어 있는 것을 알게 되어 가슴은 두근거리며 두려운 생각밖에 나지 않는다.

"일지매가 또 있다니? 내가 시골서 처음 올라온 사람이면 모르거니와 서울서 자라난 사람이요. 더군다나 경찰서에 십여 년을 다니는 사람으로 설마 같은 이름을 모르고 자네에게 묻겠나? 그런 딴소리는 말고 바른 대로 말하게 자네에게는 아무 상관이 없는 일일세. 구태여 상관없는 일에 자네가 숨기든지 하면 나중에는 큰 봉변을 할 터이야" 하며 최 형사는 딱 을렀다.

"글쎄, 나는 아주 모르는 편지야요. 내가 했으면 왜 거짓말을 할 리가 있어요. 참 나는 모르는 일이야요" 하며 일지매는 애원하듯이 말한다.

최 형사는 노련한 감식으로 일지매의 태도를 살피고 있으나 부인하는 일지매의 말이나 그 태도가 과연 아무것도 모르는 것이 사실 같아 보였다.

"그러면 자네 한치각이 지금 어디 가 있는지 그것은 짐작하겠지?"

"그것도 나는 모르겠어요. 시골 갔다 두 달 만에 어젯밤에 돌아 왔어요. 요새 서울서 생긴 일은 당초에 몰라요" 하며 일지매는 애가 타는 마음으로 이렇게 말하였다.

최 형사는 다시 머릿속이 혼잡케 되었다. 일껏 애를 써가며 얻어 내인 그 편지로도 아무 단서를 찾지 못하게 되어 사건은 다시 오리무중에 묻이었다.

"그러면 이 글씨는 뉘 글씨인지 눈에 익지 아니한가?" 하며 최 형사는 그 편지를 다시 일지매 앞에 놓았다.

"글쎄요, 보던 글씨 같기도 하고 어떤 글자는 내 글씨 비스름하게도 쓰긴 하였는데" 하며 일지매는 편지 글씨를 종이가 뚫어지도록 들여다보고 있다.

일지매의 머릿속에는 그 편지에 자기 이름이 씌어 있을 뿐 아니라 나중에 무슨 침탈이 있을는지 두려운 생각이 가득하여 그 글씨의 주인을 찾아내려고 편지 한 폭에 모든 기억을 집중하고 있다.

"자네가 한 편지가 아니라면 누가 장난으로 한 듯하니 자네 동무 중에서 어떤 장난꾼이 쓴 것이 아닌가? 글씨 주인을 생각해 보게."

"글쎄요, 어떤 글자를 보면 눈에 익은 것 같기도 하고요. 어쨌든 서투른 글씨는 아니에요" 하며 일지매는 시선과 모든 정신이 편지에 모였다.

"물론 자네를 잘 아는 동무의 장난이겠지. 아주 모르는 사람이야 그런 편지를 하겠나? 글씨를 자세히 보게" 하며 최 형사는 주의를 주었다.

일지매는 골똘히 편지를 들여다 보고 있다가 별안간에 고개를 번쩍 들며

"네, 네 짐작하겠습니다. 네, 글씨의 주인을 알겠습니다" 하며 정신이 나는 듯이 반기었다.

최 형사도 따라서 놀랬다.

154회 한국향은 어디로

일지매는 분홍빛 편지의 주인을 발견하는 것이 자기의 모든 책임을 벗어나는 첩경이라고 생각하여 전력을 다해서 그 글씨의 주인을 찾아내게 되었다. 일지매의 입에서 한국향이가 쓴 것이라는 말이 나오자 최 형사는 깜짝 놀랐다. 한국향이라는 기생은 최 형사도 익히 아는 기생이다. 술 잘 먹는 기생, 호기 있는 기생으로 유명한 그 사람이 그러한 위조 편지를 하기는 의외의 사실이었다. 한국향은 기생이라는 것보다 이전 세상에 활을 둘러 메이고 다니던 한량 같은 기품을 가진 사람인데

무슨 까닭으로 그러한 비열한 연극을 하여 한치각을 불러냈을까하는 것이 큰 의문이었다. 한국향은 늙은 기생이라 요릿집에 간다하여도 술친구들이 아니면 이야기 친구들이 부를 뿐이요 한치각이 같은 성욕에 웃처진 색마들과는 인연이 끊어진 지도 오래이고 또 한치각 같은 것은 일종의 부랑 소년으로 취급하는 한국향이 무슨 필요가 있기에 그러한 짓을 했나 하는 것이 큰 의문이었다.

그러나 협기가 많은 한국향의 성질을 짐작하는 최 형사의 머리에는 한편으로는 또 이러한 추측이 생기었다. 한치각 같은 사회에 큰 해독을 끼치는 인물에게 어떠한 제재를 주자는 의협심을 가지기도 쉬운 일이니 그러한 동기에서 한국향이 연극을 꾸민 것이나 아닌가 하는 생각이 떠돌았다. 그래서 최 형사는 일지매에게 한국향이의 글씨가 분명한가를 여러 번 다져 보았으나 자신 있게 대답하는 말을 듣고 한국향을 찾게 되었다. 사건의 내면에는 한치각의 신체를 보호하는 중대한 사명이 있으나 의외의 등장인물로 튀어나온 것이 한국향이라 최 형사는 사건의 책임감도 있으려니와 한편으로는 큰 호기심을 느끼었다. 돈도 모르고 단장도 모르고 또 아양도 모르는 활발한 남성적 기생인 한국향이가 어린 기생의 이름을 위조하여 한치각을 달아낸 그 이면에는 필경 무슨 활극이 있을 것이라고 생각하였다.

최 형사는 사건의 비밀을 열어젖힐 열쇠를 손에 쥐게 되어 조이는 마음이 턱 풀어졌다. 일지매에게 비밀을 지키라는 부탁을 하고 최 형사는 찻집 대문을 나서 종로로 향하여 제 이단으로 활동할 방침을 생각한다. 사건은 이제 한국향의 한 사람만 조사하면 실꾸리 풀리듯이 될 터인데 문제의 주인공 한국향은 어떻게 취급할까 하는 것이 문제이었다. 사문서 위조 이것만 하여도 훌륭한 범죄이다. 서장에게 보고만 하면 두말없이 체포가 될 터이나 십여 년 동안이나 세상을 희롱하며 유쾌하게 지내던 한국향을 그의 죄악도 미처 모르고 어두운 유치장에 끌어들이는 것이 너무나 가혹한 일이 아닌가하는 생각도 난다.

'그러나 사람에 꺼리어 어물어물 하고 있는 동안에 한국향이가 만일 비밀을 알아채고 어디로 튀어버리면 낭패가 아닌가? 그러나 한국향이가 죽을 죄를 지었다면 모르거니와 설마 몸을 피하지는 않겠지. 그 자의 성격으로 경찰에 대담하게 대항을 할지언정 그런 비열한 행동은 아니할 것이지.'

이러한 생각을 하며 최 형사는 인사동 한국향의 집으로 향한다. 최 형사는 한국향이 주인공이 되어 연극을 꾸민 이상 한치각의 신변은 그다지 위태치는 아니할 것이라 생각하였다. 모르거니와 한국향이 같은 담박한 사람이 별안간에 돈에 탐이 나서 그런 짓을 했을 리도 없고 추측과 같이 한치각을 어느 곳에 감금하였다 하더라도 한 때의 희롱이었을 것이라고 생각하였다. 최 형사는 머릿속에 이러한 생각을 계속하며 한국향의 집 대문에 닥쳤다. 큰 기와집 틈에 끼인 납작한 초가가 한국향의 집이다. 대문은 쪼개지고 문틀은 기울어져서 겉으로만 보아도 가닌이 뚝뚝 덧는 집이다.

껌껌한 대문간에서 한참 동안 집안의 동정을 엿보다가 "국향 씨가 있나?" 하며 최 형사는 앞마당으로 쑥 들어갔다. 마루에는 시대를 등진 램프 불이 희미하게 비치어 있고 그 밑에는 머리가 모시보종지 같이 하얗게 된 국향의 어머니가 홀로 앉았을 뿐이다.

"국향 씨는 어디 갔나요?" 하며 최 형사는 물었다.

"네, 아까 시골 간다고 떠났어요" 하며 그 어머니는 대답하였다.

최 형사는 마루 끝에 걸터앉으며 마음이 다시 어두워졌다.

155회 의외의 성공

최 형사는 한국향의 집 마루 끝에 걸터앉은 채로 몇 분 동안을 지냈다 오리무중에 싸였던 한치각의 사건이 장차 한국향의 입에서 최후의 해결을 토하게 된 긴장한 장면이 다시 어두운 밤빛 속에 깊이 묻혀 버렸다. 모든 열쇠를 쥐인 한국향이 귀신 사라지듯이 형적을 감추어 버리게 되어 최 형사는 긴장하던 마음이 힘없이 풀려서 얼마 동안을 묵묵히 앉았었다. 최 형사의 머릿속에는 여러 가지 추측이 착찹하게 떠돌았다. 경찰의 추구가 급한 것을 알아 채고 한국향이가 어디로 형적을 감춘 것이나 아닌가? 만일 그렇다 하면 지금까지 유유히 경성에 있을 리가 없는데 하여튼 이상한 일이라고 생각하며 최 형사는 다시 한국향이의 어머니에게 "그래, 어느 시골을 간다하며 떠났어?" 하며 물었다.

머리가 하얗게 센 한국향의 어머니는 나이가 얼마나 되었는지 얼굴은 늙은 원숭이 같이 되고 정신은 혼미한 모양으로 체머리를 설레설레 내두르며 "글쎄, 원산을 간다든가? 부산을 간다든가? 하는 소리는 들었건만 그 동안에 잊어 버렸구려. 요새는 정신이 들락날락하여 금방 들은 것도 잊어버리게 되니 얼른 죽어야지" 하며 노파는 이런 희미한 대답을 몇 번이나 되풀이할 뿐이다.

"그래 그렇게 잊어버리었단 말씀이오? 그럼 어느 때나 돌아온다고 하고 갔어요?" 하며 최 형사는 퍽 힘이 풀린 어조로 물었다.

"한 열흘 된다 합디다. 그러나 미친 것 같은 년이니까 언제 돌아오는지 모르지요" 하며 노파는 또 체머리를 흔든다.

최 형사는 송장이 다 된 노파를 붙잡고 시간을 보내야 아무것도 발견치 못한 것을 알고 한국향의 집을 나왔다. 사건은 다시 급하게 되었다. 한국향에게 어느 정도까지 선의를 가지고 대접할 수는 없었다. 한국향의 성격만 믿고 그대로 내버려 두었다가는 큰 실책이 될 염려가 있다고 생각한 최 형사는 급히 ××경찰서로 돌아와서 철도연선 각 정거장에 수배를 벌여 놓게 하였다. 노파의 말을 따라서 경함선과 경부선에는 특별히 조밀한 수배를 둘러 놓고 다른 연선에는 만일을 경계하도록 하고 또 경성 안에도 수사의 그물을 늘어놓았다. 한국향의 몸은 그물 속에 뛰노는 물고기와 같이 각각으로 최후의 운명이 닥쳐오게 되었다.

　경함선 열차는 깊은 물을 지나고 시내를 건너며 잠든 촌 앞으로 소리를 치며 닿는다. 삼방고산 지대에는 가벼운 수증기가 산 사이에 어리고 초여름 달은 젖빛 같은 희미한 광선을 신록 위에 던져 있다. 귓가로 지나는 폭포 소리, 창문으로 들어오는 상쾌한 공기는 도회지에서 더럽힌 머리를 쇄락하게 스쳐간다. 몸을 포개고 고개를 꼬부린 3등 승객들은 어느덧이 무거운 잠에 취하였다. 아이들 상투장이 시골 마누라들이 몸을 포개다시피 끼어 앉은 틈에 굵드란 삼베 치마를 입고 절치 미투리를 신은 여인 하나가 있다. 얼른 보면 그의 옆에 늘여 앉은 농가의 가족 같이 보이나 자세히 눈여겨보면 어디인지 때가 벗어 보이는 그 여자는 한국향이었다. 한국향은 원래부터 금강산 경치를 사랑하여 일년에 한번씩은 여행하던 터인데 금년에는 특별히 금강산의 봄 경치가 보고 싶던 차에 곽호에게서 편지가 와서 원산에서 서로 만나자는 약속이 있기 까닭에 우선 원산으로 향하는 길이다. 한국향이 몸치장을 이렇게 이상하게 차린 것은 실상은 깊은 의미가 있어서 그런 것은 아니다. 그의 고상한 취미에서 나온 죽장망혜로 금강산을 찾자는 한 희롱이다. 국향이는 자기 후면에 무서운 경찰의 손길이 닥쳐오는 것을 알 길이 없었다. 다만 유유한 기분으로 금강산의 봄 경치를 찾을 뿐이다. 그러나 한국향의 이러한 변장이 여러 정거장의 경찰의 눈을 벗어나게 된 것도 인식치 않는 큰 성공이었다. 기차는 첫 새벽 다섯 시에 원산 정거장에 도착하였다. 차 안에서는 승객이 거의 반이나 몰려 나왔다. 삼베 치마를 입고 미투리를 신은 국향이는 옆에 앉았던 촌 마누라를 위하여 고리짝을 나누어 들고 사람 물결에 따라 북작거리는 출구로 나온다. 출구 양편에는 사복 순사들의 날카로운 시선이 승객들의 얼굴에 뚫을 듯이 꽂혔다.

156회 가련한 연애의 종

한韓 청년의 체내에는 깊이 묻혔던 연애의 불길이 타오르기 시작하였다. 여성의 몸에 접촉하기는 처음이 아니지마는 철 모를 때에 조부모들이 아내라는 명목을 지어 얻어 맡기는 그 여성은 소꿉질 동무밖에는 아니 되었다. 그 여성에게는 어떠한 숙명의 강제로 말미암아 접촉하게 되었다 할지라도 나비가 꽃을 찾으며 꽃이 나비를 부르는 자연계의 해방된 연애는 일찍이 느껴본 일이 없었다. 한 청년은 춘자의 아리따운 그림자가 가슴 속에 깊이 박히고 정신은 완전히 춘자의 포로가 되었다. 가슴 속에서 타오르는 맹렬한 연정의 불길은 한 청년의 모든 기억을 모든 욕망을 태워 버리고 다만 우뚝한 춘자의 형용만이 눈앞에서 춤을 추고 있을 뿐이다. 오색 전등이 찬란하게 번쩍거리는 카페 명월에서 연분홍 저고리에 국화문 치마를 입고 몸이 폭 묻히는 안락의자에 힘없는 몸을 의지하고 뽀얀 얼굴에는 가벼운 피로의 빛이 떠돌다가 손이 들어오는 발자취가 들리면 나비 같이 몸을 일으키어 은행 껍질 같은 두 눈가에는 방긋하는 미소가 나타나며 영롱한 말소리가 붉은 입술에서 떨어지는 춘자의 그 선녀 같은 태도가 한 청년의 머릿속에 같은 인을 치게 되었다. 춘자의 이러한 잊을 수 없는 태도가 잊을 수 없는 자기를 지배하는 큰 보배와도 같이 보였다. 그러나 이러한 느낌은 오직 춘자가 자기 앞에서 아리따운 미소를 던질 그 순간뿐이다.

한편 카페 명월의 대문을 나서면 한 청년의 머릿속에 남는 것은 어지러운 번민뿐이다. 손에 쥐었던 탐스러운 꽃송이를 길바닥에 버리고 가는 것 같이 마음이 섭섭하였다. 자기의 뒤를 이어서 다른 청년들이 춘자의 따뜻한 손길을 잡으며 보들보들한 그 뺨에 키스를 할듯할듯하게 생각이 되어 걸음이 앞으로 내걸리지 아니한다. 한 청년의 머릿속을 괴롭게 하는 질투, 의심, 이것이 연애하는 청춘 남녀 사이에 누구나 느끼는 번뇌이지마는 한 청년은 처음이니만큼 또 그의 감정이 순진하니만큼 더욱 맹렬한 충동을 받게 되었다. 그러나 한 청년은 마음에 단련이 없는 까닭에 자기 가슴에 타오르는 그 불길을 억제할 수도 없으려니와 어떠한 대담한 행동도 취할 수 없었다. 한 청년은 모든 것을 춘자에게 바치고 그 앞에 무릎을 꿇고 앉아서 가슴 속에서 각각으로 타오르는 애달픈 연정을 말없이 하소연할 뿐이다. 한 청년은 한치각의 피를 받은 그 아들이다. 그러나 한치각은 여성을 정복한 색마이요, 한 청년은 여성에게 사로잡힌 힘없는 포로이다.

한 청년은 카페 명월의 문이 열리기 전부터 장충단 부근을 거닐며 기다리는 때도 많았다. 자나 깨나 앉으나 서나 머릿속에는 춘자의 형용이 사라질 때가 없었다. 어떤 때는 오정부터 춘자를 점령하고 앉은 것이 밤이 깊어 손들을 내몰 때까지 몸을 일으키지 않는 일도 많았다. 한 청년은 무서운 연애의 단련을 받는 동안에 얼굴은 여위었다. 눈에는 춘자를 만나 볼 군자금 밖에 띄지 아니한다. 한 달에 용돈으로 타 쓰는 푼돈으로는 도저히 저당할 수가 없었다. 술도 못 먹고 담배도 변변히 피우지 못하는 한 청년은 키페의 시간을 연장히어 엄청난 비용이 들게 되었다. 다른 손들은 술로 잡담으로 시간을 보내나 한 청년은 그 두 가지가 다 실행할 수 없는 기술이기 때문에 여러 여급들을 모아 놓고 필요치도 않은 차를 사주기, 실과를 사주기, 또 어떤 때는 이상스런 장난감을 사가지고 가서 나누어 주기도 하며 될 수 있는 대로 춘자의 환심을 사는 모든 수단을 다하고 있다. 그리하여 한 청년의 주머니에 들어 있는 것이 얼마이든지 그 날 춘자를 만난 다음에는 다 없어지고 다시 내일 비용이 또 걱정이 될 지경이다. 무엇보다도 돈이 빛나는 카페에서는 한 청년이 단연 환영을 받고 있다. 춘자를 여왕으로 삼고 둘러싼 수십 명의 여급들은 한 청년을 그날 수입의 큰 항목으로 적어 놓고 있다. 한 청년은 춘자의 앞에서는 돈에 애착이 생기지 아니 한다. 천원, 만원, 이것으로 춘자의 사랑을 완전히 사게 된다면 한 청년은 무슨 짓을 해서든지 그 당장에 제공할 생각이다.

157회 맺히는 말

한 청년의 마음을 태우는 카페 명월의 오색 봄빛은 초여름의 녹음이 우거진 장충단 공원 연못가에 찬란하게 비치게 되었다. 낮졸음을 부르는 안개비는 저녁 때부터 개었다. 연못가에서 흘러나오는 개구리 소리 연한 풀잎이 우거진 실개천으로 흘러가는 쫄쫄거리는 물소리는 어두워가는 밤빛 속에서 한가하게 들린다. 비가 오던 끝이라 손의 자취는 아직 드물다. 명월의 여급들은 남성의 눈을 미혹케 하는 저녁 단장을 마치고 대문 앞에 등의자를 내어놓고 걸터앉아서 손을 청하는 선전도 할 겸 갠 산 사이의 공기를 쏘이며 잡담을 시작하고 있다. 춘자도 물론 그중의 한 자리를 점령하였다.

"애 춘자야, 너도 이제는 꽤 수단이 늘어가더구나? 한 씨 다루는 것을 보니 아주 우등생이던 걸? 하하" 하며 숙자는 웃는다.

춘자는 처음같이 그렇게 부끄럽지는 않았다. 그렇게 추워주는 것이 도리어 반가웠다.

"한 씨만 같으면 나도 서비스하기가 걱정이 안 되더라만 떠드는 패를 만나면 아주 질색이야" 하며 춘자는 거침없이 이러한 수작을 하고 있다.

"그런데 그 한 씨는 춘자에게 아주 반한 모양이야. 날마다 하루 두 번씩이나 오고 춘자를 보면 저절로 입이 벌어져서 싱글벙글하며 아주 만족한 모양이더라? 너는 처음부터 어디서 그런 부엉이집을 만났니? 참! 춘자는 단연 승리자야. 우리들도 그 덕택에 차는 잘 얻어먹지마는 그러나 한 씨의 열도는 일백이십 도나 되는 모양이더라? 너도 차차 정신을 차려. 한 씨의 최후의 요구가 무어인지 아니? 나중에는 고기, 익지 아니한 피 무더기를 달랄 터이야. 그것을 정신 차려."

하며 정자는 이러한 군호 같은 말을 한다.

"어째? 고기? 그게 무슨 소리야?" 하며 춘자는 눈이 휘둥그런 하였다.

여러 여급들은 손뼉을 치며 깔깔대고 웃는다.

"그게 무슨 말이게 그렇게 웃어?" 하며 춘자는 얼굴이 붉었다.

여러 여급들의 웃음이 그치자 그 중에 중년 여급이

"웃지들 마라. 모르는 사람은 일러 주어야지. 춘자는 아직 고기란 말을 모르지? 학교의 학문과 이런 데 학문이 다 다르니까 알 수가 있나? 나중에는 춘자의 몸에 달린 고기를 달랄 터이란 말이야" 하며 이렇게 해석하여 들렸다.

춘자는 겨우 정자의 말하던 고기라는 의미를 알아듣게 되었다.

"오―, 오―, 나는 무슨 소리라고 천만에 그럴 염려는 없어요. 내 몸에는 그런 유혹은 감히 오지 못해요" 하며 춘자는 무슨 의미로 말하는지 이러한 자신 있는 말을 하였다.

"유혹이 아니 오다니? 참 굳센 여왕인데? 몸뚱이에 뜨거운 피가 흐르는 사람이 누가 그런 장담을 해? 함께 같이 절정에 오른 열도로 녹여 내면 장담힐 수 없지" 하며 희자는 이렇게 설명한다.

"상대자의 피가 암만 끓으면 뭘 해? 내 몸의 피가 아니 끓는 걸 무슨 소용이 있나?" 하며 춘자는 연애를 느끼지 않는다는 자신을 말한다. 그러나 춘자의 체내에 어떤 고장이 있는지 모르는 다른 여급들은 춘자의 말이 거짓말 같이 들리었다.

"한 사람의 피가 끓지 않어? 그럼 춘자는 돌 틈에서 나온 사람이군. 그렇지 않으면 무엇이 한 가지 부족한 사람이야."

정자는 이렇게 말하며 춘자의 얼굴을 엿보았다. 춘자는 그 말 한 마디가 가슴에 못을 박듯이 날카롭게 맞혔다. 그래서 춘자는 한숨을 길게 내쉬며

"그렇잖아도 내 몸에는 남 한 가지 없는 병신이란다. 그러기에 이런 영업을 하게 되었지."

하며 춘자는 또 한숨을 쉬었다. 그러나 춘자의 태도가 별안간에 비관을 나타내게 된 그 이유를 아는 사람은 없다. 춘자는 완전히 포로가 된 한 청년이 빙그레 웃으며 장차 달려들 것을 생각하며 오늘 밤은 또 무슨 방법으로 놀릴까 하는 플랜을 연구하고 있다.

158-1 한 청년의 애원

카페 명월의 문 앞에 등교의을 내어놓고 저녁 단장을 새로이 한 여급 들이 늘어앉아서 장충단 공원의 신록 새로 흘러나오는 맑은 공기를 마 시며 여급 생활의 넋두리를 하는 중에 흰 파나마모자를 눈썹께까지 눌 러 쓰고 단장을 휘두르며 이편을 향하여 오는 것이 한 청년이었다. 한 청년의 형체를 먼저 발견한 정자는 앳된 소리로

"춘자야, 너의 애인이 저기 오신다. 어서 맞아 드려라. 참 충실한 애인 이야. 날마다 이때가 되면 꼭 오시는구나. 하하" 웃으며 춘자를 놀렸다.

춘자는 의자에서 일어서서 한 청년의 편으로 걸어 나가며 미소를 던 졌다.

"어서 오셔요. 오늘은 어째 이렇게 늦으신가하고 지금 기다리고 있는 중이에요" 하며 한 청년을 맞아 어깨에 대일 듯이 한 청년에게 몸을 가 까이 하고 나란히 서서 들어온다.

한 청년은 춘자 얼굴이 보일 때부터 웃음이 앞섰다. 그의 웃음은 무 엇보다도 만족한 웃음이다. 여러 여급들은 한 청년과 나란히 서서 들어 오는 것을 보고 일시에 떠들었다.

"참 쩍말없는 신혼부부인데? 모던 보이, 모던 걸, 현대 연애의 첨단 인 걸" 하며 여러 여급들은 한 청년과 춘자를 놀린다. 한 청년은 여급 들이 놀리는 바람에 얼굴이 화끈하고 붉었다. 그러나 마음에는 신혼부 부 같다는 말이 무엇보다 만족하였다. 춘자는 한 청년을 데리고 카페 2 층에 올라가서 자기 테이블에 안내하였다. 2층에는 아직 다른 손이 없

었다. 춘자는 다른 여급들이 하듯이 한 청년의 손길을 잡아서 지그시 눌러 쥐며

"나는 아까부터 기다렸어요. 오늘은 비가 와서 아니 오시면 어쩌나 하고 애를 쓰고 있는 중인데 참 잘 오셨소" 하며 마음에는 아무 충동이 없는 마치 구관조가 말 흉내를 내듯이 춘자는 다른 여급들이 상용하는 말을 그대로 옮겼다.

그러나 아직 직업여성에게 단련을 받지 못한 한 청년은 춘자의 입에서 나오는 이러한 말을 겹생각을 가지고 진가를 판단할 여유는 없었다. 다만 춘자의 입에서 나오는 말은 자기와 같이 순진한 심장에서 열정의 고동을 받아서 흘러나오는 것 같이 믿는다. 한 청년은 춘자의 말 몇 마디에 전신이 마취되었다.

"비가 오기로 춘자를 아니 만날 수가 있나?"

하며 한 청년은 대담하게 자기 심중을 이렇게 말하였으나 얼굴은 부끄러움에 취하고 가슴은 두근거렸다. 명월에서는 한 청년을 일등 고객으로 하는 디이리 주문도 하기 전에 특별히 달인 커피차에 크림을 많이 쳐서 진○하였다. 한 청년은 박스 자리에 춘자와 나란히 걸터앉아서 춘자의 매력에 마음이 취하였다. 이러한 유쾌한 시간이 무한하게 연장이 되었으면 자기는 일생에 다른 희망이 없을 것 같이 생각되었다. 한 청년은 연정에 화끈거리는 손으로 춘자의 손목을 힘있게 쥐었다.

"춘자, 오늘은 내가 청할 것이 있어서 왔는데 내 청을 들어줄는지 몰라" 하며 한 청년은 춘자의 얼굴을 들여다보았다.

춘자는 한 청년이 청할 것이 있다는 소리에 가슴이 약간 울렁거리었다. 조금 전에 다른 여급들이 말하던 고기, 정조에 대한 청이 아닌가 하는 의식이 떠돌았다.

"청이라니? 새삼스럽게 무슨 청이에요?"

하며 춘자는 불안한 빛이 나타나며 한 청년과 시선이 맞췄다.

"춘자가 꼭 들어준다면 말을 하고 그렇지 않으면 그만 둘 터이야."

"글쎄, 무슨 청이에요? 들을 만한 청이면 듣고 말고요. 그렇게 두동지게 말을 하니까 믿을 수 있나. 대관절 무슨 일인 줄을 알아야 하지 않아요? 말씀을 해 보구려."

"싫어, 말을 했다 청을 아니 들으면 나만 낭패게? 꼭 듣는다면 말하지."

"그럼 이렇게 하지요. 한 가지만 빼놓고 다른 것은 무어든지 다 듣지요."

하며 춘자는 조건을 붙여서 말했다. 춘자는 한 가지라는 말은 정조이다.

"한 가지를 빼 놓으라니? 그 한 가지는 무엇인데 그래? 내가 청하려는 것 만일 춘자가 빼놓은 그것이면 안들을 터이니 말해 소용 있나? 그러나 내가 청하려는 것은 그다지 어려운 일은 아니야."

"그럼 말씀을 해봐요" 하며 춘자는 한 청년의 무릎을 탁 쳤다.

158-2회 여급의 테이블세

한 청년은 말하기가 부끄러워서 한참 동안 주저주저하다가 결국은 입을 열었다. 춘자는 한 청년이 뒤를 다지며 꼭 들어달라는 소원이 자기 몸을 허락하라는 청인 줄만 알았더니 한 청년의 말을 듣고 보니 직접으로 그러한 요구를 하는 청은 아니었다. 나중에는 모르거니와 한 청년의 말하는 청이라는 것은 자기와 일주일 동안만 도회를 떠나서 초여름의 경치를 찾아 지방에 여행하자는 것이 그의 간청이었다.

춘자는 그 말을 듣고 생각해볼 여지도 없이 거절하였다. 남녀 두 사람이 여러 날 동안을 여행하면 같은 여관에서 같이 자게 될 터이니 필경은 자기 몸에 가깝게 하는 기회를 꾸미는 것이 분명하다고 생각하고 춘자는 거절하였다. 그러나 한 청년의 애타는 마음은 춘자의 간단한 거절로는 단념할 수 없었다. 제이조건으로 다른 여급 한 사람을 대동하고 가자고 간청하였다. 한 청년의 가슴 속에서 타오르는 연정의 불길은 모든 것을 녹일 듯하였다. 춘자가 무슨 조건을 제출하든지 그것을 다 들어주고 춘자를 데리고 경성을 떠나서 며칠 동안 춘자의 아리따운 미력에 마음껏 파묻히고 싶은 생각뿐이었다. 한 청년의 이러한 간청을 하는 기미를 알게 된 카페 주인은 다른 여급을 보내어 한 청년을 불러내었다. 이 한 청년은 주인이 부른다는 바람에 별안간 무슨 고장이 생겼나 하며 밖으로 나아가서 주인의 말을 들으니 의외의 반가운 소식이었다. 춘자는 여행을 시키도록 담당할 터이니 그 대신 춘자가 맡은 테이블세로 하루에 오십 원씩 쳐서 삼백오십 원을 먼저 내면 같이 가도록 할 터이라고 말한다. 한 청년의 미혹한 마음은 돈을 대상으로 춘자를 얻게 된다면 얼마든지 아낄 생각은 없었다. 삼백오십 원은 고사하고 삼천오백 원이 들더라도 춘자만 얻으면 만족케 생각하였다. 한 청년은 카페 주인이 제출한 조건을 승낙한 다음에 춘자에 대한 모든 것은 주인에게 일임하였다. 한 청년은 내일은 이른 아침부터 춘자를 데리고 신록이 우거진 경원선 산 속에 열차를 달릴 상쾌한 장면을 연상하며 자기 집으로 돌아왔다.

그러나 집에 돌아와 생각하니 여비를 주선할 일이 맹랑하였다. 몇 십 원 같으면 집안에 있는 돈을 모으더라도 변통이 되겠지마는 춘자의 일당 삼백오십 원과 그 다음에 여비로 쓸 것이 적어도 오백 원은 있어야 할 터인데 천 원에 가까운 현금을 주선하기는 용이한 문제가 아니었다. 밤 열 시가 지나서 집에 돌아온 한 청년은 돈을 얻어내일 일이 아득하였다. 그렇다고 날짜를 연기하면 춘자가 또 무슨 반대를 일으킬는지도 모르겠고 그뿐만 아니라 대담하게 내일 아침으로 약조를 하였는데 여비가 변통되지 못하여 어긴다면 일껏 환심을 사게 된 춘자에게 창피한 일이라고 생각하며 마음을 태우고 있는 중에 한 묘책을 발견하였다. 자기 할아버지 침방에는 항상 현금이 수천 원씩 있으니 그것을 훔쳐내는 수밖에 없다고 생각하였다. 한 청년의 이러한 묘책은 자기 자신으로는 큰 발견 같이 생각하나 부잣집 난봉자식들이 가정에서 절도를 시작하는 제1부밖에 아니 되는 계교이다.

한 청년은 별안간에 큰 효성이나 생긴 듯이 한승지 침방으로 올라갔다. 한 청년의 생각에는 한승지가 만일 그저 잠이 들지 않았으면 저녁 문안으로 떼워 버리고 다행히 잠이 들었으면 침방 손궤에서 여비를 도적해 내자는 플랜이었다. 한승지는 마침 변소를 갔는지 자리를 펴 놓은 채로 아무도 없었다. 한 청년은 가슴이 두근거리며 침방 문을 열고 손궤의 주석 자물쇠를 두 손으로 힘껏 틀었다. 튼튼해 보이는 자물쇠는 한 청년의 주먹 속에서 탁 하는 소리가 나며 부러졌다. 궤 속에는 과연 천 원 씩 묶은 지전이 서너 뭉치 포개 있었다. 한 청년은 그 중에서 한 뭉치를 얼른 집어내어 조끼 주머니에 넣고 부러진 자물쇠를 다시 어물어물해서 걸쳐 놓았다. 이 순간에 한 청년의 얼굴은 핼쓱하고 가슴에는 급한 고동을 일으키었다. 침방 문을 소리 없이 닫고 사랑 대문 돌에 내려서려 할 즈음에 복도 안에서는 한승지의 기침 소리가 들리며 발자취 소리가 났다. 한 청년은 정신이 아득하여 소리 없이 나와서 자기 방으로 돌아왔다.

159회 최후의 작별

한국향이가 경성을 떠나던 그 전날 아침이었다. 녹음이 점점 깊어지는 주을 산중에 있는 곽호의 집에는 안개가 아직 개지 아니한 이른 아침에 아침밥을 중앙에 놓고 곽호를 비롯하여 한치각, 이 청년들이 둘러앉아서 전에 없던 유쾌한 웃음이 벌어졌다. 곽호는 여러 날 동안 손을 대지 아니한 북덕 수염이 구레나룻과 한데 범벅이 된 털 속에 묻힌 얼굴을 들고 호걸 웃음을 연발하고 있다.

"여보게, 한 군. 오늘은 우리가 각각 동서로 나뉘게 되는 아침일세. 감자밥을 하직하는 날이니 아침이나 한 그릇 더 자시지. 하하."

웃으며 곽호는 한치각에게 아침을 권한다.

"나도 이제는 감자밥에 맛을 들이자 이곳을 떠나게 되니 매우 섭섭한 걸요. 오늘 아침은 한 그릇을 더 먹고 갈까?" 하며 한치각도 아무 원망이 없는 듯이 이렇게 대답한다.

"한 군이 이러한 궁벽한 곳에 들어 와서 감자밥을 다시 먹을 기회가 있겠나? 이야기 거리 삼아서 한 공기만 더 자시게. 하하하."

하며 곽호는 또 웃는다.

"네 오늘은 유쾌도 하고 또 한편으로는 섭섭도 하외다. 곽 선생이 나를 처음에 포로로 잡아들이었지마는 그 동안에 나는 적국에 잡혀온 생각은 벌써 잊어 버렸소이다. 선생의 인격과 산 속에 묻힌 무궁한 자연의 취미가 나를 완전히 감화시켰소이다. 사람은 참 약한 물건이든데요. 내가 처음에는 선생을 암살하려고까지 생각하였소이다. 선생이 깊이 잠들어서 코를 골 때에 토막 목침을 들어서 선생의 면상을 치려던 생각이 몇 번이었는지 모르지요? 그러나 내가 그것을 실행치 못한 것은 결국 신생의 호걸스런 풍채와 무게 있는 그 인격에 눌리어 나의 팔이 내뻗지를 못하였어요."

하며 한치각은 예배당에서 예수교 신자들이 세례를 받을 때 자백하듯이 이러한 진정을 말한다. 옆에 앉았던 이 청년은 깜짝 놀라며 한치각을 다시 보았다. 곽호는 껄껄 웃으며

"나는 한 군에게 목침으로 맞았으면 도리어 좋을 뻔했어. 만일 한 군이 나를 죽였다면 한 군은 영원히 마음의 구원을 받았을 터인데. 하하. 낭패로군."

하며 곽호는 수염을 쓸었다.

"어째서 그래요? 내가 만일 선생을 죽였더라면 살인한 죄인이 될 터인데 마음의 구원을 받다니요?"

하며 한치각은 곽호의 말 의미를 다시 묻는다.

"나를 죽였으면 그 순간에 치밀은 흥분은 그 자리에 사라졌을 터이요, 다음 순간에 한 군의 머리에 떠도는 것은 다만 자기의 죄악을 깨닫는 뉘우치는 마음뿐이었을 것은 사실이지. 나는 처음부터 한 군의 양심을 불러일으키자는 것이 목적이었으니까 그리고 보면 내 목적은 완전히 달하였을 것이 아닌가? 나의 처지로는 주제넘은 말이지마는 예수가 십자가에 못 박히던 그 순간의 심리와 근사하겠지 하하. 그러나 한 군이 다시 세상에 나와서 전에 빠졌던 그 추악한 길로 다시 들어가게 되면 영원히 구할 수 없을 것이야. 나는 아직까지도 한 군의 태도를 믿을 수가 없는 걸? 하하하. "

하며 곽호는 한치각에게 설교하듯이 말한다.

"글쎄올시다. 지금 이 산중에서 수양한 마음으로는 전에 지내던 추악한 생활은 다시 아니할 결심이올시다마는 아직도 산 밖 세상의 유혹이 두렵소이다. 그러나 그 유혹을 물리치도록 노력하지요." 한치각은 맹세하듯이 힘있게 말한다.

"아무쪼록 참된 신사가 되기를 바라네. 만일 산 밖에를 나아가서 전과 같이 또 다시 세상에 해독을 끼치는 생활을 계속 한다면 그 때에는 이 곽호가 또 잡아올 것도 없이 자기가 발산한 해독에 묻히어 자멸할 뿐이니까 곽호를 다시 만나볼 기회가 없을 터이지. 하하하."

하며 곽호는 또 웃었다. 한치각은 곽호의 최후의 말이 뼈에 맺혔다.

환희, 쟁투, 이욕, 영애 모든 번뇌를 벗어나서 선경 같은 산 속에서 한 봄을 지낸 한치각은 딴 성격을 가진 사람처럼 돌변하였다. 그의 몸에 못 박혔던 모든 상처는 어디로인지 사라지고 과거를 뉘우치는 마음뿐이다. 곽호와 한치각은 아침을 마치고 인연이 깊은 주을 산중을 떠나서 다시 티끌이 날리는 산 밖의 세상에 나왔다.

160회 변한 그 심경

한치각은 처음에 잡혀올 때 가지고 온 야회복과 서양 세수 제구가 들어 있는 가방을 이 청년에게 들리고 산을 넘고 시내를 건너 사십 리를 걸어 나왔다. 산 밖에 길이 두 갈래로 나뉜 잔디밭에 앉아서 감개무량한 빛으로 곽호를 송별하였다. 곽호는 원산을 거쳐서 다시 금강산으로 입산하는 길이다. 한치각은 곽호를 만류하여 주을 온천에서 며칠 두류하기를 청하였으나 곽호는 듣지 아니하고 머리를 납작운동모자 밖으로 늘어진 뒷모양이 한치각의 시선 앞에서 점점 아물아물하여지며 정거장 편으로 나아간다.

한치각은 숯장사 같이 시커멓게 검은 얼굴에 입고 오던 양복을 그대로 입고 위아래 수염이 한데 엉클어진 얼굴을 들어서 사라져 가는 곽호의 그림자를 바라보고 있다. 그의 눈에는 슬픔도 아니요 기쁨도 아닌 형용할 수 없는 눈물이 속눈썹을 적시었다. 얼마 있다가 한치각은 겨우 몸을 일으키어 주을 온천으로 향하였다. 일지매가 부르던 주을 온천을 나시 생각한 것이 아니라 오랫동안 산 속에 묻히어 머리는 자라서 얼굴을 덮고 자기의 모양이 너무 수상하게 보이기 때문에 온천으로 가서 몸이나 다스리고 경성으로 가자는 것이다.

가방을 들고 앞을 서서 가는 이 청년은 웃으며 "이번에는 정말 주을 온천으로 바로 안내를 하리다" 하며 농담을 한다.

한치각은 처음에 잡혀오던 그 때의 생각은 조금도 없었다. 자기를 속이며 끌고 오던 그 청년이 지금 자기 앞에서 그 때와 같이 가방을 어깨에 둘러 메이고 길을 안내하며 그 때 광경을 다시 불러일으키는 그 농담에도 아무 원망은 없었다.

"여보, 그 때 말을 하더라도 나는 아무 분하지도 않고 원망스런 마음도 없고 참 여러분의 덕택에 나는 양심을 찾게 되었소. 도리어 내게는 고마운 일이지" 하며 청년의 농담을 이렇게 대답하였다.

"참 노형은 아주 딴 사람 같이 되었어. 지금 마음으로 영원히 나아간 다면 곽 선생님께서 노형을 구한 것이지요. 그러나 아까 집에서도 곽 선생님이 염려하십디다마는 경성에 올라가시면 노형의 마음에 또 어떻게 변할는지 누가 아나요? 돈은 마음대로 쓰실 터이요, 번화한 화류장은 그대로 있을 터이니 며칠 후에는 다시 그 편으로 쏠리기가 쉽지요." 하며 이 청년도 곽호가 의심하듯이 이러한 말을 하였다.

"글쎄요, 사람의 일이란 장담은 할 수 없지만 지금 결심 같아서는 그러한 유혹은 단연히 물리치려고 생각하고 있소" 하며 한치각은 긴장한 빛을 띠었다.

"그러나 노형께서는 재산이 큰 병통이지요. 그것이 노형을 또 죄악의 구렁으로 잡아넣을 터이니까 돈 많은 것이 문제이지요."

"당신 말과 같이 그럴 위험도 있으나 이번에 집에 돌아가면 재산을 정리해볼까 하고 있소. 우리 아버지가 물론 반대는 하겠지마는 집에 있는 돈으로 리민영 군의 사업을 도우려고 결정 하였소이다" 하며 한치각은 산중에서 생각하던 플랜을 말하였다.

청년은 놀라며 "리민영이라니? 이번에 노형 때문에 경찰서에 잡혀 갇혔던 ××학교 교장 말이지요?"

"네, 그 사람 말이요. 리민영에게는 큰 사죄를 해야 할 터인데 그 보상으로 우리 집 재산을 그 학교에 제공하겠소이다."
하며 한치각은 얼굴빛이 긴장하였다.

"그런 결심이 생기셨다면 댁의 재산은 참 유용하게 활용되지요. 아무쪼록 그렇게 하시기를 바랍니다" 하며 이 청년은 다시 한치각의 얼굴을 돌아다보았다.

이러한 이야기를 계속 하는 동안에 두 사람은 주을 온천장 어구에 도착하였다. 녹음이 우거진 산 밑에 붉은 기와를 이은 온천 여관들이 욕객을 기다리고 있다. 나무 새로 흘러나오는 앳된 여자의 목소리가 한치각의 귓부리를 스치며 지나간다. 한치각은 그 순간에 반갑기도 하고 또 마음이 선뜻하여 악마의 웃음 같이 들렸다. 한치각은 이리 저리 기웃거리다가 맨 구석에 박힌 가장 한적한 여관으로 들어갔다. 얼굴이 분투성이를 한 여관 하녀가 쫓아 나와서 시뻘건 이를 드러내며 웃음을 던졌다.

161회 세상은 희롱이다

곽호는 한치각을 자유세계에 해방하고 금강산으로 들어가는 길에 원산에서 한국향과 만나자는 약조가 있기 때문에 그 날 오후 차를 타고 원산에 도착하였다. 한치각을 꾀어내서 산중에 감금하여 두었던 일을 생각하며 마음 속으로 스스로 웃었다. 세상일은 모두가 일종의 희롱이나 더구나 주을 산중에서 한치각의 행동을 감시하며 삼춘을 지낸 일은 생각할수록 희극 중에 적은 희극이었다. 그러나 한치각의 체내에 깊이 잠들었던 양심이 다시 머리를 들게 된 것은 그의 자신을 위하여 큰 도움이라고 생각하였다.

편지로 미리 약속하였던 × × 여관에서 곽호는 한국향을 만나서 오래 간만에 유쾌한 술상을 받게 되었다. 한치각은 산 밖에 두 갈래로 나뉘인 길가에서 곽호를 섭섭히 작별한 하염없는 회포가 아직까지 가슴 속에 묻히어 있는 중에 그 이튿날 아침에는 길을 안내하던 이 청년까지 또 이별케 되어 마음은 거뿐하고 무엇을 잃은 것 같았다. 하룻밤을 온천에서 지내는 동안에 한치각은 머리털을 다스리고 몸도 씻었다. 여관에 침의를 입은 그의 모양은 값싼 계집의 웃음을 쫓아 다니던 그 때의 모양을 다시 나타내었으나 그의 심경은 온천 앞에 흘러가는 시냇물 같이 맑고도 또 깨끗하게 변하였다. 이 청년을 보낸 뒤에 그는 적막한 마음으로 고요한 온천의 장찬 하루해를 보냈다.

신록이 우거진 산 밑 동네에서 저녁연기가 피어 올라가는 건너 산을 무심히 바라보며 여관 난간에 몸을 의지하고 있던 한치각은 온천장 어구에서 자동차가 고요한 산새의 공기를 흔들며 달려 들어오는 것이 눈에 띄었다. 그 순간에 한치각은 불유쾌한 감정이 떠돌았다. 고요하게 들리는 시냇물 소리, 나뭇잎 새에서 굴러 나오는 꾀꼬리 소리를 일시에 뭉개어 버리고 악마 같이 달려오는 자동차의 요란한 바퀴 소리가 고요하던 심경을 여지없이 파괴하였다. 자동차는 주을 역에서 또 욕객을 싣고 들어온 모양이다. 넓은 정차장에는 승객들이 우둥우둥 내리며 그 무리를 둘러싸고 덤비는 여관 뽀이들은 가방을 다투며 손을 끄는 광경이 멀리서 보인다. 차에서 내리던 승객 중에는 산골에서는 보기 어려운 양장한 여자도 섞여 있었다. 한치각은 고요한 심경에 묻히어 가벼운 졸음을 느끼고 있다가 자동차가 들어오는 바람에 다시 마음이 어지러워졌다. 난간에 걸리었던 수건을 들고 온천탕에 들어갔다.

그 자동차에서 내린 양복한 청년이 양장을 산뜻하게 차린 미인을 데리고 한치각이 유숙하는 여관으로 들어왔다. 그 뒤에는 조선 옷을 입은 젊은 여자가 따라 왔다. 얼른 보기에는 신혼여행 하는 부부가 젊은 여하인을 데리고 온 것 같았다. 여관 하녀는 아래층 딴 채에 있는 특등실로 안내하였다. 여관 안은 한참 동안 어수선하며 하녀들은 그 손님의 시중을 들기에 분망한 모양으로 복도에서 종종 걸음을 치며 왔다 갔다 한다. 한치각은 여관 안이 별안간에 떠들썩하는 소리를 듣고 어떤 욕객이 들어왔다 하며 목욕탕에서 나와서 꼬부라진 복도를 돌려 할 즈음에 새로 들어온 청년 패와 마주치게 되었다. 좁은 복도에는 몸을 피할 여지가 없었다. 한치각과 새로 들어온 청년의 얼굴이 서로 마주치자 두 사람은 일시에 뒤로 넘어질 만큼 놀랬다. 청년의 뒤에 따라 들어오던 양장한 여자도 한치각과 시선이 마주치며 얼굴빛이 핼쓱하여졌다. 한치각은 그 순간에 입에서 무슨 말이 나왔으나 분명히 들리지 않았다. 놀라는 바람에 별안간 튀어나오는 음성뿐이었다. 청년은 고개를 숙이며 힘이 없어졌다. 한치각은 그 놀라운 광경을 그 자리에 잠시를 섰을 수는 없었다. 고개를 숙이고 허둥지둥 하며 자기 방으로 돌아 왔다. 이마에서는 진땀이 흘렀다.

새로 들어온 그 청년은 한치각의 아들 한 청년이요, 양장한 여자는 황숙자이었다. 아, 의외의 장면이다. 한 청년은 카페 명월의 춘자를 데리고 조용한 온천에 찾아온 것이 의외의 부자가 서로 얼굴을 마주치게 되었다. 춘자는 자기 일생을 망쳐 놓은 악마 한치각의 얼굴을 대함에 치가 떨리고 가슴이 다시 뛰놀았다. 한치각은 급히 하녀를 불러서 그 청년을 청하였다. 한 청년은 힘없이 한치각의 방으로 끌려 들어갔다.

한치각은 한참 동안 아무 말이 없다가

"그 여자는 언제부터 데리고 다니니?" 하며 무거운 어조로 물었다.

한 청년은 말없이 고개를 숙인 채 앉았다. 한치각은 두 눈에서 눈물이 어렸다.

162회 죄악의 청산

한치각은 온천장에서 자기 아들 한 청년을 데리고 그날 밤에 곧 온천을 떠나서 경성으로 돌아왔다. 온천 복도에서 자기 아들과 마주치던 그 광경을 생각할수록 일그러진 장면이었다. 아직 자기 아들이 숙자의 몸을 범치 아니한 것이 불행 중 다행이었다. 집에 돌아온 한치각은 정신을 잃은 딴사람 같이 변하였다. 그의 머릿속에는 다만 뉘우치는 생각뿐이었다.

××경찰서에서 큰 흥미를 가지고 수사하던 사건도 한치각이 자기 집으로 돌아오게 되어 모든 문제가 다 해결 되었다. 한치각은 그 동안 지방으로 금광을 찾으러 다녔다는 거짓말 한 마디에 모든 의심이 사라졌다. 한치각은 작은 사랑에 호올로 들어앉아서 며칠 동안을 깊은 생각에 묻히어 있었다. 해질 때부터 일어난 바람이 점점 강하게 불기 시작한다. 경성에는 오랫동안 비가 아니 와서 나뭇잎이 시들고 초여름의 공

기는 사람까지 가뭄을 느낄 만치 건조하였다.

한승지는 그 동안 한치각의 소식이 끊어져서 마음을 태우던 중에 손궤에 들어있던 현금 천 원을 또 잃어버리고 심화가 끓어서 오래 잠적하였던 중풍병이 다시 일어나게 되어 몸을 움직이지 못하고 드러누웠다. 밤이 들면 바람이 쉴까 하였으나 바람 소리는 도리어 높아가며 사랑 뒤뜰에 있는 상나무는 어두운 밤빛 속에 귀신의 머리털 같이 휩쓸리며 춤을 춘다. 시커먼 구름장이 하늘가로 떠돌며 빨래줄 같은 번갯불이 때때로 공중으로 지나가며 금방 소낙비가 올 듯하다가 다시 구름이 달음질을 치며 서편으로 달아났다. 밤이 깊어 갈수록 바람이 점점 폭풍으로 변하였다. 퇴락한 한치각의 집은 사개가 어그러진 문짝들이 덜커덕거리며 흔들린다. 한치각은 자리 속에 드러누워서 자정이 지나도록 바람 소리를 듣고 있다가 어느 때인지 잠이 들었다. 절벽 같이 어두운 밤빛에 싸인 경성 시가에는 폭풍 번개가 한데 얼크러져서 때― 하는 소리를 치며 뛰놀고 있다.

시가에는 사람의 자취가 끊어지고 사면은 깊은 잠 속에 묻힌 밤중 두 시경에 사직 공원 나무 속에 숨었던 수상한 여자가 뛰어 나왔다. 머리는 풀어 삼발을 하고 얼굴에는 뽀얗게 분칠을 한 젊은 여자가 한치각의 집 담 터진 틈으로 아귀 같이 기어들었다. 그런지 얼마 있다가 한치각의 집 뒤 채에서는 집동 같은 불길이 치밀더니 그 불길이 폭풍에 불리어 배암의 혀끝 같이 널름거리며 처마 끝으로 기둥으로 순식간에 뺑 돌아 붙어서 시커먼 연기를 토한다. '골동 가옥'이라는 별명까지 듣게 된 반이나 썩은 한치각의 집은 불과 오 분 동안에 집 전체가 불 속에 묻혔다.

그러나 모진 잠의 포로가 된 그 집 사람들은 졸연히 그것을 발견치 못하였다. 불길이 춤을 추는 그 옆에는 아귀 같은 계집이 손뼉을 치며 깔깔대고 웃는다. 얼마 있다가 소방대는 그 불길을 발견하고 자동차로 몰아 왔다. 집 사람들은 불 속에서 아우성을 치며 뛰어 나왔다. 소방대의 펌프는 춤추는 불길 위에 물줄기를 끼쳤다. 불길이 처음 일어나던 뒷채는 으지직하는 처참한 소리를 내며 털썩 무너졌다. 사람을 구하라고 부르짖는 소리가 불 속에서 어렴풋하게 들린다. 한치각은 바지 고이춤을 손으로 붙잡고 미친 사람 같이 뛰어 나왔다. 불길 속에서 큰 사랑채가 또 처참한 소리를 내며 털썩 무너졌다.

한치각은 그 순간에 "아버지, 아버지" 하며 정신을 잃고 쓰러졌다.

얼마 동안에 백여 간이나 되던 한치각의 집은 전체가 숯등걸이 되어 버렸다. 다른 가족들은 다행히 생명을 구하였으나 중풍으로 몸을 가누지 못하던 한승지는 무참하게도 불길 속에 묻혀서 그대로 타버렸다. 가족들은 서로 부르며 한 곳으로 모였다. 한치각은 실신한 사람처럼 여러 사람에게 부축을 당하여 가족 앞으로 끌려갔다.

순사는 머리통 산발한 여자를 포승으로 묶어 끌고 갔다.

"이년이 불을 놓은 년이로군. 죽첨정에서 돌아다니는 미친 년이야."
하며 한치각의 앞으로 끌고 왔다.

한치각은 남은 불빛에 희미하게 비치는 그 여자를 흘낏 보자 "앗, 안나" 하며 소리를 질렀다. 한치각의 두 눈에서는 뉘우치는 눈물이 방울로 흘렀다.

끝!

문화사적 성과를 남긴 자연주의적 현실 재연

1. 김정진의 생애

총 11편의 희곡과 13편의 평론·수필·소설 등을 남긴 운정雲汀 김정진
金井鎭은 1920년대 대표적 극작가의 하나로 꼽힌다. 주로 사실적인 극
작술을 구사하며 다양한 당대적 삶의 모습에 주목한 그의 작품 세계는
여러 가지 문제 의식과 의미가 중첩되어 있는 다성적 텍스트이다. 일찍
이 희곡사적인 위치를 거론함에 있어 유민영은 드라마트루기의 적절한
활용과 여러 가지 사회문제의 주제화라는 측면에서 김정진을 적극적으
로 평가하여 1920년대 극작가 중 돋보이는 존재라 하였고* 서연호 또
한 문학사적인 입장에서 김정진의 업적을 주목할 만하다고 하였다.**
이미원은 김정진을 20년대 희곡사의 주춧돌이라 하였고*** 최병우는
주제와 기법에서 높은 수준을 보여주는 김정진의 희곡을 당대 희곡의
정석이라는 평하는 등**** 학계에서 두루 높은 평가를 받아왔다.

운정 김정진은 1886년 경성부 계동 54번지에서 태어났다. 본관은 청
풍淸風으로 운양 김윤식을 배출한 한말의 명문가이다. 본명은 진숙鎭淑,
1912년 정진井鎭으로 개명하였다. 제적 등본에 의하면 숙淑을 정井으로
개명하였다고 하는데 청풍 김씨 세보에 의하면 김정진의 항렬은 앞글

---

* 유민영, 《한국현대희곡사》, 기린원, 1988, 166면.
** 서연호, 《한국근대희곡사연구》, 고대민족문화연구소, 1988, 99면.
*** 이미원, 《한국 근대극 연구》, 현대미학사, 1994, 171면.
**** 최병우, 〈운정 김정진의 희곡 연구〉, 《강릉대 인문학보》 8집, 1990, 78면.

자 진鎭이며 김정진의 이름은 진숙鎭淑으로 기록되어 있다. 자字를 정진
井鎭, 호號를 운정雲汀이라 하였다.

아버지 규명奎明은 세마洗馬, 군수郡守, 할아버지 유성有性은 사마司馬를
지내 권력의 주변부를 형성하는 일종의 예비세력으로 간주될 만한 집
안이었다. 김정진의 처 문화文化 유씨 인경柳仁卿은 경학원 대제학을 지
낸 유정수柳正秀의 맏딸이었던 바* 집안과 재목을 두루 따지던 반가班家
의 혼인 관례로 미루어 볼 때, 문중에서 촉망 받는 인재였던 것 같다.
북촌 양반 출신으로서 김정진은 어려서부터 전형적인 양반의 생활 방
식 하에서 한학을 배우며 성장한 것으로 보인다. 이는 〈약수풍경〉 1장
에서 삼청동 형제 우물터를 배경으로 양반들이 모여 시운詩韻을 내고
한시를 짓는 장면으로 짐작할 수 있다. 이 작품에서 양반들은 '천天천川
년年'이란 운韻으로 '雲淡風輕近午天 訪花隨柳過前川 訪人不試余心樂
將謂偸閑學少年' 시구를 읊는데 주어진 운을 맞추는 솜씨는 여간한 한
문적 교양이 아니고는 어려운 일이다. 그 외에 행차 시에 요강 망태를
가지고 다니고, 양치 그릇을 따로 대령하라는 둥 양반들의 행태와 어법
을 사실적으로 묘사한 점 또한 이러한 경험의 소산으로 볼 수 있다.

김정진은 열세 살 나던 1898년 4월 사립 보흥학교에 입학하여 1903
년 이 학교를 졸업하였다. 현재의 취학 연령보다는 훨씬 늦은 셈이지만
당시에 뒤늦게 신학문을 배우는 일이 많았던 것에 비하면 그다지 늦은
것은 아니다. 1904년 4월 사립 일본어학당에 입학하여 1905년 수료하
였다. 1906년부터 1907년까지 동경수학원에서 공부하였고 1908년 4월
사립 정칙영어학교에 입학하여 1909년까지 여기에서 수업하였다.
1909년 동경관립고등상업학교에 입학하여 공부하다가 1912년 신병으

---

* 청풍 김씨 세보에는 처 유인경의 본관이 전주로 기록되어 있으나 제적 등본에는 문화로 되어있어 제적등
본을 따른다. 아버지 유정수는 구한말에 판서를 지냈다고 한다.
　유광열, 〈한국의 기자상 57―김정진 선생〉, 《기자협회보》, 1969. 4. 11.

로 퇴학하였다. 1913년 11월 만선지실업사滿鮮之實業社의 기자로 취임하여 일하다가 1914년 12월 이곳을 사임하였다. 만선지실업사란 만주와 조선 지역을 포괄하는 신문의 하나로서 그의 작품 속에 남아 있는 중국어식 단어들은 이때의 흔적인 듯하다. 1917년 모교인 사립보흥보통학교의 교사로 취임하여 1918년 4월까지 재직한다.

조선일보사에서 1938년 발간한 《현대조선문학전집》에 실린 약력에 의하면 다이쇼 6년(1917년)에서 9년(1920년)까지 시마무라 호오게쯔(島村抱月) 문하에서 극문학을 연구했다고 기록되어 있지만 액면 그대로 믿기는 어렵다. 왜냐하면 1917년에 김정진은 보흥학교 교사로 있었으며 1920년에는 예술좌가 이미 와해되어 있었기 때문이다.

시마무라 호오게쯔는 츠보우치 쇼요(坪內逍遙)의 문하에서 그의 영향을 받아 현실적, 객관적, 사실 기록적 문학관을 정립하고 평론가로 활동하였다. 메이지 39년 스승 츠보우치 쇼요와 문예협회를 결성하고 다양한 연극 활동을 전개한다. 그러나 다이쇼 2년 문예협회는 해산되고 3개의 단체로 분립하게 되는데 가장 활발히 활동한 것이 시마무라 호오게쯔의 예술좌이고, 츠보우치 쇼요가 가장 적극적으로 인정한 무명회가 있으며 그 외에 문예협회 소장파가 결성한 무대협회가 있다. 이들은 문예협회의 활동을 바탕으로 서구극의 번안·각색, 창작극의 공연, '연구소'의 개최 등 여러 가지 연극 사업을 벌였다.

이 중 예술좌는 공연의 예술성과 상업적 성공을 한꺼번에 도모하고자 하였으나 결과는 주로 후자에 치우쳐 나타났다. 이들의 대표적인 레파토리는 톨스토이의 《부활》을 각색한 것으로서 예술좌의 대표적인 여배우 마쯔이 스마꼬(松井須磨子)의 〈카츄사의 노래〉는 가는 곳마다 크게 유행하였다. 다이쇼 4년에는 투르게네프의 〈그 전날 밤〉 등의 레파토리로 전국 각지를 두루 순회하고 조선과 대만까지도 순회하며 공연한다. 다이쇼 6년(1917년) 6월에도 시마무라 일행은 조선을 방문하는데

이 때 최남선, 진학문 등이 환영연을 베푼 바 있다. 그러나 다이쇼 7년 (1918년) 11월 시마무라가 갑자기 사망하고 2개월 뒤인 다이쇼 8년 (1919년) 1월 대표배우인 마쯔이 스마꼬마저 그를 따라 자살하자 예술 좌는 해산되어 버리고 만다.

김정진의 연극 수업에 대한 또다른 언급으로는 '도이순쇼(土肥春曙), 도기뎃데기(東儀鐵笛) 씨 등과 한 가지로 무명회에서 연극을 연구' 했다고 회고한 현철의 기록이 있으나 이는 더욱 믿기 어렵다. 무명회는 문예협 회의 적통을 이어 츠보우치 쇼요의 인정을 받은 단체로 여기의 원로 격 이던 도이순쇼와 도기뎃데기 등이 1914년(다이쇼 3년) 1월에 조직한 것 이었다. 그러나 이 해 9월 대표의 1인인 도이순쇼가 사망하자 그 빛이 바래기 시작하였고 다이쇼 6년 도기뎃데기마저 신파극단으로 이적하 자 무명회는 해산되었다. 그러므로 김정진이 여기에서 연극수업을 받 았다는 기록은 그다지 신빙성이 없다.

즉 김정진의 수업시대와 연관하여 거론된 예술좌와 무명회는 김정진 의 약력 사항과 대조해 볼 때 액면 그대로 믿을 수 없다. 그러나 대제로 예술좌의 경우, 조선에까지 순회공연을 하였고 〈부활〉〈인형의 집〉〈햄 릿〉 등 이들의 주요 레파토리를 김정진 또한 '사상운동과 연극' 에서 중요하게 거론하고 있으며 부설 연극학교에서 배우를 양성하고 이들을 위한 시연회 등을 개최하였다는 기록으로 보아 연극에 뜻을 둔 김정진 이 택했을 가능성은 한층 높다고 할 것이다. 즉 김정진은 다이쇼 7년 보흥학교 교사를 사임한 직후 도일하여 연극을 배우기 시작하였고 예 술좌가 해산된 뒤로는 별다른 연극 수업이나 활동 없이 귀국하였으며 《동아일보》《시대일보》 등의 기자직을 거치면서 작품 활동을 시작한 듯 하다.

김정진은 1920년 4월 《동아일보》에 입사하여 1923년까지 재직하였 다. 김정진이 동인으로 참여한 《폐허이후》(1924. 2)의 추기追記에 따르면 김정진은 《폐허이후》의 발간에 실무자로서 깊이 관여하였으며 비록 속간되지는 못하였으나 다음호부터 편집에 진력하기 위해 《동아일보》를 사임한다고 하였다. 《폐허이후》 동인은 잘 알려져 있듯 염상섭·오상순·변영로·김억 등 《폐허》 동인이 주축이 되었고 김정진, 조명희가 새로 참여하였으며 홍명희·주요한·현진건·김명순·김석송 등도 기고하였다.

이후 김정진은 편집국장 대우 정치부장으로 《시대일보》에 입사한다. 본래 《시대일보》는 주간지 《동명》(1922. 9. 3~1923. 6. 3)이 경영난으로 폐간되고 나서 이를 주관했던 육당이 1923년 7월 새로 일간지 허가를 받아 1924년 3월 31일 새로 시작한 신문이다. 그러나 시작한 지 3개월 만에 자금난으로 보천교의 차경석이 공동경영자로 나서고 이어서 판권이 보천교로 아예 넘어가게 되자 편집국장 진학문, 사회부장 염상섭 등은 1924년 9월 경 퇴사하고 이어서 육당도 손을 떼고 만다. 춘해 방인근이 1925년 2월 《조선문단》의 〈문사들의 이 모양 저 모양〉이란 기사에서 김정진을 '근래近來에는 《시대일보》에 쉭박혀잇더니 근근래近近來에는 자택自宅에 쉭박혀잇다' 고 언급한 바로 미루어 볼 때 김정진도 이들과 행동을 함께 하였던 듯 싶다.

《폐허이후》 동인들과의 교유를 추측해 볼만한 사실로 《동명》과 김정진의 관계를 생각해 볼 수 있다. 1922년 9월 김정진은 《동명》에 〈5대五代 독자獨子를 참살慘殺 당한 비애悲哀〉를 싣는다. 흔히 수필로 구분하지만 이는 고흥 보천교도 총살 사건의 취재기이다. 계속 신문사에 몸담고 있던 김정진이지만 이러한 종류의 글은 단 한 편뿐이다. 당시 김정진은 《동아일보》 기자로서 이를 취재하기 위하여 특파된다. 이는 1922년 8월 16일 보천교도들이 집회중 불온하다고 강제로 해산케 하려다가 양민 두 명의 사상자를 낸 사건으로 김정진은 24일부터 전보를 보내 이 사건이 경찰의 과잉진압으로 발생한 사건임을 밝히고 사망자가 5대 독자로서 그 노모가 장승이라도 깎아놓으라고 절규하는 장면을 생생히

묘사하여 그 참상의 실체를 전달하는 데 기여한다. 이어 경찰의 발뺌, 검사의 편파적인 뒷처리 등도 통렬히 고발하고 있다. 이는 9월 1일까지 무려 8회에 걸쳐 지속적으로 세세히 보고되고 있으며 이에 비등한 여론에 힘입어 9월 5일에 이르러서는 인권옹호연설대회가 열리고 인권옹호결의안이 채택된다.

이 취재는 여론을 움직이는 데도 기여했지만 무엇보다도 김정진을 민중의 실제 삶과 만나게 한 사건으로 보인다. 이 사건 기사 전편에 흐르는 순박한 민중에 대한 애정과 신뢰, 경찰과 검찰 등 지배 당국에 대한 분노의 감정은 〈기적 불 때〉〈그 사람들〉을 빛나게 하는 점과 맥이 닿아 있다. 또한 이 사건에 대한 후속 기사라 할 수 있는 〈5대 독자를 참살 당한 비애〉가 《동명》에 실린 이후 최남선, 진학문·염상섭·현진건 《폐허이후》《시대일보》 등에서 행동을 함께 한 것으로 보인다.

《시대일보》를 퇴사한 후 염상섭은 재차 도일하였고 김정진은 동경 조선특파원, 《경성일보》 특파원 등을 거쳐 조선방송협회에 입사한다. 애석한 것은 이 무렵부터 갑자기 소실을 쓰기 시작하는 등 희곡 창작으로부터 멀어지며 《개벽》 복간호에 실린 〈찬웃음〉과 사망 후에 발표된 〈약수풍경〉만이 겨우 이름을 이을 뿐이다. 〈약수풍경〉의 창작 연대는 정확히 알 수 없지만 청각적 지시에 치우친 지문으로 보면 이 작품은 라디오 방송을 위해 집필된 작품인 것 같다. 조선방협회에 재직 중이던 시기의 작품으로 볼 수 있을 것이다.

2. 김정진의 작품 세계

김정진은 현재 제목만 전하는 〈꿈〉을 제외하면 10편의 희곡을 남겼다. 〈사인四人의 심리心理〉(《동아일보》, 1920. 6.7~15), 〈십오 분간十五分間〉(《개벽》, 1924. 1), 〈기적汽笛 불 때〉(《폐허 이후》, 1924. 1), 〈그리운 밤〉(《개벽》, 1924. 2), 〈전변轉變〉(《생장》, 1925. 1) , 〈개(犬)〉(《신조선》, 1927. 2), 〈잔

설殘雪〉(《조선지광》 1927. 4), 〈그 사람들〉(《현대평론》, 1927. 4), 〈찬웃음〉
(《개벽》, 1934. 12), 〈약수풍경藥水風景〉(《현대조선문학전집》 7권, 조선일보사,
1938) 등이다.

이 중 〈사인의 심리〉는 빠리 강화 회의를 소재로 다룬 대화극이고 〈기
적 불 때〉와 〈그 사람들〉은 궁핍한 민중의 삶을 소재로 다룬 것이며,
〈십오 분간〉과 〈약수풍경〉는 물질만능과 타락한 세태를 비판한 풍자적
인 희곡이다. 〈전변〉〈개〉〈잔설〉〈찬웃음〉 등은 근대적인 사랑과 결혼의
속물적 속성을 비판한 작품이다. 그 외에 장편소설로 〈괴인怪人〉과 〈독
와사毒瓦斯〉가 있다.

(1) 기자와 작가 사이에서

김정진의 작품은 세밀한 사실적 묘사와 대상에 대한 거리감을 특징
으로 한다. 이는 김정진이 줄곧 기자직을 겸하고 있었다는 것과 그가
북촌 명문 출신으로서 이미 지난 시대의 지배계급이었다는 사실에 밀
접하게 연관되어 있다. 즉 대상에 열광하거나 함몰되는 일 없이 늘 일
정한 거리를 지키며 관찰자의 위치를 벗어나지 않는 것은 기자로서의
직업 정신에 근거함이며 이러한 관찰자로서의 자기 위치는 천박한 식
민지 자본주의 세계에 느끼는 태생적 부정에 기인하고 있었던 것이다.

예를 들면 빠리 강화 회의를 다룬 〈사인의 심리〉는 그가 기자가 아니
었다면 다루지 않았을 소재였다. 1920년 6월 7일 김정진은 《동아일보》
에 스스로 '역술譯述'이라 부기한 희곡 〈사인의 심리〉를 연재하면서 집
필 활동을 시작한다. 빠리 강화 회의의 전말을 좀더 쉽게 전달하기 위
하여 대화로 구성한 것으로 보이는 이 작품은 대화로만 구성되어 본격
극으로 보기에는 무리가 있으나 김정진의 당대 사회 인식을 보여주는
중요한 작품이다.

1차 세계대전의 종결과 사후처리문제를 두고 열린 빠리 강화 회의는

애초 참전을 주저하던 윌슨이 전쟁의 합도덕적 외관을 위해 제안한 14
개조의 무력화를 시도한 회의였다. 윌슨의 14개 조항이란 우리에게 민
족 자결주의 천명으로 알려져 있는 1918년 1월 미 대통령 윌슨의 연두
교서를 의미하는 것인데 식민지 민중의 자결권을 비롯, 전쟁중에 협상
국 사이에 체결된 비밀 조약의 폐지와 항해의 자유 보장, 관세 장벽의
철폐 등 새로운 국제 질서의 제안을 그 골자로 하고 있다. 이 회의는 기
본적으로 윌슨의 14개조가 와해를 겪기 시작한 시초로서 강화조약과
강화지도자들이 선언하고 제시한 세계의 영토 재분할과 대소 간섭정책
은 외교 정책 상에 보수주의의 승리가 반영된 것이었다. 이나마 워싱턴
에서는 이 조약을 거부하여 국제 연맹에서 주도권을 장악하려던 윌슨
의 계획은 무위로 돌아갔고 미국의 정세는 보수주의의 승리와 좌우익
의 극한적 대립을 예고하며 더욱 긴박해지게 되었던 것이다.

〈사인의 심리〉는 이러한 당대의 세계 정세와 유럽 삼상의 입장 및 밀
약이 윌슨을 압박해 가는 과정을 날카롭게 포착하고 있다. 결국 이들의
입력에 굴복하여 윌슨은 유럽의 정국에는 관어지 않을 것을 약속한다.
빠리 강화 회의 이후 윌슨 지지자들이 윌슨을 배신자로 간주하게 되지
만 이러한 불간섭주의의 천명은 국제주의자 윌슨의 몰락을 선언하는
것이 아닐 수 없다. 이러한 윌슨의 결단에 대해 유럽 삼상은 만족스럽
게 찬성하고 극의 내용은 사실상 완결되는데 여기에서 무대 후방에서
들리는 "그리하였드면 좋았을는지……"라는 소리는 빠리 강화 회의에
대한 김정진의 평가를 대변하는 것이다. 이는 표면적이나마 민주적인
윌슨의 입장이 강화회의에서 완전히 퇴각하게 된 것에 대한 애석함의
표시라 할 만하다.

그렇다고 김정진이 윌슨을 긍정적으로만 보았던 것은 아니다. 실상
윌슨의 14개 조항은 미국 주도의 세계 구상의 일환으로서 다분히 제국
주의적 의도가 숨어 있었고 이를 포장하기 위하여 14개조 자체가 다소

추상적으로 포장될 수밖에 없었다. 클레만소의 입을 빌어 윌슨의 형식적 포장을 비난하고 있으니 윌슨에 대한 이같은 부정적인 평가는 윌슨의 민족 자결주의가 조선의 경우 해당되지 않는다는 사실을 알면서도 전략적으로 이를 독립운동에 활용하면서 조성된 '도덕적 지도자로서의 윌슨'이라는 당시의 지배적 인상과는 거리가 있는 것이다. 또 로이드 조지, 클레만소, 올란드라는 노회한 유럽의 정치 지도자들이 윌슨의 등장을 전후로 보여주는 능란한 정치적 변신을 바라보는 김정진의 시선은 경멸어린 것이다.

즉 〈사인의 심리〉에 따르면 김정진은 조선의 해방이 세계 정세와 연관할 때 결코 용이치 않음을 이해하고 있었으며 미래에 대한 낭만적 환상이나 민족사적 당위성에 의지함 없이 그 사실을 기자의 눈으로 냉연히 바라보고 있다.

그의 기술 방식이 기자의 것이라는 사실은 〈기적 불 때〉나 〈그 사람들〉의 묘사를 살펴보면 더욱 확연해 진다. 이 작품은 충실한 사실적 재현 방식을 택하고 있지만 이는 '극적'이기 보다는 '산문적'이다.

〈기적 불 때〉와 〈그 사람들〉은 궁핍한 기층 민중의 삶을 다룬 것으로서 〈기적 불 때〉는 온 가족이 일을 해도 먹고 살기 힘든 도시빈민의 삶을, 〈그 사람들〉은 붕괴하는 농촌에서 유랑의 위기에 직면한 일가족의 삶을 형상화하고 있다. 정교한 무대 설정과 자연스러운 일상어의 사용, 현실적인 사건 재현 등 이 작품을 본격 사실주의극으로 보는 데는 이견이 없다.

〈기적 불 때〉는 공장의 노동시간이 끝났음을 알리는 기적소리가 '뚜—' 하고 울리기를 전후하여 철로 공사장에서 일하다 다쳐 움직이지를 못하는 화실이 아기를 업고 궐련갑을 바르는 손녀 옥순과 함께 아들 내외와 손자를 기다리며 시작한다. 아들은 한강으로 얼음을 뜨는 일을 하러 나갔고 며느리는 젖먹이를 떼어 놓고 공장에 갔으며 총명하고 착실한 손자 복만이마저 학교에 가지 못하고 연초 공장으로 벌이를 나갔다. '뚜—' 소리가 울리고 한참이 지나 경삼 내외가 돌아오지만 복만은 끝끝내 돌아오지 않고 공장 사역과 함께 일하는 아이가 등장하여 복만의 사고 소식을 전한다. 복만이 기계에 끼어들어가 크게 다쳤다는 것이다. 가족들은 복만을 살피러 달려 나가고 혼자 남은 화실은 자책하며 양잿물을 마신다. 아들 경삼은 의원을 청하지만 거절당하고 화실은 결국 숨이 끊어지고 만다.

서울 변두리 삶을 옮겨다 놓은 듯한 이 비극적 사건은 기자 김정진의 눈으로 포착된 것이다. 물론 김정진이 영향을 받은 시마무라 호오게쯔는 자연주의적이며 객관적인 묘사를 중시했고 이것이 김정진의 극작 태도에 반영되었을 것은 의심할 나위가 없다. 그러나 여기에 기층 민중의 일상을 취재하고 관찰하는 기자로서의 직업의식이 개입되지 않았다면 이러한 사실성의 획득은 어려웠을 것이다. 예를 들어 세밀한 무대지시문은 대상에 대한 구체적인 관찰의 결과로 보인다.

정면에는 방도 아니요 마루도 아닌 거접실居接室. 삼면의 벽은 신문지와 울긋불긋한 광고지 등으로 발려 있고, 중간은 떨어진 장지 한 짝이 격하야 있다. 거접실의 전면가로는 뒤대기로 놓은 쪽마루와 그 위에 조금 좌편으로 당기어 옹배기, 항아리, 냄비, 찬장으로 대용하는 석유궤, 이남박, 조리 등 몇 가지의 가구가 높여 있고 실내 우편 구석에 구식장롱과 그 위에 때묻은 이불과 헌 의복 등이 어지러이 걸쳐 있다. 무대 좌편에는 거적, 삿자리 등으로 두른 울타리와 그 중앙에는 널쪽으로 만든 부서진 출입문이 있고 무대 우편에는 인가와 연접한 아까시, 포플러 등으로 된 산(生) 울이 보인다. (〈기적 불 때〉, 54~55면)

이 놀랍도록 사실적인 무대 지문은 당시의 도시 빈민의 주거 환경이 어떠했는지를 보여주는 사실史實에 가깝다. 유치진의 〈토막〉과 비교해 보면 그 상세함이 더욱 두드러지는 데 〈토막〉의 무대 지시문은 '방과 부엌이 벽도 없이 통하였고 벽은 연기로 시커멓게 그을렸으며 어두컴컴하다'는 간단한 사실과 인상으로 표현되어 있을 뿐이다. 요컨대 〈기적 불 때〉의 세밀한 무대묘사는 김정진의 탁월한 관찰 능력으로 가능한 것이었으며 이것이 김정진의 직업의식에서 비롯된 것은 명약관화하다.

김정진의 사실주의적 극작 태도가 '극적'이기보다 '산문적'인 것으로 볼 수 있는 근거는 또 있다. 극중 인물의 행동과 무대가 '현실적으로 있을 법'하다는 사실에 가려져 간과되어 왔으나 〈기적 불 때〉의 중요한 무대 효과로 '눈'이 내리고 있다. 어두워올 무렵 흐린 하늘은 화실의 며느리 김성녀가 돌아올 무렵에는 '눈이 풋득풋득' 내리기 시작하고 경삼이 돌아올 때는 더욱 쏟아진다. 복만이가 다쳤다는 소식이 당도할 즈음에는 눈이 퍼붓듯이 내리며 이는 화실이 죽고 막이 내릴 때까지 계속된다. 점점 더 쏟아지는 눈은 화실 일가의 곤경이 점점 더 심각해지고 있음을 의미한다. 그런데 이를 어떻게 무대 위에서 재현할 것인가? '눈'을 표현할 만한 소품을 '퍼붓듯이' 쓰는 것으로 눈의 분위기를 온전히 표현할 수 있을까? 그러나 실제로 퍼붓는 눈이 아니라면 눈이 퍼부으며 깊어지는 위기와 그 시각적 차단 효과에서 비롯되는 암울한 시간과 예측할 수 없는 미래에 대한 절망, 눈을 통해 확산되는 그 비극적인 냉기가 어떻게 전달될 수 있을 것인가? 퍼붓는 눈이 없다면 〈기적 불 때〉의 암울한 분위기는 훨씬 반감될 것이다. 이점에서 〈기적 불 때〉의 사실성은 확실히 '연극적 사실성'과는 다소 거리가 있는 것이다.

그리고 보면 인물 간의 갈등이 부재하는 사건 구도 또한 극적이기보다는 산문적이다. 화실 일가는 서로 불평하거나 원망하거나 다투는 일 없이 완벽하게 헌신적이다. 화실은 가족의 고생이 자신 때문이라고 자책하며 아랫사람을 안타까워하고 옥순은 어린 나이에도 의젓하게 할아버지를 위로한다. 경삼 내외는 물론이고 어린 복만까지 학교를 그만두고 공장 벌이를 묵묵히 감내한다. 이처럼 완벽하게 화해롭고 희생적인 삶은 사실 관념적으로 상상된 것으로서 이들 기층민중의 진정한 생활 감정과는 거리가 있다. 김정진은 암울한 현실의 근원을 일상의 바깥에 배치하고 인간들이 소통 가능한 관계를 맺을 수 있다고 주관적으로 판단하고 있다.

물론 〈그 사람들〉에 오면 이러한 헌신적인 가족 관계는 사라진다. 작은 땅뙈기가 철도 부지로 수용되고 소작마저 여의치 않게 되자 봉실 일가는 간도로 떠날 차비를 한다. 봉실은 "인정도 업고 눈물도 업는 이놈이 천지가 아주 싫증 나서 하루도 살기 싫다"고 하고 봉실의 이웃들은 〈기적 불 때〉에서 가난해도 서로 나누고 돕던 모습은 간데 없이 사라져 밀린 소작료, 소소한 빚 등을 받으러 와 떠나려는 봉실 일가의 앞날을 더욱 어둡게 한다.

그러나 봉실의 가족들은 주관적인 이유로 고향에 머물고자 한다. 봉실모는 남편의 신소 때문에, 봉실의 어린 딸 귀분이는 친구 때문에, 봉실의 아들 복삼이는 애인 때문에 고향을 떠날 수가 없다. 심지어 아들은 '지금 세상은 전과 다르다'며 '저도 살아야'겠다고 부모 봉양을 거부한다. 고향에 대한 이들의 집착은 생활에 기초하지 않은 감상적 차원에 그치고 있어 빈궁한 현실이 피상적으로 파악되고 따라서 그 갈등이 핍진하게 형상화되었다고 보기 어렵다. 이 때문에 이 작품의 대단원은 떠날 수도 눌러 앉을 수도 없이 눈먼 노모의 자살과 복삼의 무모한 도피로 다소 안이하게 종결될 수밖에 없던 것이다.

즉 김정진은 이 타락한 근대 세계가 인간의 삶을 피폐하게 하고 병들게 한다는 사실을 매우 정확하게 파악하고 있었으며 이를 사실적으로 형상화하였다. 그러나 그는 이러한 사태가 어떻게 비롯되었으며 어떻게 해결될 것인가에 대한 성찰은 불가능하였으며 그렇기 때문에 이러한 비극적 사건들에 직면해서는 세계를 통째로 '부인'하여 스스로 '자멸'하는 방식 이외의 다른 방법은 알지 못하였다. 이것이 바로 북촌 양반 출신인 김정진이 지닌 인식적 한계인 것이다. 그럼에도 불구하고 기층 민중을 향한 따뜻한 시선은 김정진을 이 시대 대표적인 작가로 만든 중요한 자질이었다. 더욱이 그의 전방위적인 비판정신은 보다 날카로운 풍자의 방식에서 보다 효과적으로 움직인다.

(2) 부정과 풍자의 세계

김정진 작품 중 극적 기교와 재미가 가장 출중한 작품은 〈십오 분간〉일 것이다. 〈십오 분간〉은 시간 일치를 구사하여 극적 흥미와 형식적 묘미를 극대화하였다. 이 작품은 주제가 분명하고 극적 기교 또한 안정되어 있어 김정진의 작가 역량이 가장 잘 드러나는, 달리 말하면 김정진의 비판 의식이 가장 생생하게 작동하는 지점이 '풍자'임을 보여준다.

〈십오 분간〉은 희극적 풍자가 갖는 형식적 특징을 고루 갖추고 있다. 풍자는 우행의 폭로와 사악의 징벌이라는 두 점을 왕복한다. 〈십오 분간〉은 바로 석사란石似卵의 허위에 찬 사기행각과 이를 '문제'로 만드는 김진언을 축으로 확실히 석사란의 우행과 거짓의 폭로와 내기를 통한 모든 재산의 몰수라는 사악의 징벌을 축으로 하고 있다.

석사란은 일종의 투자 유치사로서 새로 설립하는 한양신탁의 전무자리를 노리고 돈 많은 과부 설가정의 돈을 빼내어 주주들을 현혹하고 있다. 비평가 김진언金眞言이 이러한 석사란의 사업을 비판하며 '15분' 안에 석사란의 허위가 폭로되리라 장담하고 내기를 한다. 내기가 시작되자 설가정이 등장하여 돈을 주는 대신 결혼해 줄 것을 요구하고 곤경에 빠진 석사란에게 또다시 애인 염호애廉乎愛가 등장하여 두 여자 사이에 언쟁이 벌어진다. 이 때 은행원 노수전이 찾아와 돈을 내놓을 것을 요구한다 내기 시간이 지나고 김진언은 숨어 있던 목종 뒤에서 나와 모든 것이 허위였음을 밝히는데 이어 설가정薛假貞이 가져온 돈이 가짜였고 뒤미처 신탁회사에서 사람이 찾아오자 석사란은 스스로 파멸임을 인정한다.

설가정과 염호애의 다툼으로 당황하고 숨어 있는 김진언을 의식하며 허둥대는 석사란의 모습은 쏙 빠진 옷차림과 거드름 피우던 극 초반의 모습과 대조를 이루어 더욱 우스꽝스러워진다. 또한 석사란이 성공적으로 속이고 있다고 생각한 설가정이 '假貞' 답게 가짜돈을 가져와 석사란을 속이는 반전은 '사기꾼이 오히려 속는 이야기'로 희극적 재미를 배가한다. 또 등장 인물의 이름이 석사란, 김진언, 설가정, 염호애, 노수전 등으로 그 역할과 성격을 드러내고 있어 희극적 묘미를 더한다. 김진언은 말 그대로 진실을 말하는 사람이고 가정은 가짜 정조를 지닌 사람이며 염호애는 사랑을 호소하는 사람이다. 노수전은 은행원으로 돈을 지키는 사람이다. 석사란은 '알과 같은 돌'로서 알과 같이 생산적인 듯하나 돌과 같은 불모의 인간이며 돌과 같이 강하고 견고한 듯하나 알과 같이 깨지기 쉬운 이중적이며 위선적인 인간이다. 이러한 장치들은 모두 〈십오 분간〉을 재미있고 통쾌한 풍자적 희곡으로 만드는 요소들이다.

또 같은 '약수터'의 풍경으로 갑오 이전과 이후가 어떻게 달라졌는가를 보여주는 〈약수풍경〉도 같은 관점에서 다룰 수 있는 작품이다. 그러나 〈약수풍경〉에서는 이러한 발랄한 풍자정신이 현저하게 약화된다. 그러나 1장의 양반들의 일기회는 전 시대 양반 지배계급의 허세와 독단이 스스로 파멸을 부른다는 메시지가 분명하다. 군중들의 물자리를 빼앗아 약수터의 물을 독점하듯 백성들을 수탈했고 변화하는 세계에 대한 준비가 있어야 했으나 술에 취한 채 음풍농월에 세월 가는 줄 몰랐던 양반들은 비에 젖어 웃음거리가 되는 것이다.

〈약수풍경〉 2장은 변화한 세태에 따라 천박해진 풍속을 그대로 옮겨온 것이다. 따라서 이 작품에는 중심이 되는 풍자대상도 없으며 약수터 배경으로 일어나는 여러 소소한 사건에 대해 경멸적이고 냉소적인 묘사가 주된 내용이다. 1장에서 권력이 통용되던 약수터는 온통 장사꾼이 점령하고 '돈'은 새로운 권력으로 부상한다. 새로운 지식과 가치마저도 제대로 대접을 받지 못하고 약수터를 배회하는 부랑자들의 희롱과 천박한 수작의 대상이 될 뿐이다. 1장에서 분명했던 비판 대상은 2장에 오면 거의 모든 등장 인물을 향하는 대신 그만큼 모호해진다. 우글대는 장사치, 타인에 대해 함부로 말하는 군중, 체면이나 남의 이목을 돌보지 않는 젊은 남녀, 부녀자들을 희롱하는 부랑자들로 가득하여 최성애와 현숙자 같은 지식인의 판단이 받아들여질 틈새가 없다. 이에 비속한 세계에 동화되지 못하는 풍자 주체는 사라지고 풍자 대상만 남게 된 것이다.

즉 김정진의 풍자적 희곡, 〈십오 분간〉과 〈약수풍경〉은 1924년에서 1938년이라는 발표 시기가 갖는 시간적 거리만큼 차이가 있다. 〈십오 분간〉에서는 위태롭지만 석사란의 허위가 폭로되고 신탁회사가 몰락한다는 사건 중심이 명백한 데 비해 〈약수풍경〉의 경우는 풍자 주체와 대상까지 모호한 상태로 방치되어 있다는 점에서 작가적 역량의 쇠퇴가 현저해지고 있다 할 것이다. 이는 당대의 사회적 갈등에 대한 인식상의 한계에서 비롯된 것이다. 따라서 이들 작품들 또한 세밀한 관찰과 부정적인 세계인식 사이를 왕복하는 김정진의 독특한 작품 세계의 특징을 고스란히 드러내고 있다고 할 것이다.

이상의 부정 정신이 가장 탁월하게 드러난 것은 바로 새로운 남녀 관계를 다룬 작품들에서이다. 일상적 차원에서 전근대 사회와 근대 사회가 단절에 가까운 차이를 보이는 것은 특히 변화된 남녀 관계에서 두드러지는 일이었다. 서구의 경우, 근대적인 사랑 또는 연애를 특징 짓는 낭만적 사랑은 근대적 개인성의 출현과 관련을 갖는다. 낭만적인 사랑과 새로운 라이프 스타일의 창출은 근대적인 것이며 부르주아 계급이 자기 정체성을 확립하는 정치적·윤리적 과정의 역사적 산물이었던 것이다. 그리고 이렇게 해서 정립된 사랑과 연애·결혼은 서구 제국주의의 전지구화와 함께 전세계로 전파되었다. 즉 우리 나라 또한 '연애'는 근대성의 숨겨진 영역으로서 주요한 문학적 관심사였던 것이다.

김정진의 희곡에서 주요한 갈등을 야기하는 남녀 인물들은 모두 7쌍이다. 석사란·설가정·염호애—〈십오 분간〉, 애리·H군—〈그리운 밤〉, 이성녀·경수·봉실—〈전변〉, 여자(혜경)·청년—〈개(犬)〉, 한소사·최광일—〈잔설〉, 춘희·최참사—〈잔설〉, 박훈·마헤렌·숙자(양관마마)—〈찬웃음〉이 그것이다. 그런데 놀랍게도 이 일곱 쌍의 남녀 중 순수한 사랑의 차원으로 규정할 수 있는 것은 애리와 그녀의 남편 H군뿐으로 나머지 여섯 쌍의 인물들은 작가의 태도가 온정적이건 풍자적이건 모두 거래의 일부로 맺어진 혹은 맺어지는 관계들이다.

〈전변〉의 이성녀는 첫 남편 경수가 사당패에 미쳐 가출한 후 3년의 세월을 홀로 살았으나 결국 혼잣살림을 견디지 못하고 봉실과 재혼한다. 여성의 재가를 금지하던 전근대 사회의 혼인 제도를 중심에 두고 보면 여성의 재혼을 허용해야 한다는 갑오개혁적 주제로 보이지만 1920년대에는 이미 이혼과 재혼이 법률적으로 가능해진 상태였다. 더구나 이 작품에서는 이성녀의 재혼이 가족에 대한 남편의 무책임으로부터 비롯되었다는 점을 분명히 하고 있는 바 보다 중요하게 지적되어야 할 것은 근대적 결혼의 경제적 성격, 즉 생활고 때문에 재혼하는 이성녀의 처지인 것이다.

전통 사회에서 가부장의 유고有故는 가족의 해체를 의미하지 않았다. 이때 여성들은 무형의 가부장권을 수호하고 대리하는 위치에서 주로 가산을 관리하고 가솔을 감독하는 역할을 수행하였다. 더욱이 전통 사회에서 집안의 경제권을 여성이 관할하여 재산을 늘리고 관리하는 것은 오히려 권장되는 사안이었다. 즉 여성이 혼자서 살림하고 자녀를 양육하는 것이 고단한 일이라고는 하나 불가능하지는 않았던 것이 전근대 사회였다면 남성이 없이는 살림을 꾸려갈 수 없게 된 사회가 근대 사회라 할 것이다. 따라서 이 작품은 전시대에 비해 경제적 거래의 성격이 현저하게 강화된 '근대 사회의 결혼'에 대해 발언하고자 했던 것이다.

거래로서의 '결혼'이 단지 재혼 남녀에만 해당되는 것은 아니다. 조건, 특히 경제적 조건의 탐색 과정으로서 '연애' 과정은 〈개〉에서도 잘 드러나 있다. 〈개〉의 여자(혜경)은 청년과 3년을 두고 교제해 온 사이이다. 청량리 솔숲에서 달밤에 만나 데이트를 한다. 여자는 청년에게 루비반지를 사달라고 요구하고 청년은 돈이 없어 가짜 반지를 사서 여자를 속인다. 청년은 변치 않는 사랑을 맹세하며 그 반지가 약혼 반지가 될 것이라고 말하지만 청년의 사랑만으로는 여자의 혼인 조건을 충족시킬 수 없다. "현대생활을 해 가려면요, 다만 사랑만으로는 만족할 수 없어요. 즉 쉽게 말하자면 자동차도 타야겠고요, 양복도 짓고요, '피아노'도 놓고요, '호텔'에도 다녀야겠"다는 것이 여자의 조건이다.

이러한 경제적 거래·흥정으로서의 결혼은 근대의 발명품이다. 특히 쁘띠 부르주아 계층에서 혼인은 신분 상승을 위한 결정적 요소였으므로 그 양상이 더욱 계산적이었으며 금지 사항 투성이었다. 동류 결혼은 상대적으로 약했다. 자신보다 높은 지위에 있는 사람과 결혼하려 애썼기 때문이었다. 신분 상승을 꾀하는 남자들의 입장에서는 돈보다는 여자의 지위, 품위, 집안의 안주인으로서의 자질, 심지어 미모 같은 것이 더 중요시 되었다. 결혼 전략은 시간이 지날수록 더욱 다양화되고 복잡한 경향을 보였다. 돈이란 것도 동산, 부동산, 사업, 기대 수준 등 여러 형태를 띠었고 이름, 명성, '여건'(전문직종 따위), '계급', '미모' 등이 교환 대상이 되었다. 육체가 하나의 개성으로 인정 받는 경향과 함께 외모의 가치가 높아졌으며 젊은 여인들의 경우 남성을 유혹하는 무기가 되었다.

〈개〉에서 여자가 청년에게 그토록 당당하게 물질적 조건을 흥정할 수 있는 근거는 바로 그녀가 '백색 왜사 겹저고리'에 '백색 보일 치마', '흰 구두'로 새하얗게 치장한 '여학생'으로서 '향기로운 살냄새'로 청년의 정신을 내둘리게 하고 가슴을 울렁거리게 만드는 외모의 소유자이기 때문이다. 더구나 이 여자는 미혼 여성이 결코 남성의 마음을 안심케 해서는 안된다는 연애 규칙을 잘 습득하고 있다.

매매로서의 남녀 관계는 〈잔설〉과 〈찬웃음〉과 같은 비공식적이고 기형적인 관계에 이르면서 더욱 추악하고 물신적인 것이 된다. 한소사와 한소사의 '색다른 친구' 최광일은 노골적인 원조 교제 관계이다. 한소사는 젊은 애인 최광일을 '거느리고' 그 비용을 마련하기 위해 딸까지 최참사의 다섯 번째 첩으로 보낸 처지이다. 한소사는 자신이 최광일을 돈으로 사고 있다는 점을 분명히 인식하고 있고 이에 대해 자괴감에 빠져 있지만 광일은 '그럼 그만한 청구도 못 들어주'느냐고 당당히 말한다. 더구나 자신이 지닌 성적 가치를 강조함으로써 자신의 몸값을 높이는 전술을 구사하고 있다. 즉 외모가 교환가치로 환산되는 상황을 리얼하게 드러내는데 이는 춘희와 최참사의 관계에서 좀더 발전된다. 한소사의 딸 춘희는 늙은 남자의 다섯 번째 첩으로 갇혀 사는 자신의 처지를 비관하며 탈출 의지가 확고하지만 늙은 최참사는 지각 없다는 말로 일축한다. '여자의 청춘은 돈으로 빛이'난다는 최참사의 대사는 자본주의 사회의 미적 가치가 맘몬과 제휴하는 과정을 직설적으로 포착한다.

〈찬웃음〉의 박훈과 숙자(양관마마)는 춘희와 겹쳐진다. 박훈은 거만의 재산을 지닌 장자로 이미 일곱 명의 첩이 있고 현재는 교원인 마혜

렌을 유혹중이다. 박훈의 일곱 첩 중 숙자는 장래가 촉망되던 성악가였으나 지금은 숙자를 위해 지었다는 양관에 정신이상으로 갇혀 있다. 그녀가 미친 이유는 엄청난 거부로 그녀를 유혹하여 첩으로 들였으나 일단 첩으로 들인 후에는 호화로운 생활은커녕 한 달에 쌀 한 섬, 나무 한 바리, 찬가饌價 십 원으로 살림비용만 대줄 뿐, 박훈은 투족도 아니하고 문 밖 출입도 금한 채 컴컴한 뒷방에 가두어 놓고는 또 다른 여자를 찾아다니기 때문이다.

〈찬웃음〉의 세계는 소설 〈독와사〉에서도 되풀이되고 있다. '독와사'는 사직골 골동가옥의 부호 한승지의 아들 한치각을 상징하는 독가스의 당시 음역어이다. 제목에서 드러난 바와 같이 사회적인 독가스에 지나지 않는 한치각은 병적인 여성편력과 극단적인 이기심으로 여러 여성과 친구들을 파멸의 구렁텅이에 밀어넣는다. 정신병에 걸린 안나와 여급이 되는 숙자는 이상의 인물의 연장이라 할 수 있다. 물론 1932년 12월부터 이듬해 5월까지 연재된 이 작품에서는 희곡에서와는 달리 당시의 기생방 등 문란한 성매매 풍속은 물론이려니와 전시대의 서울 양반계급의 언어가 생동하고 있으며 이는 새롭게 조명해 보아야 할 필요가 있는 중요한 연구과제라 할 것이다. 그러나 이 작품을 관통하는 작가의식과 주제는 이상의 '매매'로서의 '성'의 문제에 연속되어 있다.

'매매'로서의 관계는 필연적으로 '소유'와 연관된다. 과부와 홀아비의 관계이든, 신여성과 신청년의 관계이든, 반백斑白의 여성과 젊은 남자의 결합이든, 어린 여학생과 늙은 부자이든 젊은 부자와 젊은 신여성의 관계이든 그것이 매매로서 결합된 관계인 이상 이들의 관계는 필연적으로 '소유관계'로 귀착된다. 이로 보면 '자유연애'에 가탁했던 근대적 국가와 각성한 개인의 산출이라는 계몽의 기획을 주관하는 '가정'이라는 범주는 시작부터 관념에 지나지 않았으며 연애의 근거는 남녀 상호의 개성의 이해와 존경과 상호 간에 일어나는 열렬한 인력적引

力的 애정에 있다는 이광수 등의 자유연애론은 관념적 차원에 존재할 따름이었던 것이다. 즉 김정진은 이 시기 식민지 조선의 속물적 연애·결혼 관계에 추호의 환상도 없었던 것이다.

유일하게 순수한 남녀 관계인 〈그리운 밤〉의 경우, 아예 식민지 조선의 바깥에 배치되어 있다. 인물과 배경이 1차 세계대전 중의 어느 연합군 참전국의 수도로 설정되고 서양 여성이 주요 인물로 등장하면서 비로소 경제적 차원이 소거된 순수한 애정이 가능해진 것이다. 〈그리운 밤〉의 애리는 서구적 낭만적 사랑에 대한 환상을 내포하고 있다. 애리의 집은 가장 H의 부재에도 불구하고 애리와 그녀의 자녀들, 비복이 자유롭게 소통하고 진심으로 사랑하는 친밀하고 민주적인 공간이다. 또한 남편을 그리워하는 애리의 감정은 곡진하다.

이처럼 부부 사이의 평등하고도 내밀한 애정은 김정진이 꿈꾸는 이상적인 애정 상像에서 비롯된 것이라 할 것이다. 김정진 자신은 이 작품에 대해 '표면으로 가볍게 흘러오는 찰나의 인정미가 과연 어느 정도까지 우리 내면생활의 근저를 움직일 수 있는가를 시험코지' 하였다고 하였다. 김정진 스스로도 이 작품이 순간적인 환상에 근거하고 있음을 밝히고 있거니와 그것이 우리 내면의 근저를 움직인다 함은 우리 스스로 이러한 낭만적 사랑을 추구할 수 있음을 의미한다. 낭만성이란 대상에 대한 추상적 동경을 전제로 해서 가능한 것이다. 즉 뒤늦게 근대에 입문한 명문가의 김정진은 양반이라는 전 시대의 중심에도 부르주아라는 당대적 중심에서도 일정하게 소외된 독특한 경계에 있었으니 이 경계성이 〈그리운 밤〉과 같은 '시험'을 산출했다 할 것이다.

다시 말하면 〈그리운 밤〉은 이상화된 서양을 상상함으로써 식민지 조선의 강퍅한 인간 관계를 넘어서는 '환상'을 창조해냈다고 할 수 있는 것이다. 물론 타산적인 연애와 결혼이 이 낭만적인 사랑과 별개인 것은 아니다. 이는 동전의 양면과 같이 뗄래야 뗄 수 없는 자본주의 결혼 제도의 빛과 어두움인 것이다. 그런 의미에서 낭만적 사랑을 상상하는 김정진의 인식적 한계는 명백하다.

그러나 모순의 식민지적 격화로 타산적인 연애와 결혼이 노골적으로 우리를 포위해 오는 가운데 평등하고도 내밀한 애정에 기초한 애정 관계를 꿈꾸는 일은 그 기원이 자본주의적 결혼 관계의 일부라 하더라도 포기할 수 없는 일일 것이다. 즉 여기에서 일종의 옥시덴탈리즘적 전도를 읽을 수 있다. 즉 서구를 이상화함으로써 식민지 조선의 강파한 인간 관계가 더욱 적나라하게 드러나게 되었고 다른 한편으로는 이러한 인간 관계를 문제로 인식함으로써 새로운 인간과 사랑의 모델에 대해 사유할 기회를 얻게 되는 것이다. 이것은 일변으로는 식민지 조선의 현실에 대한 추상적인 도피로 평가될 수도 있겠고 낭만적인 대안으로 평가될 수도 있겠지만 당대 인간 관계의 문제점을 직시한 가운데 나름대로 출구를 찾기 위한 노력이었다는 점에서 긍정적인 시사점을 지닌다고 할 것이다.

3. 남은 문제

김정진의 희곡은 정교한 무대묘사와 개연성 있는 사건 등 특출한 드라마투르기로 자연주의적 현실 재현에 있어 주목할만한 문학사적 성과를 이룩하였다. 이러한 특출한 현실재현은 신문기자로서의 산문의식과 맥이 닿아 있는 것이었으며 일차적으로 이러한 재현을 문학적 욕망의 원동력으로 삼고 있다는 것은 김정진의 후천적인 의식적 노력과 성찰이 근대 지향적으로 이루어졌음을 의미한다. 그러나 신분에서 비롯된 인식적 한계로 말미암아 근대의 중심을 돌파하는 근대의 비극적 세계관으로의 확장에는 이르지 못하였으며 따라서 정당한 문제 제기에도 불구하고 그 갈등과 파국에서는 핵심에서 벗어나는 일탈의 한계를 노정하고 있다.

그러나 바로 여기에서 김정진 연구는 새로 시작되어야 할 것이다. 단절과 지속 속에서 현재를 위한 의미층을 발견하고 재해석하는 것이 역사—문학사의 임무라면 이제 우리는 김정진의 이 부정의 세계관에 대해서 다시 생각해 보아야 할 것이다. 그 철저한 의식적 노력에도 불구하고 근대의 천박성을 한 눈에 알아보고 도저히 그 안으로 동화해 들어갈 수 없었던 양반 출신 식민지 지식인 김정진의 '부정'은 단순한 기득권 지키기나 냉소와는 다르다.

　　그간 문학사의 흐름에서 소외되었던 이 '부정'이 지닌 문학사적 함의를 따져볼 때가 되었다. 타락한 근대사회에 대한 김정진의 '부정'이 질적으로 해명될 수 있다면 자본주의 사회의 현실을 이해하고 그 대안을 구상하는 데에도 중요한 암시를 제공할 수 있을 것이다.

1886년 4월 14일 경성부 계동 54번지에서 출생.

1912년 본명 김진숙金鎭淑, 김정진金井鎭으로 개명.

1903년 사립 보흥학교 졸업.

1905년 사립 일본어학당 수료.

1906년 동경수학원에서 수업.

1908년 사립 정칙영어학교에서 수업.

1909년 동경관립고등상업학교에 입학 후 신병으로 퇴학.

1913년 만선지실업사滿鮮之實業社의 기자로 재직.

1917년 모교인 사립 보흥보통학교의 교사로 재직.

1918년 일본 예술좌 시마무라 호오게쯔(島村抱月) 문하에서 수학.

1920년 《동아일보》 기자로 재직.

1923년 《폐허이후》 동인으로 참여.

1924년 《시대일보》 기자로 재직.

1926년 동경 보지신문사報知新聞社 조선특파원과 《경성일보京城日報》 특파원 등 역임.

1933년 조선방송협회 제2과장에 취임.

1936년 12월 31일 사망.

1920년 희곡 〈사인의 심리〉(《동아일보》, 1920. 6. 7~15).
1922년 수필 〈장승이라도 깍아 놓으라고〉(《동명》, 1922. 9).
1923년 평론, 〈사상운동과 연극〉(《동명》, 1923. 1).
1923년 평론, 〈연극의 기원과 희랍극의 고찰〉(《개벽》, 1923. 1~2).
1924년 희곡 〈기적 불 때〉(《폐허이후》, 1924. 1).
1924년 희곡 〈십오 분간〉(《개벽》, 1924. 1).
1924년 희곡 〈그리운 밤〉(《개벽》, 1924. 2).
1925년 평론, 〈교화기관과 아동극〉(《생장》, 1925. 4).
1925년 희곡 〈전변〉(《생장》, 1925. 1).
1927년 희곡 〈개〉(《신조선》, 1927. 2).
1927년 소설 〈라라, 라, 아빠, 빠〉(《조선지광》, 1927. 2).
1927년 희곡 〈그 사람들〉(《현대평론》, 1927. 4)
1927년 희곡 〈잔설〉(《조선지광》, 1927. 4)
1932년 소설 〈독와사〉(《매일신보》, 1932. 12. 13~1933).
1933닌 소실 〈괴인〉(《중잉》, 1933. 11~35. 1).
1934년 희곡 〈찬웃음〉(《개벽》, 1934. 12).
1938년 희곡 〈약수풍경〉(《현대조선문학전집》 7권, 조선일보사, 1938).

김순호, 〈김운정 희곡 연구〉, 국민대 대학원 석사학위논문, 1997.

민병욱, 〈김정진의 〈십오 분간〉과 희곡문학사적 위치〉, 《한국근대희곡론》, 부산대출판부, 1997.

방인근, 〈문사文士들의 이모양 저모양〉, 《조선문단》, 1925. 2.

서연호, 《한국근대희곡사연구》, 고대민족문화연구소, 1988.

손종훈, 〈김정진 희곡 연구〉, 영남대 대학원 석사학위논문, 1983.

양세라, 〈운정 김정진 희곡 연구〉, 연대 석사학위논문, 1998. 12.

유광열, 〈한국의 기자상 57─김정진 선생〉, 《기자협회보》, 1969. 4. 11.

유민영, 《한국현대희곡사》, 기린원, 1988.

윤진현, 〈운정 김정진 연구〉, 연극사학회 편, 《한국연극연구》 3집, 2000. 10.

───, 〈김정진 희곡의 사랑과 연애·결혼 양상〉, 《한국학연구》 12집, 2003. 11.

이미원, 《한국 근대극 연구》, 현대미학사, 1994.

정운영, 〈운정 김정진의 희곡 연구〉, 이화여대 대학원 석사학위논문, 1993.

최미혜, 〈운정 김정진 희곡 연구〉, 성균관대 대학원 석사학위논문, 1999.

최병우, 〈운정 김정진의 희곡 연구〉, 《강릉대 인문학보》 8집, 1990.

현 철, 〈조선극계朝鮮劇界도 이미 25년〉, 《조광朝光》, 1935. 12.

책임편집 윤진현

인하대학교 문과대학 국어국문학과 입학 동 학교 졸업.
인하대학교 대학원 졸업(문학박사 취득).
현재 인하대학교 인문학부 강사.
인하대학교 한국학연구소 전임연구원.

입력·교정 김영희

인하대학교 대학원 국어국문학과 국문학 전공 석사과정 수료.

범우비평판 한국문학·33 ❶

기적 불 때(외)

초판 1쇄 발행 2006년 2월 25일

지은이   김정진
책임편집   윤진현
펴낸이   윤형두
펴낸데   종합출판 범우(주)
기 획   임헌영 오창은
편 집   장현규
디자인   김지선
등 록   2004. 1. 6. 제406-2004-000012호
주 소   413-756 경기도 파주시 교하읍 문발리 출판도시 525-2
전 화   (031)955-6900~4
팩 스   (031)955-6905
홈페이지   http://www.bumwoosa.co.kr
이메일   bumwoosa@chol.com
ISBN   89-91167-23-3 04810
        89-954861-0-4 (세트)

집대성한 '한국문학의 정본'

재평가한 문학·예술·종교·사회사상 등 인문·사회과학 자료의 보고 —임헌영(한국문학평론가협회 회장)

▶ 계속 출간됩니다

T. (031) 955-6900~4   F. (031)955-6905 www.bumwoosa.co.kr ●공급처 : (주)북센 (031)955-6777

미국 수능시험주관 대학위원회 추천도서!

위한 책 최다 선정(31종) 1위!

세계문학

150권 발행 ▶계속 출간

▶크라운변형판
▶각권 7,000원~15,000원
▶전국 서점에서 낱권으로 판매합니다

★ 서울대 권장도서
● 연고대 권장도서
◆ 미국대학위원회 추천도서

온고지신(溫故知新)으로 21세기를!

현대사회를 보다 새로운 시각으로 종합진단하여
그 처방을 제시해주는

범우사상신서

범우사 서울시 마포구 구수동 21-1호 전화 717-2121, FAX 717-0429
http://www.bumwoosa.co.kr (천리안·하이텔 ID) BUMWOOSA

범우학술·평론·예술

범우사 서울시 마포구 구수동 21-1
전화 717-2121 FAX 717-0429